GRöLS Verlage

„Bücher sind wie Fallschirme. Sie nützen uns nichts, wenn wir sie nicht öffnen."

Gröls Verlag

Redaktionelle Hinweise und Impressum

Das vorliegende Werk wurde zugunsten der Authentizität sehr zurückhaltend bearbeitet. So wurden etwa ursprüngliche Rechtschreibfehler regelmäßig *nicht* behoben, denn kleine Unvollkommenheiten machen das Buch – wie im Übrigen den Menschen – erst authentisch. Mitunter wurden jedoch zum Beispiel Absätze behutsam neu getrennt, um den Lesefluss zu erleichtern.

Um die Texte zu rekonstruieren, werden antiquarische Bücher von Lesegeräten gescannt und dann durch eine Software lesbar gemacht. Der so entstandene Text wird von Menschen gegengelesen und korrigiert – hierbei treten auch Fehler auf. Wenn Sie ebenfalls antiquarische Texte einreichen möchten, finden Sie weitere Informationen auf www.groels.de

Viel Freude bei der Lektüre wünscht Ihnen das Team des Gröls-Verlags.

Adressen

Verleger: Hermann-Josef Gröls,

Im Borngrund 26, 61440 Oberursel

Externer Dienstleister für Distribution & Herstellung:

BoD, In de Tarpen 42, 22848 Norderstedt

Unsere „Edition | Werke der Weltliteratur" hat den Anspruch, eine der größten und vollständigsten Sammlungen klassischer Literatur in deutscher Sprache zu werden. Nach und nach versammeln wir hier nicht nur die „üblichen Verdächtigen" von Goethe bis Schiller, sondern auch Kleinode der vergangenen Jahrhunderte, die – zu Unrecht – drohen, in Vergessenheit zu geraten. Wir kultivieren und kuratieren damit einen der wertvollsten Bereiche der abendländischen Kultur. Kleine Auswahl:

Francis Bacon • Neues Organon • **Balzac** • Glanz und Elend der Kurtisanen • **Joachim H. Campe** • Robinson der Jüngere • **Dante Alighieri** • Die Göttliche Komödie • **Daniel Defoe** • Robinson Crusoe • **Charles Dickens** • Oliver Twist • **Denis Diderot** • Jacques der Fatalist • **Fjodor Dostojewski** • Schuld und Sühne • **Arthur Conan Doyle** • Der Hund von Baskerville • **Marie von Ebner-Eschenbach** • Das Gemeindekind • **Elisabeth von Österreich** • Das Poetische Tagebuch • **Friedrich Engels** • Die Lage der arbeitenden Klasse • **Ludwig Feuerbach** • Das Wesen des Christentums • **Johann G. Fichte** • Reden an die deutsche Nation • **Fitzgerald** • Zärtlich ist die Nacht • **Flaubert** • Madame Bovary • **Gorch Fock** • Seefahrt ist not! • **Theodor Fontane** • Effi Briest • **Robert Musil** • Über die Dummheit • **Edgar Wallace** • Der Frosch mit der Maske • **Jakob Wassermann** • Der Fall Maurizius • **Oscar Wilde** • Das Bildnis des Dorian Grey • **Émile Zola** • Germinal • **Stefan Zweig** • Schachnovelle • **Hugo von Hofmannsthal** • Der Tor und der Tod • **Anton Tschechow** • Ein Heiratsantrag • **Arthur Schnitzler** • Reigen • **Friedrich Schiller** • Kabale und Liebe • **Nicolo Machiavelli** • Der Fürst • **Gotthold E. Lessing** • Nathan der Weise • **Augustinus** • Die Bekenntnisse des heiligen Augustinus • **Marcus Aurelius** • Selbstbetrachtungen • **Charles Baudelaire** • Die Blumen des Bösen • **Harriett Stowe** • Onkel Toms Hütte • **Walter Benjamin** • Deutsche Menschen • **Hugo Bettauer** • Die Stadt ohne Juden • **Lewis Caroll** • *und viele mehr….*

Inhalt

Harriett Beecher Stowe

Onkel Toms Hütte

1. Kapitel Ein Menschenfreund

Spät nachmittags an einem kalten Februartage saßen zwei Gentlemen in einem gut ausmöblierten Speisesaal in der Stadt P. in Kentucky bei ihrem Weine. Bediente waren nicht anwesend, und die beiden Herren schienen mit dicht aneinander gerückten Stühlen etwas mit großem Interesse zu besprechen.

Wir haben bisher, um nicht umständlich zu sein, gesagt, zwei Gentlemen. Eine der beiden Personen schien jedoch bei genauerer Prüfung strenggenommen nicht unter diese Kategorie zu gehören. Es war ein kleiner, untersetzter Mann mit groben, nichtssagenden Zügen und dem prahlerischen und anspruchsvollen Wesen, das einem Niedrigstehenden eigen ist, der sich in der Welt emporzuarbeiten versucht. Er war sehr herausgeputzt und trug eine grell bunte Weste, ein blaues Halstuch mit großen gelben Tupfen und zu einer renommistischen Schleife geschlungen, die zu dem ganzen Aussehen des Mannes vortrefflich paßte. Die großen und gemeinen Hände waren reichlich mit Ringen besteckt, und mit einer schweren, goldenen Uhrkette mit einem ganzen Bündel großer Petschafte von allen möglichen Farben pflegte er im Eifer der Unterhaltung mit offenbarem Behagen zu spielen und zu klappern. In seiner Rede bot er ungeniert und mutvoll der Grammatik Trotz und verbrämte sie in geeigneten Zwischenräumen mit passenden Flüchen, welche niederzuschreiben uns selbst nicht der Wunsch, graphisch zu sein, vermögen wird.

Der andere, Mr. Shelby, hatte das Äußere eines Gentlemans, und die Anordnungen des Hauses und seine wirtschaftliche Einrichtung machten den Eindruck von Wohlhabenheit und sogar Reichtum. Wie wir schon vorhin sagten, beide waren in ein ernstes Gespräch vertieft.

„So würde ich die Sache abmachen“, sagte Mr. Shelby.

„Auf diese Weise kann ich das Geschäft nicht abschließen – es ist rein unmöglich, Mr. Shelby“, sagte der andere und hielt ein Glas Wein gegen das Licht.

„Ich sage Ihnen, Haley, Tom ist ein ganz ungewöhnlicher Kerl; er ist gewiß diese Summe überall wert – er ist ordentlich, ehrlich, geschickt und verwaltet meine Farm wie eine Uhr."

„Sie meinen so ehrlich, wie Nigger sind", sagte Haley und schenkte sich ein Glas Branntwein ein.

„Nein, ich meine wirklich, Tom ist ein guter, ordentlicher, verständiger, frommer Bursche. Er lernte seine Religion vor vier Jahren bei einem Camp-Meeting; und ich glaube, er hat sie wirklich gelernt. Ich habe ihm seitdem alles, was ich habe, anvertraut – Geld, Haus, Pferde, und habe ihn frei im Lande herumgehen lassen und habe ihn stets treu und ordentlich gefunden."

„Manche Leute glauben nicht, daß es fromme Nigger gibt, Shelby", sagte Haley, „aber ich glaube es. Ich hatte einen Burschen in der letzten Partie, die ich nach Orleans brachte, den beten zu hören, war wahrhaftig so gut, als ob man in einem Meeting wäre; und er war ganz ruhig und sanft. Er brachte mir auch ein gut Stück Geld ein; denn ich kaufte ihn billig von einem Manne, der losschlagen mußte, und ich kriegte 600 für ihn. Ja, ich betrachte Religion für eine wertvolle Sache bei einem Nigger, wenn sie wirklich echt ist."

„Nun, bei Tom ist sie echt, wenn sie jemals echt war", war die Antwort. „Letzten Herbst ließ ich ihn allein nach Cincinnati gehen, um für mich Geschäfte abzumachen und 500 Dollar zurückzubringen. ›Tom‹, sagte ich zu ihm, ›ich traue dir, weil ich glaube, du bist ein Christ – ich weiß, du wirst mich nicht hintergehen.‹ Und Tom kommt auch wirklich zurück – ich wußte, daß er das tun würde. Einige schlechte Kerle, hörte ich, sagten zu ihm: ›Tom, warum machst du dich nicht nach Kanada auf die Beine?‹ – ›Ach, Master hat mir Vertrauen geschenkt, und ich könnte es nicht!‹ Man hat mir alles erzählt. Es tut mir leid, Tom zu verkaufen, das gestehe ich. Sie sollten mit ihm den ganzen Rest der Schuld getilgt sein lassen; und Sie würden es, Haley, wenn Sie nur einen Funken Gewissen hätten."

„Nun, ich habe genausoviel Gewissen, als ein Geschäftsmann vertragen kann – ein klein wenig, um darauf zu schwören, wissen Sie", sagte der Handelsmann scherzend, „und dann bin ich bereit, alles, was man verständigerweise erlangen kann, zu tun, um Freunden gefällig zu sein; aber das hier ist ein bißchen zu viel verlangt – ein bißchen zu viel."

Der Handelsmann seufzte nachdenklich und schenkte sich noch ein Glas Branntwein ein.

„Nun, Haley, was machen Sie denn für einen Vorschlag?" sagte Mr. Shelby nach einer gelegenen Pause im Gespräch.

„Können Sie denn nicht noch einen Jungen oder ein Mädchen zu Tom zugeben?"

„Hm! – Ich könnte keinen gut entbehren, um Ihnen die Wahrheit zu sagen, nur die äußerste Not bringt mich dazu, überhaupt zu verkaufen. Ich gebe ungern einen meiner Leute hin, das ist die Sache."

Hier ging die Tür auf, und ein kleiner Quadroonknabe, zwischen 4 und 5 Jahre alt, trat ins Zimmer. Es lag in seiner Erscheinung etwas merkwürdig Schönes und Gewinnendes. Das schwarze, seidenweiche Haar wallte in glänzenden Locken um das runde Gesicht mit Grübchen in Kinn und Wangen, während ein paar große dunkle Augen voll Feuer und Sanftheit unter den vollen, langen Wimpern hervorsahen, wie er neugierig in das Zimmer lugte. Eine bunte, rot und gelb karierte Kutte, sorgfältig gearbeitet und hübsch gemacht, hob den dunklen und reichen Stil seiner Schönheit noch mehr hervor, und eine gewisse komische Miene von Sicherheit mit Verschämtheit verbunden zeigte, daß es ihm nicht ungewohnt war, von seinem Herrn gehätschelt und beachtet zu werden.

„Heda! Jim Crow!" sagte Mr. Shelby, indem er dem Knaben pfiff und ihm eine Weintraube zuwarf. „Hier nimm das!"

Mit aller Kraft seiner kleinen Beine lief das Kind nach der Traube, während sein Herr lachte.

„Komm zu mir, Jim Crow", sagte er.

Das Kind kam zu ihm, und der Herr streichelte den Lockenkopf und griff ihm unter das Kinn.

„Nun, Jim, zeige diesem Herrn, wie du tanzen und singen kannst."

Der Knabe fing an, eines der unter Negern üblichen wilden und grotesken Lieder mit einer vollen klaren Stimme zu singen und begleitete den Gesang mit vielen komischen Bewegungen der Hände, der Füße und des ganzen Körpers, wobei er mit der Musik auf das strengste Takt hielt.

„Bravo!" sagte Haley und warf ihm das Viertel einer Orange zu.

„Nun, Jim, zeige uns einmal, wie der alte Onkel Cudjoe geht, wenn er die Gicht hat", sagte sein Herr.

Auf der Stelle nahmen die biegsamen Glieder des Kindes den Anschein von Gebrechlichkeit und Verkrüppelung an, wie es mit gekrümmtem Rücken und den Stock des Herrn mit der Hand im Zimmer herumhumpelte, das kindische Gesicht in kläglichem Jammer verzogen, und bald rechts, bald links spuckend, ganz wie ein alter Mann.

Beide Herren lachten hell auf.

„Nun, Jim", sagte sein Herr, „zeige uns, wie der alte Älteste Robbins den Psalm vorsingt."

Der Knabe zog sein rundes Gesichtchen zu einer schrecklichen Länge und fing an, eine Psalmenmelodie mit unzerstörbarem Ernst durch die Nase zu singen.

„Hurra! Bravo! Was für ein Blitzkerlchen!" sagte Haley. „Das Bürschchen ist ja prächtig. Ich will Ihnen was sagen", sagte er und schlug Mr. Shelby auf die Schulter, „geben Sie das Kerlchen zu, und das Geschäft soll abgemacht sein. Das ist doch gewiß anständig, nicht wahr?"

In diesem Augenblick wurde die Tür leise geöffnet, und ein junges Quadroonweib, dem Anschein nach ungefähr 25 Jahre alt, trat ins Zimmer.

Man brauchte bloß das Kind und sie anzusehen, um in ihr sogleich die Mutter zu erkennen. Dasselbe große, volle, schwarze Auge mit den langen Wimpern, dasselbe seidenweiche, schwarze, lockige Haar. Ihre braunen Wangen röteten sich merklich, und die Glut wurde noch tiefer, als sie den Blick des Fremden in kecker und unverhohlener Bewunderung auf sich ruhen sah. Ihr Kleid saß wie angegossen und hob die schönen Verhältnisse ihrer Gestalt vortrefflich hervor. Eine kleine, schön geformte Hand und ein zierlicher Fuß waren Einzelheiten, welche dem raschen Auge des Handelsmannes, der gewöhnt war, mit einem Blick die Schönheiten einer vortrefflichen weiblichen Ware abzuschätzen, nicht entgingen.

„Nun, Elisa?" sagte ihr Herr, als sie stehen blieb und ihn zögernd anblickte.

„Ich suchte Harry, Sir, wenn Sie erlauben", und der Knabe sprang auf sie zu und zeigte ihr die geschenkten Früchte, die er im Schoß seiner Kutte trug.

„Nun, so nimm ihn mit", sagte Mr. Shelby, und sie entfernte sich rasch, das Kind auf dem Arm tragend.

„Beim Jupiter!" sagte der Handelsmann und wendete sich voll Bewunderung gegen ihn. „Das ist ein Stück Ware! Mit dem Mädchen können Sie jeden Tag in Orleans zum reichen Mann werden. Ich habe zu meiner Zeit mehr als tausend Dollar für Mädchen zahlen sehen, die nicht ein bißchen hübscher waren."

„Ich mag an ihr nicht zum reichen Mann werden", sagte Mr. Shelby trocken und entkorkte eine frische Flasche Wein, indem er den andern frug, wie das Getränk ihm schmecke, um dem Gespräch eine andere Richtung zu geben.

„Vortrefflich, Sir – prima Ware!“ sagte der Handelsmann; dann schlug er wieder Shelby vertraulich auf die Schulter und setzte hinzu: „Wollen wir ein Geschäft mit dem Mädchen machen? Was soll ich dafür bieten? Was wollen Sie haben?“

„Mr. Haley, sie ist nicht zu verkaufen“, sagte Shelby, „meine Frau würde sie nicht für ihr Gewicht in Gold hingeben.“

„Ja, ja, das sagen die Weiber immer, weil sie nichts vom Rechnen verstehen. Man zeige ihnen nur, wieviel Uhren, Federn und Schmucksachen man für jemandes Gewicht in Gold kaufen kann, und das würde die Sache gleich anders machen, rechne ich.“

„Ich sage Ihnen, Haley, es kann nicht davon die Rede sein. Ich sage nein, und ich meine nein“, sagte Shelby mit Entschiedenheit.

„Nun, dann bekomme ich aber den Knaben, nicht wahr?“ sagte der Handelsmann. „Sie müssen gestehen, daß ich ziemlich anständig für ihn geboten habe.“

„Aber was wollen Sie denn mit dem Kinde machen?“ sagte Shelby.

„Nun, ich habe einen Freund, der sein Geschäft beginnen will und hübsche Knaben kaufen möchte, um sie für den Markt aufzuziehen. Ganz und gar ein Modeartikel – man verkauft sie als Bediente usw. an reiche Kerle, die hübsche Kerle bezahlen können. Es putzt ein großes vornehmes Haus, wenn so ein wirklich schöner Bursche die Tür öffnet und aufwartet. Sie werden gut bezahlt; und der kleine Teufel ist ein so komisches, musikalisches Kerlchen, daß er vortrefflich passen würde.“

„Ich möchte ihn lieber nicht verkaufen“, sagte Mr. Shelby gedankenvoll. „Die Sache ist, Sir, ich bin ein menschlicher Mann und kann es nicht über mich bringen, den Knaben seiner Mutter zu nehmen.“

„O wirklich – hm! Ja – das ist so eine Sache. Ich verstehe vollkommen. Es ist manchmal verwünscht eklig, mit Weibern durchzukommen. Wenn sie erst zu schreien und zu heulen anfangen, kann ich es nicht ausstehen. Das ist verwünscht eklig; aber wie ich die Sache einrichte, vermeide ich das gewöhnlich, Sir. Wenn Sie nun das Mädchen auf einen Tag oder eine Woche fortschickten? Da läßt sich die Sache ganz ruhig abmachen – und alles ist vorbei, wenn sie wiederkommt. Ihre Frau schenkt ihr dann noch ein Paar Ohrringe oder ein neues Kleid oder so was zur Entschädigung.“

„Ich fürchte, das geht nicht.“

„Ich sage Ihnen, es geht! Diese Leute sind nicht wie die Weißen, müssen Sie wissen; sie halten es aus, wenn man es nur recht anfängt. Sehen Sie“, sagte Haley und nahm eine aufrichtige und vertrauliche Miene an, „die Leute sagen, diese Art

Handel mache die Menschen hartherzig; aber ich habe das nie gefunden. Die Sache ist, daß ich mich nie dazu bringen konnte, das Ding anzugreifen, wie es manche Burschen tun. Ich habe gesehen, wie einer Frau das Kind aus den Armen gerissen und verauktioniert wurde, während sie die ganze Zeit über jammerte und schrie wie verrückt; – sehr schlechte Politik – macht sie manchmal ganz untauglich zum Verkauf. Ich weiß von einem wirklich schönen Mädchen in Orleans, das durch so ein Verfahren ganz und gar ruiniert wurde. Der Mann, der das Weib kaufen wollte, wollte ihr Kind nicht haben, und sie war eine von der rechten, stürmischen Art, wenn ihr Blut einmal in der Hitze war. Ich sage Ihnen, sie drückte das Kind an ihre Brust und schwatzte und machte einen grauenhaften Lärm. Die Haut schauert mir noch, wenn ich daran denke; und als sie das Kind wegnahmen und sie einsperrten, wurde sie verrückt und starb in acht Tagen. Ein reiner Verlust von 1000 Dollar, Sir, bloß durch solche Behandlung. – Das ist die Sache. Es ist immer das beste, die Sache menschlich zu machen, so ist meine Erfahrung."

Und der Handelsmann lehnte sich mit einer Miene tugendhafter Entschiedenheit in den Stuhl zurück und schlug die Arme über der Brust zusammen. Offenbar hielt er sich für einen zweiten Wilberforce.

Der Gegenstand schien den Herrn besonders zu interessieren, denn während Mr. Shelby nachdenklich eine Orange schälte, fing Haley mit schicklicher Bescheidenheit, aber als zwänge ihn die Macht der Wahrheit, noch ein paar Worte zu sagen, von neuem an:

„Es nimmt sich nicht gut aus, wenn sich ein Mann selber lobt; aber ich sage es nur, weil es die Wahrheit ist. Ich glaube, ich stehe in dem Ruf, die schönsten Herden Neger auf den Markt zu bringen – wenigstens hat man mir es gesagt, und gibt man es mir einmal zu, so muß es für alle hundertmal gelten –, und stets in gutem Zustand – dick und ansehnlich –, und es gehen mir so wenig zugrunde, als jedem andern Kaufmann in dem Geschäft, und ich schreibe das alles meiner Behandlung zu, Sir, und Menschlichkeit, Sir, möchte ich sagen, ist der große Pfeiler meiner Behandlung."

Mr. Shelby wußte nicht, was er sagen sollte, und warf daher bloß ein „So?" ein.

„Man hatte mich wegen meiner Ideen ausgelacht und deshalb beredet. Sie sind nicht populär, und sie sind nicht gewöhnlich; aber ich habe an ihnen festgehalten, Sir, ich habe an ihnen festgehalten und habe mich wohl dabei befunden; ja, Sir, sie haben ihre Fahrt bezahlt, kann ich wohl sagen." Und der Handelsmann lachte über seinen Witz.

Diese Beispiele von Menschlichkeit hatten etwas so Pikantes und Originelles, daß Mr. Shelby nicht umhin konnte, zur Gesellschaft mitzulachen. Vielleicht lachst Du auch, lieber Leser, aber Du weißt, daß heutzutage die Menschlichkeit in einer großen Verschiedenartigkeit seltsamer Gestalten erscheint, und daß menschliche Leute nie müde werden, Sonderbares zu sagen und zu tun.

Mr. Shelbys Lachen ermutigte den Handelsmann, fortzufahren.

„Es ist merkwürdig, aber ich könnte es niemals andern Leuten begreiflich machen. Da war der Tom Loker, mein alter Kompagnon in Natchez unten; der war ein gescheiter Kerl, der Tom, aber ein wahrer Teufel mit den Negern – aus Prinzip müssen Sie wissen, denn ein gutherzigerer Bursche ist nie geboren worden; es war sein System, Sir. Ich habe oft Tom Vorstellungen darüber gemacht. ›Aber, Tom‹, habe ich zu ihm gesagt, ›wenn deine Mädchen schreien und heulen, was nutzt es denn, wenn du ihnen eins über den Kopf gibst und mit der Peitsche unter ihnen herumfährst? 's ist lächerlich‹, sage ich, ›und nützt zu nichts. Ich sehe nicht ein, was ihr Heulen schaden soll?‹ sage ich. ›Es ist Natur, und wenn die Natur sich nicht auf die eine Weise Luft machen kann, so tut sie es auf eine andere; außerdem, Tom‹, sage ich, ›verdirbst du deine Mädchen damit; sie werden kränklich und melancholisch, und manchmal werden sie häßlich, vorzüglich gelbe Mädchen. Warum heiterst du sie nicht lieber auf und sprichst freundlich mit ihnen? Verlaß dich darauf, Tom, ein wenig Menschlichkeit bei passender Gelegenheit reicht viel weiter, als all dein Schimpfen und Prügeln, und es lohnt sich besser‹, sage ich, ›verlaß dich drauf.‹ Aber Tom konnte sich nicht daran gewöhnen, und er verdarb mir so viele Mädchen, daß ich mich von ihm trennen mußte, obgleich er ein gutherziger Kerl und ein tüchtiger Geschäftsmann war.“

„Und finden Sie, daß Ihre Art und Weise, das Geschäft zu machen, bessern Erfolg hat als die Toms?“ fragte Mr. Shelby.

„Gewiß, Sir. Sehen Sie, wenn ich irgend kann, nehme ich mich mit den unangenehmen Auftritten, wie mit dem Verkaufen von Kindern und so, ein bißchen in acht, schicke die Mädchen aus dem Wege – aus den Augen, aus dem Sinn, wissen Sie ja –, und wenn es geschehen ist und nicht mehr rückgängig gemacht werden kann, gewöhnen sie sich natürlich daran. Es ist nicht wie bei den weißen Leuten, die von Haus aus gewöhnt sind, zu erwarten, daß sie ihre Kinder und ihre Weiber behalten werden. Nigger, wissen Sie ja, die ordentlich erzogen sind, erwarten so etwas ganz und gar nicht; darum vertragen sie so etwas leichter.“

„Ich fürchte dann, die meinigen sind nicht ordentlich erzogen“, sagte Mr. Shelby.

„Wohl möglich. Hier in Kentucky verzieht man die Nigger. Sie meinen es gut mit ihnen, aber es ist im Grunde keine wirkliche Güte. Sehen Sie, gegen einen Nigger, der in der Welt herumgestoßen und an Tom und Dick und Gott weiß wen verkauft wird, ist es keine Güte, ihm Ideen und große Erwartungen beizubringen und ihn gut zu erziehen; denn er fühlt das Herumstoßen hernach nur um so tiefer. Ich will darauf wetten, Ihre Nigger würden ganz melancholisch sein an einem Ort, wo ein echter Neger aus den Plantagen singen und jauchzen würde, als wäre er besessen. Natürlich hält jedermann seine Verfahrensweise für die beste, Mr. Shelby, und ich glaube, ich behandle die Neger genausogut, als es der Mühe wert ist, sie zu behandeln."

„Wohl dem, der mit sich zufrieden ist", sagte Mr. Shelby mit einem leichten Achselzucken und einigen Empfindungen unangenehmer Art.

„Nun, was meinen Sie?" sagte Haley, nachdem sie beide eine Weile lang schweigend Nüsse gegessen hatten.

„Ich will mir die Sache überlegen und mit meiner Frau sprechen", sagte Mr. Shelby. „Unterdessen, Haley, wenn Sie die Sache ruhig abgemacht wissen wollen, so ist es das beste, Sie lassen hier herum nicht bekannt werden, weshalb Sie da sind. Es wird sonst unter meinen Burschen ruchbar, und es wird dann nicht besonders leicht sein, einen meiner Kerle fortzuschaffen, das versichere ich Ihnen."

„O gewiß werde ich mir nichts merken lassen. Aber ich sage Ihnen, ich habe verwünscht wenig Zeit und möchte so bald als möglich wissen, worauf ich mich verlassen kann", sagte er, indem er aufstand und den Überrock anzog.

„Nun, so kommen Sie diesen Abend zwischen 6 und 7 wieder her, und Sie sollen Antwort haben", sagte Mr. Shelby, und der Handelsmann entfernte sich grüßend.

„Ich wollte, ich hätte den Kerl die Treppe hinunterwerfen können mit seiner unverschämten Zuversicht", sagte Mr. Shelby zu sich, als die Tür ordentlich zu war, „aber er weiß, wie sehr er mich in der Hand hat. Wenn mir jemand jemals gesagt hätte, daß ich Tom unten nach dem Süden an einen dieser Kerle verkaufen würde, so hätte ich gesagt: ›Ist dein Diener ein Hund, daß er das tun sollte?‹ Und jetzt muß es geschehn, soweit ich sehen kann. Und auch Elisas Kind! Ich weiß, ich werde darüber einigen Trödel mit meiner Frau haben, und auch wegen Tom. Das kommt von den Schulden – o weh! Der Kerl kennt seinen Vorteil und benutzt ihn aufs äußerste."

Das Sklavenwesen in seiner mildesten Form ist wahrscheinlich im Staat Kentucky zu finden. Das allgemeine Vorherrschen von Kultursystemen von ruhiger und allmählicher Art, ohne das periodisch eintretende Bedürfnis, die Leute übermäßig zu beschäftigen, welches der landwirtschaftlichen Industrie der südlichen Distrikte eigen ist, macht die Arbeit des Negers zu einer gesunderen oder vernünftigeren, während der Herr, mit einem allmählicheren Erwerb zufrieden, nicht der Versuchung zur Hartherzigkeit ausgesetzt ist, welcher die schwache Menschennatur oft unterliegt, wo der Aussicht auf plötzlichen und raschen Gewinn kein schwereres Gewicht die Waage hält, als die Interessen der Hilflosen und Unbeschützten.

Mr. Shelby war ein Mann, wie man sie oft und stets gern findet, gutherzig und liebevoll und geneigt, seine ganze Umgebung mit freundlicher Nachsicht zu behandeln, und er hatte es nie an etwas fehlen lassen, was zum physischen Wohlsein der Neger auf seiner Besitzung beitragen konnte. Er hatte jedoch stark und unüberlegt spekuliert, war tief verschuldet, und auf ihn laufende Wechsel auf bedeutende Summen waren Haley in die Hände gekommen. Dies wird genügen, um das eben erzählte Gespräch zu erklären. Elisa hatte, während sie sich der Tür näherte, genug von der Unterhaltung gehört, um zu wissen, daß ein Handelsmann ihrem Herrn für jemanden ein Gebot mache. Sie wäre gern an der Tür stehengeblieben, um zu horchen, als sie draußen war; aber ihre Herrin rief sie gerade, und sie mußte forteilen. Dennoch glaubte sie, den Handelsmann auf ihr Kind bieten gehört zu haben, konnte sie sich geirrt haben? Ihr Herz schwoll und bebte, und sie drückte den Kleinen unwillkürlich so fest an sich, daß er sie erstaunt ansah.

„Elisa, was fehlt dir heute?“ sagte ihre Herrin, als sie den Wasserkrug und den Stickrahmen umgeworfen und ihrer Herrin zerstreut einen langen Nachtmantel anstatt des seidenen Kleides, das sie hatte holen sollen, dargereicht hatte.

Elisa schrak auf. „Ach, Missis!“ sagte sie und erhob die Augen; dann stürzten ihre Tränen hervor und sie setzte sich auf einen Stuhl und fing an zu schluchzen.

„Aber Elisa, Kind! Was hast du?“ sagte ihre Herrin.

„Ach, Missis, Missis!“ sagte Elisa. „Ein Handelsmann spricht mit dem Herrn im Speisezimmer! Ich habe es gehört.“

„Nun, was schadet das, Närrchen?“

„Ach, Missis, glauben Sie wohl, daß der Herr meinen Harry verkaufen würde?“ Und das arme Mädchen warf sich in einen Stuhl und schluchzte krampfhaft.

„Ihn verkaufen! Nein, du törichtes Mädchen! Du weißt, daß dein Herr niemals mit diesen Handelsleuten aus dem Süden Geschäfte macht und keinen seiner Leute verkauft, solange sie sich gut aufführen. Und wer soll denn deinen Harry kaufen? Meinst du denn, alle Welt ist so vernarrt in ihn wie du? Komm, beruhige dich und hake mir das Kleid zu. So, nun flechte mir das Haar in den hübschen Zopf, den du neulich gelernt hast, und horche nicht mehr an den Türen.“

„Also, Missis, Sie würden niemals Ihre Einwilligung geben, daß . . .“

„Unsinn, Kind! Natürlich würde ich es nicht. Warum sprichst du so? Ebensogut würde ich eins meiner Kinder verkaufen lassen. Aber wahrhaftig, Elisa, du wirst viel zu stolz auf den kleinen Burschen. Es darf nur einer die Nase zur Tür hereinstecken, so glaubst du gleich, er müsse ihn kaufen wollen."

Wieder beruhigt durch den zuversichtlichen Ton ihrer Herrin setzte Elisa rasch und geschickt ihre Toilettendienste fort und lachte sich selbst aus wegen ihrer Furcht. Mrs. Shelby war eine Frau von hoher geistiger und sittlicher Bildung. Neben der natürlichen Großmut und dem Edelsinn, welche oft die Frauen von Kentucky auszeichnen, besaß sie ein lebhaftes, sittliches, ein religiöses Gefühl und Grundsätze, die sie mit großer Energie und Geschicklichkeit in praktische Ausübung brachte. Ihr Gatte, der keine besondere Religiosität beanspruchte, hatte doch große Ehrfurcht vor der Konsequenz ihrer religiösen Überzeugung und hatte vielleicht ein wenig Scheu vor ihrer Meinung. Jedenfalls ließ er ihr ganz freie Hand in ihren wohlwollenden Bemühungen um das Wohlbehagen, den Unterricht und die Erziehung ihrer Leute, obgleich er selbst keinen tätigen Anteil daran nahm. Obgleich er nicht gerade an die Lehre von den überflüssigen guten Werken der Heiligen glaubte, so schien er doch im Grunde auf eine oder die andere Weise zu denken, daß seine Frau Frömmigkeit und Wohlwollen genug für zwei habe, und sich mit einer dunklen Hoffnung zu schmeicheln, durch ihren Einfluß an Eigenschaften, auf die er keinen besonderen Anspruch machte, in den Himmel zu gelangen. Die schwerste Last auf seiner Seele nach seiner Unterredung mit dem Handelsmann war die unvermeidliche Notwendigkeit, seiner Gattin das besprochene Arrangement mitzuteilen und den Vorstellungen und dem Widerstand die Spitze zu bieten, die er schon voraussetzen konnte. Mrs. Shelby, die von ihres Gatten Geldverlegenheit nicht das mindeste wußte und die nur die allgemeine Gutherzigkeit seines Charakters kannte, war in der vollständigen Ungläubigkeit, mit der sie Elisas Befürchtung aufnahm, ganz aufrichtig gewesen. Wirklich schenkte sie der ganzen Frage keinen einzigen Gedanken mehr; und da sie mit den Vorbereitungen zu einem Abendbesuch beschäftigt war, hatte sie die Sache bald vergessen.

2. Kapitel Der Gatte und Vater

Mrs. Shelby war zum Besuch ausgefahren, und Elisa stand in der Veranda und sah etwas niedergeschlagen dem verschwindenden Wagen nach, als sie eine Hand auf ihrer Schulter fühlte. Sie drehte sich um, und ein helles Lächeln glänzte sofort in ihren schönen Augen.

„Georg, du bist's? Wie du mich erschreckt hast! Nun, es freut mich, daß du da bist! Missis ist für den Nachmittag ausgefahren: So komm mit in mein Stübchen, wir wollen den ganzen Nachmittag miteinander verbringen."

Mit diesen Worten zog sie ihren Mann in ein nettes Zimmerchen, das auf die Veranda hinausging, und wo sie gewöhnlich im Bereich der Stimme ihrer Herrin mit Nähen beschäftigt saß.

„Wie froh ich bin! – Warum lächelst du nicht? – Und sieh nur Harry – wie er wächst!" Der Knabe blickte durch seine Locken scheu den Vater an und hielt sich am Rock seiner Mutter fest. „Ist er nicht wunderschön!" sagte Elisa, indem sie ihm die Locken aus dem Gesicht strich und ihn küßte.

„Ich wollte, er wäre nie geboren worden!" sagte George bitter. „Ich wollte, ich wäre selbst nie geboren worden!"

Überrascht und erschrocken setzte sich Elisa hin, legte ihren Kopf auf ihres Gatten Schultern und brach in Tränen aus.

„Ach, Elisa, es ist zu schlecht von mir, dir so weh zu tun, armes Mädchen!" sagte er zärtlich. „Es ist zu schlecht! O wie ich wünsche, ich hätte dich nie gesehen – du hättest glücklich sein können."

„George, George! Wie kannst du so reden? Was ist Schreckliches geschehen, oder was soll geschehen? Gewiß sind wir sehr glücklich gewesen bis vor ganz kurzem."

„Jawohl, liebes Weib", sagte George. Dann nahm er sein Kind auf die Knie, blickte ihm in die schönen, dunklen Augen und fuhr mit der Hand durch seine langen Locken.

„Ganz dein Gesicht, Elisa, und du bist die schönste Frau, die ich jemals gesehen habe, und die beste, die ich zu sehen wünsche; aber ach ich wünschte, ich hätte dich nie gesehen, und du nie mich!"

„Aber George, wie kannst du so sprechen!"

„Ja, Elisa, es ist alles Jammer, Jammer, Jammer! Mein Leben ist bitter wie Wermut; die Lebenskraft zehrt sich selbst auf in mir. Ich bin ein armes, elendes, unglückliches Packholz: Ich werde dich nur mit mir zu Boden ziehen, weiter nichts. Was nützt es, zu versuchen, etwas zu tun, etwas zu wissen, etwas zu werden? Was nützt es, zu leben? Ich wollte, ich wäre tot!"

„Aber das ist wirklich gottlos, lieber George! Ich weiß, wie dir der Verlust deiner Stelle in der Fabrik zu Herzen geht, und du hast einen harten Herrn; aber bitte, habe Geduld, und vielleicht kann etwas –"

„Geduld!“ unterbrach er sie. „Habe ich nicht Geduld gehabt? Habe ich ein Wort gesagt, als er kam und ohne den geringsten Grund mich von einem Platze wegnahm, wo mich jedermann gut behandelte! Ich habe ihm jeden Cent meines Verdienstes gewissenhaft bezahlt, und alle sagen, daß ich ein tüchtiger Arbeiter war.“

„Ja, es ist schrecklich“, sagte Elisa, „aber trotz alledem ist er dein Herr, weißt du.“

„Mein Herr! Und wer hat ihn zu meinem Herrn gemacht? Das ist's, was ich wissen möchte – welches Recht hat er auf mich? Ich bin ein Mensch, so gut wie er; ich bin ein besserer Mensch als er; ich verstehe mehr als er; ich wirtschafte besser als er; ich kann besser lesen als er; ich schreibe eine bessere Hand; und ich habe das alles von selbst gelernt und schulde ihm keinen Dank – ich habe es wider seinen Willen gelernt; und welches Recht hat er nun, aus mir ein Packholz zu machen? – Mich von einer Arbeit zu entfernen, die ich verrichten kann, und zwar besser als er, und mich bei einer anzustellen, die jedes Stück Vieh verrichten kann? Er versucht es und sagt, er will meinen Stolz brechen und mich demütigen, und er gibt mir mit Absicht die gröbste und schlechteste und schmutzigste Arbeit.“

„Ach, George – George, du erschreckst mich! Ich habe dich noch nie so sprechen hören; ich fürchte, du gehst mit etwas Schrecklichem um. Ich wundere mich durchaus nicht über deine Empfindungen; aber ach, sei vorsichtig – sei es um meinetwillen, sei es um Harrys willen!“

„Ich bin vorsichtig gewesen und habe Geduld gehabt; aber es wird schlimmer und schlimmer – Fleisch und Blut können es nicht länger tragen. Er ergreift jede Gelegenheit, um mich zu beschimpfen und zu quälen. Ich glaubte, ich würde meine Arbeit verrichten und mich ruhig halten und einige Zeit übrigbehalten können, um außer den Arbeitsstunden zu lesen und zu lernen; aber je mehr er sieht, daß ich arbeiten kann, desto mehr bürdet er mir auf. Er sagt, obgleich ich nichts äußere, sehe er doch, daß ich den Teufel im Leib habe, und er wolle ihn mir austreiben; und zu seiner Zeit wird er herauskommen in einer Weise, die ihm nicht gefallen wird, oder ich irre mich gewaltig.“

„O Gott, was sollen wir anfangen?“ sagte Elisa trauervoll.

„Erst gestern“, sagte George, „als ich eben Steine in einen Karren lud, stand der junge Master Tom da und klatschte mit der Peitsche so nahe beim Pferde, daß es scheute. Ich bat ihn, so freundlich ich konnte, es sein zu lassen, aber nun fing er erst recht an. Ich bat ihn noch einmal, und dann wendete er sich gegen mich und schlug mich. Ich hielt seine Hand fest, und dann schrie er und strampelte und lief zum Vater und sagte, ich hätte ihn geschlagen. Der kam voller Wut herbei und sagte, er wolle mir zeigen, wer der Herr sei; und er band mich an einen Baum und schnitt

Ruten für den jungen Herrn ab und sagte ihm, er sollte mich schlagen, bis er müde sei; und er hat es getan. Wenn ich ihm dafür nicht noch einmal ein Denkzeichen gebe!" Und die Stirn des Jünglings verfinsterte sich, und in seinen Augen brannte eine Flamme, welche seine junge Gattin zittern machte. „Wer hat diesen Mann zu meinem Herrn gemacht – das will ich wissen", sagte er.

„Ach", sagte Elisa traurig, „ich habe immer geglaubt, ich müßte meinem Herrn und meiner Herrin gehorchen, sonst wäre ich keine gute Christin."

„In deinem Fall ist doch noch einige Vernunft darin; sie haben dich auferzogen wie ein Kind – haben dich ernährt, gekleidet, gepflegt und unterrichtet, so daß du eine gute Erziehung hast – so haben sie doch Grund zu einem Anspruch auf dich. Aber mich haben sie geschlagen und gestoßen und beschimpft und im besten Falle mir selber überlassen; und was bin ich schuldig? Ich habe für meine Unterhaltung schon mehr als hundertmal bezahlt. Ich ertrage es nicht länger – nein gewiß nicht!" sagte er und ballte mit wilder Gebärde die Faust. Elisa zitterte und schwieg. Sie hatte ihren Gatten früher nie in dieser Stimmung gesehen; und ihre sanften Begriffe von Pflicht schienen sich vor einem solchen Sturm der Leidenschaft wie Binsen zu biegen.

„Du kennst ja den kleinen Carlo, den du mir geschenkt hast", fuhr George fort. „Er war fast mein einziger Trost. Er schlief des Nachts bei mir und ging mir des Tags auf Schritt und Tritt nach und sah mich an, als ob er wüßte, wie es mir ums Herz war. Nun, neulich gab ich ihm ein paar Abfälle, die ich an der Küchentür aufgelesen hatte, und der Herr kam dazu und sagte, ich fütterte ihn auf seine Kosten, und er hätte das Geld nicht dazu, daß jeder Nigger sich seinen Hund halten könne, und befahl mir, ihm einen Stein an den Hals zu binden und ihn in den Teich zu werfen."

„Aber George, das hast du doch nicht getan?"

„Ich – nein; aber er. Der Herr und Tom steinigten das arme Tier, wie es im Teiche zappelte. Das arme Tier! Es sah mich so traurig an, als wunderte es sich, daß ich es nicht rettete! Ich mußte mich auspeitschen lassen, weil ich es nicht selbst tun wollte, 's ist mir gleich; Master wird schon entdecken, daß ich nicht einer von denen bin, die das Auspeitschen zahm macht. Auch meine Zeit wird kommen, ehe er sich's versieht."

„Was hast du im Sinn? Ach George! Tue nichts, was unrecht ist. Wenn du nur Gott vertraust und suchst recht zu tun, so wird er dich erlösen."

„Ich bin nicht Christ wie du, Elisa; mein Herz ist voller Haß; ich kann nicht auf Gott vertraun. Warum läßt er es so sein?"

„Ach George, wir müssen glauben und vertrauen! Meine Herrin sagt, wenn alles mit uns schlechtgeht, so müssen wir glauben, daß Gott es zum allerbesten lenkt."

„Das können wohl Leute sagen, die auf ihrem Sofa sitzen und in ihren Kutschen fahren; aber sie sollten nur in meiner Lage sein, und es würde ihnen härter ankommen. Ich wollte, ich könnte gut sein; aber mein Herz brennt und kann sich nicht mehr fügen. Du könntest es auch nicht an meiner Stelle; du wirst es jetzt nicht können, wenn ich dir alles sage, was ich zu sagen habe. Du weißt noch nicht alles."

„Was hast du noch?"

„Nun, neulich hat Master gesagt, er sei ein Narr gewesen, daß er mich habe von der Plantage wegheiraten lassen; er hasse Mr. Shelby und sein ganzes Geschlecht, weil sie stolz sind und über ihn hinwegsehen, und ich wäre durch dich stolz geworden; und er sagt, er wolle mich nicht mehr hierher gehen lassen, sondern ich solle auf seiner Plantage ein Weib nehmen und dort wohnen. Anfangs schalt er und brummte das vor sich hin; aber gestern sagte er, ich müsse Mina heiraten und mit ihr in eine Hütte ziehen, sonst wolle er mich nach dem Süden verkaufen."

„Aber du bist mir doch durch den Pfarrer angetraut, so gut, als ob du ein Weißer gewesen wärest!" sagte Elisa.

„Weißt du nicht, daß ein Sklave nicht heiraten kann? Dazu haben wir kein Gesetz hierzulande; ich kann dich nicht als Frau behalten, wenn es ihm einfällt, uns voneinander zu trennen. Deshalb wünsche ich, ich hätte dich nie gesehen; deshalb wünsche ich, ich wäre nie geboren; es wäre besser für uns beide – es wäre besser für dieses arme Kind, wenn es nicht geboren worden wäre. Alles, alles kann ihm noch widerfahren!"

„Ach! Aber Master ist so gut!"

„Ja, aber wer weiß – er kann sterben, und dann kann er an wer weiß wen verkauft werden. Was nützt es, daß er schön und gescheit und klug ist? Ich sage dir, Elisa, für jede gute und angenehme Eigenschaft, die unser Kind hat, wird dir ein Schwert durch das Herz fahren – sie wird es viel zu wertvoll machen, als daß du es behalten könntest."

Diese Worte trafen Elisas Herz schwer; das Bild des Handelsmannes trat ihr vor die Augen, und als ob sie jemand tödlich getroffen hätte, wurde sie blaß und schnappte nach Atem. Unruhig blickte sie auf die Veranda, wohin sich der Knabe, von dem ernsten Gespräch gelangweilt, zurückgezogen hatte und wo er frohlockend auf Mr. Shelbys Spazierstock galoppierte. Sie wollte ihrem Gatten ihre Befürchtungen mitteilen, besann sich aber eines andern.

„Nein, nein, der Arme hat genug zu tragen!“ dachte sie. „Nein, ich will es ihm nicht sagen; außerdem ist es auch nicht wahr; Missis belügt uns nie.“

„Also, Elisa, bleib standhaft“, sagte der Neger traurig, „und leb wohl; denn ich gehe fort.“

„Du gehst fort, George – wohin?“

„Nach Kanada“, sagte er und richtete sich gerade in die Höhe; „und wenn ich dort bin, will ich dich loskaufen – das ist die einzige Hoffnung, die wir noch haben. Du hast einen guten Herrn, der es nicht verweigern wird, dich loszugeben. Ich kaufe dich und das Kind – Gott helfe mir – ich tue es.“

„Ach schrecklich! – Wenn man dich fängt!“

„Ich lasse mich nicht fangen, Elisa – eher sterbe ich! Ich will frei sein oder sterben!“

„Du willst dich doch nicht selbst töten!“

„Das braucht's nicht; sie selber werden mich schon rasch genug totschlagen; den Fluß hinab sollen sie mich nicht lebendig bekommen.“

„Ach George, um meinetwillen sei vorsichtig! Tue nichts Schlechtes; tue dir nichts zuleide und andern auch nicht. Du bist zu großen Versuchungen ausgesetzt – viel zu großen; aber bitte – fort mußt du – aber sei vorsichtig und klug; bitte Gott, daß er dir helfen möge.“

„So höre denn meinen Plan, Elisa. Master fiel es ein, mich mit einem Briefe an Mr. Symmes, der eine Meile weiter wohnt, hier diesen Weg zu schicken. Ich glaube, er erwartete, daß ich hierher gehen würde, um dir zu sagen, was mir auf dem Herzen liegt. Er würde sich freuen, wenn er glaubte, es würde ›Shelbys Leute‹ ärgern, wie er sie nennt. Du mußt wissen, ich gehe ganz ruhig nach Hause, als ob alles vorbei sei. Ich habe Vorbereitungen getroffen und habe Leute, die mir helfen; und so nach einer Woche oder so wird man mich suchen, sage ich dir. Bete für mich, Elisa, vielleicht wird der gute Gott dich erhören.“

„Ach George, bete du selbst und vertraue auf ihn; dann wirst du nichts Schlechtes tun.“

„So lebe denn recht wohl“, sagte George und ergriff Elisas Hände und sah ihr ohne sich zu bewegen in die Augen. Stumm standen sie da; dann hörte man noch letzte Worte und Schluchzen und bitteres Weinen – einen Abschied, wie diejenigen nehmen, deren Hoffnungen, sich wiederzusehen, an einem bloßen Faden hängen; und Mann und Weib schieden voneinander.

3. Kapitel Ein Abend in Onkel Toms Hütte

Onkel Toms Hütte war ein kleines Blockhaus, dicht neben dem „Hause“, wie der Neger die Herrenwohnung par excellence nennt. Davor war ein hübscher Gartenfleck, wo jeden Sommer Erdbeeren, Himbeeren und viele andere Früchte und Gemüse unter sorgfältiger Pflege gediehen. Die ganze Vorderseite war von einer großen roten Begonie und einer einheimischen Multiflorarose bedeckt, die sich ineinander verschlangen und kaum ein Fleckchen der rohen Balken erblicken ließen. Hier fanden auch im Sommer verschiedene lebhaft gefärbte Blumen wie Ringelblumen, Petunien und andere eine Stelle, wo sie ihren Glanz zeigen konnten, und waren die Freude und der Stolz von Tante Chloes Herzen.

Wir wollen einmal in das Haus eintreten. Das Abendessen im Herrenhause ist vorbei, und Tante Chloe, die seiner Bereitung als erste Köchin vorstand, hat anderen in der Küche das Geschäft überlassen, das Geschirr wegzuräumen und zu waschen, und ist nun unter ihrem eigenen gemütlichen Dache, um für ihren Alten das Abendessen zu bereiten. Deshalb könnt Ihr Euch sicher darauf verlassen, daß sie vor dem Feuer steht und mit gespanntem Interesse gewisse brodelnde Sachen in einem Kasserol überwacht und dann und wann mit ernster Überlegung den Deckel eines Schmorkessels abhebt, aus welchem ein Dampf emporsteigt, der unzweifelhaft etwas Gutes erraten läßt. Sie hat ein rundes, schwarzes, glänzendes Gesicht, so glänzend, daß man fast glauben könnte, sie wäre mit Eiweiß lackiert, wie eins ihrer eigenen Teebrote. Ihr ganzes dickes Gesicht strahlt unter ihrem gut gestärkten karierten Turban von Selbstgenügsamkeit und Zufriedenheit, nicht unvermischt, müssen wir gestehen, mit dem Selbstbewußtsein, welches der ersten Kochkünstlerin der ganzen Umgegend zukommt, wofür Tante Chloe allgemein gehalten wird.

Eine Köchin war sie gewiß bis zum innersten Kern ihrer Seele. Jede Henne, Truthenne oder Ente auf dem Hofe wurde ernsthaft, wenn sie Tante Chloe nahen sah, und schien bange an ihren letzten Augenblick zu denken; denn gewiß war ihr Kopf immer so sehr mit Schlachten, Füllen und Braten beschäftigt, daß jedes einsichtsvolle Huhn, das noch lebte, darüber erschrecken konnte. Ihr Maiskuchen in allen seinen zahllosen Varietäten war ein erhabenes Geheimnis für alle weniger geübten Bäcker, und ihr fetter Bauch wackelte ihr von ehrlichem Stolz und Freude, wenn sie die fruchtlosen Anstrengungen einer oder der andern Nebenbuhlerin erzählte, die danach gestrebt hatte, ihren hohen Standpunkt zu erreichen.

Die Ankunft von Gesellschaft im Herrenhause, das Anordnen von Staatsdiners und Soupers, riefen die ganze Energie ihrer Seele wach, und kein Anblick war ihr angenehmer, als ein ganzer Haufen von Reisekoffern in der Veranda; dann sah sie neue Anstrengungen und neue Siege vor sich.

Jetzt gerade blickt jedoch Tante Chloe in die Schmorpfanne, bei welcher angenehmen Beschäftigung wir sie lassen wollen, bis wir mit unserer Schilderung der Hütte fertig sind.

In einer Ecke derselben stand ein Bett, sauber mit einer schneeweißen Decke zugedeckt, und vor demselben lag ein Stück Teppich von nicht unbeträchtlicher Größe. Auf dieses Stück Teppich bildete sich Tante Chloe etwas ein, weil es ganz entschieden vornehm war, und dasselbe und das Bett, vor dem es lag, und die ganze Ecke wurde mit ausgezeichneter Rücksicht behandelt und soweit möglich vor den plündernden Einfällen und Entheiligungen des Kleinen bewahrt. Eigentlich war diese Ecke der Salon des Hauses. In der andern Ecke stand ein Bett von viel bescheideneren Ansprüchen und offenbar zum Gebrauch bestimmt. Über dem Kamin hingen ein paar sehr bunte Bilder aus der Heiligen Schrift und ein Porträt des Generals Washington von einer Zeichnung und einem Kolorit, welche gewiß diesen großen Mann in Erstaunen gesetzt hätten, wenn sie ihm zu Gesicht gekommen wären.

Auf einer Bretterbank in der Ecke waren ein paar Knaben mit Wollköpfen und funkelnden schwarzen Augen beschäftigt, die ersten Gehübungen eines kleinen Kindes zu beaufsichtigen, die, wie es gewöhnlich der Fall ist, darin bestanden, daß es auf die Füße zu stehen kam, einen Augenblick das Gleichgewicht suchte und dann wieder niederfiel. Natürlich wurde jeder fehlgeschlagene Versuch mit lebhaftem Beifall begrüßt, als wäre er ganz entschieden gelungen.

Ein in seinen Beinen etwas gichtischer Tisch war vor das Fenster gerückt und mit einem Tischtuch bedeckt; verschiedenes Geschirr von sehr lebhaftem Muster stand darauf wie Anzeichen einer bevorstehenden Mahlzeit. An diesem Tisch saß Onkel Tom, Mr. Shelbys bester Mann.

Er war ein großer, breitschultriger, kräftig gebauter Mann von tiefem glänzendem Schwarz und einem Gesicht, dessen echt afrikanische Züge ein Ausdruck von ernster und tüchtiger Verständigkeit, mit Freundlichkeit und Wohlwollen verbunden, auszeichnete. In seiner ganzen Physiognomie lag etwas von Selbstachtung und Würde, die jedoch mit einer vertrauenden und bescheidenen Einfachheit verbunden waren.

Er hatte gerade sehr viel mit einer vor ihm liegenden Schiefertafel zu tun, auf welcher er vorsichtig und langsam bemüht war, einige Buchstaben nachzumalen, wobei ihn der junge Master George, ein lebhafter, hübscher Knabe von 13 Jahren, beaufsichtigte, der die Würde seiner Stellung als Lehrer ganz zu fühlen schien.

„Nicht auf die Seite, Onkel Tom – nicht auf die Seite", sagte er munter, als Onkel Tom mit großer Mühe den Schwanz eines g auf der falschen Seite in die Höhe zog. „Das wird ein q, sieh her."

„So, so, wirklich", sagte Onkel Tom und sah mit einem ehrerbietigen, bewundernden Gesicht zu, während sein junger Lehrer zu seiner Erbauung unzählbare q und g auf die Tafel machte; darauf nahm er den Schieferstift zwischen seine groben schweren Finger und fing geduldig von vorn an.

„Wie leicht den weißen Leuten alles wird!" sagte Tante Chloe, indem sie einen Augenblick von der Kuchenform aufsah, die sie mit einem auf die Gabel aufgespießten Stück Speck bestrich, und den jungen Master George stolz anblickte. „Wie er jetzt schreiben kann! Und lesen! Und abends hierher zu kommen und seine Lektionen uns vorzulesen – das ist gewaltig interessant!"

„Aber, Tante Chloe, ich werde gewaltig hungrig", sagte George.

„Ist denn der Kuchen in der Pfanne dort bald fertig?"

„Beinahe gut, Master George", sagte Tante Chloe, indem sie den Deckel ein wenig in die Höhe hob und hineinguckte; „wird schön braun – wunderschön braun. Ach das überlaßt mir! Missis ließ neulich Sally versuchen, Kuchen zu backen, nur damit sie's lerne, sagte sie. ›Ach gehen Sie, Missis!‹ sagte ich. ›Es tut einem ordentlich das Herz weh, gute Speisen so verderben zu sehen! Der Kuchen hebt sich nur auf einer Seite, kriegt keine Form, so wenig wie mein Schuh – geht mir!‹" Und mit dieser letzten Abfertigung der Uneingeweihtheit Sallys nahm Tante Chloe den Deckel von der Backpfanne und zeigte den Augen einen schön gebackenen Pfundkuchen, dessen sich kein Konditor in der Stadt hätte zu schämen brauchen. Da dies offenbar der Mittel- und Hauptpunkt des Festes war, so fing jetzt Tante Chloe an, sich ernstlich mit dem Anrichten des Abendessens zu beschäftigen.

„Ihr da, Mose und Pete, geht aus dem Wege, ihr Nigger! Fort hier, Polly, mein Schätzchen, Mutter wird dir hernach schon was geben. Und Sie, Master George, nehmen Sie jetzt die Bücher weg und setzen Sie sich hin mit meinem Alten, und ich will die Würste anrichten und Ihnen die erste Form voll Waffeln vorsetzen, ehe Sie sich umsehen können."

„Sie wollten, ich solle zum Abendbrot nach Hause kommen", sagte George; „aber ich wußte zu gut, was besser ist, Tante Chloe."

„Gewiß, gewiß, Goldkind", sagte Tante Chloe und häufte ihm den Teller voll dampfender Waffeln. „Sie wußten, daß Ihr altes Tantchen das Beste für Sie aufhebt. O das überlaßt Ihr, geht mir!" Und dabei gab Tante Chloe George einen freundlichen

Stoß in die Seite, der über die Maßen spaßhaft sein sollte, und wendete sich wieder mit großem Eifer zu ihrer Kuchenform.

„Nun den Kuchen her“, sagte Master George, als er in der Beschäftigung mit den Waffeln ein wenig nachgelassen hatte, und damit schwenkte der junge Bursche ein großes Messer über den fraglichen Gegenstand.

„Ums Himmels willen, Master George!“ sagte Tante Chloe mit großem Ernste und ergriff ihn beim Arme. „Sie werden ihn doch nicht mit dem großen Messer schneiden? Sie verderben ihn ganz und gar – zerbrechen die schöne, gewölbte Decke? Hier ist ein dünnes, altes Messer, das ich bloß dazu geschärft habe. So, so – geht so leicht auseinander wie eine Feder! Nun essen Sie – was Besseres, als das, kriegen Sie nicht.“

„Tom Lincoln sagt“, entgegnete George mit vollem Munde, „daß ihre Jinny besser kochen kann als du!“

„Die Lincolns haben nicht viel zu bedeuten, gar nicht!“ sagte Tante Chloe geringschätzig. „Ich meine im Vergleich mit unsern Leuten. Es sind ganz achtbare Leute in bescheidener einfacher Weise; aber etwas Vornehmes zuwege zu bringen, davon haben sie auch gar keinen Begriff. Stellen Sie einmal Master Lincoln neben Master Shelby! O Gott! Und Mistreß Lincoln, kann sie so in das Zimmer hereinrauschen, wie meine Missis – so recht vornehm, wißt Ihr! O geht mir! Sprecht mir nicht von den Lincolns!“ Und Tante Chloe warf den Kopf zurück wie eine Person, die da vermeint, sie kenne die Welt etwas.

„Nun, ich habe dich aber doch sagen hören“, sagte George, „daß Jinny eine leidliche Köchin sei.“

„Das habe ich gesagt“, sagte Tante Chloe, „das kann ich sagen. Eine gute, einfache, gewöhnliche Küche, die kann Jinny besorgen; kann ein gutes Laib Brot backen – ihre Kartoffeln ziemlich kochen – ihre Maiskuchen sind nicht besonders, nicht besonders sind sie, aber doch sind sie leidlich – aber Gott, wenn man zu den höhern Zweigen kommt, was kann sie da? Nun ja, sie macht Pasteten – jawohl; aber mit was für einer Rinde? Kann sie den echten, geschmeidigen Teig backen, der im Munde zerschmilzt und in die Höhe steigt, wie ein Eiderbett? Nun, ich war drüben bei Miß Marys Hochzeit, und Jinny zeigte mir die Hochzeitkuchen. Jinny und ich sind gute Freundinnen, wissen Sie. Ich sagte kein Wort; aber gehen Sie mir, Master George! Wahrhaftig, ich könnte eine ganze Woche lang kein Auge zutun, wenn ich solche Kuchen gemacht hätte. Gott, sie taugten auch gar nichts!“

„Und wahrscheinlich bildet sich Jinny was Besonderes darauf ein“, sagte George.

„Gewiß, gewiß! Ich sehe sie noch, wie sie mir sie zeigte, so unschuldig ja sehen Sie, das ist es eben, Jinny weiß es nicht besser. Gott, die Familie ist nichts! Man kann es nicht verlangen, daß sie es weiß! Das ist nicht ihr Fehler. Ach, Master George, Sie kennen nicht die Hälfte Ihrer Privilegien in Ihrer Familie und Erziehung." Hier seufzte Tante Chloe und verdrehte vor Bewegung die Augen.

„O gewiß, Tante Chloe, ich kenne alle meine Pasteten- und Pudding-Privilegien", sagte George. „Frag Tom Lincoln, ob ich nicht jedesmal über ihn krähe, wenn ich ihn sehe."

Tante Chloe lehnte sich in ihrem Stuhl zurück und brach über diesen Witz ihres jungen Herrn in ein so herzliches Lachen aus, daß ihr die Tränen über die glänzenden schwarzen Backen herabrollten, wobei sie scherzend Master George schlug und puffte und ihm sagte, er sollte gehen, und er sei so ein Mensch – und er sei imstande, sie tot zu machen; und zwischen jeder dieser Todesprophezeiungen brach sie wieder in ein Gelächter aus, das stets länger und lauter als das vorige war, bis George wirklich zu glauben anfing, er sei ein ganz gefährlich witziger Kerl, und er müsse sich wohl in acht nehmen, nicht gar zu drollig zu sein.

„Und das sagten Sie Tom wirklich! O Gott! Was die jungen Leute nicht alles tun! Sie kräheten über Tom, o Gott! Master George, Sie können ja einen Holzbock zu lachen machen."

„Ja", sagte George, „ich sagte zu ihm: ›Tom, du solltest einen Kuchen von Tante Chloe sehen; das sind die wahren‹", sagte ich.

„'s ist wirklich schade, daß es Tom nicht gekonnt hat", sagte Tante Chloe, auf deren wohlwollendes Herz der Gedanke an Toms umnachteten Seelenzustand einen starken Eindruck zu machen schien. „Sie sollten ihn eigentlich nächster Tage einmal hierher zum Essen einladen, Master George", setzte sie hinzu; „das würde sich ganz hübsch von Ihnen ausnehmen. Sehen Sie, Master George, Sie dürfen auf niemand herabsehen wegen Ihrer Privilegien, weil unsere Privilegien uns von Gott gegeben sind, – wir sollten das niemals vergessen", sagte Tante Chloe und machte ein ganz andächtiges Gesicht.

„Gut, ich werde nächste Woche Tom einmal hierher einladen", sagte George; „und du tust dein Bestes, Tante Chloe, und er soll Augen machen! Er soll essen, daß er es vierzehn Tage lang nicht verwinden kann; nicht wahr?"

„Ja, ja, gewiß", sagte Tante Chloe voll Freude, „das sollen Sie sehen. Gott, wenn man an manche unserer Diners denkt! Erinnern Sie sich noch an die große Hühnerpastete, die ich machte, als wir General Knox das Diner gaben? Ich und Missis hätten uns fast wegen der Pastetenrinde gezankt. Ich möchte wissen, was

Ladies manchmal in den Kopf kommt, aber manchmal, wenn jemand die schwerste Verantwortlichkeit auf sich hat und sozusagen das Herz ganz voll hat von seinem Geschäft, da wählen sie gerade die Zeit, nur um um einen herumzustehen und hineinzureden! Missis nun wollte, ich sollte dieses so machen und jenes anders machen; und zuletzt wurde ich ordentlich giftig und sagte: ›Aber Missis, sehen Sie doch einmal Ihre schönen weißen Hände an mit den langen Fingern, die alle von Ringen funkeln wie meine weißen Lilien, wenn der Tau dran hängt; und sehen Sie dann meine großen, schwarzen, plumpen Hände an. Meinen Sie nun nicht, daß der Herr mich geschaffen hat, um den Pastetenteig zu backen, und Sie, um im Gesellschaftszimmer zu bleiben?‹ Ja, ich war wirklich giftig, Master George."

„Und was sagte die Mutter?" sagte George.

„Was sie sagte? – Nun, man sah es, ihre Augen lachten – ihre großen schönen Augen; und sie sagte: ›Tante Chloe, ich glaube wirklich, du hast darin ziemlich recht‹ sagte sie; und sie ging hinein ins Gesellschaftszimmer. Sie hätte mir eigentlich eins über den Kopf geben sollen, weil ich so giftig war; aber 's ist einmal so – mit Damen in der Küche kann ich nichts machen!"

„Ja, du hast dich mit diesem Diner hervorgetan – ich erinnere mich noch, daß jeder das sagte", sagte George.

„Nicht wahr? Und stand ich nicht an demselben Tage hinter der Tür des Speisezimmers, und sah ich nicht, wie der General sich noch dreimal von meiner Pastete geben ließ, und hörte ich nicht, wie er sagte: ›Sie müssen eine ganz besonders gute Köchin haben, Mrs. Shelby.‹ Gott! Ich wäre fast geplatzt!"

„Und der General weiß, was gut kochen heißt", sagte Tante Chloe und richtete sich selbstbewußt in die Höhe. „Sehr hübscher Mann, der General! Stammt aus einer unserer allerbesten Familien von Altvirginien! Er weiß, wo Barthel Most holt, der General – so gut wie ich. Sie müssen wissen, Master George, jede Art Pastete hat ihre Feinheiten; aber nicht jedermann weiß, was sie sind oder worin sie bestehen sollten. Aber der General weiß es; das spürte ich gleich in seinen Bemerkungen. Ja, er weiß, wo die Feinheiten sind!"

Mittlerweile hatte Master George den Zustand erreicht, den selbst ein Knabe erreichen kann (unter ungewöhnlichen Verhältnissen), wo er auch nicht einen Bissen mehr essen konnte, und daher hatte er jetzt Muße, den Haufen von wolligen Köpfen und glänzenden Augen zu bemerken, welche ihnen aus der anderen Ecke hungrig zusahen.

„Hier Mose, Pete", sagte er, indem er große Bissen abbrach und sie ihnen zuwarf; „ihr wollt auch was haben, nicht? Tante Chloe, backe ihnen ein paar Waffeln."

Und George und Tom rückten auf einen gemütlichen Platz in die Kaminecke, während Tante Chloe, nachdem sie einen ansehnlichen Haufen Waffeln gebacken, das Kleinste auf den Schoß nahm und anfing, abwechselnd den Mund der Kinder und ihren eigenen zu füllen und Mose und Pete ebenfalls zu bedenken, welche vorzuziehen schienen, ihre Portionen zu verzehren, während sie unter dem Tische auf dem Erdboden herumkollerten, sich gegenseitig kitzelten und gelegentlich das Kleinste an den Zehen zupften.

„Wart, still da!" sagte die Mutter und stieß dann und wann ziemlich aufs Geratewohl mit dem Fuße unter den Tisch, wenn der Lärm gar zu arg wurde. „Könnt ihr euch nicht anständig benehmen, wenn euch weiße Herrschaften besuchen? Wollt ihr gleich ruhig sein! Nehmt euch in acht, sonst nehme ich euch ein Knopfloch tiefer vor, wenn Master George fort ist!"

Was diese schreckliche Drohung besagen sollte, ist schwer zu deuten; aber gewiß ist, daß ihre grauenhafte Unbestimmtheit auf die jungen Sünder, denen sie galt, sehr wenig Eindruck machte.

„Ach, sie sind noch so voller Lachen, daß sie sich nicht benehmen können", sagte Onkel Tom.

Hier kamen die Jungen unter dem Tisch hervor und fingen mit tüchtig mit Sirup bekleisterten Händen und Gesicht das Kleine lebhaft zu küssen an.

„Marsch, fort mit euch!" sagte die Mutter und stieß ihre wolligen Köpfe beiseite. „Ihr klebt alle zusammen und kommt nicht wieder los voneinander, wenn ihr es so macht. Geht an den Brunnen und wascht euch!" sagte sie und unterstützte ihre Ermahnungen mit einem Klaps, der sehr derb klang, aber nur noch mehr Gelächter aus den Jungen hervorzulocken schien, wie sie übereinander weg zur Türe hinauspurzelten, wo sie vor lauter Lust hell aufkreischten.

„Hat man schon so ungezogene Rangen gesehen?" sagte Tante Chloe etwas selbstgefällig, wie sie ein für solche Gelegenheiten aufgespanntes, altes Handtuch hervorbrachte, etwas Wasser aus der gesprungenen Teekanne darauf goß und nun den Sirup von dem Gesicht und den Händen des Kleinsten abwusch; wie es dann poliert war, bis es glänzte, setzte sie es Tom auf den Schoß, während sie sich mit dem Abräumen des Tisches beschäftigte. Das Kleinste benutzte die Zwischenzeit, um Tom an der Nase zu zupfen, ihn im Gesichte zu kratzen und mit seinen dicken runden Händen in dem wolligen Haar herumzuwühlen, welches ihm ganz besonderes Vergnügen zu machen schien.

„Ist es nicht ein munteres Kerlchen?" sagte Tom und hielt das Kind auf Armlänge vor sich hin, um es ordentlich zu besehen; dann stand er auf, setzte es auf seine breite Schulter und fing an, mit ihm herumzuspringen und zu tanzen, während Master George mit dem Taschentuch nach ihm schlug, und Mose und Pete, die wieder hereingekommen waren, hinterherbrüllten wie Bären, bis Tante Chloe erklärte, daß es zum Kopfabreißen sei. Da nach ihrer eigenen Aussage diese chirurgische Operation in der Hütte täglich vorkam, so wurde dadurch die Lust nicht im mindesten vermindert, bis sich jedermann wieder in einen Zustand der Fassung gebrüllt, gesprungen und getanzt hatte.

„Nun, ich hoffe, ihr seid nun fertig“, sagte Tante Chloe, die aus einem roh gearbeiteten Kasten geschäftig ein Rollbett hervorgeholt hatte.

„Und jetzt kriecht da hinein, du Mose und du Pete, denn jetzt geht das Meeting an.“

„Ach, Mutter, wir wollen noch nicht schlafen. Wir wollen aufbleiben zum Meeting – Meeting ist so hübsch. Es gefällt uns.“

„Ach, Tante Chloe, schieb' es wieder drunter und lasse sie aufbleiben“, sagte Master George in entschiedenem Tone und gab dem Bette einen Stoß.

Tante Chloe schien, nachdem sie auf diese Weise den Schein gerettet, recht gern das Bett wieder hinunterzuschieben und sagte dabei: „Nun, vielleicht profitieren sie was davon.“

Das Haus trat nun zu einer Komiteesitzung zusammen, um die zu treffenden Anordnungen zum Meeting in Erwägung zu ziehen.

„Wie wir mit den Stühlen auskommen sollen, weiß ich wahrhaftig nicht!“ sagte Tante Chloe. Da man das Meeting schon seit unvordenklicher Zeit beim Onkel Tom gehalten hatte, ohne mehr Stühle zu besitzen, so schien einige Berechtigung zu der Hoffnung vorhanden zu sein, daß sich wohl auch diesmal ein Weg finden werde.

„Der alte Onkel Peter hat vorige Woche beide Beine aus dem ältesten Stuhle dort herausgesungen“, meinte Mose.

„Wart du! Ich will wetten, du hast sie selbst herausgezogen; 's ist einer von deinen Streichen“, sagte Tante Chloe.

„Nun, er steht schon, wenn wir ihn nur recht fest an die Wand rücken“, sagte Mose.

„Dann darf Onkel Peter nicht drauf sitzen, weil er immer rutscht, wenn er zu singen anfängt. Neulich abends ist er fast durch das ganze Zimmer gerutscht“, sagte Pete.

„O Gott! Dann laßt ihn drauf sitzen“, sagte Mose, „und dann fängt er an: ›Ihr Heiligen und ihr Sünder alle‹ und plauz! liegt er unten.“ – Und Mose ahmte die

Nasentöne des Alten ganz genau nach und platzte auf den Erdboden nieder, um die eingebildete Katastrophe vor Augen zu bringen.

„Wollt ihr nicht ungezogen sein!“ sagte Tante Chloe. „Schämt ihr euch nicht?“

Master George lachte jedoch mit dem Sünder und erklärte mit Entschiedenheit, daß Mose ein Blitzkerl sei. Daher schien die mütterliche Ermahnung nicht allzuviel Erfolg zu haben.

„Nun, Alter“, sagte Tante Chloe, „dann mußt du wohl die Fässer hereinrollen.“

„Mutters Fässer sind wie die der Witwe, von der Master George in dem guten Buch vorlas – sie sind immer sicher“, sagte Mose beiseite zu Pete.

„Eins gab doch nach vorige Woche“, sagte Pete, „daß alle mitten im Singen zusammenpurzelten; das war doch nicht so sicher, nicht?“

Während dieses leisen Zwiegespräches zwischen Mose und Pete hatte Onkel Tom zwei leere Fässer in die Hütte gerollt und sie mit ein paar Steinen an jeder Seite an ihre Stelle befestigt. Nun legte man Bretter darüber; kehrte dann noch verschiedene Butten und Eimer um, stellte die wackeligen Stühle an ihren Platz und war nun mit der Vorbereitung zum Meeting fertig.

„Master George liest so schön, daß er gewiß gern dableibt und für uns liest“, sagte Tante Chloe; „gewiß ist das viel hübscher.“

George gab bereitwillig seine Beistimmung, denn ein Knabe ist zu allem bereit, was ihm eine Wichtigkeit gibt.

Das Zimmer füllte sich bald mit einer sehr gemischten Gesellschaft von den alten grauköpfigen Patriarchen von achtzig bis zu den jungen Mädchen und Burschen von 15 Jahren. Man begann mit einem harmlosen Klatschen über verschiedene Gegenstände, wie z. B. wo die alte Tante Sally ihr neues rotes Kopftuch her habe, und wie Missis der Lissy das geblümte Mousselinkleid schenken wolle, sowie ihre neuen Sachen fertig wären, und wie Master Shelby eine neue Rotfuchsstute kaufen wolle, die eine große Vermehrung der Herrlichkeiten des Gutes sein werde. Einige der Andächtigen gehörten benachbarten Familien, die ihnen erlaubt hatten, dem Meeting beizuwohnen. Sie hatten mancherlei Pikantes von dem, was im Hause und auf dem Gute geschah, zu erzählen, und diese kleine Münze der Unterhaltung ging ebenso rasch von Hand zu Hand, wie dieselbe Münzsorte in vornehmen Kreisen.

Nach einer Weile fing zur offenbaren Freude aller Anwesenden das Singen an. Nicht einmal der Nachteil der näselnden Intonierung konnte die Wirkung der von Natur schönen Stimmen in diesen wilden und lebhaften Melodien beeinträchtigen. Der Text bestand zuweilen aus den wohlbekannten und gewöhnlichen

Kirchenhymnen, trug aber auch manchmal einen wilden und unbestimmten Charakter, der von Camp-Meetings herstammte. Verschiedene Ermahnungen oder Erzählungen aus dem eigenen Leben folgten und unterbrachen zuweilen das Singen. Onkel Tom galt der Nachbarschaft in Religionssachen für eine Art Patriarchen. Von Natur mit einem Charakter begabt, in welchem das Sittliche stark vorherrschte, und dabei im Besitz eines umfassenden und gebildeteren Geistes als seine anderen Schicksalsgenossen, stand er in hoher Achtung und galt für eine Art Geistlichen; und der einfache, herzliche, aufrichtige Ton seiner Ermahnungen hätte selbst besser erzogene Personen erbauen können. Aber ganz besonders zeichnete er sich im Gebet aus. Nichts konnte die rührende Einfalt, die kindliche Innigkeit seines Gebetes übertreffen, das er mit Stellen aus der Heiligen Schrift ausschmückte, welche so ganz mit ihm verwachsen zu sein schienen, daß sie wie ein Teil von ihm selbst geworden waren und unbewußt von seinen Lippen flossen. Und so sehr wirkte sein Gebet stets auf die frommen Empfindungen seiner Zuhörerschaft, daß sie sich oft in den Bemerkungen, welche ringsum laut wurden, zu verlieren drohte.

Während dieses Auftritts in der Hütte des Sklaven geht ein ganz anderer in den Gemächern des Herrn vor sich. Der Handelsmann und Mr. Shelby saßen miteinander in dem früher erwähnten Speisezimmer an einem mit Papieren und Schreibmaterialien bedeckten Tisch.

Mr. Shelby zählte aufmerksam einige Pack Banknoten, die er, wie er sie durchgezählt hatte, dem Handelsmann hinschob, der sie ebenfalls zählte.

„Alles in Ordnung“, sagte der Handelsmann; „und nun die Unterschrift zu den Papieren hier.“

Mr. Shelby griff hastig nach den Verkaufskontrakten und unterzeichnete sie, wie ein Mann, der ein unangenehmes Geschäft in möglichster Eile abmacht, und schob sie dann mit dem Geld wieder hin.

Haley zog nun aus seinem abgenutzten Mantelsack ein Pergament hervor und übergab es, nachdem er es einen Augenblick besehen, Mr. Shelby, welcher es mit einer Gebärde schlechtverhehlter Hast nahm.

„Nun ist die Sache abgemacht“, sagte der Handelsmann und stand auf.

„Abgemacht“, sagte Mr. Shelby in nachdenklichem Tone; und mit einem langen Atemzug wiederholte er: „Abgemacht.“

„Sie scheinen sich nicht besonders darüber zu freuen, wie mir vorkommt“, sagte der Handelsmann.

„Haley“, sagte Mr. Shelby, „ich hoffe, Sie werden nicht vergessen, daß Sie mir bei Ihrer Ehre versprechen, Tom nicht zu verkaufen, ohne zu wissen, was er für einen Herrn bekommt.“

„Nun, Sie haben es ja eben getan, Sir“, sagte der Handelsmann.

„Verhältnisse, wie Sie wissen, zwangen mich dazu“, sagte Shelby mit stolzer Kälte.

„Nun, Sie wissen, Verhältnisse können auch mich dazu zwingen“, sagte der Handelsmann. „Jedoch ich will mein Bestes tun, um Tom einen guten Herrn zu verschaffen; grausame Behandlung hat er von mir nicht zu befürchten. Wenn es etwas gibt, wofür ich dem Herrn danke, so ist es, daß ich in keiner Weise grausam bin.“

Nach den Erläuterungen, welche der Handelsmann früher über seine menschenfreundlichen Grundsätze gegeben hatte, fühlte sich Mr. Shelby durch diese Erklärung nicht besonders beruhigt; aber da sie der beste Trost waren, den der Gegenstand erlaubte, so ließ er den Handelsmann mit Schweigen sich entfernen und suchte Zuflucht in einer einsamen Zigarre.

4. Kapitel Die Empfindungen lebendiger Ware, wenn sie den Herrn wechselt

Mr. und Mrs. Shelby hatten sich für die Nacht in ihre Zimmer zurückgezogen. Er lag in einem geräumigen Lehnstuhl und las einige mit der Nachmittagspost angekommene Briefe, und sie stand vor dem Spiegel und kämmte sich die kunstreich zusammengeflochtenen Zöpfe und Locken aus, in welche Elisa ihr Haar geordnet hatte; denn als sie die bleichen Wangen und hohlen Augen des Mädchens sah, hatte sie dasselbe des Dienstes für diesen Abend enthoben und ihr befohlen, sich zu Bett zu legen. Natürlich erinnerte sie ihre jetzige Beschäftigung an das Gespräch, welches sie früh mit dem Mädchen gehabt hatte; deshalb sagte sie in gleichgültigem Ton zu ihrem Gatten:

„Apropos, Arthur, wer war dieser schlecht erzogene Mensch, den du heute mit zu Tisch gebracht hattest?“

„Er heißt Haley“, sagte Shelby, der sich etwas unruhig in seinem Lehnstuhl umdrehte und die Augen nicht von dem Brief abwendete.

„Haley! Was ist er, und was hat er hier zu tun?“

„Ich hatte Geschäfte mit ihm, wie ich das letztemal in Natchez war“, sagte Mr. Shelby.

„Und er glaubte, dadurch das Recht zu haben, hier ganz wie zu Hause zu tun und sich mit an den Tisch zu setzen?“

„Ich habe ihn eingeladen, ich hatte Rechnungen mit ihm in Ordnung zu bringen“, sagte Shelby.

„Ist er ein Sklavenhändler?“ sagte Mrs. Shelby, der eine gewisse Verlegenheit im Benehmen ihres Gatten nicht entging.

„Wie kommst du darauf, liebe Frau“, sagte Shelby und sah sie an.

„Nun, Elisa kam nach dem Essen in großer Aufregung und jammernd zu mir und sagte mir, du sprächst mit einem Handelsmann, und sie hätte ihn auf ihren Kleinen bieten hören – das lächerliche Gänschen.“

„So, sagte sie das?“ sagte Mr. Shelby und sah wieder die Briefe an, indem er eine Weile ganz vertieft zu sein schien, ohne zu bemerken, daß er dieselben verkehrt hielt.

„Es muß heraus“, sprach er zu sich selbst, „es kostet jetzt nicht mehr als später.“

„Ich sagte Elisa“, sagte Mrs. Shelby, immer noch ihre Haare kämmend, „daß sie mit ihrer Einbildung eine kleine Närrin sei, und daß du dich nie mit solchen Leuten einließest. Natürlich weiß ich, daß du nie daran denkst, einen unserer Leute zu verkaufen – am wenigsten an solch einen Kerl.“

„Das ist auch stets meine Meinung gewesen, Emilie“, sagte ihr Gatte; „aber die Sachen stehen so, daß ich mir nicht mehr anders helfen kann. Ich werde einige von meinen Leuten verkaufen müssen.“

„An diesen Menschen? Unmöglich! Shelby, das kann dein Ernst nicht sein.“

„Es tut mir leid, es bestätigen zu müssen“, sagte Mr. Shelby. „Ich habe Tom verkauft.“

„Was! Unsern Tom – den guten treuen Burschen! – Der von Kind auf dein treuer Diener gewesen ist! – O Shelby! – Und du hast ihm noch dazu seine Freilassung versprochen – du und ich haben sie ihm hundertmal zugesagt. Ja, nun kann ich alles glauben; nun kann ich auch glauben, daß du den kleinen Harry verkaufen könntest, das einzige Kind der armen Elisa!“ sagte Mrs. Shelby in einem Ton zwischen Schmerz und Entrüstung.

„Nun, da du alles wissen mußt: Es ist an dem. Ich habe mich bereit erklärt, sowohl Tom wie Harry zu verkaufen, und weiß nicht, warum man mich ausschimpft, als wenn ich ein Ungeheuer wäre, weil ich tue, was jedermann alle Tage tut.“

„Aber warum gerade diese beiden?“ sagte Mrs. Shelby. „Warum diese beiden vor allen andern, wenn du überhaupt verkaufen mußt?“

„Weil ich für sie das meiste Geld bekomme – das ist der Grund. Ich konnte eine andere Person wählen, wenn du willst. Der Mann bot mir eine beträchtliche Summe für Elisa, wenn dir das besser gefällt“, sagte Mr. Shelby.

„Der Elende!“ sagte Mrs. Shelby heftig.

„Natürlich wollte ich nichts davon hören – aus Rücksicht auf deine Gefühle wollte ich nicht; also rechne mir wenigstens das zugute.“

„Lieber Mann, verzeihe mir“, sagte Mrs. Shelby, die sich etwas gesammelt hatte. „Ich war heftig. Die Sache überraschte mich, und ich war gar nicht darauf vorbereitet; aber gewiß wirst du mir erlauben, für die armen Geschöpfe ein gutes Wort einzulegen. Tom ist ein edler, treuer Bursche, obgleich er ein Schwarzer ist. Ich bin der Überzeugung, Shelby, wenn man es von ihm verlangte, würde er sein Leben für dich hingeben.“

„Das weiß ich, gewiß; aber was nützt das alles, ich kann mir nicht anders helfen.“

„Warum bringst du nicht ein pekuniäres Opfer? Ich will gern meinen Teil dazu beitragen. Ach Shelby, ich habe versucht – treulich versucht, wie es einer Christin zukommt – gegen diese armen, einfältigen, abhängigen Geschöpfe meine Pflicht zu tun. Ich habe sie gepflegt, sie unterrichtet, beobachtet und seit Jahren alle ihre kleinen Schmerzen und Freuden kennengelernt, und wie kann ich ihnen je wieder gerade in das Gesicht sehen, wenn wir wegen eines armseligen Gewinnes einen so treuen vortrefflichen und auf uns vertrauenden Menschen, wie Tom, verkaufen und in einem Augenblick ihm alles entreißen, was wir ihn lieben und wertschätzen gelehrt haben? Ich habe ihnen die Pflichten, die sie als Eltern und Kinder, als Gatte und Gattin haben, gelehrt; und was für eine Miene soll ich zu diesem offenen Bekenntnis machen, daß wir uns um kein Band, um keine Pflicht, um kein Verhältnis, seien sie noch so heilig, kümmern, wenn Geld dagegen in die Waagschale geworfen wird? Ich habe mit Elisa von ihrem Sohn gesprochen – von ihrer Pflicht gegen ihn, als eine christliche Mutter über ihn zu wachen, für ihn zu beten, und ihn christlich zu erziehen; und was kann ich jetzt sagen, wenn du ihn ihr entreißest und ihn Seele und Leib an einen gewissenlosen Mann verkaufst, nur um schnöden Gewinnes willen? Ich habe ihr gesagt, daß eine Seele mehr wert ist als alles Geld auf der Welt, und wie wird sie mir glauben, wenn sie sieht, wie wir uns gegen sie wenden und ihr Kind verkaufen? – Ihn vielleicht der sichern Verderbnis von Seele und Leib weihen!“

„Es tut mir leid, daß du es dir so zu Herzen nimmst, Emilie – ich versichere es dir“, sagte Mr. Shelby, „und ich achte auch deine Empfindungen, obgleich ich mir nicht anmaßen kann, sie in ihrer ganzen Ausdehnung zu teilen; aber ich sage dir jetzt in feierlichem Ernst, es nützt zu nichts – ich kann mir nicht anders helfen. Ich beabsichtigte nicht, es dir zu sagen, Emilie; aber rundherausgesagt, ich habe keine andre Wahl als entweder diese beiden oder meine ganze Habe zu verkaufen. Entweder muß ich sie losschlagen oder alles. Haley ist in Besitz einer Hypothek gekommen, die ich sofort bezahlen muß, oder er ruiniert mich ganz und gar. Ich habe gespart und zusammengescharrt und geborgt und fast gebettelt – und der Wert dieser beiden war noch erforderlich, um die Summe zusammenzubringen. Haley fand Gefallen an dem Kinde; er wollte die Sache so abmachen, aber nicht anders. Er hatte mich in der Hand, und ich mußte es tun. Wenn du ihren Verlust so tief fühlst, würde es denn besser sein, wenn alles verkauft werden müßte?“

Mrs. Shelby stand da wie vom Blitz getroffen. Endlich wendete sie sich ihrem Toilettentisch zu, legte das Gesicht in die Hände und stöhnte laut.

„Das ist der Fluch Gottes über die Sklaverei! – Eine böse, böse, höchst fluchwürdige Sache! – Ein Fluch für den Herrn und ein Fluch für den Sklaven! Ich war eine Torin zu denken, ich könnte ein so tödliches Übel zu etwas Gutem wenden. Es ist eine Sünde, einen Sklaven unter Gesetzen, wie die unsrigen sind, zu besitzen; ich habe es immer gefühlt – ich habe immer so gedacht, als ich noch unverheiratet war – ich wurde noch mehr davon überzeugt, als ich mich der Kirche angeschlossen hatte; aber ich glaubte, ich könnte ihre Häßlichkeit mit einer verschönernden Decke verhüllen –ich glaubte, durch Freundlichkeit und Sorgfalt und Belohnung den Zustand meiner Sklaven besser zu machen als die Freiheit – was für eine Torin ich war!“

„Aber Frau, du wirst ja wahrhaftig eine echte Abolitionistin!“

„Eine Abolitionistin! Wenn die Abolitionisten alles wüßten, was ich von der Sklaverei weiß, so könnten sie reden! Sie brauchen es uns nicht erst zu sagen. Du weißt, ich habe die Sklaverei nie für recht gehalten – und mich nie gern dazu verstanden, Sklaven zu besitzen.“

„Nun, darin unterscheidest du dich von vielen einsichtsvollen und frommen Personen“, sagte Mr. Shelby. „Du erinnerst dich noch an Mr. B.'s Predigt neulichen Sonntag?“

„Ich mag keine solche Predigt hören; ich mag Mr. B. in unserer Kirche nie wieder hören. Geistliche können vielleicht dem Übel nicht abhelfen – können es ebensowenig heilen als wir – aber es verteidigen! – Ich habe es nie begreifen können. Und ich dachte, du hättest auch nicht viel von dieser Predigt gehalten."

„Nun ja, ich gestehe, daß diese Geistlichen die Sache manchmal weiter treiben, als wir armen Sünder es wagen würden. Wir Geschäftsleute müssen über mancherlei ziemlich stark die Augen zudrücken und uns an manches gewöhnen, was eigentlich nicht ganz recht ist. Aber es gefällt uns doch nicht ganz, wenn Weiber und Geistliche den Mund vollnehmen und in Sachen der Zucht oder Sittlichkeit über uns hinausgehen; das ist ein Faktum. Aber jetzt, liebe Frau, hoffe ich, siehst du die Notwendigkeit der Sache ein und siehst, daß ich noch das Beste getan, was die Umstände erlaubten."

„O ja, ja!" sagte Mrs. Shelby und befühlte unruhig und gedankenvoll ihre goldene Uhr. „Ich habe keine Juwelen, die der Rede wert wären." Dann setzte sie hinzu: „Aber wäre nicht mit dieser Uhr etwas zu machen? – Sie kostete viel Geld, als sie gekauft wurde. Wenn ich wenigstens Elisas Kind retten könnte, so würde ich alles opfern, was ich habe."

„Es tut mir leid, sehr leid, Emilie", sagte Mr. Shelby, „es tut mir sehr leid, daß es dir so zu Herzen geht; aber es hilft nichts. Die Sache ist vorbei und abgemacht, Emilie: Der Verkaufskontrakt ist schon unterschrieben und in Haleys Händen – und du mußt Gott danken, daß es nicht noch schlimmer ist. Dieser Mann hatte es in seiner Gewalt, uns alle zugrunde zu richten, und jetzt sind wir ihn glücklich los. Wenn du den Mann kenntest wie ich, so würdest du meinen, wir wären noch recht gut davongekommen."

„Ist er denn so hartherzig?"

„Nun, er ist gerade nicht ein grausamer Mann; aber ein Mann von Leder – ein Mann, der für nichts lebt, als für Handel und Gewinn –, gefühl- und rücksichtslos, unbarmherzig, wie der Tod und das Grab. Er würde seine eigene Mutter gegen eine gute Provision verkaufen, ohne daß er der Alten grade weh zu tun meinte."

„Und dieser Elende soll unsern guten, getreuen Tom und Elisas Kind besitzen?"

„Ich muß dir wohl gestehen, liebe Frau, daß die Sache mir sehr hart angeht – ich kann gar nicht daran denken. Haley wünscht die Sache rasch abzumachen und morgen in Besitz zu kommen. Ich lasse mir ganz früh mein Pferd satteln und reite fort. Ich kann Tom nicht sehen, das ist ein Faktum, und du tätest besser, eine Spazierfahrt zu arrangieren und Elisa mitzunehmen. Sie können dann das Kind fortnehmen, wenn sie nicht da ist."

„Nein, nein“, sagte Mrs. Shelby, „ich mag in keiner Weise Mitschuldige oder Gehilfin bei diesem schrecklichen Geschäft sein. Ich werde den armen alten Tom besuchen – Gott helfe ihm in seinem Unglück! Sie sollen wenigstens sehen, daß ihre Herrin für sie und mit ihnen fühlen kann. Was Elisa betrifft, so wage ich gar nicht, daran zu denken. Der Herr vergebe uns! Was haben wir getan, daß uns diese grausame Notwendigkeit trifft?“

Zeugin dieses Gesprächs war eine Person, welche Mr. und Mrs. Shelby nicht im mindesten in Verdacht hatten.

Neben ihrem Zimmer befand sich eine große Kammer, die mit einer Tür auf den äußeren Korridor hinausging. Als Mrs. Shelby Elisa für diese Nacht entließ, hatte fieberhafte Aufregung der letzteren den Gedanken an diese Kammer eingegeben, und sie hatte sich dort versteckt und mit ihrem dicht an eine Spalte in der Tür gepreßten Ohr kein Wort des Gespräches verloren. Als die Stimmen schwiegen, stand sie auf und schlich sich leise fort. Bleich, von Fieber fröstelnd, mit krampfhaft verzogenem Gesicht und zusammengepreßten Lippen sah sie wie ein ganz anderes Wesen aus, als wie das sanfte und schüchterne Geschöpf, das sie bis dahin gewesen. Vorsichtig bewegte sie sich über den Gang, blieb einen Augenblick vor der Tür ihrer Herrin stehen und erhob die Hände in stummem Flehen zum Himmel und ging dann weiter und schlüpfte in ihr eigenes Zimmer. Es war ein stilles sauberes Stübchen auf demselben Flur wie das Zimmer ihrer Herrin. Dort war das hübsche sonnige Fenster, wo sie so oft sinnend bei ihrer Näharbeit gesessen hatte; dort ein kleines Bücherbrett und daneben ein paar Tändeleien, alles Weihnachtsgeschenke; dort war ihre einfache Garderobe im Wandschrank und in Kästen; hier war mit einem Wort ihre Heimat, und sie hatte im ganzen sehr glücklich hier gelebt. Aber dort auf dem Bett lag ihr schlummernder Knabe, die langen Locken nachlässig um das noch nichts ahnende Gesicht wallend, den rosigen Mund halb geöffnet, die runden Händchen oben auf der Bettdecke liegend, und ein Lächeln, wie ein Sonnenstrahl über das ganze Gesicht gebreitet.

„Armer Knabe! Armes Kind!“ sagte Elisa. „Sie haben dich verkauft! Aber deine Mutter wird dich noch retten!“

Keine Träne fiel auf dieses Kissen. In solchen Drangsalen hat das Herz keine Tränen übrig; es entfließt ihm nur Blut, und es verblutet sich schweigend. Sie nahm ein Stück Papier und einen Bleistift und schrieb hastig.

„Ach Missis! Gute Missis! Halten Sie mich nicht für undankbar – denken Sie wenigstens nicht schlecht von mir. – Ich habe alles gehört, was Sie und der Herr heute abend miteinander sprachen. Ich will versuchen, meinen Knaben zu retten – Sie werden mich nicht tadeln! Gott segne Sie und belohne Sie für alle Ihre Güte.“

Nachdem sie dies hastig zusammengebrochen und adressiert hatte, zog sie einen Kasten auf und packte ein kleines Bündel Kleidungsstücke für ihren Knaben zusammen, das sie mit einem Schnupftuch fest um den Leib band; und so zärtlich ist das Gedächtnis einer Mutter, daß sie selbst in den Schrecken dieser Stunde nicht vergaß, eine oder zwei seiner Lieblingsspielsachen einzupacken und einen buntgemalten Papagei aussuchte, um ihn damit zu unterhalten, wenn sie ihn wecken mußte. Es kostete einige Mühe, den kleinen Schläfer zu ermuntern; aber endlich saß er auf seinem Bettchen und spielte mit dem Vogel, während seine Mutter den Hut aufsetzte und das Tuch umband.

„Wo willst du hin, Mutter?“ sagte er, als sie mit seinem Röckchen und Mützchen auf ihn zukam.

Die Mutter stellte sich vor ihn hin und sah ihm mit solchem Ernst in die Augen, daß er gleich erriet, daß etwas Ungewöhnliches im Werk war.

„Still, Harry“, sagte sie, „darfst nicht laut sprechen oder sie hören uns. Ein böser Mann wollte kommen, um den kleinen Harry wegzuholen von seiner Mutter und im Finstern weit wegzutragen; aber Mutter leidet das nicht – sie setzt ihrem kleinen Sohn die Mütze auf und zieht ihm den Rock an und läuft mit ihm fort, daß ihn der böse Mann nicht haschen kann.“

Mit diesen Worten hatte sie das Kind bald in seinen einfachen Anzug gekleidet, nahm es auf den Arm, flüsterte ihm zu, ganz ruhig zu sein, öffnete die nach der äußeren Veranda gehende Tür und schlich geräuschlos hinaus.

Es war eine klare sternenhelle Nacht, und die Mutter hüllte ihr Kind dicht in das Tuch, wie es ganz still vor unerklärlichem Entsetzen sich um ihren Hals klammerte.

Der alte Bruno, ein großer Neufundländer, der am Ende der Veranda schlief, stand leise knurrend auf, als sie sich näherte. Sie rief ihn halblaut beim Namen, und das Tier, ein alter Günstling und Spielkamerad von ihr, wedelte sofort mit dem Schwanze und machte sich bereit, ihr zu folgen, obgleich es allem Anschein nach seinem einfachen Hundeverstande viel zu schaffen machte, was ein so seltsamer Mitternachtsspaziergang bedeuten solle. Einige dunkle Ahnungen von der Unvorsichtigkeit oder Unschicklichkeit dieses Schrittes schienen ihm viel Kopfzerbrechen zu verursachen; denn er blieb oft stehen, wie Elisa vorwärts eilte, und sah fragend erst sie und dann das Haus an, und kam dann, als hätte ihn das Nachdenken beruhigt, wieder nachgezottelt. Nach wenigen Minuten standen sie an dem Fenster vor Onkel Toms Hütte, und Elisa klopfte leise an die Scheibe. Das Meeting und Hymnensingen hatte bei Onkel Tom bis zu einer ziemlich späten Stunde gedauert, und da Onkel Tom sich nachher noch an einigen langen Solos erbaut hatte, so war er und seine würdige Lebensgefährtin noch nicht zu Bett, obgleich es schon zwischen 12 und 1 Uhr war.

„Guter Gott! Was ist das?“ sagte Tante Chloe, indem sie auffuhr und rasch den Vorhang zurückzog. „So wahr ich lebe, 's ist Lizzy! Zieh dich an, Alter, rasch! Da kratzt auch der alte Bruno draußen – was gibt's nur? Ich will gleich aufmachen.“

In der Tat öffnete sich auch sofort die Tür, und das Licht der Unschlittkerze, welche Tom hastig angezündet hatte, fiel auf das angstverzerrte Gesicht und die dunklen verstörten Augen der Entflohenen.

„Gott sei bei uns! Man erschrickt ja vor dir, Lizzy! Bist du krank, oder was ist dir zugestoßen?“

„Ich laufe fort, Onkel Tom und Tante Chloe – bringe meinen Knaben fort. Der Herr hat ihn verkauft!“

„Ihn verkauft!“ wiederholten beide und erhoben die Hände in namenlosem Schrecken.

„Ja, ihn verkauft“, sagte Elisa fest; „ich schlich mich heute abend in die Kammer hinter unserer Herrin Stube und hörte den Herrn der Herrin erzählen, daß er meinen Harry und dich, Onkel Tom, einem Sklavenhändler verkauft habe, und daß er selbst diesen Morgen fortreiten wollte, und daß der Mann heute die Gekauften in Besitz nehmen werde.“

Tom hatte während dieser Rede mit erhobenen Händen und weit offenen Augen, als träume er, dagestanden. Wie er die Bedeutung des Gehörten langsam und allmählich begriff, setzte er sich nicht, sondern fiel vielmehr auf seinen alten Stuhl und ließ den Kopf bis auf die Knie herabsinken.

„Der gute Gott erbarme sich unser!“ sagte Tante Chloe. „O, das kann ja gar nicht wahr sein! Was hat er denn getan, daß ihn Master verkaufen sollte?“

„Er hat nichts getan; – deshalb ist es nicht. Der Herr will nicht verkaufen und Missis – die ist immer gut. Ich hörte sie für uns sprechen und bitten; aber er sagte ihr, es helfe nichts – er sei dem Manne Geld schuldig, und dieser habe ihn in der Hand – und wenn er ihn nicht vollständig bezahle, so würden zuletzt die Besitzung und alle Leute verkauft werden und er ins Elend gehen müssen. Ja, ich hörte ihn äußern, daß keine Wahl übrig sei zwischen dem Verkauf dieser beiden und dem Verkauf von allem, so hart setze ihm der Mann zu. Der Herr sagt, es tut ihm sehr leid, aber ach, Missis! – die hättet ihr reden hören sollen! Wenn sie keine Christin und kein Engel ist, so hat es nie welche gegeben. Es ist schlecht von mir, daß ich sie so verlasse; aber ich kann nicht anders. Sie selbst sagte, eine Seele sei mehr wert, als alles Geld auf der Welt, und dieser Knabe hat eine Seele, und wenn ich ihn von mir lasse, wer weiß, was aus ihm wird? Es muß recht sein, aber wenn es nicht recht ist, so möge mir der Herr vergeben, ich kann nicht anders."

„Nun, Alter", sagte Tante Chloe, „warum gehst du nicht auch? Willst du dich nach dem Flusse unten verhandeln lassen, wo sie die Nigger mit Plackerei und Hunger unter die Erde bringen? Viel lieber wollte ich jeden Tag sterben, als dorthin gehen! Du hast noch Zeit vor dir: Entfliehe mit Lizzy – du hast ja einen Paß, der dir erlaubt, zu gehen und zu kommen, wie du Lust hast. Komm, steh auf, und ich will dir deine Sachen zusammenpacken."

Tom erhob langsam das Haupt und blickte bekümmert aber ruhig um sich und sagte:

„Nein, nein: Ich gehe nicht. Laß Elisa gehen – sie hat ein Recht dazu. – Ich werde das gewiß nicht leugnen. Es liegt nicht in der menschlichen Natur, daß sie bleiben sollte, aber du hast gehört, was sie sagte: Wenn entweder ich verkauft werden muß oder alle Leute auf dem Gute und alles zugrunde gehen muß, so mögen sie lieber mich verkaufen. Ich glaube, ich kann es so gut tragen wie jeder andere", setzte er hinzu, während etwas wie ein Schluchzen und ein Seufzer seine breite zottige Brust krampfhaft erschütterte. „Der Herr hat mich immer auf meinem Posten gefunden – und so soll's bleiben. Ich habe nie sein Vertrauen getäuscht oder meinen Paß anders gebraucht, als ich versprochen hatte, und ich werde es niemals tun. Es ist besser, wenn ich allein fortkomme, als wenn das ganze Gut fortgeht und verkauft wird. Master ist nicht zu tadeln, Chloe, und er wird sorgen für dich und die armen –"

Hier drehte er sich nach dem Rollbett voll von kleinen wolligen Köpfen um und konnte sich nicht länger halten.

Er lehnte sich über den Rücken des Stuhls zurück und bedeckte das Gesicht mit den beiden großen Händen. Tiefes heiseres und lautes Schluchzen erschütterte den Stuhl, und große Tränentropfen rollten durch die Finger auf den Fußboden.

„Erst heute nachmittag sah ich meinen Mann und ahnte nicht im mindesten, was nun kommen sollte", sagte Elisa, die immer noch an der Tür stand. „Sie haben ihn auf das Äußerste gebracht, und er sagte mir heute, daß er fortlaufen wollte. Ich bitte euch, seht zu, daß ihr mit ihm sprechen könnt. Sagt ihm, wie und warum ich entflohen bin; und sagt ihm, daß ich versuchen werde, Kanada zu finden. Grüßt ihn von mir und sagt ihm, wenn ich ihn nie wiedersehe" – sie wandte sich ab und hatte ihnen eine Weile den Rücken zugekehrt und fügte dann mit heiserer Stimme hinzu: „Sagt ihm, er solle so gut sein, als er kann, und sich so betragen, daß er mich im Himmel wiedersieht.

Ruft Bruno herein“, sagte sie noch. „Schließt ihn hier ein, das arme Tier! Er darf nicht mit mir gehen.“

Noch ein paar letzte Worte und Tränen, ein paar einfache Lebewohls und Segnungen und sie schlüpfte geräuschlos fort, das verwunderte und erschrockene Kind fest in den Armen haltend.

5. Kapitel Die Entdeckung

Nach dem langen Gespräch am vorigen Abend schliefen Mr. und Mrs. Shelby nicht sehr rasch ein und blieben daher folgenden Morgen etwas länger als gewöhnlich im Bett.

„Ich möchte wissen, wo Elisa bleibt“, sagte Mrs. Shelby, nachdem sie mehrere Male vergeblich geklingelt hatte.

Mr. Shelby stand vor seinem Rasierspiegel und schärfte sich das Messer, und gerade jetzt ging die Tür auf, und ein farbiger Knabe brachte das Rasierwasser herein.

„Andy“, sagte seine Herrin, „geh einmal an Elisas Tür und sage ihr, ich hätte ihr dreimal geklingelt. Das arme Mädchen!“ setzte sie halblaut mit einem Seufzer hinzu.

Andy kehrte bald zurück, die Augen weit aufgerissen vor Staunen.

„Ach, Missis, Lizzys Kasten sind alle offen, und ihre Sachen liegen alle in der Stube herum, und ich glaube, sie ist fortgelaufen.“

Mr. Shelby und seine Frau erkannten auf der Stelle die Wahrheit. Er rief aus: „Dann hat sie es geargwöhnt und ist fort.“

„Gott sei gepriesen!“ sagte Mrs. Shelby. „Ich hoffe, sie ist fort.“

„Weib, sprich nicht so töricht! Wenn sie wirklich fort ist, wird es wahrhaftig für mich eine sehr unangenehme Sache sein. Haley sah, daß ich das Kind nicht gern verkaufte, und wird denken, ich stecke mit der Flüchtigen unter einer Decke. Das berührt meine Ehre!“ Und Mr. Shelby verließ hastig das Zimmer.

Eine Viertelstunde lang war großes Rennen und Schreien und Öffnen und Zuschlagen von Türen, und allerorts zeigten sich Gesichter von allen Schattierungen der Schwärze. Nur eine Person, die einige Aufklärung über die Sache hätte geben können, war ganz still, und das war die erste Köchin, Tante Chloe. Schweigend und mit tiefem Kummer auf ihrem früher so heiteren Gesicht, bereitete sie die Frühstücksbiskuits, als ob sie von der Aufregung rundum nichts hörte und sähe.

In wenigen Minuten hockten ein Dutzend junge Kobolde, wie ebensoviele Krähen, auf dem Verandagitter, jeder entschlossen, dem fremden Handelsmann sein Mißgeschick zuerst mitzuteilen.

„Er wird verrückt sein, wette ich“, sagte Andy.

„Wird der fluchen!“ sagte der kleine schwarze Jake.

„Ja, denn er flucht wirklich“, sagte die wollköpfige Mandy. „Ich hab's gestern beim Essen gehört. Ich hörte dabei die ganze Geschichte, weil ich in der Kammer war, wo Missis die großen Töpfe aufbewahrt, und habe jedes Wort gehört.“ Und Mandy, die niemals in ihrem Leben an die Bedeutung eines gehörten Wortes dachte, sowenig, wie eine schwarze Katze, nahm jetzt eine Miene überlegener Weisheit an und stolzierte herein und vergaß dabei ganz, zu sagen, daß sie zwar zu der angegebenen Zeit wirklich unter den Töpfen gehockt, aber keine Minute ein Auge aufgetan hatte.

Als endlich Haley gestiefelt und gespornt kam, wurde ihm die schlechte Nachricht von allen Seiten zugeschrien. Die jungen Kobolde auf der Veranda sahen sich in ihrer Hoffnung nicht getäuscht, ihn fluchen zu hören; denn er fluchte mit einer Geläufigkeit und einem Feuer, welches sie alle erstaunlich ergötzte, wie sie sich duckten und hin und her rutschten, um nicht in den Bereich seiner Reitpeitsche zu kommen, und endlich mit einem frohlockenden Geheul und alle zusammen unmenschlich kichernd sich auf dem verdorrten Rasen unter der Veranda wälzten, wo sie die Beine in die Höhe warfen und nach Herzenslust brüllten.

„Wenn ich die kleinen Teufel hätte!“ brummte Haley zwischen den Zähnen.

„Aber Ihr habt sie noch nicht“, sagte Andy mit einer triumphierenden Gebärde und zog hinter dem Rücken des unglücklichen Handelsmannes, als derselbe außer Hörweite war, eine ganze Reihe unbeschreiblicher Gesichter.

„Das muß ich sagen, Shelby, das ist ja eine ganz merkwürdige Geschichte!“ sagte Haley, wie er ohne weitere Begrüßung in das Zimmer trat. „Ich höre, das Mädchen ist fort mit ihrem Kleinen.“

„Mr. Haley, Mrs. Shelby ist anwesend“, sagte Mr. Shelby.

„Ich bitte um Verzeihung, Madam“, sagte Haley und verbeugte sich, immer noch mit finsterer Stirn, flüchtig, „aber dennoch sage ich, wie ich schon vorhin sagte, daß das eine merkwürdige Geschichte ist. Ist's wahr, Sir?“

„Sir“, sagte Mr. Shelby, „wenn Sie mit mir zu sprechen wünschen, so müssen Sie einigermaßen den Anstand eines Gentleman beobachten. Andy, nimm Mr. Haleys Hut und Reitpeitsche. Nehmen Sie Platz, Sir. Ja, Sir, ich bedauere, Ihnen sagen zu müssen, daß das junge Weib, das uns entweder belauscht oder auf andere Weise etwas von dieser Sache gehört hat, in seiner Aufregung während der Nacht das Kind genommen hat und fortgelaufen ist."

„Ich gestehe, ich erwartete in dieser Sache ehrlich behandelt zu werden", sagte Haley.

„Wie soll ich diese Bemerkung verstehen, Sir?" sagte Mr. Shelby mit Schärfe. „Wenn jemand meine Ehre in Frage zieht, so habe ich bloß eine Antwort darauf."

Der Handelsmann wurde darauf eingeschüchtert und sagte etwas weniger laut: „Es ist verdammt hart für einen Kerl, auf diese Weise geleimt zu werden."

„Mr. Haley", sagte Mr. Shelby, „wenn ich nicht glaubte, daß Sie einigen Grund zu übler Laune hätten, so hätte ich die grobe und ungenierte Art Ihres Eintritts in mein Zimmer heute morgen nicht geduldet. Ich sage jedoch soviel, daß ich mir keine Andeutung gefallen lassen werde, als ob ich bei irgendeinem unehrlichen Vorgehen in dieser Sache Mitschuldiger wäre. Außerdem werde ich mich verpflichtet fühlen, Ihnen mit Pferden, Dienern usw. jeden Beistand zur Erlangung Ihres Eigentums zu leisten. Ich meine also, Haley", sagte er und vertauschte plötzlich den Ton würdevoller Kälte mit seiner gewöhnlichen gemütlichen Offenheit, „das beste für Sie ist, Sie bleiben bei guter Laune und frühstücken mit mir, und wir wollen dann sehen, was zu tun ist."

Mrs. Shelby stand jetzt auf, entschuldigte sich mit Geschäften, die sie verhinderten, für heute bei dem Frühstück anwesend zu sein, und stellte eine sehr achtbare Mulattin an den Seitentisch, um die Herren mit Kaffee zu bedienen; dann verließ sie das Zimmer.

„Der Alten scheint Ihr ergebener Diener nicht besonders zu gefallen", sagte Haley mit einem ungeschickten Versuch, vertraulich zu tun.

„Ich bin nicht gewohnt, von meiner Frau in solchen Ausdrücken sprechen zu hören", sagte Mr. Shelby trocken.

„Bitte um Verzeihung, natürlich war es nur ein Scherz", sagte Haley mit einem gezwungenen Lachen.

„Manche Scherze sind weniger angenehm als andere", entgegnete Shelby.

„Teufelmäßig grob, seitdem ich die Papiere unterzeichnet habe!" brummte Haley in sich hinein. „Ganz großartig seit gestern."

Niemals machte der Sturz eines Premierministers an einem Hof größeres Aufsehen und brachte mehr Aufregung hervor, als die Nachricht von dem Tom bevorstehenden Schicksal unter seinen Kameraden auf der Besitzung. Sie war überall, in jedermanns Mund, und im Hause und auf dem Felde wurde nichts gearbeitet, sondern alles stand da zusammen und sprach von ihren wahrscheinlichen Folgen. Elisas Flucht – ein beispielloses Ereignis auf dem Gut – half ebenfalls mit die allgemeine Aufregung vermehren. Der schwarze Sam, wie er gewöhnlich hieß, weil er ungefähr drei Schattierungen schwärzer war als jedes andere Stück lebendige Ebenholz auf dem Gute, überlegte sich die Sache gründlich in allen ihren Seiten und Beziehungen, und zwar mit einem weitschauenden Blick und einer starken Rücksicht auf sein eigenes persönliches Wohlbefinden, die jedem weißen Patrioten in Washington Ehre gemacht hätte.

„Das ist ein böser Wind, der niemand was Gutes zuwendet, das ist ein Faktum", sagte Sam und zupfte seine Beinkleider in die Höhe und steckte geschickt einen großen Nagel an die Stelle eines fehlenden Hosenträgerknopfs, über welche Heldentat seines mechanischen Genies er hocherfreut zu sein schien.

„Ja, das muß ein böser Wind sein, der niemandem etwas Gutes zuweht", wiederholte er. „Tom ist nun runter – natürlich ist nun Platz da, daß ein anderer Nigger rauf kann – und warum nicht Sam, dieser Nigger? – Das ist die Frage. Tom konnte im Lande herumreiten – mit gewichsten Stiefeln – den Paß in der Tasche – großartig wie ein Baron – warum er allein? Warum sollte es Sam nicht auch tun können? – Das möchte ich wissen."

„Hallo Sam – o Sam! Master sagt, du sollst Bill und Jerry haschen", sagte Andy, der jetzt Sams Selbstgespräch unterbrach.

„Heda! Was gibt's denn, Junge?"

„Nun, weißt du nicht, daß Lizzy mit ihrem Kleinen fort ist?"

„Will das Ei klüger sein!" sagte Sam mit unendlicher Verachtung. „Habe es schrecklich lange vor dir gewußt; der Nigger ist nicht so dumm, sage ich dir!"

„Na, jedenfalls sagte der Herr, du sollst Bill und Jerry gleich satteln; und du und ich sollen Master Haley begleiten, um sie zu suchen."

„So, so! Das hat's also geschlagen!" sagte Sam. „Der Sam wird also in solchen Zeiten geholt. Er ist der Nigger. Wart, ob ich sie nun nicht hasche; Master soll sehen, was der Sam kann."

„Aber, Sam", sagte Andy, „überlege dir die Sache lieber noch einmal; denn Missis will nicht, daß sie gehascht werden soll, und sie wird dir in die Wolle fahren."

„Eh!" sagte Sam und riß die Augen weit auf. „Woher weißt du das?"

„Habe es von ihr selber gehört, heute morgen, als ich Master das Rasierwasser hineinbrachte. Sie schickte mich in Lizzys Tür, um zu sehen, warum sie nicht zum Anziehen komme; und als ich ihr sagte, sie sei fort, stand sie auf und sagte: ›Gott sei gepriesen!‹ Und Master wurde ganz bös' darüber und sagte: ›Weib, spricht nicht so töricht!‹ Aber Gott! sie wird ihn schon rumkriegen, ich weiß recht gut, wie das kommen wird – es ist immer am besten, sich auf Missis' Seite vom Zaune zu stellen, das sage ich dir."

Darauf kratzte der schwarze Sam seinen wolligen Schädel, der zwar keine tiefe Weisheit enthielt, aber doch einen guten Teil von der besonderen Sorte, die unter Politikern aller Tendenzen und Länder sehr stark verlangt wird und gewöhnlich die Wissenschaft, auf welcher Seite das Brot gebuttert ist, heißt. So schwieg er denn ernster Überlegung voll und zupfte seine Beinkleider in die Höhe, was ein regelmäßig eingeführter Kunstgriff war, seinem Geiste, wenn er in Nöten war, auf die Sprünge zu helfen.

„Es läßt sich doch auch gar nichts sagen von keiner Sache in dieser Welt", sagte er endlich.

Sam sprach wie ein Philosoph und legte einen besonderen Nachdruck auf das dies – als ob er eine große Erfahrung in verschiedenen Sorten von Welten gemacht habe und deshalb mit Überlegung zu seiner Schlußfolgerung gekommen sei.

„Gewiß hätte ich doch nun gesagt, Missis würde die ganze Welt nach Lizzy durchsuchen lassen", sagte Sam nachdenklich.

„Das würde sie auch", sagte Andy; „aber kannst du durch keine Leiter sehen, du schwarzer Nigger? Missis will nicht, daß dieser Master Haley Lizzys Kleinen kriegt. Das ist die Sache!"

„Hei!" sagte Sam mit einem unbeschreiblichen Tone, den nur die kennen, die es von Negern gehört haben.

„Und ich will dir noch mehr sagen", sagte Andy, „du tust besser, dich mit den Pferden dazuzuhalten – gar sehr, sage ich dir – denn ich hörte, wie Missis nach dir fragte – also hast du nun lange genug geläppscht."

Darauf ging Sam in wirklichem Ernste ans Werk, erschien nach einer Weile vor dem Stall und galoppierte mit Bill und Jerry stolz nach dem Hause, warf sich geschickt aus dem Sattel, ehe sie an Stillstehen dachten, so daß sie wie ein Sturmwind an den Anbindepfahl herangefegt kamen. Haleys Pferd, eine scheue junge Stute, stutzte und bäumte sich und zerrte am Halfter.

„Ho, ho!“ sagte Sam. – „Scheu bist du“, und über sein Gesicht flog ein seltsames boshaftes Lächeln. „Nun wollen wir dich schon kriegen!“ sagte er.

Eine große Buche beschattete die Stelle, und scharfkantige dreieckige Bucheckern lagen dick auf dem Boden ausgestreut. Mit einer derselben in der Hand trat Sam an das Pferd heran, streichelte und klopfte es und schien ganz damit beschäftigt zu sein, seine Aufregung zu beschwichtigen. Unter dem Vorwand, den Sattel zurechtzurücken, wußte er sehr gewandt die scharfkantige Buchecker darunterzuschieben, so daß das geringste auf dem Sattel lastende Gewicht die empfindlichen Nerven des Tieres verletzen mußte, ohne das geringste Zeichen oder die kleinste Wunde zurückzulassen. „So!“ sagte er und rollte die Augen mit einem billigenden Lachen. „Da haben wir ihn!“

In diesem Augenblick erschien Mrs. Shelby auf dem Balkon und winkte ihm. Sam näherte sich ihr mit einem so bestimmten Entschluß, den Höfling zu spielen, als jemals ein Bittsteller um eine erledigte Stelle in St. James oder Washington.

„Wo bist du so lange, Sam? Hat dir Andy nicht gesagt, du solltest dich beeilen?“

„Gott schütze Sie, Missis!“ sagte Sam. „Pferde lassen sich nicht in einer Minute haschen, sie waren hinunter nach der südlichen Weide gelaufen, und Gott weiß, wohin sonst!“

„Sam, wie oft muß ich dir sagen, daß du nicht sagen sollst: Gott schütze Sie und Gott weiß und Ähnliches. Es ist gottlos.“

„O Gott verhüte! Ich vergesse es nicht, Missis! Ich werde so etwas nie wieder sagen.“

„Aber Sam, du hast es eben wieder gesagt.“

„Wirklich, o Gott! Ich meine – ich wollte es nicht sagen.“

„Du mußt dich in acht nehmen, Sam!“

„Aber lassen Sie mich einmal zu Atem kommen, Missis, und dann wird es schon gehen. Ich will mich sehr in acht nehmen.“

„Also Sam, du sollst Mr. Haley begleiten und ihm den Weg zeigen und ihm helfen. Nimm die Pferde in acht, Sam; du weißt, Jerry war vorige Woche ein wenig lahm; reite nicht gar zu schnell!“

Mrs. Shelby sprach die letzten Worte mit gedämpfter Stimme und starkem Nachdruck.

„Das überlassen Sie mir!“ sagte Sam und rollte bedeutungsvoll die Augen. „Gott weiß! Hei! Habe ich es nicht gesagt!“ sagte er und hielt plötzlich mit einer lächerlichen Gebärde des Begreifens, über die selbst seine Herrin wider ihren Willen lachen mußte, den Atem an. „Ja, Missis, ich will die Pferde in acht nehmen!"

„Nun Andy", sagte Sam, der jetzt wieder auf seine alte Stelle unter den Buchen zurückkehrte, „ich muß dir sagen, es würde mich gar nicht wundern, wenn des Herrn Gaul dort ein bißchen störrisch würde, wenn er sich aufsetzt. Du weißt, Andy, Gäule tun so etwas manchmal", und dabei puffte Sam Andy in einer höchst bedeutungsvollen Weise in die Seite.

„Hei!" sagte Andy mit einer Miene sofortigen Verständnisses.

„Ja, Andy, du mußt wissen, Missis will Zeit gewinnen – das ist dem allergewöhnlichsten Beobachter klar. Ich will ihr schon welche gewinnen. Wir wollen einmal sagen, alle diese Pferde rissen sich los und sprängen hier untereinander herum und dort unten nach dem Wald hin, so glaube ich doch, Master wird nicht so schnell fortkommen."

Andy zeigte lachend die Zähne.

„Siehst du, Andy, siehst du", sagte Sam, „wenn so was geschehen und Master Haleys Pferd sich losreißen sollte, so müssen wir ihm schon helfen, und wir wollen ihm helfen – o gewiß!" Und Sam und Andy legten die Köpfe zurück und brachen in ein halblautes unmäßiges Lachen aus, wobei sie in unendlichem Entzücken mit den Fingern schnalzten und mit den Füßen tanzten.

In diesem Augenblick erschien Haley in der Veranda; etwas besänftigt durch verschiedene Tassen sehr guten Kaffees, trat er lächelnd und sprechend in leidlich wieder hergestellter guter Laune heraus. Sam und Andy hatten jeder einen Palmhut als Kopfbedeckung und flogen jetzt zu dem Anbindepfahl hin, um Master zu helfen.

Sams Palmhut hatte sich von allen Ansprüchen auf Flechtwerk hinsichtlich seines Randes geschickt loszusagen gewußt, und die einzelnen in die Höhe stehenden Halme gaben ihm ein keckes und trotziges Wesen, wie man es nur bei einem Fidschi-Häuptling erwarten konnte; dagegen war der ganze Rand von Andys Hut rein verschwunden, und er setzte die Krone mit einem geschickten Puff auf den Kopf und sah sich vergnügt um, als wollte er sagen:

„Wer sagt, ich hätte keinen Hut?"

„Nun, Bursche, hübsch munter", sagte Haley, „wir dürfen keine Zeit verlieren."

„Keine Minute, Master!" sagte Sam und gab Haley die Zügel in die Hand und hielt ihm die Steigbügel, während Andy die beiden anderen Pferde losband.

Kaum hatte Haley den Sattel berührt, so stieg das feurige Tier mit einem plötzlichen Sprung empor und warf seinen Herrn ein paar Fuß weit auf den weichen trockenen Rasen nieder. Mit wahnsinnigem Geschrei haschte Sam nach den Zügeln, aber es gelang ihm bloß mit den hervorstehenden Halmen seines Palmhuts dem Pferd in die Augen zu fahren, was durchaus nicht dazu beitrug, seine Aufregung zu vermindern. Mit großer Heftigkeit rannte der Gaul Sam über den Haufen, schnaubte zwei- oder dreimal verächtlich, schlug hinten aus und galoppierte bald am anderen Ende der Rasenfläche in Gesellschaft mit Bill und Jerry, die Andy gemäß des Kontraktes und indem er ihnen verschiedene schwerwiegende Verwünschungen mit auf den Weg gegeben, nicht versäumt hatte, loszulassen. Und jetzt erfolgte eine Szene buntester Verwirrung. Sam und Andy liefen und schrien – Hunde bellten hier und dort – und Mike, Mose, Mandy, Fanny und all das kleine Zeug des Gutes männlichen und weiblichen Geschlechts rannte hin und her, klatschte in die Hände, heulte und schrie, erfüllt von dem ärgsten und unermüdlichsten Pflichteifer.

Haleys Pferd, ein sehr schnellfüßiger und feuriger Schimmel, schien mit großem Gefallen auf den Scherz einzugehen; und da ihm als Tummelplatz ein Rasenfleck von fast einer halben englischen Meile, der sich nach allen Seiten nach unbegrenztem Waldland hin absenkte, zu Gebote stand, so schien er eine ganz besondere Freude daran zu finden, zu sehen, wie nah er seine Verfolger kommen lassen durfte, und dann, wenn sie ihn fast mit der Hand ergreifen konnten, mit einem stolzen Wiehern davonzuspringen und weit hinein in eine Lichtung des Waldes zu galoppieren. Nichts fiel Sam weniger ein, als eins von den Pferden zu fangen, bevor er es an der Zeit hielt – und er machte wirklich die heroischsten Anstrengungen. Wie das Schwert des Königs Richard Löwenherz, welches immer in den vordersten Reihen und dem dichtesten Gewühl der Schlacht glänzte, war Sams Palmhut überall zu sehen, wo die mindeste Gefahr war, ein Pferd zu fangen; – dorthin stürzte er im vollen Jagen und brüllte: „Nun drauf! Faßt es! Faßt es!“, auf eine Weise, welche alles auf der Stelle in die wildeste Flucht jagte.

Haley lief auf und ab und fluchte, schimpfte und stampfte mit den Füßen. Vergebens versuchte Mr. Shelby von dem Balkon herab, seinen Leuten Befehle zuzuschreien, und Mrs. Shelby lachte und verwunderte sich abwechselnd am Fenster ihres Zimmers – nicht ohne einige Ahnung von dem wahren Grund der ganzen Verwirrung. Endlich gegen zwölf Uhr erschien Sam triumphierend auf Jerry reitend und Haleys Pferds, das von Schweiß dampfte, dessen funkelnde Augen und große Nüstern aber immer noch zeigten, daß der Geist der Freiheit noch nicht ganz gelähmt war, am Zügel führend.

„Ich habe es!“ rief er triumphierend aus. „Wäre ich nicht gewesen, so hätten sie sich alle zu Tode gehetzt, aber ich hab's gefangen!“

„Du!“ brummte Haley in durchaus nicht liebenswürdiger Laune. „Wenn du nicht gewesen wärest, wäre das gar nicht vorgefallen.“

„Gott behüte uns, Master“, sagte Sam in einem Ton des tiefsten Leidwesens, „und ich habe nach ihm gehascht und mich abgehetzt, bis mir der Schweiß vom Leibe floß wie ein Regen.“

„Sei still!“ sagte Haley. „Mit deinem verdammten Unsinn habe ich fast drei Stunden verloren. Nun laß uns fortreiten und keine Streiche mehr!“

„Aber, Master“, wendete Sam ein, „ich glaube wahrhaftig, Sie wollen uns alle tot machen, die Pferde und uns. Hier können wir kaum noch auf den Beinen stehen, und die Pferde dampfen von Schweiß. Master wird doch nicht daran denken, vor dem Essen fortzureiten? Masters Pferd muß abgerieben werden; sehen Sie nur, wie naß es ist, und Jerry geht auch lahm; glauben Sie nicht, daß Missis uns so fortreiten lassen wird. Gott behüte Sie, Master, wir bringen es wieder ein, wenn wir auch jetzt bleiben. Lizzy war in ihrem Leben keine gute Fußgängerin.“

Mrs. Shelby, die zu ihrem großen Ergötzen von der Veranda aus diesem Gespräch zugehört hatte, entschloß sich jetzt ebenfalls, eine Rolle zu übernehmen. Sie trat hervor, bedauerte sehr höflich den widrigen Zufall, der Haley zugestoßen, und lud ihn dringend ein, zum Essen dazubleiben, welches die Köchin sofort auftragen werde.

Nach einiger Überlegung begab sich Haley mit nicht besonders freundlichem Gesicht in die Wohnstube zurück, während Sam, der ihm mit rollenden Augen voll unsäglicher Bedeutsamkeit nachsah, die Pferde ernsthaft nach den Stallungen zurückführte.

„Hast du ihn gesehen, Andy? Hast du ihn gesehen?“ sagte Sam, als er endlich unter den Schutz der Scheune gekommen war und das Pferd an einen Pfahl gebunden hatte. „O Gott, wenn das nicht so gut wie ein Meeting war, ihn tanzen und stampfen und fluchen zu sehen! Ob ich ihn nicht gehört habe! Fluch nur zu, alter Kerl (sagt ich zu mir); willst du nun dein Pferd haben oder warten, bis du es gehascht (sagte ich); Gott, Andy, mir ist, als sähe ich ihn jetzt noch.“ Und Sam und Andy lehnten sich an die Scheune und lachten nach Herzenslust.

„Du hättest nur sehen sollen, was er für ein böses Gesicht machte, wie ich das Pferd geführt brachte. Gott, er hätte mich totgeschlagen, wenn er es gekonnt hätte; und ich stand so unschuldig und demütig vor ihm.“

„Ha, ha, ich habe es gesehen", sagte Andy, „bist du nicht ein alter Fuchs, Sam!"

„Ein bißchen schlau bin ich wohl", sagte Sam. „Hast du nicht Missis oben am Fenster gesehen? Ich sah, wie sie lachte."

„Ich bin so gelaufen, daß ich gar nichts gesehen habe", sagte Andy.

„Siehst du, Andy", sagte Sam, der jetzt mit ernstem Gesicht Haleys Pferd abrieb, „ich habe, was du eine Gewohnheit der Beobachtung nennen kannst, Andy. Das ist eine sehr wichtige Gewohnheit, Andy, und ich empfehle dir, sie auszubilden, solange du noch jung bist. Heb' mal den Hinterhuf in die Höhe, Andy. Siehst du, Andy, die Beobachtung macht den ganzen Unterschied unter den Niggern. Sah ich nicht gleich, woher heute morgen der Wind wehte? Habe ich nicht gleich gemerkt, was Missis wollte, obgleich sie gar nichts gesagt hat? Das ist Beobachtung, Andy. Ich sollte meinen, das ist so was, was man Genie nennt. Das Genie ist verschieden bei verschiedenen Leuten; aber die Ausbildung kann viel dabeitun."

„Ich vermute, wenn ich dir heute morgen nicht bei deiner Beobachtung geholfen hätte, hättest du auch nicht so wunderbar viel entdeckt", sagte Andy.

„Andy", sagte Sam, „du bist ein vielversprechendes Kind, das läßt sich gar nicht bezweifeln. Ich halte viel von dir, Andy, und schäme mich gar nicht, Ideen von dir zu benutzen. Wir dürfen niemand über die Achsel ansehen, Andy, weil auch die Schlausten von uns manchmal fehlschießen. Und nun, Andy, wollen wir nach dem Hause gehen. Ich will wetten, Missis gibt uns diesmal einen ganz besonders guten Bissen."

6. Kapitel Der Kampf der Mutter

Es ist unmöglich, sich ein verlasseneres und unglücklicheres Menschenkind als Elisa vorzustellen, wie sie ihre Schritte von der Hütte Onkel Toms wegwendete. Die Leiden und Gefahren ihres Gatten und die Gefahr ihres Kindes vermischten sich in ihrer Seele mit einem verwirrten und betäubenden Gefühl von der Größe des Wagnisses, das sie selbst unternahm, die einzige Häuslichkeit, die sie jemals gekannt hatte, zu verlassen, und sich von dem Schutz einer Freundin loszusagen, die sie liebte und verehrte. Dann kam die Trennung von jedem vertrauten Gegenstand, von dem Haus, wo sie aufgewachsen war, von den Bäumen, unter denen sie gespielt, von den Gebüschen, wo sie manchen Abend in glücklichen Tagen neben ihrem jungen Gatten gewandelt hatte. Alles, wie es in dem klaren kalten Sternenlicht vor ihr lag, schien ihr vorwurfsvoll zuzusprechen und sie zu fragen, wohin sie aus einer Heimat wie dieser fliehen wolle.

Aber stärker als alles war die Mutterliebe, bis zum Wahnsinn gesteigert durch die große Nähe einer schrecklichen Gefahr. Ihr Knabe war alt genug, um neben ihr zu gehen, und in einem gewöhnlichen Falle würde sie ihn nur an der Hand geführt haben; aber jetzt machte sie schon der Gedanke, ihn aus ihrem Arme zu lassen, schaudern, und sie drückte ihn, wie sie raschen Laufs davoneilte, krampfhaft an den Busen.

Der gefrorene Erdboden knisterte unter ihrem Fuße, und sie zitterte bei seinem Laut; jedes raschelnde Blatt und jeder wankende Schatten machten ihr Blut stocken und beschleunigten ihre Schritte. Sie wunderte sich selbst über die Kraft, die sie plötzlich erlangt zu haben schien: denn ihr Knabe kam ihr federleicht vor, und jede Bebung der Furcht schien in ihr die übernatürliche Kraft zu steigern, die sie aufrecht erhielt, während von ihren bleichen Lippen in häufigen Ausrufungen das Gebet an einen Freund droben zitterte: „Gott hilf mir! Gott rette mich!“

Wenn es dein Harry wäre, Mutter, oder dein Willi, den dir morgen früh ein roher Händler entreißen wollte – wenn du den Mann gesehen und gehört hättest, daß die Verkaufskontrakte unterschrieben und ausgewechselt wären und du nur die Stunden von Mitternacht bis zum Morgen zu deiner Flucht hättest – wie rasch würdest du dann gehen? Wie viele Meilen würdest du in diesen wenigen Stunden mit dem Liebling an deinem Herzen zurücklegen – das müde Köpfchen an deiner Brust ruhend – die weichen Arme vertrauensvoll um deinen Hals geschlungen?

Denn das Kind schlief. Anfangs hielten die Neuheit und die Unruhe es wach, aber die Mutter unterdrückte so aufgeregt jeden Hauch oder Ton und prägte ihm so sehr ein, daß sie nur, wenn es ganz still sei, es retten könne, daß es ruhig an ihrem Busen nestelte und nur fragte, als es den Schlaf über sich kommen fühlte:

„Mutter, ich brauche nicht wach zu bleiben, nicht wahr?“

„Nein, liebes Kind, schlafe, wenn du kannst.“

„Aber Mutter, wenn ich einschlafe, wirst du mich doch nicht von ihm haschen lassen?“

„Nein! So Gott mir helfe!“ sagte die Mutter mit bleichen Wangen und einem strahlenden Licht in ihren großen dunklen Augen.

„Weißt du das gewiß, Mutter?“

„Ja gewiß!“ sagte die Mutter mit einer Stimme, vor der sie selbst erschrak, denn sie schien ihr von einem Geiste in ihr herzurühren, der kein Teil von ihr selbst war; und der Kleine ließ sein müdes Köpfchen auf ihre Schultern sinken und war bald eingeschlummert. Wie die Berührung dieser warmen Arme, der sanfte Atem, der ihren Hals traf, ihren Bewegungen mehr Feuer und Leben zu geben schien! Es war ihr, als ob elektrische Ströme von jeder sanften Bewegung des schlummernden vertrauenden Kindes sich ihr einflößten. Erhaben ist die Herrschaft der Seele über den Körper, die eine Zeitlang Fleisch und Nerv dem Schmerze unzugänglich und die Sehnen wie Stahl machen kann, so daß die Schwachen gewaltig werden.

Die Grenzen der Farm, der Park, der Wald flogen wie im Schwindel an ihr vorüber, wie sie weiterschritt; und immer ging sie weiter und ließ einen vertrauten Gegenstand nach dem andern hinter sich, ohne langsamer zu gehen oder still zu stehen, bis das rote Morgenlicht sie manche lange Meile von allen Spuren vertrauter Gegenstände auf der offenen Heerstraße fand.

Sie war mit ihrer Herrin oft zum Besuch bei einigen Bekannten in dem kleinen Dorf T. nicht weit vom Ohio gewesen und kannte den Weg dahin genau. Dorthin zu gelangen und über den Ohio sich zu retten, das waren die ersten flüchtigen Umrisse ihres Fluchtplans; darüber hinaus konnte sie nur auf Gott hoffen.

Als Pferde und Wagen sich auf der Landstraße zeigten, merkte sie bald mit dem raschen Scharfblick, der einem Zustand der Aufregung eigentümlich ist und der eine Art Inspiration zu sein scheint, daß ihre ungestüme Eile und ihr verstörtes Wesen Aufsehen und Verdacht erregen könnten. Sie setzte deshalb den Knaben auf die Erde, ordnete ihren Anzug und ihren Hut und ging nun so rasch weiter, als sie es zur Bewahrung des Scheins für notwendig hielt. In ihrem kleinen Bündel hatte sie einen Vorrat Kuchen und die Äpfel mitgenommen, welche sie als Mittel benutzte, die Schritte des Kindes zu beschleunigen. Sie kollerte nämlich den Apfel ein paar Fuß voraus, wo dann der Knabe mit aller Macht danach zu laufen pflegte; und diese oft wiederholte List brachte sie über manche halbe Meile hinweg.

Nach einer Weile erreichten sie ein Gehölz, durch welches murmelnd ein klarer Bach floß. Da das Kind über Hunger und Durst klagte, kletterte sie mit ihm über die Fence, setzte sich hinter einen großen Stein, der sie den Blicken der Vorübergehenden ganz und gar verbarg, und gab ihm Frühstück aus ihrem kleinen Päckchen. Der Knabe war verwundert und betrübt, daß sie nicht essen konnte, und als er seine Ärmchen ihr um den Hals schlang und versuchte, ihr ein Stück von seinem Kuchen in den Mund zu stecken, war es ihr, als ob es ihr das Herz abdrücken wollte. "Nein, nein, mein Herz! Die Mutter kann nicht eher essen, als bis du in Sicherheit bist! Wir müssen weiter, weiter, bis wir den Fluß erreichen!" Und sie eilte abermals auf die Straße und zwang sich wieder, ruhig und gefaßt vorwärts zu schreiten.

Die Gegenden, wo sie persönlich bekannt war, lagen nun schon mehrere Meilen hinter ihr. Wenn sie zufällig jemand begegnen sollte, der sie kannte, so beruhigte sie sich mit dem Gedanken, daß die allbekannte Menschlichkeit der Familie schon an und für sich jeden Verdacht fernhalten würde, da dieser Umstand es unwahrscheinlich machte, daß sie auf der Flucht sei. Da sie außerdem so weiß war, daß man ihre Negerabstammung ohne eine sehr genaue Prüfung nicht erriet und ihr Kind ebenfalls weiß war, so wurde es ihr viel leichter, ohne Verdacht zu erregen, ihres Wegs zu gehen.

In dieser Voraussicht machte sie mittags in einem netten Farmhaus halt, um auszuruhen und für ihr Kind und sich etwas zu essen zu kaufen, denn da die Gefahr mit der Entfernung abnahm, verminderte sich die übernatürliche Spannung ihrer Nerven, und sie wurde bald hungrig.

Die gute Farmersfrau, eine freundliche, schwatzhafte Seele, schien eher froh zu sein, jemand zu haben, mit dem sie plaudern konnte, und glaubte ohne weitere Prüfung Elisas Aussage, daß sie einen kleinen Ausflug mache, um eine Woche bei ihren Freunden zu verleben – was, wie sie in ihrem Herzen hoffte, sich am Ende als die strengste Wahrheit herausstellen würde.

Eine Stunde vor Sonnenuntergang erreichte sie das Dorf T. am Ohio müde und mit wunden Füßen, aber immer noch stark im Herzen. Ihr erster Blick galt dem Flusse, der wie der Jordan zwischen ihr und dem Canaan der Freiheit auf der anderen Seite dahinströmte.

Es war noch früh im Lenz und der Fluß war angeschwollen und gefährlich; große Schollen Eis wälzten sich schwer in den trüben Gewässern. Infolge der eigentümlichen Gestaltung des Ufers auf der Kentuckyseite, die einen nach jenseits vorspringenden großen Bogen bildet, hatte sich das Eis in großen Massen festgerannt, und der enge Kanal, welcher den Bogen umfloß, war ebenfalls voller Eis, daß Scholle auf Scholle getürmt einen Damm für das herschwimmende Eis bildete, welches nun, ein großes, schwankendes Floß, den ganzen Fluß bedeckte und sich fast bis zum Kentuckyufer ausdehnte.

Elisa stand einen Augenblick da, in Betrachtung dieses ungünstigen Zustandes der Dinge versunken, der, wie sie auf den ersten Blick sah, das gewöhnliche Fährboot abhalten mußte, hier überzufahren, und trat dann in ein kleines Wirtshaus am Ufer, um Nachfrage anzustellen.

Die Wirtin, die über dem Feuer mit Braten und Schmoren zum Abendessen beschäftigt war, hielt, eine Gabel in der Hand, inne, als sie Elisas wohltönende und klagende Stimme vernahm.

„Was gibt's?“ sagte sie.

„Ist hier keine Fähre oder kein Boot zu bekommen, um hinüber nach B…y zu fahren?“ sagte sie.

„Nein“, sagte die Frau, – „die Boote fahren nicht mehr.“

Der Ausdruck von erschrockener Überraschung und getäuschter Hoffnung, der Elisas Gesicht annahm, fiel der Frau auf, und sie forschte.

„Sie wollen vielleicht hinüber – jemand krank? Es scheint Ihnen sehr zu Herzen zu gehen.“

„Ich habe ein Kind drüben, das sehr gefährlich krank ist“, sagte Elisa. „Ich bekam erst gestern spät abends die Nachricht und bin heute schon eine große Strecke gegangen, um die Fähre zu erreichen.“

„Das trifft sich wahrhaftig recht unglücklich“, sagte die Frau, deren mütterliche Teilnahme auf der Stelle geweckt war. „Sie tun mir wirklich leid. Solomon!“ rief sie aus dem Fenster nach einem kleinen Hintergebäude zu. Ein Mann mit einem Schurzfell und sehr schmutzigen Händen erschien in der Tür.

„Sol“, sagte die Frau, „wird der Fährmann wohl heute nacht noch die Fässer hinüberbringen?“

„Er sagt, er wolle es versuchen, wenn es nicht gar zu gefährlich wäre“, sagte der Mann.

„Ein Mann wohnt hier ein Stück weiter unten, der heute abend etwas über den Fluß bringen will, wenn er es wagen kann; er wird zum Abendessen hierher kommen, und Sie tun daher am besten, Sie setzen sich hier und warten auf ihn. Was für ein allerliebstes Kind!“ sagte die Frau und bot ihm einen Kuchen.

Aber das Kind, ganz erschöpft, fing an vor Müdigkeit zu weinen.

„Das arme Kind! Es ist das Gehen nicht gewöhnt, und ich bin so rasch mit ihm gelaufen“, sagte Elisa.

„Hier legen Sie ihn in das Zimmer“, sagte die Frau und öffnete ein kleines Schlafgemach, wo ein bequemes Bett stand. Elisa legte den müden Knaben darauf und ließ seine Hände in den ihren, bis er fest eingeschlummert war. Sie selbst kannte keine Ruhe. Wie ein inneres Feuer trieb sie der Gedanke an ihren Verfolger weiter, und sie blickte mit sehnsüchtigem Auge auf die trüben wilden Wogen, die zwischen ihr und der Freiheit strömten.

Hier müssen wir von ihr für jetzt Abschied nehmen, um uns nach ihren Verfolgern umzusehen.

***

Obgleich Mrs. Shelby versprochen hatte, daß das Essen sogleich auf den Tisch kommen solle, so stellte es sich doch bald heraus, wie es schon oft geschehen ist, daß zu einem Handel zwei gehören. Obgleich der Befehl vor Haleys Ohr erteilt war und wenigstens ein halbes Dutzend jugendliche Boten ihn der Tante Chloe überbracht hatten, so gab diese wichtige Person ihre Willensmeinung doch nur durch mehrmaliges heftiges Schnauben und Kopfschütteln zu erkennen und verrichtete jede einzelne Operation in einer ungewöhnlich saumseligen und umständlichen Weise.

Aus irgendeinem eigentümlichen Grunde schien unter der Dienerschaft im allgemeinen der Eindruck zu herrschen, daß Mrs. Shelby einige Versäumnis nicht übelnehmen werde, und es war wunderbar, wieviel widerwärtige Zufälle beständig vorkamen, um den Lauf der Dinge aufzuhalten. Einem unglücklichen Burschen gelang es, die Bratensoße umzuwerfen; und nun mußte mit gehöriger Sorgfalt und Förmlichkeit neue Bratensoße gemacht werden, deren Bereitung Tante Chloe mit hartnäckiger Umständlichkeit überwachte und wobei sie alle Empfehlungen, sich zu beeilen, mit der Entschuldigung beantwortete, daß sie keine schlechte Bratenbrühe auf den Tisch setzen werde, um jemandem jemanden haschen zu helfen. Ein anderer fiel mit dem Wasser hin und mußte frisches am Brunnen holen; ein dritter schleuderte die Butter in den Gang der Ereignisse, und von Zeit zu Zeit brachten kichernde Boten die Nachricht in die Küche, daß Master Haley schrecklich aufgeregt sei und gar nicht ruhig in seinem Stuhl sitzen könne, sondern immer ans Fenster und in die Vorhalle gehe.

„Geschieht ihm schon recht!" sagte Tante Chloe mit Entrüstung. „Es wird ihm noch unruhiger zumute werden seinerzeit, wenn er sich nicht bessert; sein Herr wird nach ihm schicken, und dann sollt ihr einmal sehen, was er für ein Gesicht macht."

„Er kommt in die Hölle, das ist gewiß", sagte der kleine Jake.

„Er verdient's!" sagte Tante Chloe mit grimmigem Gesicht. „Er hat viele – viele – Herzen gebrochen – ich sage euch", sagte sie und blieb stehen, die Gabel wie ein Szepter in der Hand haltend, „es ist wie Master George in der Offenbarung uns vorlas – Seelen, die unter dem Altare schreien! Seelen, die zum Herrn schreien um Rache an solchen! – Und bald wird der Herr sie hören – das wird er gewiß!"

Tante Chloe, die man in der Küche sehr verehrte, wurde von ihren Zuhörern mit offenem Munde angestaunt, und da jetzt das Essen endlich aufgetragen war, so hatte die ganze Küche Muße mit ihr zu plaudern und ihre Bemerkungen anzuhören.

„Die müssen für ewig brennen – ganz gewiß, nicht wahr?" sagte Andy.

„Ach, ich würde es gern sehen, darauf schwöre ich", sagte der kleine Jake.

„Kinder!“ sagte eine Stimme, welche sie alle auffahren machte. Es war Onkel Tom, der eingetreten war und jetzt in der Tür dem Gespräch zuhörte.

„Kinder!“ sagte er. „Ich fürchte, ihr wißt nicht, was ihr redet. Ewig ist ein schreckliches Wort, Kinder, es ist schrecklich, daran zu denken. Ihr sollt es keiner menschlichen Kreatur wünschen.“

„Wir wünschen es auch niemandem, als den Seelenverkäufern“, sagte Andy. „Niemand kann dafür, sie sind so entsetzlich gottlos.“

„Schreit die Natur nicht selber wider sie?“ sagte Tante Chloe. „Reißen sie nicht den Säugling von der Mutter Brust weg und verkaufen ihn, und die Kinderchen, die sich an ihre Kleider anklammern und schreien – reißen sie sie nicht weg, um sie zu verkaufen? Trennen sie nicht das Weib und den Mann?“ sagte Tante Chloe und fing an zu weinen. „Obgleich sie ihnen damit das Leben nehmen? – Und fühlen sie dabei auch nur ein klein wenig? – Trinken und rauchen sie nicht und nehmen es ganz ungeheuer leicht? Gott, wenn der Teufel die nicht holt, wozu ist er denn da?“ Und Tante Chloe bedeckte sich das Gesicht mit ihrer karierten Schürze und fing in vollem Ernst zu schluchzen an.

„Bete für die, so dich mißhandeln, sagt das gute Buch“, sagte Tom.

„Für sie beten!“ sagte Tante Chloe. „Gott, das ist zu arg! Ich kann nicht für sie beten.“

„Das ist Natur, Chloe, und die Natur ist stark“, sagte Tom, „aber Gottes Gnade ist noch stärker; außerdem, in welchem schrecklichen Zustand die Seele so eines armen Geschöpfes ist, das solche Dinge tut! – Du solltest lieber Gott danken, daß du nicht auch so bist, Chloe. Gewiß will ich mich lieber zehntausendmal verkaufen lassen, als alles auf der Seele haben, was dieses arme Geschöpf zu verantworten hat.“

„Das möchte ich auch“, sagte Jake. „Gott, würden wir's nicht kriegen, Andy?“

Andy zuckte mit den Achseln und pfiff beistimmend.

„Ich bin froh, daß Master heute früh nicht fortgeritten ist, wie er wollte“, sagte Tom. „Das hätte mir weher getan, als das Verkaufen. Vielleicht wäre es ganz natürlich für ihn gewesen, aber schrecklich hart wäre es mir angekommen, der ihn schon in der Wiege gekannt. Aber ich habe Master gesehen, und ich fühle mich schon eher mit des Herrn Willen versöhnt. Master konnte sich nicht helfen; er hat recht getan; aber ich fürchte, es wird hier alles in Verwirrung geraten, wenn ich fort bin. Man kann es nicht von Master verlangen, überall herumzuspüren, wie ich es getan habe, um alles in Ordnung zu erhalten. Die Burschen meinen es alle gut, aber sie sind schrecklich leichtsinnig. Das macht mir Sorgen.“

Hier wurde geklingelt und Tom nach dem Wohnzimmer befohlen.

„Tom“, sagte sein Herr gütig, „ich benachrichtige dich hiermit, daß ich mich diesem Herrn mit tausend Dollar verpfände, daß du da bist, wenn er dich verlangt; er macht heute seine anderweitigen Geschäfte ab, und du kannst den ganzen Tag für dich haben. Gehe, wohin du willst, mein Sohn.“

„Danke Ihnen, Master“, sagte Tom.

„Und nimm dich zusammen“, sagte der Händler, „und spiele deinem Herrn nicht einen eurer Negerstreiche, denn er muß mir jeden Cent bezahlen, wenn du nicht da bist. Wenn er meinem Rate folgte, so traute er keinem von euch – seid ja so schlüpfrig wie Aale.“

„Master“, sagte Tom – und er stand sehr gerade – „ich war gerade acht Jahre alt, als die alte Missis Sie auf meine Arme legte, und Sie waren noch nicht ein Jahr alt. ›Da‹, sagte sie, ›Tom, das wird einmal dein junger Master sein; nimm ihn wohl in acht‹, sagte sie. Und nun frage ich Sie, Master, habe ich Ihnen jemals mein Wort gebrochen oder wider Ihr Gebot gehandelt, vorzüglich seitdem ich Christ bin?“

Mr. Shelby konnte seiner Rührung nicht mehr Herr werden, und Tränen traten ihm in die Augen.

„Mein guter Bursche“, sagte er, „der Herr weiß, daß du nur die Wahrheit sprichst; und wenn ich's verhindern könnte, so sollte dich die ganze Welt nicht kaufen.“

„Und so wahr ich eine Christin bin“, sagte Mrs. Shelby, „du sollst zurückgekauft werden, sowie ich nur die Mittel zusammenbringen kann. Sir“, sagte sie zu Haley, „merken Sie sich wohl, an wen Sie ihn verkaufen, und lassen Sie mich es wissen.“

„Nun, was das betrifft“, sagte der Händler, „so kann ich ihn nach einem Jahr nicht viel abgenutzt wiederbringen und ihn wieder hierher verkaufen.“

„Ich will dann mit Ihnen abschließen, und es soll ein gutes Geschäft für Sie sein“, sagte Mrs. Shelby.

„Natürlich ist mir das ganz gleich“, sagte der Händler. „Ich handle so gerne stromauf, wie stromab, wenn ich meinen Nutzen dabei habe. Sehen Sie, Madam, ich will weiter nichts als leben; und das wollen wir wohl alle, glaube ich.“

Mr. und Mrs. Shelby fühlten sich verletzt und erniedrigt durch die unverschämte Vertraulichkeit des Händlers, und doch sahen beide die unbedingte Notwendigkeit ein, ihren Gefühlen einen Zwang aufzulegen. Je hartherziger und gefühlloser er sich in jeder Hinsicht zeigte, desto mehr wuchs Mrs. Shelbys Befürchtung, es möchte ihm die Wiedererlangung Elisas und ihres Kindes gelingen, und desto stärker wurde natürlich ihr Wunsch, ihn durch jeden weiblichen Kunstgriff aufzuhalten. Sie lächelte daher huldvoll, stimmte bei, plauderte vertraulich und tat alles, um die Zeit angenehm und unmerklich verstreichen zu lassen.

Um zwei Uhr brachten Sam und Andy die Pferde an den Pfahl geführt, die allem Anschein nach von der Jagd von heute vormittag sehr erfrischt und gekräftigt waren.

Sam war vom Mittagessen wie geölt und zeigte einen Überfluß von eifriger Dienstwilligkeit. Als Haley herantrat, prahlte er ganz großartig gegen Andy von dem offenbaren und ausgezeichneten Erfolg, den die Unternehmung haben werde, da er jetzt „ordentlich dazugekommen sei".

„Euer Herr hält wahrscheinlich keine Hunde", sagte Haley gedankenvoll, während er sich fertigmachte, aufs Pferd zu steigen.

„Oh, eine ganze Menge", sagte Sam triumphierend, „erstlich Bruno das ist ein Hauptkerl! Und außerdem hält sich fast jeder Nigger irgendeinen Köter."

„Bah!" sagte Haley – und er sagte noch etwas mit bezug auf die Hunde, worauf Sam brummte: „Ich sehe keinen Grund, sie zu verfluchen, ganz und gar nicht."

„Aber euer Herr hält keine Hunde (ich weiß es ziemlich sicher), um Niggern nachzuspüren."

Sam wußte recht gut, was er meinte, aber sein Gesicht behielt eine Miene aufrichtigster und verzweifelter Einfalt.

„Unsere Hunde hier haben alle recht gute Witterung. Ich glaube, sie sind die rechten, obgleich sie noch keine Übung gehabt haben. Aber es sind schlaue Hunde, zu fast allem zu gebrauchen, wenn sie einmal die Witterung haben. Bruno, hier!" rief er und pfiff dem großen Neufundländer, der sogleich schwerfällig auf sie zugesprungen kam.

„Hol' euch der Henker!" sagte Haley und setzte sich aufs Pferd. „Nun aufgesessen."

Sam schwang sich gehorsam in den Sattel und wußte dabei geschickt Andy zu kitzeln, worauf Andy in ein Gelächter ausbrach, gar sehr zu Haleys Entrüstung, der mit der Reitpeitsche nach ihm schlug.

„Ich wundere mich über dich, Andy", sagte Sam mit schrecklichem Ernst. „Das ist 'ne ernste Sache, Andy. Du darfst nicht läppschen. So können wir Master nicht helfen."

„Ich werde den geraden Weg nach dem Flusse einschlagen", sagte Haley mit Bestimmtheit, als sie die Grenze des Grundstücks erreicht hatten. „Ich kenne schon ihre Weise – sie suchen alle die Niederung zu erreichen."

„Gewiß, das meine ich auch“, sagte Sam. „Master Haley trifft das Ding recht in der Mitte. Es gehen zwei Wege nach dem Fluß – der Dreckweg und die Landstraße – welchen Weg will Master reiten?“

Andy sah Sam unschuldig an, ganz erstaunt, diese neue geographische Tatsache zu vernehmen, aber bestätigte durch eine heftige Wiederholung auf der Stelle, was jener sagte.

„Ich möchte fast meinen, daß Lizzy den Dreckweg gegangen, weil er am wenigsten lebhaft ist“, sagte Sam.

Obgleich Haley ein sehr alter Fuchs und von Natur zum Mißtrauen geneigt war, so schien ihm doch diese Ansicht der Sache viel Wahrscheinliches für sich zu haben.

„Wenn ihr nun beide nicht so verdammte Lügner wäret!“ sagte er nachdenklich, wie er einen Augenblick überlegte.

Der nachdenkliche Ton, mit dem er dies sagte, schien Andy über die Maßen zu ergötzen; er blieb ein wenig zurück, und der Bauch wackelte ihm so sehr, daß er wirklich Gefahr zu laufen schien, vom Pferde zu fallen, während Sam unbeweglich sein ernstes Leichenbittergesicht beibehielt.

„Natürlich kann es Master machen, wie er will“, sagte Sam. „Wenn es Master für gut hält, reiten wir den geraden Weg – uns ist's einerlei. Jetzt, wenn ich mir's recht überlege, meine ich, der gerade Weg ist ganz bestimmt der beste.“

„Sie würde natürlich einen einsamen Weg gehen“, sagte Haley, welcher laut dachte und Sams Bemerkung nicht beachtete.

„Das weiß man nun nicht“, sagte Sam. „Weiber sind kurios. Sie tun nie, was man erwartet, am gewöhnlichsten das Gegenteil. Weiber sind von Natur wider den Strich gemacht; und denkt man, sie sind den Weg gegangen, so ist's gewiß besser, den andern zu gehen, und dann kann man sicher sein, sie zu finden. Meine Privatmeinung ist nun, Lizzy hat den Dreckweg gewählt, deshalb halte ich es für besser, wir reiten den geraden.“

Diese tiefe psychologische Ansicht von dem weiblichen Geschlechte schien Haley dem geraden Wege nicht besonders geneigt zu machen, und er erklärte mit Bestimmtheit, daß er den andern einschlagen werde, und fragte Sam, wann sie ihn erreichen würden.

„Noch ein Stückchen weiter“, sagte Sam und gab Andy einen Wink mit dem Auge, das sich auf dessen Seite des Kopfes befand, und dann setzte er hinzu: „Aber ich habe mir die Sache überlegt und bin überzeugt, wir sollten den Weg nicht reiten. Ich bin ihn noch niemals geritten. Er ist verzweifelt einsam, und wir können uns verirren – wo wir wieder rauskommen würden, weiß nur der Herr."

„Dennoch reite ich diesen Weg", sagte Haley.

„Da fällt mir auch noch ein", meinte jetzt Sam, „ich glaube, ich habe gehört, daß der Weg unten beim Kreek ganz und gar verhauen ist, nicht wahr, Andy?"

Andy wußte es nicht gewiß, er hatte nur von dem Wege reden hören, war ihn aber nie gegangen. Kurz er kompromittierte sich nicht im geringsten.

Haley, der gewohnt war, bei der Berechnung von Wahrscheinlichkeiten nur zwischen Lügen von schwererem und leichterem Gewicht zu wählen, entschied sich zugunsten des früher erwähnten Dreckwegs. Er glaubte, bemerkt zu haben, daß die erste Erwähnung desselben von Sams Seite unfreiwillig war, und seine konfusen Versuche, ihn davon abzubringen, hielt er für verzweifelte Lügen, veranlaßt durch spätere Überlegung, um Elisa nicht zu schaden.

Als ihm daher Sam den Weg wies, lenkte Haley rasch auf denselben ein, und Sam und Andy folgten ihm. Der Weg war in der Tat eine alte Straße nach dem Flusse, war aber seit dem Bau der neuen Landstraße ganz verlassen. Ungefähr eine Stunde weit war er offen, aber dann sperrten ihn verschiedene Farmen und Fencen. Sam wußte das recht gut; eigentlich war der Weg schon so lange gesperrt, daß Andy nie etwas von ihm gehört hatte. Er ritt daher mit einer Miene pflichtschuldiger Unterwürfigkeit seine Straße und stöhnte nur manchmal und klagte, daß er so verzweifelt schlecht und gefährlich für Jerry sei.

„Na, ich will euch was sagen", sagte Haley, „ich kenne euch; es gelingt euch nicht, mit allen Eurem Schwätzen mich von dem Wege abzubringen – also seid still!"

„Master mag seinem eigenen Willen folgen!" sagte Sam mit kläglich gehorsamem Gesicht, aber zu gleicher Zeit höchst schlau Andy zuwinkend, dessen Freude jetzt nahe am Losplatzen war.

Sam war in der heitersten Laune, stellte sich, als gäbe er auf das alleraufmerksamste acht, rief das eine Mal, er sehe einen Mädchenhut auf der Spitze eines entfernten Hügels oder sagte zu Andy: „Ist das da unten in der Tiefe nicht Lizzy" – und diese Ausrufungen machte er stets auf einer schlechten oder holprigen Stelle des Wegs, wo rascheres Reiten allen Beteiligten ganz besonders unangenehm war. Auf diese Weise behielt er Haley in beständiger Aufregung.

Nachdem sie auf diese Weise ungefähr eine Stunde geritten waren, sahen sie sich plötzlich an einem Scheunenhof, der zu einer großen Farm gehörte. Keine Seele war zu sehen, da alles auf dem Feld beschäftigt war; aber da die Scheune ganz entschieden und deutlich quer über den Weg stand, so war es offenbar, daß ihre Reise in dieser Richtung ganz bestimmt ihr Ziel erreicht hatte.

„Habe ich das Master nicht gleich gesagt", sagte Sam mit einer Miene beleidigter Unschuld. „Warum will auch ein fremder Herr mehr von einer Gegend kennen, als die dort geboren und aufgewachsen sind?"

„Du Schuft! Du hast alles gewußt!"

„Habe ich Ihnen nicht gesagt, was ich wußte, und wollten Sie mir denn glauben? Sagte ich Master nicht, der Weg sei versperrt und verhauen und ich glaubte nicht, daß wir durchkommen könnten? Andy hat's gehört."

Alles war zu wahr, um es bestreiten zu können, und der arme Mann mußte seinen Ärger mit der besten Miene, deren er fähig war, einstecken. Alle drei machten wieder rechtsumkehrt und ritten nach der Landstraße zurück.

Infolge all' dieser verschiedenen Verzögerungen ritten sie erst ungefähr drei Viertelstunden, nachdem Elisa ihr Kind in der Dorfschenke aufs Bett gelegt hatte, in den Ort ein. Elisa stand am Fenster und sah nach einer andern Richtung, als Sams rasches Auge sie entdeckte. Haley und Andy ritten ein paar Schritt hinter ihm. In dieser Krisis ließ Sam sich den Hut vom Kopf wehen und stieß einen lauten und charakteristischen Ausruf aus, der sie sofort aufmerksam machte; sie zog sich rasch zurück, und der ganze Zug ritt vor dem Fenster vorbei nach der Vordertür der Schenke.

Tausend Leben schienen für Elisa in dem einen Augenblick konzentriert zu sein. Aus ihrem Zimmer führte eine Seitentür nach dem Fluß. Sie riß ihr Kind an sich und sprang mit ihm die Stufen hinab nach dem Strom. Der Händler sah sie ganz deutlich, als sie eben hinter dem Ufer verschwand, warf sich vom Pferde, rief laut Sam und Andy und war hinter ihr her, wie ein Hetzhund hinter einem Reh. In diesem schwindelnden Augenblick schienen ihre Füße kaum den Erdboden zu berühren, und eine Sekunde brachte sie an den Rand des Wassers. Dicht hinter ihr kamen ihre Verfolger, und gestählt von der Kraft, wie sie Gott nur den Verzweifelten verleiht, sprang sie mit einem herzzerreißenden Schrei und gewaltigem Satze hinüber über die trübe wirbelnde Strömung am Ufer auf das Eisfloß auf der anderen Seite. Es war ein schrecklicher Sprung – ein Sprung, wie ihn nur Wahnsinn und Verzweiflung wagen konnten; und Haley, Sam und Andy schrien instinktmäßig auf und erhoben die Hände, wie sie es sahen.

Die große grüne Eisscholle, auf welche sie sprang, senkte sich, schwankte und ächzte unter ihrer Last, aber sie blieb keinen Augenblick darauf. Mit wilden Ausrufen und verzweifelter Energie sprang sie noch auf eine andere und noch auf eine andere Scholle; – sie stolperte – sprang weiter – glitschte aus – sprang wieder in die Höhe! Sie hatte die Schuhe verloren – die Strümpfe sind ihr vom Fuße gerissen – und Blut bezeichnet jeden Schritt; aber sie sieht nichts, fühlt nichts, bis sie nebelhaft, wie in einem Traume, die Ohioseite erblickt und einen Mann, der ihr hinaufhilft.

„Du bist ein braves Mädchen – wer du auch sein magst!“ sagte der Mann mit einem bekräftigenden Fluch.

Elisa erkannte die Stimme und das Gesicht eines Mannes, dem eine Farm nicht weit von ihrer ehemaligen Heimat gehörte.

„O Mr. Symmes! – Retten Sie mich – retten Sie mich! – Verstecken Sie mich – verstecken Sie mich!“ sagte Elisa.

„Was – was ist das?“ sagte der Mann. „Ist das nicht Shelbys Elisa?“

„Mein Kind! – Dieser Knabe – er hat ihn verkauft: Dort ist sein Herr“, sagte sie und wies nach dem Kentuckyufer. „O Mr. Symmes, Sie haben auch einen kleinen Knaben.“

„Jawohl“, sagte der Mann, als er sie mit derber Faust, aber freundlich das steile Ufer heraufzog. „Außerdem bist du ein richtiges braves Mädchen. Courage gefällt mir, wo ich sie finde.“

Als sie die Höhe des Ufers erreicht hatte, blieb der Mann stehen.

„Ich würde gern was für Euch tun“, sagte er, „aber ich habe niemand, wo ich Euch hinnehmen könnte. Das beste, was ich tun kann, ist Euch zu sagen, geht dorthin“, sagte er und wies auf ein großes weißes Haus, welches allein abseits der Hauptstraße des Dorfes stand. „Geht dorthin; gute Leute wohnen dort. Ihr könnt in keine Gefahr kommen, in der sie Euch nicht helfen werden – sie kennen das alles und wissen es schon zu machen.“

„Der Herr behüte Sie!“ sagte Elisa mit Innigkeit.

„Keine Ursache, keine Ursache auf der Welt“, sagte der Mann. „Was ich getan habe, hat nichts zu sagen.“

„Und Sie werden mich gewiß nicht verraten, Sir?“

„Donner und Wetter, Mädchen! Wofür haltet Ihr mich? Natürlich nicht“, sagte der Mann. „Jetzt geht Eures Wegs wie ein gutes verständiges Mädchen, wie Ihr seid. Ihr habt Eure Freiheit verdient, und Ihr sollt sie haben, soweit ich dazu beitragen kann.“

Elisa drückte das Kind an ihre Brust und entfernte sich mit festem und raschem Schritt.

Der Mann blieb stehen und sah ihr nach.

„Vielleicht wird Shelby das nicht für das allernachbarlichste Tun auf der Welt halten; aber was soll man tun? Wenn er eins meiner Mädchen in derselben Klemme findet, kann er mir's wieder vergelten. Ich kann's nun einmal nicht ertragen, wenn so ein Wesen sich abhetzt und abkeucht und versucht, sich zu retten, während die Hunde hinter ihm her sind. Ich kann nichts gegen sie tun. Außerdem sehe ich gar keine Veranlassung, den Jäger und Fänger für andere Leute zu spielen."

So sprach dieser arme heidnische Kentuckier, der in die gesetzlichen Verhältnisse durchaus nicht eingeweiht war und sich deshalb verlocken ließ, in ziemlich christlicher Weise zu handeln, was er bei besserer Lage und größerer Bildung gewiß nicht getan hätte.

Haley hatte in stummem Staunen dagestanden, bis Elisa auf der anderen Seite des Ufers verschwunden war; dann sah er Sam und Andy mit einem leeren fragenden Blick an.

„Das war ein ganz hübsches Geschäftchen", sagte Sam.

„Das Mädchen hat sieben Teufel im Leibe, glaube ich", sagte Haley. „Sie sprang ja wie eine wilde Katze!"

„Na ich hoffe, Master wird nun nicht tadeln, daß wir den Weg versucht haben", sagte Sam und kratzte sich hinter den Ohren. „Dazu bin ich nicht gescheit genug, gar nicht!" sagte Sam und ließ ein heiseres Lachen vernehmen.

„Du lachst!" grollte der Händler.

„Gott behüte Sie, Master, ich kann wahrhaftig nicht dafür", sagte Sam und ließ nun der lange verhehlten Freude seiner Seele freien Lauf. „Es sah so kurios aus, wie sie sprang und hüpfte – und das Eis krachte – und sie nur zu hören, plauz, wie das sprang! Platsch, wie das spritzte! Herr Gott! wie ist die gesprungen!" Und Sam und Andy lachten, bis ihnen die Tränen die Backen hinunterliefen.

„Wartet, ihr sollt auf der anderen Seite eures Gesichts lachen", sagte der Händler und schlug mit der Peitsche nach ihnen.

Beide duckten sich und liefen laut lachend das Ufer hinauf und saßen auf ihren Pferden, ehe er sie einholen konnte.

„Guten Abend, Master!" sagte Sam sehr ernsthaft. „Ich fürchte sehr, Missis wird sich wegen Jerry Sorge machen. Master Haley braucht uns jetzt nicht mehr. Missis würde es nicht leiden, heute abend mit den Tieren über Lizzys Brücke zu reiten."

Und mit einem spaßhaften Stoß in Andys Rippen ritt er davon, während der andere im vollen Jagen ihm folgte, bis ihr lautes Lachen im Winde verhallte.

7. Kapitel Ein würdiges Trio

Elisas verzweifelte Flucht über den Fluß fiel gerade in die Abenddämmerung. Der graue Abendnebel stieg langsam aus dem Strom empor und hüllte sie ein, während sie auf dem anderen Ufer verschwand, und der angeschwollene Strom und die großen Eisschollen zogen eine unüberwindliche Schranke zwischen ihr und ihrem Verfolger. Haley ging deshalb langsam und mißvergnügt nach der Schenke zurück, um weiter über das zu Tuende nachzudenken. Die Frau wies ihn in ein kleines Zimmer, wo ein Tisch mit sehr glänzender schwarzer Wachsleinwand überzogen, verschiedene hohe hölzerne Stühle mit schmaler Lehne und einige grell angemalte Gipsbüsten auf dem Kaminsims über einem sehr bescheiden rauchenden Herd standen; eine lange harte Bank streckte sich ungemütlich neben dem Kamin hin, und hier nahm Haley Platz, um über die Unsicherheit menschlicher Hoffnungen und menschlichen Glücks allgemein nachzudenken.

„Daß ich mich von dem Grasaff so habe anführen lassen!“ brummte Haley vor sich hin und erleichterte sich das Herz mit einer nicht sehr gewählten Reihe von Verwünschungen seiner selbst.

Die laute und mißtönende Stimme eines Mannes, der vor der Türe abstieg, weckte ihn aus seinem Brüten. Er eilte ans Fenster.

„Zum Teufel! Wenn das nicht dem am nächsten kommt, was die Leute Vorsehung nennen!“ sagte Haley. „Ist das nicht wirklich Tom Loker?“

Haley eilte hinaus.

In der Ecke des Zimmers vor dem Schenktische stand ein gelbbrauner kräftiger Mann von sechs Fuß Länge und verhältnismäßiger Breite. Er trug einen Rock von Büffelhaut, den Pelz auswärts gekehrt, was ihm ein zottiges und wildes Aussehen ganz in Übereinstimmung mit seiner Physiognomie gab. Kopf und Gesicht zeigten jedes Organ und jeden Zug brutaler und rücksichtsloser Gewalttätigkeit in höchster Entwicklung. Wer sich einen zum Menschen gewordenen Bulldogg, der in Hut und Rock einhergeht, denken könnte, würde den besten Begriff von dem Charakter und dem allgemeinen Eindruck seines Äußern haben. Ein Reisegefährte war mit ihm, der in vieler Hinsicht sein vollständiger Gegensatz war. Er war klein und schmal, gewandt und katzenartig in seinen Bewegungen, und mit dem lauernden Blick seiner lebhaften schwarzen Augen schien jeder Zug seines Gesichts sich gleichgestimmt zuzuspitzen; seine dünne lange Nase verlängerte sich, als wäre sie begierig, in das Wesen der Dinge im allgemeinen einzudringen; sein glattes dünnes Haar war nach vorn gebürstet, und alle seine Bewegungen zeigten von vorsichtiger Verschlagenheit. Der große starke Mann schenkte ein großes Glas halb voll Branntwein ein und goß es, ohne ein Wort zu sprechen, hinunter. Der kleine Mann stand auf den Zehen, legte den Kopf erst auf die eine, dann auf die andere Seite, schnüffelte bedächtig nach den verschiedenen Flaschen hin und bestellte zuletzt mit einer dünnen und zitternden Stimme und mit einer Miene großer Umsicht ein Glas Sodawasser. Als es ihm eingeschenkt war, nahm er es und sah es mit einer schlauen selbstzufriedenen Miene an, wie ein Mann, der das Richtige getan und den Nagel auf den Kopf getroffen zu haben glaubt, und trank es wohlüberlegt und langsam nippend aus.

„Ha, so ein Glück hätte ich mir doch nicht zugetraut! Loker, wie geht's denn?“ sagte Haley und bot dem großen Manne seine Hand.

„Zum Teufel!“ war die höfliche Antwort. „Was bringt Euch hierher, Haley?“

Der lauernde Mann, der Marks hieß, hörte gleich auf, sein Glas zu nippen, reckte den Kopf vor und sah schlau den neuen Ankömmling an, wie manchmal eine Katze nach einem raschelnden dürren Blatt oder einem andern verfolgbaren Gegenstande schielt.

„Das nenne ich mir doch ein Glück, sage ich, Tom. Ich bin in einer verteufelten Patsche, und Ihr müßt mir heraushelfen.“

„Hm! Ha! Glaub' ich wohl!“ grunzte sein gefälliger Freund. „Das kann man von vornherein glauben, wenn Ihr Euch freut, jemanden zu sehen; wenn die Leute zu etwas zu gebrauchen sind. Was gibt's denn jetzt?“

„Ihr habt einen Freund mitgebracht“, sagte Haley und sah argwöhnisch Marks an, „vielleicht ein Kompagnon?“

„Jawohl! Hier Marks, das ist der Bursch', der in Natchez mein Kompagnon war.“

„Freut mich sehr, seine Bekanntschaft zu machen“, sagte Marks und bot ihm eine lange schmale Hand wie die Klaue eines Raben dar. „Mr. Haley, glaube ich?“

„Derselbe, Sir“, sagte Haley. „Und jetzt, Ihr Herrn, da wir uns so glücklich getroffen haben, will ich Euch hier was zum besten geben. Ihr da, alter Waschbär“, sagte er zu dem Manne hinter dem Schanktisch, „gebt uns heißes Wasser und Zucker und Zigarren und Überfluß vom Echten, und wir wollen einmal fidel sein!“

Bald sind die Kerzen angezündet, das Feuer lodert munter in dem Kamin, und unsere drei Freunde sitzen um einen Tisch, der mit allen eben genannten Beförderungsmitteln der Gemütlichkeit reichlich besetzt ist. Haley begann eine pathetische Erzählung seiner widrigen Schicksale. Loker schwieg und hörte ihn mit mürrischer Aufmerksamkeit an. Marks, der mit großer Sorgfalt und vielen Umständen sich ein Glas Punsch nach seinem eigenen Geschmack bereitete, blickte von Zeit zu Zeit von seiner Beschäftigung auf, schob seine spitze Nase und sein Kinn fast Haley ins Gesicht und schenkte der ganzen Erzählung die vollste Aufmerksamkeit. Der Schluß schien ihn über die Maßen zu ergötzen, denn der ganze Körper wackelte ihm vor lautlosem Lachen, und er spitzte die dünnen Lippen mit einer Miene des höchsten innerlichen Genusses.

„Also regulär geprellt seid Ihr? He! He! He! 's ist aber hübsch gemacht."

„Mit diesen Rangen hat man schreckliche Not im Geschäft", sagte Haley kläglich.

„Wenn wir nur eine Sorte Mädchen kriegen könnten, die sich um ihre Kleinen nicht kümmerten", sagte Marks, „ob das nicht einer der größten modernen Fortschritte wäre –". Und Marks gab seinem Witz mit einem leisen einleitenden Gekicher Nachdruck.

„Ich habe mirs nie erklären können", sagte Haley. „Die Rangen machen ihnen soviel Not – man sollte meinen, sie müßten froh sein, sie los zu werden; aber sie sind es nicht. Und je mehr Mühe ihnen die Kinder machen und je weniger sie im allgemeinen zu was nütze sind, desto lieber sind sie ihnen."

„Schiebt mal das warme Wasser her, Haley", sagte Marks. „Ja, Sir, Ihr sagt da, was ich denke und immer gedacht habe. Ich kaufte einmal ein Weib, als ich noch das Geschäft betrieb – ein kräftiges hübsches Weib und gar nicht dumm – und es hatte ein kränkliches Kind mit einem krummen Rücken oder so etwas, und ich schenkte es einem Manne, der versuchen wollte, es aufzuziehen, da es ihn nichts kostete – dachte nicht daran, daß sich das Weib die Sache so zu Herzen nehmen würde – aber Gott, Ihr hättet sehen sollen, wie sie sich aufführte! Wahrhaftig, war fast, als sei ihr das Kind um so lieber, weil es kränklich und garstig war und sie peinigte; und sie verstellte sich auch nicht etwa – sondern weinte darüber und lief herum, als ob sie den letzten Freund auf Erden verloren hätte. Es war wirklich drollig, daran zu denken. Gott, die Weiber haben solche Ideen im Kopfe."

„'s ist mir auch so gegangen", sagte Haley. „Vorigen Sommer wurde mir unten am Red River ein Mädchen aufgeschwindelt mit einem ganz hübsch aussehenden Kinde, dessen Augen so hell waren wie Eure; aber wie man es näher besah, war es stockblind. Faktum – stockblind. Nun dachte ich mir, 's ist nichts Schlechtes, wenn du das Kind wieder aus der Hand gibst und nichts weiter sagst, und ich tauschte es daher gegen ein Fäßchen Whisky um; aber als ich's dem Mädchen nehmen wollte, wurde das wie eine Tigerin. Es war, ehe wir aufbrachen, und ich hatte meine Leute noch nicht gefesselt, und was tut sie? Sie klettert wie eine Katze einen Baumwollballen hinan, reißt einem von den Matrosen ein Messer aus der Hand und macht ein Gesicht, daß wir alle scheu zurücktreten. Und wie sie nun sah, daß es doch nichts nützte, so drehte sie sich um und stürzte sich kopfüber mit dem Kinde in den Fluß – sank unter und kam nie wieder zum Vorschein."

„Bah!" sagte Tom Loker, der diesen Erzählungen mit schlecht verhehlter Verachtung zugehört hatte. „Ihr seid beide nicht gescheit! Meine Mädchen spielen mir keine solchen Streiche, das sage ich euch!"

„Wirklich! Wie fangt Ihr's denn an?" forschte Marks rasch.

„Wie ich's anfange? Ich kaufe eine Dirne, und wenn sie ein Kleines hat, das ich verkaufen will, so trete ich vor sie hin und halte ihr die Faust vor's Gesicht und sage: ›Höre mal, wenn du auch nur ein Wort hören läßt, so zerschmeiße ich dir's Gesicht – ich will kein Wort hören – keine Silbe.‹ Ich sage zu ihnen: ›Das Kleine da ist mein und nicht dein, und du hast ganz und gar nichts damit zu tun. Ich verkaufe das Kind bei der ersten Gelegenheit; hütet Euch wohl, mir mit Eurem Lärm darüber zu kommen, oder Ihr sollt mir wünschen, Ihr wäret nie geboren worden.‹ Ich sage Euch, sie sehen, daß ich nicht mit mir spaßen lasse. Sie bleiben so stumm wie die Fische, und wenn ja eine anfängt, dann –" und Mr. Loker schlug die Faust mit einer Kraft auf den Tisch, welche die Lücke vollständig ergänzte.

„Das nenne ich mir Energie", sagte Marks, indem er Haley in die Seite stieß und beifällig kicherte. „Ist nicht Tom ein Hauptkerl! He, he, he! Ich sage, Tom, ich rate, Ihr macht's ihnen begreiflich; denn die Niggerköpfe sind alle wollig. Sie bleiben nie unklar über das, was Ihr meint, Tom. Wenn Ihr nicht der Teufel seid, Tom, so seid Ihr sein Zwillingsbruder, behaupte ich."

Tom nahm das Kompliment mit schicklicher Bescheidenheit an und machte ein so leutseliges Gesicht, als sich mit seiner grämlichen Natur vertrug.

Haley, der sehr reichlich von dem Getränk des Abends genossen hatte, fing jetzt an, eine beträchtliche Erregung und Erhöhung seines sittlichen Gefühls zu empfinden – ein Phänomen, das bei Leuten von frommem und nachdenklichem Charakter unter ähnlichen Umständen nicht selten ist.

„Ihr seid wirklich zu schlecht, Tom, wie ich Euch immer gesagt habe. Ihr wißt, Tom, wir beide haben diese Sachen unten in Natchez oft besprochen, und ich bewies damals stets, daß wir ebensoviel verdienten und uns ebensogut in dieser Welt befänden, wenn wir sie gut behandelten, außer daß wir eine bessere Aussicht behalten, da oben im Himmel einen Platz zu finden, wenn das Schlimmste kommt und nichts mehr zu holen ist."

„Bah!“ sagte Tom. „Weiß ich das nicht – macht mich mit solchem Gerede nicht krank – mein Magen ist ohnedies ein bißchen angegriffen“, und Tom schüttete ein halbes Glas reinen Branntwein hinunter.

„Ich gestehe es“, sagte Haley, indem er sich in seinem Stuhl zurücklehnte und mit Nachdruck gestikulierte, „ich gestehe es, ich habe immer mein Geschäft betrieben, um Geld dabei zu verdienen; das war das Erste bei mir, wie bei jedem andern Menschen; aber das Geschäft ist nicht alles, und Geld ist nicht alles, weil wir Seelen haben. Mir ist es ganz gleich, wer es hört – und ich glaube, ich habe verdammt viel darüber nachgedacht; deshalb kann ich es auch offen heraussagen. Ich glaube an Religion, und mit der Zeit, wenn ich alles eingerichtet und in Ordnung habe, so rechne ich, mich um meine Seele und alle diese Sachen zu bekümmern: Und was nützt es daher, mehr Böses zu tun, als gerade notwendig ist? – Das scheint mir gar nicht klug zu sein.“

„Ihr wollt Euch um Eure Seele bekümmern“, erwiderte Tom verächtlich, „guckt Euch nur recht ordentlich um, ob Ihr eine Seele in Euch findet – braucht Euch keine Mühe zu geben. Und wenn Euch der Teufel durch ein Haarsieb siebt, so findet er keine.“

„Ihr seid böse, Tom“, sagte Haley, „warum nehmt Ihr es nicht gut auf, wenn jemand nur zu Eurem Besten spricht?“

„Laßt das Geplapper sein“, sagte Tom barsch. „Ich kann Euch alles reden hören, nur nicht solch frommes Geschwätz – das macht mich gleich tot. Was ist denn im Grunde der Unterschied zwischen mir und Euch? Nicht etwa, daß Ihr mehr schont oder ein bißchen mehr Gefühl hättet – es ist reine hündische Niederträchtigkeit, die den Teufel betrügen und sich die eigne Haut retten will; als ob ich das nicht sähe; und Euer ›Religion haben‹, wie Ihr's nennt, ist doch im Grunde gar zu gemein für einen Menschen; sein ganzes Leben lang eine Rechnung beim Teufel auflaufen lassen, und dann sich wegzuschwindeln, wenn der Zahlungstermin kommt! Pfui!“

„Na, ich will Euch was sagen, Ihr Herren, das ist kein Geschäft“, sagte Marks. „Man kann alle Sachen auf verschiedene Weise ansehen, das wißt Ihr ja. Mr. Haley ist gewiß ein sehr hübscher Mann und hat sein eigenes Gewissen, und Ihr, Tom, habt Eure Art und noch dazu eine sehr gute Art; aber zanken und streiten ist zu nichts nütze, das wißt Ihr. Laßt uns ans Geschäft gehen. Nun, wie ist die Sache, Mr. Haley? Wir sollen Euch das Mädchen fangen?“

„Das Mädchen geht mich nichts an – das gehört Shelby, nur der Knabe. Ich war ein Narr, den Affen zu kaufen.“

„Ihr seid immer ein Narr!“ sagte Tom barsch.

„Na, Loker, nicht so grob", sagte Marks und leckte sich die Lippen; „Ihr seht ja, Mr. Haley will uns zu einem guten Geschäft verhelfen. Seid einmal still, solche Anordnungen sind gerade meine Stärke. Also die Dirne, Mr. Haley, was ist mir ihr? Wie ist sie?"

„Sie ist weiß und schön – gut erzogen. Ich hätte Shelby 800 oder 1000 für sie gegeben und noch ein gutes Geschäft mit ihr gemacht."

„Weiß und schön – und gut erzogen!" sagte Marks, und seine Augen, Nase und Mund belebten sich von Unternehmungslust. „Seht da, Loker, ein schöner Anfang. Wir wollen hier ein Geschäft auf unsere eigene Rechnung machen. Wir besorgen das Fangen; den Jungen bekommt natürlich Haley – wir nehmen das Mädchen nach Orleans auf Spekulation. Ist das nicht vortrefflich?"

Tom, dessen großer plumper Mund während dieser Worte weit offen gestanden hatte, ließ ihn jetzt plötzlich zufallen wie ein großer Hund, der auf ein Stück Fleisch beißt, und schien den Vorschlag in Muße zu verdauen.

„Ihr müßt wissen", sagte Marks zu Haley, indem er sich seinen Punsch umrührte, „wir haben auf allen Punkten an der Küste Friedensrichter, die uns kennen und die kleinen Geschäftchen in unserer Branche unter ganz vernünftigen Bedingungen abmachen. Tom besorgt das Herumwürgen und Herumschlagen, und ich übernehme die Anstandsrollen – in lackierten Stiefeln – alles im feinsten Stile, sowie zu schwören ist. Ihr sollt nur sehen", sagte Marks, vor Künstlerstolz verglühend, „wie ich da auftreten kann. Einmal bin ich Mr. Twickem von Neuorleans; dann bin ich eben von meiner Plantage am Pearlfluß angekommen, wo ich 700 Nigger beschäftige; zum dritten Male stelle ich mich als ein entfernter Verwandter von Henry Clay oder einem andern alten Hauptkerl von der Art dar. Die Anlagen sind verschieden, das wißt Ihr ja. Ich sage Euch, Tom ist ein Blitzkerl, wo es sich um Plackerei oder ums Zuschlagen handelt; aber zum Lügen taugt er nichts, der Tom – es steht ihm nicht; aber wenn es einen Kerl im ganzen Lande gibt, der alles und jedes beschwören kann und alle die Geschichten und Flunkern mit einem längern Gesichte vortragen und das Ganze besser durchführen kann, als ich, so möchte ich ihn sehen! Weiter sage ich nichts! Ich glaube wahrhaftig, ich könnte mich durchschwindeln, wenn es auch die Friedensrichter genauer nähmen, als es der Fall ist. Manchmal wünsche ich wirklich, sie möchten's genauer nehmen; es wäre dann viel interessanter – machte viel mehr Spaß, müßt Ihr wissen."

Tom Loker, der, wie wir gezeigt haben, ein Mann von langsamen Begriffen und Bewegungen war, unterbrach hier Marks, indem er mit seiner schweren Faust auf den Tisch schlug, so daß alles klapperte, „'s geht!" sagte er.

„Potz Wetter, Tom, zerschmeißt nur nicht die Gläser!“ sagte Marks. „Schont Eure Faust für Zeiten der Not.“

„Aber Ihr Herren, soll ich denn nicht auch einen Teil des Profits haben“, sagte Haley.

„Ist's nicht genug, wenn wir Euch den Jungen haschen?“ sagte Loker. „Was wollt Ihr sonst noch?“

„Nun wenn wir Euch das Geschäft verschaffen, so ist das doch was wert“, sagte Haley – „will sagen, zehn Prozent vom Profit nach Abzug der Auslagen.“

„Ob ich Euch nicht kenne, Dan Haley!“ sagte Loker mit einem fürchterlichen Fluche und schlug mit der schweren Faust auf den Tisch. „Denkt Ihr etwa, Ihr wollt mich leimen! Sich einbilden, Marks und ich hätten uns auf den Negerfang gelegt, bloß um Leuten wie Euch einen Gefallen zu tun, ohne etwas für uns selber zu kriegen? Da seid Ihr falsch gewickelt! Wir wollen die Dirne für uns behalten und Ihr haltet das Maul, oder wir nehmen alle beide – wer soll's uns wehren? Habt Ihr uns nicht das Wild gezeigt? Wir können es so gut verfolgen wie Ihr, hoffe ich. Wenn Ihr oder Shelby uns jagen wollt, so seht nur nach, wo die Rebhühner voriges Jahr waren; wenn Ihr sie oder uns fangt, soll's uns ganz recht sein.“

„Nun ja, so soll's dabei bleiben“, sagte Haley voller Unruhe; „Ihr habt immer ehrlich mit mir gehandelt, Tom, und mir immer Wort gehalten.“

„Das wißt Ihr“, sagte Tom; „ich spiele gewiß nicht den Frommen, aber selbst in meinen Rechnungen mit dem Teufel werde ich nicht lügen. Wenn ich sage, ich tue es, so tue ich's; das wißt Ihr, Dan Haley.“

„Gewiß, gewiß, das habe ich auch gesagt, Tom“, sagte Haley; „und wenn Ihr mir nur versprechen wollt, mir den Knaben nach spätestens acht Tagen an irgendeinen beliebigen Ort zu stellen, so bin ich zufrieden.“

„Aber ich ganz und gar nicht“, sagte Tom. „Ihr bildet Euch doch nicht ein, ich wäre unten in Natchez umsonst Euer Kompagnon gewesen, Haley? Ich habe gelernt, einen Aal festzuhalten, wenn ich ihn einmal gefangen habe. Ihr habt 50 Dollar bar auf den Tisch zu legen, oder ich gehe keinen Schritt in der Sache. Ich kenne Euch.“

„Was, wenn Ihr ein Geschäft kriegt, das Euch einen reinen Gewinn von 1000 oder 1600 Dollar einbringen kann? Tom, Ihr macht unvernünftige Forderungen!“ sagte Haley.

„Haben wir aber nicht Geschäfte auf fünf Wochen im Buche – fast mehr als wir verrichten können? Und gesetzt, wir lassen alles liegen und laufen Eurem Jungen nach und fangen die Dirne zuletzt doch nicht – und Dirnen sind immer teufelsmäßig schwer zu fangen – was haben wir dann? Bezahlt Ihr uns dann nur einen Cent – he? Ich sehe schon, wie Ihr ihn vorholt – ha, ha! Nein, nein; heraus mit den fünfzig. Macht sich das Geschäft und wir verdienen was dabei, so zahlen wir das Geld zurück; ist's nicht der Fall, so behalten wir's für unsere Mühe – ist das nicht billig, Marks?“

„Gewiß, gewiß“, sagte Marks in versöhnlichem Tone, „'s ist nur ein Draufgeld, ha, ha, ha! Na, wir müssen alles in Gutem abmachen – als gute Freunde, müßt Ihr wissen. Tom bringt Euch den Jungen, wo Ihr ihn hinhaben wollt; nicht wahr, Tom?“

„Wenn ich den Jungen fange, bringe ich ihn nach Cincinnati und lasse ihn bei Granny Belcher an der Landungsbrücke“, sagte Loker.

Marks hatte eine schmierige Brieftasche hervorgezogen, nahm einen langen Zettel heraus, setzte sich hin, sah ihn mit seinen kleinen schwarzen Augen durch und fing an, halblaut den Inhalt abzulesen: „Barnes – Shelby County – Knabe Jim – 300 Dollar tot oder lebendig. Edwards – Dick und Luzy – Mann und Frau, 600 Dollar für sie oder ihren Kopf. – Ich gehe eben unsere Geschäfte durch, um zu sehen, ob wir das dabei bequem mit abmachen können, Loker“, sagte er nach einigem Nachdenken, „die Sachen müssen wir Adams und Springer überlassen; sie stehen schon längst im Buche.“

„Die berechnen nur zu viel“, sagte Tom.

„Das will ich schon einrichten, sie sind Anfänger im Geschäft und müssen billig sein“, sagte Marks, während er fortfuhr zu lesen, „'s sind drei leichte Fälle, wenn weiter nichts zu tun ist, als sie niederzuschießen oder zu schwören, daß sie erschossen sind; dafür können sie natürlich nicht viel ansetzen; die andern Fälle lassen sich noch ein Weilchen aufschieben“, sagte er und legte den Zettel wieder zusammen. „Jetzt aber müssen wir die Sache näher besprechen. Also, Mr. Haley, Ihr saht, wie das Mädchen das Ufer erreichte?“

„Gewiß – so deutlich, als ich Euch sehe.“

„Und ein Mann half ihr zum Ufer herauf!“ sagte Loker.

„Gewiß sah ich das.“

„Wahrscheinlich haben sie die Dirne wo aufgenommen“, sagte Marks; „aber wo? Das ist die Frage. Was meint Ihr, Tom?“

„Wir müssen noch heute nacht über den Fluß – das ist keine Frage“, sagte Tom.

„Aber es ist kein Boot da“, sagte Marks, „'s ist ein fürchterlicher Eisgang, Tom; ist's nicht zu gefährlich?“

„Davon verstehe ich nichts, ich weiß nur, daß es geschehen muß“, sagte Tom mit Bestimmtheit.

„Mein Gott“, sagte Marks voll Unruhe – „ich meine“, sagte er und trat ans Fenster, „'s ist so finster wie in einem Wolfsrachen, und Tom –“

„Das Lange und das Kurze von der Geschichte ist – Ihr fürchtet Euch, Marks; aber ich kann Euch nicht helfen, Ihr müßt fort. Ihr dürft doch nicht etwa einen oder zwei Tage still liegen, bis sie die Dirne unten auf den Talweg nach Sandusky oder sonst wohin gebracht haben.“

„O nein; ich fürchte mich gar nicht“, sagte Marks, „aber –“

„Aber was“, sagte Tom.

„Nun, das Boot. Ihr seht ja, es ist kein Boot da.“

„Ich höre die Wirtsfrau sagen, es käme noch eins diesen Abend und ein Mann wollte darin übersetzen. Und wenn's um den Hals geht, wir müssen mit ihm hinüber“, sagte Tom.

„Ihr habt doch wohl gute Hunde!“ sagte Haley.

„Ausgezeichnete“, sagte Marks. „Aber die nützen uns gar nichts. Ihr habt ja nichts von ihren Sachen, um sie auf die Spur zu bringen.“

„Ei doch“, sagte Haley triumphierend. „Hier ist ihr Tuch, das sie in der Eile hat auf dem Bett liegenlassen, und auch ihr Hut ist da.“

„Das ist gut“, sagte Loker, „nur her damit.“

„Aber die Hunde könnten der Dirne Schaden tun, wenn sie plötzlich über sie herfallen“, sagte Haley.

„Das ist zu bedenken“, sagte Marks. „Unsere Hunde haben unten in Mobile mal einen Kerl in Stücke zerrissen, ehe wir sie losbringen konnten.“

„Das ginge nun freilich nicht bei Niggern, die wegen ihres Aussehens gekauft werden sollen“, sagte Haley.

„Das ist wohl wahr“, bemerkte Marks. „Außerdem nützt es nicht einmal, wenn sie jemand zu sich genommen hat. Hunde helfen einem gar nichts hier in den obern Staaten, wo sie die Nigger zu Wagen fortschaffen; natürlich findet man ihre Spur nicht. Sie helfen bloß was unten in den Plantagen, wo die Nigger, wenn sie fortlaufen, sich auf ihre eigenen Beine verlassen müssen und keine Hilfe kriegen.“

„Na“, sagte Loker, der draußen bei der Wirtin gewesen war, um sich zu erkundigen, „ich höre eben, der Mann mit dem Boote ist da; also Marks –“

Dieser Würdige warf einen bekümmerten Blick auf das bequeme Quartier, das er verlassen sollte, stand aber langsam auf, um zu gehorchen. Nach einigen Worten zu weiterer Verabredung reichte Haley mit sichtbarem Sträuben Tom die fünfzig Dollar hin, und das würdige Trio trennte sich für die Nacht.

***

Während dieser Auftritt in der Schenke stattfand, verfolgten Sam und Andy in einem Zustand höchster Fröhlichkeit ihren Rückweg und gelangten gegen 11 Uhr zu Hause an.

Mrs. Shelby flog an das Geländer.

„Bist du es, Sam? Wo sind sie?"

„Master Haley ruht in der Schenke aus; er ist schrecklich müde."

„Und Elisa, Sam?"

„Die ist drüben über dem Jordan. Wie man sagen könnte, im Lande Canaan."

„Was meinst du damit, Sam?" sagte Mrs. Shelby außer Atem und fast in Ohnmacht sinkend bei dem Gedanken an die mögliche Bedeutung dieser Worte.

„Nun, der Herr schützt die Seinen, Missis. Lizzy ist über den Fluß hinüber nach Ohio, so wunderbar, als ob der Herr sie mit einem feurigen Wagen und zwei Pferden hinüber geholt hätte."

Sams Frömmigkeit trat in seiner Herrin Anwesenheit immer ganz besonders stark zutage, und er machte von biblischen Redensarten und Bildern sehr häufige Anwendung.

„Komm herauf, Sam", sagte Mr. Shelby, der jetzt ebenfalls unter die Veranda trat, „und erzähle deiner Herrin, was sie wissen will. Komm, Emilie", sagte er und umschlang sie mit dem Arm. „Du bist ganz kalt und zitterst vor Frost; du nimmst es dir gar zu sehr zu Herzen."

„Zu sehr zu Herzen! Bin ich nicht ein Weib – eine Mutter? Sind wir nicht beide Gott verantwortlich für dieses arme Mädchen? Möge Gott diese Sünde nicht uns zur Last legen!"

„Was für eine Sünde, Emilie? Du siehst ja selbst ein, daß wir nur getan haben, was wir tun mußten."

„Aber dennoch ist es mir immer, als ob es schrecklich sündhaft wäre", sagte Mrs. Shelby. „Ich kann das Gefühl nicht loswerden."

„Hier, Andy, du Nigger, mach schnell!“ rief Sam unter der Veranda. „Führe die Pferde in den Stall; hörst du nicht, daß Master ruft?“ Und Sam erschien bald darauf, den Palmenhut in der Hand, in der Tür des Wohnzimmers.

„Nun, Sam, erzähle uns ordentlich, wie die Sache war“, sagte Mr. Shelby. „Wo ist Elisa, wenn du's weißt?“

„Ich habe sie mit eigenen Augen über die Eisschollen springen sehen, Master, 's war ganz merkwürdig; 's war ein reines Wunder; und ich sah, wie ein Mann ihr an der Ohioseite heraufhalf, und dann verschwand sie in der Abenddämmerung.“

„Sam, das Wunder kommt mir etwas apokryphisch vor. Über die Eisschollen springen ist keine leichte Sache“, sagte Mr. Shelby.

„Leicht! Kein Mensch hätte es tun können ohne den Herrn. Ich will's Ihnen nur erzählen, wie's zuging“, sagte Sam. „Master Haley und ich und Andy erreichten die kleine Schenke am Flusse, und ich reite ein paar Schritte voran – (ich war so eifrig, Lizzy zu fangen, daß ich mich nicht halten konnte – gar nicht) – und als ich an dem Fenster der Schenke vorbeireite; da steht sie da, gerade vor meinen Augen, und die andern kommen hinter mir hergeritten. Auf einmal verliere ich meinen Hut und schreie so laut, daß die Toten hätten davon erwachen können. Natürlich hört's Lizzy, und sie tritt zurück, als Master Haley vorbei nach der Haustür reitet; und dann sprang sie zur Seitentür hinaus und hinunter nach dem Fluß; Master Haley aber sah sie und schrie laut, und er und ich und Andy liefen ihr nach. Sie erreichte das Ufer, und das Wasser war noch zehn Fuß breit frei, und auf der andern Seite schwanken und dämmen sich die Eisschollen, als wäre es eine große Insel. Wir kommen dicht hinter ihr her, und ich dachte schon bei meiner Seele, wir hätten sie fest – da tut sie einen Schrei, wie ich ihn nie gehört habe – und auf einmal stand sie auf der andern Seite des Wassers auf dem Eise, und nun ging's weiter, schreiend und springend, und das Eis ging krach, und plump und platsch, und sie sprang darüber wie ein Rehbock! Gott, die Feder, die die Dirne im Leib haben muß, kann nicht klein sein, meine ich.“

Mrs. Shelby saß stumm und bleich vor Aufregung da, während Sam seine Geschichte erzählte.

„Gott sei gepriesen, sie lebt noch! Aber wo mag jetzt das arme Kind sein.“

„Der Herr wird dafür sorgen“, sagte Sam und verdrehte fromm die Augen.

„Du kannst jetzt gehen und Tante Chloe sagen, sie soll dir von dem kalten Schinken geben, der heut mittag übriggeblieben ist. Du und Andy, ihr müßt Hunger haben.“

„Missis ist viel zu gut für uns“, sagte Sam, verbeugte sich eilig und verschwand.

8. Kapitel Ein Senator ist auch nur ein Mensch

Das Licht eines munteren Feuers schien auf den Teppich eines gemütlichen Zimmers und glänzte zurück von den Teetassen und der hellpolierten Teekanne, als Senator Bird die Stiefel auszog, ehe er die Füße in ein paar neue schöne Hausschuhe steckte, welche seine Frau während seiner Abwesenheit in Amtsgeschäften für ihn gemacht hatte. Mrs. Bird, ein wahres Bild der Freude, deckte den Tisch zum Tee und unterbrach sich dann und wann mit Ermahnungen, gerichtet an eine Anzahl munterer Kinder, die in den vielerlei unerhörten Sprüngen und Neckereien, die die Mütter seit der großen Flut in Erstaunen versetzt haben, in der Stube herumtobten.

„Tom, laß den Türgriff sein – sei artig! – Mary! Mary! Zieh die Katze nicht am Schwanze – das arme Miezchen! Jim, klettere mir nicht auf den Tisch dort – nein, nein! – Du weißt gar nicht, lieber Mann, wie es uns alle überrascht hat, dich heute abend hier zu sehen“, sagte sie endlich, als sie Zeit fand, zu ihrem Gatten ein Wort zu sagen.

„Ja, ja, ich dachte, du machst einen Sprung hierher, bringst die Nacht hier zu, und machst dir's zu Hause einmal bequem. Ich bin todmüde, und der Kopf brennt mir!“

Mrs. Bird blickte nach ihrem Kampferfläschchen, welches in dem halboffenen Wandschrank stand, und schien es holen zu wollen; aber ihr Gatte hielt sie davon ab.

„Nein, nein, Mary, nur nicht doktern! Eine Tasse von deinem guten heißen Tee und ein Teller von unserer guten Hausmannskost ist alles, was mir fehlt, 's ist böse Arbeit, dieses Gesetzegeben!“

Und der Senator lächelte, als ob ihm der Gedanke, sich als ein Opfer seines Vaterlandes zu betrachten, leidlich gefalle.

„Nun, was habt ihr denn eigentlich im Senat gemacht?“ sagte seine Frau, als die Beschäftigung mit dem Teetisch vollendet war.

Es war aber etwas sehr Ungewöhnliches für die kleine sanfte Mrs. Bird, sich um das zu bekümmern, was im Staatenhause vorging, da sie sehr weislich der Meinung war, daß sie genug mit ihrem eigenen Hause zu tun habe. Mr. Bird öffnete daher die Augen weit vor Erstaunen und sagte:

„Nichts von besonderer Wichtigkeit.“

„So? Aber ist es wahr, daß man ein Gesetz angenommen hat, welches verbietet, den armen Farbigen, die herüberkommen, zu essen und zu trinken zu geben? Ich hörte, es sei von solch einem Gesetz die Rede; aber ich glaubte nicht, daß eine christliche Legislatur so etwas annehmen könnte!“

„Wahrhaftig, Mary, du bist ja auf einmal politisch geworden.“

„Ach Unsinn! Im allgemeinen möchte ich keinen Pfifferling für eure ganze Politik geben; aber das scheint mir doch über alle Maßen grausam und unchristlich zu sein. Ich hoffe, lieber Mann, daß man an ein solches Gesetz nicht gedacht hat.“

„Man hat ein Gesetz angenommen, welches den Leuten verbietet, den von Kentucky herüberkommenden Sklaven fortzuhelfen, liebe Frau; die rücksichtslosen Abolitionisten haben es so arg gemacht, daß unter unsern Brüdern in Kentucky große Aufregung herrscht, und es ebenso notwendig, als christlich und freundlich erscheint, daß von seiten unseres Staates etwas zur Stillung dieser Aufregung geschieht.“

„Und wie lautet das Gesetz? Es verbietet uns doch nicht, diesen armen Leuten für eine Nacht ein Obdach zu geben und ihnen etwas zu essen zu reichen und ein paar alte Kleider zu schenken, und sie dann ruhig ihres Weges gehen zu lassen?“

„O doch, liebe Frau; das hieße, ihnen helfen und sie unterstützen, wie es im Gesetz heißt.“

Mrs. Bird war eine schüchterne, leicht errötende kleine Frau von ungefähr vier Fuß Größe und mit sanften blauen Augen und einem Teint, zart wie Pfirsichblüten, und der sanftesten lieblichsten Stimme von der Welt. – Was ihren Mut betrifft, so hätte sie, wie man sich erzählte, ein mäßig großer Truthahn mit dem ersten Gekauder in die Flucht geschlagen, und ein tüchtiger Haushund von mäßiger Wildheit hätte sie bloß durch das Fletschen seiner Zähne zum Gehorsam bringen können. Ihr Gatte und ihre Kinder waren ihre ganze Welt, und hier herrschte sie mehr durch Bitte und Überredung, als durch Befehl oder Überzeugung. Nur ein einziges konnte sie in Aufregung bringen, und zwar die Berührung des wunden Flecks ihres ungewöhnlich sanften und teilnehmenden Gemütes: Jede grausame Handlung versetzte sie in die leidenschaftlichste Aufregung, die verglichen zu der allgemeinen Sanftheit ihres Charakters um so beunruhigender und unerklärlicher war.

Diesmal stand Mrs. Bird mit sehr roten Wangen, die ihr ganz allerliebst standen, auf, trat mit entschlossenem Blick vor ihren Gatten und sagte in entschiedenem Tone:

„Ich will wissen, John, ob du ein solches Gesetz für recht und christlich hältst.“

„Du wirst mich doch nicht erschießen, Mary, wenn ich sage: ja!“

„Das hätte ich dir nie zugetraut, John! Du hast doch nicht dafür gestimmt?“

„Doch, meine schöne Politikerin!“

„Du solltest dich schämen, John! Die armen, obdachlosen, heimatlosen Geschöpfe. Es ist ein schändliches, gottloses, fluchwürdiges Gesetz, und ich für meine Person werde es bei der ersten Gelegenheit, die ich finde, verletzen; und ich hoffe, ich werde eine Gelegenheit finden! Es ist weit genug gekommen, wenn eine Frau armen hungernden Geschöpfen weder warmes Essen noch ein Bett geben darf, weil sie Sklaven sind und ihr ganzes Leben lang nur Schmach und Bedrückung gelitten haben! Die armen Leute!"

„Aber Mary, höre doch nur. Deine Empfindungen sind alle ganz vortrefflich, liebe Frau, und ich liebe dich deshalb; aber, liebe Frau, wir dürfen unsere Empfindungen nicht mit unserm Verstande durchgehen lassen. Du mußt bedenken, es ist keine Sache des Privatgefühls; große Staatsinteressen sind dabei mit im Spiel, und es entsteht darüber eine so große Aufregung im Publikum, daß wir unsere Privatgefühle beiseite setzen müssen."

„Ich verstehe nichts von Politik, John, das gebe ich zu; aber ich kann meine Bibel lesen; und darin lese ich, daß ich die Hungrigen speisen, die Nackten kleiden und die Traurigen trösten soll; und dieser Bibel denke ich zu folgen."

„Aber in Fällen, wo du dadurch einen großen öffentlichen Schaden anrichten würdest –"

„Gott gehorchen bringt niemals der großen Allgemeinheit Schaden. Ich weiß, daß das nicht der Fall ist. Es ist zu allen Zeiten und in allen Fällen das Sicherste, zu tun nach seinem Willen."

„Aber höre mich nur an, Mary, und ich kann dir mit sehr klaren Gründen beweisen, daß –"

„Ach Unsinn, John! Du kannst die ganze Nacht reden und wirst mir nichts beweisen. Ich frage dich, John, würdest du jetzt ein armes, frierendes, hungerndes Geschöpf von der Tür weisen, weil es seinem Herrn entflohen ist? Würdest du das tun, frage ich dich."

In dieser Krisis steckte der alte Cudjoe, das schwarze Faktotum, den Kopf zur Tür herein und bat Missis, einmal in die Küche zu kommen, und unser Senator, von dem Angriff noch zur rechten Zeit befreit, sah seiner kleinen Frau mit einer drolligen Mischung von Freude und Verdruß nach und machte sich's in seinem Lehnstuhl bequem, um die Zeitungen zu lesen.

Nach einer kurzen Weile ließ sich die Stimme seiner Frau rasch und angelegentlich an der Tür vernehmen: „John! John! Bitte, komm einen Augenblick heraus."

Er legte die Zeitung hin und ging in die Küche und fuhr zurück, ganz erstaunt über den sich ihm darbietenden Anblick.

Ein junges, zartes Weib mit zerrissenen und gefrorenen Kleidern, mit nur einem Schuh, und an dem blutenden Fuß einen zerrissenen Strumpf, lag in totenähnlicher Ohnmacht auf zwei Stühlen. Der Stempel der verabscheuten Rasse war auf ihrem Antlitz sichtbar, aber niemand konnte gegen seine traurige und rührende Schönheit gefühllos bleiben, während seine starre, kalte, totengleiche Schärfe einen feierlichen Schauer hervorrief. Er hielt den Atem an sich und blieb schweigend stehen. Seine Frau und ihre einzige farbige Dienerin, die alte Tante Dinah, waren angelegentlich in der Anwendung von Wiederbelebungsmitteln beschäftigt, während der alte Cudjoe den Knaben auf den Knien hatte, ihm Schuhe und Strümpfe auszog und die kleinen kalten Füßchen warmrieb.

„Ist das nicht ein Anblick, der einen Stein erbarmen möchte!" sagte die alte Dinah mitleidig. „Wahrscheinlich hat die große Hitze sie ohnmächtig gemacht. Sie war ziemlich munter, als sie reinkam, und fragte, ob sie sich nicht ein Weilchen wärmen könnte, und ich wollte sie eben fragen, wo sie herkomme, da war sie weg. Sie hat nie schwere Arbeit verrichtet, nach ihrer Hand zu urteilen."

„Das arme Kind!" sagte Mrs. Bird mitleidig, wie das Weib langsam die großen dunklen Augen öffnete und sich bewußtlos umsah. Plötzlich zuckte ihr Gesicht von krampfhaftem Schmerz, und sie sprang auf und rief: „O mein Harry! Haben sie meinen Harry?"

Als der Knabe dies hörte, sprang er von Cudjoes Knie herunter, lief zu ihr hin und hielt seine Ärmchen empor. „Ach da ist er! Da ist er!" rief sie aus.

„O Ma'am!" sagte sie ganz verstört zu Mrs. Bird. „Schützen Sie uns! Leiden Sie nicht, daß sie ihn fangen!"

„Niemand soll Euch hier etwas zuleide tun, arme Frau", sagte Mrs. Bird ermutigend. „Ihr seid sicher; fürchtet Euch nicht."

„Gott segne Sie!" sagte die Frau, verhüllte ihr Gesicht und schluchzte, während der kleine Knabe, als er sie weinen sah, ihr auf den Schoß zu klettern versuchte.

Mit mancherlei sanften und weiblichen Diensten, welche niemand besser zu leisten wußte, als Mrs. Bird, wurde die arme Frau allmählich in eine ruhigere Stimmung gebracht. Man bereitete ihr ein Lager vor dem Feuer, und nach kurzer Zeit war sie mit dem Kinde, das nicht weniger müde als sie selbst zu sein schien, in einen tiefen Schlummer versunken. Auch das Kind schlief fest in ihren Armen, denn die Mutter widerstand mit aufgeregter Unruhe auch den freundlichsten Versuchen, es ihr abzunehmen, und selbst noch im Schlafe hielt sie es fest, als ob selbst dann noch ihre Wachsamkeit hintergangen werden könnte.

Mr. und Mrs. Bird waren in das Wohnzimmer zurückgekehrt, wo, so seltsam es auch erscheinen mag, von keiner Seite auf das frühere Gespräch angespielt wurde, sondern Mrs. Bird sich mit ihrer Strickerei beschäftigte, und Mr. Bird tat, als lese er die Zeitung.

„Ich möchte wissen, wer und was sie ist“, sagte Mr. Bird endlich, als er das Blatt hinlegte.

„Wenn sie wieder aufwacht und sich etwas erholt hat, werden wir ja sehen“, erwiderte Mrs. Bird.

„Ich sage, Frau!“ sagte Mr. Bird, nachdem er eine Weile schweigend über seiner Zeitung dagesessen hatte.

„Nun, mein Lieber.“

„Was meinst du, würde ihr nicht eins von deinen Kleidern passen, wenn du es herunterläßt, oder so was? Sie scheint mir etwas größer als du zu sein.“

Ein sehr bemerkbares Lächeln glitt über Mrs. Birds Gesicht, als sie antwortete: „Wir werden ja sehen.“

Eine neue Pause, und Mr. Bird äußerte sich abermals: „Höre mal, Frau!“

„Nun, was wünschest du?“

„Wir haben da den alten Mantel, den du aufgehoben hast, um mich während des Mittagsschläfchens damit zuzudecken; du könntest ihr auch den geben – sie braucht Kleider.“

In diesem Augenblick steckte Dinah den Kopf zur Tür herein und meldete, daß die Frau wach sei und Missis zu sehen wünsche.

Mr. und Mrs. Bird gingen in die Küche, begleitet von den beiden ältesten Knaben, denn die Kleinen waren schon glücklich zu Bett gebracht.

Die Frau saß jetzt aufrecht vor dem Feuer. Sie blickte mit ruhigem, resigniertem Gesicht, von dem die früher leidenschaftliche Aufregung verschwunden war, fest in die Flamme.

„Wünscht Ihr etwas von mir“, sagte Mrs. Bird in sanftem Tone. „Ich hoffe, Ihr befindet Euch jetzt besser, arme Frau!“

Ein langer, zitternder Seufzer war die einzige Antwort; aber sie erhob ihre dunklen Augen und heftete dieselben mit einem so verzweiflungsvollen und flehenden Ausdruck auf die kleine Frau, daß dieser die Tränen in die Augen traten.

„Ihr braucht Euch hier nicht zu fürchten; wir sind lauter Freunde hier, arme Frau! Woher kommt Ihr und was wollt Ihr hier?“ sagte sie.

„Ich komme von Kentucky herüber“, sagte die Frau.

„Wann?“ sagte Mr. Bird, der jetzt das Verhör übernahm.

„Diesen Abend.“

„Wie kamt Ihr herüber?“

„Über das Eis.“

„Über das Eis?“ riefen alle Anwesenden.

„Ja“, sagte die Frau langsam, „über das Eis. Gott half mir; und ich kam herüber; denn sie waren hinter mir – dicht hinter mir – und es war kein anderer Weg der Rettung!“

„Ach Gott, Missis“, sagte Cudjoe, „das Eis ist in lauter Schollen zerspalten und schwankt und schaukelt im Wasser auf und nieder!“

„Ich wußte es – ich wußte es!“ sagte sie verstört. „Aber ich tat es! Ich hätte nicht gedacht, daß ich's könnte – ich glaubte nicht, daß ich hinüberkommen würde, aber es war gleichgültig! Ich konnte nur sterben, wenn ich es nicht tat. Der Herr half mir; niemand weiß, wie sehr der Herr helfen kann, bis man es versucht“, sagte die Frau mit flammendem Auge.

„Wart Ihr eine Sklavin?“ sagte Mr. Bird.

„Ja, Sir; ich gehörte einem Manne in Kentucky.“

„War er hart gegen Euch?“

„Nein, er war ein guter Herr.“

„Oder war Eure Herrin hart gegen Euch?“

„Ach nein, Sir – nein! Meine Herrin hat mich immer gut behandelt.“

„Was konnte Euch dann bewegen, eine gute Herrschaft zu verlassen und fortzulaufen und Euch solchen Gefahren auszusetzen?“

Die Frau sah Mrs. Bird mit einem gespannten prüfenden Blick an, und es entging ihr nicht, daß sie in tiefe Trauer gekleidet war.

„Ma'am“, sagte sie plötzlich, „haben Sie jemals ein Kind verloren?“

Die Frage kam unerwartet und berührte eine noch frische Wunde; denn erst vor einem Monat hatte die Familie eines ihrer Lieblingskinder in das Grab gelegt.

Mr. Bird wendete sich weg und ging ans Fenster, und Mrs. Bird brach in Tränen aus; aber sie gewann bald ihre Stimme wieder und sprach:

„Warum fragt Ihr mich? Ich habe ein Kleines verloren.“

„Dann werden Sie für mich fühlen. Ich habe zwei verloren – eins nach dem andern – habe ihr Grab dort zurückgelassen, wo ich herkomme, und nur das eine ist mir geblieben. Ich habe keine Nacht ohne den Knaben geschlafen, er war mein alles. Er war mein Trost und mein Stolz bei Tag und bei Nacht, und Ma'am, sie wollten mir ihn nehmen – wollten ihn verkaufen – wollten ihn verkaufen unten nach dem Süden und ihn ganz allein hinschicken – ein kleines schwaches Kind, das sein ganzes Leben lang noch nicht von seiner Mutter getrennt gewesen ist! Ich konnte das nicht ertragen, Ma'am. Ich wußte, ich würde zu nichts mehr taugen, wenn ich es geschehen ließ; und als ich erfuhr, daß die Papiere unterzeichnet und er verkauft war, entfloh ich mit ihm in der Nacht, und sie verfolgten mich – der Mann, der ihn gekauft hatte, und ein paar Leute von Master, und sie waren dicht hinter mir, und ich hörte sie. Da sprang ich hinüber aufs Eis, und wie ich über den Fluß kam, weiß ich nicht, aber das erste, was ich sah, war ein Mann, der mir das Ufer hinaufhalf.“

Die Frau schluchzte nicht und weinte nicht. Sie war in einer Stimmung, wo Tränen nicht mehr fließen; – aber alles um sie herum zeigte in irgendeiner charakteristischen Weise Zeichen herzlicher Teilnahme.

„Wie kamt Ihr dazu, mir zu sagen, Ihr hättet einen guten Herrn gehabt?“ fragte Mr. Bird und überwand sehr entschlossen ein fatales Zusammenschnüren in der Kehle, während er sich rasch nach der Frau umwandte.

„Weil er wirklich ein guter Herr war – das werde ich stets von ihm sagen, und meine Herrin war gut, aber sie konnten sich nicht helfen. Sie waren Geld schuldig, und sie hatten sich einem Manne in die Hand gegeben, ich weiß nicht wie, und mußten nach seinem Willen tun. Ich horchte und hörte, wie er Missis das sagte und wie sie für mich bat und flehte, und er sagte ihr, er könne sich nicht anders helfen und die Papiere wären alle unterzeichnet, und dann nahm ich meinen Knaben und entfloh. Ich wußte, es war umsonst, daß ich zu leben versuchte, wenn sie mir ihn nahmen, denn dies Kind ist mein alles und einziges auf der Welt.“

„Habt Ihr einen Mann?“

„Ja, aber er gehört einem andern. Sein Herr ist hart gegen ihn und läßt ihn nur sehr selten zu mir gehen, und er wird mit jedem Tage hartherziger und droht, ihn nach dem Süden hinunter zu verkaufen. Wahrscheinlich werde ich ihn nie wiedersehen!"

„Und wohin wollt Ihr nun, arme Frau?" sagte Mrs. Bird.

„Nach Kanada, wenn ich nur wüßte, wo es wäre. Es ist sehr weit, nicht wahr?" sagte sie und blickte Mrs. Bird mit einer einfachen vertrauenden Miene ins Gesicht.

„Armes Weib!" sagte Mrs. Bird unwillkürlich.

„Es ist sehr weit, nicht wahr?" sagte die Frau dringend.

„Viel weiter, als Ihr denkt!" sagte Mrs. Bird. „Aber wir wollen sehen, was wir für Euch tun können. Dinah, mache ihr ein Bett in deinem Zimmer dicht bei der Küche zurecht, und ich will morgen früh sehen, was ich für sie tun kann. Unterdessen macht Euch keine Sorge, gute Frau. Vertraut auf Gott, er wird Euch nicht verlassen."

Mrs. Bird und ihr Gatte kehrten wieder in die Wohnstube zurück. Sie setzte sich auf ihren kleinen Schaukelstuhl vor das Feuer und wiegte sich gedankenvoll hin und her. Mr. Bird ging im Zimmer auf und ab und brummte vor sich hin: „Hm! Hm! Verwünscht dumme Geschichte!" Endlich blieb er vor seiner Frau stehen und sagte:

„Hör mal, Frau, sie muß noch heute nacht fort. Der Kerl wird morgen ganz früh auf ihrer Spur sein, das kannst du glauben. Wenn's nur die Frau wäre, die könnten wir hier versteckt halten, bis der Lärm vorbei wäre, aber der kleine Kerl läßt sich nicht von einem Regiment in Ruhe erhalten, dafür will ich stehen; der steckt sicher einmal den Kopf zu einem Fenster oder einer Tür hinaus und verrät alles. Und eine schöne Geschichte wär's für mich, wenn sie jetzt gerade die beiden Leute hier fänden! Nein, sie müssen noch heute nacht fort."

„Heute nacht? Wie ist das möglich? – Wohin?"

„Nun, ich weiß so ziemlich wohin", sagte der Senator, der jetzt mit nachdenklicher Miene die Stiefel anzuziehen anfing. Plötzlich, als er halb drin war, hielt er wieder inne, umschlang das Knie mit beiden Händen und schien in tiefes Sinnen verloren.

„Es ist eine verwünscht dumme und garstige Geschichte", sagte er endlich und fing wieder an, an den Stiefelstrippen zu ziehen, „und das ist ein Faktum!" Nachdem ein Stiefel angezogen war, blieb der Senator mit dem andern in der Hand sitzen, in Betrachtung der Arabesken des Teppichs verloren. „Es muß aber doch geschehen, soviel ich sehen kann – hol's der Henker!" Und er zog rasch den andern Stiefel an und sah zum Fenster hinaus.

Die kleine Mrs. Bird war eine diskrete Frau – eine Frau, die nie in ihrem Leben sagte: „Habe ich dir's nicht gleich gesagt!“ Und so hütete sie sich wohl bei der gegenwärtigen Gelegenheit, obgleich sie ziemlich gut wußte, welche Richtung die Gedanken ihres Mannes nahmen, ihn im mindesten in seinem Sinnen zu stören, sondern blieb ganz ruhig auf ihrem Stuhl sitzen, allem Anschein nach stets bereit, ihres Gebieters Absichten zu hören, wenn er für gut finden sollte, sie ihr mitzuteilen.

„Du mußt wissen, Frau“, sagte er, „mein alter Klient van Trompe ist von Kentucky herübergezogen und hat alle seine Sklaven freigegeben; und er hat sich sieben Meilen den Creek hinauf hinten im Walde eine Farm gekauft, wo niemand hinkommt, wenn er es nicht vorsätzlich tut, und 's ist ein Ort, den man nicht so bald findet. Dort würde sie sicher genug sein; aber das Dumme bei der Geschichte ist, daß niemand in einer solchen Nacht dorthin fahren kann als ich.“

„Warum nicht? Cudjoe ist ein vortrefflicher Kutscher.“

„Ja, wohl, aber die Sache ist die: Man muß zweimal über den Creek; und die zweite Furt ist sehr gefährlich, wenn man sie nicht so genau kennt, wie ich sie kenne. Ich habe den Weg wohl hundertmal zu Pferde gemacht und kenne jede Stelle davon. Du siehst also, es hilft nichts. Cudjoe muß so geräuschlos als möglich gegen zwölf Uhr anspannen, und ich fahre sie hinüber; und dann, um der Sache einen Anstrich zu geben, muß er mich nach der nächsten Schenke fahren, um die Landkutsche nach Columbus, die zwischen drei und vier dort vorbeikommt, abzuwarten, und so sieht es aus, als ob ich bloß deshalb hätte anspannen lassen. So bin ich denn wieder mit frühem Morgen in der besten Arbeit. Aber ich glaube, ich werde mir etwas kurios vorkommen, nach allem, was gesprochen und getan worden ist; aber hol's der Henker, ich kann nicht anders!“

„Dein Herz ist in dieser Sache besser als dein Kopf, John“, sagte seine Frau und legte ihre kleine weiße Hand auf die seinige. „Hätte ich dich jemals liebhaben können, wenn ich dich nicht besser gekannt hätte, als du dich selbst kennst!“ Und die kleine Frau sah so hübsch aus mit ihren tränenglänzenden Augen, daß der Senator glaubte, er müsse ein ganz entsetzlich gescheiter Kerl sein, daß ein so hübsches Wesen eine so leidenschaftliche Liebe zu ihm fassen konnte; und was konnte er nun anders tun, als hübsch artig nach dem Wagen zu sehen? Er blieb jedoch in der Tür einen Augenblick stehen, kehrte dann wieder um und sagte nach einigem Zögern:

„Mary, ich weiß nicht, was du davon denkst, aber wir haben noch einen Kasten voll von Sachen – von – von – dem armen guten Henry.“ Mit diesen Worten drehte er sich rasch um und machte die Tür hinter sich zu.

Seine Frau öffnete die kleine Schlafzimmertür neben ihrer Stube und setzte das Licht auf ein dort stehendes Bord, dann nahm sie aus einer Ecke einen Schlüssel und steckte ihn gedankenvoll in das Schloß eines Kastens, bis zwei Knaben, die nach Kinderart ihr dicht auf dem Fuße gefolgt waren, stumm und bedeutsame Blicke auf ihre Mutter werfend, zusahen.

Mrs. Bird zog langsam den Kasten auf. Es lagen darin Kinderkutten von allerlei Schnitt und Muster, Haufen Schürzen und Reihen von Strümpfchen; und selbst ein paar kleine Schuhe, vorn an den Zehen abgenutzt und abgestoßen, guckten aus einem Papier heraus. Dann ein Pferd und ein Wagen, ein Kreisel, ein Ball – Erinnerungszeichen, die mit mancher Träne und manchem herzzerbrechenden Seufzer gesammelt waren! Sie setzte sich vor dem Kasten nieder, legte den Kopf in die Hände und weinte, bis die Tränen durch ihre Finger in den Kasten fielen; dann erhob sie das Haupt und begann mit unruhiger Hast die einfachsten und haltbarsten Sachen herauszusuchen und sie in ein Bündel zusammenzupacken.

„Mama“, sagte einer der Knaben und berührte sanft ihren Arm, „willst du diese Sachen weggeben?“

„Liebe Kinder“, sagte sie sanft und ernst, „wenn unser guter, lieber, kleiner Henry auf uns vom Himmel herabsieht, so wird er sich freuen, uns das tun zu sehen. Ich könnte es nicht übers Herz bringen, sie einer gewöhnlichen Person zu schenken – jemandem, der nicht unglücklich ist; aber ich gebe sie einer Mutter, die größeren Kummer und bittreres Leid zu tragen hat als ich, und ich hoffe, Gott wird seinen Segen mit ihnen geben.“

Nach einer Weile schließt Mrs. Bird einen Kleiderschrank auf, holt ein oder zwei einfache brauchbare Kleider, setzt sich an ihr Arbeitstischchen und fängt rührig und still mit Nadel und Schere und Fingerhut das von ihrem Gatten empfohlene Herauslassen an, und fährt damit geschäftig fort, bis die alte Uhr in der Ecke zwölf schlägt und sie draußen vor der Tür das dumpfe Rollen von Rädern hört.

„Mary“, sagte ihr Mann, der jetzt mit dem Überrock in der Hand ins Zimmer trat, „wir müssen sie jetzt wecken; wir müssen fort.“

Mrs. Bird warf die verschiedenen ausgesuchten Sachen in einen kleinen, einfachen Koffer und schloß ihn zu, bat ihren Mann, ihn nach dem Wagen bringen zu lassen, und ging dann fort, um die Frau zu rufen. Angetan mit einem Mantel, einem Hut und einem Tuch, die ihrer Wohltäterin gehört hatten, erscheint die Frau mit dem Kinde auf dem Arme bald in der Tür. Mr. Bird schiebt sie rasch in den Wagen und Mrs. Bird begleitet sie bis an die Wagentür. Elisa lehnt sich zum Fenster heraus und reicht ihr die Hand, eine Hand so weich und schön wie die der weißen Dame. Sie heftet ihre großen dunklen Augen voll ernster Bedeutung auf Mrs. Birds Gesicht und scheint sprechen zu wollen. Ihre Lippen bewegen sich, sie versucht es ein oder zweimal, aber kein Laut wird hörbar, und mit einem nie zu vergessenden Blick gen Himmel deutend, sinkt sie auf ihren Sitz zurück und verhüllt sich das Gesicht mit den Händen. Die Tür wird zugemacht, und der Wagen fährt fort.

Was ist das für eine Lage für einen patriotischen Senator, der die ganze vorige Woche die Legislatur seines heimatlichen Staates angetrieben hat, strengere Beschlüsse gegen flüchtige Sklaven und ihre Helfer zu erlassen!

Er hatte nie daran gedacht, daß ein flüchtiger Sklave eine unglückliche Mutter sein könnte oder ein schutzloses Kind, wie dasjenige, welches jetzt seines unvergessenen Knaben kleine wohlbekannte Mütze trug; und so war unser armer Senator, da er weder von Stein noch von Eisen war, sondern ein Mensch, und zwar ein ehrlicher mit reinem, edlem Herzen, in einer traurigen Lage für seinen Patriotismus.

Wenn unser Senator ein politischer Sünder war, so war er ganz auf dem Wege, dafür eine Nacht Buße zu tun. Es war ziemlich lange regnerisches Wetter gewesen, und der weiche fruchtbare Boden von Ohio eignet sich bekanntlich ganz besonders zur Erzeugung von Schlamm, und der Weg war ein Ohio-Railweg aus der guten alten Zeit.

Und was mag das wohl für eine Art Weg sein? fragt ein Reisender aus dem Osten, der bei dem Railweg nur an einen echten mit eisernen Schienen denkt.

Wisse denn, unschuldiger Freund aus dem Osten, daß man in den umnachteten Regionen des Westens, wo der Kot von unergründlicher und erhabener Tiefe ist, Wege aus runden, unbehauenen Baumstämmen macht, die man nebeneinander quer über die Straße legt und mit Erde, Rasen oder was sonst bei der Hand ist, überzieht. Dieses nennt dann der Eingeborene frohlockend eine Straße, und versucht sofort, darauf zu fahren. Im Verlauf der Zeit spült der Regen Rasen und Erde weg, schiebt die Stämme hierhin und dorthin in malerische Lagen hinunter, herauf und querüber und läßt verschiedene Löcher und Abgründe von schwarzem Schlamm dazwischen erscheinen.

Auf einem solchen Wege fuhr unser Senator dahin, so sehr mit moralischen Bedenken beschäftigt, wie es die Umstände nur erlauben wollten, denn der Wagen fuhr etwa auf folgende Weise: Bumm! Bumm! Bumm! Platsch! Tief unten im Schlamm! Und der Senator, die Frau und das Kind verlieren ihre Plätze so plötzlich, daß sie in keiner sehr ordentlichen Lage sich plötzlich an den Fenstern der tieferliegenden Seite wiederfinden. Der Wagen sitzt fest, während man Cudjoe draußen unter den Pferden schimpfen hört. Nach mannigfachem, vergeblichem

Ziehen und Zerren, gerade als der Senator alle Geduld verliert, kommt der Wagen unerwartet mit einem gewaltigen Rucke heraus, aber die beiden Vorderräder fahren in einen andern Abgrund hinunter, und Senator, Frau und Kind purzeln alle in einem Haufen auf den Vordersitz; der Stoß drückt dem Senator den Hut ganz ohne Umstände bis über die Augen und Nase herunter; das Kind schreit, und Cudjoe hält draußen auf dem Bock den Pferden, welche unter wiederholten Peitschenhieben ausschlagen und sich wälzen und anziehen, lebhafte Reden. Der Wagen kommt abermals mit einem Sprunge heraus – nun fahren die hinteren Räder hinunter – Senator, Frau und Kind fliegen auf den Rücksitz hinüber, wobei seine Ellenbogen mit ihrem Hut zusammenstoßen und ihre Füße sich in seinen Hut stemmen, der durch den Zusammenstoß herunterfliegt. Nach einigen Augenblicken ist der Morast überwunden, und die Pferde machen keuchend halt; der Senator findet seinen Hut wieder, die Frau rückt den ihrigen zurecht und beruhigt das Kind, und alle sammeln Fassung für das noch zu Erwartende.

Eine Weile lang wird das beständige: Bumm! Bumm! nur der Abwechslung wegen von verschiedenen einseitigen Versenkungen und Erschütterungen unterbrochen, und sie fangen schon an, sich zu schmeicheln, daß es ihnen gar nicht so sehr schlimm geht. Aber zuletzt bleibt der Wagen mit einem senkrechten Sturz, der alle mit einer unglaublichen Schnelligkeit erst auf die Beine und dann wieder in ihre Sitze zurückbringt, stehen, und nach großem Lärm draußen erscheint Cudjoe an der Tür.

„'s ist eine schrecklich böse Stelle hier, Sir. Ich weiß nicht, wie wir herauskommen sollen. Ich glaube, wir müssen hier Rails holen."

In seiner Verzweiflung steigt der Senator aus dem Wagen und sucht zimperlich nach einem Fleck, wo er sicher auftreten kann. Plötzlich rutscht der eine Fuß in eine unermeßliche Tiefe hinunter, er versucht ihn herauszuziehen, verliert das Gleichgewicht, purzelt in den Schlamm hinein und wird in einem sehr verzweifelten Zustand von Cudjoe wieder herausgefischt.

Es war schon sehr spät nachts, als der Wagen naß und kotbespritzt aus dem Creek herauskam und an der Tür eines großen Farmhauses hielt. Es kostete keine geringe Mühe, die Inwohner zu erwecken; aber endlich erschien der Besitzer und öffnete die Tür. Es war ein großer, langer, struppiger Bursche, sechs Fuß und einige Zoll lang, und angetan mit einem roten flanellenen Jagdhemd. Ein sehr dichter Pelz von sandgelbem Haar in ganz entschiedener Verwirrung, und ein Bart von einigen Tagen verlieh dem würdigen Manne ein Aussehen, das mindestens gesagt, nicht besonders einnehmend war. Er stand ein paar Minuten lang da und hielt das Licht in die Höhe und blinzelte unsere Reisenden mit einer unglücklichen und verwirrten Miene an, die wahrhaft lächerlich war. Es kostete unseren Senator einige Mühe, ihm die vorliegende Sache recht begreiflich zu machen. Der alte ehrliche John van Trompe war früher ein beträchtlicher Land- und Sklavenbesitzer im Staate Kentucky gewesen. Da er vom Bären nichts als das Fell hatte und von Natur mit einem großen, ehrlichen, gerechten Herzen, seinem riesigen Körper ganz angemessen, beschenkt war, so hatte er schon seit einigen Jahren mit unterdrückter Besorgnis die praktische Anwendung eines Systems gesehen, das für den Bedrücker und den Bedrückten gleich schlecht ist. Endlich schwoll eines Tages Johns großes Herz zu sehr an, um seine Fesseln länger tragen zu können; so nahm er denn seine Brieftasche aus dem Pulte und ging hinüber nach Ohio und kaufte eine schöne Strecke fruchtbares Land, stellte allen seinen Leuten, jung und alt, Mann und Weib, Freibriefe aus, packte sie auf Wagen und schickte sie fort, um sich drüben niederzulassen; und dann wendete sich der ehrliche John den Creek aufwärts und zog sich auf eine hübsche entlegene Farm zurück, um sich seines Gewissens und seiner Gedanken zu erfreuen.

„Seid Ihr der Mann dazu, eine arme Frau und ein Kind vor den Sklavenfängern zu verbergen?“ fragte der Senator ohne weitere Umstände.

„Das sollte ich wohl meinen“, sagte der ehrliche John mit großem Nachdruck.

„Das dachte ich mir“, sagte der Senator.

„Wenn einer kommt“, sagte der gute Mann und richtete seine hohe, kräftige Gestalt in die Höhe, „so bin ich hier bereit für ihn; und ich habe sieben Söhne, jeder sechs Fuß hoch, und sie werden bereit für sie sein. Vermeldet ihnen unsern Gruß“, sagte John. „Sagt ihnen, daß es uns ganz gleich ist, wie bald sie kommen, ganz vollkommen gleich“, sagte John und fuhr mit der Hand durch den Haarpelz, der wie ein Dach über seine Stirn hing, und brach in ein lautes Lachen aus. Erschöpft, todmüde und stumpf schleppte sich Elisa bis an die Tür und hatte in den Armen ihr in tiefem Schlummer liegendes Kind. Der rauhe Farmer hielt ihr das Licht ins Gesicht und öffnete mit einer Art mitleidigem Grunzen die Tür eines kleinen Schlafzimmers neben der großen Küche, wo sie sich jetzt befanden, und bedeutete sie mit der Hand hineinzugehen. Er holte eine Kerze herunter, zündete sie an, setzte sie auf den Tisch und sagte dann zu Elisa:

„Mein Mädel, du brauchst dich auch nicht ein bißchen mehr zu fürchten, mag kommen, wer da will. Ich bin auf all diese Sachen gefaßt“, sagte er und wies auf zwei oder drei gute Büchsen, die über dem Kamin hingen; „und die meisten Leute, die mich kennen, wissen, daß es nicht sehr gesund sein würde, etwas aus meinem Hause holen zu wollen, wenn ich's nicht hinauslassen will. So leg dich denn hin zum Schlafen, so ruhig als ob deine Mutter dich wiegte“, sagte er und machte die Tür zu.

„Das ist ja ein gewaltig schönes Mädchen“, sagte er zum Senator. „Ja, ja, die Schönen haben manchmal die größte Ursache, fortzulaufen, wenn sie nur ein bißchen Gefühl als ehrliche Mädchen haben. Ich kenne das schon.“

Der Senator erzählte in wenigen Worten Elisas Geschichte.

„Hm! Ah! So! Hm, höre einer nur!“ sagte der gute Mann mitleidig.

„Hm! Ah! Ah! Das ist Menschennatur, das arme Geschöpf! Niedergehetzt wie ein Stück Wild – niedergehetzt, weil sie natürliche Gefühle hatte und tat, was keine Mutter unterlassen konnte! Ich sage Euch, diese Sachen bringen mir von allen das Fluchen am nächsten“, sagte der ehrliche John, wie er sich mit dem Rücken seiner großen, sommersprossigen, gelben Hand die Augen wischte. „Ich will Euch was sagen, Fremder, ich bin lange Jahre nicht der Kirche beigetreten, weil die Geistlichen unten bei uns beständig predigten, daß die Bibel diese Geschichten rechtfertige; und ich konnte mit ihnen nicht fertig werden, mit ihrem Griechischen und Hebräischen, und ich setzte mich gegen sie und gegen die Bibel und alles. Ich trat der Kirche nicht eher bei, als bis ich einen Geistlichen fand, der es mit ihnen im Griechischen und alledem aufnehmen konnte und ganz das Gegenteil sagte: Und dann faßte ich mich kurz und schloß mich der Kirche an; – so war's, faktum“, sagte John, der die ganze Zeit über eine Flasche sehr lebhaft schäumenden Apfelwein entkorkt hatte, den er jetzt präsentierte.

„Ihr tätet am besten, bis zum Morgen hierzubleiben“, sagte er herzlich. „Ich will meine Alte rufen und ein Bett soll für Euch fertig sein, ehe Ihr Euch umsehen könnt.“

„Ich danke Euch, guter Freund“, sagte der Senator, „ich muß fort, um die Nachtkutsche nach Columbus abzuwarten.“

„Nun, wenn Ihr fort müßt, will ich Euch ein Stück begleiten und Euch einen Richtweg zeigen, der besser ist als die Straße, die Ihr gefahren seid. Das ist ein verwünscht böser Weg.“

John zog sich an, und bald darauf sah man ihn mit einer Laterne in der Hand den Wagen des Senators nach einem Wege führen, der sich hinter seinem Hause in eine Tiefe senkte. Als sie schieden, drückte ihm der Senator eine Zehndollarnote in die Hand.

„Das ist für sie“, sagte er kurz.

„Ja, ja“, sagte John mit gleicher Wortkargheit.

Sie schüttelten sich die Hände und schieden voneinander.

9. Kapitel Die Ware wird fortgeschafft

Der Februarmorgen blickte grau und regenhaft durch die Fenster von Onkel Toms Hütte herein. Er blickte auf niedergeschlagene Gesichter, die Bilder bekümmerter Herzen, herab. Der kleine Tisch stand vor dem Feuer mit einem Plättuch bedeckt; ein oder zwei Paar grobe aber reine Hemden frisch unter der Platte weg, hingen über der Stuhllehne vor dem Kamine, und Tante Chloe hatte ein zweites vor sich auf dem Tisch ausgebreitet. Sorgfältig plättete sie jede Falte und jeden Saum mit dem größten Fleiße und hob nur dann und wann ihre Hand an die Augen, um die Tränen abzuwischen, die ihr die Wangen herabliefen.

Tom saß daneben, das Neue Testament auf den Knien und den Kopf auf die Hand gestützt; aber keins von den beiden sprach. Es war noch früh, und die Kinder lagen noch alle nebeneinander auf ihrem kleinen Rollbett im Schlaf. Tom, der ganz das sanfte für Familienfreuden schlagende Herz hatte, welches, schlimm genug für dasselbe, dieses unglückliche Volk besonders auszeichnet, stand auf und trat schweigend vor das Bett der Kinder:

„Es ist das letzte Mal“, sagte er.

Tante Chloe antwortete nicht, sondern plättete nur in einem fort das grobe Hemd, das schon so glatt war, als es Menschenhände nur machen konnten; zuletzt aber ließ sie das Plätteisen mit einer verzweifelten Miene stehen, setzte sich an den Tisch und erhob ihre Stimme und weinte.

„Freilich sollten wir uns in unser Schicksal ergeben, aber, o Gott, wie kann ich das? Wenn ich nur wüßte, wohin du kämst, oder wie sie dich behandelten! Missis sagt, sie will sehen, daß sie dich in ein oder zwei Jahren wieder zurückkaufen kann; aber Gott, wer einmal dorthin geht, kommt nie wieder zurück! Sie machen sie tot dort! Ich habe erzählen hören, wie sie sie dort in ihren Plantagen zu Tode arbeiten.“

„Es ist derselbe Gott dort, wie hier, Chloe.“

„Nun ja, das mag wohl sein“, sagte Tante Chloe, „aber der Herr läßt manchmal schreckliche Dinge geschehen. Damit kann ich mich nicht trösten.“

„Ich bin in der Hand des Herrn“, sagte Tom; „nichts kann schlimmer werden, als er es zuläßt, und für eine Sache kann ich ihm immer noch danken, daß ich verkauft und hinuntergeschafft werde, und nicht du oder die Kinder. Hier seid ihr sicher; was geschieht, geschieht nur mir; und der Herr wird mir helfen – das weiß ich.“

O wackres, männliches Herz, das seinen eignen Schmerz erstickt, um die geliebten Seinigen zu trösten! Tom sprach mit schwerer Zunge und mit einem schmerzlichen Stocken in seiner Kehle – aber er sprach wacker und kräftig.

„Wir wollen an Gottes Gnade denken“, setzte er zitternd hinzu, als ob er vollkommen überzeugt sei, daß er daran wirklich recht sehr denken müsse.

„Gnade!“ sagte Tante Chloe. „Ich sehe keine Gnade darin! Es ist nicht recht! Es ist nicht recht, daß es so ist! Master hätte es nie so weit kommen lassen sollen, daß du für seine Schulden könntest haften sollen. Du hast ihm schon zweimal mehr verdient, als er für dich kriegt. Er ist dir deine Freiheit schuldig, und hätte sie dir schon vor Jahren geben sollen. Kann sein, daß er sich jetzt nicht helfen kann; aber ich fühle, es ist unrecht. Das wird mir niemand aus dem Kopfe streiten. So getreu, wie du ihm gewesen bist, und hast immer sein Geschäft mehr als dein eignes am Herzen gehabt und mehr Rücksicht auf ihn genommen, als auf deine Frau und deine Kinder! Die, welche Herzensliebe und Herzensblut verkaufen, um ihre dummen Streiche wiedergutzumachen, wird der Herr strafen!“

„Chloe! Wenn du mich lieb hast, darfst du nicht so reden, heute, wo vielleicht der letzte Tag ist, wo wir beisammen sind! Und ich sage dir, Chloe, es geht mir zu Herzen, wenn ich ein Wort gegen Master höre. Hat ihn mir nicht seine Mutter als Wiegenkind in die Arme gelegt? – Es ist natürlich, daß ich viel auf ihn halte. Und es läßt sich von ihm nicht erwarten, daß er so viel auf den armen Tom hält. Master sind gewohnt, daß ihre Leute alles das für sie tun, und natürlich legen sie kein so großes Gewicht darauf. Es läßt sich nicht von ihnen erwarten, in keiner Weise. Vergleiche ihn mit andern Herren. – Wer hat eine solche Behandlung und solches Leben wie ich gehabt? Und er hätte es nie soweit mit mir kommen lassen, wenn er es hätte voraussehen können. Das weiß ich von ihm –“

„Na, mag sein, jedenfalls ist's unrecht irgendwo“, sagte Tante Chloe, bei der ein hartnäckiges Gefühl für Recht ein hervorstechender Charakterzug war; „ich kann freilich nicht herausfinden, wo's ist, aber Unrecht ist wo, das ist klar.“

„Du mußt hinauf zu dem Herrn sehen, er ist über uns allen – ohne ihn fällt kein Sperling vom Dache.“

„Das kommt mir nicht vor, als ob mich das tröstete, aber vielleicht die anderen“, sagte Tante Chloe. „Doch das Reden hilft nichts: Ich will nach dem Maiskuchen sehen und dir noch ein gutes Frühstück zurechtmachen, weil niemand weiß, ob du wieder einmal eins bekommst.“

Um die Leiden der nach dem Süden verkauften Neger würdigen zu können, muß man bedenken, daß die Gemütsseite bei diesem Volke besonders stark ausgebildet ist. Sie hängen mit großer Liebe an der einmal gewohnten Umgebung. Sie sind nicht von Natur kühn und unternehmend, sondern häuslich und liebevoll. Dazu muß man noch alle die Schrecken rechnen, mit welcher die Unwissenheit das Unbekannte ausstattet, und den Umstand, daß das Verkaufen nach dem Süden dem Neger von Kindheit an als die härteste Strafe dargestellt worden ist.

Das einfache Frühstück dampfte jetzt auf dem Tisch, denn Mrs. Shelby hatte für diesen Morgen Tante Chloe ihres Dienstes im großen Hause entbunden. Die Arme hatte ihre ganze Kraft an diesem Abschiedsmahl verschwendet, hatte ihr bestes Huhn geschlachtet und gebraten, den Maiskuchen mit gewissenhaftester Sorgfalt genau nach dem Geschmack ihres Gatten gebacken und aus gewissen geheimnisvollen Töpfen auf dem Kaminsims verschiedenes Eingemachte hervorgeholt, das nur bei ganz außerordentlichen Gelegenheiten das Tageslicht erblickte.

„Ah Pete!" sagte Mose frohlockend. „Kriegen wir heut' nicht ein Prachtfrühstück!" und griff nach einem Stück von dem Huhne. Tante Chloe gab ihm eins unerwartet hinter die Ohren. „Da hast du! Schreit über das letzte Frühstück, das Vater zu Hause ißt!"

„O Chloe!" sagte Tom sanft.

„Ach ich kann nicht dafür", sagte Tante Chloe und verhüllte das Gesicht mit der Schürze. „Ich habe das Herz so voll Sorge, daß ich ganz garstig bin."

Die Knaben standen ganz ruhig da und sahen erst ihren Vater und dann ihre Mutter an, während das Kleinste sie an dem Kleide zerrte und nach ihr verlangend schrie.

„So!" sagte Tante Chloe, indem sie sich die Augen wischte und das Kleinste auf den Arm nahm. „Jetzt ist's vorbei, hoffe ich – jetzt iß etwas. Das ist mein bestes Huhn. Da, Jungen, ihr sollt auch was haben, arme Kinder! Mutter ist garstig gegen euch gewesen."

Die Knaben bedurften keiner zweiten Einladung und fielen mit großem Eifer über das Essen her.

„Nun muß ich deine Kleider einpacken", sagte Tante Chloe, die nun nach dem Frühstück herumschäfterte. „'s ist im Grunde ganz umsonst, denn er nimmt sie doch weg. Ich kenne ihre Art – schmutzige Kerle sind's! Hier in der Ecke liegen die Flanelljacken für den Rheumatismus, nimm sie in acht, denn es wird dir niemand mehr welche machen. Und hier sind die neuen Hemden und da die alten; die Strümpfe habe ich gestern abend angestrickt und den Knaul hineingesteckt, um sie zu flicken. Aber Gott! Wer soll sie dir flicken?" Und Tante Chloe legte abermals von Schmerz überwältigt den Kopf auf den Koffer und schluchzte laut. „Nur daran zu denken! Kein lebendiges Geschöpf, das für dich sorgt in Gesundheit und Krankheit. Ich glaube wahrhaftig nicht, daß ich es aushalten kann."

Da die Knaben jetzt alles, was auf dem Tische stand, gegessen hatten, fingen sie nun auch an, der Sache einiges Nachdenken zu widmen, und da sie die Mutter weinen und den Vater ein sehr trauriges Gesicht machen sahen, so begannen sie auch zu flennen und mit der Hand die Augen zu wischen. Onkel Tom hatte das Kleinste auf dem Knie sitzen und ließ es im vollsten Genuß in seinem Gesicht herumkratzen und an seinen Haaren zerren – wobei es manchmal in lautes Jauchzen, offenbar von seinen eignen inwendigen Gedanken veranlaßt, ausbrach.

„Ja, lach nur zu, du armes Geschöpf!" sagte Tante Chloe. „Du wirst es auch noch erfahren! Du wirst es auch noch erleben, daß sie deinen Mann verkaufen oder vielleicht dich selber, und diese Jungen hier werden wahrscheinlich auch verkauft, glaube ich, wenn sie zu was gut werden; Nigger, die nichts haben, sind nichts nutz!"

Jetzt rief einer von den Knaben aus: „Da kommt Missis zu uns!"

„Sie kann uns nicht helfen, wozu kommt sie?" sagte Tante Chloe.

Mrs. Shelby trat ein. Tante Chloe setzte ihr mit einer entschiedenen mürrischen und herben Miene einen Stuhl hin. Sie schien weder den Stuhl noch den Blick zu bemerken. Sie sah blaß und angegriffen aus.

„Tom", sagte sie, „ich komme, um –" und sie stockte plötzlich, sah die stumme Gruppe an, setzte sich auf den Stuhl, hielt das Taschentuch vor's Gesicht und fing an zu schluchzen.

„Ach Gott, Missis, nur das nicht!" sagte Tante Chloe, die nun auch losbrach, und ein paar Augenblicke lang weinten alle in Gesellschaft, und in diesen Tränen, welche alle, die Hohen und die Niedrigen zusammen vergossen, floß das Herzeleid und der Zorn der Bedrückten hinweg.

„Guter Tom", sagte Mrs. Shelby, „ich kann dir nichts geben, was dir von Nutzen sein könnte. Wenn ich dir Geld geben wollte, würde man dir es nur wegnehmen. Aber ich versichere dir auf das feierlichste und rufe Gott zum Zeugen an, daß ich stets deine Spur verfolgen und dich zurückkaufen werde, sowie ich das Geld habe; bis dahin vertraue auf Gott!"

Hier riefen die Knaben, daß Master Haley komme, und bald darauf stieß jemand mit dem Fuß ohne Umstände die Tür auf. Haley trat in sehr übler Laune herein; denn er hatte den Abend vorher einen sehr angestrengten Ritt gemacht, und der schlechte Erfolg seiner Jagd hatte ihn nicht heiterer gestimmt.

„Nun, Nigger, bist du fertig?“ sagte er. „Ihr Diener, Ma'am!“ setzte er hinzu und nahm den Hut ab, als er Mrs. Shelby erblickte.

Tante Chloe schloß und schnürte den Koffer zu und stand dann auf und sah den Sklavenhändler grimmig an, und ihre Tränen schienen sich plötzlich in feurige Funken verwandelt zu haben.

Tom stand gehorsam auf, um seinem neuen Herrn zu folgen, und hob den schweren Koffer auf die Schulter. Seine Frau nahm das Kleinste auf den Arm, um ihn bis an den Wagen zu begleiten, und die anderen Kinder folgten immer noch weinend hinten nach.

Mrs. Shelby hielt den Sklavenhändler noch ein paar Augenblicke zurück und sprach mit ihm angelegentlich; und während sie mit ihm redete, ging die ganze Familie nach dem Wagen, der angespannt vor der Tür stand. Alle Sklaven des Gutes, jung und alt, standen in einem dichten Haufen ringsherum, um von ihrem alten Kameraden Abschied zu nehmen. Alle hatten zu Tom sowohl als ersten Diener, wie als christlichem Lehrer emporgeblickt, und sie legten viel ehrliche Teilnahme und Betrübnis an den Tag, vorzüglich die Frauen.

„Nun, Chloe, du trägst es besser als wir“, sagte eine von den Frauen, die reichlich geweint hatte, als sie die düstere Ruhe sah, mit der Chloe an dem Wagen stand.

„Mit meinen Tränen ist's vorbei“, sagte sie und warf einen ingrimmigen Blick auf den Sklavenhändler, der jetzt herankam. „Ich mag nicht vor diesem alten Teufelsbraten weinen, gewiß nicht!“

„Steige ein!“ sagte Haley zu Tom, als er durch die versammelten Sklaven hindurchschritt, die ihn mit finsteren Blicken ansahen.

Tom stieg ein, und Haley zog nun unter dem Wagensitz ein paar schwere Fesseln hervor und befestigte eine derselben an jeden Knöchel.

Ein erstickter Ausruf der Entrüstung lief durch den ganzen Kreis, und Mrs. Shelby rief von der Veranda herüber: „Mr. Haley, ich versichere Ihnen, daß diese Vorsichtsmaßregel ganz unnötig ist.“

„Weiß nicht, Ma'am; ich habe einmal fünfhundert Dollar hier verloren, und mich weiteren Gefahren auszusetzen, erlauben mir meine Mittel nicht.“

„Wie konnte man es anders von ihm erwarten“, sagte Tante Chloe entrüstet; während die beiden Knaben, die jetzt erst ihres Vaters Bestimmung zu begreifen schienen, sich an ihren Rock klammerten und laut schluchzten und weinten.

„Es tut mir leid“, sagte Tom, „daß Master George gerade nicht da ist.“ George war auf zwei oder drei Tage nach einem benachbarten Gut auf Besuch gegangen, und da er sehr zeitig früh, ehe Toms Mißgeschick bekannt gewesen, weggeritten war, so war er in gänzlicher Unkenntnis von demselben geblieben.

„Grüßt Master George von mir“, sagte er im dringlichsten Tone.

Haley peitschte auf das Pferd, und mit einem festen, trauervollen Blicke, der noch bis zuletzt an den lieben bekannten Dingen haftete, fuhr Tom in die Fremde.

Mr. Shelby war nicht zu Hause geblieben. Er hatte Tom unter dem Zwang dringender Not verkauft, um sich aus der Gewalt eines von ihm gefürchteten Mannes zu erlösen, und sein erstes Gefühl nach Abschluß des Kaufs war das der Erleichterung gewesen. Aber die Vorstellungen seiner Frau weckten die halb schlummernde Reue in ihm, und Toms uneigennützige Hingebung machte seine Gefühle nur noch unangenehmer. Vergebens sagte er zu sich selbst, daß er ein Recht dazu habe, daß es jedermann tue, und daß es manche täten, ohne die Entschuldigung zu haben, von der Not dazu gezwungen zu sein; er konnte sich damit nicht beruhigen; um nicht Zeuge der unangenehmen Szenen beim Vollzug des Kaufes zu sein, hatte er eine kleine Geschäftsreise angetreten und hoffte, alles werde vorbei sein, wenn er zurückkehrte.

Tom und Haley rollten auf der staubigen Straße dahin, und alle die alten vertrauten Plätze flogen an ihm vorüber, bis sie die Grenzen der Besitzung hinter sich hatten und sich auf der freien Landstraße befanden. Als sie eine Meile gefahren waren, machte Haley plötzlich vor einer Schmiede halt, nahm ein paar Handschellen heraus und trat damit in die Schmiede, um sie ändern zu lassen.

„Sie sind ein bißchen zu klein für ihn“, sagte Haley, indem er die Fesseln dem Schmied zeigte und auf Tom wies.

„Was, ist das nicht Shelbys Tom? Er hat ihn doch nicht verkauft?“ sagte der Schmied.

„Ja, er hat ihn verkauft“, sagte Haley.

„Na, das ist doch kaum zu glauben!“ sagte der Schmied. „Hm, hm! Wer hätte das denken sollen! Na, den brauchen Sie nicht so zu fesseln. Er ist der treuste, beste Bursche –“

„Ja, ja“, sagte Haley, „aber die guten Burschen sind eben die, die immer fortlaufen wollen. Die Dummen, denen es gleich ist, wohin sie kommen, und die Liederlichen und Trunkenbolde, denen alles gleich ist, die bleiben, und es gefällt ihnen eher, daß mit ihnen hin und her gehandelt wird; aber diese Nigger erster Klasse hassen es wie die Sünde. Die muß man schließen – sie haben Beine – und werden sie gebrauchen, darauf könnt Ihr Euch verlassen."

„Freilich, die Plantagen unten, Fremder, sind gerade nicht der Fleck, wo ein Kentuckynigger gern hingeht", sagte der Schmied, während er unter seinen Instrumenten suchte, „sie sterben dort ziemlich rasch weg, nicht wahr?"

„Jawohl, sie sterben ziemlich rasch dort, teils durch's Klima und teils durch das und jenes sterben sie rasch hin, so daß der Handel immer ziemlich lebhaft geht", sagte Haley.

„'s ist wirklich schade, daß so ein hübscher, stiller, tüchtiger Bursche, wie der Tom ist, in diesen Zuckerplantagen zugrunde gerichtet werden soll."

„Na, er hat gute Aussichten. Ich habe versprochen, ihn gut zu behandeln. Ich bringe ihn als Hausdiener in eine gute alte Familie, und wenn er dann erst sich an das Fieber und das Klima gewöhnt hat, so hat er eine Stelle, wie sie nur ein Nigger beanspruchen kann."

„Er läßt hier Frau und Kinder zurück, glaube ich."

„Jawohl, aber dort kriegt er eine andere. Gott, Weiber gibt's genug überall", sagte Haley.

Tom saß während dieses Gesprächs sehr bekümmert draußen vor der Schmiede. Plötzlich hörte er raschen Hufschlag hinter sich, und ehe er sich vollständig von seinem Erstaunen erholen konnte, sprang der junge Master George in den Wagen, fiel ihm stürmisch um den Hals und schluchzte und schimpfte mit großer Energie.

„'s ist eine Gemeinheit, sage ich! 's ist mir ganz gleich, was alle die andern dazu sagen! 's ist eine schmutzige, niedrige Gemeinheit! Wenn ich ein Mann wäre, sollten sie es nicht tun – sie sollten's nicht tun, nein!" sagte George, mit halb unterdrücktem Geheul.

„Oh, Master George! Das tut meinem Herzen gut!" sagte Tom. „Ich hätte es nicht aushalten können, fortzugehen, ohne von Ihnen Abschied zu nehmen! Es tut meinem Herzen wirklich gut! Ich kann gar nicht sagen, wie!" Hier machte Tom eine Bewegung mit den Füßen, und Georges Augen fielen auf die Fesseln.

„Wie schändlich!" rief er aus und erhob die Hände. „Ich schlage diesen Kerl zu Boden – wahrhaftig!"

„Das tun Sie nicht, Master George; und Sie dürfen nicht so laut sprechen, 's ist nicht gut für mich, wenn Sie ihn ärgern."

„Nun so will ich's nicht tun, deinetwegen, aber nur daran zu denken – ist's nicht eine Schande? Sie haben nicht nach mir geschickt und mir auch nichts sagen lassen, und wäre Tom Lincoln nicht gewesen, so hätte ich gar nichts davon gehört. Ich sage dir, ich habe sie zu Hause schon ausgeschimpft, alle ohne Ausnahme!“

„Das, fürchte ich, war nicht recht, Master George.“

„Ich kann nicht dafür! Ich sage, es ist eine Schande! Sieh her, Onkel Tom“, sagte er, indem er der Schmiede den Rücken zukehrte und in geheimnisvollem Tone sprach, „ich habe dir meinen Dollar mitgebracht!“

„O! Ich könnte es nicht über das Herz bringen, ihn zu nehmen, Master George, um alles in der Welt nicht“, sagte Tom ganz gerührt.

„Aber du mußt ihn nehmen!“ sagte George. „Sieh her, ich sagte es Tante Chloe, und sie gab mir den Rat, ein Loch hineinzumachen und einen Faden durchzuziehen, so daß du ihn um den Hals hängen und verstecken kannst, sonst würde ihn dir der gemeine Bursche wegnehmen. Ich sage dir, Tom, ich muß ihn ausschelten! Das würde meinem Herzen eine Güte tun!“

„Nein, Master George, tun Sie es nicht, denn es würde nicht gut für mich sein.“

„Nun deinetwegen will ich's unterlassen“, sagte George, indem er geschäftig Tom den Dollar um den Hals band, „aber jetzt knöpfe deinen Rock fest darüber zu und behalte ihn, und denke stets, wenn du ihn ansiehst, daran, daß ich dereinst zu dir kommen und dich zurückbringen werde. Tante Chloe und ich haben es zusammen besprochen. Ich sagte ihr, sie sollte sich nicht bange werden lassen; ich will dafür sorgen und dem Vater das Leben schwermachen, wenn er es nicht tut.“

„O Master George, Sie dürfen nicht so von Ihrem Vater sprechen!“

„Ach, Onkel Tom, ich meine es ja nicht böse.“

„Und jetzt, Master George, noch ein paar Worte“, sagte Tom. „Sie müssen ein guter Sohn bleiben; bedenken Sie, wie viele Herzen auf Sie hoffen. Halten Sie sich immer an Ihre Mutter. Gewöhnen Sie sich nicht die törichte Weise von manchen Knaben an, die zu groß werden, um sich noch um ihre Mutter zu bekümmern. Ich sage Ihnen, Master George, der Herr schenkt dem Menschen gar viele Dinge zweimal. Aber Sie werden nie wieder eine solche Frau sehen, Master George, und wenn Sie hundert Jahre alt werden. Also halten Sie an ihr fest und werden Sie groß und seien Sie ihr ein Trost, mein guter Herzensknabe – nicht wahr, George?“

„Ja, das will ich, Onkel Tom“, sagte George voll Ernst.

„Und nehmen Sie sich mit Ihrer Zunge in acht, Master George; Knaben in Ihrem Alter sind manchmal leichtsinnig und unartig – es ist nur natürlich. Aber wirkliche Gentlemen, wie Sie gewiß einer werden, lassen nie ein Wort fallen, das unehrerbietig gegen die Eltern wäre. Sie sind nicht böse, Master George?“

„Nein, gewiß nicht, Onkel Tom; du hast mir immer guten Rat gegeben.“

„Ich bin älter, wissen Sie ja“, sagte Tom und streichelte mit seiner großen starken Hand des Knaben schönen lockigen Kopf, sprach aber in einem Tone, der so zärtlich war, wie der eines Weibes. „Und ich sehe alles, was in Ihnen verborgen ist. Oh, Master George, Sie besitzen alles – Gelehrsamkeit, Privilegien, Lesen, Schreiben –, und Sie werden zu einem großen, gelehrten, guten Manne heranwachsen, und alle Leute auf dem Gute und Mutter und Vater werden stolz auf Sie sein! Seien Sie ein guter Herr, wie Ihr Vater, und ein Christ, wie Ihre Mutter. Gedenken Sie Ihres Schöpfers in den Tagen Ihrer Jugend, Master George.“

„Ich will wirklich gut sein, Onkel Tom, das versichere ich dir“, sagte George. „Ich will einer der ersten Sorte werden; und laß den Mut nicht sinken. Ich hole dich noch zurück aufs Gut. Wie ich Tante Chloe heute morgen sagte, will ich dir dein Haus ganz neu bauen, und du sollst ein Zimmer zur Wohnstube mit einem Teppich drin haben, wenn ich erst erwachsen bin. Oh, du sollst noch gute Zeiten haben.“

Haley erschien jetzt an der Tür, die Handschellen in der Hand.

„Mr. Haley“, sagte George mit einer Miene großer Überlegenheit, während er aus dem Wagen stieg, „ich werde Vater und Mutter wissen lassen, wie Sie Onkel Tom behandeln.“

„Ganz, wie's beliebt“, sagte der Händler.

„Ich sollte meinen, Sie müßten sich schämen, Ihr ganzes Leben lang Männer und Frauen zu kaufen und sie zu schließen wie Vieh! Ich sollte meinen, Ihr müßtet Euch recht gemein vorkommen!“ sagte George.

„Solange Ihr vornehmen Leute Männer und Weiber kauft, bin ich so gut als Ihr“, sagte Haley. „'s ist nicht gemeiner, sie zu verkaufen als zu kaufen!“

„Ich werde niemals eins von beiden tun, wenn ich erst ein Mann bin“, sagte George. „Ich schäme mich heute, ein Kentuckier zu sein. Ich war früher immer stolz darauf.“ Und George saß sehr gerade auf seinem Pferde und sah sich mit einer Miene um, als ob er erwarte, daß seine Meinung auf den ganzen Staat einen großen Eindruck machen müsse.

„Nun leb wohl, Onkel Tom; bleib guten Muts“, sagte George.

„Leben Sie wohl, Master George", sagte Tom und sah ihn zärtlich und bewundernd an. „Der allmächtige Gott behüte Sie! Ach! Kentucky hat nicht viel Söhne wie dieser ist!" sagte er in der Fülle seines Herzens, als er des Knaben offenes Gesicht aus den Augen verlor. Er ritt fort, und Tom sah ihm nach, bis der Schall der Hufschläge sich in der Ferne verlor – es war der letzte Ton und der letzte Anblick aus der Heimat. Aber über seinem Herzen schien eine warme Stelle zu sein, wo die jugendlichen Hände den kostbaren Dollar hingelegt hatten. Tom faßte mit der Hand danach und drückte ihn dicht ans Herz.

„Ich will dir was sagen, Tom", sagte Haley, als er an den Wagen trat und die Handschellen hineinwarf, „ich will im Guten mit dir anfangen, wie ich es meistens mit meinen Niggern mache, und ich sage dir jetzt gleich zum Anfang, wenn du mich gut behandelst, so behandle ich dich auch gut, ich bin nie hart gegen einen Nigger. Versuche immer das beste, was ich tun kann, für sie zu tun. Also siehst du, es ist besser, du setzest dich ruhig hin und versuchst keine Streiche, weil ich in Niggerstreiche jeder Art eingeweiht bin und sie bei mir nichts helfen. Wenn sich Nigger ruhig halten und nicht versuchen fortzulaufen, so haben sie es gut bei mir, und halten sie sich nicht ruhig, nun so ist es ihr Fehler und nicht meiner."

Tom versicherte Haley, daß er für jetzt nicht die Absicht habe fortzulaufen. In der Tat erschien die Ermahnung ziemlich überflüssig bei einem Manne, der schwere Eisenfesseln an den Füßen schleppte. Aber Mr. Haley hatte sich gewöhnt, den Besitz seiner Ware mit kleinen Ermahnungen dieser Art anzutreten, welche seiner Meinung nach Heiterkeit und Vertrauen einflößten und spätere unangenehme Auftritte unnötig machten.

Und hier nehmen wir vorderhand von Tom Abschied, um uns nach dem Schicksal anderer Personen unserer Geschichte umzusehen.

10. Kapitel Ungehörige Aufregung

An einem regnerischen Nachmittag spät stieg ein Reisender an der Tür eines kleinen Wirtshauses in dem Dorf N. in Kentucky ab. In der Schenkstube fand er eine ziemlich bunte Gesellschaft versammelt, welche das schlechte Wetter in diesen Hafen getrieben hatte, und der Ort bot den gewöhnlichen Anblick solcher Versammlungen dar. Große, lange, starkknochige Kentuckier in Jagdhemden, mit dem diesem Schlage eigenen bequemen Lungern, die langen Glieder über eine ziemliche Strecke der Stube rekelnd – Büchsen, die in der Stubenecke standen, Schrotbeutel, Jagdtaschen, Jagdhunde und kleine Neger in bunten Haufen in den Winkeln – waren die charakteristischen Züge des Bildes. An jedem Ende des Herdes saß ein langbeiniger Herr mit zurückgelehntem Stuhl, den Hut auf dem Kopf, während die Absätze der schmutzigen Stiefel auf dem Kaminsims ruhten – eine Lage, welche, wie wir unseren Lesern mitteilen, der in den Schenken des Westens üblichen Gedankenrichtung entschieden günstig ist, indem dort die Reisenden eine entschiedene Vorliebe für diese besondere Art, den Geist zu erheben, zeigen.

Der Wirt, der hinter der Bar stand, war, wie die meisten seiner Landsleute, groß von Wuchs, gutmütig und langbeinig und langarmig. Ein dichter Pelz von Haaren bedeckte seinen Kopf, den ein großer, hoher Hut krönte.

In der Tat trug jedermann im Zimmer auf dem Kopf dieses charakteristische Symbol männlicher Selbstherrlichkeit; mochte es ein Filzhut, ein Palmblatthut, ein schmieriger Biber oder ein schöner neuer Chapeau sein, überall sah man ihn mit echter republikanischer Unabhängigkeit auf den Köpfen sitzen. Er schien in Wahrheit das charakteristische Kennzeichen jedes einzelnen zu sein. Einige trugen ihn keck auf ein Ohr gesetzt – das waren die Leute von Humor, fidele, gemütliche Kerle; andere hatten ihn unabhängig auf die Nase heruntergedrückt – das waren die entschiedenen Charaktere –, die ganzen Männer, die, wenn sie ihren Hut trugen, ihn ordentlich tragen wollten und genauso, wie sie Lust hatten; dann die, welche ihn weit zurückgeschoben hatten – das waren die Umsichtigen und Schlauen, die eine freie Aussicht haben wollten, während er bei sorglosen Leuten, die nicht wußten, wie ihr Hut saß, und denen es auch ganz gleich war, in allen Richtungen auf dem Kopfe herumwackelte. Die verschiedenen Hüte waren in der Tat ein wahrhaft Shakespearesches Studium.

Verschiedene Neger mit sehr bequemen und weiten Beinkleidern, nur mit keinem Überfluß von Hemdenwäsche, liefen hin und her, ohne besonders sichtbare Resultate, außer daß sie eine allgemeine Bereitwilligkeit an den Tag legten, zum besten des Wirts und der Gäste jegliches Ding auf der Welt umzukehren. Vervollständigen wir dieses Bild noch mit einem lustig prasselnden und lachenden Feuer, das eine große weite Esse hinaufflackerte – wobei die Tür und jedes Fenster weit offen stand und der kattunene Fenstervorhang in einer guten steifen Brise von feuchter kalter Luft fackelte –, und man wird sich einen Begriff von den Herrlichkeiten einer Kentuckierschenke machen können.

Der Kentuckier der Gegenwart ist eine gute Erläuterung der Lehre von fortgeerbten Instinkten und Eigentümlichkeiten. Seine Väter waren gewaltige Jäger – Männer, die in den Wäldern lebten und unter dem freien offenen Himmel schliefen und sich von den Sternen das Licht halten ließen, und ihr Nachkömmling benimmt sich noch heutigen Tags, als ob das Haus sein Feldlager wäre – hat den Hut zu allen Zeiten auf dem Kopfe, rekelt sich herum und legt die Absätze auf

Stuhllehnen und Kaminsimse, gerade wie sich sein Vater auf dem grünen Rasen herumwälzte und seine Beine auf Baumstämme und Klötze legte, läßt alle Fenster und Türen Winter und Sommer offen stehen, um genügend Luft für seine große Lunge zu haben, – nennt mit ungeniertem Benehmen jeden „Fremder“ und ist mit einem Worte das offenste, fidelste Geschöpf auf Erden.

In eine Gesellschaft solcher Leute trat unser Reisender. Er war ein kleiner untersetzter Mann, sorgfältig gekleidet, mit einem runden gutmütigen Gesichter und etwas Fahrigem und Eigenem in seinem Wesen. Er war sehr besorgt um seinen Mantelsack und seinen Schirm, die er selbst hereingetragen brachte, und wies hartnäckig alle Anerbietungen der Dienerschaft zurück, sie ihm abzunehmen. Er sah sich in der Schenkstube mit etwas unruhigen Blicken um, zog sich dann mit seinen Sachen in die wärmste Ecke zurück, legte sie unter seinen Stuhl, setzte sich nieder und sah etwas ängstlich den würdigen Mann an, dessen Absätze die Ecke des Kaminsimses schmückten und der nach rechts und nach links mit einem Mut und einer Ausdauer spuckte, die für Personen von schwachen Nerven und reinlichen Manieren etwas Beunruhigendes hatten.

„Heda, Fremder, wie geht's?“ sagte der eben erwähnte Herr, indem er eine Ehrensalve von Tabakssaft in der Richtung des neuen Ankömmlings abschoß.

„Gut, rechne ich“, war die Antwort des andern, als er nicht ohne Unruhe sich vor der drohenden Ehre zur Seite bog.

„Was Neues?“ fragte der andere weiter und holte eine Schnur Tabak und ein großes Jagdmesser aus der Tasche.

„Nichts, das ich wüßte“, sagte der Fremde.

„Kaut Ihr?“ sagte der erste Sprecher, indem er dem alten Herrn mit einer entschieden brüderlichen Miene ein Stück Tabak anbot.

„Nein, ich danke Ihnen, es bekommt mir nicht“, sagte der kleine Mann und rückte weg.

„Nicht?“ sagte der andere leichthin und schob sich das Priemchen in den Mund, um die Erzeugung von Tabakssaft zum allgemeinen Besten der Gesellschaft im Gange zu erhalten.

Der alte Herr fuhr regelmäßig erschrocken auf, wenn sein langbeiniger Bruder sein Feuer auf diese Seite richtete, und da letzterer dies bemerkte, so gab er gutmütig seiner Artillerie eine andere Richtung und fing an, eines der Schüreisen mit einem militärischen Talent zu stürmen, das zur Einnahme einer Stadt genügt hätte.

„Was ist das?“ sagte der alte Herr, als einige um einen großen Zettel zusammentraten.

„Nigger davongelaufen!“ sagte einer von der Gesellschaft kurz.

Mr. Wilson, denn so hieß der Herr, stand auf, rückte sorgfältig seinen Mantelsack und Schirm zurecht, zog langsam seine Brille heraus und setzte sie auf die Nase, und nun las er folgendes:

„Unterzeichnetem fortgelaufen sein Mulattenbursche George. Besagter George ist sechs Fuß lang, ein sehr heller Mulatte mit braunem lockigem Haar; ist sehr gescheit, spricht gut, kann lesen und schreiben; wird wahrscheinlich versuchen, für einen Weißen zu gelten, hat tiefe Narben auf Rücken und Schultern und ist in der rechten Handfläche mit einem H gebrannt. Ich gebe für ihn 400 Dollar lebendig und dieselbe Summe für genügenden Nachweis, daß er tot ist.“

Der alte Herr las diese Anzeige von Anfang bis zum Ende halblaut, als ob er sie studierte.

Der langbeinige Veteran, der das Schüreisen belagert hatte, wie wir vorhin erzählten, wälzte jetzt seine Absätze vom Kaminsims herunter, richtete seinen langen Körper auf, ging zu dem Zettel hin und spuckte mit voller Überlegung eine volle Ladung Tabakssaft darauf.

„Das ist meine Meinung von der Sache“, sagte er kurz und setzte sich wieder hin.

„Nun, Fremder, was soll das heißen?“ sagte der Wirt.

„Ich würde es ebenso machen mit dem Schreiber dieses Zettels, wenn er hier wäre“, sagte der Lange und schnitt sich ganz ruhig seinen Tabak zurecht. „Ein Mann, der einen solchen Burschen hat und ihn nicht besser zu behandeln weiß, verdient, daß er ihm fortläuft. Solche Zettel, wie der da, sind eine Schande für Kentucky, das ist meine Meinung von der Sache, wenn sie jemand zu wissen wünscht.“

„Na, das ist ein Faktum“, sagte der Wirt, während er einen Posten ins Buch schrieb.

„Ich habe auch meine Leute, Sir“, sagte der Lange und fing seinen Angriff auf das Schüreisen wieder an, „und ich sage zu ihnen ganz einfach: ›Jungens‹, sage ich, ›lauft jetzt! Reißt aus! Macht, was Ihr wollt! Ich werde mich niemals nach Euch umsehen!‹ So behalte ich meine Leute. Sagt ihnen nur, sie könnten laufen, wenn sie wollen, und sie verlieren alle Lust dazu! Außerdem habe ich für alle Freischeine eintragen lassen, im Fall es einmal mit mir zu Ende geht, und sie wissen das, und ich sage Euch, Fremder, kein Kerl in unserer ganzen Gegend kriegt mehr Arbeit von seinen Niggern als ich. Ja, meine Jungens sind in Cincinnati mit Pferden 500 Dollar wert gewesen und haben mir das Geld richtig gezählt heimgebracht, mehr als einmal, 's ist auch ganz natürlich. Behandelt sie wie Hunde, und sie werden wie Hunde arbeiten und sich wie Hunde benehmen. Behandelt sie wie Menschen, und sie werden wie Menschen arbeiten." Und der ehrliche Pferdezüchter bekräftigte in seinem Eifer die Sentenz mit dem Abfeuern einer vollständigen Freudensalve in den Kamin.

„Ich glaube, Ihr habt im ganzen recht, Freund", sagte Mr. Wilson, „und der hier beschriebene Bursche ist ein Prachtkerl – das steht fest. Er hat für mich wohl ein halb Dutzend Jahre in meiner Packleinwand-Fabrik gearbeitet, und er war mein bester Arbeiter, Sir. 's ist auch ein gescheiter Bursche, Sir – hatte eine Maschine zum Reinigen des Hanfes erfunden – eine ganz vortreffliche Maschine, sie ist in mehreren Fabriken in Gebrauch. Sein Herr hat ein Patent darauf."

„Ich will wetten", sagte der Pferdezüchter, „er hat das Patent und verdient Geld damit, und dann nimmt er den Burschen her und brandmarkt ihn in die rechte Hand. Wenn er mir in die Hände kommt, will ich ihn zeichnen, rechne ich, so daß man's eine Weile sieht."

„Die gescheiten Nigger sind immer böse Ware und vorlaut", sagte ein gemein aussehender Kerl von der anderen Seite des Zimmers herüber, „deswegen werden sie auch immer gepeitscht und gebrandmarkt. Wenn sie sich besser benähmen, so geschähe es ihnen nicht."

„Das heißt, der Herr hat sie zu Menschen gemacht, und 's kostet harte Arbeit, sie bis zum Vieh hinunter zu bringen", sagte der Pferdezüchter trocken.

„Gescheite Nigger sind kein Vorteil nicht für ihre Herren", fuhr der andere fort, den die Beschränktheit einer gemeinen Seele die Verachtung seines Widerparts nicht fühlen ließ. „Was nutzen Talente und solche Sachen, wenn man sie nicht für sich benutzen kann? Aber sie benutzen sie nur, um Euch zu hintergehen. Ich habe einen oder zwei solche Burschen gehabt und habe sie flußabwärts verkauft. Ich wußte, sie würden mir davonlaufen, früher oder später, wenn ich's unterließ."

„Lieber schickt hinauf zum lieben Gott und laßt Euch eine Partie machen und gleich die Seelen weglassen", sagte der Pferdezüchter. Hier unterbrach die Ankunft eines kleinen einspännigen Wagens vor der Schenke das Gespräch. Die Equipage sah vornehm aus, und ein wohlgekleideter gentlemanischer Herr saß darin, während ein farbiger Bedienter fuhr.

Die versammelte Gesellschaft betrachtete den neuen Ankömmling mit der Teilnahme, mit welcher eine Versammlung von Lungerern an einem Regentag gewöhnlich jeden neuen Ankömmling mustert. Der Fremde war hochgewachsen, hatte einen dunklen spanischen Teint, ausdrucksvolle schwarze Augen und dichtes krauses Haar, ebenfalls von glänzender Schwärze. Seine schöngeformte Adlernase, die geraden schmalen Lippen und die herrlichen Umrisse seiner schön geformten Glieder machten auf die ganze Gesellschaft auf der Stelle den Eindruck von etwas Ungewöhnlichem. Er trat unbefangen mitten unter die Gäste, wies mit einem Kopfnicken seinem Bedienten den Fleck, wohin er die Koffer setzen sollte, verbeugte sich gegen die Versammelten und schritt mit dem Hute in der Hand ruhig nach der Bar, wo er seinen Namen als Harry Butler von Oaklands, Shelby County, angab. Darauf wendete er sich gleichgültig wieder ab und trat vor die Anzeige, die er durchlas.

„Jim", sagte er zu seinem Bedienten, „sind wir nicht einem solchen Burschen droben bei Bernans begegnet? Meinst du nicht?"

„Ja, Master", sagte Jim, „nur weiß ich nicht ganz gewiß, wie es mit der Hand war."

„Natürlich, ich hab' auch nicht hineingesehen", sagte der Fremde mit gleichgültigem Gähnen. Dann verlangte er von dem Wirt ein besonderes Zimmer, da er sofort einige Briefe zu schreiben habe.

Der Wirt war über die Maßen dienstwillig, und eine Herde von ungefähr sieben Negern, alten und jungen, männlichen und weiblichen, kleinen und großen, fuhr bald im Zimmer herum, wie ein Flug Rebhühner, schäfterte und lärmte und trat sich auf die Zehen und purzelte übereinander in ihrem Eifer, das Zimmer für den Herrn zurechtzumachen, der unterdessen unbefangen auf einem Stuhl in der Mitte der Schankstube Platz genommen und ein Gespräch mit seinem Nachbar angeknüpft hatte.

Der Fabrikant Mr. Wilson hatte den Fremden vom Augenblick seines Eintretens an mit einer Miene ängstlicher und unruhiger Neugier angeblickt. Es war ihm, als sei er schon irgendwo mit ihm zusammengekommen und mit ihm bekannt gewesen, aber er konnte sich nicht besinnen, wo.

Fast alle Minuten, wenn der Fremde sprach oder sich bewegte oder lächelte, fuhr er empor, heftete den Blick auf ihn und wendete ihn dann rasch wieder ab, wie ihn die glänzenden dunklen Augen des andern mit unbefangener Kälte ansahen. Endlich schien eine plötzliche Erinnerung in ihm zu erwachen, denn er starrte den Fremden mit einer solchen Miene sprachloser Verblüfftheit und Unruhe an, daß dieser sich ihm näherte.

„Mr. Wilson, glaube ich", sagte er, als ob er ihn jetzt erst erkenne, und bot ihm die Hand dar. „Ich bitte um Verzeihung, ich erkannte Sie nicht gleich. Ich sehe, Sie kennen mich noch – Mr. Butler von Oaklands, Shelby County."

„Ja – ja, Sir“, stotterte Mr. Wilson, wie einer, der im Traum redet. In diesem Augenblick erschien ein Negerknabe mit der Meldung, daß Masters Zimmer fertig sei.

„Jim, sieh nach den Koffern“, sagte der Fremde nachlässig; dann zu Mr. Wilson gewendet, setzte er hinzu: „Ich möchte mit Ihnen auf meinem Zimmer ein paar Worte über Geschäftssachen sprechen, wenn es Ihnen gefällig ist.“

Mr. Wilson folgte ihm wie einer, der im Traum wandelt; und sie begaben sich in ein großes Zimmer oben, wo ein frisch angezündetes Feuer prasselte und verschiedene Diener herumflogen, um die letzte Hand an die getroffenen Anordnungen zu legen.

Als alles fertig war und die Dienstboten sich entfernt hatten, verschloß der junge Fremde sorgfältig die Tür, steckte den Schlüssel in die Tasche, drehte sich um, schlug die Arme über der Brust zusammen und sah Mr. Wilson gerade ins Gesicht.

„George!“ sagte Mr. Wilson.

„Ja, George“, sagte der junge Mann.

„Wer hätte das denken sollen!“

„Ich bin ziemlich gut verkleidet, glaube ich“, sagte der Jüngling mit einem Lächeln. „Ein wenig Walnußschale hat meiner gelben Haut eine vornehme braune Farbe gegeben, und das Haar habe ich mir schwarz gefärbt; so paßt also der Steckbrief gar nicht mehr auf mich, wie Sie sehen.“

„Aber George, Ihr spielt da ein gar gefährliches Spiel. Ich möchte Euch nicht dazu geraten haben.“

„Ich kann es auf meine eigene Verantwortlichkeit aufführen“, sagte George mit demselben stolzen Lächeln.

Wir bemerken beiläufig, daß George von Vaters Seite von weißem Blute war. Seine Mutter war eine jener unglücklichen Sklavinnen, die ihre persönliche Schönheit von vornherein zum Opfer der Wollust ihres Besitzers und zur Mutter von Kindern, die nie einen Vater anerkennen dürfen, bestimmt. Von einer der stolzesten Familien Kentuckys hatte er eine Physiognomie von schönster europäischer Regelmäßigkeit und einen stolzen, unbezähmbaren Geist geerbt. Von seiner Mutter hatte er nur eine leichte Mulattenfarbe, die das von ihr ererbte feurige schwarze Auge reichlich wiedergutmachte. Eine kleine Veränderung in der Farbe seiner Haut und seines Haares hatte ihm jetzt ganz das Aussehen eines Spaniers gegeben; und da Anmut der Bewegungen und anständige Manieren ihm von Natur angeboren waren, so wurde es ihm nicht schwer, die kühne Rolle, die er übernommen hatte, durchzuführen – die eines mit seinem Bedienten reisenden Gentlemans.

Mr. Wilson, ein gutmütiger, aber sehr fahriger und ängstlicher alter Herr, ging unruhig im Zimmer auf und ab, geteilt zwischen dem Wunsche, George zu helfen, und einer gewissen verworrenen Überzeugung von der Notwendigkeit, Gesetz und Ordnung aufrechtzuerhalten. So äußerte er sich denn, wie er auf und ab ging, in folgenden Worten:

„Na, George, ich glaube, Ihr lauft fort – verlaßt Euren gesetzlichen Herrn, George – (es wundert mich nicht) – aber es tut mir auch zugleich leid, George – ja entschieden – das, glaube ich, muß ich Euch sagen, George, – 's ist meine Pflicht, es Euch zu sagen."

„Warum tut es Ihnen leid, Sir?" sagte George ruhig.

„Nun, daß Ihr Euch, sozusagen, einer Verletzung der Gesetze Eurer Heimat schuldig macht."

„Meiner Heimat!" sagte George mit starkem und bitterem Nachdruck. „Welche Heimat habe ich, als das Grab? – und ich wünsche zu Gott, ich läge drinnen!"

„Aber George, nein – nein – das geht nicht, so zu reden ist gottlos – unchristlich. George, Ihr habt einen harten Herrn – das ist wahr – er führt sich ganz unverantwortlich auf – es kann mir nicht einfallen, ihn zu verteidigen; aber Ihr wißt, wie der Engel Hagar gebot, zu ihrer Herrin zurückzukehren und sich ihrer Hand zu unterwerfen; und der Apostel schickte Onesimus zu seinem Herrn zurück."

„Führen Sie mir nicht die Bibel auf diese Weise an, Mr. Wilson", sagte George mit funkelndem Auge. „Tun Sie es nicht! Denn meine Frau ist eine Christin, und ich will auch Christ werden, wenn ich erst gerettet bin; aber einem Menschen in meinen Verhältnissen die Bibel anzuführen, genügt, um einen davon abzubringen. Ich appelliere an Gott den Allmächtigen, ich bin bereit, meine Sache seiner Entscheidung zu unterwerfen, und frage ihn, ob ich unrecht tue, meine Freiheit zu suchen."

„Diese Empfindungen sind ganz natürlich, George", sagte der gutmütige Fabrikant und schneuzte sich die Nase. „Ja, sie sind natürlich, aber es ist meine Pflicht, Euch nicht in denselben zu bestärken. Ja, mein Bursche, Ihr tut mir wahrhaftig leid; es ist ein schlimmer Fall, ein sehr schlimmer; aber der Apostel sagt: ›Bleibe jeglicher in seinem Stande, zu dem er berufen ist.‹ – Wir müssen uns alle den Fingerzeigen der Vorsehung fügen, George – seht Ihr's nicht ein?"

George stand da, den Kopf zurückgeworfen und die Arme fest über der breiten Brust übereinandergeschlagen, während ein bitteres Lächeln um seinen Mund zuckte.

„Ich möchte doch wissen, Mr. Wilson, wenn die Indianer kämen und Sie als Gefangenen von Weib und Kind wegschleppten und Sie Ihr ganzes Leben lang zur Arbeit in den Maisfeldern behalten wollten, ob Sie es da für Ihre Pflicht halten würden, in dem Stande zu bleiben, zu dem Sie berufen worden! Ich sollte eher meinen, Sie würden das erste verlaufene Pferd, das Ihnen in die Hand fiele, für einen Fingerzeig der Vorsehung halten – nicht wahr?"

Der kleine alte Herr riß beide Augen weit auf, als er die Frage so stellen hörte, denn obgleich er nicht stark in der Logik war, war er doch verständig genug, – worin ihm die meisten Redner über diesen Gegenstand nachahmen könnten – nichts zu sagen, wo nichts zu sagen war. So stand er denn da und streichelte nachdenklich seinen Regenschirm, dessen kleinste Falten er sorgfältig glättete, und fuhr dann mit seinen allgemein gehaltenen Ermahnungen fort.

„Ihr wißt ja, George, ich bin immer Euer Freund gewesen, und was ich gesagt habe, habe ich immer zu Eurem Besten gesagt. Jetzt kommt es mir wirklich vor, als ob Ihr Euch einer schrecklichen Gefahr aussetztet. Ihr könnt nicht hoffen durchzukommen. Werdet Ihr ertappt, so habt Ihr es noch viel schlimmer als früher; man wird Euch mißhandeln und halb totschlagen und flußabwärts verkaufen."

„Ich weiß das alles, Mr. Wilson", sagte George. „Ich setze mich einer großen Gefahr aus, aber" – er schlug den Oberrock auseinander und zeigte zwei Pistolen und ein Baummesser. „Da!" sagte er. „Ich bin für sie gerüstet! Nach dem Süden bringen sie mich nicht lebendig. Nein! Wenn es erst so weit kommt, kann ich mir wenigstens sechs Fuß freie Erde verdienen. – Die erste und letzte, die ich jemals in Kentucky mein nennen werde."

„Aber George, ein solcher Gemütszustand ist ja wahrhaft schrecklich! Das ist ja reine Verzweiflung, George! Das ist ja schlimm. Ihr wollt die Gesetze Eures Vaterlandes verletzen?"

„Meines Vaterlandes! Mr. Wilson, Sie haben ein Vaterland; aber welches Vaterland habe ich oder meinesgleichen, die wir von Sklavenmüttern geboren sind? Was für Gesetze gibt's für uns? Wir machen sie nicht – wir geben ihnen nicht unsere Zustimmung – wir haben nichts mit ihnen zu tun, sie tun weiter nichts für uns, als uns zu drücken und zu knechten. Habe ich nicht Eure Reden am 4. Juli gehört? Sagt Ihr uns nicht alle Jahre einmal, daß Regierungen ihre wahre Kraft von der Zustimmung der Regierten herleiten? Glauben Sie, man denkt nicht nach, wenn man solche Reden hört? Kann man nicht dies und das zusammenhalten und sehen, was draus wird?“

Mr. Wilsons Seele war von jener Art, die man nicht unpassend mit einem Ballen Baumwolle verglichen hat – weich, sanft und gutmütig verworren. Er bedauerte George wirklich von ganzem Herzen und hatte eine Art dunkler und unbestimmter Ahnung von der Beschaffenheit der Empfindungen, die seine Brust erfüllten; aber er hielt es für seine Schuldigkeit, ihm mit unermüdlicher Ausdauer von seinen Pflichten vorzureden.

„George, das ist nicht recht. Ich muß Euch sagen, natürlich als Freund, daß es besser ist, Ihr gebt Euch mit solchen Gedanken nicht ab; sie sind schlecht, George, – sehr schlecht für Burschen in Eurer Lage, – sehr schlecht“, und Mr. Wilson setzte sich an einen Tisch und fing an, in großer Aufregung auf dem Griffe seines Regenschirmes herumzubeißen.

„Sehen Sie mich einmal an, Mr. Wilson“, sagte George, der jetzt herantrat und sich entschlossen vor ihn hinsetzte; „sehen Sie mich einmal an. Sitze ich hier nicht vor Ihnen, in jeder Hinsicht ganz so ein Mann, wie Sie selbst sind? Sehen Sie mein Gesicht an – sehen Sie meine Hände an – sehen Sie meinen Körper an“ – und der junge Mann richtet sich stolz in die Höhe – „bin ich nicht so gut ein Mensch wie jeder andere? Nun hören Sie mich an, Mr. Wilson, was ich Ihnen zu sagen habe. Ich hatte einen Vater, einen von Ihren vornehmen Kentuckiern – der nicht genug an mich dachte, um mich vor dem Schicksal zu bewahren, mit seinen Hunden und Pferden zur Deckung der Schulden nach seinem Tode verkauft zu werden. Ich sah meine Mutter mit ihren sieben Kindern zur gerichtlichen Auktion ausgestellt. Sie wurden alle vor ihren Augen verkauft, eins nach dem andern und alle an verschiedene Herren; und ich war das jüngste. Sie kniete vor meinem vorigen Herrn nieder und bat ihn, mich mit ihr zu verkaufen, damit sie wenigstens eins ihrer Kinder bei sich habe; und er stieß sie mit seinem schweren Stiefel von sich. Das sah ich mit an; und das letzte, was ich von ihr hörte, war ihr Gestöhn und ihr Gejammer, als er mich auf sein Pferd band, um mich mit auf sein Gut zu nehmen.“

„Und weiter?“

„Mein Herr machte mit einem der Leute Geschäfte und kaufte meine älteste Schwester. Sie war ein frommes, gutes Mädchen – hielt sich zu den Wiedertäufern – und war so schön, wie meine arme Mutter früher. Sie war gut erzogen und hatte gute Manieren. Anfangs war ich froh, daß sie gekauft war, denn ich hatte nun wenigstens eine befreundete Seele in meiner Nähe. Bald mußte ich andern Sinnes werden. Sir, ich habe an der Tür gestanden und habe sie drinnen auspeitschen hören, während es mir war, als ob mir jeder Hieb das nackte Herz zerschnitt, und ich konnte nichts tun, ihr zu helfen; und sie wurde ausgepeitscht, Sir, weil sie ein sittsames christliches Leben führen wollte, wozu Ihre Gesetze keinem Sklavenmädchen ein Recht geben; und zuletzt sah ich sie gefesselt in einer Sklavenkette nach Orleans zum Verkauf geschickt werden – bloß aus diesem einen Grunde wurde sie hingeschickt – und das ist das letzte, was ich von ihr gehört habe. Nun, ich wuchs zum Jüngling empor – Jahre auf Jahre vergingen – ohne Vater oder Mutter oder Schwester, oder sonst eine einzige lebendige Seele, die sich um mich soviel kümmerte, wie um einen Hund; nichts als Peitschen, Schelten, Darben. Ja, Sir, ich bin so hungrig gewesen, daß ich froh war, die Knochen zusammenlesen zu können, die man den Hunden hinwarf; und doch, als ich noch ein ganz kleiner Kerl war und ganze Nächte hindurch weinte, so weinte ich nicht wegen des Hungers oder wegen des Peitschens. Nein, Sir, ich weinte um meine Mutter und meine Schwestern, ich weinte, weil ich niemand auf Erden hatte, der mich liebte. Ich habe nie gewußt, was Ruhe oder Friede war. Man hat nie ein freundliches Wort mit mir gesprochen, bis ich Arbeit in Ihrer Fabrik erhielt. Mr. Wilson, Sie haben mich immer gut behandelt; Sie haben mich aufgemuntert, mich gut aufzuführen, und Lesen und Schreiben zu lernen, und zu versuchen, etwas aus mir zu machen; und Gott weiß, wie dankbar ich Ihnen dafür bin. Dann lernte ich meine Frau kennen; Sie haben sie gesehen, Sie wissen, wie schön sie ist. Als ich entdeckte, daß sie mich liebte, als ich sie heiratete, konnte ich kaum glauben, es sei kein Traum, so glücklich war ich; und Sir, sie ist ebenso gut, als sie schön ist. Aber wie wird es nun? Mein Herr nimmt mich von meiner Arbeit und meinen Freunden und allem, was ich lieb habe, weg, und drückt mich bis in den tiefsten Schmutz hinab! Und warum? Weil, sagte er, ich vergessen hätte, wer ich sei; er wolle mir zeigen, daß ich nur ein Nigger sei, sagte er! Um das Maß voll zu machen, trennte er mich noch zuletzt von meiner Frau und sagte, ich sollte ein anderes Weib nehmen. Und zu dem allen geben ihm Eure Gesetze die Macht trotz Gott und Menschen. Sehen Sie das, Mr. Wilson! Ihre Gesetze in Kentucky hier erlauben jede einzelne von den Sachen, welche die Herzen meiner Mutter und meiner Frau und mein Herz gebrochen haben, erlauben und geben jeglichem Manne die Macht dazu, und niemand darf nein dazu sagen! Nennen Sie das die Gesetze meines Vaterlandes? Sir, ich habe so wenig ein Vaterland, als ich einen Vater habe. Aber ich will mir eins verschaffen. Ich verlange nichts von Ihrem Vaterlande, als daß es mich ungeschoren läßt – daß es mich ruhig fort läßt; und wenn ich nach Kanada komme, wo mich die Gesetze anerkennen und beschützen, so soll dort mein Vaterland sein, und seinen Gesetzen will ich gehorchen. Aber wenn ein Mann versucht, hier mich aufzuhalten, so möge er sich in acht nehmen, denn ich bin ein verzweifelter Mann. Ich will für meine Freiheit streiten, bis zu meinem letzten Atemzug. Sie sagen, Ihre Väter hätten das getan; wenn die ein Recht dazu hatten, so habe ich auch ein Recht dazu!“

Diese Rede, die George teils am Tische sitzend, teils im Zimmer auf- und abschreitend, begleitet von Tränen, flammenden Blicken und verzweiflungsvollen Gebärden gehalten hatte, war zu viel für das weiche Herz des gutmütigen Alten, der ein großes seidenes Taschentuch herausgezogen hatte und sich jetzt das Gesicht mit großer Energie abrieb.

„Der Teufel hol sie alle!“ brach er plötzlich heraus. „Habe ich es nicht immer gesagt – die verwünschten alten Lumpenkerle! Ich fluche doch nicht etwa! Nun macht, daß Ihr fortkommt, George, macht, daß Ihr fortkommt; aber seid vorsichtig, mein Junge; schießt niemanden, George, wenn nicht – nun – besser ist's, Ihr schießt nicht, rechne ich; wenigstens möchte ich niemanden treffen, wißt Ihr. Wo ist Eure Frau, George?“ setzte er hinzu, als er in großer Aufregung aufstand und im Zimmer auf und ab zu gehen anfing.

„Fort, Sir – fort mit dem Kinde auf ihrem Arm, Gott weiß wohin. Sie ist dem Polarstern nachgegangen; und wenn wir uns wiedersehen, oder ob wir uns jemals auf dieser Welt wiedersehen, kann kein sterbliches Geschöpf wissen.“

„Ist's möglich! 's ist doch zum Erstaunen! Von einer so guten Familie?“

„Gute Familien geraten in Schulden, und die Gesetze unseres Landes gestatten, das Kind von der Mutter Brust weg zu verkaufen, um seines Herrn Schulden zu bezahlen“, sagte George mit Bitterkeit.

„Hm, hm“, sagte der ehrliche Alte und suchte in seinen Taschen herum. „Ich vermute, ich folge nicht ganz meiner bessern Einsicht. – Hols' der Henker, ich mag meiner bessern Einsicht nicht folgen!“ setzte er plötzlich hinzu. „Hier, nehmt, George“, und er zog ein Päckchen Banknoten aus seiner Brieftasche und bot sie George an.

„Nein, mein lieber guter Herr!“ sagte George. „Sie haben viel für mich getan, und das könnte Ihnen Unannehmlichkeiten machen. Ich habe Geld genug, um mich bis an den Ort zu bringen, den ich erreichen muß, hoffe ich.“

„Aber Ihr wißt, George, Geld ist eine große Hilfe überall; Ihr könnt nicht zu viel haben, wenn Ihr es auf ehrliche Weise erlangt. Hier – hier nehmt es nur, mein Bursche.“

„Unter der Bedingung, daß ich es Ihnen zu einer späteren Zeit wiederbezahle, will ich es annehmen“, sagte George und steckte das Geld ein.

„Und nun, George, wie lange gedenkt Ihr auf diese Weise zu reisen? – Nicht lange oder nicht weit, hoffe ich. Es ist gut durchgeführt, aber zu kühn. Und wer ist der schwarze Bursche?“

„Ein treuer Bursche, der vor länger als einem Jahre nach Kanada entfloh. Dort angekommen hört er, sein Herr sei so erzürnt über seine Flucht gewesen, daß er seine arme alte Mutter haben auspeitschen lassen; und er hat die ganze, weite Reise zurückgemacht, um ihr Trost zuzusprechen, und auch ihre Flucht vorzubereiten."

„Hat er sie schon befreit?"

„Noch nicht; er hat sich in der Nähe der Besitzung, wo sie ist, herumgetrieben, aber noch keine Gelegenheit gefunden. Unterdessen fährt er mit mir bis nach Ohio, um mich bei Freunden einzuführen, die ihm geholfen haben, und dann will er die Mutter nachholen."

„Gefährlich, sehr gefährlich!" sagte der Alte.

George richtete sich empor und lächelte verächtlich.

Der alte Herr sah ihn mit einer Art unschuldigen Staunens vom Kopf bis zu den Füßen an. „George, etwas hat eine wunderbare Veränderung in Euch hervorgebracht. Ihr tragt den Kopf hoch und benehmt Euch wie ein anderer Mensch", sagte Mr. Wilson.

„Weil ich ein freier Mann bin!" sagte George mit Stolz. „Ja, Sir, ich habe zum letzten Male zu einem Menschen Master gesagt. Ich bin frei!"

„Nehmt Euch in acht! Ihr seid noch nicht sicher – man kann Euch noch fangen."

„Alle Menschen sind frei und gleich im Grabe, wenn es dazu kommt, Mr. Wilson", sagte George.

„Ich bin ganz stumm vor Staunen über Eure Kühnheit", sagte Mr. Wilson, „hier keck in dem nächsten Wirtshause abzusteigen!"

„Mr. Wilson, es ist so kühn, und dieses Wirtshaus ist so nahe, daß sie keinen Verdacht schöpfen werden; sie suchen mich weit voraus, und Sie selbst würden mich nicht kennen. Jims Master wohnt nicht in dieser Grafschaft; man kennt ihn in hiesiger Gegend nicht. Außerdem hat man ihn aufgegeben; niemand sucht ihn, und mich wird niemand nach dem Steckbrief kennen, sollte ich meinen."

„Aber das Brandmal in Eurer Hand." George zog den Handschuh aus und zeigte eine kaum geheilte Narbe auf der Handfläche.

„Das ist ein Abschiedsgeschenk von Mr. Harris", sagte er bitter. „Vor ungefähr 14 Tagen fiel es ihm ein, es mir zu geben, weil er mich in Verdacht hatte, daß ich nur auf eine Gelegenheit zur Flucht paßte, 's sieht sehr hübsch aus, nicht wahr?" sagte er und zog den Handschuh wieder an.

„Ich gestehe, mir erstarrt das Blut in den Adern, wenn ich daran denke – an Eure Lage und die Gefahren, denen Ihr Euch aussetzt!“ sagte Mr. Wilson.

„Meines ist mir viele Jahre lang erstarrt, Mr. Wilson, jetzt aber ist es fast Siedhitze“, sagte George.

„Ja, ich sah gleich, daß Sie mich erkannten, guter Mr. Wilson“, fuhr George nach einigen Minuten des Schweigens fort; „ich hielt es deshalb fürs Beste, Sie beiseite zu nehmen und mit Ihnen zu sprechen, damit Ihr erstauntes Gesicht mich nicht verrate. Ich reise morgen früh, bevor es Tag wird, weiter; morgen nacht gedenke ich sicher in Ohio zu schlafen. Ich reise bei Tage, steige in den besten Gasthäusern ab, und setze mich mit den Herren des Landes zu Tische. So leben Sie wohl, Sir; wenn Sie hören, daß man mich eingeholt hat, so wissen Sie, daß ich tot bin!“

George stand aufrecht wie ein Fels und reichte ihm die Hand mit der Miene eines Prinzen. Der gutmütige Alte schüttelte sie ihm herzlich, und nach einigen weiteren Ermahnungen zur Vorsicht nahm er seinen Regenschirm und verließ das Zimmer.

Georges Blick haftete noch gedankenvoll auf der Tür, als der Alte sie hinter sich geschlossen hatte. Plötzlich schien ihm ein Gedanke durch den Kopf zu fahren. Er ging rasch nach der Tür, öffnete sie und sagte:

„Mr. Wilson, noch ein Wort!“

Der alte Herr kehrte wieder um, und George verschloß, wie vorhin, die Tür und blieb ein paar Sekunden lang stehen, unentschlossen den Fußboden anblickend. Endlich hob er, wie mit rascher Anstrengung, den Kopf und sagte: „Nun, George?“

„Was Sie vorhin sagten, ist wohl wahr, Sir. Ich setze mich in der Tat schrecklichen Gefahren aus. Es kümmert keine lebendige Seele auf Erden, wenn ich sterbe“, setzte er hinzu, indem er tief Atem holte und die Worte mit einiger Anstrengung hervorstieß. „Man wird mich mit dem Fuße fortstoßen und einscharren wie einen Hund, und niemand wird den Tag darauf an mich denken – niemand, außer meiner armen Frau! Die Beklagenswerte! Sie wird jammern und sich grämen; und wenn Sie's nur verrichten könnten, Mr. Wilson, ihr diese kleine Nadel zu überschicken! Sie hat sie mir als Weihnachtsgeschenk gegeben, die Arme! Geben Sie ihr die Nadel und sagen Sie ihr, daß ich sie bis zum letzten Augenblick geliebt habe. Wollen Sie das tun? Wollen Sie das wirklich tun?“ sagte er mit innigem Ernst.

„Ja, gewiß, mein armer George!“ sagte der alte Herr, indem er die Nadel mit feuchten Augen und einem melancholischen Zittern der Stimme nahm.

„Sagen Sie ihr noch eines“, sagte George, „es ist mein letzter Wunsch: Wenn sie nach Kanada gelangen kann, so soll sie hingehen. Mag ihre Herrin noch so gütig sein

– mag es ihr in der Heimat auch noch so wohl gehen; bitten Sie sie, nicht wieder zurückzukehren – denn Sklaverei endet immer in Elend und Jammer. Sagen Sie ihr, sie solle unseren Knaben zum freien Mann erziehen, und dann wird er nicht so leiden, wie ich gelitten habe. Wollen Sie ihr das sagen, Mr. Wilson?“

„Ja, George, ich will es ihr sagen; aber ich bin überzeugt, Ihr werdet nicht sterben; faßt ein Herz, Ihr seid ein wackrer Bursche. Vertraut auf den Herrn, George. Ich wünschte von ganzem Herzen, Ihr wärt glücklich, ich wünsche es wahrhaftig.“

11. Kapitel Das Quäkerdorf

Eine stille Szene eröffnet sich jetzt vor uns. Eine große, geräumige, hübsch gemalte Küche mit gelbem, glänzendem und glatten Fußboden, auf dem kein Stäubchen liegt; ein hübscher sorgfältig geschwärzter Kochofen, Reihen von glänzenden Zinngefäßen, die an unnennbare appetitliche Dinge erinnerten; glänzende grüne Holzstühle, alt und fest; ein kleiner Schaukelstuhl mit einem Strohsitz und ein Kissen aus lauter kleinen bunten Wollfleckchen zusammengesetzt und ein größerer, mütterlich und alt, dessen breite Armlehne eine gastliche Einladung erläßt, von den Bitten weicher Federkissen unterstützt – ein wirklich behäbiger alter Stuhl, der, was ehrlichen traulichen Genuß betrifft, ein Dutzend Eurer feinen Plüsch- oder Brokatstühle übertrifft; und in dem Stuhle sich sanft wiegend und die Augen auf eine feine Näherei geheftet, sitzt unsere alte Freundin Elisa. Ja, da sitzt sie, blasser und schmaler als in ihrer Kentuckyheimat, und unter dem Schatten ihrer langen Wimpern und um ihre sanften Lippen lagerte eine Welt von stillem Schmerz! Man konnte deutlich sehen, wie alt und fest dieses Mädchenherz durch die Zucht schweren Schmerzes geworden war; und wie sie jetzt ihre großen dunklen Augen erhob, um den Bewegungen ihres kleinen Harry zu folgen, der wie ein tropischer Schmetterling hierhin und dorthin über den Fußboden gaukelte, sah man darin eine Festigkeit und Standhaftigkeit des Entschlusses, die in ihren früheren und glücklichen Tagen nie dort zu erblicken gewesen war.

Neben ihr saß eine Frau mit einer blankgescheuerten Zinnpfanne im Schoß, in welche sie sorgfältig getrocknete Pfirsiche sortierte. Sie mochte 55 oder 60 Jahre alt sein, aber sie besaß eins von den Gesichtern, welche die Zeit nur zu berühren scheint, um sie zu schmücken und zu verschönern. Die schneeweiße Spitzenmütze nach strengstem Quäkermuster gemacht, das einfache, weiße Musselintuch, das in glatten Falten ihren Busen einhüllte, das drapfarbene Tuch und Kleid verrieten auf der Stelle, welcher Konfession sie angehörte. Ihr Gesicht war rund und rosig und von einer gesunden, samtenen Weichheit, die an Pfirsiche erinnerte. Ihr zum Teil schon ergrautes Haar war glatt von einer hohen, ruhigen Stirn zurückgestrichen, auf welche die Zeit keine anderen Worte geschrieben hatte, als Friede auf Erden und Wohlwollen allen Menschen; und darunter glänzte ein Paar große, klare, ehrliche, liebevolle, braune Augen; man brauchte nur in sie hineinzusehen, um zu fühlen, daß man auf den Grund eines so guten und treuen Herzens blickte, als je in einem weiblichen Busen geschlagen hat. Man hat so viel von schönen jungen Mädchen gesprochen und gesungen; warum erinnert niemand an die Schönheit alter Frauen? Wenn sich jemand für diesen Gegenstand begeistern will, so raten wir ihm, zu unserer guten Freundin Rachel Halliday zu gehen, wie sie dort in ihrem kleinen Schaukelstuhle sitzt. Er hatte eine eigene Art zu quieken und zu knarren, dieser Stuhl, entweder weil er sich in seiner Jugend erkältet hatte, oder weil er am Asthma litt, oder weil seine Nerven etwas zerrüttet waren; aber während sie sich langsam hin und her wiegte, sang der Stuhl eine Quiek-quäk-Melodie, welche man von jedem andern Stuhle unausstehlich gefunden hätte. Jedoch der alte Simeon Halliday erklärte oft, es wäre ihm die liebste Musik, und die Kinder beteuerten alle, sie möchten das Quieken von Mamas Stuhl um alles in der Welt nicht entbehren. Denn warum? Seit 20 Jahren und länger waren von diesem Stuhl nichts als liebende Worte und sanfte Ermahnungen und mütterliche Liebe gekommen – vielfaches Kopf- und Herzweh war dort geheilt – irdische und himmlische Schwierigkeiten dort gelöst worden – und alles von einem guten liebevollen Weibe, Gott segne es!

„Und so denkst du immer noch, nach Kanada zu gehen, Elisa?" sagte sie und blickte ruhig von ihren Pfirsichen auf.

„Ja, Madame", sagte Elisa fest. „Ich muß weiter. Ich darf nicht hierbleiben."

„Und was willst du machen, wenn du dort bist? Das mußt du dir überlegen, Tochter!"

Tochter klang so natürlich in dem Mund Rachel Hallidays; denn ihr Gesicht und ihre Gestalt waren gerade der Art, daß Mutter als das natürlichste Wort von der Welt erschien.

Elisas Hände zitterten, und einige Tränen fielen auf ihre feine Arbeit; aber sie antwortete mit Festigkeit:

„Ich werde annehmen, was mir geboten wird. Ich hoffe, es wird sich etwas finden."

„Du weißt, du kannst hierbleiben, so lange du willst", sagte Rachel.

„Oh, ich danke Euch", sagte Elisa, „aber" – sie wies auf Harry – „ich kann nachts nicht schlafen; ich habe keine Ruhe. Letzte Nacht träumte ich, ich sähe diesen Mann in den Hof treten", sagte sie schaudernd.

„Armes Kind!“ sagte Rachel und wischte sich die Augen. „Aber du mußt es dir nicht so zu Herzen nehmen. Der Herr hat es so geschickt, daß sie noch nie einen Flüchtling aus unserem Dorfe gestohlen haben. Ich hoffe, du wirst nicht die erste sein.“

Hier ging die Türe auf, und ein kleines rundes, schmuckes Mädchen stand in der Tür mit einem heiteren blühenden Gesicht, wie ein reifer Apfel. Sie war wie Rachel in bescheidenes Grau gekleidet, und das Musselintuch verhüllte mit netten Falten ihren runden, schwellenden Busen.

„Ruth Stedman“, sagte Rachel und trat ihr freudig entgegen, „wie geht dir's, Ruth?“ sagte sie und schüttelte ihr herzlich beide Hände.

„Recht gut“, sagte Ruth, indem sie ihr drapfarbiges Hütchen abnahm und es mit ihrem Taschentuch abstäubte, und zeigte bei dieser Gelegenheit ein rundes kleines Köpfchen, auf welchem die Quäkermütze in einer eigenen flotten Weise saß, trotz alles Streichens und Klopfens mit den kleinen fetten Händchen, welche eifrig beschäftigt waren, sie zurechtzusetzen. Einzelne verirrte Flechten eines entschieden lockigen Haares hatten sich ebenfalls hervorgewagt und mußten wieder mit Schmeicheln an ihre gehörige Stelle zurückgebracht werden; und dann wendete sich die Neuangekommene, die etwa 25 Jahre alt sein mochte, von dem kleinen Spiegel weg, vor dem sie bis jetzt gestanden, und machte ein befriedigtes Gesicht, wie die meisten Leute gemacht haben würden, wenn sie sie hätten sehen können. Denn sie war entschieden ein gesundes kleines Frauchen von bravem Herzen und munterem Wesen, wie es nur jemals eines Mannes Herz erfreute.

„Ruth, diese Freundin ist Elisa Harris; und das ist der kleine Knabe, von dem ich dir erzählt habe.“

„Es freut mich, dich zu sehen, Elisa – es freut mich sehr“, sagte Ruth und schüttelte ihr die Hand, als wäre Elisa eine längst erwartete alte Freundin, „und das ist dein lieber Knabe – ich habe dir einen Kuchen mitgebracht“, sagte sie und hielt dem Knaben ein kleines Herzchen hin, welches derselbe schüchtern annahm.

„Wo ist dein Kleiner, Ruth?“ sagte Rachel.

„Oh, er kommt gleich, aber deine Mary wünschte ihn, wie ich hierherkam, und ist mit ihm in die Scheune gelaufen, um ihn den Kindern zu zeigen.“

In diesem Augenblick ging die Tür auf, und Mary, ein Mädchen mit einem ehrlichen, rosigen Gesicht und großen, braunen Augen, gleich denen ihrer Mutter, trat mit dem kleinen Knaben herein.

„Ah, ah!“ sagte Rachel, die hinzutrat und das große, weiße, dicke Kind auf ihren Arm nahm. „Wie gut er aussieht, und wie er wächst!“

„Gewiß, das ist wahr“, sagte die kleine geschäftige Ruth, wie sie den Kleinen hernahm, und ein blaues, seidenes Hütchen und verschiedene Schichten von Überkleidern abzubinden anfing, und nachdem sie hier gezupft und dort gezupft und alles schmuck und sauber gemacht und ihn herzlich geküßt hatte, setzte sie ihn auf den Fußboden, um dort seine Gedanken zu sammeln. Der Kleine schien dies vollkommen gewohnt zu sein; denn er steckte den Daumen in den Mund (als ob sich das ganz von selbst verstünde) und schien bald in seine eigenen Gedanken versunken zu sein, während die Mutter Platz nahm, einen großen Strumpf, von blauem und weißem Garn gemischt, hervorholte und mit großem Fleiß zu stricken anfing.

„Mary, wäre es nicht gut, wenn du den Kessel fülltest“, erinnerte sanft die Mutter.

Mary ging mit dem Kessel an den Brunnen und erschien bald wieder und setzte ihn in den Kochofen, wo er bald zu singen und zu dampfen anfing, eine Art Weihrauchfaß für Gastlichkeit und Heiterkeit. Auch die Pfirsiche wurden, einem leisen Wink Rachels gehorchend, bald von derselben Hand in eine Schmorpfanne über dem Feuer getan.

Rachel nahm jetzt ein schneeweißes Kuchenbrett herunter, band eine Schürze vor, und fing an, ruhig einige Biskuits zu bereiten, nachdem sie erst zu Mary gesagt hatte: „Mary, wär's nicht gut, wenn du Tom sagtest, er solle ein Huhn schlachten?“ und Mary verschwand dem Winke gehorchend.

„Und was macht Abigail Peters?“ sagte Rachel, während sie mit ihren Biskuits beschäftigt war.

„Oh, sie befindet sich besser“, sagte Ruth, „ich war heute früh dort, habe das Bett gemacht und im Hause aufgeräumt. Lea Hills ist heute nachmittag dort und hat Brot und Pasteten für mehrere Tage gebacken; und ich habe versprochen, heute abend wieder zu ihr zu kommen.“

„Ich werde morgen hingehen und das Reinemachen besorgen und nachsehen, was etwa auszubessern ist“, sagte Rachel.

„Ah, das ist gut“, sagte Ruth. „Ich hörte“, setzte sie hinzu, „daß Hanna Stanwood krank ist. John war gestern abend dort – ich muß morgen hingehn.“

„John kann hier bei uns essen, wenn du den ganzen Tag wegbleiben willst“, meinte Rachel.

„Ich danke dir, Rachel; wir werden morgen sehen, aber da kommt Simeon.“

Simeon Halliday, eine hohe, gerade, kräftige Gestalt, in drapfarbenem Rock und Beinkleidern und breitkrempigem Hut trat ein.

„Wie geht's dir, Ruth?“ sagte er mit Wärme, als er seine breite offene Hand ihren kleinen runden Händchen entgegenstreckte. „Und was macht John?“

„Oh, John befindet sich wohl und auch alle unsere Leute.“

„Was Neues, Vater?“ fragte Rachel, als sie ihre Biskuits in den Ofen schob.

„Peter Stebbins sagte mir, sie würden heute abend mit Freunden kommen“, sagte Simeon bedeutungsvoll, während er sich die Hände in einem schmucken Waschtisch in einem kleinen Alkoven wusch.

„So!“ sagte Rachel mit gedankenvollem Gesicht und blickte Elisa an.

„Sagtest du nicht, du hießest Harris?“ sagte Simeon zu Elisa, als er wieder hereinkam.

Rachel warf einen raschen Blick auf ihren Gatten, als Elisa mit zitterndem „Ja“ antwortete; eine schlimme Ahnung ließ sie befürchten, daß Steckbriefe hinter ihr erlassen würden.

„Mutter!“ sagte Simeon und rief Rachel hinaus in den Alkoven.

„Was willst du, Vater?“ sagte Rachel und rieb sich die mehligen Hände, während sie hinaus in den Alkoven ging.

„Der Mann dieses Kindes ist in der Ansiedlung und wird heute nacht hierherkommen“, sagte Simeon.

„Was, Vater? Kann das wahr sein?“ sagte Rachel mit freudestrahlendem Gesicht.

„Es ist wahrscheinlich wahr. Peter war gestern mit dem Wagen auf der anderen Station und fand dort eine alte Frau und zwei Männer, und einer von ihnen sagte, er heiße George Harris; und nach dem, was er von seiner Geschichte erzählte, bin ich überzeugt, daß es der Rechte ist. Er ist ein ganz hübscher, wackerer Bursche.“

„Sollen wir es ihr gleich sagen?“ sagte Simeon.

„Ruth mag es ihr mitteilen“, sagte Rachel. „Ruth, komm einmal her!“ Ruth legte ihre Strickerei hin und stand in einem Augenblick neben den andern.

„Denke nur, Ruth!“ sagte Rachel. „Vater erzählte eben, daß Elisas Mann bei der letzten Partie ist und heute abend noch hierherkommt.“ Ein Freudenruf der kleinen Quäkerin unterbrach die Sprechende. Sie sprang so lebhaft in die Höhe, während sie mit ihren kleinen Händen klatschte, daß sich zwei einzelne Locken unter ihrer

Quäkermütze hervorstahlen und glänzend und schmuck auf das weiße Busentuch herabfielen.

„Still, still, liebes Kind!" sagte Rachel sanft. „Still Ruth! Sage, sollen wir es ihr gleich mitteilen?"

„Gleich! Natürlich diese Minute. Denkt nur einmal, es wäre mein John, was würde ich da fühlen! Sage es ihr nur gleich auf der Stelle."

„Du gibst dir bloß Mühe zu lernen, wie du deinen Nächsten lieben sollst, Ruth", sagte Simeon und sah Ruth mit strahlendem Gesicht an.

„Gewiß. Sind wir nicht dazu da auf Erden? Wenn ich nicht John und den Kleinen lieb hätte, so würde ich nicht wissen, wie ich für sie fühlen sollte. Bitte, sage es ihr – bitte!" Und sie legte die Hand überredend auf Rachels Arm. „Nimm sie in dein Schlafzimmer und laß mich unter der Zeit das Huhn braten."

Rachel trat in die Küche, wo Elisa nähte, machte die Tür eines kleinen Schlafzimmers auf und sagte sanft: „Komm herein zu mir, meine Tochter; ich habe dir etwas mitzuteilen."

Das Blut strömte in Elisas blasses Gesicht. Sie stand vor banger Angst zitternd auf und warf einen Blick auf ihren Knaben.

„Nein, nein", sagte die kleine Ruth, die jetzt herzusprang und ihre Hände ergriff, „es sind gute Nachrichten, Elisa – geh nur hinein, geh nur hinein!" Und sie schob sie sanft in die Tür, welche sich hinter ihr schloß; dann wendete sie sich um, nahm den kleinen Harry in ihre Arme und fing an, ihn zu küssen.

„Du wirst deinen Vater sehen, Kleiner. Kennst du ihn? Dein Vater kommt", sagte sie immer und immer wieder, wie sie der Knabe verwundert ansah.

Unterdessen hatte im Nebenstübchen ein anderer Auftritt stattgefunden. Rachel Halliday zog Elisa an sich und sagte zu ihr: „Der Herr hat Erbarmen mit dir, Tochter; dein Mann ist dem Hause der Sklaverei entflohen."

Mit einer raschen Glut stieg das Blut in Elisas Wangen und strömte ebenso rasch nach dem Herzen zurück. Sie setzte sich blaß und halb ohnmächtig hin.

„Habe Mut, mein Kind", sagte Rachel und legte ihr die Hand auf den Kopf. „Er ist unter Freunden, die ihn heute abend hierherbringen werden."

„Heute abend?" wiederholte Elisa. „Heute abend!" Die Worte verloren alle Bedeutung für sie; es kam ihr alles so traumhaft und verworren vor; alles ringsum war Nebel.

Als sie wieder erwachte, fand sie sich auf dem Bette liegen, sauber mit einer Decke zugedeckt, während die kleine Ruth ihre Hände mit Kampfer rieb. Sie öffnete die Augen in einem Zustand träumerischer, köstlicher Erschlaffung gleich einem, der lange eine schwere Last getragen hat und jetzt fühlt, daß sie fort ist, und ruhen möchte. Die Spannung ihrer Nerven, die seit der ersten Stunde ihrer Flucht keinen Augenblick nachgelassen hatte, löste sich jetzt, und ein wunderbares Gefühl von Sicherheit und Ruhe kam über sie; und wie sie die großen dunklen Augen aufschlagend dalag, folgte sie, wie in einem seligen Traume den Bewegungen ihrer Umgebung. Sie vernahm leises Gesprächssummen, sanftes Klingen von Teelöffeln und musikalisches Geklimper von Tassen, und alles vermischte sich in einen lieblichen Ruhetraum; und Elisa schlief, wie sie nicht wieder geschlafen hatte seit der schrecklichen Mitternachtsstunde, wo sie ihr Kind genommen hatte und in die kalte Sternennacht hinaus geflohen war.

Sie träumte von einem schönen Lande – einem Lande der Ruhe, schien es ihr –, von grünen Küsten und lieblichen Inseln und herrlich funkelndem Wasser, und dort in einem Hause, das freundliche Stimmen ihr heimisches Haus nannten, sah sie ihren Knaben als freies und glückliches Kind spielen. Sie hörte ihres Gatten Schritte; sie fühlte ihn näher kommen; seine Arme umschlangen sie; seine Tränen fielen auf ihr Gesicht, und sie erwachte. Es war kein Traum. Das Licht des Tages war längst erblichen; ihr Kind lag ruhig schlummernd neben ihr; ein Licht brannte düster auf einem Tischchen und ihr Gatte schluchzte neben ihrem Kissen.

Der nächste Morgen war ein fröhlicher in dem Quäkerhause. „Mutter" war beizeiten auf den Beinen und umgeben von geschäftigen Mädchen und Knaben. Als George, Elisa und der kleine Harry aus dem Zimmer traten, begrüßte sie ein sehr herzliches freudiges Willkommen, daß es kein Wunder war, wenn es ihnen wie ein Traum vorkam.

Endlich saßen alle beim Frühstück, während Mary vor dem Ofen stand und Griddlekuchen buk, welche, sowie sie ihre echte goldbraune Farbe, das Zeichen ihrer größten Vollkommenheit, erlangt hatten, gewandt auf den Tisch aufgetragen wurden.

Es war das erste Mal, daß sich George als vollkommen Gleichberechtigter mit einem Weißen an den Tisch setzte; und er nahm anfangs mit einiger Gezwungenheit und Unbeholfenheit Platz; aber dieses Gefühl verging wie ein Nebel vor dem sanften Morgenstrahl dieser einfachen überströmenden Herzlichkeit.

„Ich hoffe, guter Herr, Sie bereiten sich unseretwegen keine Ungelegenheiten", sagte George besorgt.

„Fürchte nichts, George; denn dazu sind wir in die Welt gesandt worden. Wenn wir Mühsal für eine gute Sache scheuten, so wären wir unseres Namens nicht wert."

„Aber meinetwegen", sagte George; „ich könnte es nicht ertragen."

„Fürchte nicht, Freund George, wir tun es nicht für dich, sondern für Gott und die Menschheit", sagte Simeon. „Und nun mußt du dich für heute ruhig versteckt halten, und heute nacht um zehn Uhr bringt dich Phineas Fletcher nach der nächsten Station – dich und die übrigen von der Gesellschaft. Die Verfolger sind dicht hinter dir; wir dürfen nicht säumen."

„Wenn das der Fall ist, warum warten wir denn bis abend?" sagte George.

„Du bist hier sicher bei Tage; denn jedermann in der Niederlassung ist dein Freund, und alle sind auf der Wacht. Außerdem ist es sicherer, nachts zu reisen."

12. Kapitel Evangeline

Die trüben Wogen des Mississippi, die schäumend vorüberstürzen, sind ein passendes Bild für die Sturmesschnelle der Geschäftsflut, welche ein Volk, das heftiger und energischer ist, als jedes andere auf der Welt, auf seinen Wogen dahinströmen läßt. Ach, wenn sie nur nicht auch eine schrecklichere Fracht trügen, die Tränen der Bedrückten, die Seufzer der Hilflosen, die angstvollen Gebete der armen unwissenden Herzen zu einem unbekannten Gott – ungekannt, ungesehen und schweigend, der aber dereinst aus seiner Stelle herniederkommen wird, um alle Armen auf Erden zu erlösen!

Die schrägen Strahlen der untergehenden Sonne zittern auf der meeresgleichen Ausdehnung des Stromes; das schwankende Rohr und die schlanke dunkle Zypresse mit Girlanden von dunklem trauerndem Moos behängt, glühen in dem goldenen Strahl, wie das schwer beladene Dampfboot vorüberfährt.

Mit Baumwollballen von mancher Plantage auf dem Deck und an den Seiten belastet, bis es in der Ferne wie ein viereckiger, massenhafter grauer Block erscheint, bewegt es sich schwerfällig vorwärts nach dem näherkommenden Weltmarkt. Wir müssen uns einige Zeitlang auf den gedrängt vollen Verdecken umsehen, ehe wir unseren niederen Freund Tom finden. Hoch auf dem oberen Verdeck in einer Ecke unter den überall vorwaltenden Baumwollballen treffen wir ihn endlich. Teils infolge des von Mr. Shelbys Vorstellungen geweckten Vertrauens, teils durch den merkwürdig harmlosen und stillen Charakter des Mannes, hatte sich Tom allmählich unmerklich selbst bei einem solchen Manne wie Haley nicht geringes Vertrauen erworben.

Anfangs hatte er ihn während des Tages argwöhnisch bewacht und hatte ihn nie nachts ungefesselt schlafen lassen; aber die nie klagende Geduld und die Fügsamkeit, mit der sich Tom in seine Lage schickte, bewog ihn, es allmählich weniger streng zu nehmen, und jetzt war Tom seit einiger Zeit gewissermaßen Gefangener auf Ehrenwort, indem ihm erlaubt war, frei im Boot herumzugehen.

Immer ruhig und gefällig und mehr als bereit, bei jeder Gelegenheit die Arbeiter unten mit seinen Kräften zu unterstützen, wurde er von der ganzen Mannschaft gern gesehen und arbeitete mit ihnen viele Stunden ebenso bereitwillig, als ob er auf einer Kentuckyfarm gewesen wäre.

Wenn sich keine Arbeit für ihn fand, kletterte er hinauf in eine Ecke zwischen den Baumwollballen auf dem oberen Verdeck und studierte die Bibel – womit er sich gegenwärtig auch beschäftigt.

Auf eine Strecke von hundert oder mehr englischen Meilen oberhalb New Orleans ist der Strom höher als das umliegende Land und wälzt seine gewaltigen Fluten zwischen massiven zwanzig Fuß hohen Dämmen dahin. Der Reisende sieht von dem Verdeck des Dampfers wie von dem Turm eines schwimmenden Schlosses auf das ganze Land auf Meilen im Umkreis herab. Tom hatte daher in einer Plantage nach der andern eine Karte seines zukünftigen Landes vor sich ausgebreitet.

Er sah in der Ferne Sklaven an ihrer Arbeit; er sah ihre Hüttendörfer in langen Reihen auf mancher Plantage, weit entlegen von den stolzen Wohnsitzen und Gärten der Herren, und wie das bewegliche Bild an ihm vorüberging, wendete sich sein armes törichtes Herz zurück nach der Kentuckyfarm mit ihren alten schattigen Buchen – nach dem Herrenhaus mit seinen geräumigen kühlen Hallen und nicht weit davon seine kleine Hütte mit Multiflora und Bignonia überzogen. Dort sah er vertraute Gesichter von Kameraden, die mit ihm von Kindheit an aufgewachsen waren; er sah sein geschäftiges Weib eifrig die Bereitung seines Abendbrots beeilen, er hörte das lustige Lachen seiner Knaben beim Spiel und das Krähen des Kleinen auf seinem Knie, und dann war auf einmal alles verschwunden, und er sah wieder die Rohrsümpfe und die Zypressen vorübergleitender Plantagen und hörte wieder das Knarren und Stöhnen der Maschinerie – für ihn nur zu deutliche Stimmen, daß diese Phase seines Lebens nun für immer vorüber sei.

Ist es daher zu verwundern, daß einige Tränen auf die Blätter seiner Bibel fielen, wie er sie auf den Baumwollballen legt und mit geduldigem Finger seinen Weg von Wort zu Wort suchend, ihre Verheißungen herausbuchstabiert? Da Tom das Lesen erst spät gelernt hatte, las er langsam und las mühsam einen Vers nach dem andern. Zum Glück für ihn war das Buch, mit dem er so eifrig beschäftigt war, eins, das langsames Lesen nicht verdirbt – nein, gerade ein Buch, dessen Worte gleich

Goldbarren oft besonders gewogen werden müssen, damit der Geist ihren unbezahlbaren Wert ganz begreifen kann. Wir wollen ihm einen Augenblick folgen, wie er auf jedem Worte mit dem Finger verweilend und jedes halblaut aussprechend liest: „Euer – Herz – erschrecke – nicht. In – meines – Vaters – Hause – sind – viel – Wohnungen. Ich – gehe – hin – euch – die – Stätte – zu – bereiten."

Tom hatte sich angewöhnt, sich die Bibel von den Kindern und vorzüglich vom jungen Master George vorlesen zu lassen, und wie sie lasen, bezeichnete er mit starken Strichen mit Feder und Tinte die Stellen, welche seinem Ohr und seinem Herzen besonders wohltaten. So war seine Bibel von einem Ende bis zum andern auf die verschiedenartigste Weise gezeichnet und unterstrichen und er konnte in einem Augenblick seine Lieblingsstellen finden, und während seine Bibel vor ihm lag und jede Stelle derselben ihn an eine alte Szene in der Heimat oder an einen früheren Genuß erinnerte, erschien sie ihm als das einzige, was ihm von diesem Leben noch übrig war, und als die Verheißung eines zukünftigen.

Unter den Passagieren an Bord des Dampfers befand sich ein junger Mann von Vermögen und Familie aus New Orleans, names St. Clare. Er hatte eine Tochter von 5 oder 6 Jahren bei sich, sowie eine Dame, die mit beiden verwandt zu sein und die Kleine speziell unter ihrer Obhut zu haben schien.

Tom hatte das kleine Mädchen schon oft bemerkt – denn es war eines von den beweglichen Wesen, die ebensowenig an einem Orte festzuhalten sind, als ein Sonnenstrahl oder ein Sommerlüftchen, und auch seine Gestalt war von der Art, daß man sie, einmal gesehen, nicht wieder vergessen konnte.

Sie war die Vollkommenheit kindlicher Schönheit ohne ihre gewöhnliche zu große Fülle in den Umrissen. Sie hatte eine schwellende und ätherische Anmut, wie man sie von mythischen und allegorischen Wesen träumt. Das Gesicht war weniger bemerkenswert wegen seiner vollkommenen Schönheit der Linien, als wegen einer eigentümlichen und träumerischen Innigkeit des Ausdruckes, welche poetischen Gemütern bei dem ersten Anblick auffiel, und welche selbst auf die prosaischsten einen Eindruck machte, ohne daß sie wußten warum. Die Formen ihres Kopfes und Hals und Brust waren besonders edel, und das lange goldigbraune Haar, das sie wie eine Wolke umwallte, der tiefe, geistvolle Ernst ihrer dunkelblauen Augen, welche schwere goldigbraune Wimpern überschatteten – alles zeichnete sie vor anderen Kindern aus und veranlaßte jeden, sich nach ihr umzusehen, wie sie im Boote hin und her schwebte. Dennoch war die Kleine weder ein ernstes noch ein trauriges Kind. Im Gegenteil schien eine ätherische und unschuldige Heiterkeit wie der Schatten von Sommerblättern über ihr kindliches Gesicht und um ihre zarte Gestalt zu schweben. Sie war immer in Bewegung, immer umschwebte ein halbes Lächeln ihren rosigen Mund, und immer flog sie hier und dorthin mit leichtem schwebendem Fuß und sang dabei halblaut vor sich hin, wie in einem glücklichen Traum. Ihr Vater und ihre weibliche Beschützerin waren beständig mit ihrer Verfolgung beschäftigt, aber wenn sie sich hatte haschen lassen, entschwand sie ihnen wieder wie eine Sommerwolke; und da sie nie ein scheltendes oder tadelndes Wort zu hören bekam, mochte sie tun, was sie wollte, so war sie auf dem Boote ganz ihre eigene Herrin. Stets weiß gekleidet, schien sie wie die Schatten aller Orten zu erscheinen, ohne einen Flecken davonzutragen, und es gab keinen Winkel und keine Ecke oben oder unten, wo diese Elfenschritte und dieses wie von einer Glorie umwallte zarte Haupt mit seinen tiefblauen Augen nicht vorübergeglitten waren.

Der Heizer, wenn er von seiner heißen Arbeit aufblickte, sah manchmal diese Augen verwundert in die grausende Tiefe des Ofens oder ängstlich und bemitleidend in sein Gesicht schauen, als glaube sie, es drohe ihm eine schreckliche Gefahr. Dann ruhte der steuernde Matrose am Rade aus und lächelte, wie der einem Bilde ähnliche Kopf durch das Fenster des Nachthäuschens sah und in einem Augenblick wieder verschwunden war. Tausendmal des Tages segneten sie rauhe Stimmen, und manches Lächeln von ungewohnter Sanftheit erhellte verhärtete Gesichter, wie sie vorüberging, und wenn sie furchtlos über gefährliche Stellen hüpfte, streckten sich unwillkürlich rauhe, rußige Hände empor, um sie vorm Fallen zu schützen und ihren Pfad zu ebnen.

Tom, welcher das weiche eindrucksfähige Gemüt des gutherzigen Negervolks besaß, das sich immer zu dem Einfachen und Kindlichen hingezogen fühlt, beobachtete die Kleine mit täglich wachsendem Interesse. Ihm erschien sie fast als etwas Göttliches, und wenn ihr goldiges Köpfchen und ihre tiefblauen Augen ihn hinter einem grauen Baumwollballen hervor oder von einer Reihe Kisten herab anblickten, glaubte er fast einen der Engel aus seinem Neuen Testamente zu sehen.

Gar oftmals umkreiste sie traurig den Ort, wo Haleys Sklaven und Sklavinnen in ihren Ketten saßen. Sie mischte sich unter sie und sah sie mit einer Miene verwirrten und bekümmerten Ernstes an, und manchmal nahm sie ihre Fesseln in ihren zarten Händchen in die Höhe und seufzte dann schmerzlich, während sie hinwegglitt. Manchmal erschien sie plötzlich unter ihnen, die Hände voll Kandiszucker, Nüsse oder Orangen, die sie freudig unter sie verteilte, und dann war sie wieder fort.

Tom beobachtete die Kleine sehr genau, ehe er Schritte wagte, um näher mit ihr bekannt zu werden. Er konnte eine Menge einfacher Künste, um kleinen Leuten zu gefallen und sie an sich zu locken, und er beschloß seine Rolle recht geschickt zu spielen. Er konnte feine Körbchen aus Kirschkernen schnitzen, Grimassengesichter aus Hickorynüssen oder seltsame Purzelmännchen aus Fliedermark verfertigen, und er war ein wahrer Pan im Schnitzen von Pfeifen jeder Art und jeder Größe. Er hatte die Taschen voll von den verschiedenartigsten Lockungen, welche er in den alten guten Tagen für die Kinder seines Herrn aufbewahrt hatte und die er jetzt mit lobenswerter Klugheit und Sparsamkeit einzeln als Einleitung zu näherer Bekanntschaft und Freundschaft hervorbrachte.

Die Kleine war trotz ihrer geschäftigen Teilnahme für alles rundum schüchtern, und es war nicht leicht, sie zu zähmen. Eine Weile saß sie wie ein Kanarienvogel auf einer Kiste oder einem Ballen nicht weit von Tom, der sich mit oben erwähnten kleinen Künsten beschäftigte, und nahm mit einer Art ernster Verschämtheit seine kleinen Geschenke an. Aber zuletzt wurden sie ganz vertraulich miteinander.

„Wie heißt kleine Missy?“ sagte Tom endlich, als er die Sache für reif genug hielt, um eine solche Frage zu wagen.

„Evangeline St. Clare“, sagte die Kleine, „obgleich Papa und alle Leute mich Eva nennen. Und wie heißt du?“

„Ich heiße Tom; die kleinen Kinder nannten mich immer Onkel Tom, weit unten in Kentucky.“

„Dann will ich dich auch Onkel Tom nennen, weil ich dich liebhabe“, sagte Eva. „Also, Onkel Tom, wo gehst du hin?“

„Das weiß ich nicht, Miß Eva.“

„Das weißt du nicht?“ sagte Eva.

„Nein, ich soll verkauft werden. Ich weiß nicht, an wen.“

„Mein Papa kann dich kaufen“, sagte Eva rasch, „und wenn er dich kauft, wirst du es gut haben. Ich will ihn heute noch bitten.“

„Ich danke, meine kleine Lady“, sagte Tom.

Das Boot legte hier an einem Anhalteplatze an, um Holz einzunehmen, und Eva sprang hurtig fort, als sie ihres Vaters Stimme vernahm. Tom stand auf und ging nach vorn, um seine Dienste beim Holzeinladen anzubieten, und war bald mitten unter der Mannschaft beschäftigt.

Eva und ihr Vater standen nebeneinander am Geländer, um das Boot wieder vom Anhalteplatze abstoßen zu sehen, und das Rad hatte sich zwei- oder dreimal umgedreht, als die Kleine durch eine plötzliche Bewegung auf einmal das Gleichgewicht verlor und über den Rand des Bootes gerade hinunter ins Wasser stürzte. Halb von Sinnen wollte der Vater sich ihr nachstürzen, aber die hinter ihm

Stehenden hielten ihn zurück, denn sie sahen, daß wirksamere Hilfe bereits dem Kinde gefolgt war.

Tom stand gerade unter ihr auf dem unteren Verdeck, als sie fiel. Er sah sie ins Wasser stürzen und sinken und war in einem Augenblick darauf ihr nach in den Strom gesprungen. Bei seiner breiten Brust und seinen starken Armen war es ihm ein Nichts, sich im Wasser schwimmend zu erhalten, bis nach einigen Augenblicken die Kleine wieder auf die Oberfläche kam, wo er sie in seine Arme nahm, mit ihr an das Boot schwamm, sie triefend von Wasser den Hunderten von Händen entgegenreichte, die sich, als ob sie einem einzigen Menschen angehörten, alle eifrig ausstreckten, um sie in Empfang zu nehmen. Noch ein paar Augenblicke, und ihr Vater trug sie immer noch triefend und bewußtlos in die Damenkajüte, wo nun, wie gewöhnlich in solchen Fällen, ein sehr gut gemeinter und gutmütiger Streit unter den Bewohnerinnen derselben entstand, wer am meisten Lärm machen und die Erholung der fast Verunglückten am besten verhindern könne.

Es war schwül und trübe am nächsten Nachmittage, als der Dampfer sich New Orleans näherte.

Das Boot war von einem Ende zum andern lebendig von lauter Erwartungen und Vorbereitungen; in der Kajüte packten einer und der andere ihre Sachen zusammen und machten sich zum Lande fertig. Der Steward und das Stubenmädchen und alle waren eifrig beschäftigt mit Reinemachen und Polieren, um das Boot zur Einfahrt in den Hafen herauszuputzen.

Auf dem unteren Verdeck saß unser Freund Tom mit übereinandergeschlagenen Armen und blickte von Zeit zu Zeit angstvoll nach einer Gruppe auf der anderen Seite des Bootes.

Dort stand die schöne Evangeline, ein wenig blasser als den Tag vorher, obgleich sonst keine anderen Spuren des Unfalls, der sie betroffen hatte, sichtbar waren. Ein schöner junger Mann von eleganter Gestalt stand neben ihr, den Arm achtlos auf einen Baumwollballen gestützt, während eine große Brieftasche offen vor ihm lag. Der erste Blick sagte, daß dieser Herr Evas Vater sei. Es waren dieselben edlen Umrisse des Kopfes, dieselben großen blauen Augen, dasselbe goldenbraune Haar, aber der Ausdruck der Physiognomie war ein anderer. In den großen klaren blauen Augen fehlte, obgleich sie in Form und Farbe denen der Tochter vollkommen gleich waren, die nebelhafte träumerische Tiefe des Ausdrucks, alles war klar, kühn und hell, aber erfüllt von einem Lichte, das ganz von dieser Welt war; der schöngeschnittene Mund hatte einen stolzen und etwas sarkastischen Ausdruck, während ein Anstrich ungenierter Überlegenheit sich nicht anmutlos jeder Bewegung seiner schönen Gestalt mitteilte. Er hörte mit einer gutmütigen nachlässigen Miene, die halb komisch und halb verächtlich war, Haley zu, der mit höchst geläufiger Zunge die Eigenschaften der Ware anpries, um welche sie handelten.

„Alle menschlichen und christlichen Tugenden, in schwarzen Saffian gebunden, komplett!“ sagte er, als Haley ausgeredet hatte. „Nun, mein guter Mann, was ist der Schaden, wie sie in Kentucky sagen? Mit einem Worte, was ist bei dem Geschäft zu zahlen? Um wieviel wollt Ihr mich jetzt über das Ohr hauen? Heraus damit!“

„Na“, sagte Haley, „wenn ich für den Burschen 1300 Dollar verlangte, so würde ich mich nur eben vor Schaden bewahren – wahrhaftig, ich versichere es Euch.“

„Der arme Mann“, sagte der junge Mann und haftete sein scharfes spöttisches blaues Auge auf ihn; „aber ich vermute, Ihr laßt mir den Burschen dafür, aus bloßer persönlicher Rücksicht für mich.“

„Na, die junge Miß hier scheint so auf ihn erpicht zu sein, und ganz natürlich.“

„O gewiß, das appelliert an Euer Wohlwollen, Freund. Nun im Namen christlicher Liebe, wie billig könntet Ihr ihn lassen, um eine junge Dame zu verpflichten, die ganz besonders auf ihn erpicht ist?“

„Überlegt es Euch nur recht“, sagte der Handelsmann, „seht ihn nur an – breitbrüstig und stark wie ein Pferd. Seht seinen Kopf; diese hohen Stirnen sind immer ein Zeichen von kalkulierenden Negern, die alles verrichten können. Das weiß ich aus Erfahrung. Nun sage ich, ein Nigger von dieser Gestalt und diesem Bau ist schon was Ordentliches wert, schon wegen seines Körpers, auch wenn er dumm wäre; aber zieht seine kalkulierende Fähigkeit mit in Rechnung – und ich kann beweisen, daß er sie in ungewöhnlichem Grade hat –, so steigert das natürlich seinen Preis. Ich sage Euch, der Bursche hat seines Herrn ganze Farm verwaltet. Er hat ein ungewöhnliches Talent für Geschäfte.“

„Schlimm, schlimm, sehr schlimm; weiß viel zuviel!“ sagte der junge Mann, während das alte spöttische Lächeln um seinen Mund spielte. „Paßt nicht gut für die Welt. Diese gescheiten Kerle denken immer ans Fortlaufen, Pferdestehlen und allerlei Teufeleien. Ich denke, Ihr solltet wegen seiner Gescheitheit ein paar hundert Dollar herunterlassen.“

„Es könnte was Wahres daran sein, wenn nicht sein Charakter wäre; aber ich kann Empfehlungen von seinem Herrn und andern zeigen zum Beweis, daß er einer von den echten Frommen ist – das bescheidenste, frömmste Geschöpf, das man sich nur denken kann. Dort in seiner Heimat haben sie ihn den Prediger genannt.“

„Und ich könnte ihn vielleicht als Familienkaplan benutzen“, setzte der junge Mann hinzu. „Das ist ein vortrefflicher Einfall. Religion ist bei uns zu Hause ein merkwürdig seltener Artikel.“

„Ihr scherzt jetzt.“

„Woher wißt Ihr das? Habt Ihr ihn nicht eben als einen Prediger empfohlen? Ist er von Synode oder Konzil examiniert? Gebt nur die Zeugnisse her.“

Hätte den Handelsmann nicht ein gewisses gutmütiges Funkeln in dem großen blauen Auge überzeugt, daß all dieses Necken zuletzt doch mit einem Bargeschäft endigen werde, so wäre er vielleicht ungeduldig geworden; aber so legte er vor sich auf die Baumwollballen eine schmierige Brieftasche und fing an, mit großer Angelegentlichkeit gewisse darin befindliche Papiere zu studieren, während der junge Mann neben ihm stand und mit einer Miene überlegenen Humors auf ihn herabsah.

„Papa, kauf ihn! Es kommt ja gar nicht darauf an, was du bezahlst“, sagte ihm Eva leise ins Ohr, als sie auf einen Ballen geklettert war und ihren Arm um den Hals des Vaters schlang. „Ich weiß, du hast Geld genug. Ich brauche ihn.“

„Wozu, Mäuschen? Willst du ihn zum Schaukelpferd oder zu sonst etwas haben?“

„Ich will ihn selig machen.“

„Gewiß ein origineller Grund.“

Hier überreichte ihm der Sklavenhändler ein von Mr. Shelby unterschriebenes Zeugnis, welches der junge Mann mit den Spitzen seiner schlanken Finger anfaßte und gleichgültig überflog.

„Die Hand eines gebildeten Mannes“, sagte er, „und auch orthographisch geschrieben. Nun, ich bin eigentlich nicht so recht sicher wegen der Religion“, sagte er, und der alte spöttische Ausdruck zeigte sich wieder in dem Auge. „Das Land wird fast von frommen weißen Leuten zugrunde gerichtet; wir haben gerade vor den Wahlen soviel fromme Politiker, und es geht so fromm zu in allen Departements von Kirche und Staat, daß kein Mensch weiß, wer ihn das nächstemal übers Ohr hauen wird. Ich weiß auch nicht, was die Religion jetzt für einen Marktpreis hat. Ich habe in der letzten Zeit nicht in den Zeitungen nachgesehen, wieviel sie gilt. Wieviel hundert Dollar schlagt Ihr für diese Religion drauf?“

„Ihr spaßt gern“, sagte der Sklavenhändler, „aber es ist doch Verstand darin. Ich weiß, daß es Unterschiede in der Religion gibt. Manche sind melancholisch: Das sind die Meetingsfrommen; dann haben wir die singenden und plärrenden Frommen, die sind nichts wert, mögen sie schwarz oder weiß sein – aber diese Art hier ist wirklich was wert, und ich habe sie bei den Niggern so oft gefunden, wie jede andere Religion, die echte, sanfte, ruhige, gesetzte, ehrliche Frömmigkeit, welche die ganze Welt nicht vermögen würde, etwas zu tun, was sie für unrecht hält, und Sie sehen in diesem Briefe, was Toms alter Herr von ihm sagt."

„Ja", sagte der junge Mann und beugte sich mit ernstem Gesicht über sein Banknotenbuch, „wenn Ihr mir versichern könnt, daß ich diese Art Frömmigkeit wirklich kaufen kann und daß sie mir in dem Buche droben zugute gerechnet wird, wie etwas, was mir gehört, so machte ich mir nichts daraus, etwas extra dafür zuzulegen. Was meint Ihr?"

„Das kann ich nun freilich nicht versichern", sagte der Sklavenhändler.

„Ich meine, dort oben wird wohl jedermann seine eigene Rechnung zu besorgen haben."

„'s ist doch hart für einen Menschen, der extra für Religion bezahlt, daß er damit kein Geschäft in dem Staate machen kann, wo er sie am notwendigsten braucht, nicht wahr?" sagte der junge Mann, der während dieser Rede ein Paket Banknoten durchgezählt hatte. „Hier zählt Euer Geld, alter Bursche!" fügte er hinzu, wie er dem Händler das Paket hinreichte.

„Alles in Ordnung", sagte Haley mit freudestrahlendem Gesicht, und nachdem er einen alten Tintenstecher aus der Tasche geholt, füllte er einen Kaufkontrakt aus, den er nach geringem Verzug dem jungen Manne übergab.

„Ich möchte wissen, was ich wert wäre, wenn man mich im einzelnen abschätzte", sagte letzterer, als er das Papier flüchtig überlas. „Wir wollen sagen, soviel für Gestalt meines Kopfes, soviel für eine hohe Stirn, soviel für Arme und Hände und Beine, und dann soviel für Erziehung, Gelehrsamkeit, Talent, Ehrlichkeit und Religion! Wahrhaftig, ich glaube, für letztere würde man ziemlich wenig ansetzen. Aber komm, Eva", sagte er, und die Tochter an der Hand ging er nach der andern Seite des Bootes hinüber, faßte gleichgültig Tom ans Kinn und sagte gut gelaunt zu ihm: „Nun, Tom, sieh einmal zu, wie dir dein neuer Herr gefällt."

Tom blickte auf. Es wäre wider die Natur gewesen, dieses heitere jugendliche und schöne Gesicht ohne ein angenehmes Gefühl anzusehen, und Tom fühlte, wie ihm die Tränen in die Augen stiegen, als er herzlich erwiderte: „Gott segne Sie, Master!"

„Na, ich hoffe, er wird's tun. Wie heißt du? Tom? Es ist jedenfalls ebenso wahrscheinlich, daß er's auf deinen Wunsch tut, wie auf meinen. Weißt du mit Pferden umzugehen, Tom?"

„Ich bin immer mit Pferden umgegangen“, sagte Tom, „Master Shelby züchtete viel auf seiner Besitzung.“

„Nun, dann glaube ich, ich werde dich als Kutscher anstellen unter der Bedingung, daß du dich nicht mehr als einmal die Woche betrinkst, außer in ungewöhnlichen Fällen, Tom.“

Tom sah überrascht und fast verletzt aus und sagte: „Ich trinke nie, Master.“

„Wir haben das schon früher gehört, Tom, aber wir wollen erst sehen. Es wird eine besondere Bequemlichkeit für alle Beteiligten sein, wenn du nicht trinkst. Na, sei nur ruhig, mein Bursche“, setzte er gutmütig hinzu, als er Toms ernstes Gesicht bemerkte, „ich bezweifle nicht, daß du dich gut aufzuführen gedenkst.“

„Gewiß, Master“, sagte Tom.

„Und du sollst gute Zeit haben“, sagte Eva, „Papa ist gut gegen jedermann, nur lacht er immer gern über die Leute.“

„Papa ist dir sehr verbunden für diese Empfehlung“, sagte St. Clare lachend, während er sich umdrehte und fortging.

13. Kapitel Toms neuer Herr

Seit der Lebensfaden unseres bescheidenen Helden sich mit dem von Helden einer höheren Klasse verwoben hat, wird es notwendig, letztere bei dem Leser in Kürze einzuführen.

Augustin St. Clare war der Sohn eines reichen Pflanzers in Louisiana. Die Familie stammte aus Kanada. Von zwei in Temperament und Charakter sehr ähnlichen Brüdern hatte sich der eine auf einer gedeihenden Farm in Vermont niedergelassen, und der andere war ein reicher Pflanzer in Louisiana geworden. Die Mutter Augustins war eine französische Hugenottin, deren Familie in den Tagen der ersten Kolonisierung in Louisiana eingewandert war. Augustin und noch ein Bruder waren die einzigen Kinder ihrer Eltern. Der erstere hatte von seiner Mutter eine außerordentlich zarte Konstitution geerbt, und man hatte ihn deshalb auf den Rat der Ärzte in seiner Jugend mehrere Jahre bei seinem Onkel in Vermont verleben lassen, damit der kräftigende Einfluß eines kälteren Klimas auf seine Konstitution wirke.

Während seiner Kindheit zeichnete er sich durch eine ausnehmende und auffällige Weichheit des Gefühls aus, wie man sie eher bei Frauen, als bei dem härteren Manncharakter zu finden erwartet. Die Zeit überzog jedoch diese

Weichheit mit der rauhen Rinde der Männlichkeit, und nur wenige wußten, wie lebendig und frisch sie noch im Kern fortbestand. Er besaß Talente erster Klasse, obgleich sich sein Geist stets mit Vorliebe zu dem Idealen und Ästhetischen hingezogen fühlte, und er konnte sich nie von der Abneigung gegen die praktischen Geschäfte des Lebens befreien, welche stets die Folge eines so im Gleichgewicht der Eigenschaften gehaltenen Charakters ist. Bald nach der Vollendung seiner akademischen Studien fühlte sich sein ganzes Wesen von einer innigen und heißen Glut romantischer Leidenschaft fortgerissen. Seine Stunde war gekommen – die Stunde, die nur einmal kommt; sein Stern stieg am Horizont empor – der Stern, der so oft vergebens emporsteigt, so daß man an ihn nur zurückdenkt, wie an etwas im Traume Geschehenes; und er stieg für ihn vergeblich empor. Um nicht mehr im Bilde zu sprechen: Er lernte ein begabtes und schönes Mädchen in einem der nördlichen Staaten kennen, gewann seine Liebe und sie wurden verlobt. Er kehrte nach dem Süden zurück, um Anordnungen für die bevorstehende Hochzeit zu treffen, als er höchst unerwartet seine Briefe mit der Post zurückerhielt, begleitet von einem kurzen Schreiben des Vormunds seiner Braut, welcher ihn benachrichtigte, daß die Dame vor Empfang des Briefes die Gattin eines andern sein werde. In seinem wahnwitzigen Schmerze hoffte er vergebens, wie schon so viele gehofft haben, das geliebte Bild mit einer verzweifelten Anstrengung sich aus dem Herzen zu reißen. Zu stolz, um Erklärungen sich zu erbitten oder zu suchen, stürzte er sich ohne Besinnen in den Wirbel des fashionablen Lebens, und war 14 Tage nach Empfang des verhängnisvollen Briefes der erklärte Bräutigam der herrschenden Schönheit der Saison; und sobald die Vorbereitungen zu Ende gebracht werden konnten, wurde er der Gatte einer schönen Gestalt, eines Paares feuriger, dunkler Augen und eines Vermögens von 100000 Dollar; und natürlich hielt ihn jedermann für einen höchst glücklichen Burschen.

Das junge Ehepaar verlebte seine Flitterwochen mit einem glänzenden Kreise von Freunden auf seiner schönen Villa am See Pontchartrain, als Augustin eines Tages einen Brief von der ihm wohlbekannten Hand empfing. Er erhielt ihn, als er eben eine ganze Gesellschaft durch den Zauber seiner witzigen Unterhaltung an seine Lippen gefesselt hielt. Er wurde leichenblaß, als er die Handschrift erkannte, aber wußte doch seine Fassung zu behalten und beendigte das scherzhafte Wortgefecht, welches er eben mit einer ihm gegenübersitzenden Dame bestand, und kurze Zeit darauf vermißte man ihn im Kreise. Allein in seinem Zimmer öffnete und las er den Brief, den zu lesen jetzt schlimmer, als vergeblich und nutzlos war. Der Brief war von ihr und enthielt einen langen Bericht über die Verfolgungen, die sie von seiten ihres Vormundes hatte erleiden müssen, um sie zu bewegen, dessen Sohn zu heiraten; und sie erzählte, wie sie eine lange Zeit hindurch keinen Brief mehr von ihm erhalten; wie sie wieder und immer wieder geschrieben, bis sie zu zweifeln begann und müde wurde; wie ihre Gesundheit von ihren Bekümmernissen zu wanken anfing, und wie sie endlich das ganze Trugspiel entdeckte. Der Brief schloß mit Empfindungen der Hoffnung und Dankbarkeit und Beteuerungen ewiger Liebe, welche dem unglücklichen Jüngling bitterer als der Tod waren.

Er schrieb an sie sofort: – „Ich habe Deinen Brief erhalten – aber zu spät. Ich glaubte alles, was ich hörte. Ich war in Verzweiflung. Ich bin verheiratet und alles ist vorbei. Vergessen ist das einzige, was uns beiden übrig bleibt."

Und so endigte die ganze Romantik und Poesie des Lebens für Augustin St. Clare. Aber das Wirkliche, die Prosa, blieb – die grobe Wirklichkeit, dem flachen, kahlen, schleimigen Flutschlamm gleich, wenn die blaue funkelnde Welle mit ihrer Begleitung von schaukelnden Booten und weiß beschwingten Schiffen, ihrer Musik von Rudern und plätschernden Gewässern zurückgeströmt ist, und der Überrest dort liegt, flach, schleimig, kahl – entsetzlich wirklich.

In einer Novelle bricht natürlich den Leuten das Herz, und sie sterben, und damit ist es aus; und in einer Geschichte hat das sein Angenehmes. Aber im wirklichen Leben sterben wir nicht, wenn alles, was das Leben schön macht, uns abstirbt. Es ist noch ein höchst geschäftiger und wichtiger Kreislauf von Essen, Trinken, Ankleiden, Spazierengehen, Besuchen, Kaufen, Verkaufen, Sprechen, Lesen und allem, was sonst das, was man gewöhnlich Leben nennt, ausmacht, zu überstehen; und das blieb Augustin noch übrig. Wäre seine Frau ein ganzes Weib gewesen, so hätte sie noch etwas tun können – wie es Frauen können – um die zerrissenen Fäden seines Lebens wieder zu verbinden, und sie wieder zu einem festen und glänzenden Gewebe zu verarbeiten. Aber Marie St. Clare war nicht einmal imstande, zu sehen, daß sie zerrissen waren. Wie schon vorher erwähnt, bestand sie aus einer schönen Gestalt, ein paar glänzenden Augen und hunderttausend Dollar; und keiner von diesen Vorzügen war besonders geeignet einem kranken Gemüte beizustehen.

Als man Augustin totenbleich auf dem Sofa liegen fand und er ein plötzliches Kopfweh als die Ursache seiner Leiden angab, empfahl sie ihm Hirschhorngeist; und als die Totenblässe und das Kopfweh Woche nach Woche wiederkehrten, sagte sie nur, sie habe nie geglaubt, daß Mr. St. Clare kränklich sei; aber er scheine sehr an Kopfweh zu leiden, und es sei ein wahres Unglück für sie, daß er nicht mit ihr in Gesellschaft gehen könne, und es sei so seltsam, so kurz nach der Heirat allein Besuche zu machen. Augustin war innerlich froh, daß er eine so wenig scharfblickende Frau geheiratet hatte; aber wie der erste Glanz der Flitterwochen verschwunden war, entdeckte er, daß seine schöne junge Frau, die ihr ganzes Leben lang gehätschelt und bedient worden war, sich im häuslichen Leben als eine sehr harte Herrin herausstellen könne. Marie hatte nie viel Gemüt oder Gefühl besessen, und das wenige, was sie besaß, hatte sich zu einer sehr intensiven und unbewußten Selbstsucht verhärtet, eine Selbstsucht, die durch ihre ruhige Gefühllosigkeit, ihr gänzliches Blindsein gegen alle anderen Ansprüche, als ihre eigenen, nur um so unheilbarer war. Von ihrer Kindheit an war sie von Dienstboten umgeben gewesen, deren einziger Lebenszweck war, ihre Launen zu studieren; der Gedanke, daß sie Gefühle oder Rechte hätten, war ihr nie im mindesten aufgedämmert, selbst nicht in der Ferne. Ihr Vater, dessen einziges Kind sie gewesen, hatte ihr nie etwas versagt, was Menschenhänden erreichbar war; und als sie als schöne hochgebildete Erbin in das Leben eintrat, seufzten natürlich alle wünschenswerten und nicht wünschenswerten Bewerber zu ihren Füßen, und sie zweifelte gar nicht, daß Augustin ein höchst glückliches Los gezogen habe, indem sie ihm ihre Hand reichte. Es ist ein großer, obgleich sehr gewöhnlicher Irrtum, daß eine herzlose Frau eine gutmütige Gläubigerin im Austausche der Neigungen sei. Niemand auf Erden fordert unbarmherziger Liebe von andern, als ein durch und durch selbstisches Weib, und je unliebenswürdiger sie wird, desto eifersüchtiger und geiziger fordert sie Liebe bis auf den letzten Pfennig. Als daher St. Clare anfing, die Galanterien und kleinen Aufmerksamkeiten zu unterlassen, die durch die Gewohnheit der Liebeswerbung anfangs wie natürlich von ihm kamen, fand er seine Sultana durchaus nicht bereit, ihren Sklaven freizugeben; es fehlte nicht an Tränen, Schmollen und kleinen Stürmen; es kam zu Auftritten, Klagen und Beschwerden. St. Clare war gutmütig und indolent und suchte die Sache mit Geschenken und Schmeicheleien wieder ins Gleis zu bringen; und als Marie ihm eine liebliche Tochter gebar, fühlte er wirklich eine Zeitlang etwas wie Liebe für sie.

St. Clares Mutter war eine Frau von ungewöhnlicher Hoheit und Reinheit des Charakters gewesen, und er gab dieser Tochter den Namen seiner Mutter in der zärtlichen Hoffnung, daß sie ein Ebenbild von ihr werden möge. Seine Frau hatte es mit launischer Eifersucht bemerkt, und sie betrachtete ihres Gatten hingebende Liebe zu dem Kinde mit Mißtrauen und Widerwillen; alles, was die Tochter an Liebe erhielt, schien ihr ein an ihr begangener Raub zu sein. Von der Geburt dieses Kindes an fing sie an, leidend zu werden. Ein Leben beständiger körperlicher und geistiger Untätigkeit – die Reibung unaufhörlicher Langeweile und Unzufriedenheit, verbunden mit der gewöhnlichen Schwäche infolge ihrer Entbindung – machten im Verlauf weniger Jahre die blühende junge Schöne zu einer gelben verwelkten, kränklichen Frau, die ihre Zeit mit einer Mannigfaltigkeit phantastischer Krankheiten verbrachte, und die sich in jeder Hinsicht als die unglücklichste und am schlimmsten behandelte Person auf der ganzen Welt betrachtete.

Ihre verschiedenen Beschwerden wollten kein Ende nehmen; aber ihr Hauptleiden war ein nervöses Kopfweh, welches sie manchmal drei Tage von sechsen in ihrem Zimmer festhielt. Da natürlich die ganze häusliche Einrichtung in die Hände von Dienstboten fiel, so fand St. Clare seine Häuslichkeit nichts weniger als gemütlich. Die Gesundheit seiner Tochter war außerordentlich zart, und er fürchtete, daß sie ohne sorgliche Pflege und Aufsicht der Unfähigkeit der Mutter ganz zum Opfer fallen könne. Er war deshalb mit ihr nach Vermont gereist und hatte seine Cousine Miß Ophelia St. Clare bewogen, mit ihnen nach seinem Wohnsitze im Süden zurückzukehren; und sie befanden sich jetzt auf dem Boote, wo wir sie unseren Lesern vorgestellt haben, auf der Heimreise.

Und nun, während in der Ferne die Dome und Türme von New Orleans sich unseren Blicken zeigen, ist's gerade noch Zeit, Miß Ophelia einzuführen.

Wer einmal in den neuenglischen Staaten gereist ist, wird sich in einem kühlgelegenen Dorfe an das große Farmhaus erinnern mit dem reingefegten, grasbewachsenen Hofe, überschattet von dem dichten und schweren Laube des Zuckerahorns, und an den Eindruck von Ordnung und Stille, von Dauer und unveränderlicher Ruhe, der von dem Ganzen unzertrennlich ist. Nichts ist verloren oder außer Ordnung, kein Pfahl in der Ferne ist locker, kein Hälmchen Stroh liegt auf dem rasenbedeckten Hofe, dessen Holunderbüsche sich dicht an die Fenster drängen. Drinnen wird er nicht die geräumigen, reinlichen Zimmer vergessen, wo niemals, weder jetzt noch zukünftig, gearbeitet zu werden scheint, wo jegliche Sache gleich und für immer unbedingt auf ihrem Platze steht, und wo alle häuslichen Verrichtungen mit der pünktlichen Genauigkeit der alten Wanduhr in der Ecke vor sich gehen. In dem Familienzimmer wird er sich an den gesetzten, ehrwürdigen alten Bücherschrank mit Glasfenstern erinnern, wo Rollins Geschichte, Miltons verlorenes Paradies, Bunyans Pilgers Wanderfahrt und Scotts Familienbibel nebeneinander und in Gesellschaft mit einer Menge anderer, ebenso feierlicher und Achtung gebietender Bücher in höchst anständiger Ordnung stehen. Dienstboten sind nicht im Hause, aber die Dame in der schneeweißen Mütze mit der Brille, die jeden Nachmittag mit Näherei beschäftigt unter ihren Töchtern sitzt, als ob nie etwas gearbeitet würde oder gearbeitet werden sollte – sie und ihre Töchter haben in einer längst vergessenen Frühstunde des Tages alles in Ordnung gebracht, und für den Rest des Tages und wahrscheinlich in jeder Stunde, wo man hinkommen würde, ist alles in Ordnung. Die alte Küchenuhr scheint nie einen Fleck zu kennen; die Tische, Stühle und das verschiedene Küchengerät scheinen nie außer Ordnung zu sein, obgleich 3 und manchmal 4 Mahlzeiten des Tages hier bereitet werden, obgleich das Waschen und Plätten der Familie hier verrichtet wird, und obgleich viele Pfunde Butter und Käse hier in einer stillen und geheimnisvollen Weise bereitet werden.

Auf einer solchen Farm, in einem solchen Hause und in einer solchen Familie hat Miß Ophelia ein stilles Dasein von ungefähr 45 Jahren verlebt, als ihr Vetter sie einlud, seinen Wohnsitz im Süden zu besuchen. Obgleich die Älteste einer zahlreichen Familie, betrachtete sie doch Vater und Mutter noch wie eines von den Kindern, und der Vorschlag einer Reise nach New Orleans war für den Familienkreis eine Sache von der größten Wichtigkeit. Der alte grauköpfige Vater holte Morses Atlas aus dem Bücherschrank und sah sich genau Länge und Breite an; und las Flints Reisen im Süden und Westen, um sich einen kleinen Begriff von der wahren Beschaffenheit des Landes zu machen.

Die gute Mutter erkundigte sich ängstlich, ob Orleans nicht ein sehr gottloser Ort sei, und sagte, es käme ihr fast vor, wie eine Reise nach den Sandwichinseln oder anderswohin unter die Heiden.

Es wurde bei dem Geistlichen und bei dem Doktor und in Miß Peabodys Putzladen bekannt, daß davon die Rede sei, Ophelia St. Clare mit ihrem Vetter nach Orleans hinunterreisen zu lassen; und natürlich konnte das ganze Dorf nicht weniger tun, als ihr in diesem sehr wichtigen Prozeß des davon Redens zu helfen. Der Geistliche, der sich sehr zu Abolitionisten-Ansichten neigte, war stark im Zweifel, ob ein solcher Schritt nicht einigermaßen beitragen könnte, die Bewohner des Südens im Behalten ihrer Sklaverei zu bestärken; während der Doktor, ein entschiedener Kolonisationist, mehr der Meinung war, daß Miß Ophelia gehen müsse, um den Leuten in Orleans zu zeigen, daß wir gar nicht so schlecht von ihnen dächten. Er war in der Tat überzeugt, daß die Bewohner des Südens der Ermutigung bedürften. Als jedoch dem Publikum die Tatsache vollkommen klar war, daß sie zu gehen entschlossen sei, luden alle ihre Freunde und Nachbarn sie alle vierzehn Tage lang feierlich zum Tee ein, um ihre Aussichten und Pläne gründlich durchzusprechen. Miß Moseley, die in das Haus kam, um bei dem Schneidern zu helfen, erlangte täglich größere Wichtigkeit durch die Enthüllungen, welche sie über Miß Ophelias Garderobe zu machen imstande war. Man erfuhr durch glaubwürdige Zeugen, daß Squire Sinclare, wie man seinen Namen in dieser Gegend gewöhnlich zusammenzog, 50 Dollar hingezählt und sie Miß Ophelia gegeben hatte, um alle für notwendig erachteten Kleidungsstücke anzukaufen, und daß zwei neue seidene Kleider und ein Hut von Boston angekommen waren. Hinsichtlich der Schicklichkeit dieser außerordentlichen Ausgabe war die öffentliche Meinung geteilt; einige meinten, es sei wohl, wenn man alles in Betracht ziehe, einmal im Leben erlaubt, während andere mit Entschiedenheit behaupteten, daß man besser getan hätte, das Geld an die Missionare zu schicken; aber alle stimmten darin überein, daß man in diesen Gegenden noch keinen solchen Sonnenschirm gesehen, als der von New York eingetroffen, und daß sie ein seidenes Kleid habe, welches recht gut allein aufrecht stehen könne, was man immer von dessen Herrin sagen möge. Es gingen auch glaubwürdige Gerüchte von einem Taschentuch mit einem Steppsaum um; ja das Gerücht ging sogar so weit zu behaupten, Miß Ophelia habe ein Taschentuch ganz mit Spitzen besetzt – einige wollten sogar wissen, es sei in den Zipfeln gestickt; aber dieser letztere Punkt konnte nie genügend festgestellt werden und ist in Wahrheit heute noch dunkel.

Wie der Leser gegenwärtig Miß Ophelia sieht, steht sie vor ihm in einem sehr glänzenden Reiseanzug von ungebleichtem Leinen, eine lange, starkknochige und eckige Gestalt. Ihr Gesicht war hager und etwas spitz in seinen Umrissen; die Lippen fest geschlossen, wie bei einer Person, die gewohnt ist, sich über alle Gegenstände gleich bestimmt zu entschließen; während die lebhaften dunklen Augen einen eigentümlich forschenden und überlegenden Ausdruck hatten und über alles hinwegschweiften, als ob sie etwas, was unter ihre Obhut zu nehmen sei, suchten.

Alle diese Bewegungen waren scharf bestimmt und energisch; und obgleich sie niemals viel sprach, gingen doch ihre Worte merkwürdig gerade auf ihr Ziel los, wenn sie einmal anfing.

In ihren Gewohnheiten war sie eine lebendige Personifikation von Ordnung, Methode und Genauigkeit. Ihre Pünktlichkeit war so zuverlässig, wie die einer Uhr, und unerbittlich, wie eine Eisenbahnmaschine; und sie hatte vor allem von einem entgegengesetzten Charakter eine höchst entschiedene Verachtung und Abscheu.

Die große Sünde der Sünder in ihrem Auge – die Summe aller Übel bezeichnete sie durch einen in ihrem Munde sehr häufigen und wichtigen Ausdruck – „Ratlosigkeit“. Ihr letzter und entschiedenster Ausdruck der Verachtung war ein sehr emphatisches Aussprechen des Wortes ratlos; und damit bezeichnete sie jede Handlungsweise, welche keinen geraden und unvermeidlichen Bezug auf die Erreichung eines vorgesetzten Zieles hatten. Leute, die nichts taten oder die nicht recht wußten, was sie tun wollten, oder die nicht den geradesten Weg zur Erreichung des Unternommenen wählten, waren der Gegenstand ihrer tiefsten Verachtung; eine Verachtung, die sich weniger häufig durch Worte, als durch einen starren Ernst in ihrem Gesichte zeigte, als ob sie verschmähe, ein Wort darüber zu verlieren.

Was ihre geistige Bildung betrifft, so hatte sie einen klaren, starken, tätigen Geist, war gut und gründlich in der Geschichte von den älteren, englischen Klassikern belesen und dachte innerhalb gewisser Grenzen mit großer Entschiedenheit. Ihre theologischen Glaubenssätze waren alle fertig in der bestimmtesten und deutlichsten Weise bezettelt und wie die Bündel in ihrem Musterkoffer eingepackt; sie hatte genau so viele, und es sollten nie mehr werden. Ebenso waren ihre Begriffe über die meisten Fragen des praktischen Lebens, z. B. über die Wirtschaft in allen ihren Zweigen und die verschiedenen politischen Beziehungen ihres Heimatdorfes. Und unter allem tiefer als alles andere und höher und breiter lag das kräftigste Prinzip ihrer Individualität – die Gewissenhaftigkeit. Nirgends ist das Gewissen so allbeherrschend und alles andere verzehrend, als bei den Frauen von Neu-England. Es ist die Granitformation, welche am tiefsten liegt, aber hervorbricht, um die Spitzen der höchsten Berge zu bilden.

Miß Ophelia war die unbedingte Sklavin der Pflicht. Hatte man sie einmal überzeugt, daß der Pfad der Pflicht, wie sie es nannte, nach einer bestimmten Richtung hin ging, so konnten Feuer und Wasser sie nicht vom Ziele abhalten. Sie wäre geradewegs in einen Brunnen hinunter oder bis vor die Mündung einer geladenen Kanone gegangen, wenn sie einmal bestimmt wußte, daß der Weg dorthin führte. Ihr Pflichtbegriff war so hoch, so allumfassend, so ins einzelne gehend und hatte so wenig Nachsicht mit menschlicher Schwäche, daß sie, obgleich mit heldenmütiger Begeisterung nach seiner Verwirklichung strebend, sich doch nie genug tat und sich deshalb von einem beständigen und oft quälenden Gefühle der Mangelhaftigkeit bedrückt fühlte. Dies gab ihrem religiösen Charakter eine strenge und etwas düstere Färbung.

Aber wie in aller Welt konnte Miß Ophelia mit Augustin St. Clare auskommen – mit dem fröhlichen, alles leichtnehmenden, unpünktlichen, unpraktischen, skeptischen Jüngling, der mit frecher und unbekümmerter Freiheit ihre liebsten Meinungen und Neigungen ohne Ausnahme mit Füßen trat?

Um die Wahrheit zu sagen, Miß Ophelia liebte ihn. Als er noch ein Knabe war, hatte sie ihn den Katechismus gelehrt, seine Kleider geflickt, ihm das Haar gekämmt und ihm im allgemeinen den Weg gezeigt, den er gehen sollte; da nun ihr Herz auch eine warme Seite hatte, so war es Augustin, wie bei den meisten Leuten, auch hier gelungen, einen großen Teil davon für sich zu monopolisieren, und deshalb wurde es ihm nicht schwer, sie zu überreden, daß der Weg der Pflicht in der Richtung von New Orleans liege, und daß sie mit ihm reisen müsse, um Eva unter ihre Obhut zu nehmen und seine Häuslichkeit während der häufigen Krankheiten seiner Frau vor gänzlicher Zerrüttung zu bewahren. Der Gedanke an ein Haus, das niemand unter seine Obhut nahm, ging ihr zu Herzen; dann liebte sie das liebliche kleine Mädchen, was überhaupt wenige umhin konnten zu tun; und obgleich sie in Augustin nicht viel mehr als einen Heiden sah, so liebte sie ihn doch, lachte über seine Witze und duldete seine Schwächen in einer Ausdehnung, welche denjenigen, welche sie näher kannten, ganz unglaublich erschien. Aber was noch weiter von Miß Ophelia bekannt zu werden verdient, muß der Leser durch persönliche Bekanntschaft entdecken.

Dort sitzt sie in ihrer Staatskajüte, umgeben von einer bunten Menge von großen und kleinen Reisesäcken, Schachteln und Körben, von denen jedes eine besondere Verantwortlichkeit enthält, die sie jetzt mit sehr ernstem Gesicht einpackt, zusammenbindet oder einschließt.

„Nun, Eva, hast du deine Sachen gezählt? Natürlich nicht – Kinder tun das nie. Der gefleckte Reisesack und die kleine blaue Schachtel mit deinem besten Hut sind zwei; die Gummitasche sind drei; mein Band- und Nadelkästchen vier; meine Hutschachtel fünf; meine Kragenschachtel sechs; und der kleine Roßhaarkoffer sieben. Wo hast du deinen Knicker? Gib ihn her, ich will ihn in Papier wickeln und ihn mit meinem Knicker an meinen Regenschirm binden; so!"

„Aber Tantchen, wir gehen ja nur nach unserem Hause – wozu nützt denn das?"

„Damit alles hübsch bleibt, Kind; wer im Leben zu etwas kommen will, muß seine Sachen in acht nehmen. Hast du deinen Fingerhut weggetan, Eva?"

„Wirklich, Tantchen, das weiß ich nicht."

„Nun, schadet nichts; ich will dein Arbeitskästchen nachsehen; Fingerhut, Wachs, zwei Löffel, Schere, Messer, Bandnadel; alles richtig – tue es hier herein. Wie bist du nur durchgekommen, Kind, wie du nur mit deinem Papa heraufreistest? Ich sollte meinen, du hättest alle deine Sachen verlieren müssen."

„O ja, Tantchen, es ging mir viel verloren; und wenn wir dann wo anhielten, kaufte mir Papa wieder, was ich verloren hatte."

„Aber Kind, was ist das für eine Art!"

„Es war eine sehr bequeme Art, Tantchen", sagte Eva.

„Es ist eine schrecklich liederliche Art", sagte Tantchen.

„Aber Tantchen, was willst du jetzt machen?" sagte Eva. „Der Koffer ist zu voll und geht nicht zu."

„Er muß zugehen", sagte Tantchen mit der Miene eines Generals, als sie die Sachen hineinpreßte und sich auf den Deckel stellte; aber immer noch blieb ein kleiner Zwischenraum an der Vorderseite offen.

„Stell dich hier herauf, Evchen", sagte Miß Ophelia ermutigend; „was man einmal zuwege gebracht hat, muß auch zum zweiten Male geschehen können. Dieser Koffer muß zugemacht und verschlossen werden – das läßt sich nur auf einerlei Weise machen."

Und der jedenfalls durch diese entschlossene Äußerung eingeschüchterte Koffer gab nach. Der Haspen schnappte in den Riegel ein und Miß Ophelia drehte den Schlüssel um und steckte ihn triumphierend in die Tasche.

„Nun sind wir fertig. Wo ist dein Papa? Es ist Zeit, daß wir das Gepäck hinaufbringen. Sieh dich einmal um, Eva, ob du ihn finden kannst."

„O ja, er steht am unteren Ende der Herrenkajüte und ißt eine Orange."

„Er kann gar nicht wissen, daß wir gleich anlegen", sagte Tantchen. „Wäre es nicht besser, du liefst hin und sagtest es ihm?"

„Papa hat nie Eile", sagte Eva, „und wir sind noch nicht am Landungsplatze. Tantchen, komm auf die Galerie. Sieh nur, das ist unser Haus, die Straße hinauf!"

Das Boot machte sich jetzt bereit, sich mit schwerem Stöhnen wie ein riesiges müdes Ungeheuer durch die zahlreichen Dampfer am Levee zu drängen. Voll Freude zeigte Eva die verschiedenen Türme, Dome und Wegzeichen, an welchen sie ihre Geburtsstadt erkannte.

„Ja, ja, liebes Kind, sehr schön", sagte Miß Ophelia. „Aber gnädiger Himmel! Das Boot hält an! Wo ist dein Vater?"

Und jetzt folgte die gewöhnliche Verwirrung beim Landen – Kellner, die auf einmal Zwanzigerlei Wege rannten –, Männer, die Koffer, Reisesäcke, Schachteln schleppten – Frauen, die angstvoll ihre Kinder riefen, und alles das wälzte sich in einer dichtgedrängten Masse nach der zum Landungsplatze führenden Planke.

Miß Ophelia setzte sich mit entschlossener Miene auf den vorhin besiegten Koffer, stellte alle ihre Mobilien in schöner militärischer Ordnung auf und schien gewillt zu sein, sie aufs äußerste zu verteidigen.

„Soll ich Ihren Koffer nehmen, Ma'm?" – „Soll ich Ihr Gepäck nehmen?" – „Lassen Sie mich Ihr Gepäck besorgen, Missis." – „Soll ich das für Sie ans Land tragen, Missis?" schallte unbeachtet an ihr Ohr. Mit dräuender Entschlossenheit, aufrecht, wie eine in ein Brett gesteckte Stopfnadel saß sie da, ihr Bündel von Regenschirmen und Sonnenschirmen festhaltend, und antwortete mit einer Entschiedenheit, die selbst einem Fiakerkutscher Furcht einflößen konnte, und äußerte in jeder Pause gegen Eva ihre Verwunderung „woran nur Papa denken könne; er könne doch nicht über Bord gefallen sein – aber etwas müsse geschehen sein". Und gerade als sie sich in wirkliche Besorgnisse hineinräsoniert hatte, kam er in seiner gewöhnlichen, sorglosen Weise an, reichte Eva ein Viertel von seiner Orange und sagte: „Nun, Cousine Vermont, du bist wohl fertig?“

„Ich bin fertig und warte fast schon eine Stunde“, sagte Miß Ophelia; „Ich wurde wirklich besorgt um dich.“

„Das ist wirklich hübsch“, sagte er. „Der Wagen wartet, und das Gedränge ist jetzt vorbei, so daß man wie ein anständiger Mensch und guter Christ ans Land gehen kann, ohne geschoben und gestoßen zu werden. Hier“, sagte er zu dem hinter ihm stehenden Kutscher, „nimm diese Sachen.“

„Ich werde mitgehn und auf das Einpacken achten“, sagte Miß Ophelia.

„Ich bitte dich, Cousine, wozu das?“ sagte St. Clare.

„Nun, jedenfalls will ich das und das und das tragen“, sagte Miß Ophelia und nahm drei Schachteln und einen kleinen Reisesack.

„Meine liebe Miß Vermont, das geht hier durchaus nicht in der Weise. Jedenfalls, liebe Cousine, mußt du dir etwas von südländischen Sitten angewöhnen und darfst nicht mit dieser ganzen Last ans Land gehen. Sie halten dich ja für eine Kammerzofe; gib die Sachen dem Burschen da; er wird sie so zärtlich behandeln, als wären es rohe Eier.“

Miß Ophelia machte ein verzweifeltes Gesicht, als der Vetter ihr alle ihre Schätze abnahm, und frohlockte erst wieder, als sie dieselben sicher im Wagen vorfand.

„Wo ist Tom?“ sagte Eva.

„Oh, er sitzt auf dem Bock draußen, Mäuschen. Ich will Tom der Mutter als Versöhnungsgeschenk bringen, zum Ersatz für den betrunkenen Kerl, der den Wagen umgeworfen hat.“

„Oh, Tom wird einen vortrefflichen Kutscher abgeben, das weiß ich schon“, sagte Eva. „Er wird sich nie betrinken.“

Der Wagen hielt vor einem alten palastartigen Hause, erbaut in der seltsamen Mischung von spanischem und französischem Stil, von welcher man Beispiele in einigen Teilen von New Orleans findet. Es war nach maurischer Art gebaut – ein einen Hof einschließendes Viereck, in welches der Wagen durch einen gewölbten Torweg einfuhr. Inwendig war der Hof offenbar zur Befriedigung eines malerischen und üppigen Idealismus eingerichtet. Breite Galerien liefen um alle vier Seiten, deren maurische Bogen, schlanke Pfeiler und Arabeskenverzierungen die Phantasie wie in einem Traume unter die Herrschaft orientalischer Romantik in Spanien zurücktrugen. In der Mitte des Hofes sandte ein Springbrunnen seinen Silberstrahl hoch empor und ließ ihn in einem nie versiegenden Regen in ein marmornes Becken, umgeben von einem breiten Rand duftender Veilchen, fallen. Das Wasser im Brunnen, hell wie Kristall, schwärmte von Tausenden von Gold- und Silberfischen, die darin herumfunkelten und -schossen, wie lauter lebendige Edelsteine. Um den Brunnen ging ein mit einem Mosaik von Kieselsteinen in phantastischer Weise gepflasterter Weg; und diesen wieder faßte ein Rasenplatz, weich und sanft wie grüner Sammet, ein, während das Ganze der Fahrweg umschloß. Zwei große Orangenbäume, jetzt von Blüten duftend, gaben köstlichen Schatten; und in einem Kreise auf dem Rasen standen marmorne Vasen im arabischen Geschmack mit den auserlesensten Blumen der tropischen Gegenden. Große Granatbäume mit ihren glänzenden Blättern und flammenfarbigen Blüten, dunkelbelaubte arabische Jasmine mit ihren Silbersternen, Geranien, üppige Rosenbüsche, deren Zweige sich unter der reichen Last ihrer Blumen bogen, Gold-Jasmine, zitronenduftendes Verbenum vereinigten alle ihre Blütenpracht und ihren Blütenduft, während hier und da eine mystische alte Aloe mit ihren seltsamen massigen Blättern wie ein alter grauer Zauberer herniederblickte und in düsterer Größe unter dem vergänglichen Glanze und Dufte ringsumher schaute.

Die den Hof umgebenden Galerien hatten Vorhänge von einem maurischen Stoff, die nach Belieben heruntergelassen werden konnten, um die Sonnenstrahlen auszuschließen. Im ganzen war die Erscheinung des Hauses üppig und romantisch.

Wie der Wagen durch den Torweg fuhr, erschien Eva in der aufgeregten Leidenschaft ihrer Freude wie ein Vogel, bereit, aus seinem Käfig herauszubrechen.

„Oh, ist es nicht schön, herrlich, mein liebes, liebes Haus! Ist es nicht schön?“ sagte sie zu Ophelia. „Es ist sehr hübsch“, sagte Miß Ophelia, als sie ausstieg, „obgleich es mir etwas alt und heidnisch vorkommt.“

St. Clare, der in seinem Herzen ein poetischer Genußmensch war, lächelte, als Miß Ophelia ihre Bemerkungen über die Umgebung machte, und sagte zu Tom, der sich mit einem vor Bewunderung strahlenden Gesicht umsah: „Nun, Tom, hier scheint dir's zu gefallen?“

„Ja, Master, das sieht aus wie was Rechtes“, sagte Tom.

Alles dies geschah in einem Augenblicke, während Koffer ins Haus geschleppt wurden, der Fiaker Bezahlung empfing, und eine Menschenmenge von jedem Alter und jeder Größe – Männer, Frauen und Kinder unten und oben durch die Galerien rannten, um Master ankommen zu sehen. In erster Reihe stand ein bedeutend aufgeputzter junger Mulatte, offenbar eine sehr distinguierte Person, nach der allerneuesten Mode gekleidet, und graziös mit einem wohlriechenden Taschentuche wedelnd.

Dieser junge Mann hatte sich mit großer Lebhaftigkeit bemüht, die ganze Schar der übrigen Dienerschaft nach dem anderen Ende der Veranda zu treiben.

„Zurück, ihr alle. Ich schäme mich über euch!“ sagte er in befehlendem Tone. „Wollt ihr euch in der ersten Stunde von Masters Rückkehr in seine häuslichen Verhältnisse eindrängen?“

Alle fühlten sich beschämt von dieser eleganten Rede, die mit sehr wichtiger Miene vorgetragen wurde, und drängten sich in einer achtungsvollen Entfernung zusammen, mit Ausnahme von zwei kräftigen Trägern, welche das Gepäck hineinschafften.

Infolge von Mr. Adolfs systematischen Anordnungen war, als St. Clare, nachdem er den Kutscher bezahlt hatte, sich umdrehte, niemand zu sehen, als Mr. Adolf selbst, in der Atlasweste, der goldenen Uhrkette und weißen Beinkleidern, sich mit unaussprechlicher Anmut freundlich verbeugend.

„Ach, Adolf, bist du's?“ sagte sein Herr und bot ihm die Hand. „Wie geht dir's, mein Junge?“ während Adolf mit großer Geläufigkeit eine Stegreifrede hielt, die er mit Sorgfalt seit 14 Tagen auswendig gelernt hatte.

„Schon gut, schon gut“, sagte St. Clare, der mit seiner gewöhnlichen Gleichgültigkeit und spöttischen Miene weiterging, „recht hübsch gemacht, Adolf. Sieh zu, daß das Gepäck gut untergebracht wird. Ich werde gleich zu den Leuten kommen.“ – Und mit diesen Worten führte er Miß Ophelia in ein großes neben der Veranda liegendes Zimmer.

Während dies alles vor sich ging, war Eva wie ein Vogel durch die Vorhalle und das Zimmer in ein kleines Boudoir geflogen, dessen Tür ebenfalls auf die Veranda hinausging.

Eine hohe bleiche Dame mit dunklen Augen erhob sich halb von einem Sofa, auf welchem sie ruhte.

„Mama“, sagte Eva und fiel ihr voll Leidenschaft um den Hals und umarmte sie immer und immer wieder.

„Schon gut – nimm dich in acht, Kind, – damit ich kein Kopfweh bekomme!“ sagte die Mutter, nachdem sie das Kind matt geküßt hatte.

St. Clare trat ein, umarmte seine Gattin im echten Ehemannsstile und stellte ihr dann seine Cousine vor.

Marie heftete ihre großen Augen mit einer Art Neugier auf ihre Cousine und empfing sie mit schläfriger Höflichkeit. Ein Gedränge von Dienstboten sperrte jetzt die Eingangstür und unter ihnen eine Mulattin in mittlerem Alter von sehr respektablem Aussehen, die vor Erwartung und Freude zitternd in erster Reihe an der Tür stand.

„Ach, da ist Mammy", sagte Eva, als sie nach der Tür flog, sich in ihre Arme warf und sie wiederholt küßte.

Diese Frau sagte ihr nicht, daß sie Kopfschmerzen bekomme, sondern drückte sie im Gegenteil an sich und lachte und weinte, bis man an ihrem Verstande zweifeln mußte; und als sie Eva losgelassen hatte, flog diese von einem zum andern und schüttelte Hände und teilte Küsse aus auf eine Weise, daß es, wie Miß Ophelia später erklärte, dieser übel wurde.

„Das muß ich sagen", sagte Miß Ophelia, „ihr südländischen Kinder könnt etwas tun, was ich nicht tun könnte."

„Was gibt's?" sagte St. Clare.

„Nun, ich will gern mit jedermann freundlich sein und niemand weh tun; aber küssen –"

„Nigger zu küssen, könntet ihr nicht übers Herz bringen, eh?" sagte St. Clare.

„Ja, das ist's. Wie ist's ihr nur möglich!" St. Clare lachte, wie er auf den Gang hinaustrat.

„Heda, hier, was gibt's? Nun ihr alle – Mammy, Jimmy, Polly, Sukey – freut euch, Master wiederzusehen?" sagte er, als er allen die Hände schüttelnd im Kreise herumging. „Halt da, nehmt die Kleinen in acht!" setzte er hinzu, wie er über einen kleinen schwarzen Bengel stolperte, der auf allen vieren herkroch. „Wenn ich jemanden trete, so mag er sich nur melden."

Vielfaches Lachen und Segnen begrüßte Master, als St. Clare kleine Münzen unter sie verteilte.

„Nun, jetzt macht, daß ihr fortkommt, wie folgsame Leutchen", und die ganze Schar, die Dunklen und die Hellen, verschwand durch eine Tür, die auf eine große Veranda führte. Ihnen folgte Eva mit einer großen Tasche, die sie während der ganzen Heimreise mit Äpfeln, Nüssen, Kandiszucker, Bändern, Spitzen und Tändeleien aller Art gefüllt hatte.

Als St. Clare sich umdrehte, um zu gehen, fiel sein Auge auf Tom, der in großer Befangenheit und von einem Fuß auf den andern wechselnd dastand; während Adolf sich nachlässig an das Geländer lehnte und mit einer Miene, die jedem Dandy Ehre gemacht hätte, den andern durch ein Opernglas musterte.

„Da, Laffe!“ sagte sein Herr und schlug ihm das Opernglas herunter. „Behandelst du so deine Kameraden? Es kommt mir vor, Dolf“, setzte er hinzu und legte den Finger auf die elegant gemusterte Atlasweste, in der Adolf herumstolzierte, „es kommt mir vor, als war das meine Weste!“

„O! Master, die Weste war voller Weinflecken! – Natürlich kann ein Herr, wie Sie, Master, so eine Weste nicht tragen. Ich dachte, ich sollte sie nehmen. Für einen armen Nigger, wie ich bin, geht sie noch.“

Und Adolf warf den Kopf in die Höhe und fuhr mit Grazie mit den Fingern durch das parfümierte Haar.

„So, das ist's also?“ sagte St. Clare gleichgültig. „Ich will jetzt Tom seiner Herrin vorstellen, und dann nimmst du ihn mit in die Küche; und daß du mir nicht gegen ihn den Vornehmen spielst. Er ist zwei solche Laffen wert, wie du einer bist.“

„Master will immer seinen Spaß haben“, sagte Adolf lachend. „Es freut mich, Master in so guter Laune zu sehen.“

„Komm, Tom“, sagte St. Clare und winkte ihm.

Tom trat ins Zimmer. Er sah verlegen auf die Samt-Teppiche und die vorher nie geträumte Pracht von Spiegeln, Gemälden, Statuen und Vorhängen und fühlte wie die Königin von Saba vor Salomo keinen Geist mehr in sich. Er getraute sich kaum, seinen Fuß wohin zu setzen. „Sieh her, Marie“, sagte St. Clare zu seiner Gattin, „ich habe dir endlich einen Kutscher nach Wunsch gekauft. Ich sage dir, er ist ein wahrer Leichenwagen an Schwärze und Gesetztheit und fährt dich wie zu einem Grabgeleite, wenn du es verlangst. Mach deine Augen auf und besieh dir ihn. Nun sage mir nicht, daß ich in der Abwesenheit niemals an dich denke.“ Marie schlug die Augen auf und heftete sie auf Tom, ohne sich aufzurichten.

„Ich weiß schon, er wird sich betrinken“, sagte sie.

„Nein, er ist mir als frommer und nüchterner Artikel garantiert.“

„Nun, ich will hoffen, er macht sich gut“, sagte die Dame, „doch ist das mehr, als ich erwarte.“

„Dolf“, sagte St. Clare, „bring Tom in die Küche hinunter und vergiß nicht, was ich dir gesagt habe“, setzte er hinzu.

Adolf hüpfte graziös voraus, während Tom ihm mit schwerem Schritte folgte.

„Das ist ja ein wahrer Behemot!“ sagte Marie.

„Nun, Marie, sei gnädig und sage deinem Mann ein freundliches Wort“, sagte St. Clare und nahm auf einem Stuhl neben dem Sofa Platz.

„Du bist 14 Tage über die Zeit weggeblieben“, schmollte die Dame.

„Aber du weißt ja, ich habe dir geschrieben, warum.“

„Einen so kurzen, kalten Brief“, sagte die Dame.

„Mein Gott! Es war unmittelbar vor Abgang der Post, und ich konnte nur kurz oder gar nicht schreiben.“

„So ist's immer“, sagte die Dame, „es geschieht stets etwas, um deine Reisen lang und deine Briefe kurz zu machen.“

„Sieh!“ sagte er jetzt, indem er ein elegantes sammetüberzogenes Etui aus der Tasche zog und es aufmachte. „Hier habe ich dir von New York etwas mitgebracht.“ Es war ein Daguerreotyp, klar und weich, wie ein Kupferstich und stellte Eva und ihren Vater Hand in Hand nebeneinander sitzend dar.

Marie betrachtete es mit einer unbefriedigten Miene.

„Warum hast du in einer so linkischen Stellung gesessen?“ sagte sie.

„Nun, die Stellung mag Geschmackssache sein; aber was sagst du von der Ähnlichkeit!“

„Wenn du in dem einen Falle nichts auf meinen Geschmack gibst, so kann er dir auch in dem andern gleichgültig sein“, sagte die Dame und machte das Daguerreotyp zu.

„Hol der Henker die Frau!“ sagte St. Clare innerlich; laut aber setzte er hinzu: „Aber sag doch, Marie, was meinst du von der Ähnlichkeit? Sei doch vernünftig.“

„Es ist rücksichtslos von dir, St. Clare“, sagte die Dame, „durchaus auf dies Reden und Ansehen von Sachen zu bestehen. Du weißt, ich habe den ganzen Tag an Kopfweh krank gelegen; und seit deiner Ankunft war beständig ein solcher Lärm, daß ich halb tot bin.“

„Sie leiden an nervösem Kopfweh, Madame?“ sagte Miß Ophelia, indem sie sich plötzlich aus den Tiefen eines großen Lehnstuhles erhob, wo sie ruhig dagesessen, ein Inventar über die Möbel aufgenommen und ihre Kosten berechnet hatte.

„Ja, ich leide schrecklich daran“, sagte die Dame.

„Wacholderbeerentee ist gut für nervöses Kopfweh“, sagte Miß Ophelia, “wenigstens sagte es Auguste, Dekan Abraham Perrys Frau; und sie verstand sich vortrefflich auf solche Sachen.“

„Ich werde die ersten Wacholderbeeren, die in unserem Garten am See reif werden, besonders zu diesem Zwecke herschicken lassen", sagte St. Clare und zog mit ernsthaftem Gesicht an der Klingel. „Unterdessen, Cousine, wirst du wünschen, dich nach deiner Reise auf dein Zimmer zurückzuziehen und dich ein wenig zu erholen. Dolf", befahl er diesem, „laß Mammy heraufkommen."

Die Mulattin, die Eva mit so großer Lebhaftigkeit liebkost hatte, trat bald ein; sie war sauber gekleidet und hatte einen hohen, rot und gelben Turban auf dem Kopfe, ein eben erst von Eva erhaltenes Geschenk, welches das Kind ihr selbst aufgesetzt hatte.

„Mammy", sagte St. Clare, „ich stelle diese Dame unter deine Obhut; sie ist müde und der Ruhe bedürftig. Führe sie in ihr Zimmer und trag Sorge, daß sie alle Bequemlichkeiten findet."

14. Kapitel Toms Herrin und ihre Ansichten

„Jetzt wird nun deine goldene Zeit anfangen, Marie", sagte St. Clare.

„Hier ist unsere praktische, geschäftskundige, neuenglische Cousine, welche die ganze Last deiner Sorgen dir von der Schulter nehmen und dir Zeit geben wird, dich zu erholen und jung und schön zu werden. Es wäre wohl das beste, die feierliche Übergabe der Schlüssel gleich jetzt vorzunehmen."

Diese Äußerung tat St. Clare am Frühstückstisch einige Tage nach der Ankunft Miß Ophelias.

„Ich bin gern bereit dazu", sagte Marie und stützte den Kopf schmachtend auf die Hand. „Ich glaube, etwas wird sie alsdann entdecken, und zwar, daß wir Herrinnen hier unten die Sklavinnen sind."

„O gewiß, das wird sie entdecken und noch eine Unzahl anderer gesunder Wahrheiten", sagte St. Clare.

„Man sagt, wir hielten Sklaven zu unserer Bequemlichkeit", sagte Marie. „Ich sollte meinen, wenn wir die zu Rate zögen, würden wir sie auf der Stelle alle gehen lassen."

Evangeline heftete ihre großen ernsten Augen mit einem forschenden und betroffenen Ausdruck auf das Gesicht der Mutter und sagte einfach: „Wozu behältst du sie dann, Mama!"

„Ich weiß wahrhaftig nicht, warum, außer etwa zur Plage; sie sind die Plage meines Lebens. Ich glaube, daß sie mehr an meiner Krankheit schuld sind, als alles andere;

und unsere, glaube ich, sind die schlimmsten, die jemals einen Besitzer geplagt haben.“

„Ach geh, Marie, du bist übler Laune“, sagte St. Clare, „du weißt, daß das nicht so ist. Nimm nur Mammy, das beste Geschöpf auf der Welt, was könntest du ohne die tun!“

„Mammy ist die beste, die mir jemals vorgekommen ist“, sagte Marie. „Und doch ist auch Mammy selbstisch – schrecklich selbstisch; es ist der Fehler der ganzen Rasse.“

„Selbstsucht ist ein schrecklicher Fehler“, sagte St. Clare ernsthaft.

„Nimm nur einmal Mammy an“, sagte Marie. „Es ist meiner Ansicht nach Selbstsucht von ihr, des Nachts so fest zu schlafen; sie weiß, daß ich fast jede Stunde einiger kleinen Dienste bedarf, wenn meine schlimmsten Anfälle kommen, und dennoch ist sie so schwer zu wecken. Ich befinde mich heute morgen unbedingt schlechter infolge meiner Anstrengungen, sie vorige Nacht zu wecken.“

„Hat sie nicht neuerdings viele Nächte bei dir gewacht?“ sagte Eva.

„Wie kannst du das wissen?“ sagte Marie mit Schärfe. „Sie hat sich wahrscheinlich beklagt?“

„Sie hat sich nicht beklagt, sie sagte mir nur, was du für schlimme Nächte gehabt hättest – so viele hintereinander.“

„Warum läßt du nicht Jane oder Rose an ihrer Stelle ein paar Nächte wachen, um ihr einige Ruhe zu geben?“ sagte St. Clare.

„Wie kannst so etwas vorschlagen?“ sagte Marie. „St. Clare, wie kannst du so rücksichtslos sein! Meine Nerven sind so angegriffen, daß der leiseste Atemzug mich stört; und eine fremde Hand in meiner Nähe würde mich unbedingt wahnsinnig machen. Wenn Mammy die Teilnahme für mich fühlte, wie es ihre Schuldigkeit ist, so würde sie leichter aufwachen – natürlich. Ich habe von Leuten gehört, die so ergebene Diener hatten, aber ich habe nie das Glück gehabt“, und Marie seufzte.

Miß Ophelia hatte diesem Gespräche mit einer Miene scharfsichtigen beobachtenden Ernstes zugehört; und sie hielt ihre Lippen immer noch fest geschlossen, als sei sie entschieden gewillt, sich erst ihrer Stellung vollständig zu vergewissern, ehe sie sich einzumischen wagte.

„Ich gebe zu, daß Mammy ihre guten Seiten hat“, sagte Marie; „sie ist sanft und ehrerbietig, aber im Herzen selbstisch. So hört sie z. B. nie auf, sich um ihren Mann zu grämen. Sie müssen wissen, als ich nach meiner Heirat hierherzog, mußte ich sie natürlich mit mir hierher nehmen, und ihren Mann konnte mein Vater nicht entbehren. Er war ein Schmied und natürlich sehr notwendig; und ich dachte und sagte damals, daß Mammy und er sich lieber trennen sollten, da es wahrscheinlich nicht passen würde, daß sie je wieder miteinander leben. Ich wollte jetzt, ich hätte darauf bestanden und hätte Mammy an einen andern verheiratet; aber ich war törichterweise nachsichtig und wollte nicht darauf dringen. Ich sagte damals Mammy, sie dürfe nicht erwarten, ihn mehr als ein- oder zweimal in ihrem Leben wiederzusehen; denn die Luft auf meines Vaters Besitzung bekommt meiner Gesundheit nicht gut, und ich kann nicht hin; und ich riet ihr, sich mit einem andern Mann zusammenzutun; nein, sie wollte nicht. Mammy hat in manchen Sachen eine Hartnäckigkeit, die nicht jedermann so kennt wie ich."

„Hat sie Kinder?" fragte Miß Ophelia.

„Ja, sie hat zwei."

„Ich vermute, die Trennung von denselben schmerzt sie."

„Natürlich konnte ich sie nicht mit hierhernehmen. Es waren kleine schmutzige Geschöpfe – ich konnte sie nicht um mich haben; und außerdem nahmen sie zuviel von ihrer Zeit in Anspruch; aber ich glaube, Mammy hat deshalb immer eine Art Groll behalten. Einen andern will sie nicht heiraten; und ich glaube wahrhaftig, obgleich sie weiß, wie notwendig sie mir ist und wie schwach meine Gesundheit ist, sie würde morgen zu ihrem Mann zurückkehren, wenn sie könnte. Ich bin davon überzeugt", sagte Marie. „Sie sind so entsetzlich selbstsüchtig – selbst die besten."

„Es ist traurig, darüber nachzudenken", sagte St. Clare trocken.

Miß Ophelia warf einen scharfen Blick auf ihn und sah, wie sich seine Wange von unterdrücktem Ärger und Verdruß rötete und seine Lippe bei diesen Worten sarkastisch zuckte.

„Und ich habe Mammy immer gehätschelt", sagte Marie. „Ich wollte, ein paar von Ihren Dienern im Norden könnten ihre Kleiderschränke sehen – seidene und Musselinkleider und ein echtes leinenes Cambrichemd hat sie darin hängen. Ich habe manchmal ganze Nachmittage gearbeitet und ihre Mützen aufgeputzt und ihr beim Anziehen geholfen, um in eine Gesellschaft zu gehen. Was Auszanken heißt, weiß sie gar nicht. Die Peitsche hat sie nur ein oder zweimal in ihrem ganzen Leben gekostet. Sie bekommt täglich ihren starken Kaffee oder Tee mit weißem Zucker. Es ist gewiß abscheulich, aber St. Clare will Wohlleben in der Dienstbotenstube haben, und jedes von ihnen lebt, wie es ihnen gefällt. Die Wahrheit ist, unsere Dienerschaft wird zu nachsichtig behandelt. Ich vermute, es ist zum Teil unser Fehler, daß sie selbstsüchtig sind und sich wie verzogene Kinder benehmen; aber ich habe in St. Clare hineingesprochen, bis ich's satt hatte.“

„Und ich auch“, sagte St. Clare und nahm die Morgenzeitung.

Eva, die schöne Eva, hatte ihre Mutter mit dem ihr eigenen Ausdrucke tiefen und mystischen Ernstes angesehen. Jetzt ging sie leise um den Tisch herum an den Stuhl ihrer Mutter und umschlang mit den Armen ihren Hals.

„Was ist, Eva?“ sagte Marie.

„Mama, könnte ich nicht eine Nacht bei dir wachen – nur eine einzige? Ich weiß, ich würde dich nicht unruhig machen und nicht schlafen. Ich liege oft die ganze Nacht wach im Bette und denke nach –“

„Ach, Unsinn, Kind – Unsinn!“ sagte Marie. „Du bist ein so seltsames Kind.“

„Aber darf ich, Mama? Ich glaube“, sagte sie schüchtern, „Mammy ist nicht wohl. Sie sagte mir, neulich hätte ihr der Kopf den ganzen Tag weh getan.“

„Oh, das ist so recht eine von Mammys Grillen! Mammy ist genauso wie alle andern – macht einen solchen Spektakel, wenn ihr nur ein Finger weh tut; ich werde sie nie darin bestärken – nie! Ich habe meine sehr bestimmten Grundsätze über diese Sache“, sagte sie zu Miß Ophelia gewendet.

„Sie werden die Notwendigkeit davon späterhin einsehen. Bestärken Sie die Dienstboten, jeder unbedeutenden unangenehmen Empfindung nachzugeben und sich über jede Kleinigkeit zu beklagen, so werden Sie alle Hände voll zu tun haben. Ich selbst klage nie – und niemand weiß, was ich leide. Ich halte es für meine Pflicht, in Ruhe zu dulden, und ich tue es.“

Miß Ophelias runde Augen sprachen unverhülltes Staunen über diese Äußerung aus, welche St. Clare so komisch vorkam, daß er in ein lautes Lachen ausbrach.

„St. Clare lacht stets, wenn ich nur im mindesten auf meine Kränklichkeit anspiele“, sagte Marie mit der Miene eines duldenden Märtyrers. „Ich hoffe nur, daß nicht der Tag kommen wird, wo er daran denken muß!“ Und Marie hielt das Taschentuch an die Augen.

Natürlich trat hier ein etwas verlegenes Schweigen ein. Endlich stand St. Clare auf, sah nach der Uhr und sagte, er habe ein Geschäft nebenan in der Straße abzumachen. Eva hüpfte ihm nach, und Miß Ophelia und Marie blieben allein am Tische sitzen.

„Das sieht St. Clare ganz ähnlich!“ sagte letztere und entfernte ihr Taschentuch mit einer etwas lebhaften Gebärde von den Augen, als der dadurch zu rührende

Verbrecher sich entfernt hatte. „Er kann und wird und will nun einmal nicht einsehen, was ich leide, und seit Jahren gelitten habe. Wenn Klagen meine Sache wäre oder ich über meine Leiden viel Lärm machte, so hätte er einigen Grund dazu. Die Männer bekommen natürlich eine Frau satt, die immer klagt. Aber ich habe im stillen geduldet und fortgeduldet, bis St. Clare sich an den Gedanken gewöhnt hat, ich könnte alles ertragen.

Miß Ophelia wußte nicht recht, was man für eine Antwort auf diese Rede erwartete.

Während sie darüber nachdachte, was sie sagen sollte, wischte Marie allmählich ihre Tränen weg und glättete ihr Gefieder, wie eine Taube nach einem Regenschauer Toilette macht, und fing nun mit Miß Ophelia ein wirtschaftliches Gespräch über Schränke, Kammern, Wäschekisten und Vorratskammer und andere Sachen an, welche letztere auf gemeinschaftliches Übereinkommen unter ihre Leitung nehmen sollte – und erteilte ihr dabei so viele vorsichtige Winke und Aufträge, daß ein weniger systematischer und geschäftskundiger Kopf, als Miß Ophelia war, ganz verwirrt davon geworden wäre.

„Und jetzt, glaube ich, habe ich Ihnen alles gesagt", sagte Marie, „so daß, wenn meine Anfälle wiederkehren, Sie imstande sein werden, ohne meinen Beirat auszukommen; nur noch wegen Evas – sie bedarf der Aufsicht."

„Sie scheint ein sehr gutes Kind zu sein", sagte Miß Ophelia. „Ich habe nie ein besseres Kind gesehen."

„Eva ist sehr, sehr eigen", sagte ihre Mutter. „Sie hat so sonderbare Seiten; sie ist mir auch nicht im mindesten ähnlich", und Marie seufzte, als wäre darin wirklicher Stoff zum trauervollsten Nachdenken.

Miß Ophelia sagte bei sich: „Das hoffe ich auch", war aber klug genug, es für sich zu behalten.

„Eva ging von je gerne mit den Dienstboten um; und ich glaube, das läßt sich bei manchen Kindern schon dulden. Ich habe immer mit meines Vaters kleinen Negern gespielt – es hat mir nie etwas geschadet. Aber Eva scheint sich, ich weiß nicht wie, auf gleichen Fuß mit jedem Geschöpfe zu stellen, mit dem sie in Berührung kommt. Es ist merkwürdig mit diesem Kinde. Ich habe es ihr nie abgewöhnen können. Ich glaube, St. Clare bestärkt sie darin. Die Wahrheit ist, St. Clare hat mit jedermann im Hause die größte Nachsicht, nur nicht mit seiner Frau."

Abermals saß Miß Ophelia in starrem Schweigen da.

„Aber man kommt mit Dienstboten nicht aus, wenn man sie nicht unterzubringen und unten zu halten versteht“, sagte Marie. „Von Kind auf ist mir das natürlich gewesen. Eva kann aber ein ganzes Haus voll verderben; wie sie es anfangen wird, wenn sie einmal selbst einem Hause vorzustehen hat, das weiß der Himmel. Ich meine allerdings, man soll freundlich gegen die Dienstboten sein – ich bin es stets; aber man muß sie ihre Stellung fühlen lassen. Das tut Eva nie; es läßt sich diesem Kinde auch nicht der erste Keim eines Gedankens, wohin ein Dienstbote eigentlich gehört, beibringen. Sie hörten, wie sie sich erbot, des Nachts bei mir zu wachen, um Mammy schlafen zu lassen! Das ist so ein Pröbchen von dem, was das Kind tun würde, wenn man es sich selbst überließe.“

„Nun, ich glaube doch“, sagte Miß Ophelia geradeheraus, „Sie halten Ihre Dienstboten für Menschen, die ihre Ruhe haben müssen, wenn sie müde sind?“

„Gewiß, natürlich. Ich sehe sehr darauf, daß sie alles bekommen, was sich paßt – alles, was einem keine Unannehmlichkeiten macht, wissen Sie. Mammy kann ihren Schlaf bei Gelegenheit schon wieder einbringen, das hält nicht schwer. Sie ist das verschlafenste Geschöpf, das mir je vorgekommen ist; mag sie nähen, stehen oder sitzen, gewiß schläft sie ein, und schläft überall und sonstwo. Mammy büßt keinen Schlaf ein, das ist nicht zu befürchten. Aber es ist ja zu lächerlich, Dienstboten zu behandeln, als wären sie exotische Blumen oder Porzellanvasen“, sagte Marie, wie sie sich in die Tiefen eines umfänglichen weichen Divans versenkte und eine elegante Kristallvinaigrette zu sich heranzog.

„Sie sehen, daß ich nicht oft von mir spreche, Cousine Ophelia“, fuhr sie mit schwachem Lispeln wie der letzte sterbende Hauch des arabischen Jasmins oder etwas ebenso Ätherisches fort. „Ich bin es nicht gewohnt, und ich habe es nicht gerne. Wahrhaftig, ich habe nicht die Kraft dazu. Aber es gibt Punkte, worüber ich und St. Clare nicht einig sind. St. Clare hat mich nie verstanden, nie gewürdigt. Ich glaube, das ist die Wurzel aller meiner Leiden. St. Clare meint es gut, das zu glauben ist meine Pflicht; aber die Männer sind von Natur selbstsüchtig und rücksichtslos gegen Frauen. Das ist wenigstens meine Meinung.“

Miß Ophelia, die in nicht geringem Grade die echte neuenglische Vorsicht besaß und einen ganz besonderen Widerwillen hatte, sich in Familienstreitigkeiten zu verwickeln, fing jetzt an, so etwas vorauszusehen; deshalb legte sie ihr Gesicht in so entschieden neutrale Falten, als möglich, zog aus ihrer Tasche einen etwa 5/4 Ellen langen Strumpf, den sie als Hausmittel gegen die Versuchungen, welche nach Doktor Watts der Teufel immer gegen unbeschäftigte Hände anwendet, stets bei sich hatte, schloß die Lippen in einer Weise, welche deutlicher als Worte sagte: Sie brauchen nicht zu versuchen, ein Wort aus mir herauszubringen – ich mag nichts mit Ihren Angelegenheiten zu tun haben –, kurz, sie sah etwa so teilnehmend aus, wie ein steinerner Löwe. Aber Marie kümmerte sich nicht darum. Sie hatte jemanden, dem sie etwas vorreden konnte, und sie hielt es für ihre Pflicht zu reden, und das war genug; und sie fuhr fort, nachdem sie sich wieder an ihrem Riechfläschchen gestärkt hatte.

„Sie müssen wissen, ich brachte mein Eigentum und meine Dienstboten mit, als ich St. Clare heiratete, und ich bin gesetzlich befugt, ganz nach Belieben über sie zu verfügen. St. Clare hat sein eigenes Vermögen und seine Dienstboten, und ich bin es ganz zufrieden, daß er mit ihnen schaltet und waltet, wie er will; aber St. Clare erlaubt sich Übergriffe. Er hat merkwürdig ausschweifende Ideen, vorzüglich über die Behandlung der Dienstboten. Er benimmt sich wirklich, als ob ihm seine Dienstboten mehr wären als ich und auch als er selber, denn er duldet von ihnen alle Arten Ungelegenheiten und rührt nie einen Finger. Über manche Sachen ist St. Clare wirklich schrecklich – er erschreckt mich –, so gutmütig er im allgemeinen aussieht. So besteht er z. B. darauf, daß um keinen Preis in diesem Hause ein Schlag fallen soll, außer von ihm oder von mir; und er besteht in einer Weise darauf, der ich mich wirklich nicht zu widersetzen wage. Nun, Sie können sehen, wozu das führt, denn St. Clare würde nicht die Hand erheben, und wenn jeder einzelne ihn mit Füßen träte; und ich – Sie sehen ein, es wäre grausam, wollte man von mir eine solche Anstrengung fordern. Sie wissen ja, diese Dienstboten sind nichts als erwachsene Kinder."

„Ich weiß nichts von der Sache und danke Gott, daß ich nichts weiß", sagte Miß Ophelia kurz.

„Nun, Sie werden es schon kennenlernen müssen und zu Ihrem Schaden kennenlernen, wenn Sie hierbleiben. Sie wissen gar nicht, was für eine ärgerliche, dumme, leichtsinnige, unverständige, kindische, undankbare Art von Menschen sie sind."

Marie schien sich stets wunderbar gestärkt zu fühlen, wenn sie auf dieses Thema kam; und sie öffnete jetzt ihre Augen und schien ihre Mattigkeit ganz zu vergessen.

„Sie wissen gar nicht und können es gar nicht wissen, was für tägliche und stündliche Prüfungen eine Hausfrau von ihnen in jeder Art und von jeder Weise zu erdulden hat. Sich gegen St. Clare zu beklagen nützt gar nichts. Er redet das seltsamste Zeug. Er sagt, wir hätten sie zu dem gemacht, was sie sind, und müßten es nun über uns ergehen lassen. Er sagt, ihre Fehler verdankten sie alle uns, und es wäre grausam, erst den Fehler zu verursachen und ihre dann zu bestrafen. Er sagt, wir würden es an ihrer Stelle auch nicht besser machen; als ob man von ihnen auf uns schließen könnte, denken Sie nur."

„Glauben Sie nicht, daß der Herr sie von einem Blute mit uns gemacht hat?“ sagte Miß Ophelia kurz.

„Ich! Nein wahrhaftig nicht! Ein schöner Gedanke, wirklich! Sie sind eine entartete Rasse.“

„Glauben Sie nicht, daß sie unsterbliche Seelen haben?“ fragte Miß Ophelia mit wachsender Entrüstung.

„Nun ja“, sagte Marie gähnend, „das versteht sich wohl von selbst daran zweifelt niemand. Aber sie irgend mit uns auf gleichen Fuß stellen, als ob wir mit ihnen verglichen werden könnten, das ist ja rein unmöglich! Aber St. Clare hat sich wirklich gegen mich geäußert, als wäre es ganz dasselbe, ob Mammy oder ich von ihrem Gatten getrennt würde. Das läßt sich doch in dieser Weise nicht zusammenstellen. Mammy könnte ja gar nicht meine Gefühle haben. Es ist eine ganz andere Sache – das versteht sich ja von selbst; und dennoch stellt sich St. Clare, als sähe er es nicht ein. Und ganz so, als ob Mammy ihre schmutzigen Kleinen so lieb haben könnte, wie ich Eva! Aber St. Clare bemühte sich einmal wirklich und in vollem Ernste, mich zu überreden, daß es meine Pflicht sei, trotz meiner schwachen Gesundheit und meiner schweren Leiden, Mammy nach Hause gehen zu lassen und anstatt ihrer eine andere Person anzunehmen. Das war doch sogar mir etwas zuviel. Ich gebe nicht oft meinen Empfindungen Ausdruck. Es ist mein Grundsatz, alles stillschweigend zu ertragen; es ist des Weibes hartes Geschick, und ich ertrage es. Aber diesmal brach ich los, so daß er das Thema nie wieder berührt hat. Aber ich sehe es an seinem Gesicht und an kleinen Äußerungen, die er gelegentlich tut, daß er darüber noch so denkt wie früher, und das ist ärgerlich und unangenehm!“

Miß Ophelia machte ein Gesicht, als fürchte sie gar sehr, zu einer Äußerung fortgerissen zu werden, aber sie klapperte mit ihren Stricknadeln auf eine Weise, die sehr viel sagte, wenn Marie es nur hätte verstehen können.

„Sie sehen alles, was Sie zu tun bekommen werden“, fuhr sie fort. „Eine Wirtschaft ohne alle Regeln, wo die Dienstboten ganz nach eigenem Willen handeln, tun, was ihnen beliebt, und haben, was ihnen gefällt, außer soweit ich bei meiner schwachen Gesundheit die Ordnung aufrechterhalte. Ich habe meinen Riemen und wende ihn auch manchmal an; aber die Anstrengung ist immer zu groß für mich. Wenn St. Clare es nur machte wie andere Leute –“

„Und wie ist das?“

„Nun, sie schicken sie nach der Calaboose oder an einen anderen solchen Ort und lassen sie dort auspeitschen. Das ist der einzige richtige Weg. Wenn ich nicht ein so armes schwaches Geschöpf wäre, glaub' ich, könnte ich doppelt soviel Energie als St. Clare darin zeigen."

„Und wie kommt St. Clare durch?" sagte Miß Ophelia. „Sie sagen, er schlägt nie?"

„Ja, sehen Sie, die Männer haben schon eher ein gebieterisches Wesen; es wird ihnen leichter, außerdem wenn sie ihm einmal recht ordentlich ins Auge geblickt haben – es ist eigentümlich dieses Auge –, es blitzt ordentlich, wenn er entschieden spricht. Ich fürchte mich selbst davor, und die Dienstboten wissen, daß sie gehorchen müssen. Ich könnte mit einem richtigen Unwetter von Schimpfen und Schelten nicht soviel ausrichten, als St. Clare mit einem einzigen Blicke seines Auges, wenn er einmal Ernst macht. St. Clare kostet es keine Mühe, deswegen fühlt er so wenig für mich. Aber Sie werden schon finden, daß Sie ohne Strenge nicht auskommen können – sie sind so schlecht, so lügnerisch, so faul."

„Das alte Lied", sagte St. Clare, der jetzt hereingeschlendert kam. „Was für eine schreckliche Rechnung diese bösen Kreaturen zuletzt werden abzumachen haben, vorzüglich wegen dieses Faulenzens! Du siehst, Cousine", sagte er, während er sich der Länge lang auf einem Divan Marien gegenüber streckte, „diese Faulenzerei ist bei ihnen gar nicht zu entschuldigen, wenn man bedenkt, welches Beispiel Marie und ich ihnen geben."

„Nein, das ist doch aber auch zu schlecht!" sagte Marie.

„Wirklich? Mein Gott, ich denke, ich spreche ganz merkwürdig gut für mich. Ich bemühe mich stets, deinen Bemerkungen Nachdruck zu geben."

„Du weißt, daß du so etwas nicht beabsichtigt hast, St. Clare", sagte Marie.

„Oh, dann muß ich mich geirrt haben. Danke dir, meine Liebe, daß du mich eines Besseren belehrt hast."

„Du bemühst dich wirklich, mich zu ärgern", sagte Marie.

„Ach laß doch, Marie, der Tag wird schon warm, und ich habe einen langen Zank mit Dolf gehabt, der mich schrecklich müde gemacht hat; also sei jetzt ein gutes Kind und laß einen armen Burschen in dem Lichte deines Lächelns ruhen."

„Was ist mit Dolf?" sagte Marie. „Dieses Kerls Unverschämtheit hat eine Höhe erreicht, die mir ganz unerträglich ist. Ich wünsche nur, ich hätte eine Zeitlang unbeschränkt über ihn zu verfügen. Ich wollte seinen Trotz schon brechen."

„Was du da sagst, meine Liebe, trägt den Stempel deiner gewöhnlichen Schärfe und Verständigkeit", sagte St. Clare. „Was Dolf betrifft, so ist die Sache die: Er ist solange beschäftigt gewesen, meine Vorzüge und Vollkommenheiten nachzuahmen, daß er sich zuletzt wirklich mit seinem Herrn verwechselt hat, und ich habe mich genötigt gesehen, ihm über dieses Mißverständnis einige Aufklärung zu geben."

„Wieso?" sagte Marie.

„Nun, ich sah mich genötigt, ihm zu verstehen zu geben, daß ich einige von meinen Kleidern zu meinem persönlichen Gebrauche zu behalten wünsche; ich setzte auch seine Magnifizenz auf eine bestimmte Ration von Eau de Cologne und war wirklich so grausam, ihn auf ein einziges Dutzend meiner Batisttaschentücher zu beschränken. Dolf verdroß das gar sehr, und ich mußte zu ihm sprechen wie ein Vater, daß er wieder ein freundliches Gesicht machte."

„O St. Clare, wann wirst du deine Dienstboten behandeln lernen? Deine Nachsicht gegen sie ist ganz abscheulich", sagte Marie.

„Mein Gott, was schadet es denn am Ende, daß der arme Bursche so sein will, wie sein Herr, und wenn ich ihn so schlecht erzogen habe, daß er Eau de Cologne und Batisttaschentücher für das höchste Gut auf Erden hält, warum soll ich sie ihm da nicht gönnen?"

„Und warum hast du ihn nicht besser erzogen?" sagte Miß Ophelia mit gerader Entschiedenheit.

„Zuviel Mühe. Trägheit, Cousine, Trägheit, die mehr Seelen zugrunde richtet, als du ausschelten kannst. Wenn die Trägheit nicht wäre, so wäre ich selbst ein vollkommner Engel geworden. Ich bin geneigt zu glauben, daß Trägheit das ist, was der alte Doktor Botherem oben in Vermont immer das ›Wesen alles Bösen‹ nannte; gewiß ein schrecklicher Gedanke."

„Mir scheint, ihr Sklavenbesitzer hättet eine schreckliche Verantwortlichkeit auf euch", sagte Miß Ophelia. „Ich möchte sie nicht für tausend Welten auf mich nehmen. Du solltest deine Sklaven erziehen und sie wie vernunftbegabte Wesen behandeln, wie unsterbliche Geschöpfe, mit denen du dereinst vor Gottes Gericht erscheinen mußt. Das ist meine Meinung", sagte das gute Mädchen, nachdem sie plötzlich mit einem Eifer hervorgebrochen war, der sich in seiner vollen Kraft allmählich während des ganzen Morgens angesammelt hatte.

„Ach, ich bitte dich", sagte St. Clare und stand rasch auf, „was verstehst du von unseren Sachen?" Und er setzte sich ans Piano und spielte ein lebhaftes Musikstück. St. Clare hatte ein entschiedenes Talent für Musik. Sein Anschlag war fest und brillant, und seine Finger flogen mit einer schwebenden und doch bestimmten Bewegung über die Tasten. Er spielte ein Stück nach dem andern, wie ein Mann, der durch das Spielen in gute Laune geraten will. Nachdem er die Noten beiseite geschoben hatte, stand er auf und sagte heiter: „Cousine, du hast uns eine schöne Rede gehalten und deine Pflicht getan; im ganzen denke ich deshalb nur besser von dir. Ich bezweifle nicht im mindesten, daß du einen wahren Diamant von Wahrheit nach mir geworfen hast; obgleich er mich so gerade ins Gesicht getroffen hat, daß ich nicht gleich seinen rechten Wert erkennen konnte."

„Ich meinesteils sehe den Nutzen solcher Gespräche nicht ein", sagte Marie. „Ich möchte wahrhaftig wissen, wer mehr für seine Dienstboten täte als wir; und sie werden dadurch auch nicht im geringsten besser – durchaus nicht; sie werden schlimmer, nur schlimmer. Was das Zureden betrifft, so bin ich überzeugt, ich habe mich heiser mit ihnen geredet und habe ihnen ihre Pflichten vorgehalten und Ähnliches; und sie können ja in die Kirche gehen, wenn sie wollen, obgleich sie kein Wort von der Predigt verstehen, so wenig wie ein Schwein; ich sehe also gar keinen großen Nutzen von dem Kirchengehen; aber sie gehen, und so ist ihnen jede Gelegenheit geboten; jedoch wie ich vorhin sagte, sie sind eine entartete Rasse und werden es stets sein, und es läßt sich ihnen nicht helfen; es ist nichts aus ihnen zu machen, wenn man es auch versucht. Sie sehen, Cousine Ophelia, ich habe es versucht; und Sie haben es nicht versucht; ich bin unter ihnen geboren und aufgewachsen und kenne es."

Miß Ophelia dachte, sie habe genug gesagt, und schwieg daher. St. Clare pfiff etwas vor sich hin.

„St. Clare, ich wollte, du pfiffst nicht", sagte Marie, „es verschlimmert meinen Kopfschmerz."

„So will ich es nicht tun", sagte St. Clare. „Ist sonst noch etwas, was ich nicht tun soll?"

„Ich wollte, du zeigtest einige Teilnahme für meine Leiden; du legst nie das mindeste Gefühl für mich an den Tag."

„Mein lieber, anklagender Engel!" sagte St. Clare.

„Es ist doch zu arg, solche Anreden zu hören."

„Nun, was soll ich sonst zu dir sagen? Ich will ganz nach Befehl sprechen – wie du es haben willst, nur um dich zu befriedigen."

Ein heiteres Lachen vom Hofe schallte durch die seidenen Vorhänge der Veranda. St. Clare trat hinaus, hob den Vorhang empor und lachte ebenfalls.

„Was gibt's?" sagte Miß Ophelia, die an das Geländer kam.

Tom saß im Hofe auf einer kleinen Rasenbank, jedes seiner Knopflöcher mit einem Strauß von Cap-Jasmin geschmückt, und Eva hing ihm lustig lachend einen Rosenkranz um den Hals; und dann setzte sie sich auf seine Knie wie ein kleiner Vogel und lachte immer noch.

„Ach Tom, du siehst so drollig aus!" Um Toms Mund schwebte ein stilles wohlwollendes Lächeln, und er schien in seiner ruhigen Weise den Spaß ebenso innig zu genießen wie seine kleine Herrin. Als er seinen Herrn sah, blickte er diesen mit einer halbabbittenden entschuldigenden Miene an.

„Wie kannst du das dulden?" sagte Miß Ophelia.

„Warum nicht?" sagte St. Clare.

„Nun, ich weiß nicht, es kommt mir so abscheulich vor."

„Du sähest nichts Böses darin, wenn das Kind einen großen Hund liebkoste, selbst wenn er schwarz wäre, nicht wahr? Aber ein Geschöpf liebkosen, das denken und fühlen kann und unsterblich ist, das macht dich schaudern? Gestehe es nur, Cousine. Ich weiß recht gut, wie manche von euch Nordländern darüber empfinden. Ich will nicht etwa sagen, daß es eine besondere Tugend von uns ist, nicht so zu empfinden; aber Gewohnheit bewirkt bei uns, was das Christentum tun sollte – verwischt das Gefühl persönlichen Vorurteils. Ich habe während meiner Reise im Norden oft bemerkt, wieviel stärker dies bei euch als bei uns ist. Ihr ekelt euch vor ihnen wie vor einer Schlange oder einer Kröte, und doch erfüllen euch ihre Leiden mit Empörung. Ihr wollt sie nicht mißhandelt wissen, aber ihr wollt auch selbst nichts mit ihnen zu tun haben. Ihr möchtet sie nach Afrika schicken, um sie weder zu sehen noch zu riechen, um die ganze Selbstverleugnung, sie kompendiös zu erziehen, auf sich zu nehmen. Ist es nicht so?"

„Hm, Cousin, es mag wohl einiges Wahre darin sein", sagte Miß Ophelia nachdenklich.

„Was würden die Armen und Niedrigen ohne die Kinder sein?" sagte St. Clare, an das Gitter gelehnt und Eva ansehend, welche, Tom an der Hand, forthüpfte. „Die kleinen Kinder sind die einzigen echten Demokraten. Dieser Tom ist für Eva ein Held, seine Geschichten sind Wunder in ihren Augen, seine Lieder und Methodistenhymnen besser als die Oper, und die Spielereien und Kleinigkeiten in seiner Tasche sind für sie eine Diamantengrube, und er ist der wunderbarste Tom, der jemals in einer schwarzen Haut steckte. Das ist eine der Rosen aus Eden, die der Herr besonders für die Armen und Niedrigen, die wenig andere bekommen, hat herniederfallen lassen."

„Es ist seltsam, Cousin“, sagte Miß Ophelia, „man möchte fast glauben, du wärst ein Bekenner, wenn man dich reden hört.

„Ein Bekenner?“ sagte St. Clare.

„Jawohl, ein christlicher Bekenner.“

„Durchaus nicht, kein Bekenner, wie ihr Stadtleute sagt, und ich fürchte, was noch schlimmer ist, meine Praxis entspricht auch meiner Theorie nicht.“

„Nun, warum sprichst du denn so?“

„Nichts ist leichter als Sprechen“, sagte St. Clare. „Ich glaube, Shakespeare läßt jemanden sagen: ›Ich könnte eher zwanzig zeigen, was Gutes zu tun ist, als einer von den zwanzig sein, die meine eigene Lehre ausführten.‹ Es geht nichts über Teilung der Arbeit. Meine Stärke liegt im Sprechen und deine, Cousine, im Tun.“

Tom hatte sich bei seinem jetzigen Herrn über seine äußere Stellung, wie die Welt sich ausdrückt, über nichts zu beklagen. Der kleinen Eva Vorliebe für ihn – die instinktmäßige Dankbarkeit und Liebesbedürftigkeit eines edlen Herzens – hatte sie veranlaßt, sich ihn von ihrem Vater als ihren persönlichen Begleiter, wenn sie auf ihren Spaziergängen oder Fahrten das Geleit eines Bedienten brauchte, auszubitten; und Tom erhielt die allgemeine Instruktion, alles liegenzulassen und Miß Eva aufzuwarten, sooft sie ihn brauche – eine Instruktion, welche, wie sich unsere Leser leicht denken werden, ihm durchaus nicht unangenehm war. Er war stets sehr gut angezogen, denn St. Clare war in diesem Punkte bis zur Empfindlichkeit eigen. Sein Stalldienst war eine bloße Sinekure und bestand bloß in einem täglichen Nachsehen und Unterweisen eines Untergebenen in seinen Pflichten, denn Marie St. Clare erklärte, daß er nicht nach Pferden riechen dürfe, wenn er in ihre Nähe komme, und daß er unbedingt nichts verrichten dürfe, was ihn ihr unangenehm machen könne, indem ihr Nervensystem eine Prüfung der Art in keinem Falle auszuhalten imstande sei; denn eine einzige Nase voll eines unangenehmen Geruchs genügte ihrer Behauptung nach vollkommen, den Vorhang fallen zu lassen und allen ihren irdischen Prüfungen auf einmal ein Ende zu machen. Tom sah deshalb in seinem wohlgebürsteten Rocke von feinem Tuch, dem glatten Biberhute, den glänzenden Stiefeln, tadellosen Manschetten und Halskragen und dem ernsten gutmütigen schwarzen Gesicht respektabel genug aus, um Bischof von Karthago zu sein, was in anderen Jahrhunderten Leute seiner Farbe waren.

Außerdem lebte er in einem schönen Hause, ein Vorzug, gegen den dieses lebhaft fühlende Volk nie gleichgültig ist; und er freute sich mit stillem Genuß an den Vögeln, den Blumen, den Springbrunnen, den Wohlgerüchen und dem Sonnenschein und der Schönheit des Hofes und an den Gemälden und

Kronleuchtern und Statuetten und Vergoldungen, welche die Gemächer drinnen für ihn zu einer Art Aladinspalast machten.

Marie machte es sich stets zum Gesetz, sonntags sehr fromm zu sein. Da stand sie, so zart, so elegant, so ätherisch und anmutig in allen ihren Bewegungen, während ihr Spitzenschal sie umhüllte wie ein Nebel. Sie sah so anmutvoll aus, und sie fühlte, daß sie sehr gut und sehr elegant sei. Miß Ophelia stand neben ihr als vollkommener Gegensatz. Nicht daß ihr seidenes Kleid und ihr Schal und ihr Taschentuch nicht ebenso schön gewesen wären; aber ihr steifes und eckiges, lineal-gerades Wesen prägten ihr einen ebenso unbegreiflichen, aber doch erkennbaren Stempel auf, wie die Anmut ihrer eleganten Nachbarin, aber nicht die himmlische Anmut – das ist ganz was anderes!

„Wo ist Eva?" sagte Marie.

„Sie blieb auf der Treppe stehen, um Mammy etwas zu sagen."

Und was sagt Eva auf der Treppe zu Mammy? Du kannst es hören, Leser, Marie aber nicht.

„Liebe Mammy, ich weiß, daß du fürchterliches Kopfweh hast."

„Gott behüte Sie, Miß Eva! Mein Kopf tut mir jetzt immer weh. Sie brauchen sich darüber keinen Kummer zu machen."

„Nun, es freut mich, daß du an die frische Luft kommst; und hier" – und die Kleine umschlang sie mit den Armen – „hier, Mammy, nimm meine Vinaigrette."

„Was? Das schöne goldene Ding da mit den Diamanten! Nein, Miß, das schickte sich nicht, gar nicht."

„Warum nicht? Du brauchst es, und ich nicht. Mama braucht es immer, wenn sie Kopfweh hat, und es wird dir besser davon werden. Nein, du mußt es nehmen, nur mir zur Liebe."

„Nein, das liebe Kind nur sprechen zu hören!" sagte Mammy, als Eva ihr das Riechfläschchen in den Busen schob, sie küßte und die Treppe hinunter ihrer Mutter nachsprang.

„Wo bleibst du so lange?"

„Ich hielt mich nur einen Augenblick bei Mammy auf, um ihr meine Vinaigrette zu geben; sie soll sie mit in die Kirche nehmen."

„Eva!" sagte Marie und stampfte ungeduldig mit dem Fuße. „Deine goldene Vinaigrette Mammy gegeben! Wann wirst du lernen, was sich schickt! Du gehst den Augenblick hin und läßt sie dir wiedergeben."

Eva machte ein betrübtes Gesicht und kehrte langsam um.

„Marie, laß das Kind nur, es mag tun, was ihm gefällt“, sagte St. Clare.

„St. Clare, wie soll sie einmal in der Welt durchkommen“, sagte Marie.

„Das weiß der Himmel“, sagte St. Clare, „aber jedenfalls wird sie besser im Himmel durchkommen als du und ich.“

„Ach, Papa, bitte“, sagte Eva und berührte leise seine Ellenbogen, „es tut Mama weh.“

„Nun, Vetter, gehst du auch mit in die Kirche?“ sagte Miß Ophelia zu St. Clare.

„Nein, ich gehe nicht.“

„Ich wollte, St. Clare ginge einmal in die Kirche“, sagte Marie, „aber er hat nicht ein bißchen Religion. Es ist wirklich nicht wohlanständig.“

„Ich weiß es“, sagte St. Clare. „Ihr Damen geht in die Kirche, um zu lernen, wie man in der Welt durchkommt, vermute ich, und eure Frömmigkeit macht uns auch mit wohlanständig. Wenn ich einmal in die Kirche gehe, würde ich mit Mammy gehen; da findet man wenigstens etwas, was einen wach erhält.“

„Was? Zu diesen plärrenden Methodisten? Schrecklich!“ sagte Marie.

„Alles ist besser als das tote Meer eurer wohlanständigen Kirchen, Marie. Es ist unbedingt zuviel verlangt von einem Menschen. Eva, gehst du gern? Komm, bleib zu Hause und spiele mit mir.“

„Ich danke dir, Papa, aber ich will lieber in die Kirche gehen.“

„Ist es nicht schrecklich langweilig?“ sagte St. Clare.

„Es kommt mir manchmal langweilig vor“, sagte Eva, „und ich werde auch schläfrig, aber ich bemühe mich, wach zu bleiben.“

„Warum gehst du denn dann hin?“

„Du mußt wissen, Papa“, flüsterte sie ihm zu, „Cousine Ophelia sagte mir, Gott wolle es so haben, und er gibt uns alles, weißt du ja; und es ist keine große Mühe, wenn er es von uns verlangt. Es ist am Ende nicht so sehr langweilig.“

„Du liebes, gefälliges Herz!“ sagte St. Clare und küßte sie. „Geh, du bist ein gutes Mädchen, und bete für mich!“

„Das tue ich ja immer“, sagte das Kind, als sie ihrer Mutter nach in den schönen Wagen sprang.

St. Clare blieb auf der Treppe stehen und warf ihr eine Kußhand zu, wie der Wagen fortfuhr; große Tränen standen in seinen Augen.

„O Evangeline! Mit Recht führst du deinen Namen; hat dich Gott nicht mir als fröhliche Botschaft geschickt?“

So empfand er einen Augenblick lang, und dann rauchte er eine Zigarre und las den Picayune und vergaß sein kleines Evangelium. War er viel anderes als andere Leute?

15. Kapitel
Des freien Mannes Verteidigung

Wie sich der Abend nahte, war im Quäkerhause alles in sanfter Aufregung. Rachel Halliday bewegte sich ruhig hin und her, um aus ihren Wirtschaftsvorräten für die Wanderer, die sich heute nacht auf den Weg machen sollten, solche Bedürfnisse zu sammeln, wie sich leicht in einen kleinen Raum bringen ließen. Die Nachmittagschatten waren ostwärts gerichtet, und die runde rote Sonne stand gedankenvoll am Horizont und ihre Strahlen schienen gelb und Ruhe bringend in das kleine Schlafzimmer, wo sich George und seine Frau befanden. Er saß da, sein Kind auf dem Knie und die Hand seiner Frau in der seinigen. Beide sahen nachdenklich und ernst aus, und Spuren von Tränen waren auf ihren Wangen.

„Ja, Elisa“, sagte George, „ich weiß, daß alles, was du sagst, wahr ist. Du bist ein gutes Kind – viel besser, als ich bin; und ich will versuchen, so zu handeln, wie du sagst. Ich will versuchen zu handeln, wie es sich für einen freien Mann ziemt. Ich will versuchen zu fühlen, wie ein Christ. Gott der Allmächtige weiß, daß ich stets den Willen hatte, gut zu sein – daß ich mein Möglichstes getan habe, gut zu sein –, als alles gegen mich war; und jetzt will ich alles vergessen, was vorüber ist, und jede böse und bittere Empfindung unterdrücken und meine Bibel lesen, und lernen, ein guter Mensch zu werden.“

„Und wenn wir nach Kanada kommen“, sagte Elisa, „so kann ich dir helfen. Ich kann recht gut Putz machen; und ich verstehe mich aufs Feinwaschen und Plätten; und mit vereinten Kräften werden wir schon leben können.“

„Ja, Elisa, solange wir uns einander und den Knaben haben. Ach, Elisa, wenn diese Leute nur wüßten, was es für ein Segen für einen Mann ist, zu fühlen, daß seine Frau und sein Kind ihm angehören. Ich habe mich oft gewundert, einen Mann, der seine Frau und seine Kinder sein nennen konnte, wegen etwas anderem klagen oder sorgen zu sehen. Ich komme mir reich und mächtig vor, obgleich wir nichts haben als unsere leeren Hände. Es ist mir, als ob ich kaum Gott um mehr bitten könnte. Ja, obgleich ich jeden Tag angestrengt gearbeitet habe, bis ich 25 Jahre alt bin, und keinen Cent Geld und kein Dach über dem Kopf und keinen Fleck Land mein eigen nennen kann, so will ich jetzt doch zufrieden, ja dankbar sein, wenn sie mich nur ungeschoren lassen; ich will arbeiten und das Geld für dich und unseren Knaben zurückschicken. Was meinen alten Herrn betrifft, so hat er schon fünfmal mehr, als er für mich verwendet hat, durch mich verdient. Ich bin ihm gar nichts schuldig."

„Aber wir sind noch nicht ganz außer Gefahr", sagte Elisa. „Wir sind noch nicht in Kanada."

„Das ist wahr", sagte George, „aber es ist mir, als atmete ich die Luft der Freiheit schon ein, und das macht mich stark."

In diesem Augenblick hörte man im äußeren Zimmer Stimmen in angelegentlichem Gespräch, und bald vernahm man ein Klopfen an der Tür. Elisa schrak auf und öffnete.

Simeon Halliday war da, und mit ihm ein Quäkerbruder, den er als Phineas Fletcher vorstellte. Phineas war dürr, hatte rotes Haar und sein Gesicht trug einen Ausdruck großer Schlauheit. Er hatte nichts von dem ruhigen, unweltlich gesinnten Wesen Simeon Hallidays; im Gegenteil etwas ganz besonders Pfiffiges und praktisch Gewandtes, wie ein Mann, der eher stolz darauf ist, stets zu wissen, was er will, und ein scharfes Auge zu haben, auf alles zu sehen; Eigentümlichkeiten, welche etwas seltsam zu dem breitkrempigen Hute und der förmlichen Quäkersprache paßten.

„Unser Freund Phineas hat etwas von Wichtigkeit für dich und deine Frau entdeckt, George", sagte Simeon. „Es würde dir von Nutzen sein, es zu hören."

„Ja, ich habe etwas entdeckt", sagte Phineas, „und es zeigt, wie nützlich es ist, wenn ein Mann an gewissen Orten immer mit einem offenen Ohre schläft, wie ich immer gesagt habe. Gestern nacht kehrte ich in einer kleinen einsamen Schenke unten an der Straße ein. Du erinnerst dich an den Ort, Simeon – wir verkauften voriges Jahr dort Äpfel an die dicke Frau mit den großen Ohrringen. Ich war müde vom langen Fahren, und nach dem Abendessen legte ich mich auf einen Haufen Säcke in der Ecke und zog eine Büffelhaut über mich, um zu warten, bis mein Bett fertig sei; und was passiert mir? Ich schlafe fest ein."

„Mit einem Ohr offen, Phineas", sagte Simeon ruhig.

„Nein, ich schlief samt den Ohren ein, über zwei Stunden lang, denn ich war ziemlich müde; aber als ich wieder ein wenig zu mir kam, fand ich, daß noch ein paar Gäste im Zimmer waren, die trinkend und sprechend um einen Tisch saßen; und ich dachte, ehe ich aufstände, wollte ich sehen, was sie im Werke hätten, vorzüglich, da ich hörte, daß sie etwas von Quäkern sagten. ›Sie sind also jedenfalls in der Quäkerniederlassung‹, sagte der eine. Nun horchte ich mit beiden Ohren und fand, daß sie von diesen Leuten hier sprachen. So blieb ich denn still liegen und hörte sie alle ihre Pläne entwickeln. Dieser junge Mann, sagten sie, soll nach Kentucky zu seinem Herrn zurückgeschickt werden, der ein Beispiel an ihm geben wolle, um andere Nigger vom Davonlaufen abzuschrecken; und seine Frau wollten zwei von ihnen auf eigene Rechnung nach New Orleans zum Verkauf bringen, und sie rechneten, 1600 oder 1800 Dollar für sie zu bekommen; und den Knaben, sagten sie, bekommt ein Händler, der ihn gekauft hat; und dann der Bursche Jim und seine Mutter sollten ihrem Herrn nach Kentucky zurückgeschickt werden. Sie sagten, sie hätten in einer Stadt nicht weit von dort zwei Konstabler, die sie auf der Verfolgung begleiten würden, und die junge Frau wollten sie vor einen Friedensrichter führen; und einer von den Kerlen, der klein ist und zu reden weiß, wollte schwören, sie sei sein Eigentum, und sie sich übergeben lassen, um sie nach dem Süden zu schaffen. Sie haben auch den Weg, den wir diese Nacht nehmen wollen, richtig erraten; und sie werden uns 6 oder 8 Mann stark verfolgen. – Was ist nun zu tun?“

Die Gruppe, die nach dieser Mitteilung in verschiedenen Stellungen dastand, war eines Malers würdig. Rachel Halliday, die um die Nachricht zu hören, ihre Biskuits hatte liegenlassen, stand mit gen Himmel erhobenen und mehligen Händen und einem Gesicht voll der tiefsten Teilnahme da.

Simeon war in tiefes Sinnen verloren; Elisa hatte die Arme um ihren Gatten geschlungen und blickte zu ihm hinauf. George stand mit geballten Fäusten und flammenden Augen da und sah aus, wie jeder andere Mensch aussehen würde, dessen Weib in einer Auktion versteigert und dessen Sohn einem Sklavenhändler übergeben werden soll, natürlich unter dem Schutz der Gesetze eines christlichen Staates.

„Was sollen wir beginnen, George?“ sagte Elisa mit schwacher Stimme.

„Ich weiß, was ich tun werde“, sagte George, indem er in das kleine Zimmer trat und seine Pistolen untersuchte.

„Ja, ja“, sagte Phineas und nickte Simeon zu, „du siehst, Simeon, was es für eine Wirkung macht.“

„Ich sehe wohl“, sagte Simeon mit einem Seufzer, „ich bitte zu Gott, daß es nicht dazu kommt.“

„Ich will niemanden mit mir oder für mich in Ungelegenheit bringen“, sagte George. „Wenn Ihr mir Euren Wagen leihen und mir den Weg zeigen wollt, so fahre ich allein nach der nächsten Station. Jim hat die Stärke eines Riesen und ist so brav, wie Tod und Verzweiflung nur sein können, und ich bin's auch.“

„Das ist schon gut, Freund“, sagte Phineas, „aber du brauchst doch einen Kutscher. Das Fechten wollen wir dir ganz allein überlassen, weißt du; aber ich kenne ein paar Winkel der Straße, die du nicht kennst.“

„Aber ich mag Euch nicht mit hineinverwickeln“, sagte George.

„Verwickeln?“ sagte Phineas mit einem seltsamen und schlauen Ausdruck des Gesichts. „Wenn du mich verwickelt hast, so laß mich's ja wissen.“

„Phineas ist ein kluger und geschickter Mann“, sagte Simeon. „Ich rate dir, George, dich nach seinem Urteil zu richten, und“, setzte er hinzu, indem er die Hand gütig auf Georges Schulter legte und auf die Pistolen wies, „sei nicht so rasch mit diesen Dingern – junges Blut ist hitzig.“

„Ich werde keinen Menschen angreifen“, sagte George. „Ich verlange von diesem Lande nur, daß man mich gehen läßt, und ich werde in Frieden gehen; aber“ – er hielt inne, und seine Stirn verfinsterte sich, und in seinem Gesichte zuckte es krampfhaft – „man hat mir eine Schwester auf diesem New-Orleans-Markt verkauft. Ich weiß, wozu sie verkauft werden; und soll ich es mir ruhig gefallen lassen, daß sie mir meine Frau nehmen und sie mir verkaufen, wenn Gott mir ein Paar starke Arme gegeben hat, sie zu verteidigen? Nein, Gott helfe mir! Ich wehre mich bis zum letzten Atemzuge, ehe sie mein Weib und meinen Sohn gefangennehmen wollen. Könnt Ihr mich tadeln?“

„Sterbliche Menschen können dich nicht tadeln, George. Fleisch und Blut können nicht anders“, sagte Simeon. „Wehe der Welt wegen des Ärgernisses, aber wehe denen, so das Ärgernis geben.“

„Würdet Ihr nicht auch dasselbe an meiner Stelle tun?“

„Ich bitte Gott, daß er mich nicht in Versuchung führt“, sagte Simeon, „das Fleisch ist schwach!“

„Ich glaube, mein Fleisch würde in einem solchen Falle leidlich stark sein“, sagte Phineas und reckte ein Paar Arme, groß wie die Flügel einer Windmühle. „Ich weiß nicht, Freund George, ob ich nicht einen Kerl für dich festhielte, wenn du eine Rechnung mit ihm abzumachen hättest.“

„Wenn überhaupt der Mensch sich gegen das Unrecht wehren darf“, sagte Simeon, „so hat George jetzt ein Recht dazu; jedoch die Führer unseres Volkes haben einen vortrefflicheren Weg gezeigt, denn der Zorn des Menschen bringt nicht die Gerechtigkeit Gottes; aber es geht dem verderbten Willen des Menschen hart an, und niemand kann es vollbringen als die, denen es gegeben ist. Laßt uns den Herrn bitten, daß er uns nicht in Versuchung führt.“

„Und das will ich auch tun“, sagte Phineas, „aber wenn wir zu stark versucht werden – na, ich sage bloß, sie sollen sich in acht nehmen.“

„Es ist doch gleich sichtbar, daß du nicht als Freund geboren bist“, sagte Simeon lächelnd. „Der alte Adam ist noch ziemlich stark in dir.“ Die Wahrheit zu gestehen, Phineas war ein derber, kräftiger Hinterwäldler gewesen, ein gewaltiger Jäger und der Tod jedes Rehbocks; aber die Reize einer hübschen Quäkerin, um die er geworben, hatten ihn bewogen, der Gemeinde beizutreten; und obgleich er ein ehrliches, nüchternes und brauchbares Mitglied war und niemand etwas Besonderes gegen ihn zu sagen wußte, so gewahrten doch die mehr von dem Geiste durchdrungenen Brüder einen großen Mangel an der rechten Salbung an ihm.

„Freund Phineas wird immer seine eigene Weise haben“, sagte Rachel Halliday lächelnd, „aber wir sind alle überzeugt, daß er trotzdem das Herz auf dem rechten Flecke hat.“

„Wäre es nicht besser, wir beschleunigten unsere Flucht?“ sagte jetzt George.

„Ich bin um vier Uhr aufgestanden und in aller Eile hierher geritten, volle zwei oder drei Stunden ihnen voraus, wenn sie zu der Zeit, die sie im Sinne hatten, aufgebrochen sind. Es ist jedenfalls nicht sicher, vor Dunkelwerden abzufahren, denn in den Dörfern vor uns sind einige Übelgesinnte, die uns vielleicht in den Weg treten könnten, wenn sie unseren Wagen sehen, und das wäre mehr Aufenthalt als das Warten; aber in zwei Stunden, glaube ich, können wir's wagen. Ich gehe zu Michael Croß hinüber, der uns mit seinem schnellen Pferde nachkommen und auf der Landstraße gute Wacht halten soll, um uns Nachricht zu geben, wenn sich ein Trupp Menschen zeigt. Michael überholt die meisten andern Pferde sehr bald, und er kann uns nachjagen und uns warnen, wenn Gefahr ist. Ich sage jetzt auch Jim und der Alten, sich bereitzuhalten, und sehe nach den Pferden. Wir haben einen ziemlichen Vorsprung und die beste Aussicht, die Station zu erreichen, ehe sie uns einholen. Also nur guten Mut, Freund George, das ist nicht der erste schlimme Handel, den ich mit deinen Leuten gehabt habe“, sagte Phineas, indem er die Tür zumachte.

„Phineas ist ein kluger Mann“, sagte Simeon. „Er wird das Beste tun, was für dich zu tun ist, George.“

„Es tut mir nur das eine leid, daß Ihr Euch so großer Gefahr aussetzt“, sagte George.

„Du würdest uns sehr verpflichten, Freund George, davon nicht weiter zu reden. Was wir tun, ist unsere Gewissenspflicht; wir können nicht anders handeln. Und nun, Mutter“, sagte er zu Rachel gewendet, „beende deine Zubereitungen für diese Freunde, denn wir dürfen sie nicht fastend gehen lassen.“

Und während Rachel und ihre Kinder geschäftig Maiskuchen bereiteten und Schinken und Huhn kochten und die mancherlei Bestandteile des Abendessens fertigmachten, saßen George und seine Frau in ihrem kleinen Zimmer nebeneinander und hielten sich umschlungen und vertieften sich in solche Gespräche, wie Gatte und Gattin miteinander haben, wenn sie wissen, daß sie in ein paar Stunden auf immer voneinander getrennt werden können.

„Elisa“, sagte George, „Menschen, die Häuser und Freunde und Ländereien und Geld haben, können nicht so lieben wie wir, die wir weiter nichts haben als uns selbst. Bis ich dich kennenlernte, Elisa, hatte mich kein Wesen geliebt als meine arme Mutter und meine Schwester. Ich sah die arme Emily an dem Morgen, wo der Sklavenhändler sie fortschleppte. Sie trat in die Ecke, wo ich noch im Schlafe lag, und sagte: ›Armer George, deine letzte Freundin geht jetzt. Was wird aus dir werden, armer Knabe?‹ Und ich stand auf und umarmte sie und weinte und schluchzte, und auch sie weinte; und das sind die letzten freundlichen Worte, die ich zehn lange Jahre hindurch hörte, und mein Herz vertrocknete und war so dürr wie Asche, bis ich dich kennenlernte. Und daß du mich liebtest – ach, es war mir fast, als ob ich aus dem Grabe erstünde. Ich bin seitdem wie ein neuer Mensch gewesen! Und jetzt, Elisa, will ich meinen letzten Blutstropfen hingeben, aber entreißen sollen sie dich mir nicht. Wer dich haben will, muß erst über meine Leiche hinweg.“

„O Herr, habe Erbarmen mit uns“, schluchzte Elisa. „Wenn er uns nur vereint aus diesem Lande entkommen läßt, weiter verlange ich nichts.“

Als sie sich später alle noch einmal zum Abendessen an den Tisch setzten, hörte man ein leises Klopfen an der Tür, und Ruth trat herein.

„Ich bin eben nur herübergesprungen, um dem Knaben die Strümpfchen zu bringen“, sagte sie. „Es sind drei Paar, hübsch warme, wollene. Du weißt, es ist kalt in Kanada. Hast du noch frischen Mut, Elisa?“ setzte sie hinzu, indem sie zu Elisa sprang und ihr mit Wärme die Hand schüttelte und Harry einen Kuchen in die Hand schlüpfen ließ. „Ich habe ein kleines Päckchen davon für ihn mitgebracht“, sagte sie und zerrte an ihrer Tasche, um das Päckchen herauszuholen. „Du weißt ja, Kinder wollen immer essen.“

„O, ich danke Euch; Ihr seid zu gütig“, sagte Elisa.

„Komm, Ruth, iß mit uns“, sagte Rachel.

„Ich kann nicht, durchaus nicht. Ich habe John mit dem Kleinen zu Hause gelassen und mit ein paar Biskuits im Ofen; und ich kann keinen Augenblick bleiben, sonst läßt John die Biskuits verbrennen und gibt dem Kleinen allen Zucker aus der Dose. So macht er's", sagte die kleine Quäkerin lachend. „So leb wohl, Elisa; leb wohl, George; der Herr schenke dir eine sichere Reise", und mit ein paar hüpfenden Schritten war Ruth zur Tür hinaus. Kurze Zeit nach dem Abendessen fuhr ein großer, bedeckter Wagen vor der Tür vor; die Nacht war sternenhell, und Phineas sprang munter von seinem Sitz herunter, um seine Passagiere unterzubringen. George trat aus der Tür, den Knaben auf einem Arm und seine Frau an dem andern. Sein Gang war fest, sein Gesicht gefaßt und entschlossen. Rachel und Simeon kamen hinter ihm her.

„Steigt einen Augenblick aus", sagte Phineas zu den Drinsitzenden, „daß ich die Rückseite für die Frauen und den Knaben zurechtmache."

„Hier sind die zwei Büffelhäute", sagte Rachel. „Macht die Sitze nur recht bequem; es strengt an, die ganze Nacht hindurch zu fahren."

Jim stieg zuerst aus und half sorglich seiner alten Mutter heraus, die sich an seinen Arm anklammerte und ängstlich um sich schaute, als erwartete sie den Verfolger jeden Augenblick ankommen zu sehen.

„Jim, sind deine Pistolen in Ordnung?" sagte George mit gedämpfter, fester Stimme.

„Jawohl", sagte Jim.

„Und du weißt, was du mit ihnen zu tun hast, wenn sie kommen?"

„Ich sollte wohl meinen", sagte Jim und warf sich in die breite Brust und holte tief Atem. „Meinst du wohl, ich würde die Mutter wieder fangen lassen?"

Während dieses kurzen Zwiegesprächs hatte Elisa von ihrer guten Freundin Rachel Abschied genommen, und Simeon half ihr in den Wagen. Sie nahm in dem hinteren Teile desselben mit ihrem Knaben auf den Büffelfellen Platz. Die Alte stieg nach ihr ein. George und Jim setzten sich auf ein Brett vor ihnen, und Phineas bestieg den Kutschersitz.

„Lebt wohl, Freunde", sagte Simeon von draußen.

„Gott segne euch!" antworteten alle aus dem Wagen.

Und der Wagen fuhr fort über den gefrorenen Weg dahinrasselnd.

Wegen der Unebenheit der Straße und des Lärms der Räder war keine Gelegenheit zur Unterhaltung vorhanden. Sie rumpelten daher eine Stunde nach der anderen durch lange dunkle Strecken Wald, über weite öde Ebenen, bergauf und bergab, und immer weiter. Das Kind lag bald in tiefem Schlummer auf dem Schoß der Mutter. Die arme von Angst erfüllte Alte vergaß endlich ihre Furcht; und selbst Elisa fand, wie der Morgen näher kam, daß alle ihre Sorgen nicht hinreichten, um den Schlaf von ihren Augen fernzuhalten. Phineas schien im ganzen der Munterste von der ganzen Gesellschaft zu sein und vertrieb sich die lange Fahrt damit, daß er verschiedene sehr unquäkermäßig klingende Lieder pfiff.

Aber gegen drei Uhr vernahm Georges Ohr eiligen und deutlichen Hufschlag, der in einiger Entfernung hinter ihm her kam, und er stieß Phineas an den Ellenbogen. Phineas hielt die Pferde an und horchte.

„Das muß Michael sein", sagte er, „ich glaube, ich erkenne seinen Galopp", und er stand auf und streckte den Kopf voll gespannter Aufmerksamkeit in das Dunkel hinaus.

Man erkannte jetzt undeutlich auf dem Gipfel eines fernen Hügels einen mit verhängtem Zügel dahersprengenden Reiter.

„Ich glaube, das ist er", sagte Phineas. George und Jim sprangen beide aus dem Wagen, ehe sie wußten, was sie eigentlich taten. Alle standen schweigend in aufs höchste gespannter Erwartung da, und ihre Gesichter wendeten sich dem erwarteten Boten zu. Immer näher kam er. Jetzt ritt er hinunter in eine Tiefe, wo sie ihn nicht sehen konnten; aber sie hörten den scharfen hastigen Hufschlag, der immer näher und näher kam; endlich sahen sie ihn auf dem Rande einer Höhe im Bereich ihrer Stimme erscheinen.

„Ja, das ist Michael!" sagte Phineas und rief jetzt hinüber: „Hallo, he! Michael!"

„Phineas! Bist du's?"

„Ja, was gibt's? – Kommen sie?"

„Gerade hinter uns, acht oder zehn, von Branntwein berauscht und fluchend und schäumend wie die Wölfe!"

Und während er noch sprach, trug der Wind den schwachen Schall herangaloppierender Reiter herüber.

„Herein, herein – rasch, Kameraden, herein!" sagte Phineas. „Wenn ihr fechten müßt, so wartet, bis ihr noch ein Stück weiter kommt!" Und auf das Geheiß sprangen beide hinein, und Phineas peitschte auf die Pferde, daß sie galoppierten, während der Reiter dicht neben ihnen blieb. Der Wagen rasselte und flog fast über den gefrorenen Erdboden; aber deutlicher und immer deutlicher vernahm man den Hufschlag der verfolgenden Reiter. Die Frauen hörten es, blickten angstvoll hinaus und sahen weit hinten auf dem Rand eines fernen Hügels einen Trupp Reiter sich in unbestimmten Umrissen von dem rotstreifigen Himmel des grauenden Morgens abheben. Noch ein Hügel, und die Verfolger hatten offenbar den Wagen erblickt, dessen weiße Plane durch das Dämmergrau in die Ferne leuchtete, und der Wind trug ein lautes Gebrüll brutalen Frohlockens herüber. Elisa wurde es dunkel vor den Augen und sie drückte das Kind fester an die Brust, die Alte betete und stöhnte, und George und Jim packten ihre Pistolen mit verzweifelter Faust. Die Verfolger kamen ihnen rasch näher, der Wagen machte plötzlich eine Wendung, und sie kamen an eine steile überragende Felsklippe, ein alleinstehender Ausläufer einer größeren Gruppe, die rundum glatt abfiel. Diese einzeln stehende Felsengruppe ragte gegen den heller werdenden Himmel empor und schien Schutz und ein Versteck zu versprechen. Phineas kannte den Platz recht gut noch von seinen Jägerzeiten her, und um ihn zu erreichen, hatte er die Pferde so angetrieben.

„Nun gilt's!“ sagte er, indem er plötzlich die Pferde anhielt und von seinem Sitze heruntersprang. „Nur rasch ausgestiegen und hinauf mit mir auf den Felsen! Michael, binde du dein Pferd an den Wagen und fahre voraus zu Amariah, daß er und sein Bursche herreiten und mit diesen Kerlen reden.“

In einem Nu waren sie alle aus dem Wagen gestiegen.

„So“, sagte Phineas und nahm Harry, „jeder von euch nimmt eine von den Frauen, und nun lauft, wenn ihr jemals gelaufen seid.“

Es bedurfte der Ermahnung nicht. Schneller, als wir es erzählen können, waren alle unsere Freunde über die Fence geklettert und eilten mit möglichster Schnelle die Felsen hinauf, während Michael sich vom Pferde warf, es mit dem Zaume an den Wagen band und nun rasch weiterfuhr.

„Nun vorwärts!“ sagte Phineas, als sie die Felsen erreichten und in dem Zwitterlichte der Sterne und des grauenden Morgens die Spuren eines hinaufführenden Fußpfades bemerkten. „Das ist einer unserer alten Jagdverstecke. Kommt nur!“

Phineas ging voraus und sprang mit dem Knaben auf seinem Arme wie eine Ziege über die Klippen. Ihm folgte Jim, der seine zitternde alte Mutter auf dem Rücken trug, und George und Elisa schlossen den Zug. Die verfolgenden Reiter erreichten jetzt die Fence und stiegen schreiend und fluchend von den Pferden und machten sich bereit, jenen zu folgen. Nach einem kurzen Klettern erreichten sie den Gipfel des Ausläufers, aber nun ging der Pfad durch eine schmale Kluft, in der nur einer auf einmal Platz hatte, bis sie plötzlich vor einem neuen Querspalt standen, der den Boden auf ein Yard breit auseinanderriß. Jenseits desselben erhob sich eine Gruppe

Klippen, von dem übrigen Felsen getrennt, wohl dreißig Fuß hoch und steil abfallend, wie die Wälle einer Burg. Mit Leichtigkeit sprang Phineas über den Spalt und setzte den Knaben auf eine glatte mit krausem weißen Moos bedeckte Fläche, welche den Gipfel des Felsens krönte.

„Springt rasch herüber!“ rief er. „Es gilt jetzt euer Leben!“ sagte er, als einer nach dem andern hinübersprang. Mehrere lose Felsstücke bildeten eine Art Brustwehr, welche den unten Stehenden die Einsicht in ihren Zufluchtsort verwehrte.

„Nun, da wären wir ja alle“, sagte Phineas und warf nun über die Brustwehr einen vorsichtigen Blick auf die Verfolger, die sich jetzt unten am Felsen den Pfad heraufdrängten. „Nun mögen sie kommen, wenn sie heran können. Wer hier heran will, muß einzeln durch diese Kluft gehen, in bester Schußweite eurer Pistolen, seht ihr, Kameraden?“

„Ich sehe es“, sagte George, „und jetzt, da es unsre Sache ist, so laßt uns die Gefahr übernehmen und das Fechten allein besorgen.“

„Das Fechten soll dir gern überlassen sein“, sagte Phineas, der ein paar Checkerbeerblätter zerkaute; „aber ich darf doch das Zusehen haben, vermute ich. Aber seht, die Burschen streiten sich unten und gucken herauf, wie Hühner, wenn sie auf die Steige fliegen wollen. Wäre es nicht besser, du sagtest ihnen offen und ehrlich, ehe sie sich heranwagen, daß man auf sie schießen wird?“

Die Verfolger, die man jetzt bei dem helleren Morgenschimmer besser erkennen konnte, waren unsere alten Bekannten Tom Loker und Marks und ein Gefolge von so viel Lungerern, als sich in der letzten Schenke durch ein paar Glas Branntwein hatten bewegen lassen, des Spaßes wegen mit auf die Niggerjagd zu gehen.

„Nun, Tom, dein Wild hat sich gestellt“, sagte einer.

„Ja, ich habe sie da hinauflaufen sehen“, sagte Tom, „und hier ist ein Pfad. Ich gebe den Rat, geradenwegs hinaufzugehen. Sie können nicht gleich wieder runterspringen, und es wird nicht viel Zeit kosten, sie herauszutreiben.“

„Aber Tom, sie können hinter den Felsen hervor auf uns schießen“, sagte Marks. „Das wäre doch garstig.“

„Pfui!“ sagte Tom mit höhnischem Lächeln. „Bist immer bange um deine Haut, Marks! Das ist nicht zu besorgen! Nigger sind viel zu feig' dazu!“

„Ich weiß nicht, warum mir nicht um meine Haut bange sein sollte“, sagte Marks, „'s ist die beste, die ich habe, und Nigger wehren sich manchmal wie die leibhaften Teufel.“

In diesem Augenblick zeigte sich George auf der Spitze eines Felsens über ihnen und rief ihnen mit einer festen klaren Stimme zu:

„Ihr Herren dort unten, wer seid Ihr und was wollt Ihr?“

„Wir suchen entlaufene Nigger“, sagte Tom Loker. „Einen gewissen George Harris und Elisa Harris und ihren Knaben, und Jim Seiden und eine alte Frau. Wir haben die Konstabler mitgebracht und einen Verhaftsbefehl gegen sie; und wir werden sie auch kriegen. Hört Ihr da oben? Seid Ihr nicht George Harris, der Mr. Harris von Shelby-County in Kentucky gehört?“

„Ich bin George Harris. Ein Mr. Harris von Kentucky nannte mich sein Eigentum. Aber jetzt bin ich ein freier Mann und stehe auf Gottes freier Erde; und mein Weib und mein Kind nehme ich als die meinigen in Anspruch. Wir haben Waffen, uns zu verteidigen, und werden davon Gebrauch machen. Ihr könnt heraufkommen, wenn Ihr Lust habt, aber der erste, der in den Bereich unserer Kugeln kommt, ist eine Leiche, und der nächste auch, und so fort, bis zum letzten.“

„Ah, laßt doch das Gerede“, sagte ein dicker kurzer Mann, der jetzt vortrat und sich dabei die Nase schneuzte. „Junger Mann, so dürft Ihr durchaus nicht sprechen. Ihr seht, wir sind Gerichtsbeamte. Wir haben das Gesetz auf unserer Seite und die Macht und alles; Ihr tut also am besten, Euch ohne Widerstand zu ergeben, denn ergeben müßt Ihr Euch doch zuletzt.“

„Ich weiß recht gut, daß Ihr das Gesetz auf Eurer Seite habt und die Macht“, sagte George bitter. „Ihr wollt meine Frau nach New Orleans verkaufen und meinen Knaben wie ein Kalb bei einem Händler in die Fütterung geben, und Jims alte Mutter wieder dem Wüterich zuschicken, der sie auspeitschte und mißhandelte, weil er ihren Sohn nicht mißhandeln konnte. Und Jim und mich wollt Ihr zurückschicken, daß die, welche Ihr unsere Herren nennt, uns auspeitschen und foltern lassen und mit ihrem Fuße zertreten; und Eure Gesetze geben Euch das Recht dazu – desto größer die Schande für Euch und sie! Aber Ihr habt uns noch nicht. Wir erkennen Eure Gesetze nicht an; wir erkennen Euren Staat nicht an; wir stehen hier unter Gottes Himmel so frei wie Ihr; und bei dem großen Gotte, der uns erschaffen hat, wir wollen für unsere Freiheit kämpfen bis zum Tode.“

George stand frei und offen auf dem Gipfel des Felsens da, wie er seine Unabhängigkeitserklärung verkündigte; das Morgenrot färbte seine gebräunte Wange, und bittere Entrüstung und Verzweiflung flammten in seinem dunklen Auge; und als ob er von den Menschen an die Gerechtigkeit Gottes appellierte, erhob er seine Hand gen Himmel, während er sprach.

Blick, Stimme und Benehmen des Sprechers brachte für einen Augenblick die Verfolger unten zum Schweigen. In Kühnheit und Entschlossenheit liegt etwas, was selbst der rohsten Natur eine Zeitlang Achtung einflößt. Marks war der einzige, der ganz ungerührt blieb. Er spannte ganz ruhig den Hahn seiner Pistole und schoß nach George in der augenblicklichen Pause, die auf seine Rede folgte.

„Man kriegt ja für ihn in Kentucky ebensoviel tot als lebendig“, sagte er gleichgültig, während er die Pistole an seinem Rockärmel abwischte. George sprang zurück – Elisa stieß einen Schrei aus – die Kugel war ihm dicht am Kopfe vorbeigefahren, hatte fast die Wange seiner Frau gestreift und schlug in einen Baum hinter ihnen.

„Es ist nichts, Elisa“, sagte George rasch.

„'s ist besser, du bleibst versteckt und läßt das Reden sein“, sagte Phineas, „es sind gemeine Schlingel.“

„Nun, Jim“, sagte George, „sieh nach, ob deine Pistolen in Ordnung sind, und gib acht auf diesen Paß dort. Auf den ersten, der sich zeigt, schieße ich; du nimmst den zweiten aufs Korn und so fort. Wir dürfen nicht zwei Kugeln an einen verschwenden.“

„Aber wenn du nicht triffst?“

„Ich werde treffen“, sagte George ruhig.

„Gut! Der Bursche ist von gutem Zeuge“, brummte Phineas zwischen den Zähnen.

Die unten standen, nachdem Marks geschossen hatte, eine Weile lang ziemlich unentschlossen da.

„Ich glaube, du hast einen getroffen“, sagte einer. „Ich hörte ein Gequiek!“

„Ich gehe geradenwegs hinauf“, sagte Tom. „Ich habe mich noch nie vor Niggern gefürchtet und werde jetzt nicht anfangen. Wer folgt mir?“ sagte er und sprang die Felsen hinauf.

George hörte die Worte deutlich. Er zog die Pistole heraus, untersuchte sie und zielte nach der Stelle im Passe, wo der erste erscheinen mußte. Einer der mutigsten von den untenstehenden folgte Tom, und da jetzt der Anfang einmal gemacht war, so drängte sich die ganze Gesellschaft den Felsen hinauf – und die hintersten drängten die vordersten rascher vor, als sie sonst hinaufgegangen wären. Sie kamen immer näher, und einen Augenblick später erschien Toms ungeschlachte Gestalt fast an dem Rande des Spaltes.

George feuerte seine Pistole ab – die Kugel fuhr dem Gegner in die Seite; aber obgleich verwundet, wollte er doch nicht zurück, sondern sprang brüllend wie ein wütender Stier gerade über den Spalt mitten unter die Flüchtlinge.

„Freund“, sagte Phineas, indem er plötzlich vortrat und ihm seine langen Arme entgegenstieß, „dich brauchen wir hier nicht.“

Und er stürzte unter dem Knicken und Brechen von Zweigen und Gebüschen und dem Poltern von Klötzen und losen Steinen in die Schlucht hinunter, bis er wund und ächzend dreißig Fuß tiefer unten liegen blieb. Der Fall hätte ihm den Tod bringen können, wenn seine Gewalt nicht dadurch gebrochen worden wäre, daß seine Kleider in den Zweigen eines großen Baumes hängenblieben; aber er stürzte doch mit ziemlicher Heftigkeit auf den Boden – viel heftiger, als angenehm und passend war.

„Der Herr schütze uns! Die sind ja ganz des Teufels!“ sagte Marks, der den Rückzug mit viel größerer Bereitwilligkeit anführte, als er bei dem Heraufsteigen gezeigt hatte, während die übrigen ihm tumultartig nachstürzten, wobei vorzüglich der dicke Konstabler auf sehr energische Weise blies und pustete.

„Hört, Leute“, sagte Marks, „Ihr geht unten herum und hebt Tom auf, während ich mich aufs Pferd setze und Hilfe hole – das ist das beste“, und ohne auf das Pfeifen und Spotten der Gesellschaft zu achten, sah man ihn bald fortgaloppieren.

„Habt Ihr je einen so feigen Schlingel gesehen!“ sagte einer von den Leuten. „Uns in seiner Sache hierher zu bringen und uns dann auf diese Weise im Stich zu lassen!“

„Nun, wir müssen den Kerl doch mitnehmen“, sagte ein anderer. „Ich will verflucht sein, wenn es mir nicht ziemlich gleich ist, ob er tot oder lebendig ist.“

Von dem Stöhnen Toms geleitet, arbeiteten sich die Leute über Baumstämme, Klötze und durch dichtes Gebüsch, wo unser Held lag, mit Heftigkeit abwechselnd stöhnend und fluchend.

„Ihr macht ja greulichen Lärm, Tom“, sagte einer. „Seid Ihr stark verletzt?“

„Weiß nicht. Könnt Ihr mich nicht auf die Beine bringen, he? Hol der Teufel diesen höllischen Quäker. War der nicht gewesen, so hätte ich ein paar von ihnen hier runtergeschmissen, um zu sehen, wie es ihnen gefiel.“

Nicht ohne große Anstrengung und vieles Stöhnen brachte man den gefallenen Helden auf die Beine; und indem einer ihn unter jeder Schulter faßte, erreichten sie endlich die Stelle, wo die Pferde standen.

„Wenn Ihr mich nur eine Meile weiter zurück bis in die Schenke bringen könntet. Gebt mir ein Taschentuch oder so etwas, um die Wunde zu verbinden, damit die verwünschte Blutung aufhört."

George schaute über die Klippen hinunter und sah sie den Versuch machen, die ungeschlachte Gestalt Toms in den Sattel zu heben. Nach zwei oder drei vergeblichen Versuchen taumelte er und stürzte zu Boden.

„O ich hoffe, er ist nicht tot", sagte Elisa, die mit den übrigen Verfolgten den Vorgang unten beobachtete.

„Warum nicht!" sagte Phineas. „Geschieht ihm recht."

„Weil nach dem Tode das Gericht kommt", sagte Elisa.

„Ja", sagte die Alte, die während des ganzen Auftritts in ihrer Methodistenweise gestöhnt und gebetet hatte, „es ist ein schrecklich Ding für die Seele des Armen."

„Wahrhaftig, ich glaube, sie lassen ihn im Stich", sagte Phineas. Es war richtig, denn nach einigem Zaudern und Beraten bestiegen die anderen ihre Pferde und ritten davon. Als sie ganz aus dem Gesicht waren, fing Phineas wieder an, sich zu rühren.

„Wir müssen jetzt hinunter und ein Stück zu Fuß gehen", sagte er. „Ich sagte Michael, er solle vorausfahren und Hilfe holen und den Wagen wieder hierherbringen; aber ich rechne, wir werden ihm ein Stück entgegengehen müssen, um ihn zu treffen. Gott gebe, daß er bald kommt! Es ist noch früh am Tage; es werden noch ein Weilchen nicht viel Leute auf der Landstraße sein; wir sind nicht viel weiter als zwei Meilen von unserem Ziele entfernt. Wäre der Weg nicht gestern nacht gar so schlecht gewesen, so hätten sie uns gewiß nicht eingeholt."

Als unsere Flüchtlinge bald die Fence erreicht hatten, sahen sie in der Ferne auf der Straße ihren eigenen Wagen zurückkommen, begleitet von einigen Reitern.

„Ah, da ist Michael und Stephen und Amariah", rief Phineas aus. „Jetzt sind wir sicher – so sicher, als ob wir schon dort wären."

„Oh, so wollen wir erst versuchen, etwas für diesen Armen zu tun", sagte Elisa. „Er stöhnt erschrecklich."

„Das wäre bloß Christenpflicht", sagte George. „Wir wollen ihn aufheben und mitnehmen."

„Und ihn bei den Quäkern kurieren", sagte Phineas. „Ganz hübsch! Na, mir ist's gleich. Wir wollen einmal sehen, wie's mit ihm steht." Und Phineas, der im Verlaufe seines Jäger- und Hinterwäldlerlebens praktisch die ersten Anfangsgründe der

Chirurgie kennengelernt hatte, kniete neben dem Verwundeten nieder und fing an, ihn aufmerksam zu untersuchen.

„Marks", sagte Tom mit schwacher Stimme, „bist du's, Marks?"

„Nein, ich rechne, ich bin's nicht, Freund", sagte Phineas. „Marks kümmert sich viel um dich, wenn er seine Haut in Sicherheit gebracht hat. Er ist schon lange, lange fort."

„Ich glaube, es ist aus mit mir", sagte Tom. „Der verdammte feige Hund! Mich hier allein sterben zu lassen! Meine arme Mutter sagte mir immer, es würde so kommen."

„Ah, hört nur den armen Mann! Er hat eine Mutter", sagte die Negerin. „Ich kann nicht dafür, er jammert mich!"

„Ruhig, ruhig, du darfst nicht zufahren und brummen, Freund", sagte Phineas, als Tom zuckte und seine Hand wegstieß. „Es ist aus mit dir, wenn wir das Blut nicht stillen." Und Phineas war eifrig beschäftigt, mit Hilfe seines Taschentuchs und denen der Gesellschaft den vorläufigen Verband anzulegen.

„Ihr habt mich hinuntergestoßen", sagte Tom mit schwacher Stimme.

„Jawohl, aber hätte ich's nicht getan, so hättest du uns hinuntergestoßen", sagte Phineas, indem er sich über ihn beugte, um den Verband anzulegen. „So, so – laß mich den Verband festmachen. Wir meinen es gut mit dir, wir tragen nicht nach. Wir wollen dich nach einem Hause bringen, wo du ausgezeichnete Pflege finden sollst – so gut wie bei deiner Mutter."

Tom stöhnte und schloß die Augen. Bei Leuten seiner Klasse sind Kraft und Entschlossenheit eine rein physische Sache und verflüchtigen sich mit dem fließenden Blute; und der riesige Mann sah in seiner Hilflosigkeit wirklich bemitleidenswert aus.

Die anderen kamen jetzt heran. Man nahm die Sitze aus dem Wagen. Die doppelt zusammengefalteten Büffelhäute wurden alle auf eine Seite gelegt, und vier Männer hoben mit großer Anstrengung den schweren Körper Toms in den Wagen. Ehe sie ihn untergebracht hatten, wurde er bewußtlos. In überströmendem Mitleid setzte sich die alte Negerin auf den Boden und nahm seinen Kopf auf ihren Schoß. Elisa, George und Jim teilten sich in den noch übrigen Platz, so gut es ging, und die ganze Gesellschaft brach auf.

„Was sagt Ihr von seinem Zustande?" fragte George, der vorn neben Phineas saß.

„'s ist bloß eine ziemlich tiefe Fleischwunde; aber das Hinunterfallen von der Klippe hat ihm nicht viel geholfen. Er hat stark geblutet – 's ist ziemlich alles rausgeblutet – Courage und alles; aber er wird sich wieder aufhelfen und bei der Gelegenheit etwas lernen."

„Es freut mich, das zu hören", sagte George. „Es würde mir immer schwer auf dem Herzen liegen, wenn ich seinen Tod verschuldet hätte, selbst in gerechter Sache."

„Ja", sagte Phineas, „Totschlagen ist eine schlimme Sache, mag's Mensch oder Vieh sein. Ich war zu meiner Zeit ein großer Jäger und ich sage dir, ich habe gesehen, wie mich ein totgeschossener Rehbock mit einem Blick anschaute, daß es mir wirklich schlecht vorkam, ihn totgeschossen zu haben; und mit Menschen ist es eine noch schlimmere Sache, weil, wie deine Frau sagt, nach dem Tode das Gericht über sie kommt. So weiß ich nicht, ob die Ansichten unserer Leute über diese Sachen zu streng sind; und wenn man bedenkt, wie ich meine Jugend verlebt habe, so schließe ich mich ihnen ziemlich entschieden an."

„Was machen wir nun mit dem armen Manne?" fragte George.

„Oh, wir nehmen ihn mit zu Amariah. Dort ist die alte Großmutter Stephens – Doreas heißt sie – eine ganz erstaunliche Krankenwärterin. Das Krankenwarten kommt ihr ganz natürlich, und sie nimmt sich nie besser aus, als wenn sie einen zu pflegen hat. Wir können drauf rechnen, daß er so eine 14 Tage bei ihr bleiben wird."

Eine Fahrt von etwa einer Stunde brachte die Gesellschaft nach einer schmucken Farm, wo die müden Reisenden ein reichliches Frühstück vorfanden. Tom Loker war bald sorglich in einem viel reineren und weicheren Bett untergebracht, als er jemals früher kennengelernt hatte. Man wusch und verband seine Wunde aufs sorgfältigste, und er lag ruhig da und blickte mit matten Augen, die ihm oft zusanken, wie bei einem müden Kind, die weißen Fenstervorhänge und die sanft dahingleitenden Gestalten in seinem Krankenzimmer an.

16. Kapitel Miß Ophelias Erfahrungen und Meinungen

Unser Freund Tom verglich oft in seinen einfachen Gedanken sein glücklicheres Los in der Sklaverei mit dem Josephs in Ägypten; und in der Tat wurde im Verlauf der Zeit, wie er sich immer mehr unter dem Auge seines Herrn entwickelte, die Ähnlichkeit noch größer.

St. Clare war indolent und leichtsinnig in Geldsachen. Die Einkäufe für das Haus hatte bis jetzt hauptsächlich Adolf besorgt, der mindestens ebenso leichtsinnig und verschwenderisch wie sein Herr war; und diese beiden hatten den Verzettlungsprozeß mit großer Schnelligkeit betrieben. Tom, seit vielen Jahren gewöhnt, das Eigentum seines Herrn als einen seiner Obhut anvertrauten

Gegenstand zu betrachten, sah mit einer Besorgnis, die er kaum verbergen konnte, die in dem Hause St. Clares herrschende grenzenlose Vergeudung und gab von Zeit zu Zeit in der ruhigen und indirekten Weise, welche seine Klasse sich oft angewöhnt, seine Winke.

St. Clare verwendete ihn anfangs nur gelegentlich; aber wie er allmählich seine Verständigkeit und seine große Anlage für Geschäfte kennenlernte, vertraute er ihm mehr und mehr, bis er allmählich die Einkäufe für die Wirtschaft alle zu besorgen hatte.

„Nein, nein, Adolf", sagte St. Clare eines Tages, als Adolf sich bei ihm über die Verminderung seiner Machtvollkommenheit beklagte, „laß Tom nur machen. Du weißt nur, was du brauchst – Tom weiß, was es kostet und zu stehen kommt; und das Geld kann doch einmal mit der Zeit alle werden, wenn nicht jemand dafür sorgt."

Mit dem unbedingten Vertrauen eines sorglosen Herrn beehrt, der ihm eine Rechnung gab, ohne sie anzusehen, und das Geld, das er zurückbrachte, ungezählt einsteckte, war Tom jeder Versuchung, unehrlich zu sein, ausgesetzt; und nichts als seine unerschütterliche Herzenseinfalt, aufrecht erhalten und gestärkt durch christlichen Glauben, konnte ihn rein erhalten. Aber bei diesem Charakter war das ihm geschenkte, ganz schrankenlose Vertrauen eine Gewähr für die gewissenhafteste Genauigkeit.

Mit Adolf war die Sache anders gewesen. Gedankenlos und genußsüchtig, und nicht im Zaum gehalten von einem Herrn, der die Nachsicht leichter fand als die Zucht, war er hinsichtlich seiner und seines Herrn über das Mein und Dein in eine vollständige Gedankenverwirrung geraten, die manchmal sogar St. Clare unruhig machte. Sein eigner, gesunder Sinn sagte ihm, daß eine solche Erziehung seiner Dienerschaft unrecht und gefährlich sei. Eine Art fortwährende Reue begleitete ihn überallhin, obgleich sie nicht stark genug war, um ihn zu einer entschiedenen Änderung seines Verfahrens zu bewegen; im Gegenteil trug diese Reue gerade dazu bei, seine Nachsicht noch größer zu machen. Er ging leicht über die schlimmsten Fehler hin, weil er sich sagte, daß seine Dienstboten sich derselben nicht schuldig gemacht hätten, wenn er seine Pflicht getan hätte.

Tom betrachtete seinen leichtsinnigen, heiteren und schönen jungen Herrn mit einer seltsamen Mischung von Untertänigkeit, Ehrerbietung und väterlicher Besorgnis. Daß er nie die Bibel las, nie in die Kirche ging; daß er über alles und jedes scherzte, was seinem Witze Nahrung gab; daß er seine Sonntagabende in der Oper oder im Schauspiel verlebte; daß er öfter als gut war zu Weingelagen und Clubs und Abendessen ging – das waren alles Sachen, die Tom so deutlich sehen konnte wie jeder andere und die ihn zu der Überzeugung brachten, daß Master kein Christ sei;

eine Überzeugung, die er jedoch kaum gegen jemand auszusprechen gewagt hätte, die ihn aber zu vielen Gebeten in seiner eigenen einfachen Weise veranlaßten, wenn er allein in seiner Schlafkammer war. Bei alledem hatte Tom seine Art, mit dem seiner Klasse oft eigenen Takt gelegentlich seine Meinung zu sagen; so z. B. als an dem Tage nach dem eben beschriebenen Sonntag St. Clare zu einem fidelen Gelage gegangen war und zwischen ein und zwei Uhr nachts in einem Zustande nach Hause gebracht wurde, wo das Physische im Menschen entschieden das Übergewicht über das Geistige hatte. Tom und Adolf halfen ihm ins Bett, letzterer in bester Laune und offenbar in der Überzeugung, daß die ganze Geschichte ein recht guter Witz sei, und herzlich lachend über Toms einfältiges Entsetzen. Dieser aber war in der Tat einfältig genug, fast die ganze Nacht wach zu bleiben und für seinen jungen Herrn zu beten.

„Nun, Tom, auf was wartest du noch?“ sagte St. Clare am nächsten Morgen, als er im Schlafrock und Pantoffeln in seinem Arbeitszimmer saß. St. Clare hatte Tom soeben Geld und verschiedene Aufträge übergeben.

„Ist etwas nicht in Ordnung, Tom?“ setzte er hinzu, als Tom immer noch stehenblieb.

„Ich fürchte, nicht, Master“, sagte Tom mit ernstem Gesicht.

St. Clare legte die Zeitung aus der Hand, setzte die Kaffeetasse hin und sah Tom an.

„Was gibt's denn, Tom? Du siehst ja so feierlich aus, wie ein Sarg.“

„Es ist mir sehr schlecht, Master. Ich habe immer geglaubt, Master wäre gut gegen jedermann.“

„Nun, bin ich das nicht gewesen, Tom? Sage, was willst du? Du hast gewiß etwas nicht bekommen, und das ist die Einleitung dazu?“

„Master ist immer gut gegen mich gewesen. Ich habe mich in der Hinsicht über nichts zu beklagen. Aber gegen einen ist Master nicht gut.“

„Aber, Tom, was hast du dir in den Kopf gesetzt? Nur heraus mit der Sprache; was meinst du?“

„Vorige Nacht zwischen ein und zwei Uhr habe ich es gedacht, dann habe ich mir die Sache überlegt: Master ist gegen sich selbst nicht gut.“

Als Tom dies sagte, hatte er seinem Herrn den Rücken zugekehrt und die Hand an den Türgriff gelegt. St. Clare fühlte, daß sein Gesicht feuerrot wurde, aber er lachte.

„Oh, das ist alles?“ sagte er leichthin.

„Alles!“ sagte Tom, der jetzt plötzlich umkehrte und auf die Knie fiel.

„Oh, mein lieber junger Herr! Ich fürchte, es ist der Verlust von allem – von allem – von Leib und Seele. Das gute Buch sagt: ›Es beißt wie eine Schlange und sticht wie eine Otter‹, guter Master!“ Toms Stimme erstickte, und Tränen rannen an seinen Wangen herunter.

„Armer, törichter Mensch!“ sagte St. Clare, dem selbst Tränen in den Augen standen. „Steh auf, Tom. Ich bin die Tränen nicht wert.“

Aber Tom wollte nicht aufstehen und sah ihn flehend an.

„Gut, ich werde diesen verwünschten Unsinn nicht mehr mitmachen, Tom“, sagte St. Clare, „auf meine Ehre, ich tue es nicht wieder. Ich weiß nicht, warum ich es nicht schon längst unterlassen habe. Ich habe es immer verabscheut und mich dazu; also wisch dir jetzt die Tränen aus den Augen, Tom, und geh deine Sachen zu besorgen. Nein, nein“, setzte er hinzu, „keinen Segen. Ich bin jetzt nicht so wunderbar gut“, während er Tom sanft nach der Tür schob. „Ich gebe dir mein Ehrenwort, Tom, du sollst mich nicht wieder in diesem Zustande sehen“, sprach er; und Tom trocknete sich die Augen und verließ ihn mit großer Befriedigung.

„Und ich will ihm Wort halten“, sagte St. Clare, als er die Tür zumachte.

Es gilt jetzt, die vielfachen Bedrängnisse unserer Freundin Miß Ophelia zu beschreiben, die nun das Amt einer Hausfrau im Süden übernommen hatte.

Am Morgen ihres Regierungsantritts war Miß Ophelia schon um vier Uhr aus dem Bett; und nachdem sie in ihrem eigenen Zimmer alles in Ordnung gebracht, wie sie es zum großen Staunen des Kammermädchens seit ihrer Ankunft jeden Tag getan, bereitete sie einen energischen Angriff auf die Schränke und Kammern der Wirtschaft, zu der sie die Schlüssel hatte, vor. Die Vorratskammer, die Wäscheschränke, der Porzellanschrank, die Küche und der Keller hatten an diesem Tag alle eine feierliche Revue zu bestehen. Verborgene Nachtstücke kamen in einer Ausdehnung an den Tag, welche alle Mächte der Küche und der Kammer in Schrecken setzte und in dem Dienstboten-Kabinett viele verwunderte Ausrufungen über „die Ladies aus dem Norden“ veranlaßte.

Die alte Dinah, die erste Köchin und oberste Herrscherin in dem Küchendepartement, war von Zorn über Maßregeln erfüllt, die sie als eine Verletzung ihrer Privilegien betrachtete. Kein Lehnsbaron in den Zeiten der Magna Charta hätte durch einen Übergriff der Krone tiefer verletzt werden können.

Dinah war auch ein Charakter nach ihrer Art, und wir würden gegen ihr Gedächtnis ungerecht sein, wollten wir dem Leser nicht einen kleinen Begriff von ihr geben. Sie war eine geborene Köchin und gewiß eine so gute Köchin wie Tante Chloe – wie überhaupt die Neger ein angeborenes Talent für die Kochkunst haben; – aber Chloe war eine geschulte und methodische Köchin, die in einem geordneten häuslichen Geschirr zog, während Dinah ein selbstgebildetes Genie und wie alle Genies fast immer hartnäckig, eigensinnig und exzentrisch im höchsten Grade war.

Wie eine gewisse Klasse von modernen Philosophen sprach Dinah der Logik und dem Verstande entschieden hohn und nahm stets ihre Zuflucht zu intuitiver Gewißheit; und hier war sie ganz unbesiegbar. Und wenn man noch soviel Talent oder Autorität oder Auseinandersetzung bei ihr anwendete, nichts konnte sie glauben machen, daß ein anderer Weg besser sein könnte als der ihrige oder daß die Verfahrensart, die sie in der unbedeutendsten Sache befolgt hatte, sich im mindesten abändern lasse. Das war ihr schon von ihrer alten Herrin, Mariens Mutter, gestattet worden; und „Miß Marie", wie Dinah ihre junge Herrin selbst nach der Heirat stets nannte, fand es leichter, sich zu fügen, als durchzudringen, und so hatte Dinah unumschränkt fortgeherrscht. Dies war um so leichter, als sie eine vollkommene Meisterin in jeder diplomatischen Kunst war, welche die größte Demut des Benehmens mit der größten Unbeugsamkeit des Prinzips vereinigt.

Dinah war Meisterin in der großen Kunst des Erfindens von Entschuldigungen in allen ihren Zweigen. Es war bei ihr Axiom geworden, daß eine Köchin nicht unrecht tun könne; und eine Köchin in der Küche des Südens findet immer Köpfe und Schultern genug, denen sie jede vollkommene Sünde und Schwäche aufbürden kann, so daß sie immer in fleckenloser Reinheit dasteht. Wenn irgendein Teil des Essens verpfuscht war, so waren fünfzig unbestreitbar gute Gründe dafür da, und es war der unleugbare Fehler von fünfzig anderen Leuten, die Dinah mit schonungslosem Eifer ausschimpfte.

Aber sehr selten war etwas Verpfuschtes in Dinahs letzten Resultaten. Obgleich ihre Art, etwas zu tun, merkwürdig weitläufig und voller Umschweife war und ohne alle Berücksichtigung von Zeit und Ort – obgleich ihre Küche meistens aussah, als hätte ein hindurchfegender Orkan sie in Ordnung gebracht, und obgleich sie fast so viel Plätze für jedes Küchengerät hatte, als das Jahr Tage zählt, so kam doch, wenn man genug Geduld hatte, ihr die von ihr beliebte Zeit zu lassen, ihr Mittagessen in der besten Ordnung und von einer Zubereitung, die selbst einen Epikuräer befriedigen mußte, auf den Tisch.

Es war jetzt die Stunde der ersten Vorbereitungen zum Mittagessen. Dinah, welche große Zwischenpausen des Nachdenkens und der Ruhe bedurfte und es sich in allen ihren Anordnungen gern bequem machte, saß auf dem Flur der Küche und rauchte einen kurzen Pfeifenstummel, an dem sie sehr hing und den sie stets als eine

Art Opferfeuer anbrannte, wenn sie das Bedürfnis der Inspiration zu ihren Maßnahmen fühlte. Das war Dinahs Weise, die häuslichen Musen anzurufen.

Rund um sie saßen verschiedene Mitglieder des aufwachsenden Geschlechts, an denen die Haushaltungen im Süden stets so reich sind, beschäftigt mit dem Aushülsen von Schoten, dem Schälen von Kartoffeln, dem Rupfen von Geflügel und anderen vorbereitenden Arbeiten; und in regelmäßigen Zwischenräumen unterbrach Dinah ihre Meditationen damit, daß sie einem der jungen Gehilfen mit einem neben ihr liegenden Puddingholz etwas auf den Kopf gab. In der Tat herrschte Dinah über die Wollköpfe der jüngeren Mitglieder mit einer Rute von Eisen, und sie schienen ihr für keinen anderen Zweck geboren zu sein, als um Gänge zu ersparen, wie sie es nannte. Es war der Geist des Systems, unter dem sie aufgewachsen war, und sie führte es in seiner ganzen Ausdehnung durch.

Nachdem Miß Ophelia ihren reformierenden Umgang durch alle anderen Teile des Hauses vollendet hatte, trat sie auch in die Küche. Dinah hatte aus verschiedenen Quellen gehört, was im Werke war, und hatte sich vorgenommen, eine defensive und konservative Stellung zu behaupten mit dem stillen Entschluß, jeder neuen Maßregel sich zu widersetzen oder sie zu ignorieren, ohne sichtbar dagegen anzukämpfen.

Die Küche war ein großer Raum, mit einem Flur von Ziegelsteinen und einem großen altmodischen Herd längs der einen Seite, eine Einrichtung, welche mit einem modernen Kochofen zu vertauschen St. Clare vergeblich versucht hatte, Dinah zu überreden. Sie gewiß nicht. Kein Puseyit oder Konservativer von irgendeiner Schule konnte hartnäckiger an altersgrauen Unbequemlichkeiten hängen als Dinah.

Als St. Clare zuerst aus dem Norden zurückgekehrt war, noch beherrscht von dem Eindrucke von System und Ordnung, den die Kücheneinrichtung seines Onkels auf ihn gemacht hatte, hatte er einen reichlichen Vorrat von Schränken, Kästen und anderen Apparaten angeschafft, um zu einem geordneten System zu reizen, und hatte sich mit der sanguinischen Hoffnung geschmeichelt, daß sie Dinah bei ihren Einrichtungen von einigem Nutzen sein könnten. Er hätte sie ebensogut für ein Eichhörnchen oder eine Elster kaufen können. Je mehr Kästen und Schränke da waren, desto mehr Verstecke besaß Dinah für die Unterbringung von alten Lumpen, Kämmen, alten Schuhen, Bändern, künstlichen Blumen und anderen Putzsachen, an denen sich ihre Seele erfreute.

Als Miß Ophelia in die Küche trat, stand Dinah nicht auf, sondern rauchte in erhabener Ruhe fort und folgte ihren Bewegungen mit einem schielenden Blick aus dem Augenwinkel, obgleich sie allem Anscheine nach sich nur um die rund um sie sitzenden Untergebenen kümmerte. Miß Ophelia fing an, einige Kästen aufzuziehen.

„Wozu ist dieser Kasten, Dinah?“ sagte sie.

„Er ist für fast alles mögliche bei der Hand, Missis“, sagte Dinah. So schien es auch. Aus dem bunten Haufen, der darin lag, zog Ophelia zuerst ein feines Damasttischtuch heraus, mit Blut befleckt und offenbar gebraucht, rohes Fleisch hineinzuwickeln.

„Was ist das, Dinah? Du wickelst doch nicht Fleisch in die besten Tischtücher deiner Herrin?“

„O Gott nein, Missis; es war kein Handtuch bei der Hand – und so nahm ich das. Ich wollte es mitwaschen lassen – deshalb habe ich es dort hineingelegt.“

„Wie liederlich!“ sagte Miß Ophelia zu sich selbst, indem sie fortfuhr, den Kasten zu durchsuchen, wo sie ein Muskatreibeisen und zwei oder drei Muskatnüsse, ein Methodistengesangbuch, ein paar schmutzige bunte Taschentücher, etwas Garn und Strickarbeit, ein Papier mit Tabak und eine Pfeife, ein paar Zwiebäcke, ein oder zwei vergoldete Porzellanuntertassen mit Pomade, ein paar abgelaufene alte Schuhe, einen sorgfältig zugesteckten Fetzen Flanell mit Perlzwiebeln darin, verschiedene Damastservietten, einige grobe Handtücher, Bindfaden und Stopfnadeln und mehrere zerrissene Papiere, aus denen verschiedene Würzkräuter sich zerpulvert im Kasten zerstreuten, vorfand.

„Wo tust du deine Muskatnüsse hin, Dinah?“ sagte Miß Ophelia mit einer Miene, als ob sie um Geduld betete.

„Fast überallhin, Missis; es sind welche in der zersprungenen Teetasse dort oben und welche in dem Schranke da drüben.“

„Hier liegen ein paar im Reibeisen“, sagte Miß Ophelia und hielt sie in die Höhe.

„Gott ja, ich hab' sie heut' morgen hineingetan – ich habe meine Sachen gerne bei der Hand“, sagte Dinah. „Was sperrst du das Maul auf, Jake! Du wirst's gleich kriegen! Still da!“ setzte sie hinzu und schlug mit dem Puddingholz nach dem Verbrecher.

„Was ist das?“ sagte Miß Ophelia und hielt die Untertasse mit Pomade hin.

„Ach Gott, das ist mein Haarfett; ich habe es hineingetan, um es bei der Hand zu haben.“

„Nimmst du deiner Herrin beste Tassen dazu?“

„Mein Gott, ich hatte soviel zu tun und war so in Eile; ich wollte es gerad heute herausnehmen."

„Hier sind zwei Damastservietten."

„Die Servietten habe ich hineingetan, um sie waschen zu lassen."

„Hast du denn keinen bestimmten Platz für schmutzige Wäsche?"

„Jawohl, Master St. Clare hat die Kiste dazu dort angeschafft, wie er sagte; aber ich mache manchmal gerne meine Biskuits und setze meine Sachen darauf, und dann ist's nicht bequem, sie aufzumachen."

„Warum machst du deine Biskuits nicht auf dem Pastetentisch dort?"

„Mein Gott, Missis, der steht immer so voll von Schüsseln und anderen Sachen, daß gar kein Platz darauf ist."

„Aber du solltest deine Schüsseln waschen und sie wegräumen."

„Meine Schüsseln waschen!" sagte Dinah in lautem Tone, da jetzt ihr Zorn die Herrschaft über ihr gewöhnliches ehrerbietiges Benehmen zu gewinnen begann; „was verstehen denn Ladies von Küchensachen, möchte ich wissen, wann sollte Master sein Essen bekommen, wenn ich meine ganze Zeit auf das Waschen und Wegräumen von Schüsseln verwenden wollte? Miß Marie hat mir so was nie zugemutet."

„Und hier die Zwiebeln!"

„Herrjeh!" sagte Dinah. „Dahin hab ich sie also gesteckt. Konnte ich mich doch nicht besinnen. Die Zwiebeln hatte ich mir für das Ragout hier aufgehoben. Ich hatte ganz vergessen, daß ich sie in den alten Flanell gewickelt hatte."

Miß Ophelia hielt jetzt das zerrissene Papier mit den Würzkräutern in die Höhe.

„Ach, Mistreß, rühren Sie das ja nicht an. Ich habe gerne meine Sachen, wo ich weiß, daß ich sie finde", sagte Dinah mit einiger Entschiedenheit.

„Aber wozu sind diese Löcher im Papiere?"

„Oh, die sind bequem, um die Kräuter durchzusieben", sagte Dinah.

„Aber du siehst ja, sie werden im ganzen Kasten zerstreut."

„Ja freilich! Wenn Missis so alles durcheinander wirft, kann's nicht anders kommen. Missis hat schon viel auf die Art verdorben", sagte Dinah und trat mit unruhig besorgter Miene an den Schrank. „Wenn Missis nur hinaufgehen wollte, bis meine Aufräumezeit kommt, so wollte ich schon alles in Ordnung haben; aber ich kann nichts machen, wenn Ladies herumstehen. Willst du den Kleinen die Zuckerdose nicht geben, Sam! Ich gebe dir eins auf den Kopf, wenn du nicht hörst!“

„Ich besichtige die Küche und werde einmal alles in Ordnung bringen, Dinah; und dann erwarte ich, daß du es darin erhältst.“

„Mein Gott, Miß Phelia, das ist keine Art für Ladies. So was habe ich Ladies niemals tun sehen; meine alte Missis und Miß Marie haben es nie getan, und ich sehe die Notwendigkeit nicht ein“, und Dinah schritt entrüstet in der Küche herum, während Miß Ophelia Schüsseln sortierte und übereinandersetzte, ganze Dutzende von Zuckerdosen in ein gemeinsames Behältnis ausleerte, Servietten, Tischtücher und Handtücher zum Waschen sortierte und mit ihrer eigenen Hand wusch, abwischte und alles mit einer Geschicklichkeit und Schnelligkeit verrichtete, die bei Dinah geradezu Staunen erregte.

„Gott! Wenn das die Art von Ladies aus dem Norden ist, so sind sie keine Ladies, gar nicht“, sagte sie zu einer ihrer Gehilfinnen, als sie außer dem Bereich des Gehöres war. „Ich bringe meine Sachen so gut in Ordnung wie andere Leute, wenn meine Aufräumezeit kommt; aber ich mag nicht leiden, daß sich Ladies hineinmischen und meine Sachen hintun, wo ich sie nicht finden kann.“

Man muß Dinah die Gerechtigkeit widerfahren lassen, daß sie in regelmäßiger Wiederkehr Anfälle von Umgestaltungs- und Ordnungseifer hatte, welches sie Aufräumezeiten nannte, wo sie mit großer Tätigkeit jeden Kasten und jedes Schränkchen auf den Fußboden oder die Tische ausschüttete und die gewöhnliche Verwirrung nur noch zehnfach verwirrter machte. Dann brannte sie sich eine Pfeife an, ging unter ihren neuen Anordnungen herum und sprach darüber; dabei ließ sie von dem ganzen jungen Geschmeiße alle Zinnsachen abscheuern und mehrere Stunden lang eine höchst energische Verwirrung aufrechterhalten, die sie zur Befriedigung aller danach Fragenden mit der Bemerkung erklärte, daß sie aufräume. „Sie könne die Sachen nicht so fortgehen lassen und sie wolle den jungen Leuten lehren, besser Ordnung zu halten“, sagte sie, denn Dinah schmeichelte sich merkwürdigerweise mit der Einbildung, daß sie selbst ein Muster von Ordnung sei und daß nur die jungen Leute und alle übrigen im Hause an allem schuld wären, was hierin nicht den Standpunkt der Vollkommenheit erreichte. War alles Zinngerät gescheuert und die Tische schneeweiß abgerieben und alles, was das Auge verletzen konnte, in Ecken und Winkeln versteckt, so zog Dinah ein schmuckes Kleid an, band eine weiße Schürze vor, setzte einen hohen grellbunten Madrasturban auf und räumte mit vielem Schelten die Küche von dem kleinen Volke, denn sie wollte alles hübsch ordentlich erhalten. Diese periodischen Anfälle hatten sogar ihre unangehme Seite für die ganze Wirtschaft, denn Dinah faßte eine so unmäßige

Zuneigung zu ihrem gescheuerten Zinngeräte, daß sie es gar nicht wieder durch Gebrauch verunreinigen wollte, wenigstens solange der Eifer der Aufräumezeit nicht nachließ.

In wenigen Tagen hatte Miß Ophelia jedes Departement des Hauses nach einem systematischen Muster umgestaltet; aber ihre Bemühungen in allen Zweigen, welche der Mitwirkung der Dienstboten bedurften, glichen denen des Sysiphus oder der Danaiden. In ihrer Verzweiflung wendete sie sich eines Tages an St. Clare.

„Es ist gar nicht daran zu denken, etwas wie System in diese Familie zu bringen."

„Allerdings nicht", sagte St. Clare.

„Eine so liederliche Wirtschaft, solche Vergeudung und Verwirrung habe ich nie gesehen!"

„Das glaube ich dir recht gern."

„Du würdest das nicht so gleichgültig hinnehmen, wenn du selbst die Wirtschaft führtest."

„Meine liebe Cousine, ich muß dir ein für allemal sagen, daß wir Herrschaften uns in zwei Klassen teilen: in Tyrannen und in Tyrannisierte. Wir, die wir gutmütig und der Strenge abgeneigt sind, müssen uns mancherlei Unannehmlichkeiten gefallen lassen. Wenn wir zu unserer Bequemlichkeit eine untätige, unordentliche, gänzlich ungebildete Klasse unter uns behalten wollen, so müssen wir natürlich auch die Folgen tragen. Es sind mir einige seltene Fälle von Personen vorgekommen, die mit Hilfe eines besonderen Taktes Ordnung und System ohne Strenge hervorbringen können; aber ich gehöre nicht zu ihnen; und so habe ich mich schon vor langer Zeit entschlossen, die Sachen so gehen zu lassen, wie sie gehen. Ich mag die armen Teufel nicht schlagen und zerpeitschen lassen, und sie wissen es; und natürlich wissen sie, daß sie das Heft in den Händen haben."

Unser bescheidener Freund Tom läuft Gefahr, über den Erlebnissen der Höhergeborenen vergessen zu werden; aber wenn uns unsere Leser in eine kleine Kammer über den Stall begleiten wollen, so können sie vielleicht etwas von seinen Angelegenheiten erfahren. Es war ein anständiges Gemach mit einem Bette, einem Stuhl und einem kleinen grob zugehauenen Tisch, auf dem Toms Bibel und Hymnenbuch lagen; und wo er gegenwärtig mit der Schiefertafel vor sich sitzt, mit etwas, was ihm sehr viel Sorgen macht, beschäftigt. Toms Heimweh war so stark geworden, daß er sich von Eva einen Bogen Schreibpapier gebettelt hatte; und nun bot er seinen ganzen kleinen Vorrat von literarischem Wissen, das er George verdankte, auf und kam auf den kühnen Gedanken, einen Brief zu schreiben: Und er war jetzt beschäftigt, auf seiner Schiefertafel den ersten Entwurf anzufertigen. Tom war in großer Verlegenheit, denn die Form einiger Buchstaben hatte er ganz und gar vergessen, und von denen, die er noch kannte, wußte er nicht, welche er anwenden sollte. Und während er sich abmühte und in seinem Eifer sehr angestrengt atmete, ließ sich Eva wie ein Vogel auf die Rücklehne seines Stuhls nieder und blickte ihm über die Schulter.

„Ach, Onkel Tom! Was für drollige Zeichen du da machst!"

„Ich versuche, an meine arme Alte zu schreiben, Miß Eva, und an meine Kleinen", sagte Tom und fuhr mit dem Rücken seiner Hand über die Augen; „aber ich weiß nicht – ich fürchte, ich werde es nicht herausbringen."

„Ich wollte, ich könnte dir helfen, Tom! Ich habe ein wenig schreiben gelernt. Voriges Jahr konnte ich alle Buchstaben machen, aber ich fürchte, ich habe sie vergessen."

So steckte Eva ihr kleines goldenes Lockenköpfchen mit dem schwarzen des Negers zusammen, und die beiden begannen eine feierliche und angelegentliche Beratung, zu welcher beide gleichviel Ernst und ziemlich gleichviel Unwissenheit mitbrachten; und nach weitläufigen Besprechungen über jedes Wort fing die Komposition ihren sanguinischen Augen ganz wie etwas Geschriebenes auszusehen an.

„Ja, Onkel Tom, es fängt wirklich an, schön auszusehen", sagte Eva und betrachtete es voller Freude. „Wie sehr sich deine Frau freuen wird und die armen Kleinen! Oh, es ist eine Schande, daß du sie überhaupt hast verlassen müssen! Ich denke, Papa nächster Tage zu bitten, dich wieder hingehen zu lassen."

„Missis sagte, sie wollte Geld für mich herschicken, sobald sie es zusammenhätte", sagte Tom. „Ich vermute, sie wird's tun. Der junge Master George versprach mich abzuholen; und er gab mir diesen Dollar hier als Zeichen", und Tom zog unter den Kleidern den kostbaren Dollar hervor.

„O dann kommt er ganz gewiß", sagte Eva. „Wie mich das freut!"

„Und ich wollte einen Brief hinschicken, damit sie wissen, wo ich bin, und um der armen Chloe zu sagen, daß ich mich wohl befinde, weil es ihr so schrecklich zu Herzen ging, der Armen!"

„Heda, Tom!" rief jetzt St. Clare, der in diesem Augenblicke in die Tür trat.

Tom und Eva fuhren beide auf.

„Was gibt's da?“ sagte St. Clare, indem er an den Tisch trat und die Schiefertafel betrachtete.

„Oh, es ist Toms Brief. Ich helfe ihm beim Schreiben“, sagte Eva. „Ist es nicht hübsch?“

„Ich möchte keinen von euch beiden entmutigen“, sagte St. Clare, „aber ich glaube doch, es wäre besser, du ließest mich den Brief für dich schreiben. Ich will es tun, wenn ich von meinem Spazierritt zurückkomme.“

„Es ist von großer Wichtigkeit, daß er schreibt“, sagte Eva, „weil seine Herrin ihm versprochen hat, Geld zu schicken, um ihn wieder zurückzukaufen; er hat es mir eben erzählt.“

St. Clare dachte in seinem Herzen, daß dies wahrscheinlich nur eine von den Tröstungen sei, welche gutmütige Sklavenbesitzer anwenden, um die Angst der Sklaven vor dem Verkauftwerden zu lindern, ohne irgend zu beabsichtigen, diese Hoffnungen zu erfüllen. Aber er ließ keine Bemerkung darüber laut werden, sondern befahl nur Tom, die Pferde zu einem Spazierritt vorzuführen. Toms Brief wurde noch an diesem Abend in bester Form für ihn abgefaßt und sicher der Post übergeben. Miß Ophelia setzte immer noch ihre Bemühungen in der Wirtschaft mit Ausdauer fort. Der ganze Haushalt von Dinah bis zum jüngsten Bengel waren darin einig, daß Miß Ophelia entschieden sonderbar sei – ein Wort, durch welches ein Dienstbote im Süden andeutet, daß seine Herrschaft ihm nicht recht ansteht. Der höhere Kreis in der Familie – nämlich Adolf, Jane und Rosa – stimmten darin überein, daß sie keine Lady sei; Ladies schufteten nie so herum wie sie; sie habe gar kein Air; und sie waren nur darüber verwundert, daß sie eine Verwandte der St. Clare sein sollte. Selbst Marie erklärte, daß es geradezu ermüdend sei, Cousine Ophelia stets so fleißig zu sehen. Und in der Tat war Miß Ophelias Fleiß so unermüdlich, daß einiger Grund zu dieser Klage vorhanden war. Sie nähte und steppte von Tagesanbruch bis Dunkelwerden mit der Energie einer Person, die unter dem unmittelbaren Einfluß einer sie drängenden Macht steht; und wenn der Abend kam und die Näherei eingepackt war, fuhr auf der Stelle der stets bereite Strickstrumpf aus der Tasche, und sie war so eifrig beschäftigt wie immer. Es war wirklich eine Arbeit, es mit anzusehen.

17. Kapitel Topsy

Eines Morgens, als Ophelia einer ihrer häuslichen Pflichten oblag, rief sie St. Clare unten von der Treppe herauf.

„Komm einmal herunter, Cousine, ich muß dir etwas zeigen."

„Was gibt's?" sagte Miß Ophelia, als sie mit der Näherei herunterkam.

„Ich habe dir etwas gekauft – sieh her", sagte St. Clare, mit diesen Worten schob er ein kleines Negermädchen von acht oder neun Jahren vor. Die Kleine gehörte zu den Schwärzesten ihres Geschlechts; und ihre runden, hellen Augen, glänzend wie Glaskorallen, schweiften mit raschen und ruhigen Blicken über alle Einzelheiten der Umgebung. Den Mund halb geöffnet vor Erstaunen über die Wunder der Stube des neuen Herrn, zeigte sie zwei Reihen weißer glänzender Zähne. Das wollige Haar war in kleine Zöpfchen geflochten, die in jeder Richtung emporstanden. Der Ausdruck des Gesichts war ein seltsames Gemisch von Schlauheit und List, welches als eine Art von Schleier einen Ausdruck kläglichster Ernsthaftigkeit und Feierlichkeit drollig überdeckte. Die Kleine hatte nur ein einziges, schmutziges, zerrissenes Kleidungsstück von Sackleinwand an und stand da mit ehrbar gefalteten Händen. Im ganzen war etwas Seltsames und Koboldartiges in der ganzen Erscheinung – etwas, wie sich Miß Ophelia später ausdrückte, „so Heidnisches", daß der guten Dame ganz bange dabei wurde; und zu St. Clare gewendet sagte sie:

„Aber Augustin, wozu in aller Welt hast du mir dieses Geschöpf gebracht?"

„Damit du es erziehst und ihm den Weg zeigst, den es gehen soll, natürlich. Die Kleine kam mir wie ein ziemlich drolliges Exemplar von dem Vogelscheuchengeschlecht vor. Na Topsy", fügte er hinzu und pfiff wie jemand, der die Aufmerksamkeit eines Hundes erregen will, „singe uns ein Lied und zeige uns, wie du tanzen kannst."

In den schwarzen hellen Augen glitzerte eine Art boshafter Humor, und die Kleine stimmte mit einer klaren, schrillen Stimme eine seltsame Negermelodie an, zu der sie mit Händen und Füßen Takt schlug, sich herumdrehte und in einem wilden phantastischen Takte mit den Händen klatschte und die Knie zusammenschlug und alle ihre Bewegungen mit den seltsamen Kehltönen begleitete, welche die dieser Rasse eigentümliche Musik auszeichnen; und zuletzt kam sie mit ein oder zwei Luftsprüngen und einer langen Schlußkadenz, die so wunderlich und unheimlich klang wie der Pfiff eines Dampfwagens, plötzlich auf den Teppich herab und stand da mit gefalteten Händen und einem höchst scheinheiligen Ausdruck von Demut und Feierlichkeit auf dem Gesicht, zu dem nur die schlauen schielenden Seitenblicke aus den Augenwinkeln nicht recht passen wollten.

Ganz stumm vor Staunen stand Ophelia da.

St. Clare schien mit boshaftem Behagen sich über ihr Erstaunen zu freuen und sagte zu dem Kinde gewendet:

„Topsy, das ist deine neue Herrin. Ich werde dich ihr übergeben; trag Sorge, daß du dich gut aufführst."

„Ja, Master", sagte Topsy mit scheinheiligem Ernste, während ihre boshaften Augen funkelten.

„Du mußt dich gut aufführen, Topsy, verstehst du", sagte St. Clare.

„O ja, Master", sagte Topsy mit einem anderen funkelnden Blick, während ihre Hände immer noch fromm gefaltet blieben.

„Aber Augustin, was in aller Welt soll das bedeuten?" sagte Ophelia. „Dein Haus ist bereits so voll von diesen kleinen Plagegeistern, daß kein Mensch seinen Fuß wohin setzen kann, ohne auf sie zu treten. Ich stehe früh auf und finde einen hinter der Tür schlafen, und sehe einen schwarzen Kopf unter dem Tisch hervorgucken und einen andern auf dem Strohteller vor der Tür liegen, und sie lungern auf allen Geländern herum und balgen sich auf dem Küchenflur! Wozu in aller Welt bringst du das eine noch her?"

„Du sollst es erziehen – habe ich es dir nicht gesagt? Du predigst immer vom Erziehen. Ich dachte, ich wollte dir ein frisch gefangenes Exemplar schenken, damit du dich an ihm üben und es im Guten und Rechten unterweisen könntest."

„Ich mag die Kleine nicht, das weiß ich; ich habe ohnedies schon mehr mit ihnen zu tun, als ich wünsche."

„So seid ihr Christen alle! Ihr stiftet eine Gesellschaft und mietet einen armen Missionar, daß er sein ganzes Leben unter solchen Heiden zubringen soll. Aber den möchte ich sehen von euch, der einen derselben in sein Haus aufnehmen und sich der Arbeit seiner Bekehrung selbst unterziehen möchte! Nein, wenn es dazu kommt, sind sie schmutzig und garstig, und es ist zuviel Plage usw."

„Augustin, du weißt, daß ich die Sache nicht in diesem Licht ansehe", sagte Miß Ophelia schon sanfter gestimmt. „Es könnte am Ende doch ein echtes Missionswerk sein", sagte sie und sah das Kind bereits mit etwas günstigerem Auge an.

St. Clare hatte die rechte Seite berührt. Miß Ophelias Gewissenhaftigkeit stand immer auf der Hut. „Aber", setzte sie hinzu, „ich sehe wahrhaftig nicht ein, wozu du das Kind noch gekauft hast – wir haben schon so viel im Hause, daß sie alle meine Zeit und Kraft in Anspruch nehmen."

„Nun, komm nur, Cousine“, sagte St. Clare, indem er sie beiseite zog, „ich sollte dich wegen meiner nichtsnutzigen Reden eigentlich um Verzeihung bitten. Im Grunde bist du so gut, daß sie keinen Sinn haben. Die Wahrheit ist, das Kind gehörte einem ewig betrunkenen paar Leuten, die eine gemeine Schenke, an welcher ich jeden Tag vorbeigehe, besitzen; und ich war müde, das Kind schreien und seine Herrschaft es schlagen und ausschimpfen zu hören. Die Kleine sah außerdem munter und drollig aus, als ob sich etwas aus ihr machen ließe; deshalb kaufte ich sie, um sie dir zu schenken. Versuche es nun einmal und gib ihr eine gute orthodoxe, neuengländische Erziehung, und sieh zu, was du aus ihr machen kannst, du weißt, ich habe dazu keine Anlage, aber ich möchte gern, daß du es versuchtest.“

„Nun, ich will tun, was ich kann“, sagte Miß Ophelia, und sie näherte sich ihrem neuen Zögling ziemlich so, wie sich jemand einer schwarzen Spinne nähern würde, vorausgesetzt, daß er wohlwollende Absichten auf sie hätte.

„Sie ist schrecklich schmutzig und halbnackt“, sagte sie.

„Nun, so nimm sie mit hinunter und laß sie von den Leuten reinigen und kleiden.“

Miß Ophelia brachte sie in die Küche hinunter.

„Ich sehe nicht ein, wozu Master Clare noch Nigger braucht“, sagte Dinah, welche den neuen Ankömmling mit keineswegs freundlichen Blicken betrachtete. „Sie mag mir nicht unter die Hände kommen, das weiß ich!“

„Pfui!“ sagten Rosa und Jane mit großartiger Verachtung. „Sie mag uns aus dem Wege gehn! Wozu in aller Welt Master noch mehr von diesen gemeinen Niggern braucht!“

„Seid still da! Nicht mehr Nigger als Ihr selber, Miß Rosa“, sagte Dinah, welche sich von dieser letzten Bemerkung beleidigt fühlte. „Ihr scheint Euch gar für Weiße zu halten. Ihr seid keins von beiden – weder weiß noch schwarz. Ich möchte entweder nur das eine oder das andere sein.“

Miß Ophelia mußte bald bemerken, daß sich unter der Dienerschaft niemand fand, der das Reinigen und Ankleiden des neuen Ankömmlings übernehmen wollte. So mußte sie es denn selber tun, wobei ihr Jane widerwilligen Beistand leistete.

Miß Ophelia hatte einen guten Teil praktischer Entschlossenheit, und sie unterzog sich allen den ekelhaften Einzelheiten mit heldenmütiger Gründlichkeit, obgleich, wir müssen es gestehen, mit keiner sehr freundlichen Miene – denn zu mehr als zum bloßen Dulden konnten sie ihre Prinzipien nicht bringen. Als sie auf dem Rücken und den Schultern der Kleinen große Striemen und Narben entdeckte, die unauslöschlichen Zeugen des Systems, unter dem sie bis jetzt aufgewachsen war, da begann ihr Herz Erbarmen mit der Kleinen zu fühlen.

„Sehen Sie nur!“ sagte Jane und wies auf die Narben. „Zeigt das nicht, daß sie ein Höllenbraten ist? Sie wird uns schön zu schaffen machen, rechne ich. Ich kann diese Niggerkinder auf den Tod nicht leiden! Sie sind so ekelhaft! Ich möchte nur wissen, wozu es Master gekauft hätte.“

Das Niggerkind hörte alle diese Bemerkungen mit der demütigen und kläglichen Miene an, die ihr Gewohnheit zu sein schien, und betrachtete nur mit einem scharfen und verstohlenen Blick seiner glitzernden Augen den Schmuck, den Jane in den Ohren trug. Als die Kleine endlich dastand, in einen anständigen und nicht zerrissenen Anzug gekleidet und das Haar kurz geschoren, sagte Miß Ophelia mit einiger Befriedigung, daß sie nunmehr wie ein Christenkind aussehe, und fing schon innerlich einige Pläne zu ihrer Erziehung zu überlegen an.

Sie setzte sich vor sie hin und fing an, sie zu examinieren.

„Wie alt bist du, Topsy?“

„Weiß nicht, Missis“, sagte der Kobold mit einem Grinsen, das alle Zähne zeigte.

„Du weißt nicht, wie alt du bist? Hat dir es niemand gesagt? Wer war deine Mutter?“

„Hab' nie keine gehabt!“ sagte das Kind abermals grinsend.

„Du hast keine Mutter gehabt? Was meinst du damit? Wo bist du geboren?“

„Bin nie nicht geboren!“ beteuerte Topsy mit einem so koboldartigen Grinsen, daß Miß Ophelia, wenn sie nervenschwach gewesen wäre, hätte glauben können, sie hätte einen schwarzen Gnomen aus der Unterwelt erwischt; aber Miß Ophelia war nicht nervenschwach, sondern einfach und praktisch und sagte daher mit einiger Strenge:

„Du darfst mir nicht so antworten, Kind, ich spiele nicht mit dir. Sage mir, wo du geboren bist und wer dein Vater und deine Mutter waren.“

„Bin nie nicht geboren“, wiederholte der Kobold noch emphatischer, „hatte nie Vater oder Mutter oder sonst was. Ein Sklavenhändler hat mich aufgezogen mit vielen andern. Alte Tante Sue wartete uns ab.“

Das Kind sprach offenbar die Wahrheit, und Jane sagte mit einem gezierten Lachen:

„Ach Gott, Missis, solche gibt's in Unmassen. Spekulanten kaufen sie billig, wenn sie ganz klein sind, und ziehen sie zum Verkauf auf.“

„Wie lange bist du bei deiner Herrschaft?"

„Weiß nicht, Missis."

„Ein Jahr oder mehr oder weniger?"

„Weiß nicht, Missis."

„Ach Missis, diese gemeinen Nigger können so was nicht sagen; sie wissen nichts von der Zeit", sagte Jane. „Sie wissen nicht, was ein Jahr ist; sie wissen nicht, wie alt sie sind."

„Hast du etwas von Gott gehört, Topsy?"

Das Kind machte bei dieser Frage ein ganz verblüfftes Gesicht, grinste aber wie gewöhnlich.

„Weißt du, wer dich erschaffen hat?"

„Niemand, soviel ich weiß", sagte das Kind mit einem kurzen Lachen.

Der Gedanke schien ihm ganz vorzüglichen Spaß zu machen, denn seine Augen funkelten und es setzte hinzu:

„Ich glaube, ich bin gewachsen. Glaub' nicht, daß mich jemand geschaffen hat."

„Kannst du nähen?" sagte Miß Ophelia, welche ihren Fragen eine mehr praktische Richtung zu geben gedachte.

„Nein, Missis."

„Was kannst du? – Was hast du bei deiner Herrschaft gemacht?"

„Wasser geholt und Geschirr gewaschen und Messer geputzt und den Leuten aufgewartet."

„Haben sie dich gut behandelt?"

„Vermute", sagte das Kind, indem es Miß Ophelia schlau ansah.

Miß Ophelia erhob sich von dieser ermutigenden Prüfung; St. Clare stand hinter ihr auf die Stuhllehne gestützt.

„Du findest hier jungfräulichen Boden, Cousine; pflanze deine eigenen Begriffe hinein – du wirst nicht viel erst aufzuräumen haben."

Miß Ophelias Begriffe von Erziehung waren, wie alle ihre anderen Begriffe, sehr abgeschlossen und bestimmt und von der Art, wie sie vor einem Jahrhundert in Neuengland vorherrschten und selbst noch in sehr abgelegenen und unverdorbenen Gegenden bestehen, wo keine Eisenbahnen hinkommen. Sie ließen sich so ziemlich in sehr wenige Worte zusammenfassen. Dem Kinde wurde gelehrt, zu gehorchen, wenn man ihm etwas hieß; es wurde ihm der Katechismus, Nähen und Lesen gelehrt; und es bekam Schläge, wenn es log, und obgleich diese Ansichten natürlich durch die über die Erziehungsfrage ausgegossene Flut von Licht weit überholt sind, so ist es doch unbestreitbar, daß unsere Großmütter einige recht verständige Männer und Frauen auf die Weise erzogen haben, wie viele von uns sich erinnern und bezeugen können. Jedenfalls wußte es Miß Ophelia nicht anders und widmete sich daher ihrem heidnischen Zöglinge mit dem möglichsten Fleiße.

Das Kind galt im ganzen Hause als Miß Ophelias Mädchen, und da es vor den Herrschaften in der Küche durchaus keine Gnade fand, so beschloß Miß Ophelia, seinen Wirkungskreis und seinen Unterricht hauptsächlich auf ihr Zimmer zu beschränken. Mit einer Opferbereitwilligkeit, welche einige unserer Leser werden würdigen können, faßte sie den Entschluß, anstatt sich selbst ihr Bett zu machen und selbst ihr Zimmer zu kehren und zu ordnen – was sie bisher getan hatte, alle Hilfsanerbietungen des Hausmädchens entschieden zurückweisend –, sich dem Märtyrertum zu unterwerfen, Topsy in diesen Verrichtungen Unterricht zu erteilen. Aber wehe über diesen Tag! Wenn jemals unser Leser so etwas versucht hat, so wird er die Größe ihres Opfers würdigen können.

Miß Ophelia fing damit an, am ersten Morgen Topsy mit auf ihr Zimmer zu nehmen und einen feierlichen Kursus in der Kunst und den Geheimnissen des Bettmachens zu beginnen.

Topsy, gewaschen und der kleinen geflochtenen Schwänzchen beraubt, die ihres Herzens Freude waren, in einer reinen Kutte und einer gut gestärkten Schürze, steht ehrerbietig vor Miß Ophelia und macht ein so feierliches Gesicht, daß es sich zu einem Leichenbegräbnisse geschickt haben würde.

„Nun, Topsy, werde ich dir zeigen, wie du mein Bett machen mußt. Ich bin sehr eigen mit meinem Bett. Du mußt ganz genau lernen, wie es gemacht werden muß."

„Ja, Ma'am", sagte Topsy mit einem tiefen Seufzer und einem Gesicht voll kläglichen Ernstes.

„Also sieh, Topsy, das ist der Saum des Bettuches – das ist die rechte Seite des Bettuchs, und das die linke: Wirst du das behalten?"

„Ja, Ma'am", sagte Topsy wieder mit einem Seufzer.

„Nun, das Unterbettuch mußt du über das Polsterkissen legen – und es recht hübsch und glatt unter die Matratze stopfen – siehst du?"

„Ja, Ma'am", sagte Topsy mit tiefer Aufmerksamkeit.

„Aber das obere Bettuch“, sagte Miß Ophelia, „muß so gelegt und fest und glatt unten zu Füßen untergestopft werden – so –, der schmale Saum zu Füßen.“

„Ja, Ma'am“, sagte Topsy wie vorhin; aber wir müssen hinzusetzen, was Miß Ophelia nicht sah, daß während der Zeit, wo ihr die gute Dame in ihrem Lehreifer den Rücken zugekehrt hatte, die junge Schülerin Gelegenheit fand, ein paar Handschuhe und ein Band zu stehlen, welches sie geschickt in ihre Ärmel gleiten ließ, worauf sie wieder mit gehorsam gefalteten Händen dastand wie vorher.

„Nun versuch du es einmal, Topsy“, sagte Miß Ophelia, indem sie die Bettücher wieder entfernte und sich setzte.

Topsy verrichtete das Befohlene mit großer Geschicklichkeit zu Miß Ophelias vollkommener Befriedigung; sie strich die Bettücher glatt, klopfte jede Falte heraus und zeigte bei der ganzen Arbeit einen Ernst und eine Würde, von der sich ihre Lehrerin höchlichst erbaut fühlte. Durch ein unglückliches Versehen guckte jedoch gerade, als sie fertig war, ein Endchen des Bandes aus dem Ärmel heraus, und Miß Ophelia sah es. Auf der Stelle ergriff sie es. „Was ist das? Du böses, schlechtes Kind – das hast du gestohlen!“

Obgleich Ophelia das Band aus Topsys eigenem Ärmel zog, so geriet das Kind doch nicht im mindesten außer Fassung; es sah den Fund nur mit einer Miene der überraschtesten und arglosesten Unschuld an.

„Ob das nicht Miß Feelys Band ist! Wie mag's nur in meinen Ärmel gekommen sein!“

„Topsy, du böses Mädchen, lüge nicht! Du hast das Band gestohlen!“

„Misses, wahrhaftig, ich hab's nicht gestohlen; sehe es diese Minute zum allerersten Mal.“

„Topsy“, sagte Miß Ophelia, „weißt du nicht, daß es schlecht ist zu lügen?“

„Ich lüge nie, Miß Feely“, sagte Topsy mit tugendhaftem Ernste. „Es ist die reine Wahrheit, was ich Ihnen gesagt habe, und weiter nichts.“

„Topsy, ich werde dir die Peitsche geben lassen, wenn du so lügst.“

„Ach, Missis, und wenn Sie mich den ganzen Tag peitschen lassen, kann ich nichts anderes sagen“, sagte Topsy und fing an zu flennen. „Ich habe das Band noch mit keinem Auge gesehen, und es muß sich in meinen Ärmel verkrochen haben. Miß Feely hat's gewiß auf dem Bett liegenlassen, und es ist unter die Bettücher gekommen und so in meinen Ärmel geraten.“

Miß Ophelia war so empört über die freche Lüge, daß sie das Kind faßte und schüttelte. „Sage mir das nicht noch einmal."

Durch dieses Schütteln fielen die Handschuhe aus dem anderen Ärmel in die Stube.

„Da siehst du?" sagte Miß Ophelia. „Wirst du jetzt noch leugnen, daß du das Band gestohlen hast?"

Topsy bekannte jetzt den Diebstahl der Handschuhe, aber leugnete immer noch hinsichtlich des Bandes.

„Topsy, wenn du alles gestehen willst, sollst du diesmal nicht die Peitsche bekommen", sagte Miß Ophelia. Auf dieses Versprechen bekannte sich Topsy zum Diebstahle des Bandes und der Handschuhe mit den kläglichsten Bußbeteuerungen.

„Jetzt gestehe es mir nur. Ich weiß, du mußt auch andere Dinge gestohlen haben, seit du hier bist, denn ich habe dich gestern den ganzen Tag frei herumlaufen lassen. Gestehe jetzt, was du genommen hast, und ich will dich nicht schlagen."

„Ach, Missis! Ich habe Miß Evas rotes Ding genommen, das sie um den Hals trägt."

„Was? Du böses Kind! Nun, was sonst noch?"

„Rosas Ohrringe – die roten."

„Geh und bring mir alle beide Sachen gleich die Minute her."

„Ach Missis, das kann ich nicht – sie sind verbrannt."

„Verbrannt – was für eine Lüge! Hole sie oder du bekommst die Peitsche."

Mit lauten Beteuerungen und Tränen und Seufzern erklärte Topsy, daß es ihr unmöglich sei.

„Sie sind verbrannt – rein verbrannt!"

„Warum hast du sie verbrannt?" sagte Miß Ophelia.

„Weil ich ein böses Kind bin. Ich bin schrecklich böse, sagen die Leute. Ich kann nichts dafür."

In diesem Augenblick kam Eva zufällig ins Zimmer, geschmückt mit dem Korallenhalsband, von dem die Rede war.

„Was, Eva, wo hast du dein Halsband herbekommen?" sagte Miß Ophelia.

„Herbekommen? Ich habe es ja den ganzen Tag umgehabt", sagte Eva.

„Hattest du es auch gestern immer?"

„Jawohl, und was das Drolligste ist, Tantchen, ich hatte es die ganze Nacht um. Ich vergaß es abzunehmen, als ich zu Bett ging."

Miß Ophelia wußte nicht, was sie denken sollte, um so mehr, als jetzt auch Rosa ins Zimmer trat, mit einem Körbchen frischgeplätteten Leinenzeugs auf dem Kopfe und den Korallengehängen in den Ohren.

„Ich weiß wahrhaftig nicht, was ich mit einem solchen Kinde machen soll! Wozu, in aller Welt, sagtest du mir, du hättest diese Sachen gestohlen, Topsy?"

„Ach, Missis sagte ja, ich sollte bekennen; und ich wußte nichts anderes", sagte Topsy und wischte sich die Augen.

„Aber natürlich verlange ich nicht, du solltest mir Dinge bekennen, die du nicht getan hast", sagte Miß Ophelia, „das ist so gut eine Lüge wie das andere."

„Ach wirklich?" sagte Topsy mit einer Miene unschuldiger Verwunderung.

„Ja, 's ist auch kein Funken Wahrheit in diesem Satanskind", sagte Rosa und sah Topsy mit bösem Gesicht an. „Wenn ich Master St. Clare wäre, wollte ich sie peitschen, daß ihr das Blut vom Rücken liefe; sie sollte es schon kriegen!"

„Nein, nein, Rosa", sagte Eva mit einer befehlenden Miene, welche das Kind manchmal anzunehmen verstand, „so darfst du nicht sprechen, Rosa. Ich kann das nicht mit anhören."

„Herrjemine! Miß Eva, Sie sind so gut und verstehen es nicht, wie man mit Niggern umspringen muß. Es gibt kein anderes Mittel, als sie blutig zu schlagen. Darauf verlassen Sie sich."

„Rosa", sagte Eva, „still! Kein Wort wieder von dieser Art." Und das Auge des Kindes flammte auf, und seine Wange rötete sich tiefer. Rosa war in einem Augenblick eingeschüchtert.

„Miß Eva hat das St.-Clare-Blut in ihren Adern, das ist klar. Sie kann wahrhaftig gerade so sprechen wie ihr Papa", sagte sie, indem sie das Zimmer verließ.

Eva stand da und betrachtete Topsy.

Als Miß Ophelia über Topsys Schlechtigkeit schalt, machte das Kind ein verwundertes und betrübtes Gesicht, sagte aber sanft:

„Arme Topsy, warum stiehlst du? Du sollst es ja jetzt gut hier haben. Gewiß will ich dir lieber etwas von meinen Sachen geben, als daß du stiehlst."

Es war das erste freundliche Wort, welches das Kind in seinem Leben gehört hatte; und der sanfte Ton und die sanfte Weise berührte seltsam das wilde rohe Herz, und es funkelte etwas wie eine Träne in dem lebhaften runden glitzernden Auge, aber es wurde bald von einem kurzen Lachen und dem gewöhnlichen Grinsen verdrängt. Nein! Das Ohr, das nie etwas anderes als Scheltworte gehört hat, ist merkwürdig ungläubig, wenn es etwas so Himmlisches wie Freundlichkeit vernimmt, und Topsy kam die Anrede nur wie etwas Spaßiges und Unerklärliches vor – sie glaubte nicht daran.

Aber was war mit Topsy anzufangen? Miß Ophelia wußte weder aus noch ein; ihre Erziehungsregeln schienen hier keine Anwendung zu finden. Sie wollte sich Zeit nehmen, darüber nachzudenken; und um Zeit zu gewinnen und im Vertrauen auf eine unbestimmte moralische Heilkraft, die in dunklen Kammern wohnen soll, sperrte Miß Ophelia ihren Zögling ein, bis sie ihre Gedanken über diesen Gegenstand besser geordnet hatte.

„Ich sehe noch nicht ein, wie ich mit dem Kinde auskommen kann ohne Schläge", sagte Miß Ophelia zu St. Clare.

„Nun, so schlage sie, soviel es dir gefällt, ich gebe dir die unbeschränkteste Vollmacht."

„Kinder müssen immer Schläge bekommen", sagte Miß Ophelia. „Ich habe nie gehört, daß sie ohne Schläge erzogen würden."

„Tu, was du für das Beste hältst", sagte St. Clare. „Aber nur eins will ich bemerken: Ich habe gesehen, wie man dieses Kind mit dem Schüreisen, mit der Feuerzange oder mit der Kohlenschaufel, und was gerade bei der Hand war, geschlagen hat, daß es zu Boden stürzte; da es also an diese Behandlungsweise gewöhnt ist, so glaube ich, du wirst mit ziemlicher Energie prügeln müssen, um einigen Eindruck hervorzubringen."

„Was soll ich denn mit dem Kinde beginnen?" sagte Ophelia.

„Du stellst da eine ernsthafte Frage auf", sagte St. Clare. „Ich wollte, du könntest sie beantworten. Was man mit einem menschlichen Wesen, das nur mit der Peitsche regiert werden kann, anfangen soll, wenn diese nicht mehr anschlägt, das ist etwas, was wir hier unten uns sehr häufig fragen."

„Ich weiß es nicht, mir ist noch nie ein Kind von dieser Art vorgekommen."

„Solche Kinder sind bei uns sehr gewöhnlich und auch solche Männer und Weiber. Wie soll man sie in Zucht erhalten?" sagte St. Clare.

„Die Frage ist jedenfalls für mich zu schwer, um sie zu lösen", sagte Miß Ophelia.

„Und auch für mich“, sagte St. Clare. „Die schrecklichen Grausamkeiten und Schandtaten, die dann und wann ihren Weg in die Zeitungen finden – solche Vorfälle, wie z. B. der mit Prue – woher rühren sie? In vielen Fällen ist es ein allmählicher Verhärtungsprozeß auf beiden Seiten – der Sklavenbesitzer wird allmählich grausamer und grausamer, und der Sklave wird immer verstockter. Schläge und Scheltworte sind wie Laudanum; man muß die Dosis in dem Maße verdoppeln, wie die Gefühle sich abstumpfen. Ich sah dies sehr frühzeitig ein, als ich Sklavenbesitzer geworden war, und ich nahm mir vor, nie anzufangen, weil ich nicht wußte, wo ich aufhören würde, und beschloß, wenigstens meinen eigenen sittlichen Charakter rein zu halten. Infolge davon sind meine Dienstboten wie verzogene Kinder; aber ich halte das für besser, als wenn wir beide zusammen ganz vertiert wären. Du hast viel von unserer großen Verantwortlichkeit für die Erziehung unserer Mitmenschen gesprochen. Ich möchte wirklich wünschen, du versuchtest es mit einem Kinde, welches eine Probe von Tausenden unter uns ist.“

„Euer System ist an solchen Kindern schuld“, sagte Miß Ophelia.

„Ich weiß es, aber sie sind einmal vorhanden – und die Frage ist, was soll mit ihnen geschehen?“

„Nun, ich kann eben nicht sagen, daß ich dir für das Experiment sehr dankbar bin. Aber da es sich als eine Art Pflicht herausstellt, so will ich nicht ermatten und den Versuch fortsetzen und mein Bestes tun“, sagte Miß Ophelia; und von nun an widmete sich Miß Ophelia mit lobenswertem Eifer und Energie ihrem Zögling. Sie richtete regelmäßige Stunden und Beschäftigungen für die Kleine ein und lehrte sie selbst lesen und nähen.

In ersterer Kunst machte das Kind ziemlich rasche Fortschritte. Sie lernte die Buchstaben wie durch Zauberei und war bald imstande, gewöhnliche Schrift zu lesen; aber mit dem Nähen ging es nicht so leicht vonstatten. Die Kleine war so geschmeidig wie eine Katze und so rührig wie ein Äffchen, und die sitzende Beschäftigung des Nähens war ihr ein Greuel; so zerbrach sie die Nadeln, warf sie verstohlen zum Fenster hinaus oder in Mauerritzen; sie verwirrte, zerriß oder beschmutzte ihren Zwirn oder warf wohl auch mit einer listigen Bewegung ein Knäuel ganz weg. Ihre Bewegungen waren fast so schnell wie die eines geübten Taschenspielers, und sie beherrschte ihr Gesicht ebenso vollkommen; und obgleich Miß Ophelia recht gut einsah, daß so viele widrigen Zufälle sich nicht hintereinander ereignen konnten, so konnte sie doch nicht ohne eine Wachsamkeit, welche ihr zu nichts anderem Zeit übrig gelassen hätte, die Arglistige ertappen.

Topsy hatte sich in St. Clares Haus bald einen Ruf erworben. Ihr Talent für jede Art drolliges Gebärdenspiel, Gesichterschneiden und Schauspielern – für Tanzen,

Luftspringen, Klettern, Singen, Pfeifen und Nachahmen jeden Tones, der ihr auffiel – schien unerschöpflich zu sein. In ihren Spielstunden lief ihr unfehlbar jedes Kind des Haushalts nach, den Mund weit aufsperrend vor Bewunderung und Staunen – nicht einmal Miß Eva ausgenommen, welche von ihren Koboldstücken ganz entzückt zu sein schien, wie manchmal eine Taube von einer glänzenden Schlange bezaubert wird. Miß Ophelia befürchtete, Eva möchte an Topsys Gesellschaft zuviel Gefallen finden, und bat St. Clare, es ihr zu verbieten.

„Bah! Laß das Kind seinen eigenen Weg gehen", sagte St. Clare. „Topsy kann ihr nur nützen."

„Aber ein so verderbtes Kind – befürchtest du nicht, daß es sie etwas Schlechtes lehren könnte?"

„Sie kann ihr nichts Schlechtes lehren; sie könnte es anderen Kindern lehren, aber das Schlechte gleitet von Evas Seele ab wie der Tau von einem Kohlblatt; kein Tropfen dringt ins Innere."

„Sei nicht zu sicher", sagte Miß Ophelia. „So viel weiß ich, daß ich nie eins meiner Kinder mit Topsy spielen lassen würde."

„Nun, deine Kinder brauchen es nicht zu tun", sagte St. Clare, „aber meine können es; wenn Eva verderbt werden könnte, so wäre sie schon vor Jahren verdorben."

Anfangs sah sich Topsy von den oberen Dienstboten verabscheut und verachtet; aber sie fanden sehr bald Ursache, ihre Meinung zu ändern. Man entdeckte sehr bald, daß, wer Topsy eine Schmach zufügte, ganz sicher binnen sehr kurzer Zeit von irgendeinem unangenehmen Zufall betroffen wurde; entweder fehlten ein Paar Ohrringe oder sonst ein Lieblingsschmuck, oder man fand ein Kleidungsstück plötzlich ganz und gar verdorben, oder der Schuldige stolperte zufällig in einen Eimer heißes Wasser, oder ein schmutziger Regen von Spülwasser goß ganz unerklärlich auf ihn herab, wenn er in vollem Staate war; und bei allen diesen Gelegenheiten konnte man bei näherer Untersuchung nie den Urheber dieser empfindlichen Neckereien entdecken. Man zitierte Topsy, und sie erschien zu wiederholten Malen vor der Herrschaft zu Gericht; aber immer bestand sie das Verhör mit der erbaulichsten Unschuld und der ernsthaftesten Miene. Kein Mensch in der ganzen Welt zweifelte, wer der Urheber sei; aber es ließ sich auch nicht ein Buchstabe direkten Beweises zur Bekräftigung des Verdachtes auffinden, und Miß Ophelia war zu gerecht, um ohne Beweise sich strengere Maßregeln zu erlauben.

Die Neckereien waren außerdem stets der Zeit so gut angepaßt, daß der Urheber nur noch sicherer der Strafe entging. So wählte derselbe die Zeiten der Rache an Rosa und Jane, den beiden Kammerzofen, regelmäßig, wo, wie es nicht selten geschah, sie bei ihrer Herrin in Ungnade gefallen waren und wo natürlich eine von ihnen erhobene Klage keinen Anklang fand. Kurz, Topsy prägte der Dienerschaft bald ein, es sei klug, sie in Ruhe zu lassen; und man ließ sie nun auch in Ruhe.

In allen Handarbeiten war Topsy gewandt und energisch und lernte alles, was man ihr lehrte, mit wunderbarer Schnelligkeit. Nach wenigen Stunden Unterricht verstand sie Miss Ophelias Zimmer in einer Weise in Ordnung zu bringen, welche selbst diese vielverlangende Dame befriedigte. Menschenhände konnten die Laken nicht glatter ausbreiten, die Kissen nicht sorgfältiger an ihre Stelle legen, das Zimmer nicht vollkommener kehren, abstäuben und ordnen als Topsy, wenn sie Lust hatte – aber sie hatte nicht sehr oft Lust. Wenn Miss Ophelia, nachdem sie drei oder vier Tage sorgfältig und geduldig die Oberaufsicht geführt hatte, sanguinisch genug war, zu glauben, dass Topsy endlich ausgelernt habe und alles ohne Aufsicht verrichten könne, und nun fortging, um sich mit etwas anderem zu beschäftigen, so stellte Topsy ein oder zwei Stunden lang ein wahres Karneval von Verwirrung an. Anstatt das Bett zu machen, zog sie die Kissenüberzüge herunter, fuhr mit ihrem wolligen Kopf unter die Kissen, bis er manchmal auf das Groteskeste mit nach allen Richtungen emporstarrenden Federn verziert war; kletterte die Säulen hinauf und baumelte sich mit den Füßen anhaltend von oben herunter; warf die Bettücher im ganzen Zimmer herum; zog dem Fußkissen Miß Ophelias Nachtkleider an und führte verschiedene theatralische Darstellungen mit dieser Puppe auf; sang und pfiff und schnitt sich Gesichter im Spiegel; mit einem Worte, sie führte eine wahre Teufelskomödie auf.

Einmal fand Miss Ophelia Topsy mit ihrem besten scharlachroten, chinesischen Kreppschal als Turban um den Kopf gebunden vor dem Spiegel stehen, wo sie im großen Staat ihre Rolle einstudierte; denn Miss Ophelia hatte mit einer bei ihr unerhörten Sorglosigkeit den Schlüssel zum Schranke stecken lassen.

„Topsy!“ pflegte sie zu sagen, wenn ihre Geduld zu Ende ging. „Weshalb machst du das nur?“

„Weiß nicht, Missis – ich glaube, weil ich so schlecht bin.“

„Ich weiß nicht, was ich mit dir anfangen soll, Topsy.“

„Ach, Missis, Sie müssen mich schlagen; meine alte Missis schlug mich stets. Ich bin nicht gewohnt zu arbeiten, wenn ich keine Schläge kriege.“

„Aber ich will dich nicht schlagen, Topsy. Du kannst dich gut aufführen, wenn du Lust dazu hast. Warum tust du's nicht?“

„Ach, Missis, ich bin an Schläge gewöhnt; ich glaube, es muß wohl gut für mich sein."

Miss Ophelia versuchte das Rezept, und Topsy machte stets einen schrecklichen Lärm und schrie und stöhnte und flehte, obgleich sie eine halbe Stunde später auf einer Ecke des Balkons sitzend gegen eine um sie versammelte Schar von der jungen Brut sich höchst verächtlich über die ganze Sache aussprach.

„Ach Miss Feely und peitschen! – Die kann keine Fliege totschlagen. Sollte sehen, wie alter Master das Fleisch in Fetzen davonfliegen machte; alter Master wusste, wie!"

Topsy war stets sehr stolz auf ihre Sünden und Missetaten, die sie offenbar als etwas ganz besonders Auszeichnendes betrachtete.

„Nun, ihr Nigger", sagte sie zu ihren Zuhörern, „wisst ihr nicht, dass ihr alle Sünder seid? Ja, ihr seid Sünder, ohne alle Ausnahme. Die Weißen sind auch Sünder – Miss Feely sagt's; aber ich glaube, Nigger sind die größten aber ach, mit mir könnt ihr's nicht aufnehmen. Ich bin so schrecklich schlecht, daß niemand mit mir was anfangen kann. Alte Missis mußte immer den halben Tag über mich fluchen. Ich glaube, ich bin das schlechteste Geschöpf der Welt", und Topsy schlug ein Rad und hockte munter und glänzend auf einen noch höheren Sitz und war offenbar stolz auf die Auszeichnung.

Sonntags war Miss Ophelia sehr eifrig bemüht, Topsy den Katechismus zu lehren. Topsy hatte ein ungewöhnlich gutes Wortgedächtnis und lernte mit einer Schnelligkeit, welche ihre Lehrerin sehr ermutigte.

„Was soll das ihr nützen?" sagte St. Clare.

„Mein Gott, es hat Kindern immer genützt. Alle Kinder müssen das lernen, das weißt du ja selbst", sagte Miss Ophelia.

„Mögen sie es verstehen oder nicht?" sagte St. Clare.

„Oh, Kinder verstehen es nie, wenn sie es lernen; aber später, wenn sie groß werden, sehen sie es schon ein."

„Bei mir ist das Verständnis noch nicht gekommen, obgleich ich bezeugen kann, daß du mir es gründlich gelehrt hast."

„Ach, du zeigtest immer einen guten Kopf, Augustin. Ich setzte damals große Hoffnungen auf dich", sagte Miß Ophelia.

„Nun, und jetzt nicht mehr?" sagte St. Clare.

„Ich wollte, du wärst so gut, wie du als Knabe warst, Augustin."

„Das wünsche ich auch, Kusine“, sagte St. Clare. „Nun fang nur an und katechisiere Topsy, vielleicht machst du noch etwas aus ihr.“

Topsy, die während dieses Gesprächs wie eine schwarze Statue mit frommgefalteten Händen dagestanden hatte, begann jetzt auf ein Zeichen Miß Ophelias: „Unsere ersten Eltern, da ihnen ihr freier Wille gelassen war, verloren das Paradies, für das sie geschaffen waren.“ Topsys Augen funkelten und sahen ihre Lehrerin fragend an.

„Was gibt's, Topsy?“ sagte Miss Ophelia.

„Ach, Missis, war das Paradies Kentucky?“

„Was für ein Paradies, Topsy?“

„Das Paradies, das ihnen verlorenging. Ich hörte immer Master erzählen, wir wären von Kentucky gekommen.“

St. Clare lachte.

„Du wirst ihr eine Erklärung geben müssen, oder sie macht sich eine“, sagte er. „Sie scheint mir da eine Theorie der Auswanderungen aufzustellen.“

„Ach Augustin, sei still“, sagte Miss Ophelia. „Wie kann ich etwas machen, wenn du beständig lachst?“

„Na, ich will dich nicht weiter stören, auf Ehre“, und St. Clare nahm die Zeitung und setzte sich hin, bis Topsy mit ihrem Hersagen fertig war. Sie bestand recht gut, nur daß sie manchmal einige wichtige Worte ganz wunderlich versetzte und sich auch nicht eines besseren belehren ließ; und St. Clare hatte trotz aller seiner Versprechungen eine boshafte Freude über diese Irrtümer, rief Topsy stets zu sich, wenn er sich einen Spaß machen wollte, und ließ sich von ihr trotz Ophelias Abmahnungen die verdrehte Stelle wiederholen.

„Denkst du denn, ich kann etwas mit dem Kinde ausrichten, wenn du dich auf diese Weise benimmst, Augustin?“ pflegte sie zu sagen.

„Du hast recht, es ist zu schlecht, und ich will es nicht wieder tun; aber es macht mir Spaß, die drollige Kleine über diese schweren langen Worte stolpern zu hören.“

„Aber du bestärkst sie nur auf dem falschen Wege!“

„Was schadet das? Ein Wort gilt ihr soviel wie das andere.“

„Du hast mir aufgetragen, ihr den rechten Weg zu zeigen; und du solltest nicht vergessen, daß sie ein vernünftiges Geschöpf ist, und Sorge tragen, daß du keinen schlimmen Einfluß auf sie ausübst.“

„Ja freilich sollte ich das, aber wie Topsy selbst sagt: Ich bin schlecht."

Auf ziemlich gleiche Weise ging Topsys Erziehung ein oder zwei Jahre lang ihren Gang, und Miß Ophelia quälte sich mit ihr Tag für Tag ab, wie mit einer Art chronischer Krankheit, an deren Schmerzen sie sich mit der Zeit so gewöhnte wie manche Leute an nervösen Glieder- oder Kopfschmerz.

St. Clare machte die Kleine denselben Spaß, wie anderen die Spielereien eines Papageis oder eines Hündchens machen. Wenn Topsy durch ihre Sünden anderwärts in Ungnade fiel, flüchtete sie sich hinter seinen Stuhl, und St. Clare glich für sie stets in einer oder der anderen Weise die Sache aus. Von ihm bekam sie manchen Picayune, für den sie Nüsse oder Kandiszucker kaufte, welche sie mit sorgloser Freigebigkeit unter alle Kinder des Hauses verteilte, denn man mußte Topsy lassen, sie war gutmütig und freigebig und nur boshaft aus Notwehr.

18. Kapitel Henrique

Um diese Zeit besuchte St. Clares Bruder, Alfred, mit seinem ältesten Sohne, einem Knaben von 12 Jahren, auf ein paar Tage die Familie, die sich während der Sommermonate in der Villa am See Pontchartrain aufhielt.

Es konnte keinen eigentümlicheren und schöneren Anblick geben als diese beiden Zwillingsbrüder. Anstatt Ähnlichkeiten zwischen ihnen zu erschaffen, hatte die Natur sie in jeder Hinsicht zu Gegensätzen gemacht; und doch schien ein geheimnisvolles Band sie zu einer ungewöhnlich innigen Freundschaft zu vereinigen. Sie pflegten Arm in Arm in den Alleen und Gängen des Gartens spazierenzugehen: Augustin mit den blauen Augen und dem goldenen Haar, der ätherisch geschmeidigen Gestalt und lebendigen Zügen und Alfred mit den schwarzen Augen, mit stolzem römischen Profil, den kräftigen Gliedern und dem entschiedenen Wesen. Jeder schimpfte stets über des andern Meinungen und Treiben und konnte sich doch nicht von seiner Gesellschaft losmachen; gerade die Gegensätze in ihrem Charakter schienen sie zu vereinigen.

Henrique, der älteste Sohn Alfreds, war ein herrlicher Knabe mit schwarzen Augen voll Feuer und Leben und schien von dem ersten Augenblick an von der durchgeistigten Anmut seiner Cousine Evangeline ganz bezaubert zu sein.

Eva besaß ein kleines Lieblingspony von schneeweißer Farbe. Es ging so leicht wie eine Wiege und war so sanft wie seine kleine Herrin; und dieses Pony führte jetzt Tom an der Veranda der Rückseite vor, während ein kleiner Mulattenknabe von ungefähr 13 Jahren einen kleinen, schwarzen Araber brachte, den Alfred eben erst mit großen Kosten für Henrique hatte aus Europa kommen lassen.

Henrique hing mit dem Stolz eines Knaben an seinem neuen Eigentum; und wie er an das Pferd trat und dem kleinen Reitknecht die Zügel aus der Hand nahm, musterte er es sorgfältig, und seine Stirn verfinsterte sich.

„Was ist das, Dodo, du fauler Schelm! Du hast heute früh mein Pferd nicht rein gemacht."

„Ja, Master", sagte Dodo unterwürfig, „den Staub hat es von selber bekommen."

„Schlingel, halt's Maul", sagte Henrique und erhob heftig die Reitpeitsche. „Wie kannst du zu sprechen wagen?"

Der Knabe war ein hübscher Mulatte mit hellen Augen, gerade so groß wie Henrique, und sein Lockenhaar beschattete eine hohe, kühne Stirn. Er hatte weißes Blut in den Adern, wie man an dem raschen Erröten seiner Wange und dem Funkeln seines Auges, wie er dringend zu sprechen verlangte, sehen konnte.

„Master Henrique! –" fing er an.

Henrique schlug ihn mit der Reitpeitsche über das Gesicht, packte ihn bei dem einen Arme, drückte ihn auf die Knie nieder und prügelte ihn, bis er außer Atem war.

„So, du unverschämter Schlingel! Wirst du nun lernen, mir nicht zu widersprechen, wenn ich mit dir rede? Führe das Pferd zurück in den Stall und mache es ordentlich rein. Ich will dir zeigen, wohin du gehörst!"

„Junger Herr", sagte Tom, „ich glaube, er wollte sagen, daß das Pferd sich gewälzt hat, wie er es aus dem Stalle brachte; es ist so feurig – und so ist es schmutzig geworden; ich habe selber das Reinemachen besorgt."

„Schweig, bis man dich fragt!" sagte Henrique, kehrte ihm den Rücken und ging die Stufen hinauf, um mit Eva zu sprechen, die in ihrem Reitkleide auf ihn wartete.

„Liebe Cousine, es tut mir leid, daß du durch dieses dummen Kerls Schuld hast warten müssen", sagte er. „Wir wollen uns hier auf die Bank setzen, bis sie wiederkommen. Was hast du denn, Cousine? – Du machst ein so ernstes Gesicht."

„Wie konntest du gegen den armen Dodo so grausam und schlecht sein?" sagte Eva.

„Grausam – schlecht?" sagte der Knabe mit unverstelltem Erstaunen. „Was meinst du damit, liebe Eva?"

„Ich leide nicht, daß du mich liebe Eva nennst, wenn du es so machst“, sagte Eva.

„Liebe Cousine, du kennst Dodo nicht; man kann bloß auf diese Weise mit ihm auskommen, er ist so voller Lügen und Entschuldigungen. Das einzige Mittel ist, ihn gleich niederzuschmettern – ihn nicht den Mund auftun zu lassen, so macht es Papa.“

„Aber Onkel Tom sagt, es sei ein Zufall, und er sagt nie, was nicht wahr ist.“

„Dann ist er ein rarer, alter Nigger!“ sagte Henrique. „Dodo lügt mit jedem Worte, das aus seinem Munde kommt.“

„Du schüchterst ihn so ein, daß er lügt, wenn du ihn so behandelst.“

„Was, Eva, du nimmst ja an Dodo ein solches Interesse, daß ich fast eifersüchtig werden könnte.“

„Aber du hast ihn geschlagen, und er verdiente es nicht.“

„Na, dann hält es vor, bis er es verdient und keine Schläge bekommt. Ein paar Hiebe sind bei Dodo nie umsonst – er ist ein wahrer Teufel, sage ich dir; aber ich will ihn nicht wieder in deiner Anwesenheit schlagen, wenn du es nicht gern siehst.“

Eva war noch nicht befriedigt, aber versuchte es vergeblich, ihrem schönen Cousin ihre Empfindungen begreiflich zu machen.

Dodo kehrte bald mit dem Pferde zurück.

„Nun, diesmal hast du es ziemlich gut gemacht, Dodo“, sagte sein Herr mit einer gnädigen Miene. „Komm und halte Miß Evas Pferd, während ich sie in den Sattel hebe.“

Dodo kam und hielt Evas Pony. Sein Gesicht sah bewegt aus; an den Augen bemerkte man, daß er geweint hatte.

Henrique, der sich auf seine Gewandtheit in allen Sachen der Galanterie viel einbildete, hatte bald seine schöne Cousine in den Sattel gehoben und gab ihr nun die Zügel in die Hand.

Aber Eva neigte sich auf die andere Seite des Pferdes, wo Dodo stand, und sagte zu ihm, als er die Zügel losließ: – „Gut gemacht, Dodo! – Ich danke dir!“

Dodo blickte ganz erstaunt zu dem lieblichen jungen Gesicht empor; das Blut schoß ihm in die Wangen und die Tränen in die Augen.

„Hier, Dodo!“ sagte sein Herr gebieterisch.

Dodo sprang hinzu und hielt das Pferd, während sein Herr aufstieg.

„Hier hast du eine Picayune, Dodo, kauf dir Kandis dafür", sagte Henrique.

Und Henrique galoppierte den Gang hinab, hinter Eva her. Dodo blieb stehen und sah den beiden Kindern nach. Das eine hatte ihm Geld gegeben; und das andere etwas, wonach er viel mehr verlangte – ein freundliches Wort in freundlichem Tone gesprochen. Dodo war erst seit wenigen Monaten von seiner Mutter getrennt. Sein Herr hatte ihn in einer Sklavenauktion wegen seines schönen Gesichts als Zugabe zu dem schönen Pony gekauft; und er erhielt jetzt seine Erziehung von den Händen seines jungen Herrn.

Die beiden Brüder St. Clare hatten von einem anderen Teile des Gartens aus das Prügeln mit angesehen.

Augustins Wange rötete sich, aber er bemerkte nur mit seinem gewöhnlich ruhig sarkastischen Tone: „Das könnten wir wohl republikanische Erziehung nennen, Alfred."

„Henrique ist ein Teufelskerl, wenn sein Blut warm wird", sagte Alfred leichthin.

„Ich vermute, du betrachtest das als eine ihn belehrende Übung", sagte Augustin trocken.

„Ich könnte nichts dagegen tun, wenn ich's nicht täte. Henrique hat ein stürmisches Temperament, das sich gar nicht beherrschen läßt – seine Mutter und ich haben das längst aufgegeben. Aber dieser Dodo ist auch ein wahrer Kobold – und wenn man ihn noch soviel prügelt, es tut ihm nichts."

„Und damit lernt Henrique den ersten Vers des Republikanerkatechismus: ›Alle Menschen sind frei und gleich geboren!‹"

„Bah!" sagte Alfred. „Das ist so ein Stück von Tom Jeffersons französischer Sentimentalität und Phrasenhaftigkeit. Es ist geradezu lächerlich, das jeden Tag von Mund zu Mund gehen zu hören."

„Das glaube ich auch", sagte St. Clare bedeutungsvoll.

„Weil wir deutlich sehen können", sagte Alfred, „daß nicht alle Menschen frei und gleich geboren sind; sie sind eher alles andere geboren. Ich für meinen Teil halte die Hälfte von dieser republikanischen Rederei für reinen Schwindel. Bloß die Erzogenen, die Intelligenten, die Reichen, die Gebildeten sollten gleiche Rechte haben, nicht die Kanaille."

„Wenn du die Kanaille bei dieser Meinung erhalten kannst", sagte Augustin. „In Frankreich kam einmal die Reihe an sie."

„Natürlich muß man sie unten halten, konsequent und fest, wie ich's tun würde", sagte Alfred und setzte den Fuß fest auf den Boden, als ob er auf etwas stände.

„Es gibt einen schrecklichen Sturz, wenn sie sich erheben", sagte Augustin, „– zum Beispiel in St. Domingo."

„Bah!" sagte Alfred. „Das wollen wir schon hierzulande verhüten. Wir müssen uns nur gegen dieses Geschwätz von Erziehen und Erheben wahren, das man jetzt im Lande herumträgt; die untere Klasse darf nicht erzogen werden."

„Das läßt sich nicht mehr hindern", sagte Augustin. „Erziehung wollen sie haben, und es fragt sich nur noch wie. Unser System erzieht sie in Barbarei und Roheit. Wir zerreißen alle humanisierenden Bande und machen sie zu rohen Bestien; und wenn sie die Oberhand bekommen, werden sie sich als solche zeigen."

Alfred sagte:

„Sie sollen nie die Oberhand bekommen."

„Das ist recht", sagte St. Clare. „Nimm doppelte Dampfkraft, nagele das Sicherheitsventil zu und setze dich drauf und sieh zu, wo du landen wirst."

„Nun, wir werden ja sehen", sagte Alfred. „Ich fürchte mich nicht, mich auf das Sicherheitsventil zu setzen, solange der Dampfkessel stark und die Maschinerie in Ordnung ist."

„Der Adel unter Ludwig XVI. dachte geradeso; und Österreich und Pius IX. denken heute noch so; und an einem schönen Morgen könnt ihr alle in die Höhe fliegen, um euch in der Luft zu begegnen, wenn die Kessel springen."

„Dies declarabit", sagte Alfred lachend.

„Ich sage dir", sagte Augustin, „wenn sich etwas mit der Macht eines göttlichen Gesetzes in unserer Zeit offenbart, so ist es die Prophezeiung, daß sich die Massen erheben und die unteren Klassen die oberen werden sollen."

„Das ist eine von deinen republikanischen Redereien, Augustin! Warum bist du nie als Agitator aufgetreten? Du müßtest einen vortrefflichen Volksversammlungsredner abgeben! Nun, ich hoffe, ich bin tot, ehe das tausendjährige Reich deiner schmierigen Massen anfängt."

„Schmierig oder nicht schmierig, sie werden euch beherrschen, wenn ihre Zeit kommt", sagte Augustin; „und sie werden gerade solche Herrscher sein, wie ihr aus ihnen macht. Der französische Adel wollte das Volk sansculottes haben, und sie hatten ihre Sanscülottherrscher nach Herzensgründen. Die Haytier –"

„Ach laß, Augustin, als ob wir von diesem abscheulichen, verächtlichen Hayti nicht schon gehört hätten! Die Haytier waren keine Angelsachsen; wenn sie das gewesen wären, würde die Geschichte wohl anders lauten. Die angelsächsische Rasse ist der herrschende Stamm der Welt und ist bestimmt, es zu bleiben."

„Nun, bei unseren Sklaven findet sich eine ziemlich starke Beimischung des angelsächsischen Blutes", sagte Augustin. „Viele von ihnen haben nur noch so viel vom Afrikaner, daß unsere berechnete Festigkeit und Voraussicht eine Art tropischer Wärme und Leidenschaft bekommt. Wenn je die San-Domingo-Stunde schlägt, so wird angelsächsisches Blut in erster Reihe stehen. Söhne weißer Väter, in deren Adern unser ganzer Stolz brennt, werden sich nicht immer kaufen und verkaufen lassen. Sie werden aufstehen und den Stamm ihrer Mutter mit sich zum Aufstand bewegen."

„Dummes Zeug! – Unsinn!"

„Nun, wir haben ein altes Wort, welches sagt: Wie es in den Tagen Noah war, so soll es wieder sein; sie aßen, sie tranken, sie pflanzten, sie bauten und ahnten nichts, bis die Flut kam und sie hinwegriß."

„Im ganzen, Augustin, glaube ich, du hast das rechte Talent für einen Wanderprediger. Mach dir keine Sorge um uns! Der Besitz ist unser Recht. Wir haben die Macht. Diese Sklavenrasse", sagte er und trat fest auf den Boden, „ist unten und soll unten bleiben! Wir haben Energie genug, selbst unser Pulver zu hüten."

„Söhne, die wie dein Henrique erzogen sind, werden prächtige Wächter über eure Pulvermagazine abgeben", sagte Augustin, „so voll Ruhe und Selbstbeherrschung! Das Sprichwort sagt: Wer sich nicht selbst beherrschen kann, kann auch nicht über andere herrschen."

„Es ist da ein wunder Fleck", sagte Alfred gedankenvoll, „leugnen läßt sich nicht, daß bei unserem System die Kinder sehr schwer zu erziehen sind. Es gibt den Leidenschaften, die in unserem Klima ohnedies schon heftig genug sind, viel zu viel Spielraum. Was macht mir der Henrique für Sorge! Der Knabe hat ein edles und warmes Herz, aber er ist ein wahrer Sprühteufel, wenn er in Aufregung kommt. Ich glaube, ich werde ihn nach dem Norden auf die Schule schicken, wo der Gehorsam mehr Mode ist und wo er sich mehr mit seinesgleichen und weniger mit Dienstboten abgibt."

„Da das Kindererziehen die Hauptarbeit des Menschengeschlechts ist", sagte Augustin, „so sollte ich meinen, es wäre von Wichtigkeit, wenn unser System einen nachteiligen Einfluß darauf hat."

„Nun, auf der einen Seite“, sagte Alfred, „auf der anderen Vorteil. Die Knaben werden dadurch mannhaft und mutvoll; und selbst die Laster einer niederen Rasse tragen dazu bei, die entgegengesetzten Tugenden in ihnen zu kräftigen. Ich glaube zum Beispiel, daß Henrique ein feineres Gefühl für die Schönheit der Wahrheit hat, weil er im Lügen und Betrügen das allgemeine Merkmal der Sklaverei sieht.“

„Allerdings eine sehr christliche Ansicht von der Sache!“ sagte Augustin.

„Sie ist wahr, mag sie christlich sein oder nicht; und sie ist ziemlich christlich, wie die meisten andern Sachen in der Welt“, sagte Alfred.

„Das mag sein“, sagte St. Clare.

„Na, was hilft das Reden, Augustin. Ich glaube, wir haben dieselbe Sache schon fünfhundertmal besprochen. Was meinst du zu einer Partie Trictrac?“

Die beiden Brüder gingen die Verandastufen hinauf und saßen bald an einem leichten Bambustisch vor einem Brettspiel. Wie sie ihre Steine aufsetzten, sagte Alfred:

„Das muß ich gestehen, Augustin, wenn ich so wie du dächte, würde ich etwas tun.“

„Das glaube ich wohl – du bist einer von den Leuten, die was tun! Aber was?“

„Nun, deinen Dienstboten eine höhere Stellung geben, als Beispiel“, sagte Alfred mit einem halbspöttischen Lächeln.

„Du könntest ebensogut den Berg Ätna über sie setzen und ihnen heißen, darunter aufzustehen, als mir zu heißen, ich soll meinen Dienstboten unter der ganzen auf ihnen lastenden Masse der Gesellschaft eine höhere Stellung geben. Ein einzelner kann nichts gegen die Gesamttätigkeit der Allgemeinheit ausrichten. Wenn Erziehung etwas bewirken soll, so muß sie eine Staatseinrichtung sein, oder es müssen genug darüber einig sein, um die andern mit fortzureißen.“

„Du wirfst an“, sagte Alfred, und die Brüder waren bald ganz vom Spiele in Anspruch genommen und hörten nichts mehr, bis man die Pferde unter der Veranda trampeln hörte.

„Da kommen die Kinder“, sagte Augustin und stand auf. „Sieh einmal her, Alfred! Hast du jemals etwas so Schönes gesehen?“ Und es war in der Tat ein schöner Anblick. Henrique mit seiner kühnen Stirn und den dunklen glänzenden Locken und glühenden Wangen lachte fröhlich, wie er sich zu seiner schönen Cousine hinüberbeugte, während sie angeritten kamen. Sie trug ein blaues Reitkleid mit einer Mütze von derselben Farbe. Die Bewegung hatte ihre Wangen lebhafter gefärbt und hob die Wirkungen ihrer merkwürdig durchsichtigen Haut und ihres goldenen Haares noch mehr hervor.

„O Himmel! Welch blendende Schönheit“, sagte Alfred. „Meinst du nicht auch, Augustin, daß sie mit der Zeit viel Herzweh verursachen wird?“

„Gewiß, nur zu wahr – Gott weiß es, ich fürchte es!“ sagte St. Clare mit einem Tone plötzlicher Bitterkeit, wie er hinuntereilte, um sie vom Pferde zu heben.

„Liebste Eva! Bist du erschöpft?“ fragte er, da sie seit einiger Zeit an Husten und Schwäche litt.

„Nein, Papa“, sagte das Kind, aber ihr kurzes keuchendes Atmen beunruhigte den Vater.

„Wie konntest du so schnell reiten, liebstes Kind? Du weißt, es taugt dir nichts.“

„Ich fühlte mich so wohl, Papa, und es gefiel mir so sehr, daß ich gar nicht daran dachte.“

St. Clare trug sie in seinen Armen in die Stube und legte sie aufs Sofa.

„Henrique, du mußt Eva in acht nehmen“, sagte er. „Du darfst nicht so schnell mit ihr reiten.“

„Ich will sie unter meine Obhut nehmen“, sagte Henrique mit einem fürsorglichen Ton in seiner Stimme, nahm neben dem Sofa Platz und ergriff Evas Hand.

Eva hatte sich bald erholt. Ihr Vater und Onkel begannen wieder ihr Spiel, und die Kinder waren sich allein überlassen.

„Weißt du, Eva, daß es mir sehr leid tut, daß Papa nur zwei Tage hierbleiben will – und dann soll ich dich so lange Zeit gar nicht sehen! Wenn ich bei dir bliebe, würde ich versuchen gut zu sein und freundlich gegen Dodo. Ich habe gar nicht die Absicht, Dodo schlecht zu behandeln; aber du weißt, ich bin so hitzig von Natur. Übrigens behandle ich ihn eigentlich nicht so schlecht. Ich gebe ihm dann und wann eine Picayune, und er ist immer gut gekleidet, wie du siehst. Im ganzen glaube ich doch, daß sich Dodo ziemlich wohl befindet.“

„Was würdest du von deinem Befinden halten, wenn du niemand um dich hättest, der dich liebte?“

„Natürlich würde ich sagen, es ist schlecht.“

„Und du hast Dodo von allen Freunden, die er hatte, getrennt, und er hat nun kein Geschöpf, das ihn liebhat. Niemand kann unter solchen Verhältnissen gut sein.“

„Nun, ich kann nicht dafür, soviel ich's verstehe. Ich kann ihm seine Mutter nicht schaffen, und ich selber kann ihn nicht lieben und ein anderer auch nicht, soviel ich weiß.“

„Warum kannst du ihn nicht lieben?“ sagte Eva.

„Dodo lieben? Das wirst du doch nicht von mir verlangen! Gern haben mag ich ihn wohl, aber man hat doch seine Dienstboten nicht lieb.“

„Ich aber habe sie lieb.“

„Wie seltsam!“

„Sagt nicht die Bibel, daß wir alle Menschen lieben müssen!“

„Ach die Bibel! Gewiß steht vieles von der Art drin, aber niemand denkt daran, es zu tun, das weißt du ja Eva – niemand tut danach.“

Eva sprach nicht, sie schaute eine Weile gedankenvoll vor sich hin.

„Jedenfalls, lieber Cousin“, sagte sie, „habe den armen Dodo lieb. Und sei freundlich mit ihm um meinetwillen.“

„Um deinetwillen, liebe Cousine, könnte ich alles liebhaben, denn ich glaube wirklich, du bist das liebenswürdigste Wesen auf der Welt!“ Und Henrique sprach mit einer Innigkeit, welche sein schönes Gesicht erröten machte. Eva nahm das Kompliment mit vollkommener Einfachheit auf, ohne eine Miene zu verziehen, und sagte bloß: „Es freut mich, daß du so denkst, lieber Henrique! Ich hoffe, du wirst es nicht vergessen.“

19. Kapitel Vorboten

Zwei Tage später schieden Alfred St. Clare und Augustin voneinander; und Eva, welche sich durch die Gesellschaft ihres jungen Vetters zu Anstrengungen hatte fortreißen lassen, die über ihre Kräfte waren, wurde mit jedem Tage merklich kränker. St. Clare entschloß sich endlich, ärztliche Hilfe herbeizurufen, was er bisher immer vermieden hatte, weil es das Eingeständnis einer unwillkommenen Wahrheit war. Aber ein oder zwei Tage lang war Eva so unwohl, daß sie nicht ausgehen durfte, und der Arzt wurde gerufen.

Marie St. Clare hatte auf die allmählich abnehmende Gesundheit und Kraft des Kindes nicht acht gehabt, weil sie gerade ganz in das Studium von zwei oder drei neuen Krankheitsformen, deren Opfer sie zu sein glaubte, vertieft war. Es war Mariens erster Glaubenssatz, daß niemand so sehr als sie selbst leiden könnte; und deshalb wies sie stets mit wahrer Entrüstung jede Andeutung zurück, daß eine

Person ihrer Umgebung krank sei. In einem solchen Falle war sie stets überzeugt, daß es nichts als Trägheit oder Mangel an Energie sei und daß die Leute bald den Unterschied sehen würden, wenn sie so viel gelitten hätten wie sie.

Miß Ophelia hatte mehrere Male versucht, ihre mütterlichen Besorgnisse über Eva zu erregen, aber vergebens.

„Ich sehe nicht, daß dem Kinde etwas fehlte", sagte sie dann wohl, „sie springt herum und spielt."

„Aber sie hat den Husten."

„Den Husten! Sie brauchen mir nicht von einem Husten zu sprechen. Ich habe von Jugend auf den Husten gehabt. Als ich so alt wie Eva war. glaubten sie, ich hätte die Auszehrung. Eine Nacht nach der andern mußte Mammy bei mir wachen. Ach, Evas Husten hat nichts zu bedeuten!"

„Aber sie wird schwach und hat einen kurzen Atem."

„Mein Gott, den habe ich schon seit Jahren, es ist nur ein Nervenleiden."

„Aber sie schwitzt so des Nachts!"

„Das tue ich schon seit zehn Jahren. Sehr oft sind des Nachts meine Sachen zum Auswringen naß. An meinem Nachtanzug ist kein trockner Faden, und die Bettücher muß Mammy zum Trocknen aufhängen! So arg schwitzt doch Eva gewiß nicht!"

Miß Ophelia schwieg für jetzt. Aber nun, wo Eva wirklich und sichtbar krank war und ein Arzt gerufen wurde, machte Marie plötzlich eine neue Wendung.

Sie wisse es, sagte sie, sie habe es immer gefühlt, daß sie bestimmt sei, die unglücklichste aller Mütter zu sein. Hier liege sie in ihrem Siechtum und müsse ihr einziges, geliebtes Kind vor ihren Augen ins Grab sinken sehen! Und Marie hielt auf dieses neue Unglück gestützt, Mammy jede Nacht wach und lärmte und schalt den ganzen Tag lang mit mehr Energie als je.

„Liebe Marie, sprich doch nicht so!" sagte St. Clare. „Du mußt nicht gleich so ganz und gar verzweifeln."

„Du kennst ein Mutterherz nicht, St. Clare! Du hast mich nie verstehen können! – Und verstehst mich auch jetzt nicht."

„Aber sprich nur nicht, als ob gar keine Hoffnung mehr vorhanden wäre!"

„Ich kann dabei nicht so gleichgültig bleiben wie du, St. Clare. Wenn du nichts fühlst, wenn dein einziges Kind in einem so beunruhigenden Zustande ist, so ist es bei mir freilich anders. Der Schlag ist zu schwer für mich, da ich ohnehin schon zu viel zu tragen habe."

„Es ist wahr", sagte St. Clare, „daß Eva sehr angegriffen ist, das wußte ich immer, und daß sie über ihre Kräfte gewachsen und daß ihr Zustand kritisch ist. Aber jetzt gerade ist sie nur ermattet von dem warmen Wetter und der Aufregung des Besuchs und den Anstrengungen, die sie während der Zeit gemacht hat. Der Arzt sagt, wir könnten noch hoffen."

„Wenn du dich freilich an der Lichtseite erfreuen kannst, so will ich dir das gern lassen; es ist eine wahre Gnade des Himmels, wenn Leute auf dieser Welt nicht zu empfindlich sind. Ich wenigstens wünschte, ich wäre es nicht – man wird dadurch so gänzlich unglücklich! Ich wollte, ich könnte so ruhig sein wie ihr übrigen."

Und „die übrigen" hatten guten Grund, denselben Wunsch zu hegen, denn Marie machte ihr neues Leiden als Ursache und Entschuldigungsgrund aller möglichen Quälereien geltend, die sie ihrer Umgebung zufügte. Jedes einzelne Wort, das gesprochen, und jedes Ding, was getan und unterlassen wurde, war nur ein neuer Beweis, daß nur hartherzige, gefühllose Wesen sie umgaben, welche ihre besonderen Leiden nicht beachteten. Die arme Eva hörte einige von diesen Äußerungen und weinte sich ihre kleinen Äuglein fast aus vor Mitleid mit ihrer Mama und aus Schmerz, daß sie ihr soviel Beschwerde verursachte.

Nach Verlauf von ein oder zwei Wochen zeigte sich eine große Besserung in den Symptomen, und es trat eine von den verräterischen Pausen ein, mit welchen diese unerbittliche Krankheit noch am Rande des Grabes das besorgte Herz täuscht. Eva lief wieder im Garten und auf dem Balkon herum; sie spielte und lachte von neuem, und ihr Vater erklärte in seinem Entzücken, daß sie bald wieder so kräftig sein würde wie früher. Bloß Miß Ophelia und dem Arzt flößte dieser scheinbare Waffenstillstand keine Ermutigung ein. Auch noch ein anderes Herz fühlte dieselbe Gewißheit, und das war das kleine Herz Evas. Was ist das, was manchmal in der Seele so ruhig und klar spricht, daß ihre Frist auf Erden nur noch kurz sein wird? Ist es der geheime Instinkt hinsiechender Natur oder das ahnende Erzittern der Seele, wie die Unsterblichkeit nähertritt? Mag es dieses oder jenes sein, im Herzen Evas blieb das Gefühl als eine ruhige, wohltuende, prophetische Gewißheit, daß der Himmel nahe sei; so ruhig wie das Licht des Sonnenuntergangs, so wohltuend wie die glänzende Stille des Herbstes schlummerte ihr kleines Herz, nur gequält von Schmerz um diejenigen, die sie so zärtlich liebten.

Denn obgleich sie zärtlich gepflegt wurde und obgleich das Leben sich vor ihr mit jedem Reize entfaltete, den Liebe und Reichtum verschaffen können, tat es dem Kinde doch nicht leid zu sterben.

In dem Buch, welches sie und ihr einfacher alter Freund so viel zusammen lasen, hatte sie das Bild dessen, der die Kindlein zu sich kommen ließ, gesehen und in ihr junges Herz geschlossen, und wie sie es anblickte und darüber nachsann, hatte es aufgehört, ein Bild der fernen Vergangenheit zu sein und wurde zu einer lebendigen, alles umgebenden Wirklichkeit. Seine Liebe umfing ihr kindliches Herz mit mehr als sterblicher Zärtlichkeit; und zu ihm, sagte sie, ginge sie in seine neue Heimat.

Aber ihr Herz schlug mit liebender Treue für alle, welche sie zurücklassen mußte – für ihren Vater am meisten, denn Eva, obgleich sie es nie klar gedacht hatte, fühlte doch heraus, daß er mehr an ihr hing als alle anderen. Sie liebte ihre Mutter, weil sie ein so liebebedürftiges Herz hatte, und all die Sehnsucht, die sie an ihr bemerkte, hatte sie nur betrübt und in Verwunderung gesetzt, denn sie hatte das unbedingte Vertrauen eines Kindes, daß ihre Mutter nicht unrecht tun könne. Sie hatte etwas, was Eva sich nie erklären konnte, und sie glitt immer darüber auf dem Gedanken hinweg, daß sie am Ende doch Mama sei, und liebte sie auf das zärtlichste.

Sie fühlte auch für die armen getreuen Dienstboten, denen sie wie Tageslicht und Sonnenschein war. Kinder abstrahieren in der Regel nicht; aber Eva war ein ungewöhnlich frühreifes Kind, und alles, was sie von den Übeln des Systems, unter dem sie lebte, gesehen hatte, war nach und nach tief in ihr gedankenvolles, grübelndes Herz gesunken. Sie fühlte eine unbestimmte Sehnsucht, etwas für sie zu tun – nicht nur sie zu segnen und zu retten, sondern auch alle, die mit ihnen in gleicher Lage waren – eine Sehnsucht, die in einem trauervollen Gegensatz zu der Schwäche der kindlichen Hülle stand.

„Onkel Tom“, sagte sie eines Tages, als sie mit ihrem Freunde las, „ich verstehe jetzt, warum Jesus für uns sterben wollte.“

„Warum, Miß Eva?“

„Weil ich auch den Wunsch gefühlt habe.“

„Wie ist das, Miß Eva? – Ich verstehe es nicht.“

„Ich kann es dir nicht sagen; aber als ich die armen Geschöpfe auf dem Boote sah, du weißt ja, wie wir hierher fuhren, von denen einige ihre Mütter und andere ihre Gatten verloren hatten und andere um ihre Kinder weinten und als ich die Geschichte von der armen Prue hörte – ach war das nicht schrecklich? – und viele andere zu anderen Zeiten, da fühlte ich, daß ich gern sterben würde, wenn ich durch meinen Tod all diesem Elend ein Ende machen könnte. Ich würde für sie sterben, Tom, wenn ich könnte“, sagte das Kind mit innigem Ernste, indem sie ihre kleine, schmale Hand auf die seine legte.

Tom betrachtete das Kind mit Ehrfurcht, und als sie auf den Ruf ihres Vaters hinausglitt, wischte er sich die Augen viele Male, wie er ihr nachsah.

„Es nutzt nichts, wenn wir uns Mühe geben, Miß Eva hier zu behalten“, sagte er zu Mammy, der er eine Weile darauf begegnete. „Sie hat das Zeichen des Herrn auf der Stirn.“

„Ach ja, ja“, sagte Mammy und erhob die Hände, „ich habe es immer gesagt. Sie war nie wie ein Kind, das leben soll – es war immer was Tiefes in ihren Augen. Ich habe es Missis viele, viele Male gesagt; jetzt wird es wahr – wir sehen es alle – das liebe, kleine gesegnete Lamm!“

Eva kam die Verandastufen herauf zu ihrem Vater gesprungen. Es war spätnachmittags, und die Strahlen der Sonne bildeten eine Art Glorie hinter ihr, wie sie in dem weißen Kleide, mit dem goldenen Haar und den glühenden Wangen und den von der Glut des schleichenden Fiebers unnatürlich glänzenden Augen näher kam.

St. Clare hatte sie gerufen, um ihr eine Statuette zu zeigen, die er für sie gekauft hatte; aber ihre Erscheinung, wie sie ihm entgegenkam, machte auf ihn einen plötzlichen und schmerzlichen Eindruck. Es gibt eine Art Schönheit, die groß, aber zugleich so hinfällig ist, daß wir nicht einmal den Anblick derselben ertragen können. Ihr Vater schloß sie plötzlich in die Arme und vergaß fast, was er ihr hatte sagen wollen.

„Liebe Eva, du befindest dich heute besser, nicht wahr?“

„Papa“, sagte Eva mit plötzlicher Festigkeit, „ich habe seit langer Zeit dir manches zu sagen. Ich will es dir jetzt sagen, ehe ich schwächer werde.“

St. Clare zitterte, als Eva sich ihm auf den Schoß setzte, sie legte den Kopf an seine Brust und sagte:

„Es nützt nichts, Papa, es noch länger für mich behalten zu wollen. Die Zeit ist nahe, wo ich dich verlassen muß. Ich muß dich verlassen und kann nie wiederkommen!“ und Eva schluchzte.

„Ach, ich bitte dich, liebes Evchen“, sagte St. Clare mit zitternder, obgleich gezwungen heiterer Stimme. „Deine Nerven sind angegriffen, und du bist in gedrückter Stimmung; du mußt dich nicht solchen düsteren Gedanken hingeben. Sieh her, ich habe dir eine Statuette gekauft!“

„Nein, Papa“, sagte Eva und schob sie sanft weg, „ich täusche dich nicht! Ich befinde mich nicht besser – ich weiß das recht gut, und ich muß euch bald verlassen. Meine Nerven sind nicht angegriffen – meine Stimmung ist nicht gedrückt. Wenn es nicht deinetwegen wäre, Papa, und wegen meiner Freunde, so würde ich mich vollkommen glücklich fühlen. Ich wünsche zu scheiden – ich sehne mich danach!“

„Aber liebes Kind, was hat dein armes Herzchen so traurig gemacht. Hat man dir nicht alles gegeben, was dich glücklich machen konnte?“

„Ich wäre aber doch lieber im Himmel – nur um meiner Freunde willen möchte ich leben. Es geschehen so viele, viele Dinge, die mich traurig machen und die mir schrecklich erscheinen. Ich möchte lieber dort sein! Aber dich möchte ich nicht verlassen, es bricht mir fast das Herz!“

„Was macht dich so traurig und was scheint dir so schrecklich, Eva?“

„Ach, Dinge, welche geschehen und beständig geschehen. Unsere armen Leute tun mir leid, sie lieben mich sehr, und sie sind alle gut und freundlich gegen mich. Ich wollte, Papa, sie wären alle frei!“

„Meinst du denn nicht, Kind, daß sie sich alle ziemlich wohl befinden?“

„Aber ach, Papa, wenn dir etwas zustoßen sollte, was würde dann aus ihnen werden? Nur sehr wenige Leute sind wie du, Papa. Onkel Alfred ist nicht wie du und Mama auch nicht; und dann denke dir nur, der Eigentümer der armen Prue! Was für gräßliche Dinge die Leute tun und tun könnten!“ Und Eva schauderte.

„Liebes Kind, du bist zu gefühlvoll. Ich bedauere, daß ich dich jemals habe solche Geschichten anhören lassen.“

„Ach, das macht mir eben Unruhe, Papa. Ich soll immer ganz glücklich leben und nie einen Schmerz haben oder etwas leiden, nicht einmal eine traurige Geschichte hören, während manche arme Geschöpfe ihr ganzes Leben in Schmerz und Kummer verbringen. Das kommt mir selbstsüchtig vor. Ich sollte diese Dinge kennen – ich sollte für sie empfinden. Diese Sachen sinken mir immer tief ins Herz, und ich habe immer wieder darüber nachgedacht. Papa, läßt es sich gar nicht machen, alle Sklaven freizugeben?“

„Das ist eine verwickelte Frage, liebstes Kind. Es läßt sich gar nicht bezweifeln, daß das gegenwärtige Verhältnis ein sehr schlimmes ist, und viele Leute denken so; ich bin selbst der Meinung. Ich wünsche aufrichtig, daß kein einziger Sklave im ganzen Lande wäre, aber ich weiß nicht, wie sich das bewerkstelligen ließe.“

„Papa, du bist ein so guter Mensch und so edel und liebreich, und du hast immer eine Art, die Sachen vorzustellen, die so gut klingt; könntest du nicht bei den Leuten herumgehen und den Versuch machen, sie zu überreden, hierin zu tun, was recht ist? Wenn ich tot bin, Papa, wirst du an mich denken und es meinetwillen tun. Ich täte es, wenn ich könnte.“

„Wenn du tot bist, Eva!“ sagte St. Clare leidenschaftlich. „O Kind, sprich nicht so! Du bist mein alles auf Erden.“

„Der armen, alten Prue Kind war auch ihr alles; und doch mußte sie es weinen hören und konnte ihm nicht helfen! Papa, diese armen Geschöpfe lieben ihre Kinder ebenso, wie du mich liebst. Ach, tue etwas für sie! Die arme Mammy liebt ihre Kinder; ich habe sie weinen sehen, wenn sie von ihnen sprach. Und Tom liebt seine Kinder; und es ist schrecklich, daß solche Dinge beständig geschehen!“

„Mein liebes, liebes Kind“, sagte St. Clare besänftigend, „weine nur nicht und sprich nicht vom Sterben, und ich will alles tun, was du wünschest.“

„Und versprich mir, lieber Vater, daß du Tom freilassen willst, sobald ich –“ und sie hielt inne, und setzte dann zögernd hinzu – „nicht mehr bin.“

„Ja, liebes Kind, ich will alles tun – alles, was du nur von mir verlangen kannst.“

„Lieber Papa“, sagte das Kind und legte seine brennende Wange an die seine, „wie sehr ich wünsche, wir könnten zusammen gehen.“

„Wohin, liebes Kind?“

„Zu unserem Erlöser; es ist so selig und friedlich bei ihm – alles voller Liebe!“ Das Kind sprach nachdenklich, wie von einem Orte, wo es schon oft gewesen. „Willst du nicht mit, Papa?“ sagte Eva.

St. Clare zog sie näher an sich, aber schwieg.

„Du wirst zu mir kommen“, sagte das Kind mit einem Tone ruhiger Gewißheit, den es oft unbewußt anwendete.

„Ich werde dir folgen. Ich werde dich nicht vergessen.“

Der feierliche Abend umhüllte sie tiefer und tiefer, während St. Clare schweigend dasaß und die kleine hinfällige Gestalt an seine Brust drückte. Er sah nicht mehr die tiefen Augen, aber die Stimme tönte ihm, wie eine Geisterstimme; und wie in einer Vision des Jüngsten Gerichts stieg sein ganzes vergangenes Leben in einem Augenblick vor ihm empor – die Gebete und Hymnen seiner Mutter – sein eigenes früheres Sehnen und Streben nach dem Guten; und zwischen diesem und der gegenwärtigen Stunde Jahre von Weltsinn und Zweifelsucht und was die Leute anständiges Leben nennen.

St. Clare sah und fühlte vielerlei, aber sprach nichts aus; und wie es dunkler wurde, trug er Eva in ihr Schlafzimmer; und als sie ausgekleidet war, schickte er die Dienstboten fort und wiegte sie in seinen Armen und sang sie in den Schlaf.

20. Kapitel Der kleine Evangelist

Es war Sonntag nachmittag. St. Clare lag auf einem Bambussofa in der Veranda und tröstete sich mit einer Zigarre. Marie lag auf einem Sofa dem auf die Veranda sich öffnenden Fenster gegenüber, dicht umschlossen von einem Zelt von durchsichtiger Gaze, um die Moskitos abzuhalten, und hielt mit matter Hand ein elegant gebundenes Gebetbuch. Sie hatte es in der Hand, weil es Sonntag war, und bildete sich ein, sie hätte darin gelesen, obgleich sie in Wahrheit nur mit dem offenen Buche in der Hand eine Reihenfolge von kurzen Mittagsschläfchen gehalten hatte.

Miß Ophelia, die nach einigen Anstrengungen ein kleines Methodistenmeeting zusammengebracht hatte, war zu diesem Meeting gefahren mit Tom als Kutscher und Eva als Begleiterin.

„Ja, Augustin“, sagte Marie, nachdem sie ein Weilchen gedämmert hatte, „ich muß nach der Stadt nach meinem alten Doktor Posey schicken: Ich bin überzeugt, ich habe ein Herzleiden.“

„Nun, warum willst du nach dem schicken? Evas Arzt scheint mir ein sehr geschickter Mann zu sein.“

„Ich möchte ihm in einem kritischen Falle nicht trauen“, sagte Marie, „und ich glaube sagen zu dürfen, daß mein Zustand kritisch zu werden droht. Ich habe die letzten zwei oder drei Nächte darüber nachgedacht; ich habe so arge Schmerzen und so merkwürdige Empfindungen.“

„Ach Marie, du hast die blauen Teufel, ich glaube nicht, daß es ein Herzleiden ist.“

„Ich glaube wohl, daß du es nicht dafür hältst“, sagte Marie. „Darauf war ich gefaßt. Du kannst besorgt genug sein, wenn Eva hustet oder nur im mindesten klagt, aber an mich denkst du nie.“

„Wenn es dir besonders angenehm ist, ein Herzleiden zu haben, so will ich gern versuchen, zu behaupten, daß du daran leidest“, sagte St. Clare, „aber ich habe das nicht gewußt.“

„Nun, ich hoffe nur, daß es dir nicht leid tun wird, wenn es schon zu spät ist, und du magst es mir glauben oder nicht, mein Kummer über Eva und die Anstrengungen, welche mich das liebe Kind gekostet hat, haben das zur Entwicklung gebracht, was ich schon längst argwöhnte.“

Was das für Anstrengungen waren, von denen Marie sprach, dürfte schwer zu sagen sein. St. Clare machte sich im stillen diesen Kommentar selbst und rauchte, als ein hartherziger Tyrann, ruhig fort, bis ein Wagen vor der Veranda vorfuhr, und Eva und Miß Ophelia ausstiegen.

Miß Ophelia ging geradenwegs auf ihr Zimmer, um Hut und Schal abzulegen, was sie stets tat, ehe sie ein Wort über irgendeinen Gegenstand sprach; während Eva sich auf St. Clares Aufforderung auf seine Knie setzte und ihren Bericht über den Gottesdienst, den sie besucht hatten, abstattete.

Sie hörten bald lautes Reden aus Miß Ophelias Zimmer (welches, wie dasjenige, in dem sie sich befanden, auf die Veranda hinausging) und heftige Vorwürfe, die einer Person gemacht wurden.

„Was für eine neue Teufelei hat Topsy angerichtet?“ fragte St. Clare. „An dem Lärm ist sie schuld, darauf will ich wetten!“

Und einen Augenblick darauf brachte Miß Ophelia in größter Entrüstung die Verbrecherin herausgeschleppt.

„Kommst du jetzt!“ sagte sie. „Jetzt sage ich's deinem Herrn.“

„Was gibt es denn?“ fragte Augustin.

„Die Sache ist, daß ich mich nicht länger mit diesem Kinde plagen kann! Es ist nicht länger auszuhalten. Hier habe ich sie eingeschlossen und ihr ein Lied zum Auswendiglernen gegeben; und was macht sie? Sie spioniert aus, wo ich meinen Schlüssel hinlege, geht über meinen Schreibtisch, holt einen Hutbesatz heraus und schneidet ihn in lauter Stückchen, um Puppenjacken daraus zu machen! So etwas ist mir in meinem Leben noch nicht vorgekommen.“

„Ich sagte Ihnen ja, Cousine“, sagte Marie, „daß Sie schon die Erfahrung machen würden, daß mit diesen Kreaturen nicht ohne Härte auszukommen ist. Wenn es nach meinem Willen ginge“, sagte sie und warf St. Clare einen vorwurfsvollen Blick zu, „so ließe ich das Kind tüchtig auspeitschen; ich ließe es peitschen, bis es nicht mehr stehen könnte!“

„Daran zweifle ich gar nicht“, sagte St. Clare. „Sprecht mir nur von sanfter Frauenherrschaft! Ich habe nicht über ein Dutzend Frauen kennengelernt, die nicht ein Pferd oder einen Dienstboten halb totgeschlagen hätten, wenn es nach ihrem Willen gegangen wäre.“

„Du kommst mit deinem unentschiedenen weichen Wesen zu nichts“, sagte Marie. „Die Cousine ist eine verständige Person und sieht es jetzt so klar wie ich.“

Miß Ophelia hatte gerade die Fähigkeit, in Zorn zu geraten, die einer energischen Hausfrau zukommt, und die List und Fahrlässigkeit des Kindes hatten sie ziemlich lebhaft gereizt; gewiß werden viele unserer Leserinnen gestehen müssen, daß sie in ähnlichen Lagen ganz dasselbe empfunden hätten, aber Maries Äußerung ging ihr doch zu weit, und sie fühlte sich weniger erzürnt.

„Ich möchte das Kind nicht um die ganze Welt so behandelt sehen“, sagte sie, „aber das weiß ich, Augustin, ich weiß nicht, was ich mit ihr machen soll. Ich habe gelehrt und gelehrt, ich habe geredet, bis ich müde war, ich habe sie geschlagen, ich habe sie in jeder denkbaren Weise gestraft; und dennoch ist sie noch genau so wie zu Anfang.“

„Komm her, Topsy, du Affe!“ sagte St. Clare, indem er das Kind zu sich rief.

Topsy kam näher. Ihre runden, glasartigen Augen glitzerten von einer Mischung von Furcht und der gewöhnlichen drolligen Schlauheit.

„Warum führst du dich so schlecht auf?“ sagte St. Clare, der nicht umhin konnte, über den Ausdruck im Gesichte des Kindes zu lächeln.

„Glaub', 's ist mein schlechtes Herz“, sagte Topsy mit demütigem Ernste, „das sagt Miß Feely.“

„Weißt du nicht, wieviel Miß Ophelia für dich getan hat? Sie sagt, sie hätte alles getan, was sie sich nur denken könnte.“

„O ja, Master! Alte Missis sagte das auch immer. Sie hat mich stärker geschlagen und mich bei den Haaren gerupft und meinen Kopf gegen die Tür gestoßen, aber es hat mir nichts genutzt! Ich glaube, wenn sie mir jedes Haar einzeln herauszögen, würde es mir auch nichts helfen – ich bin so bösartig! Ach ja! Ich bin ja bloß ein Nigger, weiter gar nichts.“

„Ach, ich muß sie wohl aufgeben“, sagte Miß Ophelia, „ich kann diese Plage nicht länger aushalten.“

„Hm, ich möchte dir doch eine Frage vorlegen“, sagte St. Clare.

„Und welche?“

„Nun, wenn dein Evangelium nicht stark genug ist, ein heidnisches Kind zu retten, welches du ganz allein zu Hause bei dir hast, was nützt es dann, ein oder zwei arme Missionare unter Tausende von solchen Heiden zu schicken? Ich glaube, das Kind ist ein ziemlich richtiges Beispiel von dem, was Tausende der Heiden sind.“

Miß Ophelia gab nicht sogleich eine Antwort; und Eva, die bis dahin dem Auftritte schweigend zugesehen hatte, gab Topsy ein Zeichen, ihr zu folgen.

In der Ecke der Veranda befand sich ein kleines Glaszimmer, welches St. Clare als eine Art Lesezimmer benutzte; und Eva und Topsy verschwanden in dieses Gemach.

„Was hat Eva im Sinne?“ sagte St. Clare. „Das möchte ich wissen.“

Und er schlich sich auf den Zehen hin, hob einen Vorhang, der die Glastür verhüllte, empor und blickte hinein. Einen Augenblick darauf machte er den Finger auf den Mund legend Miß Ophelia eine stumme Gebärde heranzukommen. Die beiden Kinder saßen auf dem Fußboden, die Gesichter einander halb zugekehrt. – Topsy mit ihrer gewöhnlichen Miene sorgloser Drolligkeit und Gleichgültigkeit; aber ihr gegenüber Eva mit einem von innigem Gefühl strahlendem Gesicht und Tränen in ihrem Auge.

„Warum bist du so schlecht, Topsy? Willst du nicht lieber versuchen, gut zu sein? Hast du gar niemanden lieb, Topsy?“

„Weiß nichts von Liebhaben; habe Kandis und so was lieb, weiter nichts“, sagte Topsy.

„Aber du hast deinen Vater und deine Mutter lieb?“

„Habe nie nicht Vater oder Mutter gehabt. Habe das ja schon gesagt, Miß Eva.“

„Ach, ich weiß“, sagte Eva traurig, „aber hast du nicht einen Bruder oder eine Schwester oder eine Tante oder –“

„Nein, gar nichts nicht – habe nie jemand gehabt.“

„Aber Topsy, wenn du nur versuchen wolltest, gut zu sein, könntest du –“

„Könnte nie was andres sein, als ein Nigger, und wenn ich noch so gut wäre“, sagte Topsy. „Wenn sie mir die Haut abziehen und mich weiß machen könnten, so würde ich es versuchen.“

„Aber die Leute können dich auch liebhaben, wenn du schwarz bist, Topsy. Miß Ophelia würde dich liebhaben, wenn du gut wärst.“

Topsy ließ das kurze Lachen vernehmen, welches ihre gewöhnliche Art war, ihre Ungläubigkeit auszudrücken.

„Glaubst du das nicht?“ sagte Eva.

„Nein, sie kann mich nicht ausstehen, weil ich ein Nigger bin! – Ebenso gern ließe sie sich von einer Kröte anrühren. Niemand kann Nigger liebhaben, und Nigger können nichts tun. Mir ist's gleich“, sagte Topsy und fing an zu pfeifen.

„Ach, Topsy, armes Kind! Ich habe dich lieb“, sagte Eva mit einem plötzlichen Gefühlsausbruch und legte ihre dünne weiße Hand auf Topsys Schulter. „Ich habe dich lieb, weil du weder Vater noch Mutter, noch Freunde hast – weil du ein armes mißhandeltes Kind bist! Ich habe dich lieb und möchte, daß du gut wärest. Ich bin sehr krank, Topsy, und ich glaube nicht, daß ich noch lange leben werde; und es schmerzt mich wirklich, daß du so bösartig bist. Ich wünschte, du versuchtest meinetwegen gut zu sein; ich werde nur noch kurze Zeit bei dir bleiben."

Die runden stechenden Augen des schwarzen Kindes füllten sich mit Tränen; große glänzende Tropfen rollten herunter und fielen auf die kleine weiße Hand. Ja, in diesem Augenblick hatte ein Strahl himmlischer Liebe die Nacht ihrer heidnischen Seele durchdrungen! Sie legte ihren Kopf zwischen ihre Knie und weinte und schluchzte, während das schöne Kind sich über sie beugte, welches wie das Bild eines Engels des Lichts aussah, der einen Sünder zu bekehren sucht.

„Arme Topsy!" sagte Eva. „Weißt du nicht, daß Jesus uns alle gleich liebhat? Er ist ebenso bereit, dich zu lieben, wie mich. Er liebt dich geradeso wie ich, nur noch mehr, weil er besser ist. Er wird dir helfen, gut zu sein, und du kannst am Ende in den Himmel kommen und für ewig ein Engel sein, gerade, als ob du weiß wärst. Bedenke nur, Topsy! Du kannst einer von jenen Engeln des Lichts werden, von denen Onkel Tom singt."

„Ach, liebe Miß Eva! Liebe Miß Eva!" sagte das Kind. „Ich will es versuchen! Ich will es versuchen! Vorher ist es mir immer ganz gleichgültig gewesen."

St. Clare ließ in diesem Augenblicke den Vorhang nieder. „Es erinnert mich an meine Mutter", sagte er zu Miß Ophelia. „Es ist wahr, was sie mir sagte: ›Wenn wir die Blinden sehend machen wollen, so müssen wir bereit sein zu tun, was Christus tat – wir müssen sie zu uns rufen und unsere Hände auf sie legen.‹"

„Ich habe immer ein Vorurteil gegen Neger gehegt", sagte Miß Ophelia, „und es ist Tatsache, ich konnte nie ausstehen, daß mich das Kind anrührte; aber ich dachte nicht, daß sie es wüßte."

„Überlaß das einem Kinde, das wird es schon herausfinden", sagte St. Clare, „es läßt sich nichts verhehlen. Aber ich glaube, daß alle Versuche, einem Kinde zu nützen, und alle wesentlichen Wohltaten, die du ihm erweisen kannst, nie einen Funken Dankbarkeitsgefühl erwecken, solange dieser Widerwille im Herzen bleibt; es ist eine wunderliche Tatsache, aber sie ist so."

„Ich weiß nicht, wie ich ihr abhelfen soll", sagte Miß Ophelia; „sie sind mir unangenehm – dieses Kind insbesondere. Wie kann ich dieses Gefühl ändern?"

„Eva scheint nicht so zu fühlen."

„Nun ja, sie ist so liebevoll! Und doch ist sie im Grunde nur Christus ähnlich", sagte Miß Ophelia; „ich wollte, ich wäre wie sie. Sie könnte mir eine Lehre geben."

„Es wäre nicht das erste Mal, wo ein kleines Kind zur Belehrung eines alten Schülers diente, wenn das geschehen sollte“, sagte St. Clare.

21. Kapitel Der Tod

Die trügerische Kraft, welche Eva eine kurze Zeitlang aufrechterhalten hatte, schwand jetzt rasch dahin; seltener und immer seltener hörte man ihre leichten Schritte in der Veranda, und immer öfter lag sie auf einer kleinen Chaiselongue am offenen Fenster, die großen tiefen Augen auf die wogenden Wasser des Sees geheftet.

Einmal gegen Mitte eines Nachmittags, wie sie so ruhte, die Bibel halb offen vor sich und die kleinen Finger gleichgültig zwischen den Blättern, hörte sie plötzlich ihrer Mutter Stimme scheltend in der Veranda.

„Nun was gibt's schon wieder, du Balg? Was für eine neue Teufelei? Du hast Blumen abgerissen, nicht wahr?“ und Eva hörte einen derben Schlag schallen.

„Ach, Missis, sie sind für Miß Eva“, hörte sie eine Stimme sagen, die sie als die Topsys erkannte.

„Für Miß Eva! Eine hübsche Entschuldigung! Du glaubst wohl, sie verlangt nach deinen Blumen, du nichtsnutziger Niggerbalg! Marsch fort mit dir!“ In einem Augenblick war Eva aufgestanden und in der Veranda.

„Ach bitte, meine Mutter! Ich hätte die Blumen gern, bitte, gib sie mir, ich brauche sie noch!“

„Aber Eva, dein ganzes Zimmer ist ja schon voll.“

„Ich kann nicht zu viel haben“, sagte Eva. „Topsy, bring' sie mir her.“

Topsy, die mürrisch und mit gesenktem Kopfe dagestanden hatte, kam zu ihr heran und überreichte ihr die Blumen. Sie tat es mit einem zögernden und verschämten Blick, der ihrer gewöhnlichen koboldartigen Keckheit und Lebhaftigkeit ganz fremd war.

„Es ist ein schöner Strauß!“ sagte Eva und betrachtete ihn.

Er war etwas eigentümlich – ein glänzendscharlachrotes Geranium und eine einzige weiße Camellie mit ihren glänzenden Blättern. Bei der Zusammenstellung war offenbar Rücksicht auf den Farbengegensatz genommen und die Anordnung jedes Blattes sorgfältig studiert.

Man sah, daß es Topsy Freude machte, als Eva sagte: „Topsy, du verstehst Blumen sehr hübsch zusammenzustellen. Hier in dieser Vase habe ich keine Blumen“, sagte sie. „Ich wünschte, du besorgtest mir jeden Tag einen Strauß dafür.“

„Nun, das ist doch wunderlich!“ sagte Marie. „Was in aller Welt willst du damit anfangen?“

„Laß nur gut sein, Mama; es ist dir ganz gleich, ob es Topsy tut oder nicht – nicht wahr?“

„Natürlich, wenn es dir nur gefällt, liebes Kind! Topsy, du hörst, was deine junge Herrin sagt; vergiß nicht, es zu tun.“

Topsy knickste und schlug die Augen nieder; und wie sie sich wegwandte, sah Eva eine große Träne ihre schwarze Wange herabrinnen. „Du siehst, Mama, ich wußte, daß die arme Topsy etwas für mich tun wollte“, sagte Eva zu ihrer Mutter.

„Ach Unsinn! Sie tut es nur aus Lust am Unrechten. Sie weiß, daß sie keine Blume abpflücken soll – so tut sie's gerade; das ist die ganze Geschichte. Aber wenn du willst, daß sie welche pflücken soll, so mag es so sein.“

„Mama“, sagte Eva, „ich möchte mir mein Haar schneiden lassen.“ –

„Wozu?“ sagte Marie.

„Mama, ich möchte es meinen Freunden zum Andenken schenken, solange ich es ihnen noch selbst geben kann. Willst du nicht Tantchen bitten, mir die Haare zu schneiden?“

Marie erhob ihre Stimme und rief Miß Ophelia aus dem anderen Zimmer herbei.

Das Kind erhob sich halb vom Kissen, wie sie eintrat, schüttelte ihre goldenen Locken herunter und sagte fast scherzend: „Komm, Tantchen, schere die Lämmer!“

„Was gibt's hier?“ sagte St. Clare, der eben mit verschiedenen Früchten eintrat, die er für sie geholt hatte.

„Papa, Tantchen soll mir ein paar von meinen Locken wegschneiden; ich habe zu viel und sie machen mir den Kopf warm. Und dann möchte ich auch einige verschenken.“

Miß Ophelia kam mit der Schere.

„Nimm dich in acht, daß du sie nicht verdirbst“, sagte der Vater; „schneide sie unten darunter hinweg, daß man es nicht sieht. Evas Locken sind mein Stolz.“

„O Papa!“ sagte Eva traurig.

„Ja, und sie sollen hübsch bleiben für unsere Reise nach deines Onkels Plantage, um Vetter Henrique zu besuchen", sagte St. Clare in scherzendem Tone.

„Ich werde niemals hinkommen, Papa, ich gehe in ein besseres Haus. Ach glaube es mir! Siehst du nicht, Papa, daß ich jeden Tag schwächer werde?"

„Warum bestehst du darauf, daß wir so etwas Schreckliches glauben sollen, Eva!" sagte ihr Vater.

„Nur weil es wahr ist, Papa; und wenn du es jetzt glaubst – wirst du vielleicht darüber auch so empfinden lernen wie ich."

St. Clare preßte die Lippen zusammen und betrachtete mit düsteren Blicken die langen schönen Locken, welche Miß Ophelia, sowie sie abgeschnitten waren, einzeln nebeneinander auf des Kindes Schoß legte. Eva hielt sie in die Höhe, betrachtete sie ernst, wickelte sie um ihre dünnen Finger und blickte von Zeit zu Zeit besorgt ihren Vater an.

„Es ist ganz, wie ich's geahnt habe", sagte Marie; „das eben hat Tag für Tag an meiner Gesundheit genagt und bringt mich ins Grab hinab, ohne daß sich jemand darum kümmert. Ich habe dies lange vorausgesehen. St. Clare, du wirst es auch noch einsehen, daß ich recht hatte."

„Was dir natürlich großen Trost gewähren wird!" sagte St. Clare in einem trockenen bitteren Tone.

Marie streckte sich auf ein Sofa und bedeckte ihr Gesicht mit einem Batisttaschentuch.

Evas klares blaues Auge schweifte sinnend von dem einen zum andern. Es war der ruhige, begreifende Blick einer Seele, die der irdischen Bande schon halb erledigt ist; es war offenbar, daß sie den Unterschied zwischen beiden sah, fühlte und würdigte.

Sie winkte ihrem Vater mit der Hand. Er kam und setzte sich neben sie.

„Papa, meine Kraft nimmt jeden Tag ab, und ich weiß, daß ich scheiden muß. Ich habe einige Sachen zu sagen und zu tun, die ich noch tun muß; und du hörst so ungern von mir ein Wort über diesen Gegenstand. Aber es muß geschehen; es läßt sich nicht vermeiden. Erlaube mir, daß ich es jetzt sagen darf."

„Mein Kind, sprich", sagte St. Clare und bedeckte mit der einen Hand die Augen und hielt mit der andern Evas Hand fest.

„Dann bitte ich dich, alle unsere Leute zusammenzurufen. Ich habe ihnen einige Dinge zu sagen, die ich ihnen sagen muß", sagte Eva.

„Es soll geschehen!" sagte St. Clare in einem Tone gezwungener Fassung.

Miß Ophelia schickte einen Boten ab, und bald waren sämtliche Dienstboten im Zimmer versammelt.

Eva lag in ihre Kissen zurückgesunken, das Haar hing ihr lose ums Gesicht, ihre roten Wangen stachen peinlich von der blendenden Weiße ihrer Gesichtsfarbe und ihren abgemagerten Zügen ab, und ihre großen, geisterhaften Augen hefteten sich auf jeden einzelnen mit tiefem Ernste. Eine plötzliche Bewegung hatte alle Dienstboten ergriffen. Das durchgeistigte Gesicht, die langen Haarlocken, die abgeschnitten neben ihr lagen, ihres Vaters abgewendetes Gesicht und Maries Schluchzen rührten auf der Stelle die Empfindungen einer gefühlvollen und allen Eindrücken leicht zugänglichen Rasse; und wie sie eintraten, blickte einer den andern an, seufzte und schüttelte den Kopf. Es herrschte ein tiefes Schweigen, wie bei einem Begräbnis.

Eva richtete sich empor und blickte lange und ernst jeden einzelnen an. Alle sahen traurig und bekümmert aus. Viele von den Frauen verhüllten ihr Gesicht mit der Schürze.

„Ich habe nach euch schicken lassen, meine lieben Freunde, weil ich euch liebhabe. Ich habe euch alle lieb; und ich habe euch etwas zu sagen, was ihr nie vergessen dürft: Ich werde euch bald verlassen. In wenigen Wochen werdet ihr mich nicht mehr sehen. –“

Hier wurde das Kind unterbrochen von dem lauten Stöhnen, Schluchzen und Klagen aller Anwesenden, welches seine schwache Stimme übertönte. Sie wartete einen Augenblick, und dann sagte sie mit einem Tone, der dem Schluchzen aller ein Ende machte:

„Wenn ihr mich liebhabt, dürft ihr mich nicht so unterbrechen. Hört, was ich euch zu sagen habe. Ich will mit euch von euren Seelen sprechen. Viele von euch, fürchte ich, sind sehr leichtsinnig. Ihr denkt nur an diese Welt. Aber ich will euch lehren, nicht zu vergessen, daß es eine schönere Welt gibt, wo Christus ist. Ich gehe hin, und ihr könnt auch hinkommen; sie ist für euch so gut wie für mich. Aber wenn ihr hinkommen wollt, so dürft ihr nicht ein träges, leichtfertiges, gedankenloses Leben führen; ihr müßt Christen sein. Ihr müßt bedenken, daß jeder von euch ein Engel werden und ewig bleiben kann. Wenn ihr Christen sein wollt, so wird Christus euch helfen. Ihr müßt zu ihm beten; ihr müßt lesen.“

Das Kind hielt inne, sah sie voll Mitleid an, und sagte betrübt:

„Ach Gott! Ihr könnt nicht lesen. Ihr Armen“, und sie verbarg ihr Gesicht in den Kissen und schluchzte, während mancher erstickte Seufzer von denjenigen, zu denen sie gesprochen und die auf dem Flur knieten, ihr nachhallte.

„Es tut nichts", sagte sie, indem sie ihr Gesicht erhob und hell durch ihre Tränen lächelte, „ich habe für euch gebetet, und ich weiß, daß Christus euch helfen wird, wenn ihr auch nicht lesen könnt. Versucht alle so gut zu sein, wie ihr könnt; betet jeden Tag; bittet ihn, euch zu helfen, und laßt euch die Bibel, sooft es geht, vorlesen; und ich hoffe, euch alle im Himmel wiederzusehen."

Ein Amen erklang halblaut von den Lippen Toms und Mammys und einiger Älteren, welche der Methodistengemeinde angehörten. Die Jüngeren und Gedankenloseren waren für den Augenblick ganz überwältigt, schluchzten laut und ließen den Kopf auf die Knie sinken.

„Ich weiß, daß ihr mich alle liebhabt", sagte Eva.

„Ja, o ja! Gewiß. Gott segne Sie!" ertönte es von allen als Antwort.

„Ja, ich weiß es wohl. Keine einzige Person ist unter euch, die nicht stets freundlich gegen mich gewesen ist; und ich möchte euch etwas geben, das euch an mich erinnert, wenn ihr es betrachtet. Ich will euch jedem eine Locke von meinem Haar schenken; und wenn ihr sie anseht, so denkt, daß ich euch geliebt habe und in den Himmel gegangen bin und daß ich euch alle dort wiederzusehen hoffe."

Es ist unmöglich, den Anblick zu beschreiben, wie sie sich mit Tränen und Schluchzen um die kleine Eva drängten und aus ihrer Hand die Locke annahmen, die ihnen als ihr letztes Liebeszeichen erschien. Sie sanken auf die Knie nieder; sie schluchzten und beteten und küßten den Saum ihres Kleides; und von den Lippen der Älteren strömten liebkosende Worte, vermischt mit Gebeten und Segnungen nach der Weise ihrer empfänglichen Rasse.

Sowie einer seine Locke empfangen hatte, gab ihm Miß Ophelia, welche die Wirkung dieser Aufregung auf ihre kleine Patientin fürchtete, ein Zeichen, das Zimmer zu verlassen.

Zuletzt waren alle fort, außer Tom und Mammy.

„Hier, Onkel Tom", sagte Eva, „ist eine schöne Locke für dich. O Onkel Tom, ich fühle mich so glücklich bei dem Gedanken, daß ich dich im Himmel wiedersehen soll, denn davon bin ich überzeugt; und Mammy – liebe, gute, gute Mammy!" sagte sie und umarmte ihre alte Amme zärtlich. „Ich weiß, du wirst auch hinkommen."

„Ach, Miß Eva, ich sehe nicht ein, wie ich leben soll ohne Sie – kann's nicht einsehen!" sagte das treue Geschöpf. „Kommt mir vor, als ob alles auf einmal hier zugrunde ginge!" Und Mammy ließ ihrem wilden Schmerze freien Lauf.

Miß Ophelia schob sie und Tom sanft aus dem Zimmer und dachte, sie wären alle fort, aber als sie sich umdrehte, stand Topsy noch da.

„Wo bist du hergekommen?“ sagte sie überrascht.

„Ich war hier“, sagte Topsy und wischte sich die Tränen aus den Augen.

„Ach, Miß Eva! Ich bin ein böses Mädchen gewesen, aber wollen Sie mir nicht auch eine geben?“

„Ja, arme Topsy! Gewiß sollst du auch eine haben. Da – jedesmal, wo du sie ansiehst, denke daran, daß ich dich liebhabe und wünsche, daß du ein gutes Mädchen sein möchtest!“

„Ach Miß Eva, ich versuche es!“ beteuerte Topsy angelegentlich. „Aber Gott, es ist so schwer, gut zu sein! 's kommt mir vor, als wäre ich nicht daran gewöhnt, gar nicht.“

„Jesus weiß es, Topsy; du tust ihm leid, er wird dir helfen.“

Die Schürze vor dem Gesicht, wurde Topsy schweigend von Miß Ophelia aus dem Zimmer gebracht; aber wie sie hinausging, verbarg sie die kostbare Locke an ihrem Busen.

Als alle fort waren, machte Miß Ophelia die Tür zu. Diese würdige Dame hatte während des Auftritts manche Träne aus ihren Augen gewischt, aber Besorgnis über die Folgen, welche eine solche Aufregung bei ihrem jungen Pflegling haben könnte, war das vorherrschende Gefühl in ihrer Brust.

St. Clare hatte die ganze Zeit über in derselben Stellung dagesessen, die Augen mit der Hand zudeckend. Als sie alle hinaus waren, saß er immer noch so da.

„Papa!“ sagte Eva sanft und legte ihre Hand auf die seine. Er zuckte zusammen, gab aber keine Antwort.

„Lieber Papa!“ sagte Eva.

„Ich kann nicht“, sagte St. Clare und stand auf, „ich kann das nicht tragen! O Gott der Allmächtige behandelt mich sehr grausam!“ und St. Clare sprach diese Worte mit einem bitteren Nachdruck.

„Augustin! Hat nicht Gott ein Recht, mit dem, was Sein ist, zu tun nach seinem Willen?“ sagte Miß Ophelia.

„Vielleicht, aber das macht die Bürde nicht leichter zu tragen“, sagte er in einer trockenen, harten, tränenlosen Weise, wie er sich wegwandte.

„Papa, du brichst mir das Herz!“ sagte Eva, indem sie sich erhob und sich in seine Arme warf. „Du darfst nicht so denken!“ und das Kind schluchzte und weinte mit einer Leidenschaft, welche alle beunruhigte und den Gedanken ihres Vaters sofort eine andere Richtung gab.

„Ach Eva – teuerstes Kind! Sei ruhig! Sei ruhig! Es war unrecht von mir; es war gottlos. Ich will denken, was du willst, tun, was du willst, nur gräme dich nicht so, – weine nicht so. Ich will mich in seinen Willen ergeben; es war gottlos, solche Reden zu führen."

Eva lag bald wie eine müde Taube in den Armen ihres Vaters, und er beugte sich über sie und beschwichtigte sie durch jedes zärtliche Wort, das ihm in den Sinn kam.

Evas Gesundheit nahm von diesem Tage an rasch ab; ihr nahes Ende war nicht länger zu bezweifeln; selbst das zärtlichste Auge konnte nicht mehr blind sein.

Ihr schönes Zimmer war jetzt anerkanntermaßen ein Krankenzimmer; und Miß Ophelia verrichtete Tag und Nacht die Pflichten einer Krankenwärterin – und nie lernten ihre Verwandten ihren Wert besser kennen, als in dieser Eigenschaft.

Onkel Tom war auch sehr oft bei ihr. Eva litt sehr an nervöser Ruhelosigkeit, und es war ihr eine große Erleichterung, wenn sie getragen werden konnte; und es war Toms größte Freude, die kleine schwache Gestalt auf einem Kissen auf dem Arme zu tragen, entweder im Zimmer herum oder draußen in der Veranda, und wenn der erquickende Seewind vom See herüberwehte und das Kind sich frühmorgens am kräftigsten fühlte, trug er sie manchmal unter den Orangenbäumen im Garten umher oder setzte sich mit ihr auf einen ihrer alten Plätze und sang ihr ihre alten Lieblingskirchenlieder vor.

Ihr Vater trug sie auch oft herum; aber er war schwächer, und wenn er müde war, sagte Eva zu ihm:

„Ach, Papa, laß Tom mich tragen. Der Arme! Es macht ihm Freude, und du weißt, er kann jetzt weiter nichts tun, und er möchte doch gern etwas tun!"

„Das möchte ich auch, Eva", sagte ihr Vater.

„Ja, Papa, aber du kannst alles tun, und bist mir alles. Du liest mir vor – du wachst nachts bei mir – und Tom hat nur dies eine und sein Singen; und ich weiß auch, daß es ihm leichter wird, als dir. Er trägt mich mit solcher Kraft!"

Der Wunsch, etwas zu tun, beschränkte sich nicht bloß auf Tom. Jeder Dienstbote des Hauses legte dasselbe Gefühl an den Tag und tat in seiner Weise, was er konnte.

Das Herz der armen Mammy sehnte sich nach ihrem Liebling; aber sie fand weder bei Tag noch bei Nacht Gelegenheit, da Marie erklärte, ihr Gemütszustand sei von der Art, daß sie keinen Augenblick Ruhe erlangen könne; und natürlich war es gegen ihre Grundsätze, andere ruhen zu lassen. Zwanzigmal des Nachts mußte Mammy aufstehen, um ihr die Füße zu reiben, um ihr den Kopf mit Wasser zu benetzen, um ihr Taschentuch zu suchen, zu sehen, was für ein Lärm in Evas Zimmer sei, einen Vorhang zuzumachen, weil es zu hell, oder ihn zu öffnen, weil es zu dunkel war; und den Tag über, wenn sie gern ihren Liebling ein wenig mit gepflegt hätte, schien Marie ungewöhnlich erfinderisch in Aufträgen zu sein, die sie überall im ganzen Hause oder bei ihr selbst beschäftigten, so daß nur verstohlene Zusammenkünfte und augenblickliches Begegnen möglich war.

„Es ist eine Pflicht für mich", pflegte sie zu sagen, „gegenwärtig ganz besonders Sorge für mich zu tragen, denn ich bin so schwach und die ganze Sorge der Pflege des geliebten Kindes lastet auf mir."

„Ich habe immer geglaubt, unsere Cousine hätte dich dieser Mühe überhoben", sagte St. Clare.

„Du sprichst, wie man es von einem Manne erwartet, St. Clare – gerade als ob eine Mutter der Pflege eines Kindes in einem solchen Zustande überhoben werden könnte; aber es ist ja alles gleich – kein Mensch erkennt jemals, was ich fühle! Ich kann die Sachen nicht vergessen, wie du."

St. Clare lächelte. Du mußt ihn entschuldigen, Leser. Er konnte nicht anders – denn St. Clare konnte immer noch lächeln. Denn so heiter und ruhig war die Abschiedsreise dieser Kinderseele – so liebliche und duftende Hauche trugen die kleine Barke den himmlischen Küsten zu – daß man sich unmöglich an den Gedanken gewöhnen konnte, daß der Tod im Anzuge sei. Das Kind fühlte keinen Schmerz – nur eine ruhige sanfte Schwäche, die täglich und fast unmerklich zunahm; und Eva war so schön, so voll Liebe und Vertrauen, so glücklich, daß niemand dem besänftigenden Einflusse der Atmosphäre von Unschuld und Frieden, die sie zu umgeben schien, widerstehen konnte. St. Clare fühlte eine wunderbare Ruhe über sich kommen. Es war nicht Hoffnung – die war unmöglich: Es war nicht Resignation; – es war nur ein ruhiges Verweilen bei der Gegenwart, die so schön schien, daß er an gar keine Zukunft zu denken wünschte. Es war jener Seelenfrieden, welchen wir in heiteren Herbstwaldungen fühlen, wenn die helle hektische Röte schon die Bäume färbt und die letzten Blumen noch am Bache verweilen; und wir freuen uns nur um so mehr daran, weil wir wissen, daß bald alles verwelken wird.

Der Freund, der am meisten von Evas Phantasien und Ahnungen wußte, war ihr getreuer Diener Tom. Ihm sagte sie alles, womit sie ihrem Vater nicht das Herz schwermachen wollte. Ihm teilte sie die geheimnisvollen Winke mit, welche die Seele fühlt, wenn die Fäden, mit denen sie am irdischen Leibe hängt, lockerer werden.

Zuletzt wollte Tom nicht mehr in seinem Zimmer schlafen, sondern lag die ganze Nacht in der äußeren Veranda, bereit, auf jeden Wink aufzustehen.

„Onkel Tom, wie bist du zu der Gewohnheit gekommen, überall und irgendwo zu schlafen wie ein Hund?“ sagte Miß Ophelia. „Ich dachte, du gehörtest zu den ordentlichen Leuten, welche gern wie gute Christen im Bett liegen?“

„Dazu gehöre ich auch, Miß Feely“, sagte Tom geheimnisvoll. „Aber jetzt –“

„Nun, aber jetzt?“

„Wir dürfen nicht laut sprechen; Master St. Clare will nichts davon hören; aber Miß Feely, Sie wissen, daß jemand wach bleiben muß, bis der Bräutigam kommt.“

„Was meinst du damit, Tom?“

„Sie wissen, es steht in der Schrift: ›Um Mitternacht aber ward ein Geschrei: Siehe, der Bräutigam kommt.“ Und das erwarte ich jetzt jede Nacht, Miß Feely, – und ich könnte nicht schlafen, wo ich es nicht hören könnte, keinen Augenblick.“

„Aber Onkel Tom, aus welchem Grunde bist du dieser Meinung?“

„Miß Eva hat es mir gesagt. Der Herr schickt seine Boten in die Seele. Ich muß dabeisein, Miß Feely; denn wenn dieses gesegnete Kind in das Reich eingeht, werden sie das Tor so weit aufmachen, daß wir alle ein paar Strahlen von der himmlischen Herrlichkeit sehen werden, Miß Feely.“

„Onkel Tom, sagte Miß Eva, sie fühle sich heute abend kränker als gewöhnlich?“

„Nein, aber sie sagte mir heute früh, daß sie dem Reiche näher komme – das wird dem Kinde zugeflüstert, Miß Feely. Es sind die Engel – ›Trompetenschall vor Morgengrauen‹“, sagte Tom, indem er eine Stelle aus einem Lieblingskirchenliede anführte.

Dieses Zwiegespräch hatte Miß Ophelia mit Tom eines Abends zwischen zehn und elf Uhr, als sie, nachdem alle ihre Anordnungen getroffen waren, die äußere Tür verriegeln wollte und Tom daneben in der äußeren Veranda liegen fand.

Sie war nicht nervenschwach oder empfindlich, aber seine feierliche aus tiefstem Herzen kommende Weise machte einen großen Eindruck auf sie. Eva war den Nachmittag ungewöhnlich munter und lebhaft gewesen und hatte im Bett aufgesessen und alle ihre kleinen Spielsachen und Kleinodien durchgesehen, und die Freunde genannt, für welche sie dieselben bestimmte; und ihr Benehmen war lebhafter und ihre Stimme natürlicher, als man seit Wochen gewohnt gewesen. Ihr Vater hatte sie des Abends besucht und hatte gesagt, Eva erscheine heute am meisten wie früher, seit ihrer Krankheit; und als er von ihr mit einem Kusse gute

Nacht genommen, sagte er zu Miß Ophelia. „Cousine, wir behalten sie vielleicht doch noch; sie befindet sich entschieden besser“, und er entfernte sich mit einem leichteren Herzen, als er seit Wochen gehabt hatte.

Aber um Mitternacht – zu der wunderbaren mystischen Stunde, wo der Schleier zwischen der vergänglichen Gegenwart und der ewigen Zukunft dünner wird – kam der Bote!

Erst hörte man etwas, wie einen raschen Schritt im Krankenzimmer. Es war Miß Ophelia, welche sich entschlossen hatte, die ganze Nacht bei ihrem kleinen Pflegling zu wachen, und die im Wendepunkte der Nacht bemerkt hatte, was erfahrene Krankenwärterinnen eine Veränderung nennen. Die äußere Tür wurde rasch geöffnet, und Tom, der draußen wachte, war in einem Augenblicke auf den Beinen.

„Geh nach dem Arzte, Tom! Verliere keinen Augenblick“, sagte Miß Ophelia; und zugleich ging sie an die Tür von St. Clares Zimmer und klopfte.

„Cousin“, sagte sie, „willst du nicht kommen?“

Diese Worte fielen auf sein Herz wie Erdschollen auf einen Sarg. Warum? In einem Augenblicke war er aufgestanden und im Zimmer, und beugte sich über Eva, die immer noch schlief.

Was sah er, daß das Klopfen seines Herzens stockte? Warum sprachen die beiden kein Wort miteinander? Du weißt es, der Du denselben Ausdruck auf dem Gesicht der Deinem Herzen teuersten Person gesehen hast – diesen unbeschreiblichen hoffnungslosen, nicht mißzuverstehenden Zug, der Dir sagt, daß Dein geliebtes Wesen Dir nicht länger angehört.

Auf dem Antlitz des Kindes war jedoch kein grauenerregender Zug zu erblicken – nur ein seliger und fast erhabener Ausdruck – die überschattende Gegenwart geistiger Naturen, das Herandämmern unsterblichen Lebens in dieser Kinderseele.

Sie standen so still an dem Bette, daß selbst das Ticken der Uhr wie zu laut erschien. In wenigen Minuten kehrte Tom mit dem Arzt zurück. Er trat ein, warf einen Blick auf sie und stand stumm da wie die andern.

„Wann trat diese Veränderung ein?“ fragte er leise flüsternd Miß Ophelia.

„Gegen Mitternacht“, war die Antwort.

Von der Ankunft des Arztes geweckt, trat jetzt auch Marie hastig aus dem nächsten Zimmer.

„Augustin! Cousine! – O! Was ist?“ fing sie hastig an.

„Still!“ sagte St. Clare mit heiserer Stimme. „Sie liegt im Sterben!“ Mammy hörte die Worte und eilte fort, um die Dienstboten zu wecken. Bald war das ganze Haus wach – man sah Lichter, hörte Schritte, Gesichter voll angstvoller Erwartung drängten sich in der Veranda und blickten mit tränenvollen Augen durch die Glastüren; aber St. Clare hörte und sagte nichts – er sah nur diesen Ausdruck auf dem Gesicht der Schlummernden.

„Ach, wenn sie nur aufwachte und noch einmal mit mir spräche!“ sagte er, und er beugte sich über sie und flüsterte ihr ins Ohr: „Eva, liebe Eva!“ Die großen blauen Augen öffneten sich – ein Lächeln flog über ihr Gesicht; sie versuchte den Kopf zu erheben und zu sprechen.

„Kennst du mich, Eva?“

„Lieber Papa“, sagte das Kind mit einer letzten Anstrengung und schlang die Arme um seinen Hals. Einen Augenblick darauf sanken sie erschlafft wieder herunter; und wie St. Clare den Kopf erhob, sah er ein Zucken des Todeskampfes das Gesicht bewegen – sie rang nach Atem und bewegte krampfhaft die kleinen Händchen.

„O Gott, das ist schrecklich“, sagte er, indem er sich in maßlosem Schmerz abwandte und halb bewußtlos Toms Hand drückte. „Ach, mein Tom, das gibt mir den Tod!“

Tom hielt seines Herrn Hände zwischen den seinen; und während Tränen seine dunklen Backen herabströmten, sah er nach Hilfe zu dem hinauf, zu dem er hinaufzublicken gewohnt war.

„Bitte Gott, daß er dem ein Ende machen möge!“ sagte St. Clare. „Das zerreißt mir das Herz!“

„O, der Herr sei gepriesen! Es ist vorbei – es ist vorbei, lieber Master!“ sagte Tom. „Sehen Sie hin.“

Das Kind lag erschöpft und keuchend auf den Kissen – die großen klaren Augen waren starr emporgerichtet. Ach, was sagten diese Augen, die soviel vom Himmel redeten? Die Erde und ihr Schmerz waren vorüber; aber so feierlich, so geheimnisvoll sah das Gesicht in seinem seligen Glanze aus, daß es selbst das Schluchzen des Schmerzes zum Schweigen brachte. Sie drängten sich in atemlosem Schweigen um sie herum.

„Eva!“ flüsterte St. Clare.

Sie hörte nicht.

„O Eva, sage uns, was du siehst! Was siehst du?“ sagte ihr Vater.

Ein heiteres, seliges Lächeln flog über ihr Gesicht, und sie sagte mit brechender Stimme:

„O! Liebe – Freude – Frieden!“ seufzte sie noch einmal und ging vom Tode ins ewige Leben über!

„Leb wohl, geliebtes Kind! Die strahlenden ewigen Tore haben sich hinter dir geschlossen; wir werden dein liebevolles Antlitz nie wieder sehen. O wehe denen, die deinen Eingang in den Himmel beobachtet haben, wenn sie erwachen und nur den kalten grauen Himmel des Alltagslebens finden, und du hast sie auf ewig verlassen!“

22. Kapitel Das Letzte auf Erden

Die Statuetten und Bilder in Evas Zimmer waren mit weißen Tüchern verhüllt, und nur leises Atemholen und gedämpfte Schritte hörte man dort, und das Licht stahl sich feierlich durch die teilweise geschlossenen Fenster.

Das Bett war weiß verhangen, und unter der ruhenden Engelsgestalt lag ein schlummerndes Kind, schlummernd, um nie wieder zu erwachen.

Für solche, wie du bist, geliebte Eva, gibt es keinen Tod! Weder die Nacht noch den Schatten des Todes; nur ein so glänzendes Verschwimmen, wie wenn der Morgenstern im goldenen Frühlicht aufgeht. Dein ist der Sieg ohne die Schlacht – die Krone ohne den Kampf.

So dachte St. Clare, als er mit übereinandergeschlagenen Armen vor der Leiche stand und sie betrachtete. Ach! Wer wagt zu sagen, was er dachte? Denn von der Stunde an, wo Stimmen im Sterbezimmer gesagt hatten: „Sie ist verschieden“, war alles um ihn ein wüster Nebel gewesen, eine schwere Dämmerung des Schmerzes. Er hatte Stimmen an sein Ohr schlagen hören; er war gefragt worden und hatte geantwortet; sie hatten ihn gefragt, wann das Begräbnis sei, und wo sie begraben werden solle; und er hatte ungeduldig geantwortet, daß ihm das einerlei sei.

Adolf und Rosa hatten das Sterbezimmer eingerichtet; so leichtfertig, launenhaft und kindisch sie auch im allgemeinen waren, so waren sie doch weichherzig und voller Gefühl.

Es standen immer noch Blumen im Zimmer – alle weiß, zart und wohlriechend, mit zierlichen, trauernden Blättern. Auf Evas kleinem mit einer weißen Decke überzogenen Tischchen stand ihre Lieblingsvase mit einer einzigen weißen Moosrosenknospe. Die Falten der Draperien und der Vorhänge hatten Adolf und Rosa mit dem feinen Blick, der ihrer Rasse eigentümlich ist, geordnet und wieder geordnet. Selbst jetzt, wo St. Clare nachdenklich dastand, kam die kleine Rosa mit einem Korbe weißer Blumen mit vorsichtigem leisem Schritt in das Zimmer. Sie trat zurück, als sie St. Clare erblickte, und blieb ehrerbietig stehen; aber da sie sah, daß er sie nicht bemerkte, kam sie näher, um die Leiche zu schmücken. St. Clare sah sie, wie in einem Traume, während sie zwischen die zarten Händchen einen schönen Capjasmin steckte und mit bewunderungswürdigem Geschmack andere Blumen rund um das ganze Lager anbrachte.

Die Tür ging wieder auf, und Topsy mit vom Weinen geschwollenen Augen erschien, etwas unter der Schürze versteckt haltend. Rosa machte eine rasche abwehrende Gebärde, aber jene trat einen Schritt ins Zimmer herein.

„Du mußt hinaus", sagte Rosa mit scharfem bestimmtem Flüstern: „Du hast hier nichts zu suchen."

„O bitte, laß mich! Ich habe eine Blume mitgebracht – eine so hübsche Blume!" sagte Topsy und hielt eine halb aufgeblühte Teerosenknospe empor. „Laß mich nur die einzige hinlegen."

„Marsch fort!" sagte Rosa noch entschiedener.

„Sie soll bleiben!" sagte St. Clare plötzlich mit dem Fuße stampfend. „Sie soll hereinkommen."

Rosa entfernte sich rasch, und Topsy trat ans Bett und legte ihre Blume zu Füßen der Leiche, dann warf sie sich plötzlich mit einem Schrei wilder Verzweiflung neben dem Bett nieder und weinte und stöhnte laut.

Miß Ophelia kam in das Zimmer geeilt und versuchte, sie aufzuheben und zu beruhigen; aber vergebens.

„O Miß Eva! O Miß Eva! Ich wollte, ich wäre auch tot – ja gewiß!" Es lag eine wilde herzzerreißende Verzweiflung in diesem Aufschrei; das Blut schoß in St. Clares weißes marmorgleiches Gesicht, und die ersten Tränen, die er seit Evas Tode geweint, standen ihm in den Augen.

„Steh auf, Kind!" sagte Miß Ophelia mit sanfterer Stimme: „Weine nicht so. Miß Eva ist im Himmel; sie ist ein Engel geworden."

„Aber ich kann sie nicht sehen!" sagte Topsy. „Ich werde sie nie wieder sehen!" und sie fing wieder an zu schluchzen.

Alle standen einen Augenblick lang schweigend da.

„Sie sagte, sie hätte mich lieb", sagte Topsy – „das hat sie gesagt! O Gott, o Gott! Ich habe nun niemanden mehr – niemanden!"

„Das ist nur zu wahr“, sagte St. Clare; „aber bitte“, sagte er zu Miß Ophelia, „versuche du, ob du das arme Geschöpf nicht trösten kannst.“

„Ich wollte, ich wäre gar nicht geboren“, sagte Topsy. „Es lag mir gar nichts daran, auf die Welt zu kommen; und ich sehe gar keinen Nutzen dabei.“

Miß Ophelia hob sie sanft, aber fest vom Boden auf und nahm sie mit in ihr Zimmer; aber bis sie dort waren, fielen ihr ein paar Tränen aus den Augen.

„Topsy, du armes Kind“, sagte sie, als sie dieselbe in ihr Zimmer führte, „verzweifle nicht! Ich kann dich lieben, obgleich ich nicht bin, wie das geliebte, selige Kind. Ich hoffe, ich habe durch sie ein wenig von der Liebe unseres Heilands gelernt. Ich kann dich liebhaben; ich werde dich lieben und versuchen, dir beizustehen, daß du eine gute Christin wirst.“

Miß Ophelias Stimme sagte mehr, als ihre Worte, und mehr noch als diese sagten die ehrlichen Tränen, welche aus ihren Augen strömten. Von dieser Stunde an erlangte sie einen Einfluß auf das Gemüt des verlassenen Kindes, den sie nie wieder verlor.

„O meine Eva, deren kurze Spanne Zeit auf dieser Erde so viel Gutes bewirkt hat“, dachte St. Clare, „welche Rechenschaft werde ich von meinen vielen Jahren abzulegen haben?“

Eine Weile lang hörte man leises Geflüster und Schritte in dem Zimmer, wie einer nach dem andern hereinschlich, um die Leiche zu sehen; und dann kam der kleine Sarg; und dann war das Begräbnis, und Wagen fuhren vor der Tür vor und Freunde kamen und setzten sich nieder; und man sah weiße Schärpen und Bänder und Kreppschleifen und Trauernde in schwarzem Krepp; und es wurden Worte aus der Bibel gelesen und Gebete gesprochen; und St. Clare lebte und ging herum und bewegte sich wie einer, der jede seiner Tränen vergossen hat. Bis zuletzt erblickte er nur einen Gegenstand, den goldenen Lockenkopf im Sarge; aber dann sah er, wie das Tuch darüber gebreitet und der Deckel des Sarges verschlossen wurde; und er ging mit, als sie ihn neben die andern stellten, bis zu einem kleinen Fleck hinten im Garten, und dort neben der Moosbank, wo sie und Tom so oft miteinander gesprochen und gesungen und gelesen hatten, war das kleine Grab. St. Clare stand neben demselben – schaute mit leerem Blick hinab; er sah, wie sie den kleinen Sarg hinunterließen; er hörte undeutlich die feierlichen Worte: „Ich bin die Auferstehung und das Leben; wer an mich glaubt, der wird nicht sterben, sondern das ewige Leben haben“, und wie die Erde darauf geworfen wurde und das kleine Grab ausfüllte, konnte er es nicht für wahr halten, daß sie seine Eva hier vor seinen Augen verscharrten.

Und so war es auch nicht! – Nicht Eva, sondern nur den schwachen Keim der strahlenden unsterblichen Gestalt, in der sie noch erscheinen wird an dem Tage Christi unseres Herrn.

Und sie waren alle fort, und die Leidtragenden kehrten alle zurück nach dem Hause, das sie nicht mehr sehen sollte; und aus Maries Zimmer war das Licht ausgesperrt, und sie lag auf dem Bett und schluchzte und stöhnte in unbezwinglichem Schmerz und rief jeden Augenblick nach allen ihren Dienstboten. Natürlich hatten diese keine Zeit zu weinen – wozu auch? Der Schmerz war ihr Schmerz, und sie war fest überzeugt, daß niemand auf Erden ihn so wie sie fühlte oder fühlen könnte und wollte.

„St. Clare vergoß keine Träne", sagte sie: „Er sympathisierte nicht im mindesten mit ihr; es sei wirklich wunderbar, zu denken, wie hartherzig und gefühllos er sein müsse, da er doch jedenfalls wisse, wie sie leide." So sehr sind die Menschen die Sklaven ihrer Augen und Ohren, daß viele von den Dienstboten wirklich glaubten, Missis leide bei weitem am meisten bei dieser Gelegenheit, vorzüglich, da Marie jetzt Anfälle von hysterischen Krämpfen bekam und nach dem Arzt schickte und erklärte, sie liege im Sterben; und das Laufen und Rennen und das Herbeischleppen von Wärmflaschen und das Warmmachen von Flanell und das Reiben und der allgemeine Lärm, den diese Anfälle verursachten, waren eine wahre Zerstreuung.

Tom jedoch hatte ein Gefühl in seinem Herzen, das ihn zu seinem Herrn hinzog. Er folgte ihm, traurig und sehnsüchtig, wohin er ging; und wenn er ihn so blaß und ruhig in Evas Zimmer über ihrer aufgeschlagenen kleinen Bibel sitzen sah, obgleich er keinen Buchstaben oder kein Wort darin erkannte, da sah Tom in diesem ruhigen, starren, tränenlosen Auge größeren Schmerz als in allem Seufzen und Jammern Mariens.

In wenigen Tagen kehrte die Familie St. Clare wieder nach der Stadt zurück, denn Augustin verlangte in der Ruhelosigkeit des Schmerzes nach einer anderen Umgebung, um seinen Gedanken eine andere Richtung zu geben. So verließen sie denn Haus und Garten mit dem kleinen Grabe und begaben sich wieder nach New Orleans, und St. Clare bewegte sich geschäftig auf den Straßen und war bestrebt, die Kluft in seinem Herzen mit Eile und Rührigkeit und Ortsveränderungen auszufüllen; und Leute, die ihn auf der Straße sahen oder ihm in dem Café begegneten, erfuhren den Verlust, den er erlitten, nur durch den Flor um seinen Hut, denn er lächelte und spaßte und las die Zeitungen und unterhielt sich über Politik und besorgte Geschäftsangelegenheiten; und wer konnte wissen, daß diese ganze lächelnde Außenseite nur eine hohle Schale um ein Herz sei, das ein dunkles und stilles Grab war.

„Mr. St. Clare ist ein eigener Mann“, sagte Marie zu Miß Ophelia in klagendem Tone. „Ich glaubte immer, wenn er etwas auf der Welt liebte, so sei es unsere teuere Eva, aber er scheint sie sehr leicht zu vergessen. Ich kann ihn nie dazu bringen, von ihr zu sprechen. Ich glaubte wahrhaftig, er würde mehr Gefühl zeigen!“

„Stille Wasser sind oft die tiefsten, habe ich immer sagen hören“, sagte Miß Ophelia orakelhaft.

„Ach, das glaube ich gar nicht; das ist alles nur Rederei. Wenn Leute Gefühl haben, so werden sie es zeigen – sie können nicht anders; aber es ist immer ein großes Unglück, viel Gefühl zu besitzen. Ich wollte lieber, ich hätte eine Natur, wie St. Clare. Meine Gefühle nagen mir so am Herzen!“

„Aber gewiß, Missis, Master St. Clare wird so mager wie ein Schatten. Sie sagen, er esse gar nichts“, sagte Mammy. „Ich weiß, daß er Miß Eva nicht vergißt; das kann niemand – das liebe gesegnete Wesen!“ setzte sie hinzu und wischte sich die Augen.

„Nun, jedenfalls nimmt er gar keine Rücksicht auf mich“, sagte Marie; „er hat mir kein Wort der Teilnahme gesagt, und er muß doch wissen, wieviel mehr eine Mutter fühlt, als es einem Manne je möglich ist.“

„Das Herz kennt seine eigene Bitterkeit“, sagte Miß Ophelia mit Ernst.

„Das denke ich eben auch. Ich weiß recht gut, was ich fühle – kein anderer Mensch scheint es zu wissen. Eva erriet es manchmal, aber sie ist nicht mehr!“ Und Marie legte sich zurück in ihrem Sofa und schluchzte trostlos.

Marie war eine von den unglücklich konstituierten Sterblichen, in deren Augen alles, was für immer verloren ist, einen Wert annimmt, den es nie hatte, solange sie im Besitz desselben waren. Was sie besaß, schien sie nur zu besitzen, um Fehler darin zu finden; aber sowie es nicht mehr vorhanden war, so legte sie einen ungemessenen Wert darauf.

Zu gleicher Zeit mit diesem Gespräch in der Wohnstube fand ein anderes in der Bibliothek St. Clares statt.

Tom, der seinem Herrn beständig voller Unruhe Schritt für Schritt nachging, hatte ihn einige Stunden vorher in die Bibliothek gehen sehen; und nachdem er vergeblich gewartet hatte, ob er wieder herausgehen werde, beschloß er, sich etwas darin zu tun zu machen. Er trat leise ein. St. Clare lag auf einem Sofa am hinteren Ende des Zimmers. Er lag auf seinem Gesicht, und Evas Bibel lag aufgeschlagen nicht weit von ihm. Tom ging zu ihm hin und blieb vor dem Sofa stehen. Er zögert, und während er noch zögerte, erhob sich St. Clare plötzlich. Das ehrliche Gesicht so voller

Schmerz und mit einem so flehenden Ausdruck von Liebe und Teilnahme fiel seinem Herrn auf. Er legte seine Hand auf die Toms und beugte sich mit dem Kopfe darüber.

„Ach, Tom, die ganze Welt ist so leer, wie ein hohles Ei."

„Ich weiß es, Master – ich weiß es", sagte Tom. „Aber ach, wenn Master nur hinaufsehen wollte – hinauf, wo unsere liebe Miß Eva ist – hinauf zu dem lieben Herrn Jesus!"

„Ach, Tom! Ich blicke hinauf; aber das Schlimmste ist, daß ich gar nichts oben sehe. Ich wollte, ich könnte was sehen."

Tom seufzte schwer.

„Es scheint Kindern und armen ehrlichen Burschen, wie du bist, gegeben zu sein, zu sehen, was wir nicht sehen", sagte St. Clare. „Woher kommt das?"

„Du hast solches verborgen vor den Weisen und Klugen, und hast's offenbart den Unmündigen", sagte Tom halblaut vor sich hin; „ja, Vater, also war es wohlgefällig vor Dir."

„Tom, ich glaube nicht – ich kann nicht glauben; ich habe mir das Zweifeln angewöhnt", sagte St. Clare. „Ich möchte dieser Bibel glauben, und ich kann nicht."

„Guter Master, beten Sie zu dem guten Gott: Ich glaube, lieber Herr, hilf meinem Unglauben!"

„Wer weiß etwas von etwas?" sagte St. Clare zu sich selbst, während seine Augen träumerisch herumschweiften. „War alle diese schöne Liebe und Treue nur eine von den ewig wechselnden Phasen menschlichen Gefühls, die auf nichts Wirklichem beruhen und mit dem letzten Atemzuge vergehen? Und gibt es keine Eva mehr – keinen Himmel – keinen Christus – nichts?"

„Ach, lieber Master, wohl gibt es noch etwas! Ich weiß es; ich bin davon überzeugt", sagte Tom und sank auf die Knie. „Lieber, lieber Master, glauben Sie!"

„Woher weißt du, daß es einen Christus gibt, Tom? Du hast nie den Herrn gesehen."

„Ich habe ihn in meiner Seele gefühlt, Master – fühle ihn jetzt! O, Master, als man mich wegverkaufte von meiner Alten und den Kindern, war ich fast ebenso verzweifelt. Es war mir, als wäre nichts mehr übrig auf der Welt; und dann stand der gute Herr bei mir und sprach: ›Fürchte dich nicht, Tom!‹ und er bringt Licht und Freude in die Seele des Armen und macht, daß alles Friede wird; und ich fühle mich so glücklich und liebe jedermann und bin bereit des Herrn zu sein, und des Herrn Willen geschehen zu lassen und dorthin zu gehen, wohin mich der Herr sendet. Ich weiß, daß das nicht von mir kommen konnte, denn ich war ein armes unglückliches Menschenkind; es kam von dem Herrn; und ich weiß, daß er es auch für Master tun wird."

Tom sprach mit halb erstickter Stimme. St. Clare legte den Kopf auf seine Schulter und drückte die harte, treue, schwarze Hand.

„Ich würde beten, Tom, wenn jemand da wäre, wenn ich bete; aber es ist mir stets, als spräche ich in die leere Luft. Aber bete du, Tom, und zeige mir, wie ich beten soll."

Toms Herz war voll; er schüttete es im Gebete aus, wie Wasser, das ein Damm lange zurückgehalten hat. Eine Sache war klar genug: Tom glaubte, es höre ihn jemand, mochte jemand da sein oder nicht. Ja, St. Clare fühlte sich selbst auf der Flut seines Glaubens und Gefühls fast bis an die Tore des Himmels getragen, den er sich so lebendig vorzustellen schien. Es schien ihn Eva näherzubringen.

„Ich danke dir, guter Tom", sagte St. Clare, als Tom aufstand. „Ich höre dich gern, Tom; aber jetzt geh und laß mich allein; ein andermal wollen wir mehr davon sprechen."

Tom verließ schweigend das Zimmer.

23. Kapitel Wieder vereint

Woche nach Woche schwand im Hause St. Clares dahin, und die Wellen des Lebens nahmen wieder ihre ehemalige Glätte an der Stelle an, wo die kleine Barke untergesunken war. Denn wie gebieterisch, wie gleichgültig, wie rücksichtslos gegen alle unsere Empfindungen sich der harte kalte einförmige Lauf täglicher Wirklichkeiten fortbewegt! Noch müssen wir essen und trinken und schlafen und wieder erwachen – noch feilschen, kaufen, verkaufen, Frage stellen und beantworten – mit einem Worte, tausend Schatten verfolgen, obgleich alles Interesse an ihnen erstorben ist; die kalte mechanische Gewohnheit des Lebens ist geblieben, nachdem alle lebendige Teilnahme dafür vorüber ist.

Alle Interessen und Hoffnungen von St. Clares Leben waren unbewußt mit diesem Kinde verwachsen gewesen. Nur für Eva verwaltete er sein Vermögen; nur für Eva richtete er seine Zeit ein; und das oder jenes für Eva zu tun – für sie zu kaufen, zu verbessern, zu verändern oder anzuordnen – war so lange seine Gewohnheit gewesen, daß jetzt, wo sie nicht mehr war, nichts mehr für ihn zu denken oder zu tun zu sein schien. Allerdings gab es noch ein andres Leben, ein Leben, welches, wenn man einmal daran glaubt, wie ein feierliches bedeutsames Zeichen vor den sonst bedeutungslosen Ziffern der Zeit steht und ihnen einen geheimen und ungezählten Wert verleiht. St. Clare wußte dies recht gut, und oft in mancher trüben Stunde hörte er diese zarte Kinderstimme aus dem Himmel herab ihm zurufen und sah die kleine Hand ihm den Weg des Lebens weisen; aber eine schwere Erstarrung des Schmerzes lag auf ihm – er konnte sich nicht erheben. Er war eine von den Naturen, welche religiöse Gegenstände nach eigenen Wahrnehmungen und Ahnungen besser und klarer fassen können, als mancher methodische und praktische Christ. Die Gabe, die feineren Schattierungen und Beziehungen sittlicher Verhältnisse zu würdigen und zu fühlen, scheint oft denen eigen zu sein, die ihr Leben in leichtsinniger Mißachtung derselben verbringen. Daher sprechen Moore, Byron, Goethe oft Worte, die das echte religiöse Gefühl wahrer ausdrücken, als Leute, deren ganzes Leben davon beherrscht ist. In solchen Geistern ist Mißachtung der Religion ein noch schrecklicherer Verrat – eine noch größere Todsünde.

St. Clare hatte nie den Anspruch gemacht, sich von religiösen Verpflichtungen beherrschen zu lassen; und eine gewisse Feinheit des Gefühls rief in ihm eine solche instinktmäßige Ansicht über die Ausdehnung der Forderungen des Christentums hervor, daß er sich schon im voraus vor dem Umfang scheute, den, wie er fühlte, die Forderungen seines Gewissens annehmen würden, wenn er sich ihnen einmal fügte, denn so inkonsequent ist die Menschennatur, vorzüglich im Idealen, daß etwas gar nicht zu unternehmen oft besser erscheint, als etwas zu unternehmen und das vorgesteckte Ziel nicht zu erreichen.

Dennoch war St. Clare in vielen Hinsichten ein anderer Mensch. Er las Evas Bibel ehrlich und mit Ernst; er dachte weniger leichtsinnig und praktischer über seine Verhältnisse zu seinen Dienstboten, und es genügte, ihn sehr unzufrieden mit seinem früheren und gegenwärtigen Benehmen zu machen; und etwas tat er bald nach seiner Rückkehr nach New Orleans: Er begann nämlich die nötigen gesetzlichen Schritte zu Toms Freilassung, die, sobald nur die notwendigen Formalitäten beendigt werden konnten, stattfinden sollte.

Unterdessen schloß er sich jeden Tag mehr an Tom an. In der ganzen weiten Welt schien ihn nichts so sehr an Eva zu erinnern; und er wollte ihn beständig um sich haben, und so zurückhaltend und unnahbar er hinsichtlich seiner tieferen Gefühle war, dachte er doch fast laut mit Tom. Auch würde sich niemand darüber gewundert haben, wenn er gesehen hätte, mit welchem Ausdruck von Liebe und Hingebung Tom fortwährend seinem jungen Herrn folgte.

„Nun, Tom“, sagte St. Clare eines Tages, als er die gesetzlichen Formalitäten zu seiner Freilassung begonnen hatte, „ich werde dich zum freien Manne machen; also packe deinen Koffer und mache dich fertig, nach Kentucky abzureisen.“

Der plötzliche Freudenschimmer, der über Toms Gesicht flog, wie er die Hände zum Himmel erhob, sein innig gefühltes: „Der Herr sei gepriesen!“ überraschte St. Clare fast unangenehm; es gefiel ihm nicht, daß Tom so bereitwillig war, ihn zu verlassen.

„Du hast es hier nicht so sehr schlecht gehabt, daß du so entzückt darüber zu sein brauchst, Tom“, sagte er trocken.

„Nein, nein, Master! Das ist's nicht – es ist weil ich ein freier Mann bin! Darüber freue ich mich so sehr.“

„Aber Tom, meinst du nicht, daß du dich für deinen Teil besser befunden hast, als wenn du frei wärst?“

„Nein gewiß nicht, Master St. Clare“, sagte Tom mit plötzlicher Energie. „Nein, gewiß nicht!“

„Aber Tom, du hättest unmöglich durch deine Arbeit solche Kleider und solche Kost verdienen können, wie du immer bei mir hast!“

„Das weiß ich alles, Master St. Clare; Master ist zu gut gewesen; aber Master, lieber hätte ich schlechte Kleider, schlechte Wohnung und alles schlecht, und es wäre mein eigen, als wenn ich alles vom Besten hätte, und es gehörte einem andern! Das wollte ich, Master; ich glaube, es ist Menschennatur, Master!“

„Das mag es sein, Tom, und du wirst in einem oder ein paar Monaten fortgehen und mich verlassen“, setzte er etwas mißvergnügt hinzu; „wiewohl kein Sterblicher weiß, warum du es anders machen solltest“, sagte er in heiterem Tone; und er stand auf und ging im Zimmer auf und ab.

„Nicht, so lange Master unglücklich ist“, sagte Tom. „Ich bleibe bei Master, solange er mich braucht – so lange ich von Nutzen sein kann.“

„Nicht, solange ich unglücklich bin, Tom!“ sagte St. Clare und sah traurig zum Fenster hinaus. „Und wann werde ich nicht mehr unglücklich sein?“

„Wenn Master St. Clare ein Christ ist“, sagte Tom.

„Und gedenkst du wirklich zu bleiben, bis es dazu kommt?“ sagte St. Clare halb lächelnd, als er sich vom Fenster umdrehte und seine Hand auf Toms Schulter legte. „Ach, Tom, du einfältiger törichter Bursche! So lange mag ich dich nicht behalten. Geh heim zu deiner Frau und deinen Kindern und grüße sie alle von mir.“

„Ich vertraue, daß der Tag kommen wird“, sagte Tom voll Ernst und mit Tränen in den Augen; „der Herr hat Arbeit für Master.“

„Arbeit?“ sagte St. Clare. „Nun laß einmal hören, Tom, was für eine Arbeit das ist, sprich!“

„Nun, sogar einem armen Burschen, wie mir, ist eine Arbeit aufgegeben vom Herrn; und Master St. Clare, der gelehrt und reich ist und viele Freunde hat – wieviel könnte er für den Herrn tun?“

„Tom, du scheinst zu denken, daß der Herr sehr viel für sich zu tun verlangt“, sagt St. Clare lächelnd.

„Wir tun für den Herrn, wenn wir seinen Geschöpfen etwas tun“, sagte Tom.

„Gute Theologie, Tom, besser als die, welche Dr. B. predigt, das will ich beschwören“, sagte St. Clare.

Das Gespräch wurde hier durch die Anmeldung von Besuch unterbrochen. Marie St. Clare fühlte den Verlust Evas so tief, wie sie nur überhaupt etwas fühlen konnte; und da sie eine Frau war, die eine große Fähigkeit besaß, alle anderen unglücklich zu machen, wenn sie sich unglücklich fühlte, so hatten die Dienstboten und ihre unmittelbare Umgebung noch viel stärkeren Grund, den Verlust ihrer jungen Herrin zu beklagen, deren gewinnende Weise und sanftes Vorbitten sie oft vor den tyrannischen und selbstsüchtigen Forderungen ihrer Mutter geschützt hatten. Die arme alte Mammy besonders, deren Herz von allen natürlichen Familienbanden getrennt, sich an diesem einen schönen Wesen getröstet hatte, fühlte, daß ihr das Herz fast gebrochen war. Sie weinte Tag und Nacht, und das Übermaß des Schmerzes machte sie weniger geschickt und gewandt, ihre Herrin zu bedienen, als gewöhnlich, was auf ihr unbeschütztes Haupt ein beständiges Unwetter von Scheltworten herabzog.

Miß Ophelia fühlte den Verlust; aber in ihrem guten und ehrlichen Herzen trug er Frucht für das ewige Leben. Sie war sanfter und milder, und obgleich in jeder Pflicht so eifrig wie früher, tat sie doch jetzt alles in einer stilleren und demütigeren Art, wie eine, die nicht vergebens mit ihrem Herzen zu Rate gegangen ist. Sie gab sich mehr Mühe, Topsy zu unterrichten – legte hauptsächlich die Bibel zugrunde – schauderte nicht länger vor ihrer Berührung zurück und zeigte keinen schlecht unterdrückten Ekel mehr, weil sie keinen fühlte. Sie betrachtete sie nun in dem milden Lichte, das Eva zuerst ihren Augen gezeigt hatte, und sah in ihr nur eine unsterbliche Kreatur, die Gott ihr überschickt hatte, sie zur Herrlichkeit und zur Tugend zu führen. Topsy wurde nicht auf einmal eine Heilige; aber das Leben und der Tod Evas brachten eine merkwürdige Veränderung in ihr hervor. Die verhärtete Gleichgültigkeit war verschwunden, es war jetzt Gefühl, Hoffnung, Verlangen und ein Streben nach dem Guten vorhanden – ein unregelmäßiges, oft unterbrochenes, aber stets erneutes Streben. Eines Tages, als Miß Ophelia nach Topsy geschickt hatte, trat diese herein und schob etwas hastig in den Busen.

„Was hast du da wieder, du Satanskind? Du hast gewiß wieder was gestohlen", sagte die herrische kleine Rosa, die sie gerufen hatte, und packte sie zugleich derb am Arme.

„Gehen Sie nur, Miß Rosa!" sagte Topsy und riß sich von ihr los. „Das geht Sie nichts an!"

„Nur nicht so frech!" sagte Rosa. „Ich sah, wie du was verstecktest – ich kenne deine Streiche", und Rosa packte sie wieder beim Arm und versuchte in ihren Busen zu greifen, während Topsy ganz wütend strampelte und tapfer für ihr gutes Recht focht. Der Lärm und die Verwirrung des Gefechts führten Miß Ophelia und St. Clare herbei.

„Sie hat was gestohlen!" sagte Rosa.

„Nein, das ist nicht wahr", schrie Topsy, vor Leidenschaft schluchzend.

„Gib es her, was es auch ist!" sagte Miß Ophelia sanft. Topsy zauderte, aber auf einen zweiten Befehl zog sie aus ihrem Busen ein in den Fuß eines ihrer alten Strümpfe gewickeltes Päckchen hervor.

Miß Ophelia machte es auf. Ein kleines Buch lag darin, ein Geschenk Evas an Topsy mit einem einzigen Bibelvers für jeden Tag des Jahres, und in einem Papier die Haarlocke, welche Eva ihr an dem denkwürdigen Tage gegeben, wo sie ihren letzten Abschied genommen.

St. Clare war sehr gerührt von dem Anblick; das kleine Buch war in einen langen Streifen schwarzen Flor, von den Trauerkleidern gerissen, gewickelt.

„Warum hast du das um das Buch gewickelt?" sagte St. Clare und zeigte ihr den Flor.

„Weil – weil – weil es von Miß Eva war. Ach, nehmen Sie mir es nicht weg, bitte!" sagte sie; und sie setzte sich auf den Boden, zog die Schürze über den Kopf und schluchzte krampfhaft.

Es war eine seltsame Mischung von Rührendem und Lächerlichem – der kleine alte Strumpf – der schwarze Flor – das Buch mit den Bibelversen – die blonde, weiche Locke – und Topsys trostloser Schmerz.

St. Clare lächelte, aber es standen ihm Tränen in den Augen, als er sagte:

„Sei ruhig – weine nicht; – du sollst es wiederhaben!“ und er wickelte es wieder zusammen und warf es ihr in den Schoß. Dann zog er Miß Ophelia mit sich in das Zimmer.

„Ich glaube wirklich, du kannst etwas aus dem Mädchen machen“, sagte er, indem er mit dem Daumen über die Achsel wies. „Ein Gemüt, das einem wahren Schmerze zugänglich ist, ist des Guten fähig; du mußt versuchen, etwas aus ihr zu machen.“

„Das Kind hat sich sehr gebessert“, sagte Miß Ophelia. „Ich setze große Hoffnung auf sie; aber, Augustin“, sagte sie und legte die Hand auf seinen Arm, „eines muß ich dich fragen, wem soll das Kind gehören? – Dir oder mir?“

„Nun, ich habe es dir ja geschenkt“, sagte Augustin.

„Aber nicht in gesetzlicher Form, ich will sie nach gesetzlicher Form besitzen“, sagte Miß Ophelia.

„Hui! Cousine“, sagte Augustin. „Was wird die Abolitionistengesellschaft davon denken? Sie wird wegen deines Falles einen allgemeinen Fasttag ausschreiben, wenn du eine Sklavenbesitzerin bist!“

„Ach, Unsinn! Ich will sie als Eigentum haben, damit ich ein Recht habe, sie mit nach den freien Staaten zu nehmen, und ihr die Freiheit zu geben, damit nicht alles umsonst ist, was ich an ihr tue.“

„Ach, Cousine, was ist das für ein schreckliches Ding, Böses tun, damit Gutes daraus komme! Ich kann meine Billigung nicht dazu geben.“

„Ich will nicht scherzen, sondern verständig mit dir reden“, sagte Miß Ophelia. „Es nutzt gar nichts zu versuchen, aus diesem Kinde ein christliches Kind zu machen, wenn ich sie nicht vor den Zufälligkeiten und dem Unglück der Sklaverei rette; und wenn du sie mir wirklich lassen willst, so mußt du mir eine Schenkungsurkunde oder ein anderes gerichtliches Papier geben.“

„Nun gut, du sollst's haben“, sagte St. Clare; und er setzte sich hin und schlug eine Zeitung auseinander, um sie zu lesen.

„Aber es muß gleich geschehen“, sagte Miß Ophelia.

„Wozu diese Eile?“

„Weil jetzt die einzige rechte Zeit ist, etwas zu tun. Komm nur her. Hier ist Papier, Feder und Tinte, schreib mir die Urkunde.“

St. Clare hatte, wie die meisten Menschen von seinem Charakter, einen herzlichen Widerwillen gegen sofortiges Handeln überhaupt; und deshalb war ihm Miß Ophelias bestimmte Forderung ziemlich unangenehm.

„Aber wozu denn eigentlich?“ sagte er.

„Ich will die Sache sicher abgemacht haben“, sagte Miß Ophelia. „Du kannst sterben oder fallieren, und dann wird Topsy mit zur Auktion gebracht, und ich kann nichts dagegen tun.“

„Wahrhaftig, du bist recht vorsichtig. Freilich, da ich in der Hand eines Yankees bin, muß ich wohl nachgeben“, und St. Clare schrieb rasch eine Schenkungsurkunde, was, da er mit den gesetzlichen Formen vertraut war, ihm sehr leicht wurde, und schrieb seinen Namen mit großen krakeligen Buchstaben, die mit einem gewaltigen Zuge schlossen, darunter.

„Nun hast du es schwarz auf weiß, Miß Vermont“, sagte er, wie er es ihr übergab.

„Ein braver Junge“, sagte Miß Ophelia lächelnd. „Aber muß nicht auch noch ein Zeuge unterschreiben?“

„Auch das noch – richtig. Marie“, sagte er, indem er die Tür des Zimmers seiner Frau öffnete. „Marie, Cousine Ophelia will deine Unterschrift haben; hier schreib deinen Namen einmal hier drunter.“

„Was ist das?“ sagte Marie, wie sie das Papier überlas. „Lächerlich! Ich dachte, die Cousine wäre zu fromm für so schreckliche Sachen“, sagte sie, während sie gleichgültig ihren Namen unterschrieb; „aber wenn sie Geschmack an diesem Stück Ware findet, so steht es ihr gern zu Diensten.“

„So, nun ist sie dein, mit Leib und Seele“, sagte St. Clare und reichte ihr das Papier hin.

„Sie gehört mir nicht mehr, als früher“, sagte Miß Ophelia. „Niemand als Gott hat ein Recht, sie mir zu geben; aber ich kann sie nun beschützen.“

„Nun, so ist sie durch eine juristische Fiktion dein Eigentum“, sagte St. Clare, wie er wieder in die Wohnstube zurückkehrte und die Zeitungen nahm.

Miß Ophelia, die selten lange in Mariens Gesellschaft blieb, folgte ihm, nachdem sie vorher das Papier sorgfältig aufgehoben hatte.

„Augustin“, sagte sie plötzlich, als sie mit Stricken beschäftigt dasaß, „hast du im Falle deines Todes irgendwie Vorsorge für deine Sklaven getroffen?“

„Nein“, sagte St. Clare, während er weiter las.

„Dann kann sich deine ganze Nachsicht gegen sie am Ende als eine sehr große Grausamkeit erweisen.“ St. Clare hatte das schon selbst oft gedacht, aber er antwortete nachlässig:

„Nun, ich denke gelegentlich Vorsorge zu treffen."

„Wann?" sagte Miß Ophelia.

„Oh, einen dieser Tage."

„Aber wenn du vorher stirbst?"

„Cousine, was hast du nur?" sagte St. Clare, indem er die Zeitung hinlegte und sie ansah. „Meinst du, ich zeige Symptome des gelben Fiebers oder Cholera, daß du mit solchem Eifer an Anordnungen nach meinem Tode denkst?"

„Inmitten des Lebens sind wir im Tode", sagte Miß Ophelia.

St. Clare stand auf, legte die Zeitung hin und ging ruhig nach der Tür, die auf die Veranda führte, um eine Unterhaltung abzubrechen, die ihm nicht angenehm war. Mechanisch wiederholte er das letzte Wort: – „Tod!" – und wie er sich gegen das Geländer lehnte und dem funkelnden Wasser zusah, wie es im Springbrunnen emporstieg und wieder herunterfiel, und wie er in einem dampfenden und blendenden Nebel die Blumen und Bäume und Vasen des Hofes sah, wiederholte er abermals das mystische Wort, das jedem Munde so geläufig und doch von so grauenhafter Macht ist: „Tod! Seltsam, daß es ein solches Wort gibt", sagte er, „und eine solche Sache und daß wir sie je vergessen; daß ein Mensch heute lebendig, warm und schön, voll von Hoffnungen, Wünschen und Bedürfnissen ist, und morgen fort ist, gänzlich und auf immer!"

Es war ein warmer goldener Abend; und wie er nach dem anderen Ende der Veranda ging, sah er Tom, der voll Eifer in seiner Bibel las, mit dem Finger jedem einzelnen Worte folgte, und sie mit ernstem Gesichte halblaut vor sich hin flüsterte.

„Soll ich dir vorlesen, Tom?" sagte St. Clare und setzte sich achtlos neben ihn.

„Wenn es Master gefällig ist", sagte Tom dankbar, „Master macht es mir viel deutlicher."

St. Clare nahm das Buch und blickte hinein und begann eine der Stellen zu lesen, welche Tom mit starken Strichen am Rande bezeichnet hatte. Sie lautete:

„Wenn aber des Menschen Sohn kommen wird in seiner Herrlichkeit und alle heiligen Engel mit ihm, dann wird er sitzen auf dem Stuhl seiner Herrlichkeit. Und werden vor ihm alle Völker versammelt werden. Und er wird sie voneinander scheiden, gleich als ein Hirte die Schafe von den Böcken scheidet." St. Clare las weiter mit lebendigem Tone, bis er zu den letzten Versen kam.

„Dann wird er auch sagen zu denen zur Linken: Gehet hin von mir, ihr Verfluchten, in das ewige Feuer, das bereitet ist dem Teufel und seinen Engeln. Ich bin hungrig gewesen, und ihr habt mich nicht gespeiset. Ich bin durstig gewesen, und ihr habt mich nicht getränkt. Ich bin ein Gast gewesen, und ihr habt mich nicht beherberget. Ich bin nackend gewesen, und ihr habt mich nicht bekleidet. Ich bin krank und gefangen gewesen, und ihr habt mich nicht besuchet. Dann werden sie ihm auch antworten und sagen: Herr, Herr, wann haben wir Dich gesehen hungrig oder durstig, oder einen Gast, oder nackend, oder krank, oder gefangen, und haben Dir nicht gedienet? Dann wird er ihnen antworten und sagen: Wahrlich ich sage euch, was ihr nicht getan einem unter diesen Geringsten, das habt ihr mir auch nicht getan."

Auf St. Clare schien die letzte Stelle großen Eindruck zu machen, denn er las sie zweimal; das zweite Mal langsam, als ob er sich die Worte überlegte.

„Tom", sagte er, „diese Leute, welche so harte Strafe erleiden, scheinen genauso gelebt zu haben, wie ich – gut, ruhig und achtungswert, ohne sich zu bekümmern, wie viele ihrer Brüder hungerten oder dursteten oder krank oder gefangen waren."

Tom gab keine Antwort.

St. Clare stand auf und ging gedankenvoll in der Veranda auf und ab, wobei er alles andere außer seinen Gedanken zu vergessen schien; so vertieft war er in sie, daß ihn Tom zweimal erinnern mußte, daß man zum Tee geklingelt habe, ehe er seine Aufmerksamkeit erregen konnte.

St. Clare war während der ganzen Teezeit zerstreut und gedankenvoll. Nach dem Tee nahmen er, Marie und Miß Ophelia von dem Salon Besitz.

„Ich las diesen Nachmittag Tom das Kapitel im Matthäus vor, welches das Gericht beschreibt, und es hat einen großen Eindruck auf mich gemacht. Man hätte meinen sollen, man müßte denen, die aus dem Himmel gestoßen werden, als Grund schreckliche Verbrechen schuld geben; aber nein – sie werden verdammt, weil sie nichts positiv Gutes getan, als ob das jedes mögliche Böse in sich schlösse."

„Vielleicht", sagte Miß Ophelia, „kann eine Person, welche nichts Gutes tut, nicht umhin Böses zu tun."

„Und was", sagte St. Clare und sprach gedankenvoll, aber mit tiefem Gefühl, „was wird zu einem gesagt werden, den sein Herz, seine Erziehung und die Bedürfnisse der Gesellschaft vergebens zu einem edlen Ziele aufgefordert haben, der als träumerischer und unparteiischer Zuschauer der Kämpfe, der Leiden und der Sünden der Menschheit dagestanden hat, während er hätte ein Arbeiter sein sollen?"

„Ich würde sagen", sagte Miß Ophelia, „daß er bereuen und jetzt anfangen sollte."

„Immer praktisch und auf das Ziel los", sagte St. Clare, und ein Lächeln erhellte den Ernst seines Gesichts. „Du lassest mir nie Zeit zu allgemeinen Betrachtungen, Cousine, du lenkst mich immer bestimmt auf die wirkliche Gegenwart hin; du hast eine Art von ewigem Jetzt in deinem Sinne."

„Jetzt ist die einzige Zeit, mit der wir etwas zu tun haben", sagte Miß Ophelia.

„Arme kleine Eva – armes Kind", sagte St. Clare. „Sie hatte sich in ihrer einfachen Kinderseele ein gutes Werk für mich vorgenommen."

Es war das erste Mal seit Evas Tode, wo er eine so ausführliche Äußerung über sie tat, und während er sprach, unterdrückte er offenbar sehr starke Empfindungen.

„Meine Ansicht vom Christentum ist von der Art", setzte er hinzu, „daß ich glaube, kein Mann kann sich aufrichtig dazu bekennen, ohne sich mit dem ganzen Gewicht seines Ichs gegen das ungeheure System der Ungerechtigkeit zu wenden, welches unserer ganzen Gesellschaft zugrunde liegt; und wenn nötig, sich selbst im Kampf zu opfern. Das heißt, ich meine, daß ich nicht anders Christ sein könnte, obgleich ich gewiß sehr viel aufgeklärte und christliche Leute kennengelernt habe, denen so etwas nicht einfällt; und ich gestehe, daß die Gleichgültigkeit von religiösen Leuten über diesen Gegenstand, ihr Mangel an Gefühl für Unrecht, welches mich mit Entsetzen erfüllte, in mir mehr Skepsis als alles andere erzeugt hat."

„Wenn du alles das wußtest, warum hast du nicht danach gehandelt?" sagte Miß Ophelia.

„O, weil ich nur dasjenige Streben nach dem Guten besitze, welches darin besteht, auf dem Sofa zu liegen und die Kirche und die Geistlichkeit zu verwünschen, weil sie nicht Märtyrer und Bekenner sind. Du weißt ja, daß jedermann leicht sagen kann, wie andere Märtyrer sein sollten."

„Nun, willst du es aber jetzt anders machen?" sagte Miß Ophelia.

„Gott allein kennt die Zukunft", sagte St. Clare. „Ich habe mehr Mut als früher, weil ich alles verloren habe; und der, welcher nichts zu verlieren hat, kann sich allen Gefahren aussetzen."

„Und was gedenkst du nun zu tun?"

„Meine Pflicht gegen die Niedrigen und Armen, hoffe ich, sobald ich sie entdecken kann", sagte St. Clare, „und ich werde dabei bei meinen eigenen Leuten anfangen, für die ich noch nichts getan habe; und vielleicht zeigt es sich in einer späteren Zukunft, daß ich etwas für eine ganze Klasse tun kann, etwas, um mein Vaterland von der Schmach der falschen Lage, in welcher es sich allen anderen zivilisierten Nationen gegenüber befindet, zu befreien."

„Hältst du es für möglich, daß eine Nation jemals ihre Sklaven freiwillig freiläßt?“ sagte Miß Ophelia.

„Das weiß ich nicht“, sagte St. Clare. „Wir leben in einer Zeit großer Taten. Heroismus und Uneigennützigkeit zeigen sich hie und da auf Erden. Der ungarische Adel hat Millionen von Leibeigenen mit einem unermeßlichen pekuniären Verlust freigegeben; und vielleicht finden sich auch unter uns edle Geister, welche Ehre und Gerechtigkeit nicht nach Dollar und Cent abschätzen.“

„Ich glaube das kaum“, sagte Miß Ophelia.

„Aber nehmen wir einmal an, wir entschlössen uns morgen zur Emanzipation der Sklaven, wer würde diese Millionen erziehen und ihnen den Gebrauch der Freiheit lehren? Sie würden sich unter uns nie bestreben, was Ordentliches zu werden. Die Wahrheit ist, wir selbst sind zu träge und unpraktisch, um ihnen einen besonderen Begriff von dem Fleiße und der Energie zu geben, durch welche sie allein zu Menschen werden können. Sie werden nach dem Norden gehen müssen, wo die Arbeit Mode – allgemeine Gewohnheit ist; und jetzt sage mir einmal, besitzen eure nördlichen Staaten christliche Philanthropie genug, um sich ihrer Erziehung und Ausbildung zu unterziehen? Ihr schickt viele tausend Dollar nach fremden Missionen; aber würdet ihr's ertragen können, wenn man die Heiden in eure Städte und Dörfer schickte und euch zumutete, eure Zeit, eure Gedanken und euer Geld aufzuwenden, um sie auf einen christlichen Standpunkt zu erheben? Das möchte ich wissen. Würdet ihr sie erziehen, wenn wir sie freiließen? Wie viele Familien in deiner Stadt würden einen Neger oder eine Negerin nehmen, sie unterrichten, Nachsicht mit ihnen haben und versuchen, sie zu Christen zu machen? Wie viele Kaufleute würden Adolf nehmen, wenn ich ihn zu einem Commis zu machen wünschte, oder wieviel Handwerker, wenn ich ihn ein Handwerk lernen lassen wollte? Wenn ich Jane und Rosa in eine Schule schicken wollte, wie viele Schulen in den nördlichen Staaten würden bereit sein, sie aufzunehmen? Wie viele Familien würden sie in Kost nehmen? Und dennoch sind sie so weiß, wie manche Frau im Norden oder im Süden. Du siehst, Cousine, ich verlange bloß Gerechtigkeit für uns. Wir sind in einer schlimmen Lage. Wir sind die augenfälligeren Tyrannen des Negers; aber die unchristlichen Vorurteile des Nordens sind ein fast ebenso harter Tyrann.“

„Das muß ich allerdings zugeben, Cousin“, sagte Miß Ophelia. „Ich war ganz in demselben Falle, bis ich sah, daß es meine Pflicht war, es zu überwinden; aber ich habe das Vertrauen, daß ich es überwunden habe, und ich weiß, es gibt viele gute Leute im Norden, denen in dieser Sache nur ihre Pflicht gelehrt zu werden braucht, und sie tun dieselbe. Es wäre gewiß eine größere Selbstverleugnung, Heiden in unsere Mitte aufzunehmen, als Missionare unter sie zu schicken; aber ich glaube, wir würden es tun."

„Du würdest es tun, das weiß ich", sagte St. Clare. „Ich möchte sehen, was du nicht tun würdest, wenn du es für deine Pflicht hieltest!"

„Nun, ich bin nicht ungewöhnlich gut", sagte Miß Ophelia. „Andere würden dasselbe tun, wenn sie die Dinge so ansehen, wie ich. Ich gedenke, Topsy mit nach Hause zu nehmen, wenn ich wieder zurückkehre. Wahrscheinlich werden sich unsere Leute im Anfang wundern; aber ich glaube, sie werden sich daran gewöhnen, die Sache so anzusehen wie ich. Außerdem weiß ich, daß es im Norden viele Leute gibt, welche das tun, was du verlangst."

„Ja, aber sie befinden sich in der Minderheit; und wenn wir in einem nur halbwegs großartigen Maßstabe zu emanzipieren anfingen, würden wir bald von euch hören."

St. Clare ging noch einige Minuten im Zimmer auf und ab und sagte dann:

„Ich werde ein paar Augenblicke in das Kaffeehaus gehen und hören, was es Neues gibt."

Er nahm seinen Hut und verließ das Zimmer.

Tom folgte ihm auf den Gang bis zum Hofe hinaus und fragte, ob er ihn begleiten solle.

„Nein, Tom", sagte St. Clare. „Ich werde in der Stunde zurück sein."

Tom setzte sich unter die Veranda. Es war eine schöne mondhelle Nacht, und er sah den funkelnden Strahl des Springbrunnens steigen und fallen, und hörte seinem Geplätscher zu. Tom dachte an seine Heimat und daß er bald ein freier Mann und imstande sein werde, nach Belieben nach Hause zurückzukehren. Er dachte, wie er arbeiten würde, um seine Frau und seine Kinder loszukaufen. Er befühlte mit einer Art Freude die Muskeln seiner kräftigen Arme, wie er bedachte, daß sie nun bald sein Eigentum sein würden, und wieviel sie würden arbeiten können, um seine Familie frei zu machen. Dann dachte er an seinen edlen jungen Herrn, und daran schloß sich von selbst das gewöhnliche Gebet, das er stets für ihn zum Himmel geschickt hatte; und dann lenkten sich seine Gedanken auf die schöne Eva, die nun unter den Engeln sein mußte, und er dachte daran, bis er das freundliche Gesicht und das goldene Haar fast durch die funkelnden Tropfen des Springbrunnens zu schauen glaubte. Und mit solchen Gedanken beschäftigt, schlummerte er ein und träumte, sie käme auf ihn zugesprungen, wie er sie sonst immer gesehen, das Haar mit einem Jasminkranz geschmückt, mit heiterem Gesicht und freudestrahlenden Augen; aber wie er so auf sie blickte, schien sie sich vom Boden zu erheben, ihre

Wangen nahmen eine bleichere Farbe an – ihre Augen hatten einen tiefen göttlichen Glanz, eine goldene Glorie schien ihr Haupt zu umgeben – und sie entschwand seinen Blicken; und Tom erwachte von einem lauten Klopfen und dem Schall vieler Stimmen vor der Haustür.

Er eilte zu öffnen; und mit gedämpfter Stimme und schwerem Tritt brachten mehrere Männer auf einer Tragbahre einen in einen Mantel gehüllten Körper herein. Das Licht der Lampe fiel voll auf das Gesicht; und Tom stieß einen wilden Schrei des Staunens und der Verzweiflung aus, der durch alle Galerien schallte, wie die Männer mit ihrer Bürde nach der offenen Tür des Salons gingen, wo Miß Ophelia noch immer mit Stricken beschäftigt saß.

St. Clare war in ein Kaffeehaus getreten, um die Abendzeitung zu lesen. Während er las, erhob sich in demselben Zimmer ein Zank zwischen zwei Herren, die beide halb berauscht waren. St. Clare und ein paar andere von den Gästen bemühten sich, sie auseinander zu bringen, und St. Clare empfing dabei einen tödlichen Stoß mit einem Bowiemesser, welches er einem von den Streitenden entreißen wollte.

Das ganze Haus erschallte von Weinen und Klagen, Geschrei und Jammer. Tom und Miß Ophelia schienen allein einige Fassung zu behalten; denn Marie lag in heftigen Krämpfen in ihrem Zimmer. Unter Miß Ophelias Leitung wurde eins der Sofas im Salon hastig zurechtgemacht, und der blutende Körper darauf gelegt. St. Clare war aus Schmerz und Blutverlust in Ohnmacht gefallen; aber da Miß Ophelia Stärkungsmittel anwendete, kam er wieder zu sich, schlug die Augen auf, sah sie starr an, blickte sich ernst im Zimmer um, ließ die Augen trauervoll über jeden Gegenstand schweifen, bis sie endlich auf dem Bilde seiner Mutter haftenblieben.

Der Arzt kam jetzt an und untersuchte den Verwundeten. Schon an dem Ausdrucke seines Gesichts ließ sich erkennen, daß keine Hoffnung mehr sei; aber er verband die Wunde, und er und Miß Ophelia und Tom waren in möglichster Fassung damit beschäftigt, während die erschrockenen Dienstboten, die sich um die Türen und Fenster der Veranda drängten, laut weinten und jammerten.

„Nun müssen auch alle diese Leute fort“, sagte der Arzt; „es hängt alles davon ab, daß Ruhe um ihn herrscht.“

St. Clare schlug die Augen auf und heftete einen starren Blick auf die jammernden Wesen, die Miß Ophelia und der Arzt zu bewegen suchten, das Zimmer zu verlassen. „Die armen Geschöpfe!“ sagte er, und ein Ausdruck bitteren Selbstvorwurfs trübte sein Antlitz. Adolf weigerte sich unbedingt, zu gehen. Der Schreck hatte ihn aller Geistesgegenwart beraubt; er warf sich auf den Fußboden und nichts konnte ihn überreden aufzustehen. Die übrigen fügten sich Miß Ophelias dringenden

Vorstellungen, daß ihres Herrn Rettung von ihrer Ruhe und ihrem Gehorsam abhänge.

St. Clare sprach nur wenig; er lag mit geschlossenen Augen da, aber es war klar, daß er mit schmerzlichen Gedanken kämpfte. Nach einer Weile reichte er seine Hand Tom, der neben ihm kniete, und sagte zu ihm:

„Tom! Armer Bursche!"

„Was ist, Master?" sagte Tom dringlich.

„Ich sterbe!" sagte St. Clare und drückte ihm die Hand. „Bete!"

„Wenn Sie einen Geistlichen wünschen –" sagte der Arzt.

Und St. Clare schüttelte hastig den Kopf und sagte noch einmal zu Tom: „Bete!"

Und Tom betete mit seiner ganzen Seele und seiner ganzen Kraft für die Seele, die im Verscheiden lag, für die Seele, die so starr und traurig aus diesen großen melancholischen blauen Augen heraussah. Es war buchstäblich ein Gebet, das mit lautem Jammern und Weinen sich an Gott wendete. Als Tom aufhörte, ergriff St. Clare seine Hand und sah ihn mit ernstem Blick an, aber sprach nicht. Er schloß die Augen, hielt aber die Hand immer noch fest, denn an den Toren der Ewigkeit fassen sich die schwarze und die weiße Hand mit gleicher Wärme. Dann murmelte er vor sich hin.

„Er phantasiert", sagte der Arzt.

„Nein! Er erkennt endlich die Wahrheit!" sagte St. Clare mit Energie. „Endlich! Endlich!"

Die Anstrengung des Sprechens erschöpfte ihn. Die zunehmende Blässe des Todes verbreitete sich über sein Antlitz; aber mit ihm kam, wie von den Fittichen eines barmherzigen Engels herab, ein schöner Ausdruck des Friedens, wie bei einem müden Kinde, welches schläft.

So lag er einige Augenblicke da. Sie sahen, daß die mächtige Hand des Todes auf ihm ruhte. Unmittelbar vor dem Verscheiden öffnete er die Augen mit einem plötzlichen Erglänzen, wie vor Freude des Wiedererkennens, und sagte: „Mutter!" und dann war er tot!

24. Kapitel Die Schutzlosen

Wir hören oft von dem Schmerz der Negersklaven bei dem Verlust eines guten Herrn und mit gutem Grunde, denn kein Geschöpf auf Gottes Erde kommt in eine so vollkommene schutzlose und unglückliche Lage als ein Sklave unter diesen Umständen.

Ein Kind, das seinen Vater verliert, hat noch den Schutz seiner Verwandten und des Gesetzes; es ist etwas und kann etwas tun – es hat anerkannte Rechte und eine anerkannte Stellung; der Sklave aber nicht. In den Augen des Gesetzes ist er in jeder Hinsicht so vollkommen rechtlos, wie ein Ballen Ware. Die einzige mögliche Anerkennung eines seiner Gefühle und Bedürfnisse als menschliches und unsterbliches Wesen kann nur von dem souveränen und unverantwortlichen Willen seines Herrn ausgehen; und wenn dieser Herr stirbt, so bleibt ihm nichts übrig.

Die Zahl der Menschen, welche eine ganz unverantwortliche Macht mit Menschlichkeit und Edelmut zu gebrauchen wissen, ist klein. Das weiß jeder, und der Sklave weiß es am besten von allen, deshalb fühlt er auch, daß er die Aussicht hat, zehn schlechte und tyrannische Herren gegen einen nachsichtigen und gütigen zu finden. Daher ist die Trauer um einen gütigen Herrn laut und lang, wie es ganz natürlich ist.

Als St. Clare ausgeatmet hatte, erfaßte Schrecken und Bestürzung seinen ganzen Haushalt. Er war ihnen entrissen worden in einem Augenblick, in der Blüte und Kraft seiner Jugend! Jedes Zimmer und jeder Gang des Hauses widerhallte von dem Schluchzen und Geschrei der Verzweiflung.

Marie, deren Nervensystem durch die langwierige Gewohnheit weichlichen Genusses geschwächt war, hatte der Gewalt der Erschütterung nichts entgegenzusetzen und fiel zu der Zeit, wo ihr Gatte seinen letzten Atemzug tat, aus einer Ohnmacht in die andere; und der, mit dem sie durch das heilige Band der Ehe verknüpft war, schied von ihr auf immer, ohne ihr ein einziges Abschiedswort sagen zu können.

Mit charakteristischer Stärke und Selbstbeherrschung hatte Miß Ophelia bis zuletzt bei ihrer Verwandten ausgehalten. Sie war ganz Auge, ganz Ohr, ganz Aufmerksamkeit, tat alles von dem wenigen, was getan werden konnte, und stimmte mit ganzem Herzen in das inbrünstige Gebet ein, welches der arme Sklave für die Seele seines sterbenden Herrn zu Gott geschickt hatte.

Als sie ihn zur letzten Ruhe bereiteten, fanden sie auf seiner Brust eine kleine einfache Kapsel mit einem Miniaturbild. Es stellte ein schönes und edles weibliches Gesicht dar; und auf der Rückseite lag unter einem Glase eine dunkle Haarlocke. Sie legten das Kleinod wieder auf den nicht mehr von Leben erfüllten Busen – Staub auf Staub – armselige, traurige Reliquien früherer Träume, welche einstmals dieses kalte Herz so warm schlagen machten!

Toms ganze Seele war von Gedanken an die Ewigkeit erfüllt; und während er um die Leiche zu tun hatte, dachte er nicht ein einziges Mal daran, daß der plötzliche Schlag ihn in hoffnungslose Sklaverei zurückgestoßen hatte. Er fühlte keine Besorgnis um seinen Herrn, denn in jener Stunde, wo er sein Gebet in den Busen seines himmlischen Vaters ausgeschüttet, hatte er im Innersten seines Herzens eine Antwort der Ruhe und Gewißheit vernommen. In den Tiefen seiner eigenen liebereichen Natur fühlte er sich imstande, etwas von der Fülle göttlicher Liebe zu gewahren, denn ein altes Orakel sagt: „Wer in Liebe wohnet, wohnet in Gott und Gott in ihm." Tom hoffte und vertraute, und Friede herrschte in ihm.

Aber das Leichenbegräbnis ging mit seinem prunkenden Aufzug von schwarzem Krepp und Gebeten und feierlichen Gesichtern vorüber, und die kalten schmutzigen Wellen des Alltagslebens fluteten zurück; und wieder ertönte die ewige zudringliche Frage: „Was soll nun geschehen?"

Die Frage drängte sich Marie auf, wie sie in weiten Morgenkleidern angetan, und umgeben von ängstlich besorgten Dienstboten in einem großen Lehnstuhl saß und Proben von Krepp und Bombassin besichtigte. Sie drängte sich Miß Ophelia auf, welche an die Heimkehr nach ihrer nördlichen Heimat zu denken anfing. Sie drängte sich mit stummem Schrecken den Dienstboten auf, die recht gut den gefühllosen tyrannischen Charakter der Herrin, in deren Gewalt sie sich jetzt befanden, kannten. Alle wußten recht gut, daß die Nachsicht, mit der sie behandelt worden waren, nicht von ihrer Herrin, sondern von ihrem Herrn herstammte; und daß jetzt, wo er nicht mehr war, jeder Schutz vor jeder tyrannischen Züchtigung fehlte, auf welchen eine durch Leiden verbitterte Launenhaftigkeit fallen konnte. Etwa vierzehn Tage nach dem Begräbnis hörte Miß Ophelia, die in ihrem Zimmer beschäftigt war, ein leises Klopfen an der Tür. Sie öffnete, und vor ihr stand Rosa, das hübsche Quadronmädchen, von dem wir schon öfter gesprochen, mit ungeordnetem Haar, und die Augen vom Weinen geschwollen.

„Ach, Miß Feely", sagte sie und fiel vor ihr auf die Knie und faßte ihren Saum des Kleides, „bitte, bitte, verwenden Sie sich für mich! Bitten Sie für mich vor! Sie will mich auspeitschen lassen – sehen Sie nur!" und sie reichte Miß Ophelia ein Papier hin.

Es war eine Anweisung in Maries zierlicher und eleganter Handschrift an den Besitzer einer Auspeitschungsanstalt, der Überbringerin fünfzehn Streiche zu geben.

„Was hast du getan?“ sagte Miß Ophelia.

„Sie wissen, Miß Feely, ich bin so heftig; es ist recht schlecht von mir. Ich probierte Miß Maries Kleid an, und sie schlug mich ins Gesicht, und ich brach heraus, ehe ich mir es überlegte und war unartig; und sie sagte mir, sie wolle es mir schon zeigen, und ein für allemal lehren, nicht den Kopf so hoch zu tragen wie früher; und sie schrieb diesen Zettel und befahl mir, ihn hinzutragen. Lieber wollte ich mich geradezu totschlagen lassen.“

Miß Ophelia stand da mit dem Papier in der Hand und überlegte, was zu tun sei.

„Ja, sehen Sie, Miß Feely“, sagte Rosa, „ich kümmerte mich um das Auspeitschen nicht so viel, wenn Miß Marie oder Sie es besorgten; aber von einem Manne sich auspeitschen lassen, und von einem so schrecklichen Manne! – Denken Sie nur die Schande, Miß Feely!“

Miß Ophelia wußte recht gut, daß es allgemeiner Brauch war, Frauen und junge Mädchen in die Auspeitschungsanstalt zu schicken, wo sie von den gemeinsten Kerlen – Kerle, die schlecht genug sind, um daraus ein Gewerbe zu machen – die roheste Entblößung und schmachvollste Züchtigung erdulden. Sie hatte es vorher gewußt, aber sie hatte es sich noch nie recht vorgestellt, bis sie die zarte Gestalt Rosas vor Schmerz krampfhaft erzittern sah.

Ihr ganzes ehrliches Frauenblut, das kräftige, neuengländische Freiheitsblut schoß ihr ins Gesicht und klopfte zornig in ihrem entrüsteten Herzen; aber mit ihrer gewöhnlichen Klugheit und Selbstbeherrschung bezwang sie sich, zerknitterte das Papier in der Hand und sagte bloß zu Rosa: „Setze dich, Kind, während ich zu deiner Herrin gehe.“

„Schändlich! Gräßlich! Unbegreiflich!“ sagte sie zu sich selbst, als sie durch den Salon ging.

Als sie in Mariens Zimmer trat, saß diese in ihrem Lehnstuhl und Mammy kämmte ihr die Haare aus; Jane saß vor ihr auf dem Fußboden und rieb ihr die Füße.

„Wie befinden Sie sich heute, Cousine?“ sagte Miß Ophelia.

Ein tiefer Seufzer und ein Schließen der Augen war die einzige Antwort für einen Augenblick; und dann sprach Marie: „O, ich weiß nicht, Cousine, ich glaube, so gut, wie ich mich jemals befinden werde!“ und Marie trocknete sich die Augen mit einem Batisttaschentuch, das mit einer zollbreiten Kante von tiefstem Schwarz eingefaßt war.

„Ich komme“, sagte Miß Ophelia mit einem kurzen trockenen Husten, wie man ihn gewöhnlich anwendet, um einen schwierigen Gegenstand einzuleiten, „ich komme, um mit Ihnen wegen Rosa zu sprechen.“

Mariens Augen öffneten sich jetzt weit genug, und ihre blassen Wangen röteten sich, wie sie kurz antwortete: „Nun, was ist mit ihr?“

„Ihr Fehler tut ihr recht sehr leid.“

„Wirklich? Er wird ihr noch mehr leid tun, ehe ich mit ihr fertig bin! Ich habe die Unverschämtheit dieser Dirne lange genug ertragen; und jetzt will ich sie demütigen – sie soll vor mir im Staube kriechen!“

„Aber können Sie sie nicht auf eine andere Weise bestrafen, die nicht so beschimpfend wäre?“

„Ich will sie beschimpfen, das beabsichtige ich eben. Sie hat sich ihr ganzes Leben lang auf ihr Zartgefühl und ihr gutes Aussehen und ihr feines Benehmen etwas eingebildet, daß sie ganz vergißt, wer sie ist; und ich will ihr eine Lehre geben, die sie wieder auf ihren rechten Standpunkt herunterbringt, das will ich meinen!“

„Aber bedenken Sie, Cousine, wenn Sie Zart- und Schamgefühl in einem jungen Mädchen vernichten, so verderben Sie dasselbe sehr rasch!“

„Zartgefühl!“ sagte Marie mit spöttischem Lachen, „ein schöner Ausdruck für solche Geschöpfe! Ich will ihr zeigen, daß sie mit all ihrem Vornehmtun nicht besser ist als die zerlumpteste Straßendirne! Sie soll nicht mehr vornehm tun vor mir.“

„Sie werden diese Hartherzigkeit vor Gott zu verantworten haben!“ sagte Miß Ophelia.

„Hartherzigkeit! Ich möchte wissen, wo die Hartherzigkeit wäre? Ich habe nur 15 Streiche befohlen und ihm geschrieben, er solle nicht so stark schlagen. Gewiß ist da nichts Hartherziges dabei!“

„Nichts Hartherziges!“ sagte Miß Ophelia. „Gewiß würde jedes Mädchen lieber den Tod erleiden!“

„Das mag Ihnen so vorkommen, aber derartige Geschöpfe kennen solche Empfindungen nicht und gewöhnen sich daran; nur auf diese Weise lassen sie sich in Zucht erhalten. Läßt man sie nur einmal erst fühlen, daß sie sich mit ihrem Zartgefühl und Ähnlichem zieren dürfen, so nehmen sie sich alles mögliche heraus, wie es meine Dienstboten jetzt immer gemacht haben. Ich habe jetzt angefangen, sie zum Gehorsam zu bringen; und sie mögen es sich alle gesagt sein lassen, daß ich eine so gut auspeitschen lasse wie die andere, wenn sie sich nicht in acht nehmen!" sagte Marie und sah mit entschiedenem Blicke um sich.

Jane hing bei dieser Drohung eingeschüchtert den Kopf, denn es war ihr, als wäre es ganz insbesondere auf sie gemünzt. Miß Ophelia saß für einen Augenblick da, als ob sie ein explosives Pulver verschluckt hätte und auf dem Punkt stände, zu platzen. Aber sie sah bald die gänzliche Nutzlosigkeit ein, mit einer solchen Natur zu streiten, behielt entschlossen den Mund zu und verließ das Zimmer.

Es war ein schmerzliches Geschäft, Rosa zu sagen, daß nichts für sie habe geschehen können; und kurz darauf kam einer von den männlichen Dienstboten mit der Botschaft, daß Missis ihm befohlen habe, Rosa nach dem Auspeitschungshause zu bringen, wohin sie trotz allen ihren Tränen und Bitten geschleppt wurde.

Ein paar Tage später stand Tom nachdenklich unter dem Balkon, als Adolf zu ihm trat, der seit dem Tode seines Herrn sich ganz niedergebeugt und untröstlich gezeigt hatte. Adolf wußte, daß ihn Marie nie hatte leiden können; aber solange sein Herr lebte, hatte er wenig darauf geachtet. Jetzt, wo er nicht mehr war, war er in täglicher Furcht und täglichem Zittern herumgegangen, ohne zu wissen, was der nächste Tag bringen werde. Marie hatte mehrere Beratungen mit ihrem Advokaten gehabt. Nachdem man sich auch mit St. Clares Bruder besprochen, faßte man den Entschluß, das Haus und alle Sklaven zu verkaufen. Nur diejenigen, welche ihr persönliches Eigentum waren, wollte Marie behalten und sie mit auf die Plantage ihres Vaters nehmen.

„Weißt du, Tom, daß wir alle verkauft werden sollen?" sagte Adolf.

„Woher weißt du das?" sagte Tom.

„Ich versteckte mich hinter dem Vorhang, als Missis mit dem Advokaten sich besprach. In wenigen Tagen werden wir alle in die Auktion gegeben, Tom!"

„Des Herrn Wille geschehe!" sagte Tom, indem er die Arme übereinanderschlug und schwer seufzte.

„Wir werden nie wieder einen solchen Herrn bekommen", sagte Adolf besorgt. „Aber lieber will ich mich verkaufen lassen, als in Missis' Besitz kommen."

Tom wendete sich weg; sein Herz war voll. Die Hoffnung auf Freiheit, der Gedanke an Weib und Kinder in der Ferne erhoben sich vor seiner geduldigen Seele, wie vor den Augen des Schiffers, der fast im Hafen Schiffbruch leidet, der Kirchturm und die geliebten Dächer sich über dem Kamm einer schwarzen Woge erheben, nur, um ihm ein letztes Lebewohl zu sagen. Er drückte die Arme fest auf seine Brust, zwang die bitteren Tränen zurück und versuchte zu beten. Die arme, alte Seele hatte ein so sonderbares unerklärliches Vorurteil zugunsten der Freiheit, daß es ein harter Kampf für ihn war; und je mehr er sagte: „Dein Wille geschehe!" desto schlimmer wurde es ihm zumute.

Er suchte Miß Ophelia auf, die seit Evas Tode ihn stets mit ausgezeichneter und achtungsvoller Güte behandelt hatte.

„Miß Feely", sagte er, „Master St. Clare versprach mir meine Freiheit. Er sagte mir, er hätte die nötigen vorbereitenden Schritte getan; und wenn jetzt vielleicht Miß Feely so gut sein wollte, mit Missis darüber zu sprechen, würde sie die Sache zu Ende bringen, da es Master St. Clares Wunsch war."

„Ich will für dich sprechen, Tom, und mein Bestes tun", sagte Miß Ophelia, „aber wenn es von Mrs. St. Clare abhängt, so kann ich nicht viel für dich hoffen. Dennoch will ich es versuchen."

Dieser Zwischenfall ereignete sich wenige Tage nach dem mit Rosa, als Miß Ophelia schon Vorbereitungen zur Rückkehr in die Heimat traf.

Nach ernstlichem Nachdenken sagte sie sich, daß sie vielleicht bei ihrer früheren Verhandlung mit Marie zu unbedacht und warm in ihren Ausdrücken gewesen; und sie beschloß daher, jetzt zu versuchen, ihren Eifer zu mäßigen, und so versöhnlich als möglich zu sein. So nahm denn die gute Seele ihr Strickzeug und begab sich nach Mariens Zimmer, erfüllt von dem Entschluß, so angenehm als möglich zu sein und Toms Sache mit der ganzen diplomatischen Gewandtheit, die sie aufbieten könnte, zu verhandeln.

Sie fand Marie in ihrer ganzen Länge auf einem Sofa liegend, auf der einen Seite von Kissen unterstützt, während Jane, die eine Runde durch alle Läden gemacht hatte, ihr Proben von verschiedenen leichten schwarzen Stoffen vorlegte.

„Das würde wohl das beste sein", sagte Marie und wählte eins aus; „ich weiß nur nicht, ob es eigentlich zur Trauer paßt."

„O gewiß, Missis", beteuerte Jane mit Eifer, „Missis General Derbennon trug ganz dasselbe nach dem Tode des Generals vorigen Sommer; es nimmt sich reizend aus."

„Was meinen Sie dazu?" sagte Marie zu Miß Ophelia.

„Das ist Gewohnheitssache, sollte ich meinen", sagte Miß Ophelia. „Sie können das besser beurteilen als ich."

„Die Sache ist eigentlich die", sagte Marie, „daß ich kein einziges Kleid mehr habe, das ich tragen kann, und da ich den Haushalt auflösen und nächste Woche abreisen will, so muß ich mich zu etwas entschließen."

„Wollen Sie schon so bald abreisen?“

„Ja. St. Clares Bruder hat geschrieben, und er und der Advokat gaben den Rat, die Sklaven und das Möblement zu versteigern und das Haus der Obhut unseres Advokaten zu übergeben.“

„Über eine Sache wünschte ich mit Ihnen zu sprechen“, sagte Miß Ophelia. „Augustin versprach Tom die Freiheit und hat die vorbereitenden Schritte bei Gericht schon getan. Ich hoffe, Sie werden Ihren Einfluß anwenden, um die Sache vollends zum Abschluß zu bringen.“

„Das werde ich ganz und gar nicht tun“, sagte Marie kurz. „Tom ist einer unserer wertvollsten Sklaven, und es ist uns in keiner Weise zuzumuten. Übrigens, wozu will er frei sein? Er befindet sich in seiner gegenwärtigen Lage viel besser.“

„Aber er wünscht es sehr dringend, und sein Herr hat es ihm versprochen“, sagte Miß Ophelia.

„Ich glaube wohl, daß er sich die Freiheit wünscht“, sagte Marie, „sie wünschen sie alle, weil sie unzufriedene Geschöpfe sind, die stets nach dem verlangen, was sie nicht haben. Nun bin ich aus Grundsatz gegen jede Freilassung. Solange ein Neger unter der Obhut eines Herrn bleibt, führt er sich gut auf und bleibt ein achtbarer Mensch; aber sowie man ihn freigibt, wird er faul und will nicht arbeiten und gewöhnt sich das Trinken an und sinkt immer tiefer, bis er nichts mehr nutz ist. Ich habe es hundertmal versuchen sehen. Die Freiheit tut ihnen nicht gut.“

„Aber Tom ist solide, fleißig und fromm.“

„O, das brauchen Sie mir nicht zu sagen! Ich habe schon Hunderte von der Art gesehen. Er wird sich gut genug aufführen, solange er unter Aufsicht bleibt, weiter ist's nichts.“

„Aber dann bedenken Sie“, sagte Miß Ophelia, „wenn Sie ihn in die Auktion schicken, wie leicht er dann einen schlechten Herrn bekommen kann.“

„Ach, das ist alles Rederei!“ sagte Marie. „Es kommt nicht einmal unter Hunderten vor, daß ein guter Sklave einen schlechten Herrn bekommt; die meisten Herren sind gut, trotz allen Redens. Ich bin hier im Süden aufgewachsen und habe mein ganzes Leben hier zugebracht, und es ist mir kein Herr vorgekommen, der nicht seine Sklaven gut behandelt hätte, ganz so gut, als sie es verdienen. Ich habe darüber nicht die geringsten Besorgnisse.“

„Aber ich weiß“, sagte Miß Ophelia mit Energie, „daß es einer von Ihres Gatten letzten Wünschen war, daß Tom seine Freilassung erlange; es war eine der

Versprechungen, die er unserer guten Eva auf ihrem Sterbebette gab, und ich sollte meinen, Sie könnten sich nicht für ermächtigt halten, sie zu mißachten."

Marie bedeckte bei diesen Erinnerungen ihr Gesicht mit dem Taschentuche und fing an, mit großer Heftigkeit zu schluchzen und ihr Riechfläschchen zu gebrauchen.

„Alles sucht mich zu verletzen!" sagte sie. „Jedermann ist so rücksichtslos! Ich hätte von Ihnen nicht erwartet, daß Sie mich auf diese Weise an all mein Unglück erinnern würden; es ist so rücksichtslos! Aber niemand behandelt mich mit Rücksicht! – Meine Prüfungen sind so eigentümlich! Es ist so hart, daß mir meine einzige Tochter genommen werden mußte! – Und ein Gatte, der so vortrefflich für mich paßte – und ich bin so schwer zufriedenzustellen! Und Sie scheinen so wenig für mich zu fühlen und bringen es mir auf eine so leichtsinnige Weise in Erinnerung, während Sie doch wissen, wie sehr es mich angreift! Ich glaube wohl, daß Sie es gut meinen, aber es ist sehr, sehr rücksichtslos!" Und Marie schluchzte und schnappte nach Luft und befahl Mammy, das Fenster zu öffnen und ihr das Kampferfläschchen zu bringen und ihr die Stirn zu besprengen und das Kleid aufzuhefteln; und in der daraus entstehenden allgemeinen Verwirrung flüchtete Miß Ophelia in ihr Zimmer zurück.

Sie sah auf den ersten Blick, daß es zu nichts nützen werde, noch weiter ein Wort zu verlieren, denn Marie besaß eine ganz unbeschränkte Fähigkeit für hysterische Anfälle; und sie fand es nach diesem ersten Versuch stets angemessen, einen zu bekommen, wenn ihres Gatten oder Evas Wünsche in bezug auf die Dienerschaft zur Sprache kamen. Miß Ophelia tat daher das nächste beste, was sie für Tom tun konnte; sie schrieb für ihn einen Brief an Mrs. Shelby, in welchem sie seine Drangsale auseinandersetzte und dringlich bat, ihm zu helfen.

Den Tag darauf wurden Tom und Adolf und ungefähr ein halb Dutzend andere Sklaven nach dem Sklavenspeicher gebracht, um hier zur Verfügung des Händlers zu bleiben, der eine Partie zur Versteigerung zusammenbrachte.

25. Kapitel Der Sklavenspeicher

Ein Sklavenspeicher? Vielleicht beschwören sich meine Leser schreckliche Vorstellungen von einem solchen Orte herauf. Aber nein, heutzutage haben die Menschen die Kunst gelernt, mit Bildung und Anstand zu sündigen, so daß die Augen und Empfindungen achtbarer Gesellschaft nicht verletzt werden. Menschenware steht hoch im Kurs und wird daher gut gefüttert, sorgfältig rein gehalten und rücksichtsvoll gepflegt, damit sie wohlbehäbig und kräftig und von Gesundheit glänzend zum Verkauf komme. Ein Sklavenspeicher in New Orleans ist ein Haus, das von außen vielen anderen reinlich gehaltenen nicht sehr unähnlich sieht und wo man jeden Tag unter einer Art Schuppen vor der Tür Reihen von Männern und Weibern stehen sehen kann, welche der Ware, die drinnen verkauft wird, als Schild dienen.

Ein oder zwei Tage nach der Unterredung zwischen Marie und Miß Ophelia wurden Tom, Adolf und ungefähr ein halb Dutzend andere von den Negern St. Clares der zärtlichen Obhut Mr. Skeggs' übergeben, des Eigentümers eines Sklavenspeichers, um den Tag darauf versteigert zu werden.

Tom hatte einen ziemlich anständigen Koffer von Kleidern bei sich, wie die meisten seiner Kameraden. Man brachte sie für die Nacht in einem langen Saale unter, wo viele andere Neger von jedem Alter, jeder Größe und jeder Farbenschattierung versammelt waren und aus deren Mitte brüllendes Gelächter und gedankenlose Lust erschallten.

„Aha! So ist's recht! Immer munter, Bursche – immer munter!“ sagte Mr. Skeggs, der Aufseher. „Meine Leute sind immer so lustig! Schön, schön, Sambo!“ sagte er beifällig zu einem wohlbeleibten Neger, der den andern niedrige Hanswurstiaden vormachte, welche das laute Gelächter verursachten.

Wie sich leicht denken läßt, war Tom nicht in der Laune, an dieser Unterhaltung teilzunehmen; und er setzte daher seinen Koffer so weit als möglich von der lärmenden Gruppe hin, nahm darauf Platz und lehnte das Gesicht gegen die Wand.

Die Händler mit Menschenware geben sich gewissenhaft und systematisch Mühe, sie in einer lärmenden Heiterkeit zu erhalten, um dadurch alles Nachdenken zu ersticken und sie gegen ihre Lage unempfindlich zu machen. Das ganze Abrichtungssystem, nach welchem man den Neger von dem Augenblick an, wo er auf dem nördlichen Markte verkauft wird, bis zu seiner Ankunft im Süden behandelt, zielt darauf hinaus, sein Gefühl zu verhärten, ihn gedankenlos zu machen und zu vertieren.

Der Sklavenhändler sammelt seinen Transport in Virginien oder Kentucky und treibt ihn nach einem passend gelegenen, gesunden Orte – oft einen Badeort – um ihn zu mästen. Dort werden alle täglich reichlich gefüttert, und weil manche leicht schwermütig werden, so wird ihnen gewöhnlich beständig auf der Violine vorgespielt, und sie müssen täglich tanzen; und wer nicht lustig ist, in wessen Seele Gedanken an Frau oder Kind oder Familie zu stark sind, um ihm zu erlauben, heiter zu sein, der gilt für einen verstockten und gefährlichen Menschen und muß alle Mißhandlungen erdulden, welche die Bosheit eines gänzlich unverantwortlichen und verstockten Menschen ersinnen kann. Munter, gewandt und von heiterem

Aussehen zu sein, vorzüglich vor Zuschauern, das wird ihnen beständig eingeprägt, teils durch die Hoffnung, dadurch einen guten Herrn zu erlangen, teils durch die Furcht vor den Mißhandlungen, mit denen sich der Sklavenhändler für den Ausfall von Gewinn rächt, wenn sie unverkauft bleiben.

„Was macht der Nigger hier?“ sagte Sambo und trat zu Tom heran, als Mr. Skeggs den Saal verlassen hatte. Sambo war ein kohlschwarzer Neger, sehr groß und stark, sehr lebhaft, von geläufiger Zunge, und ein Meister in Hanswurstiaden und Gesichterschneiden.

„Was tust du hier?“ sagte Sambo und stieß Tom freundschaftlich in die Seite. „Denkst wohl gar nach, he?“

„Ich soll morgen mit versteigert werden!“ sagte Tom ruhig.

„Versteigert werden! – Ha! Ha! Jungens, ist das nicht 'n Spaß? Ich wollt', 's ginge mir auch so! – Sage euch, wie ich sie zu lachen machen wollte! Aber was ist das – die ganze Partie kommt wohl morgen dran?“ sagte Sambo und legte seine Hand ungeniert auf Adolfs Schulter.

„Bitte, laßt mich in Frieden!“ sagte Adolf stolz und richtete sich mit größtem Widerwillen gerade in die Höhe.

„Seht nur mal her, ihr Burschen! Das ist einer von den weißen Niggern – von der milchweißen Sorte, und parfümiert!“ sagte er, indem er zu Adolf herantrat und ihn anroch. „O Gott! Der paßte gut für einen Tabaksladen, sie könnten ihn zum Parfümieren des Schnupftabaks gebrauchen! Gott, er würde für einen ganzen Laden allein ausreichen, ha, ha!“

„Bleibt mir vom Leibe, sage ich Euch!“ sagte Adolf voller Wut.

„O Gott, wie eklig wir sind – wir weißen Nigger. Seht uns mal an!“ und Sambo karikierte auf groteske Weise Adolfs Benehmen. „Das nenne ich mir Feinheit und Grazie. Wir sind in einer guten Familie gewesen, sollte ich meinen.“

„Ja“, sagte Adolf, „ich hatte einen Herrn, der euch alle als alten Plunder hätte kaufen können.“

„Hui, was wir für Gentlemen sind!“ sagte Sambo.

„Ich gehöre der Familie St. Clare“, sagte Adolf mit Stolz.

„Ei, was Ihr nicht sagt! Ich will des Henkers sein, wenn sie nicht froh sind, Euch los zu sein. Ich vermute, Ihr kommt mit einer Partie zersprungener Teekannen und ähnlicher Sachen zur Auktion!“ sagte Sambo mit höhnischem Lachen.

Von diesem Hohne zur höchsten Wut gereizt, stürzte Adolf fluchend und rechts und links um sich schlagend auf Sambo los. Die übrigen lachten und brüllten, und der Aufruhr brachte den Aufseher an die Tür.

„Was gibt's da, ihr Burschen? Ruhe, Ruhe!“ sagte er und schwang eine große Peitsche.

Alle entflohen nach verschiedenen Richtungen mit Ausnahme Sambos, der im Vertrauen auf die Gunst, in welcher er als privilegierter Spaßvogel bei dem Aufseher stand, seinen Platz behauptete und sich mit drolligem Grinsen duckte, sooft jener nach ihm schlug.

„Ach, Master, wir sind's nicht – wir sind ganz gesetzt – es sind die neuen Leute; das sind die ärgsten – lassen uns gar nicht in Ruhe!“

Der Aufseher wandte sich nun gegen Tom und Adolf, teilte, ohne weiter zu fragen, ein paar Püffe und Hiebe unter sie aus, ließ den allgemeinen Befehl für alle zurück, sich gut aufzuführen und sich schlafen zu legen, und verließ den Saal wieder.

Unter einem prächtigen Kuppelgewölbe bewegten sich Menschen aller Nationen auf dem marmornen Fußboden hin und her. Auf allen Seiten des kreisrunden Umgangs befanden sich kleine Bühnen oder Stände für Redner und Auktionatoren. Zwei derselben, die einander gegenüberstanden, waren jetzt von glänzenden und talentvollen Herren besetzt, die in untermischtem Englisch-Französisch voll Begeisterung die Gebote der Kenner auf ihre verschiedenen Waren steigerten. Eine dritte Bühne auf der anderen Seite war noch unbesetzt, aber schon von einer Gruppe umgeben, welche auf den Beginn der Auktion wartete. Hier erkennen wir sogleich die Dienerschaft des St. Clareschen Hauses, Tom, Adolf und die andern. Verschiedene Zuschauer, von denen jedoch vielleicht nicht alle zu kaufen gedenken, sammelten sich um die Gruppe, betasteten und untersuchten die einzelnen und besprachen ihre verschiedenen Vorzüge und ihr Aussehen mit derselben Ungeniertheit, mit der sich eine Gruppe Jockeys über ein Pferd unterhält.

„Hallo, Alf! Was bringt dich hierher?“ sagte ein junger Stutzer, indem er einem modisch gekleideten jungen Manne, der Adolf durch ein Augenglas betrachtete, auf die Achsel schlug.

„Ach, ich brauche einen Kammerdiener und höre, daß St. Clares Leute verkauft werden sollen. Ich dachte, ich wollte mir einmal seine Burschen ansehen.“

„Mich soll keiner dabei ertappen, einen von St. Clares Leuten zu kaufen! Sind alles verzogene Nigger ohne Ausnahme! Unverschämt, wie der Teufel!“ sagte der andere.

„Davor fürchte ich mich nicht!“ sagte der erste. „Wenn ich sie bekomme, will ich ihnen schon die Manieren austreiben! Sie sollen bald sehen, daß sie es mit einer andern Art Herrn zu tun haben, als Monsieur St. Clare war. Auf mein Wort, ich werde den Burschen kaufen. Sein Aussehen gefällt mir.“

„Du wirst finden, daß dein ganzes Vermögen nicht auslangt, ihn zu erhalten. Er ist ganz verwünscht verschwenderisch.“

„Ja, aber Mylord wird finden, daß er bei mir nicht verschwenderisch sein kann. Man schickt ihn ein paarmal in die Calabuse und läßt ihn tüchtig durchdreschen! Ich sage dir, das bringt ihm einen Begriff von seiner Stellung bei! O, ich will ihn schon in die Schule nehmen, von oben und unten – das sage ich dir! Ich kaufe ihn, das ist abgemacht.“

Tom hatte sich mit banger Unruhe unter der Menge der ihn umdrängenden Gesichter nach einem umgesehen, den er gern hätte Master nennen mögen. Er sah eine Unmasse Männer, große, starke, brummende; kleine, zirpende, vertrocknete; dürre, harte Männer mit langen Gesichtern und jede mögliche Abart von stumpfen und alltäglich aussehenden, die ihre Mitmenschen auflesen, wie man Späne aufliest, und sie mit demselben Gleichmut ins Feuer oder in einen Korb werfen, wie es ihnen paßt; aber er sah keinen St. Clare. Kurze Zeit vor Anfang der Versteigerung drängte sich ein kurzer, breiter und kräftig gebauter Mann in einem karierten Hemde, das vorn auf der Brust offen war, mit ziemlich schmutzigen und abgetragenen Beinkleidern durch die Umstehenden mit einem Eifer, welcher verriet, daß er in Geschäften kam. Er trat sogleich an die Gruppe heran und fing an, sie systematisch zu untersuchen. Von dem Augenblicke an, wo Tom ihn kommen sah, fühlte er eine sofortige Regung des Abscheus gegen ihn, der mit jedem seiner Schritte zunahm. Obgleich nicht groß, besaß er offenbar eine riesenmäßige Kraft. Sein runder Stierkopf, seine großen hellgrauen Augen mit den zottigen, sandgelben Augenbrauen und das grobe, starre und von der Sonne gebleichte Haar waren, wie man gestehen muß, keine sehr einnehmenden Züge; der breite gemeine Mund steckte voll Tabak, dessen Saft er von Zeit zu Zeit mit großer Sicherheit und Explosionskraft ausspritzte; die Hände waren sehr groß, stark behaart, sonnenverbrannt, sommersprossig und sehr schmutzig und mit langen ekelhaft unreinlich gehaltenen Nägeln versehen. Dieser Mann nahm eine sehr ungenierte persönliche Untersuchung der Partie vor; er faßte Tom bei der Kinnlade und riß ihm den Mund auf, um seine Zähne zu sehen; ließ ihn den Ärmel aufstreifen, um seine Muskeln zu zeigen; drehte ihn um und ließ ihn springen und laufen.

„Wo bist du her?“ fragte er nach dieser Untersuchung.

„Aus Kentucky, Master“, sagte Tom und sah sich um, als suche er einen Erlöser.

„Was hast du dort gemacht?“

„Habe Masters Farm verwaltet“, sagte Tom.

„Ziemlich wahrscheinlich das!“ sagte der andere kurz, während er weiterging. Einen Augenblick blieb er vor Adolf stehen, dann aber spuckte er eine Ladung Tabakssaft auf seine sorgfältig gewichsten Stiefel, ließ ein verächtliches „Hm!“ vernehmen und ging weiter.

Adolf wurde für einen anständigen Preis dem jungen Herrn zugeschlagen, der vorhin die Absicht ihn zu kaufen geäußert hatte; und die anderen Sklaven St. Clares fielen verschiedenen Käufern zuteil.

„Nun kommst du dran, Bursche!“ sagte der Auktionator zu Tom.

Tom trat auf den Block und warf ein paar bange, besorgte Blicke um sich; alles schien sich zu einem allgemeinen wirren Lärm zu vermischen; das geläufige Lobpreisen des Auktionators in Französisch und Englisch, die lebendig wetteifernden französischen und englischen Angebote, und kaum nach einen Augenblick ertönte der letzte Hammerschlag, und der klar akzentuierte Drucker auf der letzten Silbe des Wortes Dollar, wie der Auktionator den Verkaufspreis ausrief und Tom übergab. – Er hatte einen Herrn!

Man schob ihn vom Blocke; der untersetzte Mann mit dem Stierkopfe packte ihn an der Schulter, stieß ihn auf die eine Seite und herrschte ihn mit rauher Stimme an: „Da bleibst du stehen!“

Tom konnte kaum zur Besinnung kommen. Aber immer noch ging die Auktion lärmend weiter, und bald englische, bald französische Gebote erschallten. Der Bürger tut noch einige Gebote, indem er verächtlich seinen Gegner mißt; aber der Stierkopf hat Hartnäckigkeit und verborgene Länge des Geldbeutels vor ihm voraus, und der Wettstreit dauert nur noch einen Augenblick; der Hammer schlägt zu – das Mädchen gehört ihm mit Leib und Seele, wenn Gott ihr nicht hilft!

Ihr Herr ist Master Legree, der Besitzer einer Baumwoll-Plantage am Red River. Sie wird unter dieselbe Partie mit Tom und zwei andern geschoben und weinend fortgetrieben.

Dem Herrn mit dem wohlwollenden Gesicht tut es leid; aber dann geschieht ja dasselbe jeden Tag! Man sieht bei diesen Versteigerungen beständig Mädchen und Mütter weinen. Dem ist nicht abzuhelfen usw.; und er nimmt seinen Kauf in einer anderen Richtung mit sich fort.

Zwei Tage später remittiert der Advokat der christlichen Firma B. u. Comp. New York das erlöste Geld. Auf der Rückseite der Tratte mögen sie die Worte des großen

Zahlmeisters schreiben, welcher dereinst Rechenschaft von ihnen fordern wird, wenn er nach dem Blute fragt, wird er nicht den Notschrei des Niedrigen vergessen.

26. Kapitel Die Überfahrt

Auf dem hinteren Verdeck eines kleinen schlechten Bootes auf dem Red River saß Tom mit Fesseln an den Händen und an den Füßen und einer schweren Last als Fesseln auf dem Herzen. Alles war von seinem Himmel verschwunden, Mond und Sterne; alles war an ihm vorbeigegangen, wie die Bäume und Ufer, an denen er jetzt vorüberfuhr, um nie wieder zurückzukehren. Die Heimat in Kentucky mit Frau und Kindern und der nachsichtigen Herrschaft; das Haus St. Clares mit seiner Verfeinerung und seinem Glanze; das goldene Lockenköpfchen Evas mit den heiligen Augen; der stolze, heitere, schöne, scheinbar so achtlose und doch stets gütige St. Clare; Stunden voll Ruhe und gern gewährter Muße. – Alles vorüber! Und was ist an dessen Statt geblieben?

Es ist eine der schlimmsten Seiten der Sklaverei, daß der von Natur teilnehmende und sich leicht anschließende Neger, nachdem er in einer gebildeten Familie den Geschmack und die Empfindungen, die daselbst vorherrschen, angenommen hat, demungeachtet der Knecht und Sklave des Gemeinsten und Rohesten werden kann – gerade wie ein Stuhl oder ein Tisch, der früher einen prächtigen Salon schmückte, zuletzt zerstoßen und abgenutzt in die Schenkstube einer gemeinen Kneipe oder einer liederlichen Spelunke kommt. Der große Unterschied ist, daß der Tisch und der Stuhl nicht fühlen können und daß der Mensch fühlt; denn selbst ein Gerichtsbefehl, daß er vor dem Gesetze als persönliches Eigentum genommen und geachtet werden soll, kann nicht seine Seele mit ihrer eigenen kleinen Welt von Erinnerungen, Hoffnungen, Befürchtungen und Wünschen auslöschen.

Mr. Simon Legree, Toms Herr, hatte an verschiedenen Orten in New Orleans acht Sklaven gekauft und sie, paarweise zusammengefesselt, nach dem guten Dampfer Pirat getrieben, der im Begriff eine Fahrt nach dem Red River anzutreten am Levée lag.

Als das Boot in Bewegung war, trat er mit der wichtigen Miene, die ihn stets auszeichnete, zu den Sklaven, um sie zu besichtigen.

Er blieb zuerst vor Tom stehen, den man für die Auktion in seinen besten Tuchanzug mit wohl gestärktem Leinen und blanken Stiefeln gekleidet hatte, und sprach zu ihm: „Steh auf!“

Tom stand auf.

„Nimm das Halstuch ab!“ Und als Tom, von seinen Fesseln behindert, damit nicht recht zuwegekommen konnte, kam er ihm zu Hilfe, indem er es ihm mit ziemlich unsanfter Hand vom Halse riß und in die Tasche steckte.

Legree nahm jetzt Toms Koffer vor, den er schon vorher umgewühlt hatte, nahm ein Paar alte Beinkleider und einen zerrissenen Rock heraus, in welchem Tom seine Stallarbeit verrichtet hatte, und sagte, indem er Tom von den Handschellen befreite und auf einen Winkel hinter den Kisten wies.

„Geh dort in den Winkel und zieh die Sachen an.“

Tom gehorchte und kehrte in wenigen Augenblicken zurück.

„Zieh deine Stiefel aus“, sagte Mr. Legree.

Tom tat, wie ihm geheißen.

„Da, zieh diese an!“ sagte der andere und warf ihm ein Paar grobe, derbe Schuhe hin, wie sie Sklaven meistens tragen.

Tom hatte bei seinem eiligen Kleidertausche nicht vergessen, seine geliebte Bibel in die Tasche zu stecken. Es war ein Glück für ihn, denn als Mr. Legree Tom die Handschellen wieder angelegt hatte, fing er eine gründliche Untersuchung seiner Taschen an. Er zog ein seidenes Taschentuch heraus und steckte es in seine Tasche. Verschiedene Tändeleien, welche Tom hauptsächlich aufbewahrte, weil sie Eva gern hatte, betrachtete er mit verächtlichem Grunzen und warf sie über die Achseln in den Fluß.

Nun fiel ihm Toms Methodistengesangbuch, das dieser in der Eile vergessen hatte, in die Hand und er blätterte darin.

„Hm! Ein Frommer, wie ich sehe! Na, wie heißt du da? Du bist Mitglied der Kirche, nicht wahr?“

„Ja, Master“, sagte Tom fest.

„Na, das wollen wir dir schon vertreiben. Ich leide keinen betenden und singenden Nigger auf meiner Plantage, bedenk das wohl. Überhaupt hörst du“, sagte er, indem er mit dem Fuße stampfte und aus seinen grauen Augen einen wütenden Blick auf Tom schoß, „ich bin jetzt deine Kirche! Du verstehst mich – du hast zu tun und zu lassen, was ich befehle.“

Ein Etwas in dem schweigenden Schwarzen antwortete „Nein!“ und als ob eine unsichtbare Stimme sie wiederholte, vernahm er die Worte eines alten prophetischen Spruches, den ihm Eva oft vorgelesen hatte: „Fürchte dich nicht, denn ich habe dich erlöset. Ich habe dich bei deinem Namen gerufen. Du bist mein!"

Aber Simon Legree hörte keine Stimme. Diese Stimme wird er niemals hören. Er warf nur noch einen wilden Blick auf Toms niedergeschlagenes Gesicht und ging weiter. Er nahm Toms Koffer, der eine sehr hübsche und reichliche Garderobe enthielt, mit nach dem Vorderteile des Bootes, wo bald die ganze Mannschaft sich darum versammelte. Unter vielem Lachen auf Kosten der Nigger, welche feine Herren zu sein beanspruchten, waren die verschiedenen Artikel bald verkauft, und zuletzt kam der leere Koffer zur Versteigerung. Es kam ihnen allen wie ein ganz vortrefflicher Spaß vor, vorzüglich wie sie sahen, wie Tom mit traurigen Blicken seinen Sachen folgte, wie sie dahin und dorthin verteilt wurden; und die Versteigerung des Koffers war das Drolligste von allem und gab Anlaß zu zahllosen witzigen Reden.

So wie dies Geschäftchen abgemacht war, trat Simon wieder zu seinem Eigentum.

„Du siehst, Tom, du bist nun dein Extragepäck losgeworden. Nimm die Kleider da gar sorgfältig in acht. Es wird ziemlich lange dauern, ehe du neue bekommst. Ich suche was drin, Nigger wirtschaftlich zu machen – ein Anzug muß auf meiner Plantage ein ganzes Jahr ausreichen.

Jetzt hört mich einmal alle an", sagte er und trat ein oder zwei Schritte zurück – „seht mich an – seht mir ins Auge – gerade ins Auge", sagte er und stampfte bei jeder Pause mit dem Fuße.

Wie durch Verzauberung heftete sich jetzt jeder Blick auf das funkelnde, grünlich graue Auge Simons.

„Seht ihr diese Faust?" sagte er, indem er seine graue schwere Hand zusammenballte, daß sie etwa wie ein Schmiedehammer aussah, „fühle einmal", sagte er und ließ sie auf Toms Hand fallen. „Seht mal diese Knochen an! Ich sage euch, diese Faust ist so hart geworden wie Eisen vom Niederschlagen von Niggern. Hab' noch keinen Nigger gekannt, den ich nicht mit einem Hieb zu Boden gebracht hätte", sagte er und hielt seine Faust Tom so nahe vors Gesicht, daß dieser mit den Augen zuckte und zurücktrat. „Ich halte keine von euern verwünschten Aufsehern; ich bin selber mein Sklavenaufseher; und ich sage euch, 's ist eine Aufsicht bei mir. Jeder von euch muß seine Sache bis auf den letzten Punkt verrichten; rasch – gleich – den Augenblick, wo ich spreche. Das ist die Art, mit mir auszukommen. Ihr findet keinen weichen Fleck in mir, nirgends. Also nehmt euch in acht, denn ich kenne kein Erbarmen!"

Die Frauen hielten unwillkürlich den Atem an, und der ganze Transport saß mit niedergeschlagenen demütigen Gesichtern da; Simon aber drehte sich auf dem Absätze um und ging nach der Bar des Bootes, um ein Glas zu trinken.

„So springe ich mit meinen Niggern um", sagte er zu einem feinaussehenden Manne, der während der Rede neben ihm gestanden hatte, „'s ist mein System, gleich stark anzufangen, damit sie wissen, was sie zu erwarten haben."

„So!" sagte der Unbekannte, welcher den andern mit der Neugier eines Naturforschers, der ein selten zu findendes Exemplar besichtigt, betrachtete.

„Jawohl. Ich bin keiner von den Gentlemanpflanzern mit weißen, zarten Fingern, die sich von einem verdammten alten Schuft von Aufseher betrügen lassen! Fühlen Sie nur einmal meine Knöchel an; sehen Sie meine Faust. Ich sage Ihnen, Herr, das Fleisch ist hart wie Stein geworden, bloß vom Negerprügeln – fühlen Sie nur einmal."

Der Unbekannte betastete die dargebotene Faust und sagte einfach:

„Sie ist hart genug, und ich vermute", setzte er hinzu, „die Gewohnheit hat Ihr Herz ebenso gemacht."

„Nun, das könnte ich wohl sagen", sagte Simon mit einem herzlichen Lachen. „Ich rechne, ich habe so wenig Weiches in mir, als sonst was Lebendiges. Sage Ihnen, mich bringt niemand herum! Mich erweichen die Nigger nie mit Jammern oder guten Worten – das ist Faktum."

„Sie haben da einen schönen Transport."

„Gewiß", sagte Simon. „Da ist der Tom; sie sagten mir, er wäre was ganz Ungewöhnliches. Ich habe ein bißchen viel für ihn bezahlt, weil ich eine Art Aufseher aus ihm machen will; wenn ihm nur erst die Grillen aus dem Kopfe getrieben sind, die er gelernt hat, weil er behandelt worden ist, wie Nigger nie behandelt werden sollten, wird er sich prächtig machen! Mit der gelben Frau dort hat man mich übers Ohr gehauen. Ich glaube fast, sie ist kränklich; aber ich werde es schon aus ihr herauskriegen, was sie wert ist – ein oder zwei Jahre kann sie aushalten. Ich bin nicht fürs Schonen der Nigger. Verbrauchen und mehr kaufen ist meine Regel; macht weniger Mühe, und ich bin überzeugt, es kommt am Ende billiger", und Simon nippte sein Glas aus.

„Und wie lange halten sie gewöhnlich aus?" fragte der Unbekannte.

„Das weiß ich nicht, kommt ganz auf ihre Konstitution an. Kräftige Kerle halten es sechs oder sieben Jahre aus, schwächliche werden in zwei oder drei Jahren alle. Als ich zuerst anfing, habe ich mir schreckliche Mühe mit ihnen gegeben, damit sie lange aushielten – habe an ihnen gedoktert, wenn sie krank waren, und ihnen

Kleider und Decken gegeben, und was sonst noch, um anständig für ihr Wohlbefinden zu sorgen; aber es hat gar nichts genutzt; ich habe nur Geld verloren und schreckliche Mühe dabei gehabt. Jetzt aber, sage ich Ihnen, müssen sie dran, mögen sie krank oder gesund sein. Wenn ein Nigger stirbt, kaufe ich einen andern; und ich finde, daß ich in jeder Hinsicht billiger und bequemer dabei weggekommen bin."

Der Unbekannte entfernte sich und setzte sich neben einen Herrn, der mit einiger Unruhe dem Gespräch zugehört hatte. „Sie dürfen diesen Kerl nicht als ein Muster der Pflanzer des Südens betrachten", sagte er.

„Das möchte ich hoffen", sagte der junge Mann mit Nachdruck.

„Er ist ein gemeiner, niederiger, brutaler Kerl!" sagte der andere.

„Und dennoch erlauben ihm die Gesetze, jede Anzahl menschlicher Wesen mit seinem unumschränkten Willen zu beherrschen, ohne daß sie einen Schatten von Schutz haben, und so schlecht er ist, so können Sie doch nicht leugnen, daß es viele der Art gibt."

„Aber es gibt auf der anderen Seite auch viele rücksichtsvolle und menschliche Personen unter den Pflanzern."

„Zugegeben", sagte der junge Mann; „aber nach meiner Meinung sind gerade diese rücksichtsvollen und menschlichen Leute für die Roheiten und die Mißhandlungen, welchen diese Armen ausgesetzt sind, verantwortlich, weil ohne ihre Billigung und ihren Einfluß das ganze System keine Stunde bestehen bleiben könnte. Wenn es keine anderen Pflanzer gäbe, als solche", sagte er, indem er mit dem Finger auf Legree deutete, der ihnen den Rücken zugekehrt hatte, „so ginge das ganze System zugrunde, wie ein Mühlstein. Nur ihre Achtbarkeit und Menschlichkeit beschönigt und beschützt seine Roheit."

„Sie haben jedenfalls eine hohe Meinung von meiner Gutmütigkeit", sagte der Pflanzer lächelnd, „aber ich rate Ihnen, nicht so laut zu sprechen, da sich Leute an Bord des Bootes befinden, die nicht ganz so duldsam gegen Meinungen sein möchten wie ich. Es ist besser, Sie warten, bis ich auf meiner Plantage bin, und dann können Sie uns alle ausschimpfen, soviel Sie Lust haben."

Der junge Mann wurde rot und lächelte, und beide vertieften sich bald in eine Partie Trictrac.

Das Boot ruderte weiter – beladen mit seiner Kummerlast – der roten, schlammigen, wirbelnden Strömung entgegen, durch die eckiggewundenen

Krümmungen des Red River; und traurige Augen blickten müde auf die steilen Ufer von rotem Ton, wie sie in der Einförmigkeit vorüberglitten.

Endlich hielt das Boot bei einer kleinen Stadt an, und Legree stieg mit seinem Sklaventransport ans Land.

27. Kapitel Düstere Bilder

Müde hinter einem roh gezimmerten Wagen her und auf einem schlimmen Wege schleppten sich Tom und seine Leidensgefährten weiter.

Im Wagen saß Simon Legree, und die beiden Frauen, immer noch zusammengeschlossen, waren mit einigem Gepäck in dem hinteren Teile desselben untergebracht. Die ganze Gesellschaft reiste nach Legrees Plantage, die noch eine gute Strecke entfernt lag.

Es war ein wilder einsamer Weg, der sich jetzt durch öde Nadelholzhaiden wand, wo der Wind trauervoll stöhnte und dann über lange Knüppeldämme durch ausgedehnte Zypressensümpfe, wo die melancholischen Bäume aus dem schlammigen moorigen Boden emporstiegen, mit langen Trauerkränzen von schwarzem Moos behangen, während man hier und da die ekelerregende Mokkasinschlange zwischen abgebrochenen Baumstümpfen und sturmgeknickten Ästen, die hier und da im Wasser faulten, hindurchgleiten sah.

Der Wagen fuhr schließlich auf einem grasbewachsenen Kiesweg durch eine schöne Allee von Chinabäumen, deren anmutige Gestalt und immergrünes Laub das einzige zu sein schien, dem Vernachlässigung nicht schaden konnte – gleich edlen Geistern, die so tief in der Tugend wurzeln, daß sie unter einer entmutigenden und verfallenen Umgebung nur um so kräftiger gedeihen.

Das Haus war geräumig und schön gewesen. Die Bauart war, wie man sie im Süden sehr häufig findet; um das ganze Haus lief eine breite Veranda von zwei Stockwerken, auf welche sich alle äußeren Türen öffneten, und das unterste Stockwerk hatte gemauerte Pfeiler.

Aber alles sah wüst und ungemütlich aus; einige Fenster waren mit Brettern vernagelt oder hatten zerbrochene Scheiben oder Läden, die nur noch an einem Haspen hingen – alles verriet gröbliche Vernachlässigung und Unbehaglichkeit.

Bretterstücke, Stroh, alte verrottete Fäser und Kisten standen und lagen überall herum, und drei oder vier grimmig aussehende Hunde kamen, von dem Rollen der Wagenräder aufmerksam gemacht, herausgestürzt und ließen sich nur mit Mühe von den zerlumpten Dienstboten, die ihnen folgten, abhalten, Tom und seine Gefährten anzupacken.

„Ihr seht, was ihr zu erwarten habt!“ sagte Legree, indem er die Hunde mit grimmiger Genugtuung liebkoste und sich zu Tom und seinen Gefährten wendete. „Ihr seht, was ihr zu erwarten habt, wenn ihr versucht fortzulaufen. Diese Hunde hier sind abgerichtet, Nigger aufzuspüren; und sie würden ebenso gern einen von euch zerreißen als ihr Abendbrot fressen. Also nehmt euch in acht! Heda, Sambo!“ sagte er zu einem zerlumpten Kerl mit einem Hut ohne Rand, der ihn mit kriechendem Eifer begrüßte. „Wie ist's gegangen?“

„Vortrefflich, Master.“

„Quimbo“, sagte Legree zu einem anderen, der sich angelegentlich bemühte, seine Aufmerksamkeit auf sich zu ziehen, „du hast doch getan, wie ich dir gesagt habe?“

„Ei und ob, Master.“

Diese beiden Farbigen waren die beiden ersten Sklaven der Plantage. Legree hatte sie ebenso systematisch zur Wildheit und Roheit erzogen wie seine Bulldoggen, und durch lange Übung in Härte und Grausamkeit ihren ganzen Charakter auf dieselbe Tiefe der Befähigung herabgebracht. Man findet gewöhnlich, und man hat davon eine schwere Anklage gegen den Charakter der Rasse hergenommen, daß der schwarze Sklavenaufseher stets tyrannischer und grausamer ist als der weiße. Man sagt damit weiter nichts, als daß der Geist des Negers mehr herabgedrückt und erniedrigt worden ist als der des Weißen. Es ist bei dieser Rasse nicht mehr der Fall als bei jeder anderen unterdrückten Rasse auf der ganzen Welt. Der Sklave ist stets ein Tyrann, wenn ihm die Möglichkeit dazu gegeben wird.

Legree regierte, wie manche Herrscher, von denen wir in der Geschichte lesen, seine Plantage durch eine Art Gleichgewicht der Kräfte. Sambo und Quimbo haßten einander aufs herzlichste; die Plantagenarbeiter ohne Ausnahme haßten die beiden ebenso aufrichtig; und indem er stets die eine Partei gegen die andere benutzte, war er ziemlich sicher, stets von einer derselben alles zu erfahren, was auf seiner Besitzung vorging.

Niemand kann ganz ohne geselligen Verkehr leben, und Legree munterte seine zwei schwarzen Satelliten zu einer Art gemeinen Vertraulichkeit auf, die jedoch jeden Augenblick den einen oder den andern in Ungelegenheit bringen konnte, denn bei der leisesten Reizung war einer von beiden stets bereit, auf einen Wink der Rache seines Herrn gegen den andern als Werkzeug zu dienen.

Wie sie jetzt neben Legree standen, erschienen sie als ein passender Beweis der Behauptung, daß vertierte Menschen noch tiefer stehen als die Tiere selbst. Ihre gemeinen, finsteren, mürrischen Züge; ihre großen Augen, die einander neidisch anglotzten; der rauhe, halb tierische Kehlton ihrer Sprache und die zerrissenen, im Winde flatternden Kleider standen in vortrefflicher Harmonie mit dem gemeinen und abstoßenden Charakter der ganzen Umgebung.

„Hier, Sambo“, sagte Legree, „bring diese Burschen hier in die Baracken; und hier habe ich auch ein Mädchen für dich mitgebracht“, sagte er, indem er eine Mulattin namens Emmeline losschloß und sie jenem hinschob, „ich hatte dir ja versprochen, eine mitzubringen.“

28. Kapitel Cassy

Kurze Zeit genügte, um Tom mit allem, was er in seiner neuen Lebensweise zu hoffen oder zu fürchten hatte, vertraut zu machen. Er war ein geschickter und brauchbarer Arbeiter in allem, was er angriff; und war sowohl aus Gewohnheit wie aus Grundsatz pünktlich und treu. Von stiller und friedlicher Gemütsart, hoffte er durch unausgesetzten Fleiß wenigstens einem Teile der Leiden seiner Lage zu entgehen. Er hatte soviel Tyrannei und Jammer vor Augen, daß er wohl hätte am Leben verzweifeln können; aber er war entschlossen, sich mit frommer Geduld zu mühen und Ihm zu vertrauen, der gerecht urteilt, nicht ohne einige Hoffnung, daß sich noch ein Weg der Rettung für ihn finden könnte.

Legree war ein stummer Beobachter von Toms Brauchbarkeit. Er schätzte ihn als einen seiner allerbesten Arbeiter, und doch fühlte er eine geheime Abneigung gegen ihn – den angeborenen Widerwillen des Schlechten gegen das Gute. Er sah klärlich, daß, sooft seine Gewalttätigkeit und Roheit Hilflose traf, wie es häufig geschah, Tom es wohl beachtete, denn so fein ist die Atmosphäre der Meinung, daß sie sich selbst ohne Worte fühlbar macht, und sogar die Meinung eines Sklaven kann einem Herrn unangenehm sein. Tom legte auf verschiedene Weise eine Weichheit des Gefühls und eine zärtliche Teilnahme für seine Leidensgenossen an den Tag, die ihnen seltsam und neu war und welche Legree mit argwöhnischem Auge beobachtete. Er hatte Tom in der Absicht gekauft, mit der Zeit eine Art Aufseher aus ihm zu machen, dem er manchmal während kurzer Abwesenheiten seine Angelegenheiten anvertrauen konnte; und seiner Ansicht nach war das erste, zweite und dritte Erfordernis für eine solche Stelle unnachsichtige Härte. Legree war darin mit sich einig, daß Tom, da er noch nicht hart genug sei, hart gemacht werden müsse; und einige Wochen nach Toms Ankunft beschloß er seine Kur zu beginnen.

Eines Morgens, als sämtliche Sklaven antraten, um aufs Feld zu gehen, gewahrte Tom zu seiner Überraschung ein neues Gesicht unter ihnen, dessen Erscheinung seine Aufmerksamkeit erregte. Es war eine schlanke und zart gebaute Frau mit merkwürdig feinen Händen und Füßen und in sauberen und anständigen Kleidern. Nach ihrem Gesicht zu urteilen mochte sie zwischen 35 und 40 Jahre alt sein; und es war ein Gesicht, das man, einmal gesehen, nie wieder vergessen konnte, eins von den Gesichtern, welche auf den ersten Blick uns an eine phantastische, leidensvolle und romantische Lebensgeschichte denken lassen. Die Stirn war hoch und die Bogen der Augenbrauen wunderschön gezogen, die gerade, gut geformte Nase, der schön geschnittene Mund und die anmutigen Umrisse ihres Kopfs und ihrer Büste verrieten, daß sie früher schön gewesen sein mußte; aber ihr Gesicht war von tiefen Furchen des Schmerzes und stolzen und bitteren Duldens durchzogen. Ihre Gesichtsfarbe war fahl und ungesund, ihre Wangen hohl, ihre Züge spitz und die ganze Gestalt ausgemergelt. Aber ihr Auge war im höchsten Grade merkwürdig – so groß, so düster schwarz, von langen, ebenso dunklen Wimpern beschattet und von so trauervollem und wild verzweifeltem Ausdruck. In jedem Zuge ihres Gesichts, in jeder Biegung ihrer zuckenden Lippe, sprach sich ungezähmter Stolz und Trotz aus; aber in ihrem Auge lag eine unergründlich tiefe, nicht zu erhellende Nacht des Schmerzes – ein so hoffnungsloser und unveränderlicher Ausdruck, daß er grauenerregend gegen den Stolz und Trotz ihres ganzen übrigen Wesens abstach.

Woher sie kam, oder wer sie war, wußte Tom nicht. Er sah sie zuerst, wie sie aufrecht und stolz im ungewissen Zwielicht des Morgens neben ihm herschritt. Die übrigen Sklaven kannten sie jedoch, denn mancher Blick und mancher Kopf wendete sich ihr zu, und unter den elenden, zerlumpften, halbverhungerten Geschöpfen, die sie umringten, gab sich ein unterdrücktes, aber sichtbares Frohlocken kund.

„Endlich muß sie auch dran glauben – freut mich!“ sagte einer.

„Hi! hi! hi!“ sagte eine andere. „Nun wirst du auch schon sehen, wie es tut, Missis! Na, wird die arbeiten!“

„Bin neugierig, ob sie auch abends ihre Hiebe kriegt, wie wir andern!“

„Sollte mich freuen, wenn sie einmal die Peitsche zu kosten bekäme, das schwöre ich!“ sagte wieder eine andere.

Die Frau beachtete diese Reden nicht, sondern ging mit demselben Ausdruck zürnenden Trotzes ihres Wegs, als ob sie nichts hörte.

Tom hatte beständig unter gebildeten Leuten gelebt, und fühlte daher sogleich aus ihrem ganzen Wesen heraus, daß sie zu dieser Klasse gehörte; aber wie und warum sie so tief gesunken, konnte er nicht erraten. Die Frau sah ihn nicht an und sprach nicht mit ihm, obgleich sie auf dem ganzen Wege nach dem Felde an seiner Seite blieb.

Tom war bald eifrig mit seiner Arbeit beschäftigt, aber er warf oft einen Blick auf sie, um zu sehen, wie sie arbeitete. Er sah sogleich, daß angeborenes Geschick und Gewandtheit ihr die Arbeit viel leichter machten als den meisten andern. Sie las sehr rasch und sehr rein und mit einer Miene von spöttischem Trotz, als ob sie ebensosehr die Arbeit wie die Schande und Erniedrigung der Lage, in der sie sich befand, verabscheute.

Im Laufe des Tages arbeitete Tom neben der Mulattin, welche in demselben Transport mit ihm hierher gekommen war. Offenbar war sie außerordentlich leidend und Tom hörte sie oft beten, wie sie wankte und zitterte und auf dem Punkte zu stehen schien, hinzusinken. Ohne ein Wort zu sprechen, legte Tom, wie er in ihre Nähe kam, mehrere Handvoll Baumwolle aus seinem Sack in den ihrigen.

„Ach, nein, nein!“ sagte die Frau mit überraschtem Blick. „Ihr werdet in Ungelegenheiten kommen.“

Gerade jetzt kam Sambo heran. Er schien einen besonderen Haß auf diese Frau geworfen zu haben und sagte, die Peitsche schwingend im brutalen Kehltone: „Was ist das, Luce – macht wohl Streiche hier?“ und dabei gab er der Frau mit seinem schweren, rindsledernen Schuh einen Tritt und schlug Tom mit der Peitsche übers Gesicht.

Tom ging wieder schweigend an seine Arbeit; aber die Frau, die schon den letzten Grad der Erschöpfung erreicht hatte, fiel in Ohnmacht.

„Ich will sie schon wieder zu sich bringen!“ sagte der Aufseher mit rohem Grinsen. „Ich will ihr was eingeben, was besser als Kampfer ist!“ Und er zog eine Nadel aus dem Rockaufschlag und bohrte sie ihr bis an den Kopf ins Fleisch. Die Frau stöhnte und erhob sich bald. „Steh auf, du Bestie, und arbeite, oder ich will dir noch ein Kunststück zeigen!“

Die Frau schien für ein paar Augenblicke zu einer unnatürlichen Kraft angestachelt zu sein und arbeitete mit verzweifeltem Eifer.

„Sieh zu, daß du dabei bleibst“, sagte der Aufseher, „oder du wirst heute abend wünschen, du wärest tot, sage ich dir!“

„Das wünsche ich jetzt schon!“ hörte Tom sie sagen; und wieder hörte er sie sagen: „O Gott, wie lange? O Herr, warum hilfst du uns nicht!“

Auf die Gefahr, sich den größten Mißhandlungen auszusetzen, trat Tom wieder zu ihr und tat alle Baumwolle aus seinem Sack in den ihrigen.

„Ach nein, das dürft Ihr nicht tun! Ihr wißt gar nicht, wie sie Euch bestrafen werden!"

„Ich kann es besser ertragen, als Ihr", sagte Tom, und er stand wieder auf seiner Stelle. In einem Augenblick war alles vorbei.

Plötzlich erhob die unbekannte Frau, die wir beschrieben haben und die während ihrer Arbeit nahe genug gekommen war, um Toms letzte Worte zu hören, ihre schweren, schwarzen Augen und heftete sie einen Augenblick auf ihn, dann nahm sie eine Quantität Baumwolle aus ihrem Korbe und legte sie in seinen Sack.

„Ihr kennt nichts von diesem Ort", sagte sie, „oder Ihr würdet so etwas nicht tun. Wenn Ihr erst einen Monat hier seid, werdet Ihr nicht mehr daran denken, jemand zu helfen; Ihr werdet es schwer genug finden, für Eure eigne Haut Sorge zu tragen."

„Der Herr verhüte das, Missis!" sagte Tom, indem er unbewußt seine Mitarbeiterin auf dem Felde mit der ehrerbietigen Benennung anredete, welche unter den gebildeteren Klassen, unter denen er gelebt hatte, gang und gäbe ist.

„Der Herr kommt nie hierher", sagte die Frau bitter, wie sie mit raschen Fingern ihre Arbeit fortsetzte; und abermals zuckte das höhnische Lächeln um ihre Lippen.

Aber der Aufseher auf der anderen Seite des Feldes hatte wohl gesehen, was die Frau getan hatte, und die Peitsche schwingend kam er jetzt heran.

„Was! Was!" sagte er zu der Frau mit triumphierender Miene. „Ihr macht gar Streiche? Wart nur! Ihr steht jetzt unter mir – nehmt Euch in acht, oder Ihr sollt's kriegen!"

Da schoß es wie ein Blitzstrahl plötzlich aus diesen schwarzen Augen heraus; sie drehte sich mit zitternden Lippen und mit offenen Nasenlöchern um, richtete sich empor und heftete einen vor Wut und Hohn flammenden Blick auf den Aufseher.

„Hund!" sagte sie. „Rühre mich an, wenn du's wagst! Ich besitze noch Macht genug, um dich von Hunden zerreißen, lebendig verbrennen oder in Stückchen zerschneiden zu lassen! Ich habe nur ein Wort zu sprechen."

„Wozu, zum Teufel, seid Ihr denn hier?" sagte der Mann, offenbar eingeschüchtert, und trat mürrisch ein paar Schritte zurück. „Meinte es nicht bös, Misse Cassy."

„Nun, so komm mir nicht zu nahe!" sagte die Frau. Und wirklich schien der Aufseher ganz besonders geneigt zu sein, sich etwas an dem anderen Ende des Feldes zu tun zu machen, und ging schnellen Schrittes dorthin.

Die Frau machte sich jetzt rasch wieder an ihre Arbeit, und machte damit Fortschritte, welche Tom in das höchste Erstaunen setzten. Sie schien wie durch Zauberei zu arbeiten. Ehe der Abend da war, war ihr Korb voll, die Baumwolle zusammengepreßt und noch daraufgehäuft, und doch hatte sie mehrere Male große Quantitäten Tom gegeben. Lange nach Dämmerung marschierte der ganze müde Zug mit den Körben auf dem Kopfe nach dem zum Aufspeichern und Wiegen der Baumwolle bestimmten Gebäude. Legree war da und sprach eifrig mit den beiden Aufsehern.

„Dieser Tom da macht einem schrecklich zu schaffen, tat immer Baumwolle in Lucys Korb. Das ist einer von denen, die allen Niggers glauben machen, 's ginge ihnen schlecht, wenn Master nicht ein Auge auf ihm hat!“ sagte Sambo.

„Was da! Der schwarze Schlingel!“ sagte Legree. „Er wird wohl erst eine Lektion kriegen müssen, Bursche?“

Beide Neger grinsten scheußlich bei dieser Andeutung.

„Ja, ja! Überlaßt nur Master Legree das Lektionen geben; der Teufel selber könnte das nicht besser machen, als Master!“ sagte Quimbo.

„Ich denke, Bursche, das beste ist, von ihm das Peitschen besorgen zu lassen, bis er seine Grillen los wird. Wir wollen es ihn schon lehren.“

„Ach, Master, 's wird viel Mühe kosten, ihm das aus dem Kopf zu bringen!“

„Aber es muß ihm aus dem Kopfe“, sagte Legree und schob den Tabak auf die andere Seite seines Mundes.

„Dann ist da die Lucy – die widerspenstigste und häßlichste Dirne auf der ganzen Plantage!“ fuhr Sambo fort.

„Nimm dich in acht, Sam; ich werde nächstens einmal fragen, warum du einen solchen Haß auf Lucy geworfen hast.“

„Nun, Master weiß ja, sie war widerspenstig gegen Master selbst und wollte mich nicht nehmen, wie es ihr geheißen wurde.“

„Ich wollte sie schon durch die Peitsche gehorsam machen“, sagte Legree und spuckte aus, „wenn wir nur nicht so schrecklich viel zu tun hätten, daß wir sie nicht zuschande hauen dürfen. Sie ist schwächlich, aber die schwächlichsten Dirnen lassen sich halb totschlagen, um ihren Willen zu behalten.“

„Ja, Lucy war ganz widerspenstig und faul, wollte nichts tun – und Tom hat ihr mit lesen helfen.“

„So? Nun, dann soll Tom das Vergnügen haben, sie zu peitschen. Es wird für ihn eine gute Übung sein, und er wird sie nicht so schrecklich hauen, wie ihr Teufel."

„Hoho! ha! ha! ha!" lachten die beiden Schwarzen, und die teuflischen Laute schienen in Wahrheit kein unpassender Ausdruck des dämonischen Charakters zu sein, den Legree ihnen beigelegt hatte.

„Ja, Master, Tom und Misse Cassy haben Lucys Korb gemeinschaftlich gefüllt. Ich möchte fast meinen, 's sind Steine drin, Master."

„Ich werde das Wiegen besorgen!" sagte Legree mit Nachdruck.

Beide Aufseher ließen wieder ihr teuflisches Lachen erschallen. „Also Miß Cassy hat ihr Tagewerk verrichtet", setzte er hinzu.

„Sie liest wie der Teufel und alle seine Engel!"

„Sie hat sie alle im Leibe, glaube ich!" sagte Legree und ging, einen brutalen Fluch brummend, nach dem Waagezimmer.

***

Langsam kamen die müden und niedergedrückten Geschöpfe in das Zimmer und brachten mit unterwürfigem Zaudern ihre Körbe an die Waage.

Legree schrieb das Gewicht auf seine Schiefertafel, an deren einer Seite ein Namensverzeichnis angeklebt war.

Toms Korb wurde gewogen und richtig befunden; und er wartete mit besorgtem Blick, wie es der Frau, der er geholfen hatte, gehen würde.

Vor Schwäche wankend, trat sie vor und gab ihren Korb hin. Er hatte das gehörige Gewicht, wie Legree recht wohl bemerkte, aber sich zornig stellend sagte er: „Was, du faule Bestie! Schon wieder zu wenig! Tritt dorthin, du sollst's schon kriegen, und bald!"

Die Frau stöhnte voll tiefster Verzweiflung und setzte sich auf ein Brett hin.

Die Person, die man Miß Cassy genannt hatte, trat jetzt vor und übergab mit stolzer nachlässiger Miene ihren Korb. Wie sie ihn hinreichte, sah ihr Legree mit einem höhnischen, aber forschenden Blick in die Augen.

Sie sah ihn mit ihren schwarzen Augen fest an, ihre Lippen bewegten sich ein wenig, und sie sagte etwas auf französisch zu ihm. Was es war, wußte niemand, aber Legrees Gesicht nahm einen vollkommen teuflischen Ausdruck an, wie sie sprach; er hob die Hand, als wollte er schlagen – eine Gebärde, welche sie mit grimmiger Verachtung ansah, als sie sich umdrehte und fortging.

„Und nun komm einmal her, Tom“, sagte Legree. „Du weißt, ich sagte dir, daß ich dich nicht für die ganze gemeine Arbeit gekauft habe. Ich gedenke, dich zu befördern und dich zum Aufseher zu machen; und heute abend kannst du nur gleich anfangen, um deine Hand zu üben. Jetzt nimm diese Dirne da und peitsche sie aus; du hast es oft genug gesehen, um es machen zu können.“

„Ich muß Master um Verzeihung bitten“, sagte Tom, „hoffe, Master wird mich nicht dazu brauchen. Ich bin nicht daran gewöhnt – hab's noch nie getan – und kann es nicht tun, ist mir nicht möglich.“

„Du wirst noch ziemlich viel lernen müssen, was du nicht kannst, ehe ich mit dir fertig bin!“ sagte Legree, nahm einen Ochsenziemer und versetzte damit Tom einen schweren Schlag über die Wange und ließ darauf noch einen ganzen Regen von Hieben folgen.

„Da!“ sagte er, wie er innehielt, um Atem zu holen. „Wirst du nun auch jetzt noch sagen, du könntest es nicht tun?“

„Ja, Master“, sagte Tom und wischte sich mit der Hand das Blut weg, das ihm am Gesicht hinablief. „Ich will gern arbeiten, Tag und Nacht, und arbeiten, solange noch Leben und Atem in mir ist; aber das zu tun, kommt mir nicht recht vor; und Master, ich werde es niemals tun, niemals!“

Tom hatte eine merkwürdige weiche, sanfte Stimme und ein ehrerbietiges Wesen, welche Legree zu dem Glauben veranlaßt hatten, er wäre feig und werde sich leicht fügen. Als er diese letzten Worte sprach, lief ein Schauer des Staunens durch jeden Anwesenden; die arme Frau schlug die Hände zusammen und sagte:

„O Herr!“ und jeder sah den andern unwillkürlich an und hielt den Atem an, wie um sich auf das Unwetter vorzubereiten, das gleich losbrechen mußte.

Legree sah ganz verblüfft aus, aber endlich brach er los:

„Was! Du verdammte, schwarze Bestie! Du willst mir sagen, du hältst es nicht für recht, das zu tun, was ich dir befehle! Wie kann sich einer von euch verdammtem Viehzeug Gedanken machen, was recht ist? Dem will ich ein Ende machen! Was denkst du denn eigentlich, was du bist? Du denkst wohl gar, du bist ein Gentleman, Master Tom, daß du deinem Herrn sagst, was recht ist und was nicht recht ist! Also behauptest du, es wäre unrecht, die Dirne zu peitschen?“

„Das ist meine Meinung, Master“, sagte Tom. „Das arme Geschöpf ist krank und schwach; 's wäre geradezu grausam, und ich werde es nie und nimmermehr tun. Master, wenn Sie mich töten wollen, so töten Sie mich; aber nie werde ich meine Hand gegen einen dieser armen Leute hier erheben, nie – eher will ich sterben!“

Tom sprach das in sanftem Tone, aber mit einer Entschiedenheit, welche nicht mißverstanden werden konnte. Legree zitterte vor Zorn; seine grünlichen Augen funkelten wild, und selbst sein Backenbart schien sich vor Leidenschaft zu kräuseln; aber wie manche wilden Tiere, die mit ihrem Opfer spielen, bevor sie es zerreißen, hielt er seinen starken Trieb, sofort Gewalt zu brauchen, noch im Zaume und brach in bitteren Hohn aus.

„Ha, da haben wir endlich einmal einen Frommen mitten unter uns Sünder bekommen! – Einen Heiligen, einen feinen Herrn, der uns Sündern von unseren Sünden vorpredigen soll! Ein gewaltig heiliger Kerl muß es sein! Höre, du Schuft, du willst dich so fromm stellen – hast du nie in deiner Bibel gelesen: Diener, gehorchet Eurem Herrn? Bin ich nicht dein Herr? Habe ich nicht 1200 bare Dollar für alles, was in deinem verwünschten, schwarzen Leichnam ist, bezahlt? Bist du nicht mein mit Leib und mit Seele?“ sagte er und gab Tom mit seinem schwere Stiefel einen heftigen Tritt: „Sprich!“

In der Tiefe seines physischen Leidens und von brutaler Bedrückung niedergebeugt fiel diese Frage wie ein Strahl voll Freude und Triumph in Toms Seele. Er richtete sich plötzlich auf, blickte ernst gen Himmel, während Tränen sich unter das an seinem Gesicht herabfließende Blut mischten, und rief aus:

„Nein, nein, nein! Meine Seele gehört Ihnen nicht, Master! Die haben Sie nicht gekauft – die können Sie nicht kaufen! Die ist gekauft und bezahlt von einem, der imstande ist, sie zu bewahren; es ist einerlei, Sie können mir nicht schaden!“

„Ich kann nicht“, sagte Legree mit höhnischem Grinsen; „das wollen wir sehen! Hier Sambo, Quimbo! Gebt diesem Hund eine Tracht Schläge, die er vor einem Monat nicht vergißt!“

Die beiden riesenhaften Neger, die jetzt Tom, mit teuflischem Frohlocken im Gesicht, packten, wären keine unpassende Personifikation der Mächte der Finsternis gewesen. Die arme Frau schrie laut auf vor Angst, und alle standen, von einer gemeinsamen Bewegung erfüllt, auf, während jene ihn widerstandslos hinausschleppten.

29. Kapitel Tom will sterben

Es war spät in der Nacht, und Tom lag stöhnend und blutend in einem alten verlassenen Raume des Baumwollhauses unter einzelnen zerbrochenen Maschinenteilen, Haufen beschädigter Baumwolle und anderem Gerumpel, das sich dort gesammelt hatte.

Die Nacht war feucht und schwül, und in der dicken Luft schwärmten Myriaden Moskitos, welche die ruhelose Marter seiner Wunden noch vermehrten, während ein brennender Durst – eine alle anderen übertreffende Folter – das Maß des physischen Schmerzes bis aufs äußerste füllte.

„Ach, guter Herrgott! Schau herab auf mich – gib mir den Sieg! – Gib mir den Sieg über alles!“ betete der arme Tom in seiner Angst.

Schritte ließen sich in dem Zimmer hinter ihm hören, und der Schimmer einer Laterne fiel auf sein Auge.

„Wer ist da? O um Gottes Erbarmen willen, gebt mir Wasser!“

Cassy – denn diese war es – setzte ihre Laterne hin, goß Wasser aus einer Flasche, hob seinen Kopf in die Höhe und gab ihm zu trinken – darauf leerte er noch zwei andere Becher mit fieberischer Hast.

„Trinkt, soviel Ihr wollt“, sagte sie, „ich wußte, wie es kommen würde. Es ist nicht das erstemal, daß ich mich in der Nacht hierher schleiche, um Leuten in Eurer Lage Wasser zu bringen.“

„Ich danke Euch, Missis“, sagte Tom, als er mit Trinken fertig war.

„Nennt mich nicht Missis! Ich bin ein elender Sklave, wie Ihr seid – noch schlechter und niedriger, als Ihr jemals werden könnt!“ sagte sie bitter. „Aber jetzt“, sagte sie, indem sie nach der Tür ging, und einen kleinen Strohsack hereinzog, über welchen sie mit kaltem Wasser angefeuchtete Laken gebreitet hatte, „versucht, armer Mann, Euch hier auf den Strohsack zu wälzen.“

Steif von Wunden und Schwielen, gelang es Tom erst nach längerer Zeit diese Bewegung zu bewerkstelligen; aber als es ihm gelungen war, fühlte er eine erhebliche Erleichterung von der kühlenden Wirkung der feuchten Leintücher.

Die Frau, welche durch lange Übung unter den Opfern roher Grausamkeit einiges Geschick in den heilenden Künsten erlangt hatte, machte noch verschiedene Umschläge um Toms Wunden, durch deren Hilfe er sich bald etwas erleichtert fühlte.

„So", sagte die Frau, als sie unter seinen Kopf eine Rolle beschädigter Baumwolle gelegt hatte, die als Kissen diente, „das ist das Beste, was ich für Euch tun kann."

Tom dankte ihr; und die Frau setzte sich auf den Fußboden hin, zog ihre Knie an sich, schlang die Arme darum und sah starr und mit einem bitteren und leidenden Ausdruck auf dem Gesichte vor sich hin. Ihre Kopfbedeckung fiel zurück, und lange, weiche Locken von schwarzem Haar wallten um ihr eigentümliches, melancholisches Gesicht.

„Es nützt Euch nichts, armer Mann!" begann sie endlich. „Es nützt Euch nichts, daß Ihr hier so etwas versucht. Ihr wart ein braver Kerl – Ihr hattet das Recht auf Eurer Seite; aber es ist alles vergebens, und für Euch außer aller Frage dagegen anzukämpfen. Ihr seid in den Händen des Teufels; er ist der Stärkste; und Ihr müßt nachgeben."

Nachgeben! Und hatten nicht menschliche Schwäche und physische Qual ihm schon dasselbe zugeflüstert? Tom durchzuckte es bei diesem Gedanken, denn die finstere Frau mit ihren wilden Augen und ihrer melancholischen Stimme schien ihm eine Verkörperung der Versuchung zu sein, mit der er gekämpft hatte. „O Herr!" stöhnte er. „Wie kann ich nachgeben?"

„Es nützt nichts, den Herrn anzurufen – er erhört Euch nie", sagte die Frau mit kalter Ruhe. „Es gibt keinen Gott, glaube ich; oder wenn es einen gibt, hat er Partei für unsere Gegner genommen. Alles geht gegen uns, im Himmel und auf Erden, alles treibt und stößt uns in die Hölle. Warum sollen wir nicht hingehen?"

Tom schloß die Augen und schauderte über die bösen gottlosen Worte.

„Ihr seht", sagte die Frau, „Ihr wißt nichts davon – ich aber kenne es. Ich bin fünf Jahre auf dieser Plantage gewesen und habe mit Leib und Seele diesem Manne gehört, und ich hasse ihn, wie ich den Teufel hasse. Ihr seid hier auf einer einsamen Plantage, zehn Meilen von jeder anderen entfernt, mitten in den Sümpfen; kein Weißer ist hier, welcher bezeugen könnte, wenn Ihr lebendig verbrannt, in heißem Wasser gesotten, in zollkleine Stückchen zerschnitten, von den Hunden zerrissen oder zu Tode gepeitscht würdet. Es gibt hier kein Gesetz von Gott oder dem Menschen, das Euch oder einem von uns das mindeste nützen könnte; und dieser Mann! Es gibt nichts Schlechtes auf Erden, was er nicht schlecht genug wäre zu tun. Ich könnte Euch das Haar zu Berge stehen und die Zähne klappern machen, wenn ich nur erzählen wollte, was ich hier gesehen und erfahren habe – und Widerstand hilft nichts! Wollte ich mit ihm leben? War ich nicht ein anständig und fein erzogenes Weib? Und er – Gott im Himmel, was war er und was ist er? Und doch habe ich mit ihm diese fünf Jahre gelebt und jeden Augenblick meines Lebens verwünscht – Tag und Nacht! Und jetzt hat er eine neue mitgebracht – ein junges Ding von nur 15 Jahren; und sie ist fromm erzogen, wie sie sagt. Ihre gute Herrin hat sie gelehrt, die Bibel zu lesen, und sie hat ihre Bibel mit hergebracht – in die Hölle mit ihr!" Und das Weib stieß ein wildes und klägliches Lachen aus, das mit seltsamem, unheimlichem Klange durch den alten verfallenen Schuppen hallte.

Tom faltete die Hände; alles war Finsternis und Entsetzen. „O Jesus! Herr Jesus! Hast Du uns arme Sünder ganz vergessen?" rief er endlich aus. „Hilf, Herr, ich verderbe!"

Die Frau fuhr mit finsterer Entschiedenheit fort:

„Und was sind diese jämmerlichen niederen Geschöpfe, mit denen Ihr arbeitet, daß Ihr ihretwegen leiden wollt? Jeder einzelne von ihnen würde sich gegen Euch wenden, sowie er eine Gelegenheit dazu fände. Sie sind alle so schlecht und grausam gegeneinander, als sie nur sein können; Eure Leiden, sie vor Schaden zu bewahren, nützen zu nichts."

„Die armen Geschöpfe!" sagte Tom. „Was hat sie grausam gemacht? Und wenn ich nachgebe, gewöhne ich mich daran und werde allmählich ebenso wie sie! Nein, nein, Missis! Ich habe alles verloren – Weib und Kinder und einen guten Herrn – und er hätte mich freigelassen, wenn er nur eine Woche länger gelebt hätte. Ich habe alles auf dieser Welt verloren, und es ist fort, für immer – und ich kann nicht auch noch den Himmel verlieren; nein, ich kann nicht auch noch schlecht werden!"

„Aber es ist unmöglich, daß uns der Herr die Sünde anrechnet", sagte die Frau, „er kann sie uns nicht zur Last legen, wenn wir dazu gezwungen werden; er legt sie nur denen zur Last, die uns dazu getrieben haben."

„Ja", sagte Tom, „aber das hält uns nicht ab, gottlos zu werden. Wenn ich so hartherzig werde, wie Sambo, und so gottlos, so macht es keinen sehr großen Unterschied für mich, wie ich so geworden bin; es ist das Gottlossein – das ist's, wovor ich mich fürchte."

Das Weib sah mit einem verstörten und aufgeregten Blick Tom an, als ob ein neuer Gedanke in ihr aufleuchtete, und dann sprach sie mit schwerem Seufzen:

„O Gott der Gnaden! Ihr sprecht die Wahrheit! O – o – o!" und laut stöhnend sank sie auf den Boden hin, wie eine von dem äußersten Grade der Seelenangst Gefolterte sich krümmend.

Eine Pause des Schweigens trat ein, in welcher man das Atmen der beiden hören konnte, bis Tom mit schwacher Stimme sagte: „Ach bitte, Missis!"

Die Frau erhob sich plötzlich, und ihr Gesicht hatte wieder seinen gewöhnlichen, finsteren, melancholischen Ausdruck angenommen.

„Bitte, Missis, sie haben meinen Rock dort in die Ecke geworfen, und in meiner Rocktasche steckt meine Bibel – wenn Missis mir sie herreichen wollte."

Cassy stand auf und holte sie. Tom schlug eine mit starken Strichen bezeichnete und stark abgelesene Seite auf, welche von den letzten Lebensszenen desjenigen handelt, durch dessen Leiden wir geheilt werden.

„Wenn Missis nur so gut sein wollte, das zu lesen – es ist besser als Wasser."

Cassy nahm das Buch mit einer trockenen und stolzen Miene und überblickte die Stelle. Dann las sie laut mit einer weichen Stimme und einer eigentümlichen Schönheit der Betonung die rührende Geschichte von Christi Leiden. Oft, wie sie las, zitterte ihre Stimme oder stockte manchmal ganz, wo sie dann mit einer Miene ruhiger Fassung innehielt, bis sie ihre Bewegung bezwungen hatte. Als sie zu den rührenden Worten kam: „Vater, vergib ihnen, denn sie wissen nicht, was sie tun!" warf sie das Buch hin, verhüllte das Gesicht mit den schweren Locken ihres Haares und schluchzte laut mit krampfhafter Heftigkeit.

Tom weinte auch und ließ dann und wann einen halb unterdrückten Ausruf hören.

„Wenn wir uns nur so halten könnten!" sagte Tom. „Ihm schien es so natürlich zu kommen, und wir haben so angestrengt darum zu ringen! O Herr hilf uns! O himmlischer Herr Jesus, hilf uns!

„Missis", sagte Tom nach einer Pause, „ich erkenne wohl, daß Ihr in allem viel weiter sein müßt als ich; aber eine Sache könnte Missis sogar von dem armen Tom lernen. Ihr sagt, der Herr nehme Partei gegen uns, weil er uns mißhandeln und peinigen läßt; aber Ihr seht, wie es mit seinem eigenen Sohn geschah, dem himmlischen Herrn der Herrlichkeit. War er nicht immer arm? Und ist es einem von uns schon so schlimm ergangen wie ihm? Der Herr hat uns nicht vergessen – des bin ich gewiß. Wenn wir mit ihm leiden, werden wir auch mit ihm herrschen, sagt die Schrift; aber wenn wir ihn verleugnen, wird er uns auch verleugnen. Haben sie nicht alle gelitten – der Herr und alle die Seinen? Wir lesen, wie sie gesteinigt und zersägt wurden und in Schaffellen und Ziegenfellen herumirrten und entblößt, bekümmert und gequält waren. Daß wir leiden, ist kein Grund, uns glauben zu machen, der Herr hätte sich gegen uns gewendet, sondern gerade das Gegenteil, wenn wir nur an ihm festhalten und uns nur der Sünde nicht ergeben."

„Aber warum bringt er uns in Lagen, wo wir nicht anders können als sündigen?" sagte die Frau.

„Ich glaube, wir können anders", sagte Tom.

„Ihr werdet es sehen", sagte Cassy. „Was wollt Ihr machen? Morgen werden sie Euch wieder vornehmen. Ich kenne sie und habe all ihr Tun gesehen; ich mag gar nicht daran denken, was sie Euch alles noch tun werden – und sie werden Euch doch noch zum Nachgeben bringen!"

„Herr Jesus!" sagte Tom. „Du wirst meine Seele in Deine Obhut nehmen! O Herr, ich bitte Dich! – Laß mich nicht nachgeben."

„Ach, ich habe auch von andern schon dieses Rufen und Beten gehört", sagte Cassy, „und doch hat man sie mürbe gemacht, bis sie sich fügten. Da ist Emmeline, die versucht auch, es auszuhalten, und Ihr versucht es – aber was nützt es? Ihr müßt nachgeben oder Euch zollweise töten lassen."

„Nun, dann will ich den Tod leiden!" sagte Tom. „Mögen sie es auch noch so lange hinausziehen, sie können es nicht verhindern, daß ich endlich einmal sterbe! – Und danach können sie nichts mehr tun. Ich bin ruhig! Ich bin entschlossen! Ich weiß, der Herr wird mir helfen und mich durchbringen."

Die Frau antwortete nicht, sie saß da und heftete die schwarzen Augen starr auf den Fußboden.

„Vielleicht ist das der Weg", murmelte sie vor sich hin, „aber für die, welche nachgegeben haben, ist keine Hoffnung mehr – keine! Wir leben in Schmutz und werden ekelhaft, bis wir uns vor uns selbst ekeln! Und wir sehnen uns zu sterben und wagen doch nicht, uns den Tod zu geben. Keine Hoffnung! Keine Hoffnung! Keine Hoffnung! – Dies Mädchen da – gerade so alt, wie ich war. Ihr seht mich jetzt", sagte sie in hastiger Rede zu Tom, „seht, was ich bin! Ich bin in Wohlleben und Üppigkeit aufgewachsen. Meine erste Erinnerung ist, daß ich als Kind in glänzenden Zimmern spielte, daß man mich wie eine Puppe anputzte und Gesellschaft und Gäste meine Schönheit anpriesen. Vor den Salonfenstern war ein Garten; und dort spielte ich mit meinen Brüdern und Schwestern unter den Orangenbäumen Verstecken. Ich ging in ein Kloster, und dort lernte ich Musik, Französisch, Sticken und was sonst nicht; und als ich 14 Jahre alt war, verließ ich es, um meines Vaters Leichenbegräbnis beizuwohnen. Er starb sehr rasch, und als sie seine Geschäfte abschlossen, fand ich, daß kaum genug da war, um die Schulden zu decken; und als die Gläubiger ein Inventar des Mobiliareigentums aufnahmen, kam ich auch mit auf das Verzeichnis. Meine Mutter war eine Sklavin, und mein Vater hatte immer beabsichtigt, mich frei zu lassen; aber er hatte es nicht getan, und so kam ich mit zum Verkauf. Ich hatte stets gewußt, was ich war, aber hatte mir nie besondere Gedanken darüber gemacht. Niemand denkt sich, daß ein gesunder, starker Mann bald sterben könnte. Mein Vater war vier Stunden vor dem Tode noch gesund – er war eins der ersten Choleraopfer in New Orleans. Am Tage nach dem Begräbnisse nahm die Frau meines Vaters ihre Kinder und begab sich auf ihres Vaters Plantage. Ich dachte, sie behandelte mich sonderbar, aber wußte sonst nichts. Ein junger Advokat hatte die Ordnung des Geschäfts übernommen; und er kam jeden Tag, besuchte das Haus und redete mit mir sehr höflich. Eines Tages brachte er einen jungen Mann mit sich, den ich für den schönsten halten mußte, den ich jemals gesehen. Ich werde diesen Abend nie vergessen; ich ging mit ihm im Garten spazieren. Ich fühlte mich einsam und bekümmert, und er war so gut und freundlich gegen mich; und er sagte mir, er hätte mich gesehen, ehe ich ins Kloster ging und mich schon seit langer Zeit geliebt, und wollte mein Freund und Beschützer sein. Kurz, obgleich er mir nicht sagte, daß er 2000 Dollar für mich bezahlt hatte und ich sein Eigentum war, gab ich mich ihm doch gern hin, denn ich liebte ihn!" unterbrach sich die Frau. „O wie ich diesen Mann liebte! Wie ich ihn jetzt noch liebe, und immer lieben werde, solange ich atme. Er war so schön, so stolz, so edel! Er gab mir ein schönes Haus mit Dienerschaft, Pferden, Wagen, Möbeln und schönen Kleidern. Alles, was sich mit Geld kaufen ließ, schenkte er mir; aber ich legte auf das alles keinen Wert, ich kümmerte mich nur um ihn. Ich liebte ihn mehr, als meinen Gott und meine Seele; und wenn ich's auch versuchte, konnte ich doch nicht anders tun, als nach seinen Wünschen.

Nur eines wünschte ich noch, daß er mich heiraten möchte. Ich dachte, wenn er mich wirklich so liebte, wie er sagte, und wenn ich das war, wofür er mich zu halten schien, so könnte er nichts dawider haben, mich zu heiraten und mich freizulassen. Aber er überzeugte mich, daß es unmöglich sei, und sagte mir, wenn wir nur einander treu wären, so war das eine Ehe vor Gott. Wenn das wahr ist, war ich dann nicht dieses Mannes Gattin? War ich ihm nicht treu? Sieben Jahre lang studierte ich jeden seiner Blicke und jede seiner Bewegungen, und lebte und atmete nur ihm zu Gefallen. Er bekam das gelbe Fieber und zwanzig Tage und Nächte wachte ich bei ihm – ich allein; und reichte ihm alle seine Medizin und tat alles für ihn; und dann nannte er mich seinen guten Engel und sagte, ich hätte ihm das Leben gerettet. Wir hatten zwei schöne Kinder. Das erste war ein Knabe und wir nannten ihn Henry; er war das Ebenbild seines Vaters – er hatte so schöne Augen, so eine Stirn, und das Haar umwallte ihn in reichen Locken – und er besaß das ganze Feuer des Vaters und auch seine Talente. Die kleine Elise, sagte er, sähe mir ähnlich. Er sagte mir immer, ich sei die schönste Frau in Louisiana, so stolz war er auf mich und die Kinder. Er sah es gern, wenn ich sie anputzte und mit ihnen in einem offenen Wagen ausfuhr und Bemerkungen hörte, welche die Leute über uns machten; und er redete mir beständig von den schönen Sachen vor, die sie meinen Kindern und mir zum Lobe gesprochen hatten. Ach das waren glückliche Tage! Ich hielt mich für so glücklich, als nur ein Mensch sein konnte; aber nun kamen böse Zeiten. Ein Vetter von ihm, der sein vertrauter Freund war, kam nach New Orleans. Er hielt große Stücke auf ihn; aber von dem ersten Augenblicke an, ich weiß nicht, warum, flößte er mir Furcht ein, denn ich fühlte mich überzeugt, daß er uns ins Unglück bringen würde. Er gewöhnte Henry, mit ihm auszugehen, und oft kam er nicht vor zwei oder drei Uhr nachts nach Hause. Ich wagte kein Wort zu sagen, denn Henry war so stolz und heftig, daß ich mich vor ihm fürchtete. Er nahm ihn mit in die Spielhäuser, und er war einer von denen, die sich nicht mehr halten lassen, wenn sie einmal dort sind. Und dann führte er ihn bei einer anderen Dame ein, und ich erkannte bald, daß sein Herz nicht mehr mir gehörte. Er sagte es mir nie, aber ich sah es – ich wußte es Tag für Tag. Ich fühlte, wie mir das Herz brach, aber konnte kein Wort sagen. Darauf erbot sich der Elende, mich und die Kinder ihm heimlich abzukaufen, um seine Spielschulden zu tilgen, die seiner Verheiratung, die er im Sinne hatte, im Wege standen – und verkaufte uns. Eines Tages sagte er mir, er habe Geschäfte außerhalb der Stadt und werde auf zwei oder drei Wochen verreisen. Er war zärtlicher als gewöhnlich und sagte, er werde wiederkommen; aber er täuschte mich nicht, ich wußte, daß die Zeit gekommen war, mir war es, als wäre ich Stein geworden; ich konnte weder sprechen noch eine Träne vergießen. Er küßte mich und küßte die Kinder viele Male und verließ uns. Ich sah ihn aufs Pferd steigen und blickte ihm nach, bis er ganz außer Gesichtsbereich war, dann sank ich bewußtlos zu Boden. Dann kam er, der Elende! Er kam, mich in Besitz zu nehmen. Er sagte mir, daß er mich und meine Kinder gekauft hätte, und zeigte mir die Papiere. Ich verfluchte ihn vor Gott und sagte ihm, ich wollte lieber sterben, als mit ihm leben.

›Ganz wie es Euch beliebt‹, sagte er. ›Aber wenn Ihr Euch nicht verständig benehmt, so verkaufe ich Eure beiden Kinder an einen Ort, wo Ihr sie nie wiedersehen sollt.‹ Er sagte mir, er habe sich von dem ersten Male an, wo er mich gesehen, vorgenommen, mich zu besitzen; und er habe Henry verführt und ihn zum Schuldenmachen verlockt, damit er willens werde, mich zu verkaufen. Durch seine Veranstaltung habe er sich in eine andere Frau verliebt; und ich möchte daraus sehen, daß er nach solchen Bemühungen seinen Vorsatz nicht wegen ein paar Tränen oder Ohnmachten aufgeben werde.

Ich fügte mich, denn die Hände waren mir gebunden. Er hatte meine Kinder; wenn ich mich seinem Willen in irgend etwas widersetzte, so drohte er, sie zu verkaufen, und machte mich so unterwürfig, wie er nur wünschte. Oh, was das für ein Leben war! Mit brechendem Herzen jeden Tag zu leben – immer fort und fort zu leben, wo nur Jammer war; und mit Leib und Seele an einen Mann gefesselt zu sein, den ich haßte. Henry hatte ich früher gern vorgelesen oder ihm vorgespielt oder mit ihm gewalzt und gesungen; aber alles, was ich für diesen tat, war mir eine wahre Last – und doch wagte ich nicht, ihm etwas zu verweigern. Er war sehr herrisch und barsch gegen die Kinder. Elisa war ein schüchternes kleines Wesen; aber Henry war keck und feurig, wie sein Vater und hatte sich noch vor keinem Menschen gebeugt. Diesen zankte und schimpfte er immer aus; und ich verlebte jeden Tag in Furcht und Besorgnis. Ich versuchte, dem Kinde Ehrerbietigkeit zu lehren – ich versuchte, sie fern voneinander zu halten, denn ich hing an diesen Kindern, wie an meinem Leben; aber es nützte mir nichts. Er verkaufte beide Kinder. Er fuhr eines Tages mit mir aus, und als ich nach Hause kam, waren sie nirgends aufzufinden! Er sagte mir, er hätte sie verkauft; er zeigte mir das Geld, den Preis ihres Blutes. Da war es, als ob alles Gute mich verließe. Ich wütete und fluchte – verfluchte Gott und die Menschen; und eine Zeitlang, glaube ich, fürchtete er sich wirklich vor mir. Aber er gab nicht nach. Er sagte mir, meine Kinder wären verkauft, aber ob ich sie jemals wiedersehen würde, hinge ganz von ihm ab; und wenn ich mich nicht ruhig verhielte, würden sie es empfinden. Nun, man kann ja alles mit einer Frau machen, wenn man ihre Kinder in der Gewalt hat. Mich machte sein Drohen unterwürfig; ich ließ mir alles gefallen; er schmeichelte mir mit der Hoffnung, daß er sie vielleicht zurückkaufen werde, und so vergingen eine oder zwei Wochen. Eines Tages ging ich spazieren und kam an der Calabuse vorbei. Ich sah ein Gedränge um die Tür stehen und hörte die Stimme eines Kindes – und plötzlich riß sich mein Henry von zwei oder drei Männern los, die ihn hielten, stürzte schreiend auf mich los und klammerte sich an mein Kleid an. Sie kamen fürchterlich fluchend hinter mir her; und ein Mann, dessen Gesicht ich nie vergessen werde, sagte ihm, daß er nicht so entkommen solle; daß er mit in die Calabuse müsse und dort eine Lektion zu bekommen, die er nicht so leicht vergessen werde. Ich versuchte, für ihn vorzubitten – sie lachten mich nur aus; der arme Knabe schrie und sah mir flehend ins Gesicht, und klammerte sich an mich an, bis sie ihn mit Gewalt fortschleppten und mir dabei fast das ganze Kleid herunterrissen; und wie sie ihn hineintrugen, schrie er immer noch: ›Mutter! Mutter! Mutter!‹ Ein Mann stand dabei, der mit mir Mitleid zu haben schien. Ich bot ihm all mein Geld für seine Fürsprache an. Er schüttelte den Kopf und sagte, der Mann behaupte, der Knabe sei unverschämt und widerspenstig gewesen, seit er ihn besitze; und er wolle ein für allemal seinen Trotz brechen. Ich wandte mich um und eilte fort; und auf jedem Schritte glaubte ich ihn schreien zu hören. Ich erreichte unsere Wohnung und stürzte außer Atem in das Wohnzimmer, wo ich Butler fand. Ich erzählte ihm alles und bat ihn, hinzugehen und sich für den Knaben zu verwenden. Er lachte nur und sagte, dem Knaben geschehe ganz recht. Sein Trotz müsse gebrochen werden – je eher desto besser; was könnte ich anderes erwarten? fragte er mich.

In diesem Augenblicke war es mir, als zerspränge etwas in meinem Kopfe. Mir schwindelte und Raserei ergriff mich. Ich erinnere mich noch, ein großes, scharfes Bowiemesser auf dem Tisch liegen gesehen zu haben; ich erinnere mich noch dunkel, daß ich es ergriff und auf ihn losstürzte; und dann wurde alles finster und ich wußte nichts mehr – viele, viele Tage lang nicht.

Als ich wieder zu mir kam, befand ich mich in einem sauberen Zimmer – aber nicht in meinem. Eine alte Negerin war meine Krankenwärterin; und ein Arzt besuchte mich, und man gab sich sehr viel Mühe mit mir. Nach einer Weile erfuhr ich, daß er fort war und mich in diesem Hause zurückgelassen hatte, um verkauft zu werden; und deshalb trugen sie soviel Sorge für mich.

Ich wollte nicht gesund werden und hoffte es auch nicht; aber mir zum Trotz verging das Fieber, und ich genas und stand endlich vom Krankenlager auf. Dann mußte ich mich jeden Tag anputzen; und Herren besuchten uns und rauchten ihre Zigarre und sahen mich an und stellten Fragen und handelten um mich. Ich war so düster und schweigsam, daß niemand mich haben wollte. Sie drohten, mich auszupeitschen, wenn ich nicht heiterer würde und mir Mühe gäbe, mich angenehm zu machen. Endlich kam eines Tages ein Herr, namens Stuart. Er schien einige Teilnahme für mich zu empfinden; er sah, daß mir etwas Schreckliches auf dem Herzen lag, und besuchte mich oft, wenn ich allein war, und überredete mich endlich, ihm mein Herz auszuschütten. Er kaufte mich zuletzt und versprach alles mögliche zu tun, um meine Kinder aufzufinden und zurückzukaufen. Er ging in das Hotel, wo mein Henry gewesen war; sie sagten ihm, er wäre an einen Pflanzer oben am Pearl River verkauft; das ist das letzte, was ich von ihm gehört habe. Dann entdeckte er auch, wo meine Tochter war; eine alte Frau hatte sie in ihrem Hause. Er bot eine bedeutende Summe für sie, aber sie wollten sie nicht verkaufen. Butler erfuhr, daß er sie für mich kaufen wollte; und er ließ mir sagen, daß ich sie nie bekommen würde. Capitain Stuart war sehr gut gegen mich; er besaß eine prächtige Plantage und nahm mich mit dorthin. Im Laufe eines Jahres wurde mir ein Sohn geboren. O dieses Kind! – Wie ich es liebte! Wie ähnlich das kleine Wesen meinem armen Henry sah! Aber ich hatte meinen Entschluß gefaßt – ja, ich hatte mir vorgenommen, kein Kind emporwachsen zu lassen! Ich nahm den Kleinen in meine Arme, als er zwei Wochen alt war, und küßte ihn, und weinte über ihm; und dann gab ich ihm Laudanum ein und hielt ihn fest an meine Brust gedrückt, während er in den Tod hinüberschlief. Wie ich über der Leiche trauerte und weinte! Und wem ist es je im Traume eingefallen, daß ich ihm anders als aus Irrtum das Laudanum gegeben habe? Aber es ist eine von den wenigen Taten, über die ich mich jetzt noch freue. Ich bereue es bis heute noch nicht; wenigstens ist er von aller Plage frei. Was konnte ich dem armen Kinde Besseres geben als den Tod? Nach einer Weile kam die

Cholera, und Capitain Stuart starb; alles starb, was leben wollte: Nur ich – ich, obgleich ich mich bis an die Pforten des Todes drängte – ich lebte! Dann wurde ich verkauft und ging von Hand zu Hand, bis ich welk und runzelig wurde und das Fieber bekam; und dann kaufte mich dieser Elende und brachte mich hierher – und hier bin ich!“

Die Frau schwieg. Sie hatte ihre Geschichte mit einem wilden leidenschaftlichen Haß erzählt und schien sich dabei manchmal an Tom zu wenden, manchmal mit sich selbst zu sprechen. So heftig und überwältigend war die Kraft, mit der sie erzählte, daß Tom sogar eine Zeitlang die Schmerzen seiner Wunden vergaß, und sich auf einen Ellenbogen gestützt erhob und ihr zusah, wie sie ruhelos auf und ab ging, während ihr langes schwarzes Haar sie in schweren Locken umwallte.

„Ihr sagt mir“, sagte sie nach einer Pause, „daß es einen Gott gäbe – einen Gott, der herunterblickt und alle diese Dinge sieht. Vielleicht ist's wahr. Die Klosterschwestern erzählten mir manchmal von einem Tage des Gerichts, wo alles ans Licht kommen soll; wird das nicht ein Tag der Rache werden!

Sie glauben, unsere Leiden seien ein Nichts – es sei ein Nichts, was unsere Kinder zu leiden hätten! Es ist alles nur unbedeutend; und doch bin ich auf den Straßen herumgestrichen, während es mir vorkam, als hätte ich Elend genug auf meinem eigenen Herzen, um die ganze Stadt darunter zu begraben. Ich habe gewünscht, die Häuser möchten auf mich fallen oder die Erde unter mir einsinken. Ja, am Tage des Gerichts will ich vor Gott treten und meine Kinder an Leib und Seele zugrunde gerichtet haben!

Als ich noch ein Mädchen war, glaubte ich, fromm zu sein; ich liebte Gott und betete gern. Jetzt bin ich eine verlorene Seele, verfolgt von Teufeln, die mich Tag und Nacht quälen; sie treiben mich beständig an – und ich werde es gewiß auch nächstens tun!“ sagte sie und ballte die Faust, während ein Blitz des Wahnsinns aus ihren schweren Augen schoß. „Ich will ihn hinschicken, wo er hingehört – er hat nicht weit zu gehen – nächstens, und wenn sie mich dafür lebendig verbrennen!“ Ein langes wildes Gelächter schallte durch den verlassenen Raum und verlief sich in ein hysterisches Schluchzen; krampfhaft stöhnend und zuckend warf sie sich auf den Erdboden.

In wenigen Augenblicken schien der Anfall vorüber zu sein; sie stand langsam auf und schien sich zu sammeln.

„Kann ich noch etwas für Euch tun, armer Mann?“ sagte sie und trat an Toms Lager. „Soll ich Euch noch etwas Wasser reichen?“

Es lag eine anmutsvolle und mitleidige Lieblichkeit in ihrer Stimme und ihrem Wesen, wie sie das sagte, die einen seltsamen Gegensatz zu ihrer früheren Wildheit bildete.

Tom trank das Wasser und sah sie voll Ernst und Mitleid an.

„O Missis, ich wollte, Ihr ginget zu Ihm, der Euch das Wasser des Lebens reichen kann!"

„Zu Ihm gehen! Wo ist er? Wo ist er?" sagte Cassy.

„Er, von dem Ihr mir vorgelesen habt – der Herr."

„Ich habe oft ein Bild von ihm über dem Altare gesehen, als ich noch ein Kind war", sagte Cassy, und ihre Augen starrten, wie in einem melancholischen Traum versunken vor sich hin. „Aber hier ist er nicht! Hier ist nichts als Sünde und lange endlose Verzweiflung! O!" und sie legte die Hand auf ihre Brust und holte tief Atem, als wollte sie eine schwere Bürde heben.

Tom machte eine Gebärde, als wollte er wieder zu sprechen anfangen, aber sie unterbrach ihn mit einem sehr entschiedenen Winke.

„Sprecht nicht, armer Mann. Versucht lieber zu schlafen, wenn's Euch möglich ist." Und nachdem sie den Wasserkrug an sein Bett gestellt hatte, daß er ihn erreichen konnte, und es ihm auch in anderer Weise möglichst bequem gemacht hatte, verließ Cassy den Schuppen.

30. Kapitel Nimm dich in acht, Simon Legree!

Das große Wohnzimmer in Legrees Haus war ein großes langes Gemach mit einem geräumigen Kamin. Früher waren die Wände mit einer brillanten und teuren Tapete bedeckt gewesen, die jetzt zerrissen und mißfarbig vermodernd von den feuchten Wänden herabhing. Überall war der eigentümliche Geruch, aus Moder, Schmutz und Verfall zusammengesetzt, vorherrschend, wie man ihn oft in dumpfigen, alten Häusern bemerkt. Die Tapete war stellenweise von Bier- und Weinflecken verunziert oder mit mit Kreide geschriebenen Notizen und langen zusammenaddierten Zahlenreihen bedeckt, als ob sich jemand hier im Rechnen geübt hätte. Im Kamin stand eine Pfanne mit glühenden Holzkohlen, denn obgleich das Wetter nicht kalt war, war es des Abends in diesem großen Zimmer doch immer feucht und schaurig; und außerdem brauchte Legree Feuer, seine Zigarre anzubrennen und das Wasser zu seinem Punsch heiß zu machen. Die rötliche Glut der Holzkohle beleuchtete das unordentliche und ungemütliche Aussehen des Zimmers – Sättel, Zäume, verschiedenes Geschirr, Reitpeitschen, Überröcke und verschiedene andere Kleidungsstücke lagen überall im Zimmer in verwirrter Mannigfaltigkeit herum, und die schon früher erwähnten Hunde hatten sich nach eigenem Geschmack und Belieben mitten darunter gelagert.

Legree braute sich eben ein Glas Punsch, wozu er das heiße Wasser aus einem zersprungenen Kruge mit abgebrochenem Ausguß goß, und brummte dabei:

„Die Pest über diesen Sambo, daß er einen solchen Skandal zwischen mir und den neuen Leuten anfängt! Der Kerl kann vor einer Woche nicht arbeiten – gerade in der drängendsten Zeit des Jahres!"

„Ja, das sieht Euch ganz ähnlich!" sagte eine Stimme hinter seinem Stuhle. Es war Cassy, die während seines Selbstgesprächs unbemerkt eingetreten war.

„Ha! Teufelsweib! Du bist also wieder da, nicht wahr?"

„Ja, ich bin wieder da", sagte sie kalt; „und noch dazu, um meinen eigenen Willen zu haben!"

„Du lügst, Metze! Ich werde mein Wort halten. Entweder benimm dich vernünftig oder bleibe unten in den Baracken und iß und arbeite mit den übrigen."

„Lieber wollte ich 10000mal in dem schmutzigsten Loche der Baracken wohnen, als in deiner Gewalt sein!" sagte die Frau.

„Aber du bist doch bei alledem in meiner Gewalt", sagte er und sah sie mit wildem Grinsen an. „Das ist wenigstens mein Trost. So setze dich hier auf meinen Schoß, liebes Kind; höre auf vernünftiges Zureden", sagte er und faßte sie am Arme.

„Simon Legree, nimm dich in acht!" sagte das Weib mit einem raschen Blitz in dem Auge und einem so wilden und wahnwitzigen Blick, daß er fast Entsetzen erregte. „Du fürchtest dich vor mir, Simon", sprach sie langsam, „und du hast Ursache dazu! Aber nimm dich in acht, denn ich habe den Teufel im Leibe."

Die letzten Worte flüsterte sie ihm mit zischendem Tone ins Ohr.

„Hinaus! Ich glaube bei meiner Seele, es ist wahr!" sagte Legree, indem er sie von sich stieß und voll Unruhe ansah. „Aber trotz allem, Cassy", sagte er, „warum kannst du nicht gut mit mir sein, wie früher?"

„Gut sein!" sagte sie bitter. Sie brach kurz ab – eine Welt von erstickenden Empfindungen stieg in ihrem Herzen empor und drängte ihre Worte zurück.

Cassy hatte über Legree immer die Art Einfluß behalten, den ein kräftiges leidenschaftliches Weib stets über den rohsten Mann bewahren kann; aber in letzter

Zeit war sie unter dem verabscheuten Joche ihrer Sklaverei immer reizbarer und ruheloser geworden, und ihre Reizbarkeit machte sich manchmal in wahnwitzigem Wüten Luft; und wegen dieser Anfälle fing Legree an sie zu fürchten, denn er war ganz von der abergläubischen Angst vor Wahnsinnigen beherrscht, die man bei rohen und ungebildeten Gemütern häufig findet. Als Legree Emmeline mit nach Hause brachte, flammten alle noch glimmenden Funken weiblichen Gefühls in dem ausgebrannten Herzen Cassys auf, und sie nahm Partei für das Mädchen, und ein wütender Zank fand zwischen ihr und Legree statt. In seiner Wut schwor Legree, er werde sie zur Feldarbeit verwenden, wenn sie sich nicht ruhig verhalte. Mit stolzem Trotz erklärte Cassy, sie werde freiwillig aufs Feld gehen. Und sie arbeitete dort einen Tag, wie wir beschrieben haben, um zu zeigen, wie vollkommen sie die Drohung verachte. Legree war den ganzen Tag über von einer heimlichen Unruhe beherrscht, denn Cassy hatte einen Einfluß auf ihn, von dem er sich nicht befreien konnte. Als sie ihren Korb an die Waage brachte, hatte er ein Zeichen der Nachgiebigkeit erwartet und sie mit halb versöhnlichem, halb spöttischem Tone angeredet; und sie hatte mit der bittersten Verachtung geantwortet.

Die grausame Behandlung des armen Tom hatte sie nur noch mehr gereizt; und sie war Legree bloß in das Haus nachgegangen, um ihn wegen seiner Roheit auszuschelten.

„Ich wollte, du benähmst dich anständig, Cassy“, sagte Legree.

„Du sprichst von Anständigbenehmen! Und was hast du getan? Du, der nicht immer Verstand genug hat, seine teuflische Hitze im Zaume zu halten, um nicht einen seiner besten Arbeiter in der dringendsten Jahreszeit untauglich zu machen!“

„Ich war ein Narr, das ist wahr, daß ich's dazu kommen ließ“, sagte Legree. „Aber da der Bursche den Kopf aufsetzte, mußte sein Trotz gebrochen werden.“

„Ich glaube nicht, daß du seinen Trotz brechen wirst!“

„Nicht?“ sagte Legree und stand leidenschaftlich auf. „Das möchte ich doch sehen! Er wäre der erste Nigger, der's mit mir aufgenommen hätte! Ich lasse ihm jeden Knochen im Leibe zerschlagen, aber nachgeben muß er!“

Gerade da ging die Tür auf und Sambo trat ein. Er näherte sich seinem Herrn mit einer Verbeugung und hielt ihm ein gefaltetes Papier hin.

„Was ist das, du Hund?“ sagte Legree.

„'s ist 'n Hexending, Master!“

„Was?“

„Etwas, was sich Nigger von Hexen geben lassen. Sie fühlen dann nichts, wenn sie gepeitscht werden. Er hatte es mit einer schwarzen Schnur um den Hals gebunden."

Legree war wie die meisten gottlosen und grausamen Menschen abergläubisch.

Er nahm das Papier und öffnete es nicht ohne Zittern.

Es fiel ein Silberdollar heraus und eine lange glänzende Locke von blondem Haar, die sich, als wäre sie lebendig, um Legrees Finger schlang.

„Hölle und Teufel!" schrie er in plötzlicher Leidenschaft, indem er mit den Füßen stampfte und wütend an der Haarlocke zerrte, als ob sie ihn brenne. „Wo ist die hergekommen? Nehmt sie weg! – Verbrennt sie!" kreischte er, indem er sie abriß und in das Kohlenbecken warf. „Wozu hast du sie mir gebracht?"

Sambo stand mit weit offenem Munde und erstarrt vor Staunen da; und Cassy, die das Zimmer eben verlassen wollte, blieb ebenfalls stehen und sah ihn voller Verwunderung an.

„Daß du mir nicht wieder solches Teufelszeug herbringst", sagte er und drohte Sambo, der eiligst seinen Rückzug nach der Tür nahm, mit der Faust, dann hob er den Silberdollar auf und warf ihn klirrend durch die Fensterscheibe hinaus in die Nacht.

Sambo war froh, als er mit heiler Haut zur Tür hinaus war. Als er fort war, schien sich Legree über seinen Schreckanfall ein wenig zu schämen. Er setzte sich mürrisch in seinen Stuhl und trank langsam seinen Punsch.

Cassy wollte unbemerkt von ihm hinausgehen und schlüpfte fort, um den armen Tom zu pflegen, wie wir bereits erzählt haben.

Aber was war mit Legree geschehen – und was konnte in einer einfachen blonden Haarlocke diesen rohen Mann, dessen Herz mit jeder Form der Grausamkeit vertraut war, entsetzen? Um eine Antwort darauf zu geben, müssen wir viele Jahre zurückgehen. So verhärtet und verworfen auch der gottlose Mann jetzt zu sein schien, so hatte es doch eine Zeit gegeben, wo ihn eine Mutter an ihrem Busen eingewiegt und ihn mit Gebeten und frommen Liedern eingesungen hatte – wo das Wasser der heiligen Taufe seine jetzt sündenbeladene Stirn benetzt hatte. In frühester Kindheit hatte eine blondhaarige Mutter ihn beim Schalle der Sabbatglocke zur Gottesverehrung und zum Gebete geführt. Im fernen Neuengland hatte diese Mutter ihren einzigen Sohn mit langdauernder unveränderlicher Liebe und geduldigen Gebeten aufgezogen. Von einem hartherzigen Vater gezeugt, an welchen diese sanfte Frau eine Welt von ungewürdigter Liebe verschwendet hatte, war Legree in die Fußstapfen seines Vaters getreten. Roh, widerspenstig und tyrannisch, verachtete er ihre Ratschläge und Ermahnungen und riß sich schon in früher Jugend von ihr los, um sein Glück zur See zu versuchen. Nur ein einziges Mal kehrte er nach Hause zurück, und da umfing ihn seine Mutter mit der Sehnsucht eines Herzens, das etwas lieben muß und nichts anderes zu lieben hat, und suchte ihn mit heißem Gebete und Flehen einem sündigen Leben zu seinem ewigen Seelenheil zu entreißen.

Das war Legrees Tag der Gnade. An jenem Tage riefen ihn gute Engel; an jenem Tage war er fast gewonnen, und die Barmherzigkeit hielt ihn an der Hand. Sein Herz wurde innerlich weich – er kämpfte in sich – aber die Sünde trug den Sieg davon, und er setzte die ganze Kraft seiner rauhen Natur gegen die Überzeugung seines Gewissens. Er zechte und fluchte und war wilder und brutaler als je. Und eines Abends, wo seine Mutter in der letzten Qual ihrer Verzweiflung sich ihm zu Füßen warf, stieß er sie mit dem Fuße von sich, daß sie bewußtlos zu Boden sank, und floh mit rohen Flüchen auf sein Schiff. Das nächste Mal hörte Legree von seiner Mutter bei einem Gelage mit betrunkenen Zechgenossen, wo man ihm einen Brief übergab. Er brach ihn auf und eine lange Haarlocke fiel heraus und wickelte sich um seine Finger. Der Brief meldete ihm den Tod seiner Mutter und daß sie ihn sterbend gesegnet und ihm verziehen habe. Das Böse besitzt eine schauerliche unheilige Zauberkraft, welches die herrlichsten und heiligsten Dinge zu Phantomen des Schreckens und Entsetzens macht. Die bleiche zärtliche Mutter – ihr Sterbegebet und ihre vergebende Liebe – wirkten in dem dämonischen Sünderherzen wie ein Verdammungsurteil, begleitet von einer bangen Furcht vor dem Gericht und dem göttlichen Zorne. Legree verbrannte die Haarlocke und verbrannte den Brief, und wie er sie in der Flamme zischen und prasseln sah, schauderte er innerlich, wie er an das ewige Feuer dachte. Er versuchte sich die Erinnerung durch Zechen und Schwelgen und Fluchen zu vertreiben, aber oft in tiefer Nacht, deren feierliche Stille die Seele des Lasterhaften zu gezwungener Einkehr in sich selbst treibt, hatte er die bleiche Mutter neben seinem Bette stehen sehen und gefühlt, wie sich das weiche Haar um seine Finger wickelte, bis der kalte Todesschweiß ihm am Gesicht hinablief und er entsetzt aus dem Bette sprang.

„Verwünscht!“ sprach Legree vor sich hin, wie er seinen Punsch nippte. „Wie ist er dazu gekommen? Ob es nicht gerade aussah, wie – hu! Ich dachte, ich hätte das vergessen. Verflucht will ich sein, wenn ich glaube, man könnte überhaupt was vergessen – zum Henker damit! Es ist mir so einsam! Ich will Emmeline rufen. Sie kann mich nicht leiden – der Zieraffe! 's ist mir einerlei – ich will schon machen, daß sie kommt!“

Legree trat in eine große Vorhalle, aus welcher man auf eine Wendeltreppe, die früher einmal prächtig gewesen, in das obere Geschoß ging; aber der Durchgang war schmutzig und liederlich und von Kisten und unansehnlichem Gerumpel versperrt. Die mit keinem Teppich überzogene Treppenflucht schien sich in dem Dunkel hinaufzuwinden, niemand weiß, wohin. Der blasse Mondschein schimmerte durch ein zerbrochenes Fenster über der Tür. Die Luft war dumpf und schaurig, wie in einem Grabgewölbe.

Legree blieb an dem Fuß der Treppe stehen und hörte eine Stimme singen. Es kam ihm in dem öden alten Hause so seltsam und geisterhaft vor, vielleicht, weil seine Nerven schon in einem angegriffenen Zustande waren. „Horch! Was ist das?“ Eine wilde pathetische Stimme sang ein unter den Sklaven sehr gebräuchliches Kirchenlied:

„O Jammer, Jammer, Jammer wird erschallen,
Wenn Christus auf dem Richterthrone sitzt!“

„Verdammt sei das Mädchen!“ sagte Legree. „Ich will ihr das Maul stopfen. – Emmeline! Emmeline!“ rief er laut und drohend; aber nur ein spöttischer Widerhall von den Wänden antwortete ihm. Die liebliche Stimme sang weiter:

„Dort trennen Eltern sich von Kindern!
Dort trennen Eltern sich von Kindern,
Um nimmer wieder sich zu sehn!“

Und klar und laut schallte durch die leeren Hallen der Refrain:

„O Jammer, Jammer, Jammer wird erschallen,
Wenn Christus auf dem Richterthrone sitzt!“

Legree blieb stehen. Er hätte sich geschämt, es zu erzählen, aber große Schweißtropfen standen ihm auf der Stirn und sein Herz schlug laut vor Furcht; es war ihm sogar, als sähe er in dem Raume vor sich etwas Weißes sich erheben und schimmern, und schauderte bei dem Gedanken, daß die Gestalt seiner toten Mutter ihm plötzlich erscheinen könnte.

„Eins weiß ich“, sagte er vor sich hin, wie er zurück in sein Zimmer wankte und sich hinsetzte; „ich will diesen Kerl von nun an ungeschoren lassen; was brauchte ich nur sein verfluchtes Papier anzugreifen? Ich glaube wahrhaftig, ich bin behext! Ich habe seit der Zeit beständig gefröstelt oder geschwitzt! Wo mag er die Haarlocke herhaben? Es kann doch nicht die gewesen sein! Die habe ich verbrannt, das weiß ich! Es wäre doch närrisch, wenn eine Haarlocke wieder auferstehen könnte!“

Ach Legree! Diese goldene Locke war bezaubert; jedes Haar derselben hielt dich mit einem Zauber von Schrecken und Reue umfangen und wurde von einer höheren Macht benutzt, deine grausamen Hände zu binden, damit sie dem Hilflosen nicht das äußerste Leid zufügten!

„Ihr da!“ sagte Legree, indem er mit dem Fuße stampfte und den Hunden pfiff. „Steht auf und leistet mir Gesellschaft!“ Aber die Hunde öffneten nur schläfrig ein Auge und machten es wieder zu.

„Ich werde Sambo und Quimbo rufen, daß sie mir was vorsingen und einen ihrer Höllentänze tanzen, um mir diese gräßlichen Gedanken zu vertreiben“, sagte Legree, und er setzte seinen Hut auf, trat auf die Veranda hinaus und stieß in ein Horn, mit dem er gewöhnlich seine beiden Sklavenaufseher herbeirief.

Wenn Legree bei gnädiger Laune war, ließ er oft diese beiden Würdigen zu sich aufs Zimmer kommen, machte ihnen erst den Kopf mit Whisky warm und fand dann einen Spaß daran, sie singen, tanzen oder sich balgen zu lassen, wie es ihm seine Laune eingab.

Als Cassy zwischen ein und zwei Uhr nachts von ihren dem armen Tom geleisteten Liebesdiensten zurückkehrte, hörte sie wildes Schreien, Jauchzen und Singen, untermischt mit Hundegebell und andere Symptome allgemeinen Aufruhrs aus Legrees Zimmer erschallen.

Sie ging die Verandastufen hinauf und sah hinein. Legree und die beiden Aufseher, alle drei in einem Zustande viehischer Betrunkenheit, sangen, brüllten, warfen Stühle um und zogen sich allerlei lächerliche und gräßliche Gesichter.

Sie legte ihre kleine zarte Hand auf den Fensterrahmen und sah ihnen zu. Es lag eine Welt von Seelenschmerz, bitterer Verachtung und wildem Groll in den schwarzen Augen, während sie hinblickte. „Wäre es eine Sünde, die Welt von einem solchen Elenden zu befreien?“ sprach sie zu sich selbst.

Sie ging um das Haus herum nach einer Hintertür, schlich sich die Treppe hinauf und klopfte an Emmelines Tür.

31. Kapitel Emmeline und Cassy

Cassy trat ins Zimmer und fand Emmeline bleich vor Furcht in der entferntesten Ecke desselben sitzen. Wie sie eintrat, fuhr das Mädchen angstvoll empor; aber als es Cassy erkannte, sprang es auf, ergriff ihren Arm und sagte: „O Cassy, Ihr seid's? Ach, wie es mich freut, daß Ihr kommt. Ich fürchtete, es wäre –. Ach, Ihr wißt gar nicht, was für ein schrecklicher Lärm den ganzen Abend unten gewesen ist!"

„Ich sollte es wissen", sagte Cassy trocken. „Ich habe es oft genug gehört!"

„O, Cassy, sagt mir, können wir nicht fort von hier? Es ist mir gleichgültig, wohin – meinetwegen in den Sumpf unter die Schlangen! Könnten wir nicht irgendwohin weg von hier?"

„Nirgendshin, als in unser Grab", sagte Cassy.

„Habt Ihr es jemals versucht?"

„Ich habe genug gesehen von Versuchen und was danach folgte", sagte Cassy.

„Ich wollte gern in den Sümpfen leben und die Rinde von den Bäumen nagen. Ich fürchte mich vor den Schlangen; aber lieber wollte ich eine neben mir haben, als ihn", sagte Emmeline schaudernd.

„Es sind schon viele hier Eurer Meinung gewesen", sagte Cassy. „Aber Ihr könntet nicht in den Sümpfen bleiben – die Hunde würden Euch aufspüren, und man würde Euch zurückbringen und dann – dann –."

„Was würde er tun?" sagte das Mädchen und sah ihr mit atemloser Spannung ins Gesicht.

„Was würde er nicht tun? solltet Ihr lieber fragen", sagte Cassy. „Er hat sein Handwerk unter den Piraten Westindiens gut gelernt. Ihr würdet nicht viel schlafen, wenn ich Euch Sachen erzählen wollte, die ich gesehen habe – Sachen, die er manchmal als gute Späße erzählt. Ich habe hier Schreie gehört, die ich mehrere Wochen lang nicht habe vergessen können. Dort bei den Baracken ist ein abgelegener Platz, wo Ihr einen schwarzen verbrannten Baum sehen könnt, rund um den die Erde mit Kohle und Asche bedeckt ist. Fragt jemanden, was dort geschehen ist, und seht, ob sie es wagen werden, es Euch zu sagen."

„Ach was meint Ihr?"

„Ich mag es Euch nicht erzählen. Der Gedanke daran ist mir verhaßt. Und ich sage Euch, Gott allein weiß, was wir vielleicht morgen noch zu sehen bekommen, wenn dieser arme Mann so aushält, wie er angefangen hat."

„Entsetzlich!“ sagte Emmeline, deren Wangen leichenblaß wurden. „O Cassy, sagt mir, was ich tun soll!“

„Was ich getan habe. Lebt so gut, als es Euch erlaubt ist; tut, was Ihr müßt, und macht es gut mit Hassen und Verwünschungen.“

„Er wollte durchaus, ich sollte von seinem abscheulichen Branntwein trinken“, sagte Emmeline, „und er ist mir so verhaßt –“

„Ihr tut besser, wenn Ihr welchen trinkt“, sagte Cassy. „Er war mir auch einmal ein Abscheu, und jetzt kann ich nicht ohne ihn leben. Man muß etwas haben; die Sachen sehen nicht so schrecklich aus, wenn man sich das angewöhnt.“

„Die Mutter sagte mir immer, ich sollte nie einen Tropfen davon anrühren“, sagte Emmeline.

„Die Mutter hat es Euch gesagt!“ sagte Cassy mit herzdurchdringendem, bitterem Nachdruck auf dem Worte Mutter verweilend. „Wozu sagen Mütter überhaupt etwas? Was nützt es? Ihr müßt doch alle verkauft und bezahlt werden, und Eure Seelen gehören dem, welcher Euch erwirbt. So geht es einmal in der Welt zu. Ich sage, trinkt Branntwein, trinkt so viel Ihr könnt, und es wird Euch leichter auf der Welt werden.“

„O Cassy! Habt Mitleid mit mir!“

„Mitleid! Habe ich es nicht? Habe ich nicht eine Tochter – Gott weiß, wo sie jetzt ist und wem sie gehört! Sie wird wohl den Weg gehen, den ihre Mutter vor ihr gegangen ist und den ihre Kinder nach ihr gehen müssen! Dieser Fluch dauert in alle Ewigkeit fort!“

„Ich wollte, ich wäre nie geboren!“ sagte Emmeline und rang die Hände.

„Das habe ich schon oft gewünscht“, sagte Cassy. „Ich habe mich an den Wunsch gewöhnt. Ich würde sterben, wenn ich's wagte“, sagte sie und sah mit der stillen und starren Verzweiflung, welche sich gewöhnlich in ihrem Gesicht ausdrückte, wenn sie schwieg, in die Nacht hinaus.

„Es wäre gottlos, sich selbst das Leben zu nehmen“, sagte Emmeline.

„Ich weiß nicht, warum; es ist nicht gottloser, als so wie wir zu leben und Tag für Tag zu sein. Aber die Schwestern erzählten mir Dinge, als ich im Kloster war, die mir Furcht vor dem Tode einflößten. Wenn es nur das Ende von allem wäre, ja dann –“

Emmeline wendete sich weg und verbarg ihr Gesicht mit den Händen.

Während dieses Gespräch in der Kammer stattfand, war Legree von den Folgen des Gelages unten im Zimmer in Schlaf gesunken. Legree war kein Trunkenbold.

Seine grobe, starke Natur verlangte und ertrug eine beständige Anreizung, die eine feinere Natur ganz aus den Angeln gehoben hätte. Aber eine ihm tief eingeprägte Neigung zur Vorsicht hielt ihn ab, oft der Versuchung in solchem Maße nachzugeben, daß er alle Gewalt über sich verlor.

Diese Nacht hatte er jedoch in seinen fieberischen Versuchen, aus seiner Seele die schrecklichen Elemente des Schmerzes und der Reue, die in ihm erwachten, zu verbannen, mehr als gewöhnlich genossen, so daß er, als er seine schwarzen Zechgenossen entlassen hatte, schwer in einen Sessel sank und fest einschlief.

Als Legree am nächsten Morgen erwachte, schenkte er sich ein großes Glas Branntwein ein und trank es halb aus.

„Ich habe eine höllische Nacht gehabt!“ sagte er zu Cassy, die gerade zu einer entgegengesetzten Türe hineintrat.

„Du wirst bald noch viele von der Art haben“, sagte sie trocken.

„Was meinst du damit?“

„Das wirst du schon mit der Zeit sehen“, gab Cassy in demselben Tone zurück. „Aber jetzt, Simon, habe ich dir einen guten Rat zu geben.“

„Beim Teufel auch!“

„Mein Rat ist“, sagte Cassy ruhig, wie sie hier und da im Zimmer einige Ordnung herzustellen versuchte, „daß du Tom ungeschoren läßt.“

„Was geht das dich an?“

„Was? Allerdings eigentlich nichts. Wenn du Lust hast, für einen Burschen 1200 Dollar zu bezahlen und ihn in der pressantesten Zeit der Lese zugrunde zu richten, bloß um deiner Bosheit zu genügen, so geht das mich nichts an. Ich habe mein möglichstes getan.“

„So? Was mischest du dich in meine Angelegenheiten?“

„Sie gehen mich eigentlich nichts an, das ist wahr. Ich habe dir schon zu verschiedenen Zeiten einige tausend Dollar erspart, weil ich deine Sklaven gepflegt habe – und das ist mein Dank dafür. Wenn du mit einer geringeren Ernte auf den Markt kommst als die übrigen, so verlierst du wahrscheinlich deine Wette, nicht? Tomkins wird wahrscheinlich nicht auf dich herabsehen, und du wirfst ihm das Geld auf den Tisch, nicht wahr? Ich sehe dich schon!“

Wie viele andere Plantagenbesitzer hatte Legree nur einen Ehrgeiz – die größte Ernte für dieses Jahr zu haben; und gerade für diese Lese war er in der nächsten Stadt mehrere Wetten eingegangen. Mit dem den Frauen eigentümlichen Takt hatte daher Cassy die einzige Saite berührt, die bei ihm anklingen konnte.

„Nun, es soll bei dem bleiben, was er bekommen hat", sagte Legree, „aber er muß mich um Verzeihung bitten und sich besser aufzuführen versprechen."

„Das wird er nicht tun", sagte Cassy.

„Nicht, he?"

„Nein, er wird es nicht tun", sagte Cassy.

„Ich möchte das Warum wissen, Mistreß", sagte Legree mit dem äußersten Hohne.

„Weil er gut gehandelt hat und es weiß und nicht sagen wird, er habe unrecht getan."

„Wer, zum Teufel, schert sich darum, was er weiß? Der Nigger soll sagen, was ich haben will, oder –"

„Oder du verlierst deine Wette wegen der Baumwollernte, weil du ihn gerade, wenn er am notwendigsten ist, von der Feldarbeit fern hältst."

„Aber er wird nachgeben – natürlich; als ob ich die Nigger nicht kennte! Er wird heute morgen betteln wie ein Hund."

„Das wird er nicht, Simon; du kennst diese Art nicht. Du kannst ihn zollweise töten, aber du bekommst nicht das erste Wort der Nachgiebigkeit aus ihm heraus."

„Wir werden sehen. Wo ist er?" sagte Legree und ging hinaus.

„In der Rumpelkammer des Speichers, wo der Baumwollgin steht", sagte Cassy.

Obgleich Legree sich so tapfer gegen Cassy geäußert hatte, verließ er doch das Haus mit einem Grade von Bangigkeit, die bei ihm nicht gewöhnlich war. Seine Träume während vergangener Nacht und Cassys Abmachungen hatten einen großen Eindruck auf sein Gemüt gemacht. Niemand sollte Zeuge seines Versuchs bei Tom sein, und er beschloß, wenn er ihn nicht durch Einschüchterung zur Unterwerfung bringen könnte, seine Rache bis auf eine gelegene Zeit zu verschieben.

„Nun, Bursche", sagte Legree mit einem verächtlichen Fußstoße, „wie geht dir's heute? Sagte ich dir nicht, ich wollte dich eine Kleinigkeit lehren? Wie gefällt dir's denn eigentlich? Wie ist dir denn die Peitsche bekommen, Tom? Nicht wahr, ganz so munter, wie gestern abend, nicht wahr? Du könntest jetzt wohl nicht einen armen Sünder mit einem Stück Predigt dienen? He?"

Tom gab keine Antwort.

„Steh auf, du Bestie!" sagte Legree und gab ihm wieder einen Fußtritt.

Das war nicht leicht für einen, der so wund und schwach war, und da es Tom sehr viel Mühe machte, lachte Legree roh.

„Was macht dich nur heute morgen so munter, Tom, oder hast du dich vielleicht diese Nacht erkältet?"

Tom war mittlerweile auf die Füße gekommen und stand seinem Herrn mit ruhiger und unbewegter Stirn gegenüber.

„Den Teufel auch, es geht noch!" sagte Legree und betrachtete ihn vom Kopf bis zu den Füßen. „Ich glaube, du hast noch nicht genug bekommen. Jetzt, Tom, kniest du nieder und bittest mich für deine Streiche von gestern abend um Verzeihung."

Tom regte sich nicht.

„Knie nieder, du Hund!" sagte Legree und schlug ihn mit der Reitpeitsche.

„Master Legree", sagte Tom, „ich kann nicht. Ich habe nur getan, was ich für recht hielt. Ich werde es wieder so machen, wenn die Gelegenheit dazu kommt. Ich werde nie eine grausame Handlung begehen. Komme, was da wolle."

„Ja, aber du weißt nicht, was da kommen mag, Master Tom. Du denkst, was du bekommen hast, sei etwas. Ich sage dir, das ist noch nichts – noch gar nichts. Wie würde dir's gefallen, wenn man dich an einen Baum bände und ein langsames Feuer rings um dich anzündete? Wäre das nicht hübsch – he, Tom?"

„Master", sagte Tom, „ich weiß, Sie können schreckliche Dinge tun, aber" – er richtete sich empor und schlug die Hände zusammen – „aber nachdem Sie den Leib getötet haben, können Sie weiter nichts tun. Und ach, dann kommt die ganze Ewigkeit!"

„Ewigkeit" – das Wort durchzuckte des Negers Seele, wie er sprach, mit Licht und Macht – es zuckte auch durch des Sünders Seele wie ein Skorpionenstich. Legree knirschte mit den Zähnen, aber die Wut machte ihn stumm, und Tom sprach wie ein von Fesseln befreiter Mann mit klarer und heiterer Stimme:

„Master Legree, da Sie mich gekauft haben, will ich Ihnen ein wahrer und getreuer Knecht sein. Sie sollen alle Arbeit meiner Hände, alle meine Zeit, alle meine Kräfte haben, aber meine Seele gebe ich in keines sterblichen Menschen Hand. Ich will an dem Herrn festhalten und seine Gebote über alles setzen, mag ich sterben oder leben, darauf können Sie sich verlassen. Master Legree, ich fürchte mich nicht im geringsten vor dem Tode. Ich würde ebensogern gleich sterben als leben bleiben. Sie können mich peitschen, mich hungern lassen, mich verbrennen – es wird mich nur zeitiger dahin bringen, wohin ich verlange."

„Ich will dich aber schon nachgeben machen, ehe ich mit dir fertig bin!“ schrie ihn Legree voll Wut an.

„Ich werde Hilfe haben“, sagte Tom. „Es wird Ihnen nie gelingen.“

„Wer, zum Teufel, soll dir helfen?“ sagte Legree höhnisch.

„Gott der Allmächtige!“ sagte Tom.

„Verdammt seist du!“ sagte Legree und schlug Tom mit seiner schweren Faust zu Boden.

In diesem Augenblick fühlte Legree eine kalte weiche Hand auf der seinen. Er drehte sich um – es war Cassy; aber die kalte weiche Berührung erinnerte ihn an seinen Traum von voriger Nacht, und es drängten sich durch sein Gehirn alle die schrecklichen Bilder der ruhelosen Nächte und ein Teil des Entsetzens, welches dieselben begleitete.

„Willst du immer unverständig sein?“ sagte Cassy auf französisch. „Laß ihn gehen! Überlaß es mir, ihn wieder tauglich zu machen. Ist es nicht ganz so, wie ich gesagt habe?“

Man sagt, der Alligator oder das Rhinozeros hätten, obgleich in kugelfeste Panzer eingehüllt, jeder eine Stelle, wo sie leicht verletzlich wären; und bei wilden, frechen und gottlosen Verworfenen besteht dieser wunde Fleck gewöhnlich in einer abergläubischen Furcht. „Hörst du!“ sagte er zu Tom. „Ich schone dich jetzt, weil die Arbeit treibt und ich alle meine Leute brauche, aber ich vergesse nie. Ich merke es dir auf dem Kerbholze an, und es wird schon die Zeit kommen, wo du es mir mit deinem alten, schwarzen Fell bezahlen mußt – das merke dir!“

Legree drehte sich um und ging zur Tür hinaus.

32. Kapitel Freiheit!

Eine Zeitlang müssen wir Tom in den Händen seiner Peiniger lassen und mittlerweile uns wieder einmal um die Schicksale Georges und seiner Gattin bekümmern, die wir in befreundeter Obhut in einer Farm an der Landstraße verließen.

Tom Loker wälzte sich stöhnend in einem höchst fleckenlos reinen Quäkerbett unter der mütterlichen Aufsicht der Tante Dorcas herum, die in ihm einen ziemlich ebenso fügsamen Patienten fand, wie in einem kranken Büffel.

Man denke sich eine hohe, würdevolle, durchgeistigt aussehende Frau, deren weiße Musselinmütze silberweißes Haar umschließt und deren breite klare Stirn sich über gedankenvollen grauen Augen wölbt; ein schneeweißes Halstuch von Crepp de Lisse faltet sich sauber über ihren Busen; ihr glänzendes braunes Seidenkleid rauscht friedlich, wie sie im Zimmer hin und her schwebt.

„Zum Teufel!“ sagte Tom Loker und wirft sich unter den Bettüchern herum.

„Ich muß dich bitten, Thomas, dich nicht solcher Worte zu bedienen“, sagte Tante Dorcas, während sie ruhig das Bett wieder zurechtmachte.

„Na, ich will's nicht tun, Großmutter, wenn's mir möglich ist“, sagte Tom. „Aber 's ist so verwünscht heiß, daß man wohl einmal fluchen möchte.“

Dorcas nahm ein Fußkissen vom Bett, strich die Decken wieder glatt und stopfte sie unter, bis Tom fast wie ein großes Wickelkind aussah, wobei sie bemerkte:

„Ich wünschte, Freund, du ließest das Fluchen und Schwören und dächtest über dein Leben nach.“

„Was, zum Teufel“, sagte Tom, „soll ich darüber nachdenken? Das ist das allerletzte, woran ich denken möchte – hol's der Henker!“ Und Tom warf sich im Bett herum und brachte dabei wieder das Bettzeug in die schrecklichste Unordnung.

„Der Bursche und das Mädel sind hier, vermute ich“, sagte er nach einer Pause mürrisch.

„Sie sind hier“, sagte Dorcas.

„Sie täten besser, so rasch als möglich weiterzureisen und über den See zu fahren“, sagte Tom.

„Das werden sie wahrscheinlich tun“, sagte Tante Dorcas und strickte ruhig weiter.

„Und hört“, sagte Tom, „wir haben Korrespondenten in Sandusky, welche für uns auf die Boote achtgeben, 's ist mir einerlei, ob Ihr's jetzt erfahrt. Ich hoffe jetzt, sie entkommen, bloß um Marks zu ärgern – der verwünschte Laffe! – verdamme ihn!“

„Thomas!“ sagte Dorcas.

„Ich sage Euch, Großmutter, wenn Ihr einen Burschen zu stark zustöpselt, so platzt er“, sagte Tom. „Aber was die Dirne betrifft – sagt ihr, sie solle sich verkleiden, damit man sie nicht erkennt. Ihr Signalement ist nach Sandusky geschickt.“

„Wir werden das Nötige besorgen“, sagte Dorcas mit charakteristischer Ruhe.

Da wir hier von Tom Loker Abschied nehmen, so können wir gleich jetzt erzählen, daß, nachdem er an einem rheumatischen Fieber, welches sich seinen anderen

Leiden zugesellte, drei Wochen bei den Quäkern krank gelegen, mit einem demütigeren und besseren Gemüt aufstand, und anstatt sich auf die Sklavenfängerei zu begeben, nach einer der neuen Ansiedlungen zog, wo seine Anlagen eine bessere Verwendung im Fange von Bären, Wölfen und anderen Bewohnern der Wälder fanden. Er erwarb sich damit sogar eine Art Ruhm im Lande. Tom sprach immer mit großer Ehrerbietung von den Quäkern. „Hübsche Leute", pflegte er zu sagen, „wollten mich bekehren, aber paßte mir doch nicht recht. Aber ich sage Euch, Fremder, einen Kranken können sie vortrefflich auffieren, das ist wahr! Machen wahrhaftig die beste Kraftbrühe und andere Chosen."

Da man von Tom erfahren hatte, daß man in Sandusky auf die Flüchtlinge ein Auge haben werde, so hielt man es für das Geratenste, sie zu teilen. Jim und seine alte Mutter traten ihre Reise für sich an; und ein oder zwei Abende später wurden George und Elise mit ihrem Kinde heimlich nach Sandusky gefahren und unter einem gastlichen Dache untergebracht, bevor sie ihre letzte Tagesreise zur Freiheit über den See antraten.

Ihre Nacht war jetzt fast vorüber und der Morgenstern der Freiheit erhob sich glänzend vor ihnen. Freiheit! begeisterndes Wort! Was ist sie? Ist sie etwas mehr als ein Name, eine rhetorische Phrase? Warum, Männer und Frauen Amerikas, erzittert Euch das Herz bei diesem Wort, für welches Eure Bären bluteten und für welches Eure besseren Mütter gern ihre edelsten Söhne hingeben?

Kann einer Nation etwas herrlich und teuer sein, was nicht zugleich einem Manne herrlich und teuer ist? Was ist Freiheit einer Nation anders, als Freiheit für jeden einzelnen derselben? Was ist Freiheit für den Jüngling, der dort sitzt, die Arme über die breite Brust geschlagen, die Farbe afrikanischen Bluts auf seiner Wange und dunkles Feuer im Auge – was ist Freiheit für George Harris? Euren Vätern war Freiheit das Recht einer Nation, eine Nation zu sein. Ihm ist es das Recht eines Menschen, ein Mensch und kein Tier zu sein; das Recht, das Weib seines Herzens sein Weib zu nennen und es vor gesetzloser Gewalttat zu schützen; das Recht, sein Kind zu beschützen und zu erziehen; das Recht, eine eigene Religion, einen eigenen Charakter zu haben, ohne dem Willen eines andern unterworfen zu sein. Alle diese Gedanken bewegten mit Ungestüm Georges Herz, wie er nachdenklich den Kopf auf die Hand stützte und seiner Gattin zusah, die ihre zierliche Gestalt in Manneskleider hüllte, die man ihr als die sicherste Verhüllung für ihre Flucht vorgeschlagen hatte.

„Nun die Hauptsache", sagte sie, wie sie vor dem Spiegel stand und ihr reiches schwarzes Lockenhaar auf die Schultern herabfallen ließ. „Ist's nicht fast schade, George?" sagte sie, wie sie ein paar Locken spielend emporhob, „'s ist schade, daß alles abgeschnitten werden muß."

George lächelte trübe und gab keine Antwort.

Elisa sah wieder in den Spiegel, und die Schere funkelte, wie sie eine lange Locke nach der andern von ihrem Haupte trennte.

„So, so wird's gehen“, sagte sie und nahm eine Haarbürste, „nun noch ein paar kunstreiche Striche.“

„So – bin ich nicht ein hübscher Junge?“ sagte sie und wendete sich lachend und errötend zu ihrem Gatten.

„Du wirst immer hübsch sein, magst du tun, was du willst“, sagte George.

„Weshalb bist du so ernst?“ sagte Elisa, indem sie auf ein Knie niedersank und ihre Hand auf die seine legte. „Wir sind nur 24 Stunden von Kanada“, sagte sie. „Nur ein Tag und eine Nacht auf dem See und dann – o dann!“

„O Elisa!“ sagte George und zog sie an sich. „Das ist's eben! Jetzt zieht sich mein ganzes Schicksal auf einen einzigen kleinen Punkt zusammen. Dem Ziele so nahe zu sein, es fast zu erblicken – und dann alles verlieren. Ich könnte es nicht überleben, Elisa.“

„Fürchte dich nicht“, sagte seine Frau hoffnungsvoll. „Der gute Gott wird uns nicht so weit geführt haben, wenn er uns nicht vollends retten wollte. Es ist mir, als fühlte ich seine Nähe, George.“

„Du bist wie eine Heilige, Elisa“, sagte George und drückte sie krampfhaft an sich. „Aber – ach, sage mir! Kann uns wirklich diese große Gnade bestimmt sein? Werden diese langen Jahre des Elends zu Ende sein? – Werden wir frei sein?“

„Ich bin dessen gewiß, George“, sagte Elisa mit einem Blicke himmelwärts, während Tränen der Hoffnung und der Begeisterung in ihren langen dunklen Wimpern glänzten. „Ich fühle es innerlich, daß Gott uns heute noch aus der Sklaverei erlösen wird.“

„Ich will dir glauben, Elisa“, sagte George und stand rasch auf. „Ich will glauben. Komm, wir wollen fort. Wahrhaftig“, sagte er, indem er sie auf Armlänge von sich entfernt hielt und sie bewundernd anschaute, „du bist ein hübscher Junge. Dieses klein gelockte Haar steht dir ganz allerliebst. Setz deine Mütze auf. So – ein wenig auf die eine Seite. Du bist mir noch nie so hübsch vorgekommen. Aber es ist fast Zeit für den Wagen; ich möchte wissen, ob Missis Smith Harry angezogen hat?“ Die Tür ging auf, und eine anständige Frau von mittleren Jahren trat ein, den kleinen Harry, wie ein Mädchen angezogen, an der Hand führend.

„Was er für ein hübsches Mädchen vorstellt“, sagte Elisa und drehte sich um. „Wir müssen ihn Harriet nennen, meine ich. Klingt nicht der Name allerliebst?“

Das Kind betrachtete mit ernstem Gesicht seine Mutter in ihrem neuen und ungewohnten Anzuge und beobachtete ein tiefes Schweigen, währenddessen es nur manchmal tief seufzte und unter seinen dunklen Locken hervor nach ihr lugte.

„Kennt Harry die Mama nicht?“ sagte Elisa und streckte ihm die Hände entgegen.

Das Kind klammerte sich schüchtern an die Frau.

„Laß doch, Elisa, warum versuchst du ihn zu dir zu locken, da du doch weißt, daß er sich fern von dir halten soll.“

„Ich weiß, daß es unverständig ist“, sagte Elisa, „aber ich kann den Gedanken nicht ertragen, daß er sich von mir abwendet. Aber komm – wo ist mein Mantel? Hier – wie nehmt ihr Männer den Mantel um, George?“

„Du mußt ihn so tragen“, sagte ihr Mann und warf ihn über seine Achsel.

„So also“, sagte Elisa und machte es ihm nach; „und ich muß fest auftreten und lange Schritte machen und den Leuten keck ins Gesicht sehen.“

„Gib dir keine Mühe“, sagte George. „Man findet gelegentlich einmal einen bescheidenen jungen Mann, und ich glaube, diese Rolle zu spielen würde dir leichter sein.“

„Und diese Handschuhe! Himmlische Güte!“ sagte Elisa. „Meine Hände verlieren sich ja darin.“

„Ich rate dir, sie beileibe nicht auszuziehen“, sagte George. „Dein niedliches feines Händchen könnte uns alle verraten. Also, Missis Smith, Sie sollen unter unserer Obhut reisen und unser Tantchen sein – vergessen Sie das nicht.“

„Wie ich höre“, sagte Mrs. Smith, „sind Leute dagewesen, die alle Schiffscapitaine vor der Aufnahme eines Mannes und einer Frau mit einem kleinen Knaben gewarnt haben.“

„Wirklich!“ sagte George. „Nun, wenn wir Leute der Art sehen, können wir es ihnen sagen.“

Ein Wagen fuhr jetzt vor der Tür vor, und die befreundete Familie, welche die Flüchtlinge aufgenommen hatte, drängte sich jetzt um sie, um Lebewohl zu sagen.

Die Verkleidungen, welche unsere Freunde angelegt hatten, waren nach den Winken Tom Lokers eingerichtet. Mrs. Smith, eine achtbare Frau aus Kanada, wohin sie flüchteten, und die zum Glück gerade im Begriff stand, dorthin über den See zurückzukehren, hatte sich erboten, die Rolle von Harrys Tante zu spielen; und um ihn an sie zu gewöhnen, war er die beiden letzten Tage ganz ihrer Obhut überlassen worden, und ein Extrazuschuß von Liebkosungen nebst einem unerschöpflichen Reichtum von Kuchen und Kandis hatten eine sehr innige Anhänglichkeit von seiten des jungen Herrn erzeugt.

Die Kutsche fuhr nach dem Kai. Die beiden jungen Männer stiegen aus und gingen über die Planke aufs Boot, wobei Elisa voll Galanterie Missis Smith den Arm bot und George auf das Gepäck achtgab.

George stand vor dem Büro des Capitains und bezahlte für die Gesellschaft, als er zwei Männer neben sich folgendes reden hörte.

„Ich habe auf jeden einzelnen achtgegeben, der an Bord gekommen ist", sagte der eine, „und ich weiß, sie sind nicht auf diesem Boote."

Die Stimme war die des Sekretärs des Bootes. Der andere, mit dem er sprach, war unser alter Freund Marks, der mit der ihm eigenen schätzbaren Ausdauer nach Sandusky gekommen war, um zu sehen, wen er verschlingen könnte.

„Man kann die Frau kaum von einem Weißen unterscheiden", sagte Marks. „Der Mann ist ein sehr heller Mulatte. In der einen Hand ist er gebrandmarkt."

Die Hand, mit der George die Billets und das kleine Geld nahm, zitterte ein wenig, aber er drehte sich kaltblütig um, warf einen unbefangenen Blick auf den Sprecher und ging langsam nach einem anderen Teil des Bootes, wo Elisa auf ihn wartete.

Mrs. Smith zog sich mit dem kleinen Harry in die Damen-Kajüte zurück, wo die dunkle Schönheit des vermeintlichen kleinen Mädchens manche schmeichelhafte Bemerkung von den Passagieren hervorrief.

George hatte die Genugtuung, Marks über das Brett ans Ufer gehen zu sehen, als die Glocke zum letzten Male läutete; und er seufzte erleichtert auf, als das Boot abstieß und eine unübersteigliche Kluft zwischen sie gesetzt hatte.

Es war ein herrlicher Tag. Die blauen Wellen des Eriesees tanzten funkelnd im Sonnenschein. Ein frischer Wind wehte vom Ufer, und das stolze Boot arbeitete sich tapfer durch die widerstrebenden Wasser.

George und seine Gattin standen Arm in Arm am Rande des Bootes, wie sich dasselbe der kleinen Stadt Amherbstberg in Kanada näherte. Er atmete kurz und schwer, ein Nebelschleier sammelte sich vor seinen Augen, er drückte schweigend die kleine Hand, die zitternd auf seinem Arme lag. Die Glocke läutete, das Boot hielt an. Ohne recht zu wissen, was er tat, suchte er sein Gepäck zusammen und sammelte seine kleine Gesellschaft. Sie landeten. Sie blieben stehen, bis das Boot wieder abstieß; und dann knieten der Gatte und die Gattin mit Tränen und Umarmungen, und ihr verwundertes Kind in den Armen haltend, nieder und erhoben ihre Herzen zu Gott!

Mrs. Smith brachte die kleine Gesellschaft bald in das gastliche Haus eines guten Missionars, den christliches Erbarmen als einen Hirten für die Verstoßenen und Heimatlosen, welche beständig an diesem Ufer ein Asyl finden, hierher gesetzt hat.

33. Kapitel Der Sieg

Haben nicht viele von uns in diesem mühseligen Leben manchmal gedacht, daß es leichter sei, zu sterben, als zu leben?

Als Tom seinem Peiniger gegenüberstand und seine Drohungen hörte und in innerster Seele gefaßt war, daß sein Stündlein gekommen sei, war ihm das Herz von Mut geschwollen, und er dachte, er könnte Folterqual und Feuer und alles ertragen, wenn ihm die Vision Jesu und des Himmels nur einen Schritt weiter davonwinkte; aber als der Peiniger fort und die Aufregung des Augenblicks vergangen war, kehrte der Schmerz seiner zerschlagenen und müden Glieder und das Gefühl seines gänzlich versunkenen, hoffnungslosen, verlassenen Zustandes wieder; und der Tag entschwand langsam und mühselig genug.

Lange bevor seine Wunden geheilt waren, bestand Legree darauf, daß er wieder regelmäßig auf dem Felde arbeiten müsse; und dann kam Tag nach Tag voll Schmerz und Mühsal, erschwert durch jede Art von Ungerechtigkeit und Schmach, welche die Bosheit einer gemeinen und tückischen Seele ersinnen konnte. Wer in unseren Umständen Schmerzensprüfungen ausgesetzt gewesen ist, selbst mit allen den Erleichterungen, welche wir meistens dabei genießen, muß wissen, welche Gereiztheit davon hervorgebracht wird. Tom wunderte sich nicht mehr über das mürrische Wesen seiner Kameraden; ja, er fand sogar, daß die ruhige und sonnenheitere Stimmung, die bei ihm gewöhnlich war, durch dieselbe Gereiztheit gar arg beeinträchtigt werde. Er hatte sich mit der Hoffnung geschmeichelt, Muße zum Lesen der Bibel zu finden, aber hier gab es so etwas wie Muße nicht. In der lebhaftesten Zeit der Lese nahm Legree keinen Anstand, alle seine Arbeiter sonntags und wochentags mit gleicher Hast anzutreiben. Warum sollte er auch nicht? Er erntete dadurch mehr Baumwolle und gewann seine Wette; und wenn ein paar Sklaven zugrunde gingen, so konnte er bessere kaufen. Anfangs pflegte Tom einen oder zwei Verse seiner Bibel beim Schimmer des Feuers zu lesen, wenn er von seiner Tagesarbeit nach Hause gekommen war; aber nach der grausamen Züchtigung, die er erlitten, kam er meistens so erschöpft nach Hause, daß ihm der Kopf schwindelte und die Augen vergingen, wenn er zu lesen versuchte, und er sehnte sich zu sehr, sich mit den andern in gänzlicher Erschöpfung auf das Lager hinzustrecken.

Es ist seltsam, daß der religiöse Frieden und das Gottvertrauen, das ihn bisher aufrechterhalten, unter diesen Seelenkämpfen und in dieser verzweifelnden Nacht schwächer wurde. Das dunkelste Problem dieses geheimnisvollen Lebens hatte er beständig vor Augen: zertretene und zugrunde gerichtete Seelen, den Sieg der Bösen und Gott, der dazu schwieg.

Wochen und Monate lang rang Tom in seiner Seele in Nacht und Kummer. Er dachte an Miß Ophelias Brief, an seine Freunde in Kentucky und betete inbrünstig zu Gott, ihm seine Befreiung zu schicken; und dann wartete er Tag für Tag in der unbestimmten Hoffnung, jemand zu seiner Erlösung kommen zu sehen; und als niemand kam, drängte er bittere Gedanken zurück – daß es vergebens sei, Gott zu dienen – daß Gott ihn vergessen habe. Manchmal sah er Cassy; und manchmal, wenn man ihn ins Haus berief, erblickte er flüchtig Emmelines melancholische Gestalt, aber er hatte mit beiden wenig Verkehr, denn er hatte nicht einmal Zeit, mit jemand zu verkehren. Eines Abends saß er ganz niedergeschlagen und zerschmettert bei ein paar verglimmenden Bränden, über denen sein dürftiges Abendessen kochte. Er legte noch ein paar Stücke Reißholz aufs Feuer und versuchte, die Flamme heller zu machen, und zog dann seine zerlesene Bibel aus der Tasche. Da waren alle die angezeichneten Stellen, die seine Seele so oft begeistert hatten – Worte von Patriarchen und Propheten, von Dichtern und Weisen, die von früher Zeit an dem Menschen Mut zugesprochen – Stimmen aus der großen Wolke von Zeugen, die uns auf der Lebensbahn begleitet. Hatte das Wort seine Kraft verloren, oder konnte das geschwächte Auge und der müde Sinn nicht mehr bei der Berührung auf die mächtige Inspiration antworten? Mit einem schweren Seufzer steckte er sie wieder in die Tasche. Ein rohes Lachen weckte ihn; er blickte auf – Legree stand vor ihm.

„Nun, alter Bursche", sagte er, „wie es scheint, findest du, daß du mit deiner Religion nicht auskommst! Ich dachte gleich, ich würde dir das noch durch deine Wolle einbläuen!"

Der grausame Hohn war schlimmer als Hunger und Kälte und Entblößung. Tom schwieg.

„Du warst ein Tor", sagte Legree, „denn ich hatte dich zu etwas Gutem bestimmt, als ich dich kaufte. Du hättest dich besser befinden können als Sambo oder Quimbo und gute Zeit gehabt; und anstatt daß du alle Tage oder einen Tag um den andern deine Prügel kriegst, hättest du über alle anderen den Herrn spielen und die Nigger verprügeln können; und gelegentlich hätte ich dir dann auch einmal gut mit

Whiskypunsch eingeheizt. Na, meinst du nicht, es wäre besser, du nähmest Vernunft an? Wirf den alten Plunder da ins Feuer und tritt zu meiner Kirche über!“

„Der Herr verhüte das!“ sagte Tom voll Inbrunst.

„Du siehst, der Herr wird dir nicht helfen. Wenn er das wollte, so würde er nicht geduldet haben, daß ich dich kaufte! Deine ganze Religion ist nichts als Lug und Trug, Tom. Ich kenne ja die ganze Geschichte. Besser ist's, du hältst dich zu mir, ich bin etwas und kann etwas tun!“

„Nein, Master“, sagte Tom, „ich halte zu Ihm. Der Herr mag mir helfen oder nicht; aber ich werde an Ihm festhalten und an Ihn glauben bis zuletzt!“

„Dann bist du nur ein noch größerer Narr!“ sagte Legree, indem er höhnisch nach ihm spuckte und ihm einen Fußtritt gab. „Tut nichts, ich will schon noch deinen Trotz brechen, darauf kannst du dich verlassen!“ Und damit entfernte sich Legree.

Wenn eine schwere Last die Seele bis auf die niedrigste Stufe, wo sie es noch ertragen kann, niederdrückt, so machen Körper und Seele mit jedem Nerv einen sofortigen und verzweifelten Versuch, die Last abzuwerfen; und deshalb geht der tiefste Seelenschmerz oft einer rückkehrenden Flut von Freude und Mut voraus. So war es jetzt bei Tom. Die atheistischen Verhöhnungen seines grausamen Herrn brachten seine schon vorher niedergeschlagene Seele auf den niedrigsten Standpunkt herab, aber obgleich die gläubige Hand immer noch an dem ewigen Felsen festhielt, so tat sie es doch nur noch mit schlaffem verzweifelndem Griff. Tom saß wie ein Betäubter vor dem Feuer. Plötzlich schien alles um ihn zu verbleichen, und es erschien ihm ein Gesicht von einem mit Dornen gekrönten Haupt, zerschlagen und blutend. Tom betrachtete mit Ehrfurchtsschauern und Staunen die majestätische Geduld des Gesichts; die tiefen pathetischen Augen durchzuckten ihn bis ins innerste Herz, seine Seele erwachte, wie er mit einer Flut von Tränen der Rührung die Hände hob und auf die Knie niedersank. Und jetzt veränderte sich allmählich das Gesicht, die spitzen Dornen verwandelten sich in eine Strahlenkrone und in unfaßbarem Glanze sah er dasselbe Gesicht sich voller Erbarmen über ihn neigen und eine Stimme sagen: „Wer überwindet, dem will ich geben, mit mir auf einem Stuhl zu sitzen, wie ich überwunden habe, und bin gesessen mit meinem Vater auf seinem Stuhl.“

Wie lange Tom dagelegen, wußte er nicht. Als er wieder zu sich kam, war das Feuer verloschen, seine Kleider waren naß von kaltem Tau; aber die schreckliche Seelenkrisis war vorbei, und in der Freude, die ihn erfüllte, fühlte er Hunger, Kälte, Erniedrigung, getäuschte Hoffnung nicht länger. Aus seiner tiefsten Seele sagte er sich in jener Stunde von jeder Hoffnung im Leben los und brachte seinen eigenen Willen als gehorsames Opfer dem Unendlichen dar.

Allen fiel die Veränderung Toms auf. Heiterkeit und Munterkeit schien ihm wieder zurückzukehren, und eine Ruhe, welche keine Beleidigung und keine Schmach stören konnte, schien sich seiner bemächtigt zu haben.

„Was, zum Teufel, ist in Tom gefahren?“ sagte Legree zu Sambo. „Vor einer kleinen Weile noch ließ er das Maul hängen, und jetzt ist er so munter wie ein Heimchen.“

„Weiß nicht, Master, will vielleicht fortlaufen.“

„Möchte ihn das schon versuchen sehen“, sagte Legree mit einem wilden Grinsen, „nicht wahr, Sambo?“

„Gewiß, gewiß! Ha! Ho!“ sagte der schwarze Kobold und stimmte mit kriechender Unterwürfigkeit in das Lachen ein. „Gott, der Spaß, zu sehen, wie er im Schlamme steckenbleibt und durch den Busch bricht und rennt, während die Hunde ihn gepackt haben! Gott, ich lachte damals, wie wir die Molly fingen, bis zum Platzen. Ich dachte, sie würden sie zerreißen, ehe ich sie losbringen konnte. Sie trägt die Narben von dem Spaß immer noch.“

„Und wird sie wohl mit ins Grab nehmen“, sagte Legree. „Aber hab' ein scharfes Auge auf ihn, Sambo! Wenn der Nigger so was im Sinne hat, so hoffe ich, du wirst ihn erwischen.“

„Das kann Master mir überlassen!“ sagte Sambo. „Ich will ihn schon haschen! Ho, ho, ho!“

Dieses Gespräch fand statt, als Legree aufs Pferd stieg, um nach der benachbarten Stadt zu reiten. Als er des Nachts zurückkehrte, kam er auf den Gedanken, nach den Baracken zu reiten, um zu sehen, ob alles sicher sei.

Es war eine herrliche Mondscheinnacht, und die Schatten der zierlich gestalteten Chinabäume zeichneten sich in seinen Umrissen auf dem Rasen unten ab, und in der Luft herrschte die heitere Stille, welche zu stören fast gottlos erschien. Legree befand sich noch in einiger Entfernung von den Baracken, als er eine Stimme singen hörte. Das war hier etwas Ungewöhnliches, und er hielt sein Pferd an, um zu lauschen. Eine wohltönende Tenorstimme sang:

> „Und ist mir dann mein Anspruch klar
> Auf Himmelsherrlichkeit,
> So sag ich Fahrwohl jeder Furcht,
> Vergesse jedes Leid.“

„So!“ brummte Legree vor sich hin. „So denkt er also? Wie mir diese verwünschten Methodistenlieder verhaßt sind! Heda! Du Nigger!“ rief er, wie er Tom erkannte, und drohte ihm mit der Reitpeitsche. „Wie kannst du solchen Lärm machen, wenn du im Bett liegen solltest? Halt dein altes schwarzes Maul und mach, daß du hineinkommst.“

„Ja, Master“, sagte Tom mit bereitwilliger Heiterkeit, wie er aufstand, um hineinzugehen.

Legree erbitterte Toms offenbar glückliche Stimmung über die Maßen, und er ritt an ihn heran und bearbeitete ihm tüchtig Kopf und Rücken.

„Da, du Hund“, sagte er, „sieh zu, ob du dich auch jetzt noch so wohl befindest.“

Aber die Schläge trafen jetzt nur den äußeren Menschen und nicht wie früher das Herz. Tom stand vollkommen unterwürfig da; und doch konnte es sich Legree nicht verhehlen, daß er seine Macht über seinen Sklaven, er wußte selbst nicht, wie, verloren hatte. Und wie Tom in seiner Hütte verschwand, und er sich plötzlich mit seinem Pferd umdrehte, schoß durch seine Seele einer jener lebhaften Strahlen, welche oft Blitze des Gewissens in die dunkle und lasterhafte Seele senden. Er erkannte recht gut, daß Gott zwischen ihm und seinem Opfer stand, und er lästerte ihn. Dieser unterwürfige und schweigende Mann, den weder Hohn noch Drohungen, noch Schläge und Mißhandlungen aus dem Gleichgewicht bringen konnten, rief eine Stimme in ihm wach, gleich der, welche einstmals sein Herr und Meister in dem Besessenen erweckte und welche sagte: Ach Jesu, Du Sohn Gottes, was haben wir mit Dir zu schaffen? Bist Du hergekommen, um uns zu quälen, ehe denn es Zeit ist?

Toms ganze Seele strömte über von Teilnahme und Mitleid für die armen Unglücklichen, in deren Mitte er lebte. Ihm schien es, als ob seine Lebenssorgen nun vorüber wären, und als ob er aus dem wunderbaren Schatz von Frieden und Freude, der ihm von oben geschenkt worden, etwas zur Erleichterung ihrer Leiden spenden müsse. Es ist wahr, die Gelegenheiten waren selten, aber auf dem Weg nach dem Felde und wieder zurück fanden sich für ihn Veranlassungen, den Müden, den Mutlosen und den Verzweifelnden eine helfende Hand zu reichen. Die armen, niedergedrückten, entmenschten Geschöpfe konnten dies anfangs kaum begreifen; aber als er Woche nach Woche und Monat nach Monat damit fortfuhr, fingen Saiten, die lange stumm geblieben waren, in ihren erstarrten Herzen zu klingen an. Allmählich und unmerklich gewann der sonderbare, stille, geduldige Mann, der bereit war, jedermanns Bürde zu tragen und niemands Hilfe suchte – der vor allen zurücktrat und zuletzt kam, und am wenigsten nahm, aber der erste war, sein Scherflein mit jedem, der es bedürfte, zu teilen – der Mann, der in kalten Nächten seine zerrissene Decke hingab, um einer in Fieberfrost zitternden Frau einige Erleichterung zu verschaffen, und der auf dem Felde die Körbe der Schwächeren füllte trotz der schrecklichen Gefahr, sein eigenes Maß nicht voll zu machen – und der, obgleich mit unermüdlicher Grausamkeit von ihrem gemeinsamen Tyrannen verfolgt, doch nie auf ihn schimpfte oder fluchte – dieser Mann begann endlich eine sonderbare Gewalt über sie zu gewinnen; und als die Zeit des großen Arbeitsdranges vorüber war und sie wieder ihren Sonntag für sich hatten, drängten sich viele um ihn, um ihn von Jesus erzählen zu hören. Sie wären gern an einem besonderen Platze zusammengekommen, um zu hören und zu beten und zu singen; aber Legree wollte das nicht gestatten und trieb solche Versammlungen mehr als einmal mit Flüchen und gräßlichen Verwünschungen auseinander, so daß die gesegnete Botschaft von Mund zu Mund wandern mußte. Aber wer kann die kindliche Freude beschreiben, mit der einige dieser armen Verstoßenen, deren Leben eine freudenlose Wanderung nach einem dunklen unbekannten Ziele ist, von einem barmherzigen Erlöser und einer himmlischen Heimat hörten?

Die arme Mulattin, deren einfachen Glauben der Sturm von Grausamkeit und Unrecht, den sie hatte erdulden müssen, fast erdrückt und vernichtet hatte, fühlte ihre Seele erhoben von den Hymnen und Stellen der Heiligen Schrift, welche dieser demütige Missionar von Zeit zu Zeit, wenn sie von dem Felde kamen oder aufs Feld gingen, in die Ohren flüsterte; und selbst das halbwahnwitzige Gemüt Cassys fühlte sich durch seine einfache und unaufdringliche Einwirkung beruhigt und besänftigt.

Von den zerschmetternden Qualen ihres Lebens zum Wahnsinn und zur Verzweiflung angestachelt, hatte Cassy in ihrer Seele oft an eine Stunde der Vergeltung gedacht, wo ihre Hand an ihrem Bedrücker alle Ungerechtigkeit und Grausamkeit rächen sollte, deren Zeugin sie gewesen oder die sie selbst hatte leiden müssen.

Eines Nachts, als in Toms Hütte alles in Schlaf gesunken war, erweckte ihn plötzlich der Anblick ihres Gesichts, das zu dem als Fenster dienenden Loch zwischen den Balken hereinschaute. Sie winkte ihm mit einer stummen Gebärde, herauszukommen.

Tom trat vor die Tür hinaus. Es war zwischen ein und zwei Uhr nachts heller, ruhiger, heiliger Mondschein. Wie das Licht des Mondes auf Cassys große schwarze Augen fiel, bemerkte Tom, daß in ihnen eine wilde und eigentümliche Flamme glühte, sehr verschieden von ihrer gewöhnlichen, starren Verzweiflung.

„Kommt, Vater Tom“, sagte sie und ergriff mit ihrer kleinen Hand seinen Arm und zog ihn mit einer Kraft an sich heran, als ob die Hand von Stahl wäre. „Kommt, ich habe Euch etwas zu sagen.“

„Was gibt's, Miß Cassy?"

„Tom, hättet Ihr Eure Freiheit gern?"

„Sie wird mir werden, wenn es Gott gefällt, Missis", sagte Tom.

„Ja, aber Ihr könnt schon heute nacht frei werden", sagte Cassy mit plötzlicher Energie. „Kommt."

Tom zögerte.

„Kommt!" flüsterte sie ihm zu und starrte ihn mit ihren schwarzen Augen an. „Kommt mit mir! Er schläft – er schläft fest. Ich habe genug in seinen Branntwein getan, daß er nicht so bald erwacht; ich wollte, ich hätte mehr gehabt, dann hätte ich Euch nicht gebraucht. Aber kommt, die Hintertür ist nicht verschlossen; dort findet Ihr ein Beil, ich habe es hingestellt – die Tür seines Zimmers ist offen; ich will Euch den Weg zeigen. Ich würde es selbst tun, aber mein Arm ist zu schwach dazu. Kommt mit mir!"

„Nicht für zehntausend Welten, Missis", sagte Tom fest, indem er stehen blieb und sie aufhielt, wie sie fort wollte.

„Aber denkt an alle diese armen Geschöpfe", sagte Cassy. „Wir können sie alle freilassen und uns in die Sümpfe flüchten, und eine Insel finden und für uns leben; ich habe gehört, daß das welchen geglückt ist. Jedes Leben ist besser als dieses!"

„Nein!" sagte Tom fest. „Nein! Gutes kommt nie aus dem Bösen. Lieber wollte ich mir die rechte Hand abhacken!"

„Dann tue ich es allein", sagte Cassy und wendete sich zum Gehen.

„O Miß Cassy", sagte Tom und warf sich ihr in den Weg, „um des guten Herrn willen, der für Euch gestorben ist, verkauft nicht auf diese Weise Eure unsterbliche Seele dem Teufel! Daraus kann nur Böses werden. Der Herr hat uns nicht berufen zum Zorn. Wir müssen dulden und seine Stunde erwarten."

„Warten!" sagte Cassy. „Habe ich nicht gewartet – gewartet, bis mir der Kopf schwindelte und das Herz vertrocknet ist? Wie hat er mich gepeinigt? Wie hat er Hunderte von armen Geschöpfen gepeinigt? Preßt er nicht aus Euch das Herzblut heraus? Ich bin berufen! Sie rufen mich! Seine Zeit ist gekommen, und ich muß sein Herzblut haben."

„Nein, nein, nein!" sagte Tom und hielt ihre kleinen Hände fest, die sich mit krampfhafter Heftigkeit zusammenballten. „Nein, arme, verirrte Seele, das dürft Ihr nicht tun! Der gute gesegnete Herr hat kein anderes Blut vergossen, als sein eigenes, und das vergoß er für uns, als wir seine Feinde waren. Herr, hilf uns seinen Schritten folgen und unsere Feinde lieben."

„Lieben!" sagte Cassy mit wildem Blick. „Solche Feinde lieben, das ist dem Menschen nicht gegeben."

„Das ist wohl wahr, Missis", sagte Tom mit einem Blick zum Himmel, „aber Er gibt es uns, und das ist der Sieg. Wenn wir bei allem und für alles lieben und beten können, so ist der Kampf vorüber und der Sieg gekommen – Ehre sei Gott in der Höhe!"

Die tiefste Inbrunst Toms, seine sanfte Stimme und seine Tränen fielen wie Tau auf das verzweifelte, stürmisch bewegte Gemüt der Unglücklichen. Das unheimliche Feuer in ihrem Auge wurde sanfter; sie senkte den Blick, und Tom konnte fühlen, wie die Muskeln ihrer Hand erschlafften, als sie sagte:

„Habe ich Euch nicht gesagt, daß mich böse Geister verfolgten? Ach, Vater Tom, ich kann nicht beten! Ich wollte, ich könnte es. Ich habe nicht gebetet, seitdem meine Kinder verkauft wurden! Was Ihr sagt, muß recht sein – ich weiß, es muß recht sein; aber wenn ich zu beten versuche, kann ich nur hassen und verwünschen. Ich kann nicht beten."

„Arme Seele!" sagte Tom voll Mitleid. „Der Satanas begehrte Euer, daß er Euch möchte sichten, wie den Weizen. Ich bete zu dem Herrn für Euch. O Miß Cassy, wendet Euch dem guten Herrn Jesus zu. Er ist gekommen, um die Betrübten zu stärken und die, welche klagen, zu trösten."

Cassy stand stumm da, während große schwere Tränen aus ihren zu Boden gesenkten Augen flossen.

„Miß Cassy", sagte Tom zögernd, nachdem er sie einen Augenblick schweigend betrachtet hatte, „wenn Ihr nur fort von hier kommen könntet – wenn es möglich wäre – so würde ich Euch und Emmeline raten, zu entfliehen; d. h. wenn Ihr's ohne Blutschuld tun könntet – nicht anders."

„Würdet Ihr's mit uns versuchen, Vater Tom?"

„Nein", sagte Tom, „es war eine Zeit, wo ich's getan hätte, aber der Herr hat mir eine Arbeit unter diesen armen Leuten aufgetragen, und ich will bei ihnen bleiben und mein Kreuz mit ihnen tragen bis ans Ende. Mit Euch ist es anders; für Euch ist es ein Fallstrick – es ist mehr, als Ihr tragen könnt, und es ist besser, Ihr entflieht, wenn Ihr könnt."

„Ich kenne keinen Weg, als durch das Grab", sagte Cassy. „Jedes vierfüßige Tier und jeder Vogel kann irgendwo ein Obdach finden, selbst die Schlangen und

Alligatoren haben eine Stelle, wo sie ruhen können; aber für uns gibt es keine Stätte. Bis in die finstersten Sümpfe verfolgen uns ihre Hunde und spüren uns auf. Jeder Mann und jegliche Sache ist gegen uns, selbst die Tiere nehmen gegen uns Partei, und wohin sollen wir uns wenden?"

Tom stand schweigend da; endlich sprach er: „Er, welcher Daniel aus der Löwengrube rettete, der die Männer in dem feurigen Ofen errettete – Er, der auf dem Meere wandelte und dem Winde Schweigen gebot – Er lebt noch; und ich habe den Glauben, zu vertrauen, daß Er Euch erlösen kann. Versucht es, und ich will mit meiner ganzen Kraft für Euch beten."

Welches wunderbare Gesetz der Seele bewirkt es, daß ein lange übersehener und wie ein nutzloser Stein mit Füßen getretener Gedanke plötzlich als ein entdeckter Diamant in einem neuen Lichte strahlt! Cassy hatte schon manche Stunde alle möglichen oder wahrscheinlichen Fluchtpläne überlegt und sie alle als hoffnungslos und unausführbar aufgegeben; aber in diesem Augenblick blitzte ihr ein Plan durch den Geist, der so einfach und in allen seinen Einzelheiten ausführbar war, daß er auf der Stelle neue Hoffnung erweckte.

„Vater Tom! Ich werde es versuchen!" rief sie plötzlich.

„Amen!" sagte Tom. „Der Herr helfe Euch!"

34. Kapitel Der Fluchtplan

Der Dachraum von Legrees Wohnhaus war, wie fast alle Dachräume, groß, öde, staubig, mit Spinnweben überzogen und mit altem Gerümpel angefüllt. Die reiche Familie, welche das Haus in den Tagen seines Glanzes bewohnte, hatte sehr viel prächtige Möbel kommen lassen, die sie zum Teil mit fortgenommen hatte, während einzelne Stücke in modrigen unbewohnten Zimmern verlassen zurückblieben oder in diesem Raume aufgespeichert wurden. Eine oder zwei große Kisten, in welchen die Möbel eingepackt gewesen, lehnten an der Wand. In derselben bemerkte man ein kleines Fenster, welches durch seine trüben bestaubten Scheiben ein dürftiges, ungewisses Licht auf die hohen Lehnstühle und staubbedeckten Tische, die dereinst bessere Tage gesehen hatten, fallen ließ. Im ganzen war es ein unheimlicher und spukhafter Ort; aber so spukhaft er war, fehlte es unter den abergläubischen Negern nicht an Geschichten, um seine Schrecken noch zu vermehren. Vor einigen Jahren war eine Negerin, die sich Legrees Unzufriedenheit zugezogen hatte, dort mehrere Wochen eingesperrt gewesen. Was dort geschah, sagen wir nicht, die Neger flüsterten sich unbestimmte, grauenhafte Gerüchte darüber zu; aber soviel wußte man, daß man den Leichnam der Unglücklichen eines Tages herunterholte und begrub; und darauf, hieß es, ertönten Flüche und Verwünschungen und das Klatschen heftiger Hiebe durch die alte Dachkammer und vermischten sich mit dem Stöhnen und Jammern der Verzweiflung. Als Legree zufällig einmal etwas davon anhörte, geriet er in den heftigsten Zorn und schwor, dem nächsten, der Geschichten von diesem Dachraum erzählte, Gelegenheit zu geben, zu erfahren, was darin sei, denn er wolle ihn eine Woche lang dort anschließen lassen. Dieser Wink genügte, um alle im Reden behutsam zu machen, obgleich er nicht im mindesten den Glauben an die Wahrheit der Geschichten erschütterte. Allmählich gewöhnte sich jeder im Hause, weil sich jeder davon zu sprechen scheute, die nach dem Dachraum führende Treppe zu vermeiden, und die Sage wurde allmählich vergessen. Jetzt war Cassy auf einmal eingefallen, Legrees so große abergläubische Reizbarkeit zu ihrer und ihrer Leidensgefährtin Befreiung zu benutzen.

Das Schlafzimmer Cassys lag gerade unter dem Dachraume. Eines Tages begann sie auf einmal, ohne mit Legree zu Rate zu gehen, mit großer Ostentation alles Möblement des Zimmers nach einem andern, ziemlich weit entlegenen auszuräumen. Die Sklaven, welche sie dazu hatte kommen lassen, liefen mit großem Eifer und in großer Verwirrung hin und her, als Legree von einem Ausritt zurückkehrte.

„Hallo! Hallo, Cassy!“ sagte Legree. „Was gibt's denn da?“

„Nichts, ich will nur ein anderes Zimmer haben“, sagte Cassy mürrisch.

„Und weshalb, möchte ich wissen?“ sagte Legree.

„Nun, ich will“, sagte Cassy.

„Zum Teufel auch! Und weshalb?“

„Weil ich doch wenigstens dann und wann ein bißchen schlafen möchte.“

„Schlafen? Nun, was hindert dich am Schlafen?“

„Ich könnte es dir wahrscheinlich sagen, wenn du es hören wolltest“, sagte Cassy trocken.

„Heraus mit der Sprache, Dirne!“ sagte Legree.

„Ach, es ist nichts. Dich wird es wahrscheinlich nicht stören – es ist nur Gestöhn und ein Lärm, als ob sich Leute balgten und auf dem Fußboden im Dachraum herumwälzten. Die halbe Nacht hindurch, von zwölf Uhr bis morgens früh.“

„Leute oben im Dachraume“, sagte Legree unruhig, aber mit einem gezwungenen Lachen, „wer sollten die sein, Cassy?“

Cassy erhob ihre stechenden schwarzen Augen und blickte Legree mit einem Ausdruck an, der ihn bis auf die Knochen durchzuckte, wie sie sagte:

„Gewiß, Simon, wer sollte das sein? Ich wollte, du könntest es mir sagen. Du weißt es aber wahrscheinlich nicht!"

Mit einem Fluche schlug Legree mit der Reitpeische nach ihr; aber sie trat zur Seite, schlüpfte durch die Tür, blickte zurück und sagte: „Wenn du in dem Zimmer schlafen willst, so wirst du alles erfahren. Es wäre vielleicht das Beste, du versuchtest es", und dann machte sie sogleich die Tür zu und verschloß sie.

Legree lärmte und fluchte und drohte, die Tür einzuschlagen; aber zugleich schien er anderen Sinns zu werden und trat voller Unruhe in das Wohnzimmer. Cassy bemerkte, daß ihr Pfeil getroffen hatte; und von dieser Stunde an hörte sie nie auf, mit der ausnehmendsten Gewandtheit das glücklich begonnene System von Einschüchterung fortzusetzen.

In einem Astloch in dem Gebälk der Dachkammer hatte sie den Hals einer alten Flasche so angebracht, daß man bei dem schwächsten Winde die kläglichsten und unheimlichsten Jammertöne vernahm, während bei starkem Winde ein schrecklicher Wehschrei daraus wurde, der leichtgläubigen und abergläubischen Ohren wie ein Schrei des Entsetzens und der Verzweiflung vorkam.

Die Dienstboten vernahmen von Zeit zu Zeit diese Klänge, und alsbald frischte sich die Erinnerung an die alte Gespenstergeschichte mit voller Kraft wieder auf. Ein abergläubischer Schreckensschauer schien das ganze Haus zu erfüllen; und obgleich niemand ein Wort davon gegen Legree zu äußern wagte, fand er sich doch davon, wie von einer Atmosphäre umfangen.

Niemand ist so vollständig abergläubisch, wie der Gottlose. Der Christ fühlt sich durch den Glauben an einen weisen allmächtigen Vater beruhigt, dessen Gegenwart die unbekannte Leere mit Licht und Ordnung ausfüllt; aber für den Menschen, der Gott entthront hat, ist das Land der Geister in der Tat nach den Worten des hebräischen Sängers „ein Land der Finsternis und ein Schatten des Todes, ohne alle Ordnung, wo das Licht ist wie die Nacht". Das Leben und der Tod sind ihm unheimliche Regionen, die mit Koboldsgestalten von unbestimmtem und schattenhaftem Grausen erfüllt sind.

Das schlummernde sittliche Gefühl in Legree war in ihm durch seine Gespräche mit Tom geweckt worden – nur um von der entschlossenen Kraft des Bösen niedergekämpft zu werden; aber doch klang noch in der dunklen, innerlichen Welt eine bebende Erschütterung nach, welche die Entstehung abergläubischer Furcht beförderte. Cassys Herrschaft über ihn war von einer seltsamen und eigentümlichen

Art. Er war ihr Besitzer, ihr Tyrann und ihr Peiniger; sie war, wie er wußte, ganz und ohne jede Möglichkeit der Hilfe in seiner Gewalt; und dennoch kommt es vor, daß selbst der roheste Mann nicht in beständiger Gesellschaft eines starken weiblichen Charakters leben kann, ohne von ihm bedeutend beeinflußt zu werden. Als er sie zuerst gekauft hatte, war sie, wie sie erzählt hatte, ein in Luxus und Bildung erzogenes Weib; und dann zertrat er sie ohne Besinnen unter dem Fuße seiner Roheit. Aber wie die Zeit und entwürdigende Einflüsse und Verzweiflung ihren weiblichen Sinn verhärteten und die Flammen wilderer Leidenschaften anschürten, war sie gewissermaßen seine Herrin geworden, und er tyrannisierte und fürchtete sie abwechselnd. Dieser Einfluß war noch peinigender und entschiedener geworden, seit halber Wahnwitz allen ihren Worten und ihrem Tun einen seltsamen unheimlichen Anstrich gab.

Ein oder zwei Abende nach diesem Gespräch saß Legree in dem gewöhnlichen Zimmer neben einem flackernden Holzfeuer, welches die ganze Umgebung mit ungewissem Schimmer beleuchtete. Es war eine stürmische Nacht, wo in halb verfallenen alten Häusern gewöhnlich eine Unzahl von unbeschreiblichen Tönen zu vernehmen ist. Fenster rasselten, Läden klapperten, der Wind kam polternd die Esse herabgefahren und wirbelte allemal rauchend Asche empor, als ob eine Legion Gespenster hinter ihm drein kämen. Legree hatte seit einigen Stunden Rechnungen abgeschlossen und Zeitungen gelesen, während Cassy in einem Winkel saß und mürrisch ins Feuer blickte. Legree legte die Zeitung hin, und da er auf dem Tische ein altes Buch liegen sah, in welchem Cassy während der früheren Abendstunden gelesen hatte, so nahm er es und blätterte darin. Es war eine von jenen Sammlungen von Mord- und Gespenstergeschichten, die in ihrer grobrealistischen Darstellung eine seltsame Anziehungskraft auf den ausübten, der sie einmal zu lesen anfängt.

Legree schüttelte zweifelnd und höhnisch den Kopf, las aber eine Seite nach der andern, bis er nach einer Weile das Buch mit einem Fluche hinwarf.

„Du glaubst doch nicht an Gespenster, Cassy?“ sagte er, indem er die Zange ergriff und das Feuer schürte. „Ich dachte, du hättest Verstand genug, dich nicht von leerem Gelärm einschüchtern zu lassen.“

„'s ist einerlei, was ich glaube“, sagte Cassy mürrisch.

„Früher versuchten sie mich immer auf dem Meere mit ihren Geschichten zu fürchten zu machen“, sagte Legree, „'s ist ihnen nie gelungen. Ich bin zu zähe für solch dummes Zeug, sage ich dir.“ Cassy sah ihn aus ihrem dunklen Winkel scharf an. In ihrem Auge funkelte das seltsame Licht, welches Legree stets mit Unruhe erfüllte.

„Der Lärm war von weiter nichts, als von Ratten und vom Winde", sagte Legree. „Ratten können einen Höllenlärm machen. Ich habe sie manchmal unten im Schiffsraume gehört; und der Wind – Teufel! aus dem Winde kann man alles machen."

Cassy wußte, daß Legree von ihrem Blick unruhig wurde, und deshalb antwortete sie nicht, sondern starrte ihn mit demselben seltsamen unheimlichen Ausdruck wie vorher an.

„Heraus mit der Sprache, Weib – du bist anderer Meinung?" sagte Legree.

„Können Ratten die Treppe herunterkommen und durch den Gang schreiten und eine Türe öffnen, wenn du sie verschlossen und einen Stuhl dagegengestellt hast?" sagte Cassy. „Und können sie trapp, trapp, trapp, gerade auf dein Bett losschreiten und ihre Hand ausstrecken, so?" Cassy hatte ihre glitzernden Augen starr auf Legree geheftet, während sie sprach, und er stierte sie an, wie ein Mann, den ein böser Traum gefangenhält, bis er, wie sie zuletzt ihre ruhig kalte Hand auf die seine legte, mit einem Fluche zurücksprang.

„Weib, was meinst du, hast du das gesehen?"

„O nein – natürlich nicht – hätte ich das gesagt?" sagte Cassy mit kaltem Hohnlächeln.

„Aber hast du es wirklich gesehen? Sage, Cassy, was war's eigentlich sprich dich aus!"

„Du kannst selbst dort schlafen", sagte Cassy, „wenn du's wissen willst."

„Kam es aus dem Dachraume, Cassy?"

„Es – was?" sagte Cassy.

„Nun, was du erzähltest."

„Ich habe dir nichts erzählt", sagte Cassy mit mürrischer Verstocktheit. Legree ging unruhig im Zimmer auf und ab.

„Das muß untersucht werden. Heute abend noch werde ich nachsehen. Ich nehme meine Pistolen –"

„Tu das", sagte Cassy, „schlafe in dem Zimmer. Ich möchte wirklich, du tätest es. Schieß mit deinen Pistolen danach – tue es!" Legree stampfte mit dem Fuße und fluchte fürchterlich.

„Fluche nicht", sagte Cassy. „Niemand kann wissen, wer dich hört. Horch! Was war das?"

„Was?“ sagte Legree aufschreckend.

Eine schwere alte Wanduhr, die in einer Ecke des Zimmers stand, schlug langsam zwölf.

Aus einem oder dem anderen Grunde konnte Legree weder sprechen noch sich regen, ein dumpfes Entsetzen hielt ihn gefangen, während Cassy ihn mit einem stechenden, höhnischen Glanz im Auge ansah und die Schläge zählte.

„Zwölf Uhr, jetzt wollen wir sehen“, sagte sie, indem sie sich umdrehte und die auf den Gang führende Tür öffnete und stehenblieb, wie um zu lauschen.

„Horch! Was ist das?“ sagte sie und erhob den Finger.

„Es ist bloß der Wind“, sagte Legree. „Hörst du nicht, wie verwünscht es draußen stürmt.“

„Simon, komm hierher“, sagte Cassy flüsternd, indem sie seine Hand ergriff und ihn an den Fuß der Treppe führte. „Weißt du, was das ist? Horch!“

Ein wilder Schrei gellte die Treppe herunter. Er kam aus dem Dachraum. Legree wankten die Knie, sein Gesicht wurde weiß vor Furcht.

„Willst du nicht deine Pistolen holen?“ sagte Cassy mit einem Hohnlächeln. „Es ist Zeit, daß wir die Sache untersuchen, das ist gewiß. Ich wollte, du gingest jetzt hinauf, sie sind dabei.“

„Ich gehe nicht“, sagte Legree mit einem Fluche.

„Warum nicht? Wir wissen ja, es gibt keine Gespenster! Komm!“ Und Cassy sprang lachend die gewundene Treppe hinauf und sah sich nach ihm um. „Komm mit!“

„Ich glaube, du bist wirklich der Teufel“, sagte Legree. „Komm herunter, du Hexe – komm herunter, Cassy! Du sollst nicht hinaufgehen!“

Aber Cassy lachte wild auf und flog vollends hinauf. Er hörte sie die Tür des Dachraums aufmachen. Ein heftiger Windstoß fuhr herunter und löschte das Licht aus, welches er in der Hand hielt, und zugleich erscholl ein entsetzliches, gespenstisches Gekreisch; es war ihm, als ob es ihm unmittelbar ins Ohr gellte.

Wie wahnwitzig stürzte Legree ins Zimmer zurück, wohin ihm in wenigen Augenblicken Cassy folgte, bleich, ruhig, kalt, wie ein Racheengel und mit dem alten grauenerregenden Funkeln in dem Auge.

„Ich hoffe, du bist zufrieden gestellt“, sagte sie.

„Verwünscht seist du, Cassy!“ sagte Legree.

„Weshalb?“ sagte Cassy. „Ich bin nur hinaufgegangen und habe die Tür zugemacht. Was mag es wohl mit diesem Dachraume für ein Bewenden haben, Simon?“ sagte sie.

„Das geht dich nichts an!“ sagte Legree.

„Wirklich nicht? Nun, jedenfalls freut es mich, daß ich nicht darunter schlafe!“ sagte Cassy.

Als Cassy sah, daß der Abend stürmisch werden würde, war sie oben im Dachraume gewesen und hatte die Fenster geöffnet. Natürlich mußte nun, wie sie die Tür aufmachte, ein heftiger Zug entstehen und das Licht auslöschen.

Das mag als eine Probe des Spiels dienen, welches Cassy Legree vorgaukelte, bis er lieber seinen Kopf in eines Löwen Rachen gesteckt hätte, als in diesen Dachraum. Unterdessen brachte Cassy nachts, wenn alle übrigen schliefen, langsam und vorsichtig einen für längere Zeit ausreichenden Vorrat Lebensmittel zusammen. Sie trug auch Stück für Stück den größten Teil von ihrer und Emmelines Garderobe hinauf. Als alles soweit fertig war, wartete sie nur noch auf eine geeignete Gelegenheit, um ihren Plan auszuführen.

In einer gutgelaunten Stunde hatte Cassy Legree das Versprechen abgeschmeichelt, sie mit nach der nächsten Stadt zu nehmen, die unmittelbar am Red River lag. Er hielt sein Versprechen, und sie merkte sich mit einem zu fast übernatürlicher Klarheit geschärften Gedächtnis jede Wendung des Weges und schätzte bei sich die Zeit ab, die sie auf die Zurücklegung desselben werde verwenden müssen.

Mittlerweile war die Zeit gekommen, wo alles zur Tat reif war, und unseren Lesern wird es vielleicht nicht uninteressant sein, einen Blick hinter die Kulissen zu werfen, um den letzten Meisterstreich vorbereiten zu sehen.

Es war gegen Abend.

Legree hatte einen Ritt auf eine benachbarte Farm gemacht. Seit vielen Tagen hatte sich Cassy ungewöhnlich gnädig und nachgiebig in ihren Launen gezeigt, und sie und Legree hatten allem Anschein nach auf dem besten Fuße miteinander gestanden. Jetzt finden wir sie und Emmeline in dem Zimmer der letzteren mit dem Zusammensuchen und Packen zweier Bündel beschäftigt.

„So, das wird genug sein“, sagte Cassy. „Jetzt setz deinen Hut auf und laß uns aufbrechen: Es ist jetzt gerade die rechte Zeit.“

„Aber sie können uns ja noch sehen“, sagte Emmeline.

„Das sollen sie ja“, sagte Cassy ruhig. „Siehst du nicht, daß wir ihnen jedenfalls das Vergnügen lassen müssen, uns zu verfolgen? Wir machen es so: Wir stehlen uns zur Hintertür hinaus und laufen nach den Baracken zu. Sambo oder Quimbo sieht uns gewiß. Sie verfolgen uns, und wir flüchten in den Sumpf; dann können sie uns nicht weiterverfolgen, sondern müssen erst nach dem Hause zurück und Lärm machen und die Hunde losketten usw.; und während sie herumlärmen und übereinanderstolpern, wie sie es immer machen, schleichen wir uns in den Bach, der hinter dem Hause läuft, und waten in ihm fort, bis wir der Hintertür gegenüber kommen. Dadurch werden die Hunde irre, denn sie verlieren die Spur im Wasser. Alles wird aus dem Hause fortlaufen, um uns zu suchen, und dann schlüpfen wir zur Hintertür herein und hinauf in den Dachraum, wo ich in einer der großen Kisten ein hübsches Bett zurechtgemacht habe. In dem Dachraume müssen wir eine ziemliche Zeit bleiben, denn ich sage dir, er wird Himmel und Erde aufbieten, uns zu fangen. Er wird ein paar von den alten Sklavenaufsehern von den anderen Plantagen kommen lassen und eine große Jagd anstellen; und sie werden keinen Zollbreit von diesem Sumpfe undurchsucht lassen. Er prahlt damit, daß ihm noch kein Sklave entflohen ist. So mag er denn suchen, solange es ihm gefällt.“

„Cassy, wie gut du dir alles ausgedacht hast!“ sagte Emmeline. „Wer anders als du hätte jemals darauf kommen können?“

Weder Freude noch Frohlocken zeigte sich in Cassys Augen – nur eine verzweiflungsvolle Entschlossenheit.

„Komm“, sagte sie und reichte Emmeline die Hand.

Die beiden Flüchtlinge schlüpften geräuschlos aus dem Hause und eilten durch die dichter werdenden Schatten des Abends die Baracken entlang. Der zunehmende Mond am westlichen Himmel verzögerte ein wenig den Eintritt der Nacht. Wie Cassy erwartete, hörten sie, als sie den Rand der die Plantage umgebenden Sümpfe fast erreicht hatten, eine Stimme hinter sich halt rufen. Es war jedoch nicht Sambo, sondern Legree, der sie mit heftigen Verwünschungen verfolgte. Der Ton machte den schwächeren Charakter Emmelines wanken.

Sie ergriff Cassy beim Arme und sagte:

„O Cassy, ich werde ohnmächtig!“

„Dann mußt du sterben!“ sagte Cassy, indem sie ein kleines Stilett hervorzog und es vor den Augen des Mädchens funkeln ließ.

Die Drohung erfüllte ihren Zweck. Emmeline fiel nicht in Ohnmacht, sondern stürzte sich mit Cassy in einen Teil des Sumpflabyrinths, welcher so tief und dunkel war, daß Legree jede Hoffnung aufgeben mußte, ihnen ohne weiteren Beistand zu folgen.

„Na, jedenfalls sind sie jetzt in die Falle gelaufen – die Bälger!“ sagte er und lachte brutal in sich hinein. „Jetzt haben wir sie sicher. Sie sollen mir dafür schwitzen!“

„Heda, Sambo! Quimbo! Alles zuhauf!“ rief Legree vor den Baracken, wo die Männer und Frauen eben von der Arbeit kamen. „Es sind zwei Flüchtlinge im Sumpf. Jeder Nigger, der sie fängt, kriegt fünf Dollar. Laßt die Hunde los! Laßt Tiger und Fury und die übrigen los!“

Die Aufregung, welche diese Nachricht auf der Stelle hervorbrachte, war groß. Viele kamen diensteifrig gesprungen, um ihre Hilfe anzubieten, teils von der Aussicht auf die Belohnung, teils von der kriechenden Dienstwilligkeit bewogen, welche eine der schädlichsten Folgen der Sklaverei ist. Einige rannten dorthin, andere dahin. Einige wollten Fackeln von Fichtenästen holen. Andere ketteten die Hunde los, deren heiseres wildes Gebell die Lebendigkeit der Szene nicht wenig vermehrte.

„Master, sollen wir sie schießen, wenn wir sie nicht haschen können?“ sagte Sambo, dem sein Herr eine Büchse herausbrachte.

„Auf Cassy könnt ihr schießen, wenn ihr Lust habt. Es ist Zeit, daß sie zum Teufel geht, wohin sie gehört; aber auf das Mädchen nicht“, sagte Legree. „Und jetzt, Burschen, seid munter und flink. Fünf Dollar demjenigen, der sie hascht, und außerdem ein Glas Branntwein für jeden von euch!“

Die ganze Schar eilte unter dem Schimmer flammender Fackeln und Geheul und wildem Gebrüll von Menschen und Tieren nach dem Sumpfe, und eine Strecke liefen alle im Hause Beschäftigten dem Haufen nach. Deshalb war das ganze Haus verlassen, als Cassy und Emmeline zur Hintertür hereinschlüpften. Das Geschrei und Gebrüll ihrer Verfolger schallte noch durch die Luft; und aus den Fenstern des Wohnzimmers konnten Cassy und Emmeline sehen, wie sich der Haufe mit den Fackeln eben am Rande des Sumpfes entlang ausbreitete.

„Sieh!“ sagte Emmeline zu Cassy. „Die Jagd hat angefangen. Sieh, wie die Lichter herumtanzen! Horch, die Hunde, horch! Hörst du nicht? Wenn wir dort wären, wäre unser Leben keine Picayune wert. O, um Gottes willen, wir wollen uns verstecken. Rasch!“

„Wir haben keine Veranlassung zu eilen“, sagte Cassy kaltblütig. „Sie sind alle der Jagd nachgelaufen – das ist der Spaß des heutigen Abends! Wir werden seinerzeit schon hinaufgehen. Unterdessen will ich für die Reisekosten sorgen“, sagte sie und holte ruhig einen Schlüssel aus der Tasche des Rocks, den Legree in der Eile hingeworfen hatte.

Sie schloß den Schreibtisch auf und nahm einen Packen Banknoten heraus, den sie rasch überzählte.

„Ach, tu das doch nicht“, sagte Emmeline.

„Warum nicht?“ sagte Cassy. „Willst du, daß wir in den Sümpfen verhungern sollen oder Geld genug haben, um die freien Staaten erreichen zu können? Mit Geld kann man alles ausrichten, Mädchen.“ Und mit diesen Worten steckte sie das Geld in ihren Busen.

„Das ist aber gestohlen“, flüsterte Emmeline fast weinend.

„Gestohlen?“ sagte Cassy mit höhnischem Lachen. „Die, welche Leib und Seele stehlen, sollen uns nicht damit kommen. Jede dieser Banknoten ist gestohlen – gestohlen von armen, verhungernden, geplagten Geschöpfen, die zuletzt zu seinem Nutzen zum Teufel gehen müssen. Er soll mir vom Stehlen sprechen! Aber wir können ebensogut hinaufgehen; ich habe einen Vorrat Lichter und einige Bücher, um uns die Zeit zu vertreiben. Ich bin ziemlich sicher, daß sie uns dort nicht suchen werden. Wenn sie's tun, so will ich ihnen schon ein Gespenst zeigen.“

Als Emmeline in den Dachraum trat, fand sie eine große Kiste, in der früher verschiedene schwere Möbel eingepackt gewesen, die aber jetzt auf die eine Seite gestellt war, so daß die offene Seite nach der Mauer oder vielmehr der Dachrinne zugekehrt stand.

Cassy zündete eine kleine Lampe an, und nun krochen sie unter der Dachrinne herum und nahmen in der Kiste Platz. Ein paar kleine Matratzen und einige Kissen lagen darin; ein Kasten in der Nähe enthielt reichlichen Vorrat von Lichtern, Lebensmitteln und den zu ihrer Reise nötigen Kleidungsstücken, die Cassy in Bündel von merkwürdig kleinem Umfang zusammengeschnürt hatte.

„Da“, sagte Cassy, wie sie die Lampe an einen kleinen Haken hing, den sie zu diesem Zweck in die Seitenwand der Kiste geschlagen hatte, „das ist für jetzt unsere Wohnung. Wie gefällt sie dir?“

„Bist du sicher, daß sie uns nicht im Dachraume suchen?“

„Ich möchte Simon Legree hier sehen“, sagte Cassy. „Nein, sie kommen gewiß nicht. Er wird zu froh sein, wegbleiben zu können. Was die Dienstboten betrifft, so würde sich jeder von ihnen lieber erschießen lassen, als daß er hier hereinguckte.“

Einigermaßen beruhigt, setzte sich Emmeline wieder auf ihr Kissen.

„Was meintest du, Cassy, als du sagtest, du wolltest mich töten?“ sagte sie voll Einfalt.

„Ich wollte dich abhalten, in Ohnmacht zu fallen“, sagte Cassy, „und es gelang auch. Und jetzt sage ich dir, Emmeline, du mußt dich entschließen, nicht ohnmächtig zu werden, was auch kommen mag. Das ist ganz und gar nicht nötig. Wenn ich dich nicht abgehalten hätte, wärst du jetzt in der Gewalt dieses Elenden.“

Emmeline überlief ein Schauer.

Einige Zeitlang saßen die beiden schweigend nebeneinander. Cassy las in einem französischen Buche; Emmeline sank von der Erschöpfung überwältigt, in einen Halbschlummer und schlief einige Zeit. Lautes Rufen und Schreien, Pferdegetrappel und Hundegebell weckte sie.

Mit einem leisen Aufschrei fuhr sie auf.

„Die Jäger sind wieder zurück – weiter ist's nichts“, sagte Cassy ruhig. „Fürchte dich nicht. Sieh zu diesem Astloch hinaus. Siehst du sie alle unten? Simon muß es für diese Nacht sein lassen. Schau nur, wie schmutzig sein Pferd ist vom Herumwaten im Sumpfe; die Hunde sehen auch etwas demütig aus. Ja, mein lieber Mann, Ihr werdet die Jagd noch manchmal versuchen müssen – das Wild ist nicht da.“

„Ach, sprich doch nicht!“ sagte Emmeline. „Wenn sie dich hören.“

„Wenn sie etwas hören, so werden sie sich ganz besonders in acht nehmen, nicht hierherzukommen“, sagte Cassy. „Dabei ist keine Gefahr, wir können so viel Lärm machen, wie wir wollen – wir vergrößern nur den Effekt damit.“

Endlich herrschte mitternächtliche Stille über dem ganzen Hause. Sein Unglück verwünschend und grimmige Rache für den nächsten Tag schwörend, ging Legree zu Bett.

35. Kapitel Der Märtyrer

Die Flucht Cassys und Emmelines reizten das schon vorher erbitterte Gemüt Legrees bis auf den höchsten Grad auf, und seine Wut traf, wie zu erwarten war, das schutzlose Haupt Toms. Als er in seiner Eile seinen Leuten die Nachricht ankündigte, war in Toms Auge ein plötzliches Aufleuchten und ein rasches Emporheben der Hände gen Himmel zu bemerken gewesen, das ihm nicht entgangen war. Er sah, daß er sich nicht unter die Verfolger mischte. Anfangs wollte er ihn dazu zwingen, aber da er aus alter Erfahrung seine Unbeugsamkeit kannte, wenn man ihm befahl, an einer unmenschlichen Tat teilzunehmen, so wollte er sich in seiner Eile nicht durch einen Streit mit ihm aufhalten.

Daher blieb Tom mit ein paar andern, die von ihm beten gelernt hatten, zurück und schickte Gebete für das glückliche Entkommen der Flüchtlinge zum Himmel empor.

Als Legree mißvergnügt über die vergebliche Jagd zurückkehrte, fing der lang gesammelte Haß seiner Seele gegen seinen Sklaven sich zu einem vernichtenden Sturme zu sammeln an. Hatte ihm nicht dieser Mann getrotzt – standhaft, kraftvoll und unwiderstehlich, seitdem er ihn gekauft hatte? War nicht ein Geist in ihm, der, so stumm er war, in ihm wie die Gluten der Verdammnis brannte?

„Ich hasse ihn!“ sagte Legree, wie er sich in dieser Nacht im Bette in die Höhe setzte. „Ich hasse ihn. Und ist er nicht mein Eigentum? Kann ich nicht mit ihm machen, was mir gefällt? Wer soll mich daran hindern, möchte ich wissen!“ Und Legree ballte die Faust und schüttelte sie, als hätte er etwas in den Händen, was er in Stücke zerreißen könnte.

Aber dann war Tom ein getreuer, wertvoller Diener; und obgleich ihn Legree deshalb um so mehr haßte, so legte ihm doch diese Rücksicht wenigstens einigermaßen einen Zaum an.

Den nächsten Morgen beschloß er, noch nichts zu sagen; eine Jagdgesellschaft aus einigen benachbarten Plantagen mit Hunden und Flinten zu versammeln; den Sumpf zu umstellen, und die Jagd systematisch zu betreiben. Wenn sie Erfolg hatte, dann war die Sache gut, wenn nicht, so wollte er Tom vor sich laden, und – er knirschte die Zähne zusammen, und sein Blut kochte in ihm – dann wollte er den Trotz dieses Burschen brechen, oder – er flüsterte sich innerlich ein grausenhaftes Wort zu, dem seine Seele beistimmte.

Man liest oft, daß das Interesse des Herrn ein genügender Schutz für den Sklaven sei. Der Mensch verkauft in der Wut seines wahnsinnigen Willens wissentlich und mit offenem Auge, um sein Ziel zu erreichen, seine eigene Seele dem Teufel; und wird er mit seines Nachbars Leib sorglicher umgehen?

„Ha“, sagte Cassy am nächsten Tag in der Dachkammer, wie sie durch das Astloch rekognoszierte. „Die Jagd soll heute von neuem beginnen!“

Drei oder vier Reiter galoppierten vor dem Hause herum; und ein oder zwei Koppel fremder Hunde zerrten sich mit den Negern, welche sie hielten, herum und bellten und knurrten einander an.

Zwei von den Männern sind Aufseher von benachbarten Plantagen; andere gehörten zu Legrees Zechgesellen aus der Schenke einer benachbarten Stadt und waren bloß zur Befriedigung ihrer Jagdlust hergekommen. Eine Sammlung von konfiszierteren Gesichtern konnte man sich vielleicht nicht denken. Legree schenkte ihnen fleißig Branntwein ein, wie auch den Negern, die von den verschiedenen Plantagen zur Jagd hergeschickt worden waren, denn es war Maxime, jeden Dienst dieser Art für die Neger soviel als möglich zu einem Feiertage zu machen.

Cassy legte das Ohr an das Astloch; und da der Morgenwind gerade auf das Haus zuwehte, konnte sie ziemlich viel von der Unterhaltung belauschen. Ein düsteres Lächeln des Hohns überzog den finsteren, strengen Ernst ihres Gesichts, wie sie horchte und vernahm, wie sie die Striche verteilten, die Vorzüge der Hunde besprachen und Befehle wegen des Schießens und der Behandlung der Flüchtlinge, wenn sie eingefangen würden, gaben.

Cassy zog sich zurück und sagte, indem sie die Hände zusammenschlug und gen Himmel blickte: „O großer, allmächtiger Gott! Wir sind alle Sünder; aber was haben wir getan, mehr als alle übrigen auf der Welt, daß man uns so behandelt?“

Ein schrecklicher Ernst lag auf ihrem Gesichte und in ihrer Stimme, wie sie sprach.

„Wenn es nicht deinetwegen wäre, Kind“, sagte sie mit einem Blick auf Emmeline, „so ginge ich hinaus zu ihnen, und ich würde dem von ihnen danken, der mich niederschösse, denn was nützt mir die Freiheit? Kann sie mir meine Kinder zurückgeben oder mich wieder zu dem machen, was ich früher war?“

In ihrer kindischen Einfalt fürchtete sich Emmeline etwas vor den melancholischen Anfällen Cassys. Sie sah betroffen aus, aber gab keine Antwort. Sie ergriff nur ihre Hand mit einer sanften liebkosenden Bewegung.

„Nein, tu das nicht!“ sagte Cassy und versuchte ihr die Hand zu entziehen. „Du gewöhnst mich daran, dich zu lieben, und ich will nie wieder etwas auf Erden lieben!“

„Arme Cassy!“ sagte Emmeline. „Sprich nicht so! Wenn der Herr uns die Freiheit schenkt, wird er dir vielleicht auch deine Tochter zurückgeben; jedenfalls werde ich dir eine Tochter sein – ich weiß, ich werde meine arme alte Mutter nie wieder sehen! Ich werde dich lieben, Cassy, magst du mich lieben oder nicht.“

Das sanfte, kindliche Gemüt siegte. Cassy setzte sich neben sie, umschlang sie mit ihrem Arme, streichelte ihr weiches, braunes Haar; und Emmeline sah dann verwundert die Schönheit ihrer herrlichen Augen, die jetzt von dem sanfteren Glänze der Tränen leuchteten.

„O Emmeline!“ sagte Cassy. „Ich habe für meine Kinder gehungert und gedurstet, und meine Augen verdunkeln sich vor Sehnsucht nach ihnen! Hier! Hier!“ und sie schlug sich auf die Brust. „Hier ist alles wüst und leer! Wenn Gott mir meine Kinder zurückgäbe, dann könnte ich beten.“

„Du mußt auf ihn vertrauen, Cassy“, sagte Emmeline, „er ist unser Vater!“

„Sein Zorn lastet auf uns“, sagte Cassy, „er hat sich im Grimm von uns weggewendet.“

„Nein, Cassy! Er wird es gut mit uns machen! Wir wollen auf ihn hoffen“, sagte Emmeline. „Ich habe immer Hoffnung gehabt!“

***

Die Jagd war lang, lebhaft und gründlich, aber erfolglos; und mit ernstem, ironischem Frohlocken blickte Cassy auf Legree herab, als er müde und übel gelaunt vom Pferde stieg.

„Quimbo“, sagte Legree, wie er sich im Wohnzimmer hinstreckte, „jetzt gehst du auf der Stelle hin und holst den Tom her! Der alte Höllenbraten ist in die ganze Sache eingeweiht; und ich will's aus seinem alten, schwarzen Fell heraushaben, oder er soll mir büßen.“

Sambo und Quimbo waren beide, obgleich sie einander haßten, darin eines Sinnes, daß sie Tom nicht minder aufrichtig haßten. Legree hatte ihnen erzählt, daß er ihn anfangs zu einem Oberaufseher während seiner Abwesenheit bestimmt habe; und das hatte in sie einen Keim des Hasses gelegt, der in ihrer niedrigen und schlechten Seele gewachsen war, wie sie bemerkten, daß der Herr immer schlimmer gegen ihn gesinnt wurde. Quimbo eilte daher bereitwillig fort, um den Befehl auszuführen.

Tom hörte die Botschaft mit ahnendem Herzen. Aber er kannte den ganzen Plan der Flüchtlinge, und wo sie jetzt versteckt waren. Er kannte den schonungslosen Charakter des Mannes, mit dem er zu tun hatte, und seine despotische Macht. Aber er fühlte sich stark in Gott, dem Tode zu begegnen, ehe er die Hilflosen verriet.

Er setzte seinen Korb neben die Reihe hin, und sagte mit einem Blick gen Himmel: „In Deine Hände befehl ich meinen Geist! Du hast mich erlöset, Herr, Du treuer Gott!“ Und dann fügte er sich ruhig der rauhen, brutalen Faust, mit der Quimbo ihn packte.

„Ja, ja!“ sagte der Riese, wie er ihn fortschleppte. „Diesmal wirst du's schon kriegen! Master ist gar giftig, diesmal! Diesmal hilft kein Herauslügen! Heute kriegst du's, darauf kannst du dich verlassen! Wirst schon sehen, was es heißt, Masters Niggern fortlaufen zu helfen! Wirst schon sehen, was du kriegst!" Von den drohenden Worten erreichte keines sein Ohr – eine höhere Stimme sprach zu ihm: „Fürchte dich nicht vor denen, so den Leib töten, und die Seele nicht mögen töten." Von diesen Worten erzitterten Nerven und Gebeine des unglücklichen Mannes, als berührte sie der Finger Gottes; und er fühlte die Kraft von tausend Seelen in sich. Wie er vorüberging, schienen die Bäume und die Gebüsche, die Hütten seiner Knechtschaft, das ganze Schauspiel seiner Erniedrigung vor ihm vorbeizufliegen wie die Landschaft vor dem dahinrollenden Wagen. Seine Seele erbebte. Seine Heimat stand ihm vor Augen – und die Stunde der Erlösung schien zu nahen. „Nun, Tom", sagte Legree, indem er auf ihn zutrat und ihn grimmig beim Kragen packte, wobei er in einem Paroxismus entschlossener Wut durch die Zähne sprach, „weißt du, daß ich mich entschlossen habe, dich totzuschlagen?"

„Das ist sehr wahrscheinlich, Master", sagte Tom ruhig.

„Ich – habe – mich – dazu – entschlossen", sagte Legree mit finsterer, schrecklicher Ruhe, „wenn du mir nicht sagst, was du von diesen Dirnen weißt."

Tom schwieg.

„Hörst du!" sagte Legree mit dem Fuße stampfend und brüllte wie ein wütender Löwe. „Sprich!"

„Ich habe Ihnen nichts zu sagen, Master", sagte Tom mit langsamem, festem, überlegtem Tone.

„Wagst du mir zu sagen, du wüßtest nichts, du alter, schwarzer Christ?" sagte Legree.

Tom schwieg.

„Sprich!" donnerte Legree und versetzte ihm einen wütenden Schlag.

„Weißt du etwas?"

„Ich weiß etwas, Master, aber ich kann nichts sagen. Ich kann sterben!"

Legree holte tief Atem, und seine Wut unterdrückend, packte er Tom beim Arm, näherte sein Gesicht dem des Negers, daß er es fast berührte, und sagte mit schrecklicher Stimme: „Höre, Tom – du glaubst, weil ich dich schon einmal habe so laufenlassen, meinte ich nicht, was ich sage, aber diesmal habe ich meinen Entschluß gefaßt und den Schaden berechnet. Du hast dich immer gegen mich aufgelehnt. Jetzt will ich deinen Trotz brechen oder dich totschlagen! Eins oder das andere. Ich will jeden Tropfen Blut, den du im Leibe hast, zählen, und dir jeden einzeln abzapfen, bis du nachgibst."

Tom blickte seinen Herrn an und antwortete: „Master, wenn Sie krank wären oder in Not oder mit dem Tode kämpften, und ich könnte Sie retten, so gäbe ich mein Herzblut hin; und wenn das Abzapfen jedes Bluttropfens aus diesem armen alten Leichnam Ihre unsterbliche Seele retten könnte, so gäbe ich es gern hin, wie der Herr sein Blut für mich vergossen hat. O Master, bringen Sie diese große Sünde nicht auf Ihre Seele, es wird Ihnen mehr Schaden tun als mir! Tun Sie das Schlimmste, was Sie können, meine Qual ist bald vorbei; aber wenn Sie nicht bereuen, wird Ihre Qual nie zu Ende gehen!"

Wie eine wunderbare Strophe himmlischer Musik, die in der Pause eines Sturmes vernommen wird, brachte dieser Gefühlsausbruch ein kurzes Schweigen hervor. Legree stand betroffen da und sah Tom an; und so tief war das Schweigen, daß man das Ticken der alten Uhr hören konnte, welche mit stummem Zeiger die letzten Augenblicke der Barmherzigkeit und der Prüfungszeit für dieses verhärtete Herz maß.

Es war nur ein Augenblick. Eine einzige zögernde Pause, ein unentschlossenes, bereuendes Schwanken, und der Geist des Bösen kehrte zurück mit fieberhafter Gewalt, und Legree schlug wutschäumend sein Opfer zu Boden.

„Es ist fast vorbei mit ihm, Master", sagte Sambo, wider seinen Willen gerührt von der Geduld seines Opfers.

„Schlagt zu, bis er nachgibt! Gebt es ihm! Gebt es ihm!" brüllte Legree. „Jeder Blutstropfen muß aus seinem Leibe heraus, wenn er nicht bekennt."

Tom schlug die Augen auf und blickte seinen Herrn an. „Ihr armen, sündhaften Kreaturen!" sagte er. „Ihr könnt mir weiter nichts tun! Ich vergebe euch von ganzer Seele!" Und das Bewußtsein verließ ihn.

„Ich glaube wahrhaftig, es ist endlich aus mit ihm", sagte Legree und trat näher, um ihn zu besehen. „Ja, es ist aus mit ihm! Na, so wäre ihm endlich das Maul gestopft – das ist ein Trost!"

Ja, Legree, aber wer soll die Stimme in deiner Seele zum Schweigen bringen – in dieser Seele, die weder Reue noch Gebet, noch Hoffnung mehr retten kann und in welcher das Feuer, das nie gelöscht werden soll, bereits brannte?

Aber Tom war noch nicht ganz tot. Seine wunderbaren Worte und frommen Gebete hatten die Herzen der vertierten Schwarzen gerührt, welche sich als Werkzeuge der Grausamkeit gegen ihn hatten brauchen lassen; und kaum hatte Legree sich entfernt, so banden sie ihn los und versuchten ihn in ihrer Unwissenheit wieder ins Leben zurückzurufen – als ob das ihm eine Wohltat gewesen wäre.

„Ach, wir haben etwas schrecklich Böses getan!" sagte Sambo. „Hoffe, Master wird's zu verantworten haben und nicht wir."

Sie wuschen seine Wunden – sie bereiteten ihm ein notdürftiges Lager aus Ausschußbaumwolle, damit er daruf ruhen könne; und einer schlich sich nach dem Hause und bettelte sich ein Glas Branntwein von Legree, unter dem Vorwande, daß er erschöpft sei und es für sich haben wolle. Er brachte es in die Hütte und goß es Tom in den Mund.

„Ach, Tom!" sagte Quimbo. „Wir haben entsetzlich schlecht an dir gehandelt."

„Ich vergebe euch von ganzem Herzen!" sagte Tom mit schwacher Stimme.

„O Tom, sage uns doch, wer Jesus ist", sagte Sambo. – „Jesus, der dir die ganze Nacht hindurch beigestanden hat! – Wer ist das?"

Die Frage weckte den schwindenden Geist. Er ergoß sich in ein paar energischen Worten über den Wunderbaren, über sein Leben, über seinen Tod, seine immerwährende Gegenwart und seine Macht zu erlösen.

Und die beiden verwilderten Gemüter fingen an zu weinen.

„Warum habe ich nie früher davon gehört?" sagte Sambo. „Aber ich glaube daran! – Ich kann nicht anders! Herr Jesus, habe Erbarmen mit uns!"

„Ihr armen Geschöpfe!" sagte Tom. „Gern will ich alles tragen, was mir auferlegt wird, wenn ich euch Christus zuführen kann! O Herr, ich bitte Dich, gib mir auch noch diese beiden Seelen!"

Und das Gebet wurde erhört.

36. Kapitel Der junge Herr

Zwei Tage darauf fuhr ein junger Mann in einem leichten Wagen durch die Allee von Chinabäumen, warf die Zügel hastig dem Pferde auf den Rücken, sprang heraus und fragte nach dem Besitzer der Plantage.

Es war George Shelby; und um zu zeigen, wie er hierher kam, müssen wir in unserer Geschichte ein wenig zurückgehen.

Der Brief Miß Ophelias an Mrs. Shelby war durch einen unglücklichen Zufall einen oder zwei Monate auf einem abgelegenen Postamt liegen geblieben, ehe er seine Bestimmung erreichte; und als er dort anlangte, war Tom natürlich schon in den fernen Sümpfen des Red River dem Auge verloren.

Mrs. Shelby las die Nachricht mit der tiefsten Teilnahme; aber sofort in dieser Angelegenheit die nötigen Maßregeln zu ergreifen war unmöglich. Sie saß damals am Krankenbett ihres Gatten, der in der Krisis eines hitzigen Fiebers lag. Master George Shelby, der unterdessen ein schlanker junger Mann geworden war, war ihr fortwährender und getreuer Beistand und ihre einzige Stütze in der Verwaltung des väterlichen Geschäfts. Miß Ophelia war so vorsichtig gewesen, den Namen des Advokaten, der die Angelegenheiten der Familie St. Clare ordnete, zu übersenden; und das einzige, was man für jetzt tun konnte, war, sich bei ihm brieflich zu erkundigen. Der plötzliche Tod Mr. Shelbys wenige Tage darauf nahm alsdann für eine Zeitlang alle ihre Teilnahme ausschließlich in Anspruch.

Mr. Shelby legte sein Vertrauen auf die Klugheit seiner Gattin dadurch an den Tag, daß er sie zur einzigen Testamentsvollstreckerin ernannte, und so mußte sie sofort einer großen und verwickelten Masse von Geschäften sich unterziehen.

Mit charakteristischer Energie machte sich Mrs. Shelby auf der Stelle ans Werk, den verwickelten Geschäftsknäuel aufzuwirren, und ihre und Georges Zeit war für mehrere Wochen ganz mit dem Sammeln und Prüfen von Rechnungen, mit dem Verkaufen von Eigentum und dem Bezahlen von Schulden in Anspruch genommen, denn Mrs. Shelby war fest entschlossen, alles klar und rein zu machen, mochten die Folgen für sie sein, wie sie wollten. Unterdessen erhielten sie einen Brief von dem Advokaten, an den Miß Ophelia sie gewiesen, der ihnen aber schrieb, daß er nichts von der Sache wisse; daß der Mann in einer öffentlichen Versteigerung verkauft worden sei und daß er, außer daß er das Geld empfangen habe, von der ganzen Angelegenheit nichts erfahren habe.

Weder George noch Mrs. Shelby konnten sich bei dieser Antwort beruhigen; und deshalb entschloß sich ersterer nach etwa sechs Monaten, da er gerade für seine Mutter Geschäfte am Mississippi zu verrichten hatte, selbst nach New Orleans zu gehen und Nachforschungen anzustellen, in der Hoffnung, Toms Aufenthaltsort zu entdecken und ihn wiederzukaufen.

Nach einigen Monaten fruchtlosen Suchens begegnete George durch den reinsten Zufall in New Orleans einem Manne, der die gewünschte Auskunft geben konnte; und mit dem Gelde in der Tasche nahm unser Held einen Platz auf dem Red-River-Dampfboote, entschlossen, seinen alten Freund aufzusuchen und wieder zurückzukaufen.

Man führte ihn bald in das Haus, wo er Legree in dem Wohnzimmer fand.

Legree empfing den Fremden mit einer Art mürrischer Gastlichkeit.

„Ich höre“, sagte der junge Mann, „daß Sie in New Orleans einen Sklaven namens Tom gekauft haben. Er war auf dem Gute meines Vaters, und ich möchte sehen, ob ich ihn wieder zurückkaufen könnte.“

Legrees Stirn verfinsterte sich, und er rief leidenschaftlich aus: „Ja, ich habe einen Kerl dieses Namens gekauft, und ein Höllengeschäft habe ich mit ihm gemacht! Der widerspenstigste freche Hund! Reizt meine Nigger zum Fortlaufen und hilft wirklich zwei Dirnen, die ihre 800 oder 1000 Dollar jede wert sind, entfliehen. Er gestand das ein, und als ich ihn aufforderte, mir zu sagen, wo sie wären, stellte er sich hin und sagte, er wüßte es, aber er wollte es nicht sagen; und dabei blieb er, obgleich er die tüchtigste Tracht Schläge kriegte, die jemals ein Nigger bekommen hat. Ich glaube, er gibt sich jetzt Mühe, zu sterben, aber ich weiß nicht, ob es ihm gelingen wird.“

„Wo ist er?“ rief George mit Ungestüm. „Ich will ihn sehen.“ Die Wangen des jungen Mannes waren purpurrot und seine Augen flammten; aber klugerweise sagte er jetzt noch nichts.

„Er liegt in dem Schuppen dort“, sagte ein kleiner Bube, der Georges Pferd hielt.

Legree gab mit einem Fluche dem Knaben einen Tritt; aber George drehte sich ohne ein Wort zu sagen um und ging nach der angegebenen Stelle.

Tom hatte seit der verhängnisvollen Nacht zwei Tage gelegen; nicht leidend, denn jeder Leidensnerv in ihm war abgestumpft und vernichtet. Er lag die meiste Zeit über in einer ruhigen Erstarrung da, denn der kräftige und gutgebaute Körper wollte nicht gleich den eingekerkerten Geist freigeben. Verstohlen und in stiller Nacht hatten ihn arme und verlassene Geschöpfe besucht, welche ihre spärlichen Stunden Schlaf abkürzten, um ihm einige von den Liebesbeweisen, mit denen er stets so freigebig gewesen, wiederzuvergelten. Allerdings hatten diese armen Jünger wenig zu geben – nur ein Glas kaltes Wasser – aber es wurde aus vollem Herzen gegeben.

Tränen waren auf das ehrliche gefühllose Antlitz gefallen, Tränen der Zerknirschung, vergossen von den armen unwissenden Heiden, welche seine Liebe und Geduld im Sterben zur Reue erweckt hatte; und es tönten über ihm heiße Gebete zu einem kaum gefundenen Heiland, von dem sie kaum mehr wußten als den Namen, den aber das ringende unwissende Menschenherz nie umsonst anfleht.

Cassy, die aus ihrem Versteck herausgeschlüpft war und durch Lauschen erfahren hatte, welches Opfer Tom ihr und Emmeline gebracht hatte, war trotz der Gefahr der Entdeckung die Nacht vorher auch bei ihm gewesen; und ergriffen von den wenigen letzten Worten, welche die liebeerfüllte Seele noch Kraft gehabt hatte zu flüstern, war der lange Winter der Verzweiflung, das Eis von Jahren aufgetaut, und das finstere, verzweifelnde Weib hatte geweint und gebetet.

Als George in den Schuppen trat, wurde er fast ohnmächtig.

„Ist's möglich? – Ist's möglich?“ sagte er und kniete neben ihm nieder. „Onkel Tom, mein armer, armer, alter Freund!“

Etwas von dem Ton der Stimme drang zu dem Ohre des Sterbenden. Er bewegte schwach den Kopf, lächelte und sprach:

> „Mein Jesus macht ein Sterbebett
> So weich wie Federkissen.“

Tränen, welche seinem Mannesherzen Ehre machten, strömten aus den Augen des jungen Mannes, wie er sich über seinen armen Freund beugte. „O lieber Onkel Tom! Erwache – sprich noch einmal! Blicke auf! Hier ist Master George – dein lieber kleiner Master George. Kennst du mich nicht?“

„Master George!“ sagte Tom mit schwacher Stimme und öffnete die Augen. „Master George!“ Er blickte verwirrt um sich. Langsam schien der Gedanke seine Seele zu erfüllen, und der leere Blick wurde hell und fest, das ganze Gesicht fing an zu strahlen, die harten Hände falteten sich, und Tränen liefen über die Wangen.

„Gesegnet sei der Herr! Das ist – das ist – alles, was ich wünschte! Sie haben mich nicht vergessen. Das erwärmt mir die Seele, es tut meinem alten Herzen gut! Jetzt werde ich zufrieden sterben! Preise den Herrn, o meine Seele.“

„Du sollst nicht sterben! Du darfst nicht sterben und darfst nicht daran denken! Ich bin gekommen, um dich zurückzukaufen und mit nach Hause zu nehmen“, sagte George mit leidenschaftlichem Ungestüm.

„O Master George, Sie kommen zu spät! Der Herr hat mich gekauft und will mich aufnehmen in sein Haus – und ich sehne mich zu ihm. Der Himmel ist besser als Kentucky.“

„O stirb nicht! Es ist mein Tod! – Das Herz bricht mir, wenn ich denke, was du gelitten hast – und hier in diesem alten Schuppen zu liegen! Armer, armer Mann!“

„Nennen Sie mich nicht armer Mann!“ sagte Tom feierlich. „Ich war ein armer Mann, aber das ist alles vorbei. Ich stehe in der Pforte und gehe ein in die Herrlichkeit! O Master George! Der Himmel ist da! Ich habe den Sieg errungen – der Herr Jesus hat ihn mir gegeben! Ehre sei seinem Namen!“

Voll Ehrfurcht vernahm George die Kraft, die Heftigkeit, die Gewalt, mit der der Sterbende diese gebrochenen Sätze sprach. Er blickte ihn schweigend an.

Tom ergriff seine Hand und fuhr fort: „Sie dürfen's nicht der armen Chloe erzählen, wie Sie mich gefunden haben: Es wäre gar zu schrecklich für sie. Sagen Sie ihr nur, daß Sie mich gefunden haben, wie ich zur himmlischen Herrlichkeit einging und daß ich auf niemand warten konnte; und sagen Sie ihr, daß der Herr mir überall und immer beigestanden und mir alles leichtgemacht habe. Und ach, die armen Kinder und das Kleine – mein altes Herz hat sich oft, gar oft fast zu Tode nach ihnen gesehnt. Sagen Sie ihnen allen, sie sollen mir folgen – mir folgen! Sagen Sie Master und der lieben guten Missis und allen übrigen, wie ich sie geliebt habe! Sie wissen das nicht! Es ist mir, als liebte ich sie alle! Ich liebe jedes Geschöpf überall – es ist nichts, als Liebe! Ach, Master George! Wie herrlich ist's, ein Christ zu sein!"

In diesem Augenblick trat Legree an die Tür des Schuppens, blickte mit einer verstockten Miene affektierter Gleichgültigkeit hinein und entfernte sich wieder.

„Der alte Satan!" sagte George in seinem Zorne. „Es ist ein Trost für mich, daß der Teufel ihm das seinerzeit vergelten wird!"

„Ach nein! – Ach sprechen Sie nicht so!" sagte Tom und drückte ihm die Hand. „Er ist eine arme sündhafte Kreatur. Es ist grauenhaft, daran zu denken! Ach, wenn er nur bereuen wollte, so würde der Herr ihm jetzt vergeben, aber ich fürchte, er wird nie bereuen."

„Ich hoffe es nicht!" sagte George. „Ich mag ihn nie im Himmel sehen."

„Still, Master George! Das tut mir weh. Reden Sie nicht so. Er hat mir keinen wirklichen Schaden zugefügt – hat nur die Pforte des Himmelreichs mir geöffnet! Weiter gar nichts!"

In diesem Augenblick verschwand der plötzliche Anflug von Kraft, welchen die Freude, seinen jungen Herrn wiederzusehen, in dem Sterbenden geweckt hatte.

Er wurde auf einmal viel matter; er schloß die Augen; und die geheimnisvolle und erhabene Wandlung zeigte sich in seinem Antlitz, welche die Nähe einer anderen Welt verrät.

Er fing an in langen tiefen Zügen zu atmen, und seine breite Brust hob und streckte sich schwer. Der Ausdruck seines Gesichts war der eines Siegers.

„Wer – wer – wer will uns von der Liebe Christi trennen?" sagte er mit einer Stimme, die mit der Schwäche des Todes rang, und mit einem Lächeln schlummerte er ein.

Feierliches Grauen hielt George gefangen. Es war ihm, als wäre dieser Fleck heilig, und wie er die starren Augen zudrückte und von der Leiche aufstand, erfüllte ihn nur ein Gedanke, – derjenige, den sein einfacher alter Freund ausgesprochen hatte: „Wie herrlich ist es, ein Christ zu sein!"

Er wendete sich um. Legree stand mürrisch hinter ihm.

Ein Etwas in dieser Sterbeszene hatte das natürliche Ungestüm jugendlicher Leidenschaft im Zaum gehalten. Die Gegenwart des Mannes war George einfach widrig, und er fühlte bloß den Trieb mit so wenig Worten als möglich von ihm loszukommen. Seine funkelnden schwarzen Augen auf Legree heftend, sagte er bloß, indem er auf die Leiche deutete:

„Ihr habt alles von ihm erlangt, was er Euch geben konnte. Was soll ich Euch für die Leiche bezahlen? Ich will sie mitnehmen und anständig begraben."

„Ich handle nicht mit toten Niggern", sagte Legree mürrisch. „Ihr könnt ihn begraben, wann und wo Ihr Lust habt."

„Burschen", befahl George zwei oder drei Negern, welche die Leiche betrachteten, „helft mir ihn aufheben und nach meinem Wagen tragen; und bringt mir einen Spaten."

Einer derselben lief fort, um einen Spaten zu holen, die beiden anderen halfen George die Leiche in den Wagen legen.

George würdigte Legree, der über diesen Befehl nichts sagte, sondern mit einer Miene gezwungener Teilnahmslosigkeit und pfeifend dastand, keines Blicks oder Wortes. Er folgte ihnen mürrisch bis an die Stelle, wo der Wagen vor der Tür stand.

George breitete seinen Mantel im Wagen aus und ließ die Leiche sorgfältig darauflegen, nachdem er den Sitz anders eingehängt hatte, um Platz zu nehmen. Dann drehte er sich um, sah Legree fest an und sagte mit erzwungener Fassung:

„Ich habe Euch noch nicht gesagt, was ich von dieser höchst gräßlichen Tat denke. Es ist hier weder die Zeit noch der Ort dazu. Aber, Sir, dieses unschuldige Blut soll gerächt werden. Ich werde diesen Mord in die Welt ausrufen. Ich gehe zum ersten Friedensrichter und zeige Euch an."

„Tut das!" sagte Legree und schnippte höhnisch mit den Fingern. „Ich bin wirklich neugierig darauf, wie Ihr das anfangt. Wo wollt Ihr denn Zeugen herbekommen? Wie wollt Ihr's denn beweisen? Sagt mir das einmal!"

George sah auf den ersten Blick ein, wie recht jener hatte. Es war kein einziger Weißer auf der ganzen Plantage, und in allen Gerichtshöfen des Südens gilt das

Zeugnis farbigen Blutes nichts. Es war ihm in diesem Augenblick zumute, als könnte er mit dem entrüsteten Schrei seines Herzens nach Gerechtigkeit den Himmel zerreißen; aber es half nichts.

„Und was ist das auch am Ende für ein Lärm wegen eines toten Niggers?“ sagte Legree.

Das Wort fiel wie ein Funken in ein Pulvermagazin. Überlegtheit ist nie eine Haupttugend der Jugend von Kentucky gewesen. George drehte sich um und gab Legree einen so heftigen Faustschlag, daß er der Länge lang aufs Gesicht niederstürzte, und wie er vor Zorn und herausforderndem Trotz glühend über ihm stand, hätte er kein schlechtes Bild seines großen Namenvetters, wie er den Drachen besiegt, dargestellt.

Es gibt jedoch Leute, denen ein tüchtiger Schlag von entschiedenem Nutzen ist. Wenn einer sie geradezu zu Boden schlägt, so scheinen sie sofort eine gewisse Achtung vor ihm zu empfinden, und Legree war einer von dieser Art. Wie er daher aufstand und sich den Staub von den Kleidern wischte, sah er dem langsam davonfahrenden Wagen mit offenbarem Respekt nach; auch tat er nicht eher den Mund auf, als bis er ihm aus den Augen war.

Jenseits der Grenze der Plantage hatte George einen trockenen sandigen Hügel von einigen Bäumen beschattet bemerkt; dort machten sie das Grab.

„Sollen wir den Mantel abnehmen, Master?“ sagten die Neger, als das Grab fertig war.

„Nein, nein, begrabt ihn damit. Es ist alles, was ich dir jetzt geben kann, armer Tom, und du sollst es haben.“

Sie legten ihn hinein; und die Männer schaufelten schweigend das Grab zu. Sie machten einen Hügel darüber und deckten ihn mit grünem Rasen zu.

„Ihr könnt jetzt gehen“, sagte George und drückte jedem einen Viertel Dollar in die Hand. Aber sie blieben zaudernd stehen.

„Ach, wenn Master uns kaufen wollte –“ sagte der eine.

„Wir würden ihm so treu dienen!“ sagte der andere.

„'s sind schlimme Zeiten hier, Master“, sagte der erste. „Bitte, Master, kaufen Sie uns.“

„Ich kann nicht! – Ich kann nicht“, sagte George betrübt und winkte ihnen zu gehen. „Es ist unmöglich!“

Die armen Burschen machten ein niedergeschlagenes Gesicht und entfernten sich schweigend.

„Ich rufe Dich zum Zeugen, ewiger Gott“, rief George auf dem Grabe seines armen Freundes kniend aus, „ich rufe Dich zum Zeugen, daß ich von dieser Stunde an tun will, was einem Menschen möglich ist, dem Fluche der Sklaverei in diesem Lande ein Ende zu machen!“

37. Kapitel Eine wahre Gespenstergeschichte

Aus irgendeinem merkwürdigen Grunde waren um diese Zeit unter den Sklaven auf Legrees Plantage Gespenstergeschichten sehr gang und gäbe.

Man flüsterte sich zu, daß man in totenstiller Nacht die Treppe zum Bodenraum habe Schritte herabkommen und durch das Haus gehen hören. Vergeblich waren die Türen des oberen Saales verschlossen worden; entweder hatte das Gespenst einen doppelten Schlüssel in der Tasche, oder es machte von dem uralten Vorrecht der Gespenster Gebrauch, durch das Schlüsselloch zu schlüpfen und promenierte mit einer wahrhaft beunruhigenden Ungeniertheit im Hause herum.

Über die äußere Gestalt des Gespenstes war man nicht ganz einig, und zwar infolge einer bei den Negern sehr häufigen Gewohnheit – und soviel wir wissen, ist sie auch bei den Weißen nicht selten –, bei solchen Gelegenheiten stets die Augen zuzumachen oder den Kopf unter Bettdecken, Unterröcke und was sich sonst zum Schutz darbot, zu stecken. Natürlich sind, wie jedermann weiß, die Augen des Geistes, wo die des Körpers unbeschäftigt sind, ganz ungewöhnlich lebhaft und scharfsichtig; und deshalb hatte man eine große Anzahl von leibesgroßen Porträts des Gespenstes, die überreichlich beschworen und von Zeugen bestätigt waren und die, wie das bei Porträts oft der Fall ist, in keinem Zuge miteinander übereinstimmten, außer in dem gemeinsamen Familienzuge des Gespenstergeschlechts – im Tragen eines weißen Leichentuchs. Die armen Seelen waren in der alten Geschichte nicht bewandert und wußten nicht, daß Shakespeare bereits Zeugnis für diese Tracht abgelegt hat, indem er berichtet:

> „Die Toten stierten
> Im weißen Lailach durch die Straßen Roms.“

Und deshalb ist ihre übereinstimmende Aussage eine auffällige Tatsache in der Geisterwissenschaft, welche wir der Aufmerksamkeit aller, die sich um die geheimnisvollen Welten kümmern, empfehlen.

Sei dem, wie ihm wolle, wir haben unseren Grund zu wissen, daß eine hohe Gestalt in einem weißen Leichentuch in den echtesten Geisterstunden in und um Legrees Haus sichtbar war – daß sie durch die Türen ging, auf den Gängen wandelte – zuweilen verschwand und dann wieder erschien, um die schweigsame Treppe hinauf in jenem unheimlichen Dachraum zu verschwinden; und daß man des Morgens früh die Saaltüren des oberen Stocks so fest verschlossen fand wie je.

Legree konnten diese Flüstereien unter seinen Leuten nicht verborgen bleiben; und die Sache regte ihn nur noch mehr auf, wegen der Mühe, die man sich gab, sie ihm zu verbergen. Er trank mehr Branntwein als gewöhnlich; trug den Kopf hoch und schwer und fluchte lauter als gewöhnlich während des Tages; aber er hatte böse Träume, und seine Phantasien, wenn er nachts im Bette lag, waren nichts weniger als angenehm. Am Abend des Tages, wo Toms Leiche fortgeschafft worden war, ritt er nach der nächsten Stadt, um einmal tüchtig zu zechen, und hatte ein wüstes Gelag. Er kam spät und ganz müde nach Hause.

Legree verschloß seine Tür und schob einen Stuhl davor; er setzte eine Nachtlampe zu Häupten seines Bettes und legte eine Pistole neben sich. Er untersuchte die Haspen und Wirbel der Fenster, schwor dann, daß er sich nicht vor dem Teufel und allen seinen Engeln fürchte, und ging zu Bett.

Er schlief, denn er war müde, und er schlief fest. Aber zuletzt kam über seinen Schlaf ein Schatten, ein Grauen, ein banges Gefühl, daß etwas Entsetzliches über ihm hänge. Es war seiner Mutter Leichentuch, dachte er; aber Cassy hielt es in die Höhe und zeigte es ihm. Er hörte einen verwirrten Lärm von Gekreisch und Stöhnen; und bei alledem wußte er, daß er schlief, und strengte sich an, um aufzuwachen. Er war halb wach. Er wußte gewiß, daß etwas ins Zimmer kam. Er wußte, daß die Tür aufging, aber er konnte weder Hand noch Fuß rühren. Endlich fuhr er auf und drehte sich um; die Tür stand offen und er sah eine Hand sein Licht auslöschen.

Es war eine bewölkte neblige Mondnacht, und dort sah er es! – Etwas Weißes, das eben hereingeschwebt war! Er hörte das leise Rauschen des gespenstischen Gewandes. Es blieb vor seinem Bett stehen; eine kalte Hand berührte die seine; eine Stimme sagte dreimal mit leisem, grausenerregenden Flüstern: „Komm! Komm! Komm!“ und während er vor Schreck schwitzend dalag, war es fort, er wußte nicht, wie und wann. Er sprang aus dem Bett und zerrte an der Tür. Sie war fest verschlossen, und Legree stürzte bewußtlos auf den Fußboden hin.

Nach diesem Vorfall zechte Legree stärker als je. Er trank nicht mehr mit Vorsicht und Schonung seiner selbst, sondern unvorsichtig und ohne im mindesten nach den Folgen zu fragen.

Bald daraufhörte man in der Nachbarschaft erzählen, daß er krank und dem Tode nahe sei. Seine Ausschweifungen hatten jene schreckliche Krankheit nach sich gezogen, welche die grellen Schatten einer zukünftigen Wiedervergeltung schon auf das gegenwärtige Leben zu werfen scheint. Niemand konnte die Schrecken dieses Krankenzimmers aushalten, wenn er schrie und raste und von Geschichten sprach, welche das Blut der Zuhörer fast erstarren machten; und an seinem Sterbebett stand eine finstere weiße unerbittliche Gestalt, welche sagte: „Komm! Komm! Komm!"

Durch ein merkwürdiges Zusammentreffen fand man nach derselben Nacht, wo Legree dieses Gesicht erschienen war, die Haustür offenstehen, und einige von den Negern hatten zwei weiße Gestalten die Allee hinab nach der Landstraße schweben sehen.

Es war fast Sonnenaufgang, als Cassy und Emmeline einen Augenblick lang in einem kleinen Gebüsch nicht weit von der Stadt haltmachten.

Cassy war wie eine spanische Kreolin gekleidet – ganz schwarz. Ein kleiner schwarzer Hut mit einem reich gestickten Schleier verbarg ihr Gesicht. Der Verabredung nach spielte sie auf der Flucht die Rolle einer kreolischen Dame, und Emmeline war ihre Zofe.

Von frühester Jugend auf in der feinsten Gesellschaft aufgewachsen, paßten die Sprache, das Benehmen und die Miene Cassys ganz vortrefflich zu diesem Plane; und sie besaß noch genug Reste ihrer einst glänzenden Garderobe und Schmucksachen, um ihre Rolle ganz ausgezeichnet spielen zu können.

In den ersten Häusern der Stadt blieb sie vor einem Laden stehen, wo Koffer zu verkaufen waren, und kaufte einen der schönsten. Diesen ließ sie sich von einem Mann nachschaffen. So trat sie, begleitet von einem Burschen, der ihren Koffer fuhr, und Emmeline mit dem Reisesack und verschiedenen anderen Paketen, wie eine vornehme Dame in das kleine Gasthaus.

Die erste Person, die ihr nach ihrer Ankunft auffiel, war George Shelby, der ebenfalls dort eingekehrt war, um das nächste Boot abzuwarten.

Cassy hatte den jungen Mann durch ihr Astloch aus dem Dachraume beobachtet, hatte ihn die Leiche Toms forttragen sehen und hatte mit geheimem Frohlocken seinen Zank mit Legree beobachtet. Später hatte sie aus den Gesprächen der Neger, die sie belauscht hatte, während sie abends in gespenstischer Verhüllung durch das

Haus streifte, erfahren, wer er war und in welchem Verhältnis er zu Tom stand. Sie empfand daher sofort ein vermehrtes Gefühl der Sicherheit, als sie entdeckte, daß er gleich ihr auf das nächste Boot wartete.

Cassys Aussehen und Benehmen und der Überfluß an Geld, über den sie offenbar gebot, erstickten jeden leisen Verdacht im Gasthause im Entstehen. Die Leute bekümmerten sich nicht zu genau um die Angelegenheiten derer, bei welchen die Hauptsache, das Bezahlen, in Ordnung ist – und das hatte Cassy vorausgesehen, als sie sich mit Geld versorgte.

Kurz vor Anbruch des Abends hörte man ein Boot anlegen, und George Shelby führte Cassy mit der jedem Kentuckyer natürlichen Höflichkeit an Bord und verschaffte ihr durch seine Bemühungen eine gute Privatkajüte.

Cassy hütete unter dem Vorwand von Unpäßlichkeit während der ganzen Fahrt auf dem Red River ihr Zimmer und ihr Bett; und ihre Zofe pflegte sie mit aufopfernder Hingebung.

Als sie den Mississippi erreichten, erbot sich George, der mittlerweile erfahren hatte, daß die unbekannte Dame ebenfalls weiter stromaufwärts reisen wollte, ihr eine Privatkajüte in demselbe Boot, in welchem er fuhr, zu besorgen; denn seine Gutmütigkeit flößte ihm Mitleid mit ihrer schwachen Gesundheit und den Wunsch ein, sein möglichstes für sie zu tun.

Wir sehen daher die ganze Gesellschaft sicher auf dem guten Dampfer Cincinnati untergebracht und mit voller Dampfkraft stromaufwärts fahren.

Cassys Gesundheit hatte sich sehr gebessert. Sie saß auf dem Verdeck, setzte sich mit an die gemeinsame Tafel und galt auf dem ganzen Boote als eine Dame, die früher sehr schön gewesen sein müsse.

Von dem Augenblick an, wo George ihr Gesicht zum ersten Male gesehen hatte, peinigte ihn beständig eine jener verschwimmenden und unbestimmten Ähnlichkeiten, deren sich fast jeder erinnern kann, und die ihn zuweilen geplagt haben.

Er konnte sich nicht enthalten, sie anzusehen und sie beständig zu beobachten. Mochte sie bei Tisch oder vor der Tür ihrer Kajüte sitzen, immer begegnete sie den Augen des jungen Mannes, die sich auf sie hefteten und höflich wegsahen, sobald ihr Gesicht verriet, daß sie fühle, sie werde beobachtet.

Cassy wurde unruhig. Sie begann zu fürchten, daß er etwas argwöhne, und beschloß endlich, sich ganz auf seinen Edelmut zu verlassen und ihm ihre Geschichte vollständig mitzuteilen.

George war vollkommen geneigt, jedem Teilnahme zu schenken, der von Legrees Plantage entflohen war – ein Ort, an den er nicht mit Ruhe denken konnte; und er versicherte ihr mit der beherzten Nichtachtung aller Folgen, welches seinem Alter und seiner Heimat eigen ist, daß er sein möglichstes tun wolle, um sie zu beschützen und in Sicherheit zu bringen.

Das an Cassys Privatkajüte stoßende Zimmer bewohnte eine französische Dame, namens de Thour, die eine hübsche kleine Tochter von ungefähr zwölf Jahren begleitete.

Diese Dame, welche aus Georges Gesprächen gehört hatte, daß er aus Kentucky war, war sichtbar geneigt, seine Bekanntschaft zu kultivieren; in welcher Absicht sie die Reize ihrer kleinen Tochter unterstützten, die ein so hübsches Spielzeug war, als nur je die Langeweile einer vierzehntägigen Dampfbootreise verkürzt hat.

Georges Stuhl stand oft neben ihrer Kajütentür, und Cassy konnte ihre Unterhaltung mitanhören, wie sie an dem Geländer darüber saß.

Madame de Thour erkundigte sich sehr ausführlich über Kentucky, wo sie in einer früheren Zeit ihres Lebens gewohnt hatte, wie sie sagte. George entdeckte zu seiner Verwunderung, daß ihr früherer Wohnsitz in seiner Nachbarschaft gewesen sein müsse; und ihre Fragen zeigten eine Kenntnis von Land und Leuten seiner Gegend, die ihn wahrhaft in Erstaunen setzte.

„Kennen Sie wohl in Ihrer Nachbarschaft einen Mann namens Harris?“ sagte Madame de Thour eines Tages zu ihm.

„Ein alter Bursche dieses Namens wohnte nicht weit von meines Vaters Besitzung“, sagte George. „Wir haben jedoch nie viel Verkehr mit ihm gehabt.“

„Er besitzt viel Sklaven, glaube ich“, sagte Madame de Thour mit einer Bewegung, welche mehr Interesse zu verraten schien, als sie eigentlich an den Tag zu legen willens war.

„Allerdings“, sagte George und sah sie etwas verwundert an.

„Haben Sie jemals erfahren – vielleicht haben Sie gehört, ob unter seinen Leuten ein Mulattenknabe namens George war?“

„O gewiß – George Harris – ich kenne ihn recht gut; er hat eine Dienerin meiner Mutter geheiratet, ist aber jetzt nach Kanada entflohen.“

„Wirklich?“ sagte Madame de Thour rasch. „Gott sei gepriesen!“

George sah sie fragend und verwundert an, sagte aber nichts.

Madame de Thour stützte den Kopf auf die Hand und brach in Tränen aus. „Er ist mein Bruder!“ sagte sie.

„Madame“, sagte George in einem Tone lebhaftester Überraschung.

„Ja“, sagte Madame de Thour, indem sie stolz das Haupt erhob und sich die Tränen aus den Augen wischte. „Mr. Shelby, George Harris ist mein Bruder!“

„Ich bin außer mir vor Staunen“, sagte George und schob den Stuhl einen Schritt zurück, um Madame de Thour anzusehen.

„Ich wurde nach dem Süden verkauft, als er noch ein Knabe war. Ein guter und edler Mann kaufte mich. Er nahm mich mit nach Westindien, schenkte mir die Freiheit und heiratete mich. Erst vor kurzem ist er gestorben, und ich bin jetzt auf der Reise nach Kentucky begriffen, um zu sehen, ob ich meinen Bruder auffinden und freikaufen kann.“

„Ich habe ihn von einer Schwester Emilie, die nach dem Süden verkauft wurde, reden hören“, sagte George.

„Wirklich! Diese Schwester bin ich“, sagte Madame de Thour. „Sagen Sie mir, was ist er für ein Mensch?“

„Ein sehr tüchtiger junger Mann“, sagte George, „trotz des Fluchs der Sklaverei, der auf ihm liegt. Er stand sowohl wegen seiner Talente wie wegen seiner Grundsätze hoch in Ehren. Ich weiß das alles, weil er in unsere Familie heiratete“, setzte er hinzu.

„Was ist es für ein Mädchen?“ fragte Madame de Thour angelegentlich.

„Ein wahrer Schatz!“ sagte George. „Ein schönes, begabtes, liebenswürdiges Mädchen. Sehr fromm. Meine Mutter hatte sie auferzogen und fast so sorgfältig wie eine Tochter. Sie konnte lesen und schreiben, sehr schön sticken und nähen; und sie sang sehr schön.“

„War sie in Ihrem Hause geboren?“ sagte Madame de Thour.

„Nein, der Vater kaufte sie auf einer seiner Reisen nach New Orleans und brachte sie als Geschenk für die Mutter mit. Sie war damals ungefähr 8 oder 9 Jahre alt. Der Vater wollte der Mutter nie sagen, was er für sie gegeben hatte. Aber wie wir neulich seine alten Papiere durchsahen, fanden wir auch den Verkaufskontrakt. Er bezahlte eine ausschweifend große Summe für sie – wahrscheinlich wegen ihrer ungewöhnlichen Schönheit.“

George hatte Cassy den Rücken zugekehrt und sah nicht den aufs höchste gespannten Ausdruck ihres Gesichts, wie er dies erzählte.

Als er soweit gekommen war, berührte sie seinen Arm und sagte mit einem vor Spannung ganz weißen Gesicht: „Wissen Sie, wie die Leute hießen, von denen er sie kaufte?“

„Wenn ich nicht irre, hieß der Verkäufer Simmons – wenigstens, glaube ich, stand dieser Name unter dem Verkaufskontrakt.“

„O mein Gott!“ sagte Cassy und sank bewußtlos auf dem Fußboden der Kajüte zusammen.

George sprang auf und ebenso Madame de Thour; obgleich keines von den beiden die Ursache von Cassys Ohnmacht erraten konnte, so richtete sie doch alle in solchen Fällen übliche Verwirrung an. George warf in der Hitze seiner Menschenfreundlichkeit einen Wasserkrug um und zerbrach zwei Gläser; und verschiedene Damen in der Kajüte drängten sich auf die Nachricht, daß jemand in Ohnmacht gefallen sei, in die Tür der Privatkajüte und hinderten soviel als möglich den Zutritt von frischer Luft, so daß im ganzen alles geschah, was man nur erwarten konnte.

Die arme Cassy! Als sie sich wieder erholte, wendete sie das Gesicht der Wand zu und weinte und schluchzte wie ein Kind. Vielleicht, Mutter, weißt Du, woran sie dachte! Vielleicht auch nicht; aber sie fühlte sich in dieser Stunde so überzeugt, daß Gott Erbarmen mit ihr gehabt habe und daß sie ihre Tochter wiedersehen würde.

38. Kapitel Resultate

Der Rest unserer Geschichte ist bald erzählt. George Shelby, angezogen, wie es bei einem jungen Mann natürlich war, von der Romantik des Vorfalls, nicht weniger als durch sein menschliches Herz, überschickte Cassy gern den Elisa betreffenden Verkaufskontrakt, dessen Namen und Datum mit allem übereinstimmte, was sie bereits Tatsächliches wußte, und ihr keinen Zweifel über die Identität ihres Kindes ließ. Es blieb ihr nur noch übrig, den Pfad der Flüchtlinge aufzuspüren.

Durch die eigentümliche Übereinstimmung ihrer Schicksale auf diese Weise zusammengeführt, begaben sich Madame de Thour und sie sofort nach Kanada und traten eine Rundreise nach den verschiedenen Stationen an, wo die zahlreichen Flüchtlinge aus der Sklaverei wohnten. In Amherstberg fanden sie den Missionar, bei dem George und Elisa bei ihrer ersten Ankunft in Kanada eine Zuflucht gefunden, und seine Hilfe setzte sie in den Stand, die Spur der Familie bis Montreal zu verfolgen.

George und Elisa waren jetzt seit fünf Jahren frei. George hatte beständige Beschäftigung bei einem würdigen Maschinenbauer gefunden, wo er durch seinen Verdienst ein genügendes Auskommen für seine Familie fand, die mittlerweile sich um eine Tochter vermehrt hatte.

Der kleine Harry, ein hübscher, munterer Knabe, war in einer guten Schule untergebracht, wo er rasche Fortschritte in Kenntnissen machte. Der würdige Seelenhirt der Station Amherstberg, wo George zuerst gelandet war, fühlte sich durch die Mitteilungen der Madame de Thour und Cassys so interessiert, daß er den Bitten der ersteren, sie auf ihrer Entdeckungsreise nach Montreal zu begleiten, nachgab. Natürlich trug sie alle Kosten des Ausflugs.

Der Ort der Handlung ist jetzt eine kleine nette Wohnung in einer Vorstadt in Montreal; die Zeit abends. Ein lustiges Feuer prasselte auf dem Herde; ein mit einem schneeweißen Tischtuch bedeckter Teetisch steht zur Aufnahme des Abendessens bereit. In einer Ecke des Zimmers steht ein mit grünem Tuch überzogener Tisch und auf diesem ein offenes Schreibpult, Federn, Papier und darüber einige Reihen gut ausgewählter Bücher.

Das war Georges Studierzimmer. Derselbe Fortbildungstrieb, der ihm gelehrt hatte, verstohlen unter aller Mühsal und aller Entmutigung seines Jugendlebens die lang ersehnten Künste des Lesens und Schreibens zu lernen, veranlaßte ihn jetzt noch, alle seine Mußezeit dem Selbstunterricht zu widmen. Er sitzt jetzt gerade am Tisch und zeichnet sich Notizen aus einem Band der Familienbibliothek auf, den er eben gelesen.

„Komm, George“, sagte Elisa, „du bist den ganzen Tag beschäftigt gewesen. Leg das Buch hin und laß uns zusammen plaudern, während ich den Tee mache – bitte.“

Und die kleine Elisa unterstützt die Bitte damit, daß sie zu ihrem Vater hinwackelt und versucht, ihm das Buch aus der Hand zu nehmen und sich dafür auf die Knie zu setzen.

„O du kleine Hexe!“ sagte George und fügte sich, wie es unter solchen Umständen der Mann immer tun muß.

„So ist's recht“, sagte Elisa, wie sie Brot zu schneiden anfängt. Sie sieht etwas älter aus; ihre Formen sind etwas voller; ihr Haar ein wenig matronenhafter als früher; aber sie ist offenbar eine so zufriedene und glückliche Frau, als man nur sehen kann.

„Nun, mein Harry, wie bist du heute mit deinem Rechnen zurechtgekommen?“ fragte George, wie er seinem Sohne die Hand auf den Kopf legt.

Harry hat seine langen Locken verloren, aber die Augen und die Wimpern kann er nicht verlieren, und auch nicht die schöne kühne Stirn, die sich triumphierend rötet, wie er zur Antwort gibt: „Ich habe alles selbst fertiggemacht, Vater; und niemand hat mir geholfen."

„So ist's recht", sagte sein Vater. „Verlaß dich nur auf dich selbst, mein Sohn. Dir sind bessere Gelegenheiten gegeben als deinem armen Vater vor dir."

In diesem Augenblicke vernahm man ein Klopfen an der Tür, und Elisa ging hin und öffnete sie.

Das freudige: „Was – Sie sind's?" ruft ihren Gatten herbei, und der gute Geistliche von Amherstberg wird bewillkommt. Zwei Damen begleiten ihn, und Elisa ladet sie ein, Platz zu nehmen.

Um nun die Wahrheit zu gestehen, so hatte der ehrliche Pastor ein kleines Programm arrangiert, nach welchem sich die Katastrophe entwickeln sollte, und auf dem ganzen Herwege hatten sie sich alle sehr vorsichtig und klug ermahnt, nichts zu verraten, außer nach dem vorher verabredeten Plane.

Wie groß war daher des guten Mannes Bestürzung, daß gerade, wie er den Damen gewinkt hatte, sich zu setzen, und das Taschentuch herausnahm, um sich den Mund zu wischen und dann seine Einleitungsrede in guter Ordnung zu beginnen, Madame de Thour den ganzen Plan dadurch verdarb, daß sie plötzlich George um den Hals fiel und alles auf einmal mit dem Ausruf verriet: „Ach George! Kennst du mich nicht? Ich bin deine Schwester Emilie!"

Cassy hatte gefaßter Platz genommen und hätte ihre Rolle recht gut gespielt, wenn ihr die kleine Elisa nicht plötzlich in genau derselben Gestalt und bis an die kleinste Locke von demselben Aussehen wie ihre Tochter, als sie dieselbe zuletzt erblickt, vor Augen getreten wäre. Das kleine Wesen lugte ihr scheu und neugierig ins Gesicht; und Cassy nahm sie in ihre Arme, drückte sie an ihre Brust und sagte, was sie in diesem Augenblicke wirklich glaubte: „Liebes Kind, ich bin deine Mutter!"

In der Tat war es eine schwere Sache, alles in geeignete Ordnung zu bringen; aber dem guten Pastor gelang es endlich, alle zu beruhigen und die Rede zu halten, welche er zur Einleitung des Auftritts bestimmt hatte und mit welcher er zuletzt einen so großen Eindruck machte, daß die ganze Zuhörerschaft rund um ihn in einer Weise schluchzte, die jeden Redner älterer und neuerer Zeit hätte zufriedenstellen müssen.

Nach zwei oder drei Tagen war eine solche Veränderung in Cassy vorgegangen, daß unsere Leser sie kaum wiedererkennen würden. Der verzweifelnde hohläugige

Ausdruck ihres Gesichts ist einem Ausdruck sanften Vertrauens gewichen. Sie schien auf der Stelle ihren Platz in dem Schoß der Familie zu finden und die Kleine in ihr Herz zu schließen wie etwas, auf das es längst gewartet hatte. Wirklich schien sich ihre Liebe viel natürlicher der kleinen Elisa zuzuwenden, als ihrer eigenen Tochter, denn sie war das genaue Ebenbild des Kindes, das sie verloren hatte. Die Kleine war ein blumiges Band, welches Tochter und Mutter miteinander verknüpfte und welches Bekanntschaft und Liebe in ihnen erzeugte.

Elisas standhafte und konsequente Frömmigkeit, geregelt durch beständiges Lesen des heiligen Wortes, machte sie zu einer geeigneten Führerin für das müde und zerrüttete Gemüt ihrer Mutter. Cassy gab sich sogleich und mit ganzer Seele jedem guten Einflüsse hin und wurde eine fromme und ergebene Christin.

Nach einigen Tagen unterrichtete Madame de Thour ihren Bruder ausführlicher über ihre Angelegenheiten. Durch den Tod ihres Gatten hatte sie ein ansehnliches Vermögen geerbt, welches sie sich edelmütig erbot, mit der Familie zu teilen. Als sie George fragte, auf welche Weise sie es am besten für ihn verwenden könnte, gab er zur Antwort: „Verschaff mir eine gute Erziehung, Emilie; das war immer mein innigster Wunsch. Für das übrige kann ich dann selbst sorgen.“

Nach reiflicher Erwägung beschloß die ganze Familie, auf einige Jahre nach Frankreich zu gehen; und sie segelten dorthin ab und nahmen Emmeline mit.

Das angenehme Äußere der letzteren gewann das Herz des ersten Steuermanns des Schiffs; und kurz nach ihrer Ankunft im Hafen wurde sie seine Gattin.

George blieb vier Jahre lang auf einer französischen Universität, studierte daselbst mit unermüdlichem Eifer und erlangte eine sehr gründliche Bildung.

Politische Unruhen in Frankreich veranlaßten endlich die Familie, wieder eine Zuflucht in Amerika zu suchen.

Einige Wochen später schiffte sich George mit seiner Frau, seinen Kindern, seiner Schwester und seiner Mutter nach Liberia in Afrika ein.

Von unseren übrigen Bekannten haben wir nichts Besonderes zu schreiben, mit Ausnahme eines Worts über Miß Ophelia und Topsy, und eines Schlußkapitels, welches wir George Shelby zu widmen gedenken. Miß Ophelia nahm Topsy mit nach Hause nach Vermont, sehr zur Verwunderung der ernsten, über alles zu Rate gehenden Gesellschaft, welche ein Neuengländer unter dem Namen „unsere Leute“ begreift. Unsere Leute hielten es anfangs für einen wunderlichen und unnötigen Zuwachs zu ihrem wohlgeordneten Haushalt; aber Miß Ophelias gewissenhaftes Bemühen, ihre Pflicht gegen ihre Schülerin zu tun, war von solchem Erfolg begleitet, daß das Kind von der Familie und der Nachbarschaft bald mit günstigeren Augen betrachtet wurde. Als Topsy das Jungfrauenalter erreicht hatte, wurde sie auf ihr eigenes Verlangen getauft und schloß sich der christlichen Kirche in dem Städtchen an, und zeigte so viel Intelligenz, Tätigkeit und Eifer und Verlangen, Gutes auf der Welt zu tun, daß man sie zuletzt als Missionarin auf einer afrikanischen Station empfahl und anstellte; und wir haben vernommen, daß sie jetzt dieselbe Tätigkeit und Gewandtheit, welche ihr als Kind einen so vielgestaltigen und ruhelosen Charakter gaben, in einer sichereren und heilsameren Weise zur Erziehung der Kinder ihres Vaterlandes verwendet.

Nachschrift

Es wird wahrscheinlich für manche Mutter noch eine angenehme Nachricht sein, daß von Madame de Thour angestellte Nachforschungen neuerlich mit der Entdeckung von Cassys Sohn geendigt haben. Als ein junger Mann von Energie war er einige Jahre von seiner Mutter entwichen und von Freunden der Bedrückten im Norden aufgenommen und erzogen worden. Er wird seiner Familie bald nach Afrika folgen.

39. Kapitel Der Befreier

George Shelby hatte seiner Mutter bloß eine Zeile geschrieben und sie darin nur von dem wahrscheinlichen Tage seiner Ankunft benachrichtigt. Etwas über das Sterbebett seines alten Freundes zu schreiben, hatte er nicht übers Herz bringen können. Er hatte es mehrere Male versucht, bis es ihm die Kehle fast zuschnürte; und der Versuch schloß regelmäßig damit, daß er das Papier zerriß, die Augen trocknete und irgendwohin stürzte, um Fassung zu suchen.

Eine freudige Aufregung herrschte den ganzen Tag über im Shelbyschen Hause, denn man erwartete des jungen Master George Ankunft.

Mrs. Shelby saß in ihrem gemütlichen Zimmer, wo ein lustiges Hickoryfeuer die fröstelnde Kühle des Spätherbstabends vertrieb. Der Tisch war mit glänzendem Geschirr und Gläsern zum Abendessen gedeckt, und unsere frühere Freundin, die alte Chloe, war noch mit der Anordnung desselben beschäftigt.

In einem neuen Callicokleid mit einer reinen, weißen Schürze und einem hohen steif gestärkten Turban, das schwarze, glänzende Gesicht vor Befriedigung glühend, trödelte sie mit nutzloser Peinlichkeit um den Tisch herum, nur um einen Vorwand zu haben, mit ihrer Herrin zu plaudern.

„So, so! Wird's ihm nun nicht ganz ordentlich vorkommen?“ sagte sie. „Da – ich hab' ihm seinen Teller gerade an seine liebste Stelle gesetzt, gleich beim Feuer. Master George sitzt immer gern warm. Ja, laßt mich nur! Aber warum hat Sally nicht die beste Teekanne herausgesetzt – die kleine neue, die Master George zu Weihnachten Missis geschenkt hat? Ich werde sie holen! Missis hat einen Brief von Master George bekommen?“ sagte sie forschend.

„Ja, Chloe, aber nur eine Zeile, bloß mit der Nachricht, daß er, wenn irgend möglich, heute abend eintreffen werde – weiter nichts.“

„Hat er nichts von meinem Alten geschrieben?“ sagte Chloe und machte sich immer noch mit den Teetassen zu schaffen.

„Nein, gar nichts. Er hat sonst weiter gar nichts geschrieben, Chloe. Er sagt, er wolle uns alles erzählen, wenn er hier ist.“

„Ja, das sieht Master George ganz ähnlich; er bildete sich immer was darauf ein, alles selbst zu erzählen. Ich hab' das immer bei Master George bemerkt. Sehe übrigens für meinen Teil gar nicht ein, wie die weißen Leute nur immer so viel schreiben können – schreiben ist eine so langsame, schwere Arbeit.“

Missis Shelby lächelte.

„Ich glaube wahrhaftig, mein Alter wird die Jungen und die Kleine gar nicht kennen. Gott, sie ist so gewachsen; und sie ist auch gut und gescheit, Polly. Sie ist jetzt draußen und wartet, bis der Kuchen gut ist. Ich habe ganz dieselbe Sorte gebacken, die mein Alter so gern aß. Denselben Kuchen, den ich ihm an dem Morgen mitgab, als sie ihn fortschleppten. Ach, gütiger Gott! Wie mir's an dem Morgen zumute war!“

Mrs. Shelby seufzte und fühlte bei dieser Anspielung eine schwere Last auf ihrem Herzen. Sie hatte seit dem Empfang des Briefes ihres Sohnes in beständiger Unruhe geschwebt, daß hinter seinem Schweigen etwas verborgen sein möchte.

„Er erkennt Polly gewiß nicht wieder – mein Alter. Gott, schon seit fünf Jahren ist er fort! Sie war damals noch ein ganz kleines Kind – konnte eben erst auf den Beinen stehen. Erinnere mich doch, wie ich immer lachen mußte, weil sie immer hinpurzelte, als sie anfangen wollte, zu gehen. Ach Gott, ach Gott!“ – Man hörte jetzt das Rollen eines Wagens.

„Master George!“ sagte Tante Chloe und lief ans Fenster.

Missis Shelby eilte an die Haustür und lag an der Brust ihres Sohnes. Tante Chloe sah bange forschend in die Finsternis hinaus.

„Ach, arme Tante Chloe!“ sagte George, indem er ihre harte, schwarze Hand ergriff. „Ich hätte mein ganzes Vermögen hingegeben, um ihn mitbringen zu können, aber er ist in ein besseres Land gegangen.“ Mrs. Shelby konnte einen Ausruf schmerzlicher Überraschung nicht unterdrücken, aber Tante Chloe sagte nichts.

Sie drehte sich um und wollte das Zimmer verlassen. Mrs. Shelby folgte ihr leise, ergriff sie bei der Hand, zog sie in einen Stuhl und setzte sich neben sie. „Meine arme gute Chloe“, sagte sie.

Chloe legte ihr Haupt auf die Schulter der Herrin und schluchzte laut:

„Ach Missis! Verzeihen Sie, das bricht mir das Herz – weiter ist's nichts.“

„Das weiß ich“, sagte Mrs. Shelby, wie ihre Tränen reichlich flossen, „und ich kann es nicht heilen, aber Jesus kann es. Er heilet die gebrochenen Herzen und verbindet ihre Wunden.“

Es herrschte für einige Zeit ein allgemeines Schweigen, und alle weinten. Endlich setzte sich George neben die Trauernde, ergriff ihre Hand und erzählte mit einfachen und rührenden Worten den sieghaften Tod ihres Gatten und seine letzten Liebesbotschaften.

Ungefähr einen Monat nach diesem Vorfall waren eines Morgens sämtliche Sklaven auf dem Shelbyschen Gute in die sich durch die ganze Länge des Hauses erstreckende große Halle berufen worden, um einige Worte von ihrem jungen Herrn zu hören.

Zu aller Erstaunen trat er in ihre Mitte mit einem Packen Papieren in der Hand, den Freiheitsbriefen für jeden einzelnen der Dienstboten, die er nacheinander verlas und unter dem Schluchzen, den Tränen und Freuderufen aller Anwesenden verteilte.

Viele jedoch drängten sich um ihn und baten ihn aufs inständigste, sie nicht fortzuschicken; und wollten ihm mit flehenden Gesichtern ihre Freilassungsscheine wieder zurückgeben.

„Wir wollen nicht freier sein, als wir schon sind! Wir haben stets alles gehabt, was wir brauchten. Wir wollen das alte Haus und Master und Missis und die übrigen nicht verlassen.“

„Gute Freunde“, sagte George, sobald wieder Ruhe herrschte, „ihr braucht mich gar nicht zu verlassen. Das Gut bedarf zu seiner Bewirtschaftung so viele Hände wie früher. Für das Haus brauchen wir ebenfalls noch dieselbe Anzahl. Aber ihr seid jetzt freie Männer und freie Weiber. Ich zahle euch für eure Arbeit den Lohn, den wir vereinbaren. Der Vorteil für euch ist, daß ihr, im Fall ich bankrott werde oder sterbe

– was doch geschehen kann – nicht mit Beschlag belegt und verkauft werden könnt. Ich gedenke das Gut fortzubewirtschaften und euch zu lehren, was euch vielleicht zu lernen einige Zeit kosten wird – wie ihr die euch verliehenen Rechte als Freie zu gebrauchen habt. Ich erwarte, daß ihr euch gut aufführen und gern lernen werdet; und ich hoffe zu Gott, daß ich euch getreulich und bereitwillig unterrichten werde. Und jetzt, meine Freunde, wollen wir den Blick himmelwärts richten und Gott für den Segen der Freiheit danken."

Ein alter Patriarch von einem Neger, der auf dem Gute grau und blind geworden war, stand jetzt auf, erhob seine zitternden Hände und sprach:

„Lasset uns danken dem Herrn!" Wie alle wie auf einen Wink niederknieten, stieg nie ein rührenderes und inniger gefühltes Tedeum zum Himmel hinauf, und wenn es auch Orgel, Glocken und Kanonendonner begleitet hätten, als aus diesem ehrlichen, alten Herzen ertönte.

Als sie aufstanden, stimmte ein anderer eine Methodistenhymne an, deren Refrain lautete:

„Das Jubeljahr ist nun gekommen
O kehrt, erlöste Sünder, heim!"

„Noch eins habe ich euch zu sagen", sagte George, wie er den Segnungen der ihn umdrängenden Schar ein Ende machte. „Ihr erinnert euch alle noch an unseren guten, alten Onkel Tom?"

George erzählte ihnen nun in kurzem den Auftritt an seinem Sterbebette und sein liebevolles Lebewohl an alle seine hiesigen Kameraden und setzte hinzu:

„Auf seinem Grabe, meine Freunde, gelobte ich vor Gott, daß ich nie wieder einen Sklaven besitzen wollte, solange es mir möglich war, ihn freizulassen; daß durch mich niemand Gefahr laufen sollte, von der Heimat und den Seinen getrennt zu werden und auf einer entlegenen Plantage verlassen zu sterben wie er. Wenn ihr euch daher eurer Freiheit freut, so bedenkt, daß ihr sie dieser alten guten Seele verdankt, und vergeltet es ihm durch Freundlichkeit gegen seine Frau und Kinder. Gedenkt eurer Freiheit jedesmal, wo ihr Onkel Toms Hütte seht, und laßt sie euch ein Gedächtniszeichen sein, das euch stets erinnert, in seine Fußstapfen zu treten und so ehrlich, treu und christlich zu sein wie er."

Die Verfasserin steht Rede und Antwort

Korrespondenten aus verschiedenen Teilen des Landes haben bei der Verfasserin oft angefragt, ob diese Geschichte wahr sei; und auf diese Anfragen gedenkt sie hier eine allgemeine Antwort zu geben.

Die einzelnen Vorfälle, aus welchen die Erzählung zusammengesetzt ist, sind zum größten Teile authentisch, indem viele derselben vor ihren eigenen oder vor den Augen persönlicher Freunde geschehen sind. Sie oder ihre Freunde sind Charakteren begegnet, die Ebenbilder von fast allen hier geschilderten waren; und viele von den Äußerungen sind wörtlich aufgezeichnet, wie sie dieselben entweder selbst gehört oder aus glaubwürdigem Munde vernommen hat.

Elisa ist in ihrem Äußeren und ihrem Charakter eine dem Leben entnommene Skizze. Von der unbestechlichen Treue, Frömmigkeit und Ehrlichkeit Onkel Toms hat die Verfasserin mit eigenen Augen mehr als ein Beispiel gesehen. Einige der tragischsten und romanhaftesten und einige der schrecklichsten Episoden sind ebenfalls dem wirklichen Leben nachgeschildert. Die Heldentat der über den Eisgang des Ohio sich rettenden Mutter ist ein wohlbekannter Vorfall.

Die Geschichte der alten Prue wurde der Verfasserin von einem Augenzeugen des Vorfalls erzählt, von ihrem Bruder, der damals als Agent für ein großes Handelshaus in New Orleans den Westen bereiste. Aus derselben Quelle stammt die Figur des Pflanzers Legree. Von ihm schreibt ihr Bruder, der ihn auf seiner Plantage auf einer Geschäftsreise besucht hatte:

„Er ließ mich wirklich seine Faust befühlen, die wie ein Schmiedehammer oder ein Eisenklumpen war, und rühmte sich, daß sie von Niggerniederschlagen hart geworden sei. Als ich die Plantage verließ, holte ich tief Atem, und es war mir zumute, als ob ich mich eben aus der Höhle eines Werwolfs gerettet hätte."

Daß das tragische Schicksal Toms ebenfalls nur zu oft vorkommt, können lebende Zeugen von einem Ende unseres Vaterlandes bis zum anderen bekräftigen. Man vergesse nicht, daß es in allen südlichen Staaten Rechtsgrundsatz ist, daß keine Person von farbiger Abstammung in einem Prozeß gegen einen Weißen Zeugnis ablegen kann, und wird dann leicht einsehen, daß ein solcher Fall überall vorkommen kann, wo ein Herr, dessen Leidenschaften die Oberhand über seinen Eigennutz gewinnen, und ein Sklave, der Mannhaftigkeit oder Grundsätze genug besitzt, um seinem Willen zu widerstehen, vorhanden sind. Das Leben des Sklaven hat tatsächlich keinen anderen Schutz, als den Charakter des Herrn. Haarsträubende Tatsachen dringen gelegentlich bis in die Öffentlichkeit, und die Bemerkungen, die man darüber machen hört, sind oft noch haarsträubender, als die Sache selbst. Man sagt: Es ist wohl möglich, daß solche Fälle dann und wann vorfallen, aber sie sind keine Beispiele des allgemeinen Brauchs. Wenn die Gesetze Neu-Englands so eingerichtet wären, daß ein Herr dann und wann einen Lehrling zu Tode martern könnte, ohne daß es möglich wäre, ihn vor Gericht zur Verantwortung zu ziehen, würde man das mit ebenso ruhiger Fassung anhören? Würde man dann sagen: Diese Fälle sind selten und kein Beispiel des allgemeinen Brauchs? Diese Ungerechtigkeit ist von dem Sklavereisystem unzertrennlich, es kann ohne dieselbe nicht bestehen.

Der öffentliche und schamlose Verkauf schöner Mulatten- und Quadroonmädchen ist durch den infolge der Wegnahme des Schiffes Pearl zur Verhandlung gekommenen Prozeß zu einer allgemein bekannten Tatsache geworden. Wir entnehmen folgendes aus der Rede des ehrenwerten Horace Mann, eines der Rechtsbeistände der Beklagten in diesem Prozesse. Er sagt: „Unter diesen 76 Personen, welche 1848 aus dem Distrikt Columbia in dem Schoner Pearl, dessen Offiziere ich mit verteidigen half, zu entfliehen versuchten, befanden sich verschiedene junge und gesunde Mädchen, welche die eigentümlichen von Kennern so hochgeschätzten Reize in Gestalt und Gesicht besaßen. Eine derselben war Elisabeth Russell. Sie fiel sofort dem Sklavenhändler in die Klauen und wurde für den New-Orleans-Markt bestimmt. Die Herzen derer, welche sie sahen, wurden von Teilnahme für ihr Schicksal gerührt. Sie boten 1800 Dollar für ihre Freiheit; und einige boten einen Preis, der von ihrem Vermögen nicht viel übriggelassen hätte; aber der Teufel von einem Sklavenhändler war unerbittlich. Sie wurde nach New Orleans eingeschifft; aber unterwegs hatte Gott Erbarmen mit ihr und nahm sie zu sich. In derselben Gesellschaft befanden sich zwei Mädchen namens Edmundson. Als sie nach demselben Markte geschickt werden sollten, ging die ältere Schwester zu dem Elenden, der sich ihren Herrn nannte, und bat ihn um der Liebe Gottes willen, mit seinen Opfern Mitleid zu haben. Er verhöhnte sie mit zudringlichen Reden und tröstete sie mit den schönen Kleidern und den schönen Möbeln, die sie bekommen würden. Ja, sagte sie, das mag recht gut für dieses Leben sein, aber was werden sie für das zukünftige nützen? Auch diese beiden kamen nach New Orleans, wurden aber später gegen eine höchst bedeutende Summe losgekauft und zurückgebracht. Geht daraus nicht klar hervor, daß die Geschichte Emmelines und Cassys sich oftmals wiederholen mag?

Die Gerechtigkeit verpflichtet auch die Verfasserin zu bemerken, daß der edle Charakter St. Clares nicht ganz ideal ist, wie folgende Anekdote zeigt. Vor einigen Jahren befand sich ein junger Herr aus dem Süden mit einem Lieblingssklaven, der ihn schon als Knabe persönlich bedient hatte, in Cincinnati. Der junge Mann benutzte die Gelegenheit, um sich seine Freiheit zu verschaffen, und flüchtete sich zu einem Quäker, der in derartigen Unternehmungen einen Namen hatte. Der

Eigentümer war über die Maßen erzürnt. Er hatte den Sklaven stets mit Nachsicht behandelt und sein Vertrauen auf seine Anhänglichkeit war so groß, daß er glaubte, er müsse durch fremde Einflüsterungen zur Flucht verführt worden sein. In großem Zorne ging er zu dem Quäker; da er aber ein sehr billig denkender und ehrlicher Mann war, so machten die Beweisführungen und Vorstellungen des Befreiers großen Eindruck auf ihn. Das war eine Seite des Gegenstandes, von der er nie gehört – an die er nie gedacht hatte; und er versicherte dem Quäker auf der Stelle, wenn ihm sein Sklave ins Gesicht sagen wolle, daß er frei zu sein wünsche, so wolle er ihn freigeben. Der Quäker veranstaltete sogleich eine Zusammenkunft und Nathan wurde von seinem jungen Herrn gefragt, ob er Ursache habe, in irgendeiner Hinsicht über seine Behandlung zu klagen.

„Nein, Master", sagte Nathan, „Sie sind immer gut zu mir gewesen."

„Nun, warum willst du mich denn verlassen?"

„Master kann sterben, und wen bekomme ich dann vielleicht zum Herrn? – Lieber will ich ein freier Mann sein."

Nach einigem Überlegen gab der junge Herr zur Antwort: „Nathan, an deiner Stelle würde ich am Ende ziemlich auch so denken. Du bist frei."

Er stellte ihm auf der Stelle einen Freibrief aus, deponierte eine Summe Geld bei dem Quäker, welche auf verständige Weise zu seiner Etablierung verwendet werden sollte, und ließ einen sehr verständigen und gütigen Brief mit Ratschlägen für den jungen Mann zurück. Die Verfasserin hat diesen Brief selbst in der Hand gehabt.

Die Verfasserin glaubt, daß sie der Edelherzigkeit, der Großmut und der Menschlichkeit, welche in vielen Fällen einzelne aus dem Süden auszeichnen, alle Gerechtigkeit hat widerfahren lassen.

Solche Beispiele lassen uns nicht ganz an der Menschheit verzweifeln. Aber sie fragt jeden, der die Welt kennt: Sind solche Charaktere irgendwo gewöhnlich?

Viele Jahre ihres Lebens hindurch hat die Verfasserin jede Beschäftigung mit der Sklavenfrage vermieden, da sie deren nähere Untersuchung für zu peinlich und ihre allmähliche Vernichtung durch den Fortschritt der Aufklärung und Zivilisation für gewiß hielt. Aber seit dem Gesetz von 1850, wo sie mit Erstaunen und Bestürzung christliche und menschliche Personen wirklich als eine Bürgerpflicht empfehlen hörte, gerettete Flüchtlinge wieder in die Sklaverei zurückzuschicken – als sie in den freien Staaten des Nordens von allen Seiten gute, mitleidige und achtungswerte Personen beraten hörte, was in einem solchen Falle Christenpflicht sei, so konnte sie nur denken: Diese Menschen und Christen wissen nicht, was Sklaverei ist; wenn sie es wüßten, so hätten sie eine solche Frage nie aufstellen können. Und hieraus entstand ein Wunsch, diese Sklaverei in ihrer lebendigen dramatischen Wirklichkeit darzustellen. Sie hat sich bemüht, sie unparteiisch in ihren besten und ihren schlimmsten Seiten zu zeigen. Von ihrer besten Seite ist es ihr vielleicht gelungen; aber ach, wer soll erzählen, was noch in dem Tal und Schatten des Todes auf der anderen Seite verhüllt liegt?

An Euch, Ihr edlen und großherzigen Männer und Frauen des Südens an Euch, deren Tugend und Edelsinn und Reinheit des Charakters wegen der schweren Prüfungen, die sie ausgestanden, nur um so größer sind – an Euch wendet sich die Verfasserin. Habt Ihr nicht in Eurer tiefsten Seele und wenn Ihr recht in Euch gegangen seid, gefühlt, daß dieses fluchwürdige System von noch viel schlimmeren Übeln begleitet ist als denen, die hier schwach geschildert sind oder nur geschildert werden können? Kann es anders sein? Ist der Mensch überhaupt ein Geschöpf, dem man eine gänzlich unverantwortliche Macht anvertrauen darf? Und macht nicht das Sklavenwesen, indem es den Sklaven jedes gesetzliche Recht der Zeugenschaft abspricht, jeden einzelnen Besitzer zum unverantwortlichen Despoten? Kann jemand blind genug sein, um nicht einzusehen, was die praktische Folge davon sein muß? Wenn eine öffentliche Meinung unter Euch vorhanden ist, Männer von Ehre, Gerechtigkeit oder Menschlichkeit, ist nicht auch noch eine andere Art öffentlicher Meinung unter den Rohen, den Brutalen und Verworfenen vorhanden, und kann nicht der Rohe, der Brutale, der Verworfene nach dem Sklavengesetz ebensoviel Sklaven besitzen wie der Beste und Reinste? Sind irgendwo in der Welt die Ehrenwerten, die Gerechten, die Edlen und Barmherzigen die Mehrheit?

Der Sklavenhandel wird jetzt vom amerikanischen Gesetz dem Seeraub gleichgehalten. Aber ein ebenso systematischer Sklavenhandel wie der an der afrikanischen Küste ist unausbleiblich ein Begleiter und eine Folge der amerikanischen Sklaverei. Und ist es jemandem möglich, seinen herzzerreißenden Jammer und seine Schrecken zu schildern?

Die Verfasserin hat bloß ein schwaches schattenhaftes Bild von der Seelenangst und der Verzweiflung gegeben, welche in diesem Augenblicke Tausende von Herzen zerreißen, Tausende von Familien niederschmettern und ein hilfloses und gefühlvolles Volk zum Wahnsinn und zur Verzweiflung treiben. Es leben Leute, welche die Mütter kannten, die dieser fluchwürdige Handel vermocht hat, ihre Kinder zu ermorden und selbst im Tode eine Zuflucht vor größerem Jammer, als der Tod ist, zu suchen. Nichts Tragisches kann geschrieben, gesprochen oder ausgedacht werden, was der gräßlichen Wirklichkeit von Auftritten gleichkommt, die täglich und stündlich an unserer Küste im Schatten des amerikanischen Gesetzes und des Kreuzes Christi sich ereignen.

Und nun, Männer und Frauen Amerikas, ist das eine Sache, mit der man spielen, die man beschönigen, die man mit Schweigen übergehen kann? Farmer von Massachusetts, von New Hampshire, von Vermont, von Connecticut, die Ihr dieses Buch bei dem Schimmer Eures Winterabendfeuers lest – starkherzige, großmütige Schiffer und Schiffseigner von Maine, könnt Ihr eine solche Sache unterstützen und ermutigen? Wackere und edle Männer von New York, Farmer aus dem fruchtbaren und fröhlichen Ohio und Ihr aus den weiten Präriestaaten, sprecht, könnt Ihr eine solche Sache unter Eure Obhut und Euren Schutz nehmen? Und Ihr, amerikanische Mütter, die Ihr an den Wiegen Eurer Kinder alle Menschen zu lieben und für sie zu fühlen gelernt habt, Euch beschwöre ich bei Eurer heiligen Liebe zu Euren Kindern, bei Eurer Freude über ihre schöne fleckenlose Kindheit; bei der mütterlichen Teilnahme und Zärtlichkeit, mit welcher Ihr ihr Wachstum leitet; bei den Sorgen ihrer Erziehung; bei den Gebeten, die Ihr für die ewige Seligkeit ihrer Seele hinaufsendet – bei alle diesem beschwöre ich Euch, bemitleidet die Mutter, die all Eure Liebe, und kein einziges gesetzliches Recht hat, das Kind ihres Herzens zu schützen, zu sichern oder zu erziehen! Bei der Krankheit Eures Kindes; bei den brechenden Augen, die Ihr nie vergessen, bei dem letzten Stöhnen, das Euer Herz zerriß, als Ihr weder mehr helfen noch retten konntet; bei der Verlassenheit der leeren Wiege und der stillen Kinderstube beschwöre ich Euch, habt Mitleid mit den Müttern, welche der amerikanische Sklavenhandel beständig kinderlos macht! Und sprecht, amerikanische Mütter, kann man eine solche Sache verteidigen, ihr zustimmen oder sie mit Schweigen übergehen?

Wendet Ihr etwa ein, die Bewohner der freien Staaten hätten nichts damit zu tun und könnten nichts dafür tun? Wollte Gott, das wäre wahr! Aber es ist nicht wahr. Die Bewohner der freien Staaten haben das System verteidigt, ermutigt und daran teilgenommen und tragen deshalb vor Gott eine größere Schuld auf sich als der Süden, denn sie haben nicht die Entschuldigung der Erziehung oder der Gewohnheit.

Wenn die Mütter der freien Staaten in früheren Zeiten so empfunden hätten, wie sie hätten empfinden sollen, so wären die Söhne der freien Staaten nicht die Besitzer und nach dem Sprichworte die härtesten Herren von Sklaven geworden; die Söhne der freien Staaten hätten über die Ausbreitung der Sklaverei in unserer Nation nicht die Augen zugedrückt und würden nicht die Seelen und die Körper von Menschen als Tauschmittel gegen Geld in ihren Handelsgeschäften betrachten. Kaufleute der Städte des Nordens besitzen eine Menge Sklaven vorübergehend und verkaufen sie wieder; und soll die ganze Schuld und der ganze Schimpf der Sklaverei nur allein den Süden treffen?

Männer, Mütter und Christen des Nordens haben mehr zu tun, als ihre Brüder im Süden anzuklagen; sie sollten auf das Böse vor ihrer eigenen Tür achten.

Aber was kann ein einzelner tun? Darüber kann jeder einzelne urteilen. Etwas kann jeder einzelne tun, er kann dafür sorgen, daß er richtig über eine Sache empfindet. Eine Atmosphäre sympathetischen Einflusses umgibt jedes Menschenwesen, und der Mensch, sei es Mann oder Frau, der stark, gesund und richtig über die großen Interessen der Menschheit empfindet, ist ein beständiger Wohltäter des ganzen Menschengeschlechts. So prüft also Eure Sympathien in dieser Sache! Stehen sie im Einklänge mit den Sympathien Christi? Oder sind sie beeinflußt und verdreht durch die Sophistereien einer weltgesinnten Politik?

Christliche Männer und Frauen des Nordens! Ihr besitzt auch noch eine andere Macht; Ihr könnt beten! Glaubt Ihr an das Gebet? Oder ist es zu einer unbestimmten apostolischen Tradition geworden? Ihr betet für die Heiden in der Fremde, betet auch für die Heiden zu Hause. Und betet auch für die armen Christen, deren einzige Aussicht auf religiöse Besserung ein bloßer Geschäftszufall ist – für die ein Leben nach den Vorschriften des Christentums in vielen Fällen eine Unmöglichkeit ist, wenn ihnen nicht von oben der Mut und das Heil des Märtyrertums geschenkt sind.

Aber noch mehr. Den Boden unserer freien Staaten betreten arme zerstreute Überreste von Familien, Männer und Frauen, die durch wunderbare Schickungen der Vorsehung dem Elend der Sklaverei entronnen sind, schwach im Wissen und in vielen Fällen schwach in Sittlichkeit, die aus Zuständen kommen, welche jedes christliche und sittliche Prinzip verneinen. Sie suchen eine Zuflucht unter Euch; sie suchen Erziehung, Wissen, Christentum.

Christen, was schuldet Ihr diesen armen Unglücklichen? Schuldet nicht jeder amerikanische Christ der afrikanischen Rasse einen Versuch, das Unrecht, welches Ihr der amerikanischen Nation zugefügt habt, wiedergutzumachen? Sollen wir ihnen die Tore der Kirchen und der Schulhäuser verschließen? Sollen Staaten Beschlüsse fassen, um sie auszutreiben? Soll die Kirche Christi in Schweigen den Hohn, den man über jene ausschüttet, anhören und vor der hilflosen Hand, welche sie ausstrecken, zurückweichen und durch Schweigen die Grausamkeit ermutigen, welche sie von unseren Grenzen zurücktreiben möchte? Wenn es so sein muß, so wird es ein trauervolles Schauspiel sein. Wenn es so sein muß, wird Amerika Ursache haben zu zittern, wenn es bedenkt, daß das Schicksal der Nationen in der Hand dessen liegt, der erbarmungsvoll und voll zärtlichen Mitleids ist.

Ihr sagt: „Wir wollen sie nicht haben, sie mögen nach Afrika gehen."

Daß die Vorsehung Gottes für einen Zufluchtsort in Afrika gesorgt hat, ist in der Tat eine große und bemerkenswerte Tatsache, aber das ist kein Grund für die Kirche Christi, diejenige Verantwortlichkeit für dies verstoßene Volk, welche ihr Bekenntnis von ihr verlangt, von sich zu weisen.

Liberia mit einem unwissenden, unerfahrenen, halb barbarischen Volksstamme anzufüllen, der eben erst aus den Fesseln der Sklaverei erlöst ist, würde nur bewirken, daß die Periode des Kampfes und des Ringens, welche den Beginn neuer Unternehmungen begleitet, auf ganze Geschlechter hinaus verlängert würde. Lieber sollte die Kirche des Nordens diese armen Dulder im Geiste Christi aufnehmen und ihnen die fortbildenden Vorteile christlicher und republikanischer Gesellschaft und Schulen gewähren, bis sie wenigstens eine gewisse sittliche und geistige Reife erlangt haben. Und dann sollte sie ihnen Beistand leisten zu der Reise nach dem Lande, wo sie die in Amerika erhaltenen Lehren in Anwendung bringen sollen.

Der Norden besitzt eine verhältnismäßig kleine Gemeinschaft von Männern, welche das getan haben; und als die Frucht ihrer Bestrebungen hat dieses Land bereits Beispiele von früheren Sklaven gesehen, die sich sehr schnell Besitz, Ruf und Erziehung erworben haben. Es haben sich Talente in einer Weise entwickelt, die in Betracht der Verhältnisse gewiß bemerkenswert sind; und die Züge von Ehrlichkeit, Güte, weichem Gefühl, heldenmütigen Anstrengungen und selbstverleugnenden Bemühungen für die Befreiung von noch in der Sklaverei befindlichen Brüdern und Freunden haben sich in einem Grad ausgezeichnet, der, wenn man die Einflüsse bedenkt, unter denen sie geboren worden, wahrhaft überraschend ist.

Die Verfasserin hat viele Jahre an der Grenze von Sklavenstaaten gelebt und viele Gelegenheit gehabt, ehemalige Sklaven zu beobachten. Sie waren in ihrer Familie als Dienstboten, und sie hat dieselben in Ermangelung einer anderen Schule für sie in vielen Fällen in einer Familienschule mit ihren eigenen Kindern unterrichtet. Das Zeugnis von Missionaren unter den Flüchtlingen in Kanada stimmt mit dieser ihrer eigenen Erfahrung überein, und ihre Schlüsse hinsichtlich der Fähigkeiten der Rasse sind im höchsten Grade ermutigend.

Der erste Wunsch der befreiten Sklaven ist gewöhnlich auf Erziehung gerichtet. Ihren Kindern Unterricht zu verschaffen oder zu geben ist ihnen nichts zu teuer; und soweit die Verfasserin selbst beobachtet oder von anderen, die Neger unterrichtet haben, erfahren hat, fassen sie merkwürdig gut und rasch auf. Die Erfolge der von wohltätigen Personen in Cincinnati gegründeten Schulen bestätigen das vollkommen.

Die Verfasserin teilt noch folgende Tatsachen hinsichtlich emanzipierter und gegenwärtig in Cincinnati wohnender Sklaven mit; sie beabsichtigt damit die Bildungsfähigkeit der Rasse, selbst wo jeder besondere Beistand und jede Ermutigung versagt ist, zu zeigen. Sie verdankt diese Angaben dem Professor C. E. Stowe, früher am Lane-Seminar in Ohio.

Wir geben nur die Anfangsbuchstaben. Sie wohnen alle in Cincinnati.

„B . . ., Möbeltischler, ist seit 20 Jahren in der Stadt, hat ein Vermögen von 10 000 Dollar, alles eigener Verdienst; Wiedertäufer.

C . . ., reiner Neger; in Afrika geraubt; nach New Orleans verkauft; frei seit 15 Jahren; hat für sich 600 Dollar bezahlt; ist Farmer; besitzt mehrere Farmen in Indiana; Presbyterianer; mag ein Vermögen von 15 000-20 000 Dollar besitzen, alles eigener Verdienst.

K . . ., reiner Neger; handelt mit Grundstücken; hat ein Vermögen von 30 000 Dollar; ist gegen 40 Jahre alt und seit 6 Jahren frei; hat 1 800 Dollar für seine Familie bezahlt; Mitglied der Wiedertäufergemeinde; erbte etwas von seinem früheren Herrn, was er gut in acht genommen und vermehrt hat.

G . . ., reiner Neger; Kohlenhändler; gegen 30 Jahre alt; hat ein Vermögen von 18 000 Dollar; hat zweimal für sich bezahlt, indem er einmal um 1600 Dollar betrogen wurde; hat all sein Geld selbst verdient ; sehr viel, als er noch Sklave war, wo er seinem Herrn seine Zeit abmietete und auf eigene Rechnung Geschäfte machte; ein hübscher, anständiger Mann.

W . . ., Dreiviertel-Neger; Barbier und Kellner; aus Kentucky; seit 19 Jahren frei; hat 3 000 Dollar für sich und seine Familie bezahlt; hat ein Vermögen von 20 000 Dollar, alles eigener Verdienst; Kirchenältester in der Wiedertäufergemeinde.

G. D . . ., Dreiviertel-Neger; Anstreicher aus Kentucky; seit 9 Jahren frei; hat 1 500 Dollar für sich und seine Familie bezahlt; starb vor kurzem, 60 Jahre alt, und hinterließ ein Vermögen von 6 000 Dollar."

Professor Stowe bemerkt: „Mit allen diesen, mit Ausnahme G's, bin ich seit mehreren Jahren persönlich bekannt und mache meine Angaben nach eigener Erfahrung."

Die Verfasserin erinnert sich noch recht gut einer farbigen alten Frau, die in ihres Vaters Familie Waschfrau war. Die Tochter dieser Frau heiratete einen Sklaven. Sie war ein merkwürdig tätiges und fähiges Mädchen und brachte durch Fleiß und Sparsamkeit und die ausdauerndste Selbstverleugnung 900 Dollar zusammen, um ihren Mann freizukaufen, und zahlte das Geld, wie sie es ersparte, seinem Herrn ab.

Es fehlten ihr noch 100 Dollar an dem Gelde, als er starb. Sie hat von dem Gelde nie etwas wiederbekommen.

Das sind bloß ein paar Beispiele unter Tausenden, welche sich aufführen ließen, um die Selbstverleugnung, die Energie, die Geduld und Ehrlichkeit zu beweisen, welche Sklaven als freie Männer gezeigt haben.

Man darf auch nicht vergessen, daß diese Personen sich durch eigene Kraft verhältnismäßigen Reichtum und eine soziale Stellung unter Verhältnissen erworben haben, die sie nur benachteiligen und entmutigen konnten.

Nach dem Gesetz von Ohio besitzt der Farbige kein Stimmrecht und bis vor wenigen Jahren konnte er nicht einmal in Prozessen gegen Weiße als Zeuge auftreten. Auch beschränken sich diese Beispiele nicht bloß auf den Staat Ohio. In allen Staaten der Union finden wir Männer, die, erst gestern aus den Fesseln der Sklaverei erlöst, durch nicht genug zu bewundernde, eigene selbstbildende Kraft sich zu sehr anständigen Stellungen in der Gesellschaft emporgeschwungen haben. Pennington unter den Geistlichen und Douglas und Ward unter den Redakteuren sind wohlbekannte Beispiele.

Wenn dies verfolgte Volk trotz aller möglichen Entmutigung und Benachteiligung schon soviel erreicht hat, wieviel mehr könnte es erreichen, wenn die christliche Kirche es im Geiste ihres Herrn und Meisters behandeln wollte! Wir leben in einer Zeit, wo Staaten zittern und umgewälzt werden. Eine gewaltige Bewegung geht durch die Welt, daß sie erzittert, wie von einem Erdbeben, und ist Amerika sicher?

Aber wer kann den Tag der Gerechtigkeit abwarten; „denn der Tag soll brennen, wie ein Ofen: Und er wird erscheinen als ein jacher Zeuge gegen die, welche bedrücken den Knecht in seinem Lohne, die Witwen und die Waisen und welche dem Fremden sein Recht abwendig machen; und er wird den Bedrücker in Stücke brechen".

Sind das nicht schreckliche Worte für eine Nation, welche in ihrem Schoß eine so gewaltige Ungerechtigkeit hegt? Christen! Könnt Ihr jedesmal, wo Ihr betet, daß sein Reich kommen möge, vergessen, daß der Prophet in grauenhafter Gemeinschaft den Tag der Rache mit dem Jahre seiner Erlösten verbindet?

Noch ist uns eine Frist der Gnade geboten. Sowohl der Norden, wie der Süden sind schuldig vor Gott gewesen; und die christliche Kirche hat eine schwere Rechnung zu verantworten. Nicht durch einen Bund, Ungerechtigkeit und Grausamkeit zu beschützen und die Sünde zu einem gemeinschaftlichen Kapital zusammenzulegen, ist diese Union zu retten; sondern durch Reue, Gerechtigkeit und Erbarmen, denn das ewige Gesetz, durch welches der Mühlstein im Meere versinkt, steht nicht fester als das stärkere Gesetz, nach welchem Ungerechtigkeit und Grausamkeit auf Nationen den Zorn des allmächtigen Gottes herabrufen!

Ewig wahr ist, daß keine Nation sich frei nennen kann, bei der die Freiheit nur ein Vorrecht, nicht aber ein Grundgesetz ist.